Imāginor, ergō sum.

想象即存在

THE STARLESS SEA

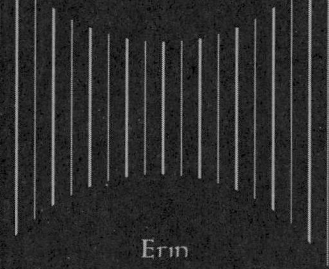

Erin Morgenstern

无星之海

〔美〕艾琳·摩根斯顿 著

王晨颖 译

图书在版编目（CIP）数据

无星之海 /（美）艾琳·摩根斯顿
(Erin Morgenstern) 著；王晨颖译. -- 长沙：湖南文艺出版社，2021.10
（幻想家）
书名原文：The Starless Sea
ISBN 978-7-5726-0087-6

Ⅰ. ①无… Ⅱ. ①艾… ②王… Ⅲ. ①幻想小说—美国—现代 Ⅳ. ①I712.45

中国版本图书馆CIP数据核字(2021)第037169号

THE STARLESS SEA
Copyright © 2019 by E. Morgenstern LLC
This edition arranged with InkWell Management, LLC.
through Andrew Nurnberg Associates International Limited

著作权合同图字：18-2019-306

无星之海
WU XING ZHI HAI

作　者：	〔美〕艾琳·摩根斯顿	译　者：	王晨颖
出版人：	曾赛丰	责任编辑：	吴　健
封面插画：	Dan Funderburgh	封面设计：	John Fontana & Mitaliaume
内文排版：	钟灿霞　钟小科		
出版发行：	湖南文艺出版社　（长沙市雨花区东二环一段 508 号 邮编：410014）		
印　刷：	长沙超峰印刷有限公司	开　本：	880 mm × 1230 mm　1/32
印　张：	18.75	字　数：	430 千字
版　次：	2021 年 10 月第 1 版	印　次：	2021 年 10 月第 1 次印刷
书　号：	ISBN 978-7-5276-0087-6	定　价：	88.00 元

目 录

第一部

甜蜜的忧伤

001

第二部

命运和寓言

133

第三部

西蒙与埃莉诺之歌

231

第四部

星星的密语

327

第五部

猫头鹰之王

387

第六部

卡特里娜·霍金斯的秘密日记

477

尾 声

新的故事和下一个故事

579

第一部

甜蜜的忧伤

甜蜜的忧伤

从前，很久很久以前……

地下室里关着一个海盗。

（海盗是一个比喻，也是一个人。）

（地下室完全可以看成是一个地牢。）

海盗被关在这里，是因为他的诸多海盗行径，执掌刑罚的非海盗人士认为这些行为罪大恶极，足以受到惩罚。

有人说要把钥匙扔掉，但钥匙拴在生锈的钥匙环上，钥匙环又挂在附近墙上的钩子上。

（从铁栅后面能看得很清楚。自由近在眼前，却遥不可及，以此提醒着牢中人。如今在铁栅之外挂钥匙的这一边，没人记得这一点。精心布置的心理学设计被遗忘了，慢慢变成了一种习惯和便利。）

（海盗意识到了这一点，但却什么也没说。）

看守坐在门口的椅子上，在一张褪了色的报纸上读着连载的犯罪小说，想让自己变成一个理想化的虚构人物。他在思索海盗不同于盗贼的地方是不是就在于他们开着船还戴着帽子。

过了一会儿他和另一位看守换了班。海盗不清楚确切的时间，因为这个地下室一般的地牢里没有时钟来标记时间，石墙之外拍打在岸上的海浪声盖住了清晨的钟声和夜晚的欢声笑语。

这个看守的个头更矮一点，他不怎么看书。他谁也不想当，只想做他自己。他缺乏创造另一个自我的想象力，甚至对铁栅后面的那个人也不怎么在意，哪怕他是这个房间里除了老鼠之外唯一的活物。他不睡觉的时候就会全神贯注地观察自己的鞋子。（通常他都在睡觉。）

大约在矮个子看守接替了阅读者看守的三个小时之后，来了一个女孩。

女孩拿着一盘面包和一碗水，把它们放在海盗的铁栅外。她的手抖得厉害，半碗水都被洒到了外面。然后她转身慌张地跑上了楼梯。

第二个晚上（海盗猜是晚上），海盗站在离铁栅尽可能近的位置，眼睁睁地看着女孩将面包掉在了他够不到的地方，还把一整碗水几乎都洒了出来。

第三个晚上，海盗待在后面角落的阴影里，成功地保住了大部分水。

第四个晚上，来的是另一个女孩。

女孩没有吵醒看守。她的脚轻轻落在石头上，发出的任何声响都被海浪声和老鼠的动静遮掩过去了。

女孩盯着阴影中那个看不太清楚的海盗，发出了一声失望的轻叹，把面包和碗放在了铁栅旁边。然后她等在一旁。

海盗还待在阴影中。

看守的鼾声打破了这几分钟的沉默，女孩转身离开了。

海盗来取他的晚餐时，发现水里掺了酒。

第二天晚上，也就是第五个晚上（如果说这确实是晚上的话），海盗在铁栅旁等待女孩伴着安静的脚步声到来。

她一看见他就停下了步伐。

海盗看着女孩，女孩也看着他。

他伸出一只手去拿他的碗和面包,但是女孩却把它们放在了地上,她的目光始终没有离开他的眼睛,她不让自己的外袍下摆落在他能碰到的范围里。她大胆而害羞。她站起来的时候朝他微微欠身,又轻轻点了点头,这个动作让他想到了跳舞时的开场。

(即使身为海盗,也知道一支舞曲的开场是什么样子。)

接下来的一个晚上,海盗后退了一些,与铁栅保持着一步之远的礼貌距离,而女孩却往前靠近了一点。

又是一个晚上,这样的舞步继续着。一步向前,一步退后,再挪到旁边。之后的一个晚上,他又伸手去接她带来的东西,这一次她递了过去,他的手指碰到了她的手背。

女孩徘徊不走,每个晚上她停留的时间越来越长,但只要看守微微一动,快要醒来,她就会头也不回地立刻离开。

她带来两碗酒,他们在友好而沉默的氛围里一起饮酒。看守的鼾声停了下来,他睡得又沉又香。海盗觉得这一定与女孩有关。她大胆、害羞又聪明。

有的晚上,她带来的不止是面包。她的长袍口袋里还悄悄装了橘子和李子。还有包在纸里的姜糖块,糖纸上装饰着故事。

有的晚上她会一直待到看守快要换班的时候。

(白天班的看守会把他的连载犯罪小说留在牢房的围墙边,看上去像是不小心落下的。)

矮个子的看守今天晚上一直在踱步。他清了清嗓子,似乎要说话,但又什么都没说。他在椅子上坐了下来,忧心忡忡地睡着了。

海盗等着女孩。

她两手空空地来了。

这是最后一个晚上。是他上绞刑架前的最后一晚。(绞刑架也是一个比喻,虽然这一点很明显。)海盗知道不会再有下一个夜晚了,看守在下一轮换班之后也不会再有换班了。女孩知道确切的时间。

  他们谁都没有提起。

  他们从来没有说过话。

  海盗的指间缠绕着女孩的一绺头发。

  女孩靠在铁栅上,她的脸倚着冰冷的铁栏杆,她离得很近很近,却又仿佛远在天边。

  这距离近得可以接吻。

  "给我讲个故事。"她说。

  海盗满足了她的要求。

甜蜜的忧伤

这里有三条路。这是其中一条。

在深深的地表之下，在太阳和月亮照不到的地方，装满故事的隧道和房间如迷宫般聚集在一起，坐落在无星之海的岸边。故事被写进了书里，尘封在罐子中，画在了墙上。颂歌被刻在皮革上，印在玫瑰花瓣里。神话传说被砌在瓷砖中，铺在地板上，情节的碎片被往来的脚步逐渐磨平。而传奇被刻在水晶里，悬挂在吊灯上。故事们都被分门别类地照料着，备受尊崇。旧的故事被保存了下来，而新的故事围绕着它们诞生。

这个地方虽然在杂乱无章地延展，却令人感到亲切温馨。很难测出它有多宽敞。厅廊折叠成了房间和画廊，楼梯旋转，向上或向下连着亭台和拱廊。一扇扇门随处可见，通往有待发现的新空间、新故事和新秘密。到处都是书。

对于讲故事的人、收集故事的人和热爱故事的人来说，这里是一个庇护之所。他们在一大堆编年史、历史故事和神话传说的环绕中吃饭、睡觉和做梦。有些人会待上几个小时或者几天，然后回到上面的世界，而其他人则会一连几个星期甚至几年都不走，他们住在共用的或者单独的房间里，花很多时间来阅读、研习或写作，与住在这里的其他人一起讨论和创造，或者独自创作。

在那些留下来的人中，有的选择将自己奉献给这个地方，献身于这座故事的神殿。

这里有三条路，这是其中一条。

这一条是侍从之路。

选择这条路的人在宣誓之前必须用整整一个月的时间独居一室，静心沉思。人们以为在冥思中是不能开口的，但他们把自己关在四面是石墙的房间里之后，有人发现并没有人能听见他们的声音。他们可以说话，大喊大叫，而这样做没有违反任何规定。只有从未在那房间里待过的人才会认为冥思必须是安静的。

一旦完成冥思，他们还有机会离开原来的路，去选择另一条路或一条路也不选。

那些在冥思中一言不发的人通常会选择离开这条路，并且离开这个地方。他们回到了上面的世界。他们眯着眼睛望向太阳。有时他们会想起下面的世界，他们曾经打算把自己献给那里，但这段记忆是模糊的，就像梦中的某个地方。

通常，那些在冥思中大喊大叫、哭泣哀号的人，那些好几个小时都在自言自语的人，才是做好准备在时机到来时继续经历入门仪式的人。

这天夜里，新月初上，门没锁，一个年轻女子一直在唱歌。她有些害羞，还不习惯唱歌，但她在冥思的第一个夜晚就偶然发现并没有人能听见她。当时她笑出了声，半是嘲笑自己，半是嘲笑这桩怪事，她自愿让自己被关进了一个最奢华的房间，那里还有羽毛铺成的床和绸缎织成的床单。笑声在石头房间中回响，像水上泛起的涟漪。

她用手捂住了嘴，等待有人过来，可没有人来。她努力地回想了一下有没有人明确地告诉过她不准说话。

她说了一声"你好",只有回声答应了她的问候。

她花了好几天的时间才鼓起勇气开始唱歌。她从来都不喜欢自己的歌喉,但在禁闭中不会觉得尴尬,也不用抱有期望,于是她开口唱了,一开始唱得很轻,后来就变得响亮而大胆。回音把这歌声送回来,听起来竟十分悦耳。

她唱遍了所有她会唱的歌。然后她开始自己编歌。有时她想不出歌里的唱词,就用她喜欢的发音创造一些没有意义的语言来做歌词。

她惊讶地发现时间过得真快。

这时门开了。

一个侍从手拿一串黄铜钥匙走了进来。他把另一只手递给她,手上放着一小片金属,上面有刻着一只蜜蜂的浮雕图案。

要想成为一名侍从,接下来要做的就是接受这只蜜蜂。这也是她拒绝的最后机会。

她从这位侍从的手掌里接过蜜蜂。他鞠了一躬,示意她跟着他走。

即将成为侍从的年轻女子将这块温热的金属片在手指间翻转,他们穿过了点着蜡烛、两边排列着书架的隧道,又经过了敞开的洞窟,那里面全都是不配对的桌椅,和书本高高地堆在一起,其中还夹杂着一些雕像。他们路过一个狐狸雕像时,她摸了摸它的脑袋——这个做法很是流行,以至于它耳朵之间雕刻出来的毛发被磨平了。

一个年长的人正在翻阅一册书,他们经过的时候,他抬头看了一眼,认出了两人。他把两根手指放在了嘴唇上,朝她点了点头。

只是朝她,而没有朝她跟着的那位侍从。这是一个表达敬意的姿势,但她还没有正式获得能够接受它的那个身份。她低下头,藏起了笑容。他们继续走下镀金的楼梯,穿过她从未走过的曲折隧道。她放慢脚步去端详那些挂在书架之间的画作,上面有树、女孩和鬼魂的形象。

那位侍从在一扇门前停了下来，门上标记了一只金色的蜜蜂。他从一大串钥匙中挑出了一片，将门打开。

入门仪式开始了。

这是一个秘密的仪式。只有经历仪式和执行仪式的人才知道其中的细节。它的举行方式总是相同的，若是有人还记得的话。

随着金色蜜蜂之门的敞开，这位迈过门槛的侍从放弃了她的名字。无论这个年轻女子以前的名字是什么，她都不会再被这样称呼了，那个名字留在了她的过去。有一天她会拥有一个新名字，但此时此刻，她没有名字。

这个房间面积不大，形状是圆的，屋顶很高，是她那间冥思室的缩小版。房间的一头放着一把普通的木椅，一根齐腰高的石柱顶上放着一小盆火。这火便是唯一的光源。

年长的侍从示意年轻女子坐在木椅上。她照做了。她面对着那团火，注视着火苗的舞蹈，直到一条黑色的丝带系在了她的眼睛上。

仪式继续进行，而她看不见了。

金属做的蜜蜂从她手中被拿走了。过了一会儿，有金属物件发出了叮当的声响，随后她感觉到胸前有一根手指，按在了她胸骨上的某一点上。按压的力度逐渐消失，然后被一阵尖利而灼热的疼痛所取代。

（后来她会明白，那个金属蜜蜂在火上加热之后，被烙在了她的胸膛上，留下了它带翅膀的印迹。）

这突如其来的痛感令她恐惧。她已经对仪式剩下的环节有所了解，并且做好了准备，而这个情况却在她的意料之外。

不久之前她还胸有成竹，现在她却心神动摇，再无把握。

不过她既没有喊"停",也没有说"不"。

她已经下定决心,虽然她无法掌握做出这个决定所需要的全部信息。

在黑暗中,有手指分开了她的双唇,一滴蜂蜜落在了她的舌头上。

这是在向她保证,最后的滋味一定是甜的。

实际上,留在侍从口中的最后滋味不止是蜂蜜味,那芬芳甜美的味道迅速地在血液中、金属中和燃烧的肉体中扩散。

如果在那之后侍从们能将它描述出来的话,他们会说自己所经历的最后滋味是一种蜂蜜味与烟味的混合。

并非完全是甜的。

每当他们将一根蜂蜡之烛顶端的火苗熄灭时,就会想起这个味道。

这味道提醒他们牢记自己的献身。

但他们却不能说出来。

他们自愿放弃了自己的舌头。他们献出了说话的能力,为了更好地为别人发声。

他们立下了不曾说出口的誓言,从此不再讲述自己的故事,以此致敬前人和来者。

在这种染上了蜂蜜味道的痛苦中,椅子上的年轻女子觉得自己可能会尖叫,但她并没有。在黑暗中,那团火似乎吞没了整个房间,即使被蒙住了双眼,她也能看见火焰中那些朦胧的轮廓。

她胸前的蜜蜂在跳动。

她的舌头被取走,燃烧成灰。仪式完成,她作为一名侍从的侍奉生涯正式开始。她的声音被禁止,她的耳朵被唤醒。

于是故事纷至沓来。

甜蜜的忧伤

眼见不为实。

有个男孩是预言家的儿子。在这个年龄,他不知道自己的身份是一件值得骄傲的事情,还是一个会被泄露的秘密,但它半点不假,从没变过。

他从学校步行回家,他的家在一个商店的楼上,店里摆满了水晶球、塔罗牌、熏香和长着动物脑袋的神明雕像,还有晒干的鼠尾草。(从他的被单上到他的鞋带上,到处都弥漫着鼠尾草的气味。)

这一天,和往常每个上学的日子一样,男孩抄近路从围绕在店后面的小巷经过。那是一条狭窄的通道,两边是高大的砖墙,墙上总是画满了涂鸦,被粉刷过后,又再次被涂满。

这一天,原本洁白的砖墙上画着的不是颇有创意的签名拼写,也不是用泡泡字体写出来的污言秽语,而是一件艺术品。

是一扇门。

男孩停下来。他调整了一下眼镜,让目光更集中一点,想确定他看到的就是他以为自己所看见的东西——他的眼神有时不太可靠。

眼镜边缘的那片朦胧变得清晰了,依然是一扇门。和他模糊的第一眼留下的印象相比,这扇门现在显得更高大,更别致,也更令人惊叹。

他不知道它是用什么画出来的。

它与周围格格不入，这吸引了他的注意力。

这扇门位于小巷深处，那是一块阳光照不到的阴暗区域，但它的色彩依然鲜艳，有些颜料还带着金属光泽。它比男孩看过的大多数涂鸦都更为精致。他认出它的绘画风格有一个华丽的法语名字[1]，意思是欺骗你的眼睛，但此时此地，他想不起这个术语了。

门上刻着——不，画着——色彩鲜明的几何图形，环绕于门的边缘，在平面上营造出深浅不一的立体效果。门的正中间原本可能有一个窥视孔，但在与之齐平的位置上却画着一只蜜蜂，非写实风格的线条与其他被画出来的刻纹十分相称。

蜜蜂的下面是一把钥匙。钥匙的下面是一柄剑。

一个看似立体的金色门把手在闪闪发光，虽然这里光线很暗。它的下方画着一个钥匙孔，因为太昏暗的缘故，它看上去就像一个在等待钥匙的空洞，而不是几笔画成的黑色图案。

这扇门诡异而漂亮，男孩无法用词语来形容它的模样，也不知道有没有语言可以描述它，就连华丽的法语词汇都做不到。

街上的某个地方有一只不见踪影的狗在吼叫，听起来遥远而不真实。太阳挪到了云朵的后面，感觉小巷变长了，也显得更加幽深昏暗，而那扇门却变得更耀眼了。

男孩试探地伸出手去摸那扇门。

他心中有一处依然相信魔法的存在，他觉得它摸上去应该是温暖的，尽管空气寒冷刺骨。他觉得这个图案会彻底地改变这面砖墙。他的心越跳越快，而他的手却放慢了动作，因为他心中还有一处认为刚才那个想法相当幼稚，已经做好了失望的准备。

他的指尖碰到了门上那柄剑的下方，落在了光滑的颜料上，下

---

[1] 错视画，法语名为 trompe l'oeil，为西方一种传统绘画风格。

面覆盖着冰冷的砖面，略微有些粗糙的表面将它的质地暴露了出来。

只不过是一面墙。只是一面画着漂亮图画的墙。

然而。

然而有种感觉触动了他，它不止是它看上去的样子。

他用手掌去推那面涂上了颜色的砖墙。门上伪造出来的木纹其实是一种棕色的颜料，和他的肤色相差一两个色度，仿佛它被调制出来就是为了与他相配。

门后面是另一个世界。不是墙后的房间，而是更加深邃的东西。他知道这一点。他用脚趾就能感觉到。

这就是他妈妈常说的那种意义非凡的瞬间。这个瞬间将改变之后的很多瞬间。

预言家的儿子只知道这扇门让人感觉很重要，但他却无法解释清楚，哪怕是对他自己。

站在故事开头的男孩完全不知道故事已经开始了。

他用指尖抚过那把钥匙的线条，感叹它看上去和那柄剑、那只蜜蜂还有那个门把手一样，都像是立体的。

男孩想知道是谁画了这扇门，而它又意味着什么，如果它有意义的话。如果这扇门没有意义，那么至少这些符号是有意义的。他想知道它会不会是一种象征，而不是一扇门，又或者它不仅是一种象征，同时也是一扇门。

在这个关键时刻，如果男孩转动那个画中的门把手，打开这扇可能存在的门，一切都会发生改变。

但他没有。

他只是把手插进了口袋里。

一方面他觉得自己太幼稚了，他已经长大，不再指望现实生活会和书中写的一样。另一方面他又觉得自己只要不去尝试就不会失望，这样他就能继续相信那扇门是可以打开的，即使那是假的。

他站在那里，双手插在口袋中，对着这扇门又思考了一会儿，然后离开了。

第二天，好奇心战胜了他，他回到那个地方，发现那扇门已经被涂抹掉了。在重新粉刷的砖墙上，他甚至已经找不到那扇门之前所在的确切位置了。

于是预言家的儿子没有找到通往无星之海的路。

尚未找到。

2015年1月

一所大学图书馆的书架上放着一本书。

本来这是很寻常的事情,可这本书不该被放在这里。

这本书被错误地放在了小说区,但它的大部分内容都是真实的,剩下的部分也基本属实。在这个图书馆,涉足小说区的人不如其他区多,一排排书架间光线昏暗,书架上总是落满灰尘。

这本书是捐赠品,根据上一任持有者的遗嘱,它作为其藏书的一部分留给了学校。这些书被送到图书馆,用杜威十进制系统分了类,它们的封面内页被贴上了条形码标签,这样它们就可以在借阅处被扫描,然后送往不同的馆区。

这本书只在加入分类目录时被扫描过一次。它的内页里没有作者姓名,所以它被录入系统时标记的是"不详",一开始它和作者首字母为"U"[1]的书被归为一类,可随着周围其他书籍的不断流通,它在字母表里的位置也在不断变动。有时也有人把它拿下来,翻看一会儿,又放了回去。它的封面已经开裂过好多次了。曾经还有一位教授仔细阅读过它的开头几页,准备下次再回来找它,但后来就

---

[1] 英文中"不详"(Unknown)的首字母为"U"。

把它忘记了。

自从它来到这座图书馆以后,就没有人完整地读过这本书。

有的人(包括那位健忘的教授)会在某个瞬间觉得这本书并不属于这里。或许它应该被放在特藏室,那个房间要求学生持有书面许可才能进入,他们阅读那些珍本书时,图书管理员们会在房间里来回巡视,任何人都不允许把任何东西从这里带出去。那些书上没有条形码。有的书需要戴上手套才能触碰。

然而这本书还是留在了普通借阅区。它的借阅量没有变化,几乎为零。

这本书的封面包裹着绛紫色的布料,年代久远,颜色褪尽,从鲜艳变成了黯淡。封面上曾经印刻着镀金的字母,如今金色已剥落,字母也只剩下符号状的刻痕了。1984年至1993年间它曾在某个存放处的箱子里待过一段时间,期间有一本比它更重的书册一直压在它的上面,于是它顶部的书角就被永久地压弯了。

这是1月份里的一天,学生们把这段日子称为"1月小学期",此时还没有开学,但他们已经回到了学校,各类讲座、由学生主办的研讨会以及戏剧排练都拉开了序幕。在一切步入正轨之前,大家又开始了假期结束后的热身活动。

扎卡里·埃兹拉·罗林斯在学校里想找一些书来读。他对此觉得有点愧疚,本来他应该利用宝贵的寒假时光多玩几次电子游戏的(还要回放,并进行分析),为他的论文做准备。可他在屏幕前花的时间太多了,他非常迫切地需要让自己的眼睛在纸上放松一下。他提醒自己,学科之间有不少是相互交叉的,而他发现电子游戏和几乎所有的学科之间都有交叉。

读一本小说,在他看来,就像是在打游戏时有更擅长这个游戏的人提前为你做好了所有的选择。（不过有时他希望那种读者自己选择故事线的小说能够重新流行起来。）

他也读了（不止一遍）不少儿童小说，因为这些故事似乎更像是故事。不过这可能是青年危机[1]即将到来的一种症状，对此他略感担忧。(他有点期望这个青年危机能在他二十五岁生日那天准时降临，而那一天离现在只有两个月了。）

图书管理员们一直以为他是文学专业的学生，直到其中一个人找他聊天时，他才不得不承认自己其实是新兴媒体研究专业的。这个秘密身份刚一失去，他就感到十分怀念，之前他竟然没有意识到原来自己这么喜欢这个伪装。他猜想自己看上去大概很像是学文学的，因为他戴着方框眼镜，还总是穿麻花针织的毛衣。扎卡里还没有彻底适应新英格兰地区的冬天，特别是今年这种没完没了的下雪天。作为一个从小在南方长大的人，他用好几层厚厚的毛衣把身体裹得严严实实，戴上了围巾，还随身带着一壶热巧克力取暖，有时他还会往里面掺一点波旁威士忌。

1月份还剩下两周了，扎卡里已经读完了他那份童年经典书单上的大部分书籍，至少把这个图书馆里有的都读过了，于是他开始读那些他一直打算看的书，有时他还会随意选一些其他的书来读，挑书时他会先翻看一下开头几页。

这是他一大早的惯例活动，安静的图书馆里堆满了受潮的书本，他置身其间，选好要读的书，然后回宿舍一读就是一整天。他在装有天窗的中庭将靴子上的雪抖落在入口处的地毯上，把《麦田的守望者》和《风之影》放进了还书架，心里琢磨着如果在攻读硕士学

---

[1] 原文为 quarter-life crisis，字面意思为"人生四分之一时的危机"，指二十多岁至三十多岁左右的青年人走向社会时经历的迷茫、焦虑和自我怀疑等负面情绪。

位第二年的中途对自己的专业产生疑惑,是不是为时已晚。接着他又提醒自己,他很喜欢新兴媒体专业,假如他已经学了五年半的文学专业,现在也很可能会感到厌倦。读书专业,这才是他想读的。不用提交心得报告,没有考试,也不用分析研究,只需要读书就行了。

扎卡里沿着两层楼之下的一条走廊就来到了小说区,走廊两边挂着画框,框里是反映学校往昔风貌的石版画。不出所料,这里又是空无一人。扎卡里在书架中穿行时,他的脚步发出阵阵回声。图书馆大楼的这个部分比较陈旧,和入口处明亮的中庭形成了对比,这里的天花板更低矮,书一直堆到房顶。落下来的光线成了一条条昏暗狭窄的长方形,而灯泡无论更换得多么频繁,都总是一副快要熄灭的样子。扎卡里觉得,要是自己毕业以后有了钱,可能会提供一笔特定捐款,专门用于图书馆这片区域的电线修理。2015 级的 Z. 罗林斯为阅读带来了充足的灯光。不用谢。

他在 W 字母区找书,只因他最近迷上了萨拉·沃特斯[1],虽然书目表里列举了好几个书名,但书架上只有一本《小小陌生人》,因此也省得他去挑选了。扎卡里还想找一些所谓的神秘书籍来看,它们有着他没见过的书名或者他没听说过的作者。他先从拥有空白书脊的书开始找起。

他摸到了书架较高的位置,稍微矮一点的学生可能需要爬上折梯才够得着。他抽出一本布艺封面的酒红色书册。书脊和封面都空无一字,于是扎卡里翻开书的扉页。

甜蜜的忧伤

---

1 萨拉·沃特斯(Sarah Waters,1966—),英国女作家,代表作《轻舔丝绒》和《指匠情挑》先后被改编成影视剧。

他翻过这一页，想看看是不是还有一页列出了作者姓名，但后面直接就是正文部分了。他又把书翻到了最后，没有致谢，也没有作者说明，只有一张条形码标签贴在封底内侧。他翻回到扉页，发现那里没有版权说明，没有出版日期，也没有印数信息。

这本书显然非常陈旧，扎卡里不太了解出版和装订的历史，不知道是否会有某一时期的书籍里不包括这类信息。他觉得作者的缺失也是一件令人费解的事情。也许有一页被弄丢了，又或者是印错了。他翻阅了正文部分，注意到的确有一些缺页，空出来的书页和内侧的撕口遍布全书，但本应该是序言的地方却没有撕痕。

扎卡里读完了第一页，然后又一页接一页地读了下去。

这时他头顶上给 U 到 Z 字母区提供照明的灯泡闪烁了一下，灯光暗了下去。

扎卡里不太情愿地合上书，把它放在了《小小陌生人》的上面。他把两本书牢牢地夹在胳膊下面，回到了亮堂的中庭。

前台有一位学生图书管理员，她把头发盘成了一个圆形发髻，上面插了一支圆珠笔，她在登记这本神秘的书时遇到了点麻烦。一开始是扫描出现错误，然后是扫描结果变成了别的书。

"我觉得它的条形码出错了。"她说。她在键盘上敲打了几下，又往显示屏上瞄了一眼。"你见过这本书吗？"她把书递给柜台旁的另一位图书管理员，问道。那是个中年男人，穿着一件令人羡慕的绿色毛衣。他翻过开头的几页，皱起了眉。

"没有作者，这倒是新鲜。它在哪个书架上？"

"小说区，W 字母区。"扎卡里回答。

"在作者匿名类的条目下找一找，可能会有。"绿毛衣的图书管理员建议道。他将这本书递还过去,把注意力转向下一位借阅者。

那位图书管理员又在键盘上敲打了一会儿,摇了摇头。"还是查不到,"她对扎卡里说,"真奇怪。"

"如果有问题的话……"扎卡里说道,他的声音越来越小,希望她能允许自己就这样把书带走。他对这本书产生了一种古怪的占有欲。

"没问题,我会把它登记在你的借阅档案里的。"她说。她往电脑里输入了点什么,再次扫描了条形码。她把这本没有作者的书和《小小陌生人》连同他的学生卡一起沿着柜台朝他推过去。"祝你阅读愉快!"她开心地说了一句,等扎卡里凑到柜台边时,她已经继续埋头在刚才读的那本书里了。那是一本雷蒙德·钱德勒写的书,但他看不到书名。图书管理员们在1月小学期似乎总是更加热情,因为他们可以有更多的时间和书待在一起,而与疲倦的学生和暴躁的教员打交道的时间则少了很多。

冒着寒冷的天气走回宿舍时,扎卡里满脑子都是这本书,他很想继续读下去,又想知道为什么它没有被录入图书馆的系统中。他借阅过不少书,也曾遇到过这样的小故障。有时扫描仪无法识别条形码,但是随后图书管理员可以人工将书号录入系统。他很好奇在扫描仪出现之前的年代里,他们是如何用书目卡片和书后内页里有签名的小纸袋来管理图书的。他更愿意签上自己的名字,而不是变成系统中的一个号码。

扎卡里的宿舍楼是一座砖砌建筑,四周都是破烂的研究生宿舍,枯萎的常春藤落满了积雪和灰尘,覆盖了整栋楼。他爬了很多台阶,来到他位于四楼的房间。这间房子挤在这栋楼的屋檐下,有着倾斜的墙和透风的窗户。他用毯子挡住了房间里大部分地方,还为过冬而添置了一个违禁的小型取暖器。他妈妈寄来的挂毯从墙上垂落下来，它们的确让房间变得更舒适了，其中有部分原因是无论把它们洗多少遍，似乎都无法将鼠尾草的味道从上面去掉。隔壁那位艺术硕士把这房间称为洞穴，不过它更像是一个私人小窝，如果这种小窝里可以有马格利特[1]海报和四款不同的游戏系统的话。他的平板电视醒目地挂在墙上，屏幕黑乎乎的，像一面镜子。他应该拿一张挂毯罩住它。

扎卡里把他的书放在桌上，又将靴子和外套放进衣柜里，然后到走廊里的小厨房去煮一杯热巧克力喝。在等待电热水壶把水烧开时，他觉得自己应该把那本酒红色的书随身带来，不过他一直很注意，没有让自己时刻埋头在书本里。他这么做是想让自己看上去友好一点，但他不知道有没有效果。

他端着热巧克力回到自己的小窝，坐在他的懒人沙发椅里，这椅子是一年前一位离校的学生送给他的。它本身是鲜艳的荧光绿色，不过扎卡里在上面披了一块因为太重而无法挂在墙上的挂毯，用各种棕色、灰色和紫色将那颜色遮住了。他把取暖器对准自己的双腿，然后打开《甜蜜的忧伤》，翻到了他被图书馆不靠谱的灯泡打断时正在看的那一页，开始读了起来。

读了几页之后，故事有了变化，扎卡里不知道这算是一部长篇小说还是一本短篇故事集，又或是故事中的故事。他正想着故事线会不会往回走，兜一圈再回到之前的部分，这时它又变了。

扎卡里·埃兹拉·罗林斯的手开始颤抖。

因为这本书的第一部分讲的是带着点浪漫色彩的一位海盗的故

---

[1] 勒内·马格利特（Rene Magritte，1898—1967），比利时画家，早期从事墙纸设计和商业艺术，后来成为超现实主义画风的代表。

事，第二部分讲的是一个侍从在一所古怪的地下图书馆参加的一场仪式，但第三部分却是一个完全不同的故事。

第三部分是关于他自己的。

男孩是预言家的儿子。

这是一个巧合，他想，可他接着往下读的时候，却发现那些细节太准确了，不可能是虚构的。也许很多预言家的儿子在鞋带上都会沾有鼠尾草的气味，可他不相信他们也会在从家去学校的路上穿过小巷抄近道。

当他读到关于那扇门的部分时，他放下了书。

他觉得头昏脑胀。他站起身，担心自己可能会晕倒，于是想去把窗户打开，结果踢翻了被遗忘在一边的那杯热巧克力。

扎卡里昏昏沉沉地走到廊里的小厨房取来纸巾，把热巧克力擦干净，又回到厨房扔掉了弄湿的纸巾。他在水池里洗杯子时，发现杯子上有一个缺口，他不确定它是不是之前就在那里。有笑声回荡在楼梯井里，听起来遥远而空洞。

扎卡里回到房间，再次与这本书面对面，他盯着它，而它则满不在乎地躺在懒人沙发椅里。

他锁上了房门。他很少这么做。

他拾起那本书，比之前更加仔细地将它打量了一番。封面的顶角被压坏了，布面出现了磨损。书脊上有一些金色的小斑点。

扎卡里深吸一口气，再次打开书。他回到离开时的那一页，强迫自己去读那些文字，它们逐渐展开，和他预料中的一模一样。

他的记忆填补出了书页上没有记载的细节：被粉刷的范围自下而上占据了半个墙面，再往上的砖头重新露出了红色，小巷的尽头有一些垃圾桶，他肩膀上的双肩背包里塞满了课本，沉甸甸的。

他曾经无数次地回忆起那一天，但是这一次却不太一样。这一次他的记忆被纸上的文字所牵引，变得清晰而生动。就好像那一刻刚刚发生，而不是出现在十多年前的过去。

他能清楚地记得那扇门的样子，还能准确地想起那些图案。当时他叫不上名字的错视绘画法。那只蜜蜂上有着精致的金色条纹。那柄剑直指那把钥匙。

然而当扎卡里继续往下读的时候，他发现这其中还不止他记忆里所包含的那些东西。

他居然遇到了这么一本书，讲述了很久以前发生在他本人生活中的一件事情，他从未向任何人提起过它，而这段未说出口也没被写下来的往事却化作铅字排出的故事展现在他面前，他本以为不会再有比这更奇怪的感受了，但是他错了。

让他觉得更奇怪的是，这段文字证实了他一直以来的怀疑，在那一刻，在巷子里面对那扇门的那一瞬间，他被赋予了一种神奇的命运，而他让这个机会从指缝间溜走了。

站在故事开头的男孩完全不知道故事已经开始了。

扎卡里读到这一页的末尾，翻了一页，以为他的故事还会继续，然而并非如此。叙事再次完全发生了变化，变成了一个关于玩具屋的故事。他把这本书剩下的部分都浏览了一遍，寻找任何提到了预言家儿子或者画中门的书页，却一无所获。

他又翻回前面，把关于这个男孩的故事重读了一遍。关于他自己。关于门背后那个他没有找到的地方，无星之海究竟该是什么样的存在。他的手不再颤抖，但他的头依然昏沉，还浑身发热，这会儿他想起自己还没把窗户打开，可他一读就停不下来。他把眼镜往鼻梁上推了推，这样就能看得更清楚。

他想不明白。他不仅想不通那一幕是如何被人如此详细地捕捉下来的，也不知道它是如何出现在书里的，而且这本书的年龄看上去比他大很多。他摩挲着指间的纸张，它的手感厚重而粗糙，颜色泛黄，边缘已经接近棕色。

难道有人能预测他的存在，连他的鞋带都包括在内？这是不是意味着这本书的其他故事也是真实的？某个地方有一群缄默的侍从待在一个地下图书馆里？如果他是这一群虚拟人物中唯一真实存在的人，那对他来说太不公平了，虽然他觉得海盗和女孩也可能是真实的。不过这个想法本身就非常荒唐，他把自己嘲笑了一番。

他在想自己是不是疯了，然后又觉得如果他会这么想，就说明他很可能没有疯，但这并没有带来多少安慰。

他低头看着这一页上的最后两个词。

尚未找到。

这两个词从他脑海里泛滥的无数个问题里游过去。

然后其中一个问题浮到了他思绪的表面，这个问题是由那个反复出现的蜜蜂图形和他记忆中的那扇门而引起的。

这本书是来自那个地方吗？

他又查看了一下这本书，目光停留在贴于封底的条形码上。

扎卡里凑近瞧了瞧，发现这个贴纸遮挡住了那里写着或者印着的什么字。贴纸的底端露出了一个黑色的墨点。

撕开这张贴纸让他感到有点愧疚。反正这个条形码是错误的，很可能要被换掉。而且他压根儿就不想归还这本书，目前还不能还。他小心翼翼地把贴纸慢慢地撕下来，试图把它完整地移开，争取不弄破它下方的纸面。他将它轻松地揭了下来，贴在桌子的边缘，然后回过来看它下面写了什么。

那里没有写字,只有一排标记被印在或者说是刻在封底上,它们褪去了颜色,轮廓模糊,但依然很容易辨认。

露在外面的墨点是一柄剑的剑柄。

它上面是一把钥匙。

钥匙的上面是一只蜜蜂。

扎卡里·埃兹拉·罗林斯盯着这些图案,它们和他见过的那些标记一模一样,是它们的缩小版,他曾经在他妈妈店铺后面的一条小巷里对着它们沉思。他在想,既然他并不知道自己身在故事之中,那他究竟该如何将这个故事继续下去。

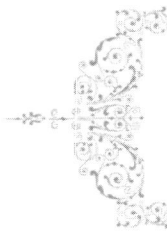

甜蜜的忧伤

虚构的人生。

一切都始于一座玩具屋。

这是一个由木头、胶水和颜料精心搭建而成的微型住房。它做工细致，按原尺寸重建了一座房子，并体现了最精致的细节。制作完成后，它被送给了孩子们，供他们玩耍，用这种简化而夸张的形式来展现日常生活。

玩具屋里有玩偶。这个家里有一个妈妈和一个爸爸，还有一双儿女和一只小狗。他们穿的西装和裙子都是精美的布料仿制品。而那只狗有一身真正的皮毛。

玩具屋里有一间厨房、一间会客室和一间阳光房。有卧室，有楼梯，还有一个小阁楼。每个房间里都摆满了家具，装饰有小小的挂画和小小的花瓶。墙纸上印着精致的花纹。小小的书本还能从书架上取下来。

玩具屋的屋顶覆盖着木瓦，每片瓦都不过手指甲大小。小小的门都紧闭着，还插上了门闩。用锁和钥匙可以打开房子，将其展开，但多数时候它都是合拢的。玩偶们在屋里的生活只有透过窗户才能看见。

这座玩具屋被放在港口的一个房间里，这座港口在无星之海上。它的历史已经消失。曾经和它玩耍的孩子们早就长大离开了。它如何被运到这个鲜为人知的地方，又如何被放进这个隐秘的房间里，已经成了一段被遗忘的故事。

这并不重要。

重要的是它周围随之产生的一切。

一座孤零零的房子，周围空荡荡的，这算什么呢？没有院子来养狗，没有街对面抱怨的邻居，甚至连一条住了邻居的街道都没有，这怎么行？再加上没有树木，没有马匹，没有商店。没有港口，没有船，也没有海那一边的城市。

这一切都在它周围被造了出来。一个孩子创造的世界到了另一个孩子手中，一个又一个，直到它成为每个人的世界。金属、纸张和胶水将它不断完善和扩展。还用上了齿轮、拾得艺术品和黏土。越来越多的房子被搭建了起来，玩偶也越添越多。成堆的书本按照颜色排列了起来，成了一处风景。纸折的鸟儿从头顶飞过。热气球从上面飘下来。

这里有群山，有村庄和城市，有城堡和龙，还有飘浮的舞场。这里有农场和谷仓，有毛茸茸的棉花做的绵羊。一个由手表改装的时钟立在塔顶，记录着时间。公园里有湖，湖上有鸭子。海滩上还有一座灯塔。

这个世界在房间里铺展开来。参观者可以沿着小路走到房间的各个角落。建筑物下面露出的轮廓说明这里原本放着一张桌子。墙上的搁架如今成了大海另一头遥远的国家，海面上荡漾着蓝色的波浪，都是用纸细心制作的。

一切都始于一座玩具屋。时光流逝，它却并未止步于此。

一座玩具城。一个玩具世界。一个玩具宇宙。

永远在扩张。

几乎每个发现了这个房间的人都会觉得必须为它增加点什么，把他们口袋里的东西留下来，变成一道墙、一棵树或是一座神庙。一个顶针变成了垃圾桶。用过的火柴被做成了篱笆。掉落的纽扣变成了轮胎或者苹果或者星星。他们把破损的书本做成房子，用闪光的玻璃粉变出了彩虹。他们移动了人物和地标的位置，把小绵羊从一个草场送到另一个草场。他们改变了山脉的走向。

　　有的参观者在房间里一玩就是好几个小时，创作很多的故事和叙述。有的人只是四处看看，把一棵歪斜的树扶正，或者将一扇门修好，然后就离开了。还有人只挪动了一下湖面上的鸭子便心满意足了。

　　所有走进这个房间的人都对它产生了影响。哪怕是在不经意间，也会留下痕迹。轻轻地打开房间的门，就会有一阵微风吹拂过里面的物品。一棵树会倒下，一个玩偶的帽子会被吹跑，一整座建筑会坍塌。

　　迈错的步伐可能会把某个五金商店踩塌。拂过的衣袖可能会碰到某座城堡的顶楼，让一位公主摔在地上。这是一个脆弱的世界。

　　所有的破坏通常都是暂时的。还会有人到来，把它们一一修补。会有人把摔倒的公主放回城墙上。会有人用小棍和卡片把五金商店重新搭起来。也会有人在旧的故事上编出新的故事。

　　位于中心的那座最初的房子也发生了微妙的变化。家具从这个房间移到了那个房间。墙被重新粉刷或者更换了墙纸。妈妈玩偶和爸爸玩偶有时会各自到别的房子里与其他玩偶相处。一双儿女离开家，又回到家，然后再次离开。狗追着汽车和绵羊跑，还大胆地冲着一条龙叫个不停。

　　在他们周围，这个世界越变越大。

　　有时玩偶们也要花很长时间才能适应。

扎卡里·埃兹拉·罗林斯坐在衣柜里，关上了柜门，他周围全是挂起来的衬衣和外套。如果他的小衣柜是一个大衣橱的话，那么他背靠的地方就是通往纳尼亚[1]的大门。他正在经历一次有关存在意义的危机。

他把整本《甜蜜的忧伤》都读完了，而且还读了两遍，他以为自己大概不会再读第三遍了，可他居然又读了一遍，因为他睡不着。

读完以后依然睡不着。

现在是凌晨3点，扎卡里待在他的衣柜深处，小时候他就喜欢坐在这个角落里看书。他已经很多年都没再体验过那种惬意了，也从来没在这个衣柜里感受过，因为它不太适合这种坐法。

他想起来了，发现那扇门以后，他就一直坐在儿时的衣柜里。那个衣柜更适合这么坐。它的内部更深，他搬来很多枕头，把里面布置得更加舒适。那个衣柜里也没有通往纳尼亚的大门，他知道这一点，因为他检查过了。

在《甜蜜的忧伤》里，只有一个章节与他相关，但其中有几页纸找不到了，经过仔细查看，他发现在书脊位置有好几处缺失。故

---

[1] 这个设定源于英国作家 C. S. 刘易斯（C. S. Lewis，1898—1963）的代表作《纳尼亚传奇》，小说中主人公家的衣柜就是纳尼亚王国的入口。

事又回到了海盗和女孩,剩下的内容支离破碎,感觉并不完整。大部分情节都围绕着一座地下图书馆展开。不,那不是图书馆,而是一个以书籍为核心的奇幻之地,扎卡里失去了被邀请入内的机会,因为他十一岁的时候没有推开那扇画出来的门。

看来他寻寻觅觅的那些想象中的入口都是错误的。

这本酒红色封面的书就躺在床脚。扎卡里不想承认自己在躲着它,他藏在柜子里,这样它就看不见他了。

整整一本书,在读完第三遍以后,他依然不知道接下来该怎么办。

这本书剩下的部分不如开头几页那么真实。因为他妈妈的身份,扎卡里对于魔法总是怀有一种复杂的心情,不过他对草药学和占卜学还是颇为了解的,而这本书的内容已经超出了他所定义的真实性。那是魔法中的魔法。

如果关于他的那几页内容是真实的,那么剩下的内容就可能……

扎卡里把头埋在膝盖之间,试图稳住呼吸。

他一直在想是谁写出了这本书,谁看见他在巷子里与那扇门相对,他们为什么要把它写下来。重读刚开始的几页纸,就能发现它暗示了开篇的几个故事之间是层层相嵌的:海盗讲述了关于侍从的故事,而侍从看到了关于男孩的故事。也就是他。

可如果他存在于故事中的故事里,那么讲故事的人又是谁呢?一定有人把它排了版,并把它装订成书。

某个地方的某个人知道这个故事。

他想知道是否某个地方的某个人也知道他正坐在自己的衣柜里。

扎卡里从衣柜中爬出来,回到房间里,他的腿都僵硬了。天快亮了,窗外黑暗的天色逐渐淡去。他决定散个步。他把书留在了床上。但他的手指立刻有点发痒,想要他随身带上它,这样他可以再读一遍。

他用围巾裹住脖子。一天之内把一本书读四遍是再正常不过的行为了。他开始给羊毛外套系扣子。书一离手就产生了生理不适也是正常的。他把编织帽往下拉，盖住了耳朵。读研时大家都会在衣柜里过夜。他穿上靴子。从一本作者不详的神秘之书中发现自己的一段童年经历也是常事。他把双手插进手套里。人人都会遇到。

他把那本书放进了外套口袋。

扎卡里迈着沉重的步伐，漫无目的地从刚下过雪的地面走过。他路过图书馆，继续往校园里本科生宿舍楼附近的一片小山坡走去。他原本可以换个路线，从他过去住的宿舍门前经过，但他没有这么做——自己曾经在那个窗口从里往外望，如今却要从外面看它，总让他感觉怪怪的。他穿过松脆而没被踏过的积雪，他的靴子在干净的雪地表面上留下了压痕。

他总是很享受冬季和下雪天，还有寒冷的感觉，即使脚趾冻得失去了知觉。那是一种神奇的体验，在他去亲身感受之前，他从书里读到的雪就给他留下了这样的印象。在一个充满欢声笑语的夜晚，他经历了第一场雪，他妈妈的农舍外有一片田野，他在那里用裸露的双手做雪球，鞋底一直在打滑，让他站立不稳，后来他发现那双鞋并不防水。想到这段往事时，他的双手在羊绒内衬的手套里隐隐作痛。

如此安静的雪总是让他惊讶不已，直到雪化的时候。

"罗林斯！"一个声音从他身后传来，扎卡里转过身。一个裹得严严实实、戴着条纹帽的身影朝他挥了挥手，手上戴着一双鲜艳的连指手套，他看见一团搭配混乱的色彩在白茫茫的空地上移动，艰难地穿过被雪覆盖的小山坡，有时还在他落下的脚印间跳动。等这个身影离他只有几步远的时候，他认出了那是凯特[1]，是在他们系为数不多的几个他能称得上是朋友而不是熟人的本科生，多半是因为她交友很主动，而他是凯特认可的朋友人选。她有一个电子游戏主题的烹饪博客，经常在朋友们身上开展美味的实验。比如，受《天际》[2]的启发而制作的甜卷，经典款《生化奇兵》[3]奶油蛋糕，还有向《吃豆人》[4]里的樱桃致敬的黑樱桃酒口味松露巧克力。扎卡里怀疑她根本不睡觉，她总是忽然出现在他面前，建议来一杯鸡尾酒或者跳个舞，或者用其他理由把他哄骗出门，虽然扎卡里从来没有明确表示过，他其实很感激在生活中能遇到这样一位朋友，不然他的人生会一直自闭下去，但他可以肯定，她知道自己的这份心情。

"嘿，凯特，"扎卡里在她来到跟前时说，希望自己看上去没有心里感觉的那样糟糕，"你今天怎么这么早出门？"

凯特叹了口气，翻了个白眼。这声叹息在寒冷的空气中化作一团水汽飘走了。

"只有这么一大早出来，我才能抢占实验室来开展我那些到目前为止还不算太正式的项目。你呢？"凯特把书包换到肩膀上时差点没站稳，扎卡里伸手正要去扶住她，而她已经自己站定了。

"睡不着。"扎卡里回答，这倒是实话，"你还在做气味实验吗？"

"是啊！"透过凯特的脸颊能看出她藏在围巾里的笑容，"我觉得它是沉浸式体验的关键，如果闻起来什么都没有，那么虚拟现实就不那么真实了。我还没研究出它的家用功能，不过我自己的定点软件运行得还不错。等开春的时候，我可能会需要有人来测试软件，

1　"凯特"是"卡特里娜"的昵称。
2　角色扮演类单机游戏《上古卷轴》系列之五。
3　一款第一人称射击类游戏。
4　一款益智休闲类游戏。

如果你愿意的话。"

"等春天一到,我乐意效劳。"凯特的那些项目在整个系里都是一个传说,它们有着极其复杂的交互装置,不管她自认为成功与否,它们都是令人过目难忘的作品。相比之下,扎卡里所做的则是一些过度依赖大脑、足不出户的研究,而且他自己的主要工作只是在分析别人已经完成的事情。

"太棒了!"凯特说,"我要把你写进我的名单里。很高兴遇到了你,你今晚有事吗?"

"没什么事。"扎卡里说。他还没想过这一点:时间在继续往前走,校园里的生活一切照旧,唯有他的世界发生了倾斜。

"你能陪我一起主持我的1月小学期课堂吗?"凯特问,"7点到8点半左右?"

"你的哈利·波特编织课吗?我不太会编织。"

"不是的,那是周二晚上,这是一个沙龙式的讨论课,叫作'故事写作中的创意',本周的主题是游戏。每堂课我都会邀请一位客座主持人,本来要请纪子来做这次的嘉宾,可是她因为要去滑雪就变了卦。肯定会非常有意思的,你不需要准备讲稿之类的任何东西,只要在轻松的学术氛围里聊一聊游戏就行了。我知道这是你喜欢的话题,罗林斯。行吗?"

扎卡里不由自主地产生了拒绝的冲动,对于任何需要他在一群人面前说话的场合,他都是抗拒的,不过当凯特踩着高跟鞋蹦来跳去地取暖时,他考虑了一下这个提议:这听起来是个好主意,能让他暂时逃避自己的烦恼,并且远离那本书。毕竟只有凯特才能做到这一点。有凯特这样的朋友真好。

"行,没问题。"他说。凯特欢呼了一下。欢呼声回响在大雪覆盖的草地上，惊扰了一对乌鸦，它们很不高兴地从附近落脚的树枝上飞走了。

"你太棒了，"凯特说，"我给你织一条拉文克劳[1]的围巾吧，作为答谢。"

"你怎么知道——"

"拜托，你一看就是拉文克劳。晚上见，我们在斯科特大厅的休息室碰面，就是后面靠右的那间。等我的手暖和一点了，我会把具体事宜发短信告诉你。你最好啦，我想拥抱你一下，不过我觉得我可能会摔倒。"

"心意领了。"扎卡里向她表示。他在想要不要就在雪地里问问凯特是否听说过无星之海，因为只有她才会听说这样一个可能出现在童话里也可能存在于传说中的地方，但大声说出这个名字又让整件事显得太过真实了，所以他只是望着她深一脚浅一脚地朝科学楼走去，新兴媒体中心就在那里，不过他觉得她很可能要去的是化学实验室。

扎卡里独自站在雪中，眺望着慢慢苏醒的校园。

昨天这里给人的感觉还是老样子，几乎不太像一个家。而今天他觉得自己是个冒牌货。他深吸了一口气，带有松树味道的空气填满了他的肺。

万里无云的淡蓝色天空中有两个黑点，那是刚才飞走的乌鸦，逐渐消失在远处。

扎卡里·埃兹拉·罗林斯走了很长一段路回到宿舍。

扎卡里脱掉了靴子，剥下了层层冬衣，然后拿出了那本书。他把书在手中翻动了一下，就放在了书桌上。它看上去没什么特别的，

---

[1] "哈利·波特"系列小说中霍格沃茨魔法学校中的一个学院，其学生的特点是智慧聪敏。

像是包含了整个世界，不过同样的说法也可以用于任何一本书。

扎卡里拉上窗帘，它们还没把窗户完全罩住时他就已经昏昏欲睡了。灿烂阳光下的雪景被窗帘挡在窗外，街对面一棵凌乱生长的云杉树下面有个身影，站在阴影里望着他，也被挡住了。

几小时后，扎卡里醒了过来，他的手机传来短信的提示音，嗡嗡的振动声将它晃下了桌子，飞向地板，轻轻地落在了一只被扔掉的袜子上。

> 傍晚 7 点斯科特大厅一楼休息室——从前门进，路过楼梯，沿走廊向右转，在法式大门的后面，房间看上去有末世风格，是社交名媛们喝茶的地方。我会提前到的。你是最棒的。么么哒[1]。

手机上的时间告诉他已经 5 点 50 分了，而斯科特大厅在校园的另一头。扎卡里打了个哈欠，把自己拖出被窝，到走廊去洗澡。

他站在水蒸气里，觉得这本书只是自己梦到的，不过这个想法带来的安慰慢慢消散之后，他又想起了真相。

他用家里自制的手工皂使劲揉搓自己的皮肤，差点搓破了皮。这肥皂由杏仁油和糖混合制成，是他妈妈每个冬天都会送给他的礼物，今年这一批加入了香根草的气味，能够让人心绪平静。也许他能把那个站在巷子里的男孩从身上抹去。也许真正的扎卡里就在皮肤之下的某个地方。

你身体里的所有细胞每隔七年就会发生一轮改变，他提醒自己。他已经不再是那个男孩了。他已经在那个男孩身上消失过两轮了。

---

[1] 原文为"<3 k"，其中 <3 形似噘起的嘴唇，字母 k 则代表 kiss，在网络语言中表示亲吻。

扎卡里洗澡用的时间太长,他不得不匆忙收拾一番,他抓起一根蛋白棒饼干时才意识到自己已经一整天都没吃东西了。他往书包里扔了一个笔记本,他的手越过《甜蜜的忧伤》,拿起了《小小陌生人》。

正要出门的时候,他又折回去,把《甜蜜的忧伤》也装进了包里。

他走在前往斯科特大厅的路上,头发冻成了小卷,嘎吱嘎吱地摩擦着他的脖子。雪地上布满了交错的鞋印,整个校园里几乎没有一片区域是无人踏过的。扎卡里路过了一个歪倒的雪人,它戴着一条大红色的围巾。一排学校前任校长的半身像几乎全部被雪覆盖了,只从积雪下面偶尔露出几只大理石的眼睛和耳朵。

他一到斯科特大厅就发现凯特的方位指示非常有用,因为他之前从没来过这个宿舍楼。他经过楼梯和一个空无一人的小型自习室,找到了那条走廊,又沿着它走了一会儿,最后来到了一对半开的法式大门前。

他不确定有没有找对房间。一个女生坐在扶手椅里织毛衣,而另一些学生正在重新摆放那些茶话会用的家具,它们看上去像是被灾难破坏过一样,那些天鹅绒的椅子和长沙发由于年代久远而变得单薄破旧,有些还用强力胶带修补过。

"哇,你找到我们了!"凯特的声音从他身后传来,他转过去,看到她举着一个托盘,上面放着一个茶壶和几只倒满水的茶杯。脱掉了外套和条纹帽以后,她的个头显得更小了,茂密的短发像一团毛茸茸的影子罩在她的脑袋上。

"没想到你真的准备了茶。"扎卡里说,帮她把托盘放在了房间中央的咖啡桌上。

"我可不会拿茶来开玩笑。我沏了伯爵茶,放了薄荷,以及一种能提高免疫力的东西,含有生姜。我还做了饼干。"

等茶和一盘盘饼干都放好时,班上的人陆续进场了,大约有十二个学生,不过扔在椅背上和沙发上的外套和围巾让人感觉似乎还不止这些人。扎卡里坐在窗边一把古老的扶手椅上,凯特把他领到了这个位置,还给他送来了一杯伯爵茶和一块超大的巧克力薯片饼干。

"大家好,"凯特说,把屋里所有人的注意力从烘焙美食和聊天中吸引了过来,"非常感谢大家的到来。我想我们中有些人是上周没来的新面孔,所以我们先围绕房间做一个简短的自我介绍吧,从我们的客座嘉宾开始。"凯特转过身,期待地看着扎卡里。

"好的……嗯……我叫扎卡里。"他边嚼边说,然后把剩下的饼干都咽了下去,"我是新兴媒体专业二年级的研究生,我主要研究的是电子游戏设计,重点研究其中与心理学和性别相关的方向。"

我昨天在图书馆发现了一本书,有人在书里写了我童年发生的事情,这对于创意故事写作是不是有一些意义?他在心里想着,但没有说出口。

自我介绍还在继续,和记名字相比,扎卡里更擅长记特征细节和研究领域。有几个人是戏剧专业的,包括一个梳着扎眼的彩色脏辫的女生和一个金发男生,他的脚架在一个吉他盒上。戴着猫眼眼镜的女生看上去隐约有些面熟,她来自英语专业,和那个一直在织毛线却不怎么低头看手上动作的女生是一个专业的。其他人大多数是新兴媒体专业的本科生,他认得其中一些人(穿蓝色连帽衫的男生、羊毛衫袖口露出了藤蔓纹刺青的女生,还有扎马尾辫的男生),但是没人像凯特一样和他这么熟。

"我叫凯特·霍金斯,新兴媒体和戏剧双学位的大四学生。大部分时间里，我在研究把游戏变成戏剧，再把戏剧变成游戏，还有烘焙技术。今天晚上我们专门讨论一下电子游戏，我知道我们当中有很多人都玩游戏，但如果你不玩游戏，那么你在需要相关术语解释的时候，请告诉我们。"

"我们如何定义'玩游戏的人'？"穿蓝色连帽衫的男生问，他的声音中透着一丝不满，凯特明快的态度几乎令人察觉不到地变得阴沉了一些。

"我的依据是格特鲁德·斯泰因[1]的定义：玩游戏的人就是玩游戏的人就是玩游戏的人。"扎卡里调整了一下眼镜，插嘴回答道。他并不喜欢自己这种卖弄学问的做法，但他更讨厌那个男生要把每件事都界定一番的样子。

"关于在这个讨论中我们如何定义'游戏',"凯特接着说，"我们的范围是叙事类游戏和角色扮演类游戏（又叫RPG），等等。一切讨论最终要回归故事创作。"

凯特让扎卡里给大家介绍了一些关于游戏故事叙述、角色设置、选择和结果的标准入门读物，还分享了他在很多论文以及研究项目中提出的观点，向一群从未听过这些内容的人提及它们是一个令人愉悦的新体验。

凯特会不时插上几句话，很快讨论就有序地展开了，提出的问题引发了辩论，各种观点在大家喝茶吃点心的时候发生着激烈的碰撞。

交谈的话题转向了上周的主题，也就是沉浸式戏剧表演，然后又回到了电子游戏，从大规模多玩家类游戏的合作性一直聊到了单机玩家的叙事手法和虚拟现实，中途还短暂地探讨了一下桌游。

---

1 格特鲁德·斯泰因（Gertrude Stein，1874—1946），美国小说家、诗人、剧作家，"一朵玫瑰就是一朵玫瑰就是一朵玫瑰"（A rose is a rose is a rose）是她的名言。

最后，大家要研究和解决的问题就是，玩家为什么会参与有故事情节的游戏，以及这类游戏有何引人入胜之处。

"这难道不是大家都想要的吗？"戴着猫眼眼镜的女孩回应道，"能自主做出选择和决定，却又让它成为故事的一部分。即使你想保留自己的自由意志，你还是需要依靠那条故事线。"

"你想决定去哪里，做什么，打开哪扇门，却也想赢得游戏。"马尾辫男生补充道。

"即使赢得游戏就意味着故事结束。"

"特别是当一个游戏有多种结局的时候，"扎卡里说，提起他两年前写过的一个论文主题，"你会希望与他人共同创作这个故事线，而不是由你说了算，这样它就具有协作性了。"

"相比其他领域，这种方式在游戏中效果最佳。"新兴媒体专业的一位学生若有所思地说。"或许在先锋戏剧的创作中也是如此。"当一个戏剧专业的学生准备反驳时，他又补充道。

"'选择你的冒险历程'[1]系列电子书？"织毛线的英文系学生脱口而出。

"不，如果你想完成树状结构中的所有决策选项，把全部的假设和结果都尝试一遍，那就到一个成熟的游戏里去。"有着藤蔓文身的女生争辩道，她边说边挥动双手，于是那些藤蔓也在强调她的观点，"好的文本故事拥有已经存在的叙事结构可供套用，而游戏则随你的进度展开。如果我可以选择故事的剧情，我要当一个法师。或者至少得有一把好枪。"

"我们跑题了，"凯特说，"稍微有点。是什么让一个故事引

---

[1] 美国作家爱德华·帕卡德（Edward Packard, 1931— ）以独特的交互式写作手法创作出的叙述性历险故事图书，读者为故事的主角。

人入胜的呢？对于任何故事来说，需要哪些基本要素？"

"变化。"

"神秘性。"

"高风险。"

"角色成长。"

"爱情。"穿着蓝色连帽衫的男生插嘴说。"怎么了？本来就是嘛，"好几个人朝他抬起了眉毛，于是他又说，"两性之间的张力，这样说可以了吧？这也没错。"

"需要克服的障碍。"

"意外。"

"意义。"

"可是谁来决定意义是什么？"扎卡里大声问道。

"读者、玩家和观众。那是你赋予它的，即使一路上你并没有做选择，但你决定了它对于你的意义。"织毛线的女孩停下来发现了一处跳针，然后继续说，"对我来说有意义的一款游戏或者一本书，可能对你而言就是枯燥无趣的，反过来也一样。故事都是带有私人情感的，你会对它们产生共鸣，或者毫无触动。"

"正如我所说，每个人都想成为故事的一部分。"

"每个人本来就是故事的一部分，他们想要的是成为值得被记录的那些故事的一部分。这是对死亡的恐惧，是一种'我曾来过，我很重要'的心态。"

扎卡里的思绪开始游荡。他觉得自己老了，他不太确定自己还是一名低年级学生的时候有没有这样的热情，也不知道当年研究生们眼中的自己是不是和现在他眼中的那群人一样青春洋溢。他想到了书包里的那本书，在心里琢磨着身处故事中会是什么滋味。他想知道自己为什么会花这么多时间去推动那些故事向前发展,他还想弄清楚该如何以同样的方式对待这个故事。

"把文字写在纸上,将一切留给想象力,不是更容易吗?"另一个英语专业的学生问道,她是一个穿着红色毛衣的女生。

"把文字写在纸上谈何容易。"戴着猫眼眼镜的女生指出了这一点,有几个人点了点头。

"至少会简单一些。"红毛衣女生举起一支笔,"我能用它创造出整个世界,这样也许没有新意,但非常有效。"

"等墨水用光就不灵了。"有人反驳道。

有人指出已经9点了,这时有好几个人跳了起来,道歉之后就匆匆离开了。剩下的人三三两两地分成几组继续畅聊,几个新兴媒体的学生围在扎卡里身边,询问关于课程推荐和任课教授的情况,他们让整个房间或多或少地恢复了秩序。

"真是棒极了,谢谢你。"凯特等他再次注意到自己时说,"我欠你一份人情,我这周末就给你织围巾,保证让你拿到它的时候,天气依然很冷,正好用得上。"

"你不必这么客气,不过还是谢谢你,凯特。我今晚过得很开心。"

"我也是。噢,艾琳娜还在大厅等着呢。她想趁你没离开时来找你,又不想打扰你和大家说话。"

"噢,好吧。"扎卡里说,努力回忆哪一个是艾琳娜。

凯特又给了他一个拥抱,然后在他耳边轻声说:"她不是想约你,我已经提前告诉她了,你在取向上不太适合。"

"谢谢你,凯特。"扎卡里说,忍住没有翻一个白眼,他知道这很可能就是她的原话,她不会直白地说他是同性恋,因为她不喜欢贴标签。

艾琳娜是那个戴着猫眼眼镜的女生，她斜靠着墙，正在读一本雷蒙德·钱德勒的小说，扎卡里认出来是《漫长的告别》，他明白为什么她看上去有点眼熟了。如果她刚才把头发挽成圆发髻，他大概就能认出她来了。

"你好。"扎卡里说，她一脸茫然地从书里抬起头。他自己也常常会露出这样的表情，那是从一个世界中抽离又回归另一个世界时迷失方向的模样。

"你好，"艾琳娜说，她从故事的迷雾中走了出来，把那本钱德勒的书塞进了包里，"不知道你还记不记得昨天在图书馆见过我。你借出的那本奇怪的书无法被扫描识别。"

"我记得。"扎卡里说。"我还没读。"他又补充道，不太确定自己为什么要说这个谎。

"你走了以后，我觉得很好奇。"艾琳娜说，"图书馆里实在是太清静了，而我一直都对神秘事件非常痴迷，于是就决定做一些调查。"

"是吗？"扎卡里问，忽然就产生了兴趣，而刚才他还紧张不安地撒了谎，"你找到什么了吗？"

"不太多。这个系统比较依赖条形码，如果电脑没有识别，那么就很难找到任何文件，不过我记得这本书看上去有点旧，于是就去了借书卡档案室，过去所有的资料都储存在巨大的木制目录盒中，我想看看它是不是在那里，结果它不在。但我却成功地破解了它的编码方式，在条形码上有一串数字表明了它是何时被录入系统的，所以我对那些信息进行了对照检索。"

"图书管理员的侦探本领太厉害了。"

"哈哈，谢谢你。不幸的是，我唯一能找到的线索就是，这本书来自一批私人收藏，那人去世了，某个基金会将他的藏书捐赠给了不同的学校。我查找了最新的文件，记下了那个名字，如果你想查询其余的书，可以找人帮你把书单打印出来。在开学前，大多数上午我都在那里上班，如果你有兴趣的话可以找我。"艾琳娜在她的书包里翻找了一会儿，拿出了一张折叠好的纸，是从横格笔记本上撕下来的。"它们之中有一些原本应该在珍本藏书室，不属于流通范围，不过也无所谓了。我还给它编了一条书目记录，任何时候还书都可以顺利地通过扫描。"

"谢谢。"扎卡里从她手里接过那张纸说道。获得宝物[1]，一个声音在他脑海里说。"太好了，很快我就会去你那里找你。"

"好的，"艾琳娜说，"也谢谢你今天能到场，讨论非常精彩。到时见。"

他还没有来得及说再见，她就离开了。

扎卡里打开那张纸，上面写了两行字，笔迹非常工整：

来自J. S. 基廷的私人藏书，1993年捐赠。
基廷基金会的献礼。

---

1 出自益智游戏《炸弹人》。

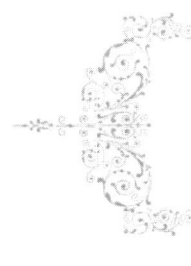

甜蜜的忧伤

这里有三条路。这是其中一条。

纸张易碎,即使用细线固定在布料或者皮革上也是如此。在无星之海的港口,大多数故事都被记录在纸上。它们被写进书本中、卷轴里,或是被折成纸做的小鸟,从房顶上垂挂下来。

还有很多故事更难留存:有些故事被刻在石头上,而更多的故事则嵌在秋叶里,或者织在蛛网中。

有的故事被裹在丝绸里,这样它们的书页上就不会落灰。还有的故事已经死去,它们的碎片被收集起来,装进了骨灰盒。

它们确实脆弱无比,不如它们的兄弟姐妹那么顽强,被人们高声传诵,铭记心间。

总会有人愿意看着亚历山大图书馆[1]在大火中毁于一旦。

曾经就有这样的人。今后也会有这样的人。

于是也总会有人成为守卫。

有的人在任职期间献出了生命。而更多人的生命还未曾以其他形式失去,就已经被时间带走。

成为守卫后,很少有人会半途而退。

成为守卫就获得了信任。若要得到信任就需经受考验。

---

[1] 世界上最古老的图书馆之一,位于埃及亚历山大城,于3世纪末在大火中被焚毁。

守卫所经历的考验是一个漫长而艰辛的过程。

仅凭自愿无法成为守卫。守卫皆为选定之人。

未来的守卫会要确认身份并受到监视，还要接受细致的考察。他们的一举一动和每个选择都会被看不见的考官记录。这些考官会用几个月的时间进行观察，除此以外什么都不做，有时是几年的时间，直到他们发起第一轮考验。

未来的守卫对于他们所经受的考验并不知情。在对方不知不觉的情况下进行考验，这样获得的反应才准确无误，这一点非常关键。很多考验即使在事后看来，也根本不能算作考验。

有些守卫候选人在筛选初期就被淘汰了，他们永远不会知道自己曾经被挑选过。他们会继续各自的生活，另寻人生之道。

大部分候选人在第六道考验之前就被淘汰了。

还有一些没能通过第十二道考验。

第一道考验的规则都是一样的，无论是在港口内还是在港口外。

在一个很大的公共图书馆里，有一个小男孩正在书丛中闲逛，他和他的姐姐约好了要见面，他就这样打发见面之前的时间。他踮起脚，伸手去拿头顶书架上的书册。他早就不去儿童阅览区看书了，可个头又不够高，够不到所有的书架。

一个黑眼睛、戴着绿围巾的女士——在他看来并不是图书管理员——把他想拿的那本书递给了他，他害羞地点了点头表示感谢。她问他作为回报能否帮她一个忙，他答应了，于是她请他为她照看一本书。她指了指不远处桌上放着的薄薄一册书，它有着棕色的皮革封面。

小男孩答应之后，那位女士便离开了。几分钟过去了，男孩继续在书架间浏览，同时让那本棕色的小册子始终留在自己的视线中。

又过了几分钟。男孩打算去找一找那位女士。他看了看手表，很快自己就要离开了。

这时有一位女士从他身边走过，没有理会他就拿起了那本书。

这位女士的眼睛是黑色的，也戴着一条绿色的围巾。她和第一位女士看上去很相像，却不是同一个人。当她拿着书转身离开的时候，男孩僵住了，感到了一丝恐慌和困惑。

他喊住了她。女士转过身，她的脸上露出了疑惑的表情。

男孩结结巴巴地说这本书是别人的。

新来的女士微笑着指出，这里是图书馆，书是属于每个人的。

男孩几乎就要让她离开了。这时连他也不确定这位女士是不是刚才的那位，因为她们长得几乎一模一样。而再等下去，他就要迟到了。让她拿走这本书似乎更容易做到。

但男孩还是再次提出了反对。他说了不少话，把别人让自己照看这本书的经过都解释了一番。

最后那位女士让了步，把书还给了这个激动不安的小男孩。

他把来之不易的胜利果实紧紧捧在胸前。

他并不知道这是一场考验，但他为自己而感到骄傲。

两分钟后，先前那位女士回来了。这回他认出了她。她眼睛的颜色更浅一些，绿围巾上的花纹也不一样，金色的耳环挂在她右边的耳朵上，而不是左边。

当他把这本棕色的书交给她时，这位女士对他的帮助表示了谢意。她把手伸进包里，拿出了一块包起来的糖果，又把一根手指放在了唇边。他把糖塞进了口袋，明白图书馆里是不允许带这种东西的。

这位女士再次向他道了谢，然后就拿着书离开了。

在那之后的七年之内，不会有人直接来找这个男孩。

很多初始考验都与之类似，对于处事谨慎、尊重他人和关注细节等品质非常在意，会观察他们如何应对日常压力和重大危机，也会考量他们如何面对一件失望的事或者一只走失的猫。有的考验还要求人们去烧掉或毁坏一本书。（只要毁坏了一本书，都被视为没有通过考验，无论这本书多么无聊，多么讨厌，或是写得多么糟糕。）

失败一次，则全盘否定。

在十二次考验之后，未来的守卫会被告知他们正在经受考察。不在地下世界出生的人会被带到港口，搬进那里的房间，就连常住的人都没见过这些房间。他们会学习并以不同的方式再次接受考验，考验他们的精神力量和意志力，也考验他们即兴创作的能力和想象力。

这个过程将持续三年的时间。很多人被淘汰了，也有人中途退出了。还有的人会逐渐明白此时毅力比能力更加重要，但并非所有人都能想通这一点。

如果他们能坚持完三年之期，就会领到一枚鸡蛋。

他们从训练和学习中解脱出来。

此时他们唯一要做的就是在六个月之后，将同样的鸡蛋完好无损地带回来。

在鸡蛋测试阶段，很多未来的守卫都失败了。

带着鸡蛋出发的人里，大约有一半会回来。

未来的守卫和完好无损的鸡蛋一起被带到一位年长的守卫面前。这位年长的守卫指了指鸡蛋，未来的守卫便把它捧在手中，高高举起。

年长的守卫伸出手，并没有接过鸡蛋，而是把未来守卫的手指合拢，将鸡蛋包裹在其中。

接着，年长的守卫用力一按，迫使未来的守卫把鸡蛋挤碎。

这时未来的守卫手中只剩下破碎的蛋壳和尘埃。一粒金色的粉末留在了他们的掌心,永远不会彻底消失,甚至几十年之后,它还会闪烁微光。

年长的守卫既没有提到故事的脆弱,也没有提到守卫的责任。这些话不需要说出口。一切都已心领神会。

年长的守卫点头表示认可,于是未来的守卫迎来了训练的结束和入门仪式的开始。

每一位未来的守卫,一旦通过了鸡蛋考验,在他们即将成为守卫或者被拒之门外时,会有一次参观之行。

它开始于港口那些熟悉的房间,中央大厅的时钟有一个猛烈摇动的钟摆,从那里出发,穿过主厅和居住区的侧厅,经过阅览室,往下就来到了酒窖和舞场,那里的壁炉相当气派,比个头最高的守卫还要高大。

接着他们被带去的房间除了守卫自己,没有任何人见过。那些房间或被隐藏,或被锁上,或被遗忘。他们往更深的地方走,任何住在这里的人,任何侍从,都不曾去过。他们点燃了自己的蜡烛,看到了别人没见过的景象。他们看见了曾经发生过的事。

他们不允许提问。只能观察。

他们从无星之海的岸边走过。

当参观之行接近尾声的时候,未来的守卫被带到一个小房间,里面有一团燃烧的火和一把椅子。守卫坐到椅子上,要回答一个问题。

你愿意将自己的生命奉献于此吗?

他们可以回答愿意或者不愿意。

回答愿意的人留在椅子上。

他们被蒙上眼睛,手被绑在身后。他们的长袍或衬衣被扯开,露出了胸膛。

一位他们看不见的文身师拿着一根针和一壶墨汁,一遍遍刺进他们的皮肤。

一柄大约三四英寸长的剑被文在了每一个守卫的身上。

每一柄剑都是独一无二的,是专门为每个守卫设计的。有的剑身简单朴素,有的则十分复杂,配有花纹,用黑色、深褐色或金色勾勒出精致的细节。

如果未来的守卫给出的答案是否定的,那么为他们设计的剑就会被收编入册,永远不会文在皮肤上。

在这里,在他们见过这一切之后,很少有人会说不愿意。非常少。

说不愿意的人也会被蒙上眼睛,手也被绑在身后。

一根又长又尖的针迅速地扎进他们的身体,刺穿他们的心脏。

这是一场相对来说没有痛苦的死亡。

在这个房间里,在他们见过这些之后,再想另寻他路就为时已晚了。他们原本可以选择不做守卫,但到了这里,成为守卫是唯一的选择。

守卫不会被认出来。他们既不穿长袍,也不穿制服。他们轮流执行任务。大多数人留在港口,有些人会到上面去走一走,但不会引人注意,也不会被人看到。手掌上金色粉末的痕迹对于那些不明白其意义的人来说不算什么。而剑文身则很容易就能被藏起来。

他们看上去并未接受任何差遣,但他们其实都身负重任。

他们知道自己的职责所在。

知道自己保护的是什么。

他们明白自己的身份,这是最为重要的。

他们知道成为守卫就是要随时准备赴死。

成为守卫就是将死亡放在了胸口上。

扎卡里·埃兹拉·罗林斯站在大厅里，盯着从笔记本上撕下来的那页纸。这时凯特从休息室里出来了，又用一层层冬衣把自己裹得严严实实。

"咦，你还在这里！"她说。

扎卡里把那页纸折好放进口袋。

"有没有人跟你说过你的观察力是一流的？"他问。凯特往他胳膊上打了一拳。"那是当然。"

"莱克西和我准备去狮鹫酒吧喝一杯，你要是愿意就一起吧。"凯特说，她越过肩膀朝那个梳着脏辫的戏剧专业女生示意了一下，那人正在穿外套。

"行。"扎卡里说，图书馆已经到了闭馆时间，他无法继续追查口袋里的线索了，而且"笑面狮鹫"酒吧里有好喝的边车鸡尾酒。

他们三人在雪中离开校园和闹市区，来到一条小街上，这条商业街不长，沿途都是酒吧和餐馆，在夜晚的天空下灯火通明，人行道边的树枝上披了一层冰衣。

他们继续聊着刚才的话题，凯特和莱克西把以前课上的讨论内容简要地讲给扎卡里听，到达酒吧的时候，她们正在向他描述什么是特殊场景戏剧。

"我不知道，我对这种观众参与的形式不太感兴趣。"扎卡里说，他们在角落里的一张桌子边坐下。他都快忘记自己是多么喜欢这个酒吧了，屋子里是暗色的木质结构，混搭的复古灯架上安着光溜溜的爱迪生灯泡，照亮了整个房间。

"我讨厌观众参与，"莱克西向他表明，"这更像是一种自主导向的行为，他们想去哪里就去哪里，想看什么就看什么。"

"那又如何确保每个观众都能看到完整的故事呢？"

"你无法保证这一点，但如果可供观看的内容足够丰富，观众自己就可以将它们拼凑完整。"

他们点了鸡尾酒，还把菜单上的半数开胃菜都点上了。莱克西向扎卡里介绍了自己的论文情况，这篇文章除了别的内容，还涉及如何解读线索，以及如何沿着这些线索前往不同的场景去寻找表演中的片段。

"她居然不玩游戏，你信吗？"凯特问。

"确实令人惊讶，可这又不犯法。"扎卡里说，莱克西笑了起来。

"我从来都不擅长打游戏。"她解释道，"而且，你得承认，对于外行来说，游戏还是有点吓人的。"

"你说得没错，"扎卡里说，"可你做的戏剧研究听起来与游戏很相近。"

"她需要一些入门游戏。"凯特说，他们一边喝着鸡尾酒，吃着培根卷蜜枣和蘸过薰衣草蜂蜜的油炸羊肉奶酪球，一边列出了一堆莱克西可能喜欢的游戏，不过当他们指出其中有些游戏可能需要玩一百个小时才能通关的时候，她觉得相当不可思议。

"这太疯狂了，"她说，喝了一口威士忌沙瓦，"你们不睡觉吗？"

"睡眠只属于弱小者。"凯特回答道，她在餐巾纸上写下了更多的游戏名。

在他们身后的某个地方,有人打碎了一托盘的饮料,他们不约而同地吓了一跳。

"希望我们点的下一轮酒水不在其中。"莱克西说。她越过扎卡里的肩膀看到了掉在地上的托盘和尴尬的服务生。

"你生活在游戏里,"扎卡里指出,他们回到了先前的交谈中,他知道自己曾经和凯特讨论过这个话题,"比待在书本里、电影里或戏剧里的时间更长。如何区分真实生活里的时间和故事中的时间,那些故事又是如何舍去无聊的琐碎内容而达到高度浓缩的,你都知道吗?一个长篇的角色扮演游戏是有现实依据的,它会留出时间让角色在荒漠上行走,或是与人交谈,或是去酒吧消遣。它可能做不到完全贴近真实生活,但从节奏的角度来说,它比电影、电视或小说都更接近。"这个想法与最近发生的事情联系到了一起,在酒精的作用下,让他产生了一点晕眩的感觉,于是他提出要去一趟洗手间。

可是到了洗手间,他看到维多利亚时期的印花壁纸在镜子中映出的无限重影,头晕的感觉丝毫没有减轻。他取下眼镜,把它放在水槽边,然后往脸上泼了一些冷水。

他盯着自己湿透了的模糊影子。

外面响起了老派的爵士乐曲,原本悦耳舒适的音量在这个狭小的空间中被放大了,让扎卡里觉得浑身不舒服,仿佛自己在时间中坠落。

镜子里那个模糊的人影也在回瞪他,看上去也很困惑,和他的感觉一样。

扎卡里用纸巾把脸擦干,尽最大努力平复了一下自己的心情。戴上眼镜后,他返回餐桌,周围的细节都变得格外清晰,比如黄铜门把手，还有吧台上那一排闪闪发光的酒瓶。

"有个家伙一直在打量你，"他坐下来的时候凯特说，"就在——噢，等等，他走了。"她环顾了一下酒吧里的其他地方，然后皱了皱眉头说："他刚才还在那边，一个人坐在角落里。"

"你真好心，为我编造了一堆假想情人。"扎卡里说着，喝了一口边车鸡尾酒，这是第二杯了，被端上来的时候他不在。

"他就在那里！"凯特反驳道，"我可没有瞎编，对不对，莱克西？"

"角落里确实有个人，"莱克西证实道，"但我不清楚他是不是在看你，我以为他在看书。"

"真可惜。"凯特说，她皱着眉又扫视了一遍整个屋子，不过她很快就换了个话题，扎卡里终于让自己完全沉浸在了聊天中，直到外面又开始飘雪。

他们一路脚底打滑地回到学校，在路灯散发出的微光中互相告别，然后扎卡里转身沿着一条弯曲的小街朝研究生公寓走去。他听着她们的说话声逐渐消失在远处，露出了微笑。雪花落在他的头发上和眼镜上，他觉得有人在看着自己。他越过肩膀往路灯那边望过去，但那里只有落雪和树丛，还有微微泛红的天际。

回到房间，扎卡里借着鸡尾酒带来的醉意又翻开了《甜蜜的忧伤》，他再次从头开始读这本书。然而睡意慢慢袭来，他只看了两页就睡着了，合上的书落在了他的胸口。

早上他一睁眼就看到了这本书，于是想都没想便把它装进了书包。他穿上外衣和靴子，前往图书馆。

"请问艾琳娜在吗？"他向图书借还处的男士问道。

"她在存阅处，拐角那边向左转。"

扎卡里向这位图书管理员道了谢,穿过中庭,转过拐角,来到了放着一台电脑的柜台旁,艾琳娜坐在那里,头发又梳成了圆发髻,这回她面前放着另一本雷蒙德·钱德勒的小说——《重播》。

"有什么需要帮助的?"她头也不抬地问,不过等她把头抬起来时,又补充道,"噢,你好呀!没想到这么快又见面了。"

"我对那本图书馆怪书很好奇。"扎卡里说,这话倒是不假。"这本书好看吗?"他问,指着那本钱德勒的小说,"我没看过。"

"目前还行,不过在书还没看完之前,我不喜欢妄做评价,因为你不知道后面还写了什么。我正在按出版顺序阅读他所有的小说,我最喜欢的是《长眠不醒》。你想要那份书单吗?"

"当然,那真是太好了。"扎卡里说,他的语气听起来相当随意,对此他感到很满意。

艾琳娜往电脑里输入了一些内容,等了一会儿,又输入了一些其他的东西。

"看来其他所有的书都有像样的作者姓名,来历不明的书就只有这些了。不过还有一些小说和非虚构图书。我本来可以帮你找找,但我要到十一点钟才能离开这个岗位。"她又按了几个键,桌旁一台老打印机启动了。"目前我能确定的是,最初的捐赠中还包括更多的书,它们可能因为太易受损而无法被借阅,或者已经被损坏了。这十二本书是在架上的,或许你拿到的那本书是其中某套书的第二卷之类的?"她把打印出来的书单递给扎卡里,上面有书名、作者名以及书目编号。

她的猜测很对,扎卡里之前没这么想过。这样就讲得通了。他看了看这些书名,并没有发现什么特别有意义或者有趣的地方。

"你是一位出色的图书馆侦探,"他说,"这次多谢你。"

"不用谢。"艾琳娜说完又拿起了她的钱德勒小说,"我得谢谢你让我的上班时间变得不那么乏味了。如果你找书时遇到了麻烦,一定要告诉我。"

扎卡里从熟悉的小说区开始找。他在忽明忽暗的灯下仔细查看那些书架,找到了五本书,都是书单上按字母顺序列出的小说。

第一本恰好是一本夏洛克·福尔摩斯长篇。第二本是《人间天堂》[1]。接下来的两本他没听说过,但它们看上去都是普通的图书,有着正规的版权页。最后一本是儒勒·凡尔纳的《美丽的地下世界》,因为是原版法语书,所以被放错了书架。这几本书都非常普通,只不过版本很旧。它们看上去与《甜蜜的忧伤》毫无相似之处。

扎卡里把这一堆书夹在胳膊底下,向非虚构区走去。这片区域的书更不好找,他反复确认了书目编号,还来回走了好几趟。他慢吞吞地寻找着其他七本书,一腔热情逐渐耗尽,因为没有一本书和《甜蜜的忧伤》相似。它们大多与天文学或者制图学有关。

找最后一本书时,他又回到了小说区附近,在神话传说类书籍中找到了布尔芬奇的《神话时代》。它看上去是崭新的,似乎没人读过,但出版日期却是1899年。

扎卡里把这本有着镀金装饰的蓝色书放在了他那一摞书的最上面。封面上战神阿瑞斯的半身像似乎正在冥思苦想,他目光低垂,仿佛也体会到了扎卡里的失望:连一本能与《甜蜜的忧伤》有明显关联的书都没找到。

他返回楼上,来到几乎没人的阅览室(一位图书管理员站在手推车旁整理书籍,一个穿着条纹毛衣的学生在手提电脑上打字,还

---

1 美国作家弗朗西斯·司各特·菲茨杰拉德(Francis Scott Fitzgerald, 1896—1940)的长篇小说。他的其他作品还包括《了不起的盖茨比》《夜色温柔》等。

有一个看上去似乎是教授模样的男士正在读唐娜·塔特[1]的小说），朝远处一个角落走去，把他的书都堆在了较大的一张桌子上。

扎卡里有条不紊地研究了每一本书。他查看了卷首和卷尾的空白页，翻过每一页纸，寻找蛛丝马迹。他忍住没去揭书上的条形码，不过它们看上去并没有挡住任何重要的信息。反正就算是再出现蜜蜂、钥匙或者剑的图案，他也不知道其中的含义。

翻看了七本连一个折角都没有的书之后，扎卡里感到眼睛十分疲倦。他需要休息一下，或许再来一杯咖啡。他从包里拿出一个笔记本，虽然觉得没必要，但还是写了一张字条：15分钟后回来，请不要归架。他不知道"归架"算不算一个词，然后决定不管它。

扎卡里离开图书馆，来到街角的咖啡店，在那里他点了一杯双份浓缩咖啡和一块柠檬松饼蛋糕。他把两样都吃完了，然后返回图书馆，途中路过了一队小小的雪人，可以和《卡尔文和霍布斯虎》[2]媲美，刚才他都没有注意到。

他回到阅览室，这里比刚刚还要安静，只剩那位图书管理员在整理她的手推车。扎卡里脱下外套，继续仔细翻阅每一本书。他看的第九本书是菲茨杰拉德的作品，其中有些段落用铅笔画了线，但没有什么不对劲的地方，只是一些金句而已。接下来的两本书上没有标记，从书脊的状态来看，似乎都没有人读过。

扎卡里伸手去拿最后一本书，然而他的手却落在了空荡荡的桌子上。他回头看了看那堆书，以为自己刚才数错了。但那里只有十一本书。为了确认，他又数了一遍。

1　唐娜·塔特（Donna Tartt，1963—），美国女作家，代表作有《校园秘史》《金翅雀》等。
2　美国作家比尔·沃特森（Bill Waterson，1958—）的连环漫画，主人公卡尔文是一个六岁的小男孩，霍布斯虎是他的玩具虎。

片刻之后他才想起来弄丢的是哪一本。

《神话时代》不见了。沉思的战神阿瑞斯半身像无处可寻。扎卡里在桌椅下面、附近的桌子上和离他最近的书架上都找过了,还是不见它的踪影。

他回到阅览室的另一头,那位图书管理员正在把书往书架上摆放。

"请问您有没有看到什么人趁我不在的时候从那边的桌子上拿走了什么书?"他问。

这位图书管理员看了他一眼,然后摇了摇头。

"没有,"她说,"不过我也没太注意。进出的人不少。"

"谢谢了。"扎卡里说,他回到桌前,颓然倒在椅子里。

肯定有人拿了那本书,还把它带走了。不过没关系,既然他从前十一本书中什么都没找到,那么从第十二本书中能有所发现的可能性也很小。

不过,它们之中有一本书凭空消失,这种事本身发生的概率也不会太高。

扎卡里拿上了夏洛克·福尔摩斯和菲茨杰拉德,准备借出去,把桌上其他的书都留了下来,它们将被"归架",要是没有这个词的话,不妨就这么用吧。

"很不走运啊。"他经过存阅处的时候对艾琳娜说。

"真可惜。"她说,"要是再遇到其他来历可疑的图书馆藏书,我一定告诉你。"

"感激不尽。"扎卡里说,"对了,如果有人在过去的一小时里借走了一本书,有没有可能查到?"

"如果你知道书名的话。你去借阅处找我吧,我来帮你查一下。整个上午都没有人来存阅处,现在如果有人来,可以让他们等五分

"谢谢。"扎卡里说完就朝中庭走去,而艾琳娜则弯腰钻过一扇门,进了图书管理员专用通道。等她出现在借阅处的柜台后面时,他还没走到那里。

"哪本书?"她一边问,一边在键盘前活动了一下手指。

"《神话时代》,"扎卡里说,"布尔芬奇写的。"

"是那份书单上的书,对吧?"艾琳娜说,"你没有找到?"

"找到了,但我猜有人趁我没注意的时候把它拿走了。"扎卡里说,他已经厌倦了这些与书有关的真真假假。

"系统显示馆藏有两本,但都没有借出。"艾琳娜看着屏幕说,"噢,不过其中一本是电子书。上架的书籍如果还在馆里,明天早上就会被重新放回架上。我帮你把那几本书借出来吧。"

"谢谢。"扎卡里说,把书和证件都递给了她。不知为何,他总觉得那本书不会这么快就回到它原来的书架上。"我的意思是,你做的一切,我都非常感激。"

"有事随时找我。"艾琳娜说,把书还给了他。

"你可以读一些哈米特的书。"扎卡里接着说,"钱德勒很不错,但哈米特[1]更好,他是一位真正的侦探。"

艾琳娜笑了起来,另一位图书管理员用嘘声示意她安静。扎卡里朝她挥了挥手就离开了,看到图书管理员之间也会发出嘘声警告,他觉得很有趣。

屋外的雪中,到处是一番晶莹剔透、明亮欢快的景象。扎卡里朝宿舍走去,心里琢磨着那本消失的书可能去向何方,却什么都没

---

[1] 达希尔·哈米特(Dashiell Hammett, 1894—1961),美国侦探小说家,开创了硬汉派小说。他曾经当过侦探。

想出来。

他很庆幸自己今天把《甜蜜的忧伤》一直装在书包里。

走着走着,他想起来还有一个方法没试过,顿时觉得自己太笨了。他一回到宿舍,就把书包扔在地板上,直奔电脑。

他先谷歌了"甜蜜的忧伤",尽管他已经料到会搜出什么了:网页上全都是莎士比亚引文、乐队和糖类摄入的相关文章。他又搜索了蜜蜂、钥匙和剑。结果找到一堆亚瑟王传奇故事以及一长串《生化危机》游戏中的物品。他尝试了各种检索词的组合,发现一本小说[1]里的魔法学校在其盾形徽章上有一只蜜蜂和一把钥匙。他记下了这本书和作者,有点好奇这算不算符号上的巧合。

在《甜蜜的忧伤》中有好几处把那个地方叫作无星之海上的港口,但搜索"无星之海"时,只能得到一款地下城探宝经典游戏,听起来挺合适的,但其实并无关联。谷歌提示他想找的词条可能是"无日之海",与之相关的是一款即将上市的电子游戏,以及一行诗句,出自塞缪尔·泰勒·柯尔律治[2]的诗歌《忽必烈汗》。

扎卡里叹了口气。他尝试了一下图片搜索,滚动的页面中出现的全是卡通画、骷髅图和地下城勇士的形象。这时,有一张图片吸引了他的目光。

他点击了这张图,将它放大。

这张黑白照片看上去是抓拍的,并非摆拍,可能是从一张更大的图片上裁剪下来的。一个戴着面具的女人侧身在听一位男士说话,她的头转过去避开了镜头,而站在她身边的男士也戴着面具,穿着

---

1 指美国小说家莱夫·格罗斯曼(Lev Grossman,1969—)的代表作《魔法师》。
2 塞缪尔·泰勒·柯尔律治(Samuel Taylor Coleridge,1772—1834),英国浪漫主义诗人、评论家,"湖畔派"诗人代表。

一件无尾礼服。他们周围还站着几个难以辨认的人,这张照片看上去是在一个派对上拍的。

女人的脖子上戴着的项链有三圈,每一圈上都挂着一个小吊坠。

扎卡里又在图上点击了一下,让它显示出全尺寸。

最上面的那圈挂着一只蜜蜂。

它的下面是一把钥匙。

钥匙的下面是一柄剑。

扎卡里又点击了一下,查看到图片的来源网页是一个留言板网站,上面有一个帖子在询问是否有人知道从哪里能买到这条项链。

而在提问帖的下方有这张照片的来源链接。

扎卡里把手捂在嘴上,点进了这条链接,他眼前出现了一个图片库。

阿尔冈昆酒店年度文学化装派对,2014。

再次点击以后他发现,该活动今年的举办时间就在三天之后。

甜蜜的忧伤

叩响一扇门的记忆。

一扇门立在树林里,以前那里不是树林。

这扇门已经不再是门了,不完全是。不久前,原本支撑它的房子塌了,这扇门也随之倒下,如今它躺在地上,不再矗立。

用来造门的木料已经腐烂。门上的转轴生了锈。门把手也被人拿走了。

这扇门还记得它刚被造好的时候。那时这里有一座房子,房上有屋顶,四周有围墙,还有其他的门,房子里住着人。如今这里树叶摇曳,鸟儿啼鸣,树影婆娑,却是屋空人去。很多年来都再无人影。

所以,女孩的到来是一个惊喜。

她是一个小姑娘,太过年幼,本来不该独自在树林里闲逛。

但她没有迷路。

一个在树林里迷路的女孩和一个故意在树林里走动的女孩是截然不同的,虽然她并不认识路。

这个女孩没有在树林里迷路,她在探索。

女孩并不害怕。傍晚的太阳在林中投下了张牙舞爪的影子,生出一片黑暗,却没有让女孩感到不安。荆棘和树枝撕扯着她的衣服,划破了她的皮肤,而她对此也毫不在意。

她的年轻足以让她与恐惧并肩而行,将它抵挡在心灵之外,无所畏惧。她身披恐惧的面纱，心里清楚危险无处不在，却只让这个聒噪的想法在自己周围徘徊。它没有渗入她的身体，而是兴奋地发出嗡嗡声，就像一群看不见的蜜蜂。

女孩被多次告知，不要在树林里走太远。她还受到了警告，千万不要到树林里玩耍，对此她很生气，她的探险之举被当成了"玩耍"。

这一天她在树林里走了很远的路，她怀疑自己是不是快要从树林的另一头走出去了。她并不担心找不到回去的路。她的空间记忆力很好，即使它们广阔无边，布满了树木和岩石，她也能把它们统统装进脑子里。她曾经闭着眼睛转了几圈，以此来证明自己睁眼后依然能辨认出正确的方向，结果只有一点小误差，而这点小误差几乎可以忽略不计。

这一天她遇到了一些石块，也许它们曾经是一道石墙，如今却堆成了一排。它们相互叠在一起，垒得并不高，连最高的地方也很容易翻越，而女孩选择了一个不高不矮的位置跨了过去。

墙的另一边有紧贴地面向外延伸的藤蔓，行走其间非常困难，于是女孩只在石墙附近探索。这个地方比她在树林里发现的其他地方更有意思。如果女孩再大一点，她会认出这里曾经是一座建筑，但她还太小了，无法在脑海中把这些破碎的石块拼凑到一起，拼成一座早已被遗忘的房子。在她的左脚附近，一扇门的门轴就埋在生长多年的树叶丛中。一个烛台藏在石块的夹缝里，被落下的阴影挡住了，就连这位勇敢的探险家都没发现。

天快黑了，不过如果她现在就翻墙回到这一边，再原路折回去，那么太阳金色的余晖还能照亮她回家的路，可她没有这么做。她被地上的什么东西吸引了。

远离这座墙的地方还有一排石头，围成了一个近似圆圈的形状，差不多呈椭圆形。那是一个倒下的拱形门框，里面也许曾经是一扇门。

女孩捡起一根棍子，在拱形石堆中的落叶丛里挖来挖去。树叶被捣碎了，露出了某个圆形金属状的东西。

她用棍子又拨开了一些树叶，发现了一个手掌大小的圆环，可能是黄铜做的，如今长满了绿色和棕色的苔藓。

圆环的一端连着另一块金属物，还被埋在落叶下。

女孩只见过门环的图片，但她觉得这应该就是一个门环，可她看过的门环都是被狮子衔住的金属环，而这个门环上没有狮子，除非狮子被埋在了尘土中。

她一直想用门环来叩响一扇门，这个门环刚好出现在地上，而不是图画里。

这个门环是她触手可及的。

她把手指覆盖在门环上，不介意这样做会把它们弄脏，然后她向上拉动门环。它很沉。

她又把门环松开。金属撞击在金属上，发出了令人满意的铿锵声，在树林间回荡。

这么长时间过去了，这扇门终于满怀欣喜地迎来了自己被敲响的一刻。

这扇门——虽然与当年的模样相比，如今只剩碎片——竟然还记得它曾经通往何处，也记得它该如何被打开。

于是现在，当这个小小探险家来敲门时，这扇通往无星之海的残缺之门便让她进去了。

她脚下的土地崩裂开来，将她拉入地下，她的脚先着地，踩到了倾泻而出的灰尘、石块和树叶。

女孩惊讶得连尖叫声都没有发出。

她并不害怕。她只是不明白发生了什么，所以在她掉下去的时候，她的恐惧只是兴奋地在她周围嗡嗡作响。

等她的脚站定，好奇心占据了她的全部，她擦掉胳膊肘上的泥土，掸去睫毛上的灰尘。那个没有狮子的门环落在她身边，被砸弯了，断成了几截。

这扇门在下落时被毁掉了，它受到了重创，再也记不起曾经的事情了。

缠结在一起的藤蔓和尘土掩盖了刚才发生的一切，不留一丝痕迹。

扎卡里·埃兹拉·罗林斯坐在前往曼哈顿的火车上。他望着窗外新英格兰地区冰封的荒原，又开始质疑自己的人生抉择，这已经不是今天的第一次了。

这个巧合出现的时机如此恰当，令人难以拒绝，即使这只是由一件首饰引出的微弱关联。他用了一整天时间来做准备，买了一张价格不菲的派对入场券，还订了一个更为昂贵的酒店房间，就在阿尔冈昆酒店的街对面，因为阿尔冈昆酒店已经全部被订满了。入场券上的详细内容包括了着装要求：正装，最好与文学相关，必须佩戴面具。

他浪费了很多时间去找面具，最后他想到了给凯特发短信。她有六个面具，有的还带羽毛，不过他装进行李袋里的是佐罗的同款面具，与他精心叠好的西装放在一起，这副黑色丝绸的面具戴起来竟然很舒服。（"我去年万圣节扮演的就是《公主新娘》里的黑衣人，"凯特解释说，"多么有文学气质！你还要我的黑色蓬蓬袖衬衣吗？"）

扎卡里觉得自己应该昨天就出发，因为每天只有一班火车，这趟车本来可以让他在抵达纽约后还有几个小时的空闲时间，但由于天气原因，它一直在走走停停。

他取下手表，把它塞进口袋里，刚才在三分钟之内他已经看了四次时间了。

他不知道自己为什么这么焦虑。

他也不太确定到了派对上该做些什么。

他甚至还不知道照片上的女人到底是什么模样。至于她会不会出现在今年的派对上,更是无从得知。

然而,这是他唯一能抓住的线索。

扎卡里把手机从外套里取出来,翻出他保存的那张照片,又把它端详了一遍,虽然他早就记住了照片上的每一个细节,包括角落里一只不知是谁伸出来的手,手里端着一杯气泡葡萄酒。

照片上的女人把头偏向一边,她的侧脸几乎都在面具里,但她的身体却是正对镜头的,那条多层项链上的金色蜜蜂、钥匙和剑在黑色礼服的衬托下,如同星辰一样明亮耀眼。那件礼服是紧身的,礼服下女人的身段优美,而且个头高挑,又或许是穿了高跟鞋的缘故。她膝盖以下的部分连同她的裙子全都被一棵盆栽的棕榈树挡住了,于是她整个人都被拉进了阴影中。她深色的头发从面具上方露了出来,看似不经意梳起来的发型很有可能是精心打理过的。她的年纪大约在二十岁到四十岁之间。就此而言,这张照片看上去像是多年前拍下的,而相框里的一切看起来并没有受到时间的影响。

女士身边的男士身穿无尾礼服,从他抬起手臂的姿势可以判断他的手放在她的手臂上,但她的肩膀把他衣袖的其余部分都挡住了。面具的缎带在他泛着灰色的头发里非常显眼,而他的脸则完全被她的脸挡住了,露出了一点脖子和耳朵,肤色比她的要深很多,除此以外就什么都看不出了。扎卡里在手中转动手机,想看一眼这个人的脸,一时忘记了这样做并没有什么用。

火车缓缓地停了下来。

扎卡里看看周围。车厢里已经空了一大半,留下的大多数是单个的乘客,他们身旁的座位都是空的。车厢另一头结伴而行的四个人正在聊天,有时声音很大,扎卡里后悔没有随身带上耳机。坐在他对面的女孩戴了一副巨大的耳机,她几乎完全被耳机和连帽衫挡住了,脸朝窗外,可能睡着了。

喇叭里传来的通知在静电噪音中断断续续,这次的内容和刚才播放了三次的通知差不多。本次列车因为轨道结冰而暂停行驶,请等待故障排除。我们对行程延误深表抱歉,列车将很快恢复运行,等等。

"打扰了。"一个声音响起,扎卡里抬头望去。坐在他前面一排的中年女士转过身,越过高高的椅背,面朝他问道:"请问您有笔吗?"她戴着好几圈彩色珍珠项链,在她说话的时候叮当作响。

"应该有吧。"扎卡里说。他在背包里翻了翻,先是拿出了一支自动铅笔,然后又找了找,找到了一支签字笔,看样子是从背包的底部翻出来的。"给。"他说,把它递给那位女士。

"谢谢,我就用一小会儿。"女士说。她转过去,又发出了叮当声,被椅背挡住看不见了。

火车开动了,车速还行,在它再次缓慢停下之前,窗外这片雪景和树林已经换成了另一片雪景和树林。

扎卡里从包里拿出《小小陌生人》读了起来,想暂时忘记自己身在何处,忘记自己是谁,忘记自己在做什么。

通知忽然响起,告诉大家已经抵达曼哈顿了,这让扎卡里从阅读中回过神来。

其他乘客正各自收拾着行李。戴着耳机的女孩不知去向。

"谢谢您的笔。"当他把背包搭在肩上,提起自己的行李袋时,坐在他前排的女士说道。她把笔还给他，又说："您真是救星。"

"不客气。"扎卡里说，把笔放回自己的包里。乘客们正在不耐烦地排队下车，他也站到了队伍中。

从宾夕法尼亚站来到大街上的过程非常艰难，还容易迷失方向，不过扎卡里一直觉得曼哈顿就是这样一座令人晕头转向、不知所措的城市。这么小的地盘上充斥着过盛的精力和过多的人以及诸如此类的种种。这里的雪不多，都积在排水沟里，堆起了很多小小的灰色冰丘。

离派对开始只有两个小时了，他才刚刚抵达第四十四号大街。阿尔冈昆酒店看上去非常安静，但从外面很难判断出什么。街对面是他自己订的酒店，他差点没找到入口的位置。然后他穿过下沉的大堂前厅，经过一个四面是玻璃的壁炉，才到达酒店的前台。办理入住手续时没有遇到任何问题，虽然他有足够多的钱来支付全部开销，因为每年生日他那位从不露面的爸爸都会给他汇一大笔钱作为补偿，但把信用卡递过去的那一刻，他还是心疼地退缩了一下。前台职员答应给他的房间送一个熨斗，这样他就可以把西装收拾一下，旅行包的挤压对它伤害不小。

没有窗户的楼道像是在潜水艇里一样。他房间里的镜子比他之前住过的所有酒店房间里的都要夸张。床前和卫生间的两面墙上都装了落地镜，让狭小的空间看起来更大了一些，但也让他产生了一种仿佛自己并非独自一人的感觉。

酒店侍者送来了熨斗，但他忘记付小费了。现在熨衣服还为时尚早，于是扎卡里决定在圆形浴缸里泡个澡，分散一下注意力，不过坐在浴缸中的扎卡里会出现在好几面镜子中，这景象本身就令人烦恼。他在浴缸里洗澡的次数很少，而且时间也相隔得很久。他住的宿舍楼里只有一排公共淋浴龙头，他妈妈在哈德逊河谷的农舍里倒是有一个爪脚浴缸，看上去非常诱人，但每次热水在里面的保温时间不会超过七分钟。奇怪的是，浴室里还有一根细长的蜡烛和一盒火柴，这个布置很有意思。扎卡里点燃蜡烛，一团火苗映在那些镜子里，变成了好几团。

澡洗了一半，他暗下决心，如果这次出行一无所获，他就放弃所有的努力。他会把那本《甜蜜的忧伤》归还图书馆，忘记这一切，然后专心投入论文写作中去。也许他在回学校的路上还会去看望一下妈妈，再捎上一份芬芳清洁剂和一瓶酒。

或许那天在小巷里，他的故事既是开头，也是结局。或许他的故事所讲的就是机会不可失、失去不再来的道理。

他闭上眼睛，把镜子里的扎卡里们都挡在了外面。

他又看见了用衬线字体写出的四个字。

尚未找到。

他不知道自己为什么会因为有人将它写进了书里就对此深信不疑。他不知道为什么他会相信这些事情，该如何划清思想上的界限，又该从哪里开始不再搁置他的怀疑。他相信书里的那个男孩就是自己吗？是的，他相信。他相信那些画在墙上的门会像真正的门一样敞开，通往完全不一样的地方吗？

他叹了口气，让自己沉入水下，然后就这样待在那里，直到他需要回到水面上换气。

扎卡里离开浴缸时水还没有变凉，这在他泡澡的经历中算是一个奢靡的奇迹。蓬松柔软的酒店浴袍让他觉得应该多光顾几次这样的豪华酒店，然后他又想起在这里住一晚价格不菲，于是决定还是趁此机会好好享受，但不要使用房间里的小冰箱。

他的包里传来叮当一声闷响，提示他有一条短信：凯特发来了一张照片，上面是一条蓝色和青铜色交替的条纹围巾，已经完成了一半，还有一句文字信息，写着："快织好了！"

他回复了一句："看上去很棒！再次感谢，回见。"然后他开始熨那套衣服。这并没有占用多少时间，不过他的衬衣成了一个不小的难题，来回熨了几次之后，他就放弃了，寻思着整个晚上都不脱外套和背心，这样就不会露出衬衣背部了。

镜子里的扎卡里看上去非常帅气，而普通人扎卡里却怀疑这种魅力是由灯光和镜子共同营造出来的。他已经忘记自己不戴眼镜时的样子了，他几乎很少用隐形镜片。

这身打扮算不上特别有文学气息，但即使不戴面具，他也觉得自己像是一个穿着黑色暗纹西装的书中人。这套衣服是他两年前买的，平时不常穿，但制作精良，非常合身。现在看上去效果更好，里面的衬衣是深灰色的，而不是他之前穿过的白色的。

他把帽子、手套和围巾都留了下来，因为只要过个马路就到了。他把面具和印制的入场券装进了口袋，虽然它意味着只需在门口提供名字就能进去。他还带上了钱包，但把手机留下了，因为他不想把自己的日常生活也带过去。

扎卡里把《甜蜜的忧伤》从包里拿出来，先是放进了外套口袋，后来又把它移到了西装上衣的内衬口袋里，它体积不大，正好可以放下。也许这本书会像一座灯塔那样，把他引向自己想找的任何东西或者任何人。

他对书本坚信不疑，离开房间时他这样想。对于这一点，他非常确定。

甜蜜的忧伤

寻找的人和找到的人。

茶馆的后面有一扇门。一堆板条箱挡住了它，在这里工作的人都以为这扇门会通向一个废弃的储藏室，里面很有可能全是老鼠。一天深夜，一个新来的店员想找点事做，她会打开这扇门，看看里面能否装得下这些板条箱。然后她会发现，这里根本不是一个储藏室。

在星星笼罩的大海底部有一扇门，坐落在一座沉没之城的废墟中。在一个暗如黑夜的白天，一名带着便携式呼吸器和手电的潜水员会找到这扇门，打开它，钻进一股喷涌的气泡中，随他一起进去的还有一群非常困惑的鱼。

在沙漠中也有一扇门，掩埋在沙粒下。石刻的表面已经磨损，随着时间的流逝，上面的细节都消失在了风沙中。最后，它被挖出来送到了博物馆，永远都不曾被开启。

有很多门分布在各种各样的地方，在热闹的城市中，在偏僻的森林里，在海岛、山顶和草原上。有的被建在了房子里，比如图书馆、博物馆或者私人住宅，还有的隐藏在地下室和阁楼中，或者像艺术品一样被放在前厅展示。有的门不受拘束地矗立在那里，不需要附加建筑架构的支撑。有的门常有人进出，门轴都松动了，而还有的门则尚未被发现，从未曾开启。更多的门已经被遗忘了。但所有的门都通往同一个地方。

（这一切是如何实现的仍然处于争议中，至今也没人能给出一个满意的答案。这一点以及相关问题都引起了诸多争议，包括那个地方的准确方位。是在这个大洲还是在那个大洲，总有人为此激动地争论不休，而这种争论的结果往往是双方僵持不下，或者干脆承认那个地方自己会移动，岩石、海水还有那些书都在地表之下不断迁移。）

　　每扇门都通往无星之海的一个港口，如果有人将门开启的话。

　　它们和普通的门之间几乎没有差别。有的门很简单，还有的门则有着精巧的装饰。大部分的门都有可以旋转的门把手，等着有人前来转动，还有的门则是推拉式的门柄。

　　这些门会唱歌。把寂静而诱人的歌送给那些还在寻找门后是什么的人。

　　送给那些对一个从未去过的地方满怀乡愁的人。

　　他们一直在寻找，即使不知道他们寻找的是什么（或者是哪里）。

　　寻找的人们会找到的。

　　他们的那扇门一直在等他们。

　　但之后的际遇就各不相同了。

　　有时候，有人找到了一扇门，打开后往里面瞧了瞧，又把门关上了。

　　还有的人在面对一扇门的时候，即使被激起了好奇心，也不会去碰它。他们认为只有经过允许才可以开门。他们以为这扇门在等待别人来打开，而实际上它在等待的人就是他们。

　　有的人找到一扇门后，会打开门走进去，看看它通向何处。

　　他们一旦来到那里，就会漫步在石砌的走廊里，所经之处有很多东西可供观赏、触碰和阅读。他们发现故事被塞在隐藏的角落里，或者摊在桌上，就好像它们一直在那里，等待它们的读者到来。

每个客人都会找到满足他们喜好的某件东西、某个地方或者某个人。有时是一本书、一次聊天或是精心布置的凹室里一把舒适的椅子。还会有人给他们送来一杯酒。

他们会将时间抛到脑后。

偶尔会有某位客人对这里有待探索的一切感到不知所措，进而迷失了方向，精神恍惚，于是这个地方渐渐不再对他们的心肺和思想开放，没过多久，他们就会找到回去的路，回到他们所熟悉的地上世界，那里有熟悉的星空和熟悉的空气，大多数人会忘记这个地方的存在，更不用说他们曾亲自踏足此地的经历了。它会像梦境一样消散。他们再也不会打开那扇门了。他们大概会彻底忘记这扇门的存在。

不过上述这些情况都是很少见的。

大部分找到这个地方的人都曾经寻找过它，即使他们不知道这里就是他们一直寻寻觅觅的目的地。

他们会选择留下来待一段时间。

几个小时、几天或是几个星期。有的人会离开后再回来，把这里当作解脱之地、隐居之处和避难之所。他们在地上生活，也在地下生活。

有的人会把他们位于地上的住所建在自己的那扇门附近，将它们关闭，时刻守护，防止其他人从门中进出。

还有的人一旦通过了各自的那扇门，就希望永远不要回到之前的世界中去。那些被他们留在身后的生活变成了一个个梦境，等待着那些不归人，又在等待中逐渐被忘记。

这些人会留下来在这里定居，他们在居住期间开始塑造这个地方的未来。

他们一边生活一边工作。他们享受着艺术和故事,也创造出新的艺术和故事,将它们放进书架,挂在墙上。他们结交朋友也寻觅爱侣。他们登台表演,玩乐游戏,从志趣相投的情谊中诞生出一个共同群体。

他们精心举办各种节日聚会和派对。不时会有客人回来参加这样的活动,人群在这里越聚越多,再安静的廊厅也变得热闹非凡。音乐和欢声笑语在舞场响起,也传播到了偏僻的角落里。来到无星之海岸边的人们在迷乱的兴奋中,借着酒劲,光脚踩在海水里。

即使是那些足不出户、埋首于书本间的人,也会暂别独处的时刻,出席这样的场合。有的人会接受劝说加入狂欢,而有的人则心满意足地站在一旁观看。

人们跳着舞,尽情欢乐,时间不知不觉就过去了。后来,那些选择离开的人将陆续找到通往出口的路,回到他们各自的那扇门前。

他们会与留下来的人道别。

这些人把这个港口当作了庇护之地。

他们曾经寻寻觅觅,然后找到了这里,从此无论是走上献身之路,还是仅仅长居于此,他们都选择了留下。

他们一边生活一边工作,他们寻欢作乐,相亲相爱,即使对上面的世界念念不忘,他们也很少承认。

这里才是他们的世界,没有星辰,无比神圣。

在他们看来,它不受外界干扰,不可逾越,永恒不朽。

然而,一切都随时间发生了改变。

扎卡里·埃兹拉·罗林斯离开自己的旅店房间之后，大约只花了四分钟就来到了阿尔冈昆酒店。他先是等了一会儿电梯，后来又在街上等一辆出租车开过——如果不算上这些时间，可能还会更快。

　　派对还没有正式开始，但气氛已经非常热烈。排队等待入场的人们挤满了酒店大堂。这个酒店的风格比扎卡里入住的那家更加古典，再加上穿戴正式的人群、昂贵的深色木质装潢和昏暗灯光下巧妙布置的盆栽棕榈树，给人一种古色古香的感觉。

　　扎卡里在排队等待的时候就戴上了面具。一位身穿黑色礼服的女士将白色面具分发给没带面具的客人，扎卡里庆幸自己准备了面具，那些白色面具是塑料的，看上去让人不太舒服，不过它们分散在房间各个角落的样子非常引人注目。

　　他把自己的名字报给接待处的一位女士。她没有让他出示入场券，于是他将它塞进了西装上衣的口袋里。他寄存了外套。有人递给他一个纸质的腕带，看上去像一本书的书脊，上面印着日期而不是头衔。还有人把酒水台的情况（酒水免费，需付小费）告诉了他，然后他就可以自由活动了，可他不知道一个人该做些什么。

　　扎卡里像鬼魂一样在派对上游荡，幸亏有面具，他才能这样隐藏于众目睽睽之下。

从某些方面来说，这个派对就如同任何一场盛装派对一样，人们相谈甚欢，席间觥筹交错，音乐从交谈声中冒出来，带来了能渲染一切的节奏感。在一个房间里，参加派对的人靠在扶手椅中或是在各个角落晃荡。在另一个房间里，舞池挤满了人，音乐声盖过了交谈声，足以让每个人都听见。这仿佛就是电影中的聚会场景，不过这部电影既无法确定年代，也没有统一的裙摆长度。扎卡里暗自感到有些尴尬，他想起参加婚礼时，面对大部分不熟悉的客人，就会产生这种感觉。根据他的亲身经历，随着夜色降临，酒精开始发挥作用，这感觉就会逐渐消失。

从另一些方面来说，这个特别的派对和他之前参加过的任何聚会都不一样。主厅后面的酒水台全部笼罩在蓝色灯光中。虽然穿着上明显带有文学风格的人并不多，但有人佩戴了"红字"[1]，有人披着用字典内页做成的仙子翅膀，还有人装扮成了埃德加·爱伦·坡[2]，肩膀上立着一只假乌鸦。一位造型完美的黛西·布坎南[3]在酒水台前轻啜一杯马蒂尼。一位穿小黑裙的女士将艾米莉·狄金森[4]的诗句印在了她的长筒袜上。一位穿西装的男士把一块毛巾搭在肩头。还有很多人一眼就能被认出是来自奥斯汀[5]或是狄更斯[6]作品里的人物。

角落里有一个人打扮成了一位知名度很高的作家，不过扎卡里

---

1 美国作家纳撒尼尔·霍桑（Nathaniel Hawthorne，1804—1864）的长篇小说，发表于1850年。
2 埃德加·爱伦·坡（Edgar Allan Poe，1809—1849），美国诗人、小说家和文学评论家。《乌鸦》是其代表诗作之一。
3 美国作家弗朗西斯·司各特·菲茨杰拉德的小说《了不起的盖茨比》中的女主人公。
4 艾米莉·狄金森（Emily Dickinson，1830—1886），美国女诗人，20世纪现代主义诗歌先驱之一。
5 简·奥斯汀（Jane Austen，1775—1817），英国女作家，代表作包括《傲慢与偏见》《理智与情感》等。
6 查尔斯·狄更斯（Charles Dickens，1812—1870），英国作家，代表作包括《匹克威克外传》《大卫·科波菲尔》《雾都孤儿》《双城记》《远大前程》等。

走近一看，觉得他很可能正是这位著名作家本人。接着扎卡里惶恐地意识到，前来参加派对的人中有几位就是他的书架上一些书的作者。

他最喜欢的服装是一位女士身上所穿的白色长袍，还有一顶朴素的金色冠冕，他一开始不太确定这套装扮来自何处，直到她转过身，露出了垂挂在长袍后面的饰物，包括兜帽上一对尖尖的耳朵和裙裾上缀着的一条尾巴。他想起来自己五岁时也曾模仿《野兽国》[1]里的麦克斯这样打扮过，不过那时他的服装肯定没有这么优雅。

扎卡里寻找着金色项链的踪迹，却没有发现任何与蜜蜂、剑或钥匙相关的东西。他只看到了一把钥匙，它的设计让它看上去像是消失在了某人的后颈中，但他认出来这把钥匙是在巧妙地暗指一部漫画作品。

他暗自希望那些适合攀谈的人会变亮，或者会有指示箭头悬停在他们头顶上，或者会出现可供选择的对话框。要是现实生活变得更像电子游戏就好了，他平时不会这么想，但在特定的场合它却能派上用场。到这边来。去和那个人说话。虽然不知道要做的事情确切地来说究竟是什么，却能产生一种正在有所进展的感觉。

他本来应该专心寻找那件首饰，却总在各种小事上不断分心。他到酒水台点了一款文学创意鸡尾酒，名叫"落水的奥菲利亚"[2]，由杜松子酒、柠檬和茴香果汁勾兑而成，一块儿端上来的还有一束迷迭香和一块纸巾，上面印着一句应景的引文，来自《哈姆雷特》。其他客人喝着海明威代基里酒[3]和黄昏马蒂尼，上面装饰着造型复杂

1　美国作家莫里斯·桑达克（Maurice Sendak，1928—2012）的儿童绘本故事。
2　莎士比亚作品《哈姆雷特》中的人物，哈姆雷特的恋人，迷失理智后自溺于一条铺满鲜花的溪流中。
3　代基里酒为古巴最具代表性的鸡尾酒，美国作家海明威非常喜欢冰代基里酒，因此也这样命名。

的柠檬皮。细长的香槟杯中盛着闪闪发光的美酒,杯颈上系着缎带,上面写着"请君品尝"。

桌上的碗里堆满了散落的打字机按键。烛光照亮了包裹在书页里的玻璃托盘。其中一条廊厅被各种书写用具(钢笔、铅笔、羽毛笔)装饰了起来,它们从天花板垂挂下来,高低不一。

一位女士穿着缀珠长袍,戴着与之相配的面具,坐在角落里一个打字机的后面,她在每张纸条上敲打出一小段话,然后分发给路过的客人。她递给扎卡里的字条读起来像是幸运饼干里那种纸条的加长版:

  他独自流浪,孤独却将他保护。
  他困惑慌乱,混乱却令他安心。
  披上迷惘的毯子,他将自己藏匿。

即使假装自己是宴会上的幽灵,他也没法躲开别人的注意。他不知道面具会不会让人变得更加大胆一些,可以在不用互通姓名的情况下开始聊天。其他四处游荡的幽灵们会过来交流一下对酒水和会场气氛的看法。最受欢迎的开场方式就是与人分享印在字条上的故事,他也得以看到了不同的内容:有一张字条上写的是一只仰望星空的刺猬;另一张写了一座建在溪水之上的房子,水声回荡在每个房间里。他还听说有一群人正在别的房间举办秘密故事会,不过他还没有和任何一个参加过这种活动的人说上话。他确定了房间另一头的人正是那位大名鼎鼎的作家,而且那边还有一位知名作家是他刚才没有注意到的。

在蓝光笼罩下的酒水台前,他与一位穿西装的男士聊起了鸡尾酒，那人戴着举办方分发的面具，西服的翻领上贴了一个名签，上面写着"戈多"[1]。扎卡里注意到他那张印制的入场券背面写着戈多推荐的一种波旁威士忌的名字。

"打扰了。"一位衣着古怪的女士说，她那身浅蓝色的连衣裙像是小孩穿的，还配了一双白色的及膝长袜。这时扎卡里意识到她正在对自己说话。"请问您有没有碰巧看到一只猫在附近？"她问。

"一只猫？"扎卡里猜想她要扮的是一位来自仙境的深褐色头发的爱丽丝[2]，这时另一位女士过来了，穿着和她一模一样的衣服。这样看就很明显了，而且有一点吓人，她们扮演的是《闪灵》[3]里的双胞胎。

"酒店里住了一只猫，"双胞胎里的第一个人解释道，"我们一晚上都在找她，可是一直不太走运。"

"帮我们找一找吧？"她的翻版问道。从她们的装扮来看，这个邀请听起来可能不是好兆头，即便如此，扎卡里还是答应了。

他们决定分头行动，这样能扩大寻找的范围。扎卡里返回舞厅附近时，停下来听了一会儿爵士乐队的演奏，试图想起这首耳熟的乐曲来自何处。

他一直注视着乐队身后的阴影，不过他觉得一只猫大概不会在这么吵闹的地方出没。

有人拍了拍他的肩膀。

那个打扮成麦克斯的女士站在他身后，个头比他料想中的更高

---

[1] 出自荒诞派戏剧家萨缪尔·贝克特（Samuel Beckett, 1906—1989）的代表作《等待戈多》。
[2] 《爱丽丝梦游仙境》是英国作家刘易斯·卡罗尔（Lewis Carroll, 1832—1898）的儿童文学作品。
[3] 《闪灵》为美国作家斯蒂芬·金（Stephen King, 1947— ）的代表作之一，双胞胎为小说中恐怖的意象之一。

一些。

"愿意跳个舞吗？"她问。

回答要大方得体，一个声音在扎卡里的脑袋里命令道。

"行。"这个字从他嘴里蹦出来的时候，脑袋里的声音失望地举起了双手，不过那位野兽国国王似乎不太介意。

她这套装扮的细节近看更加惊艳。金色的面具与她的冠冕十分相称，都是用皮革裁出的简单形状，并且加入了浓重的金属质感。在面具之下，她的眼睛描着金色的眼线，甚至她的睫毛上也有金粉在闪烁，她高高梳起的深色头发上布满了同样的金色亮片，扎卡里觉得那可能是假发。她的长袍前襟上有一排白色的纽扣，在布料的衬托下几乎不显眼，上面缠绕着金线。

她的香水味与这套服饰完美地搭配在一起，那是一种泥土般的气息，不知怎么，闻起来像是把尘埃和糖混在了一起。

他们沉默而略带尴尬地跳了一分钟，扎卡里终于想起了如何领舞，也找到了舞曲的节拍（他认出这是一首爵士乐，但叫不出名字），他觉得自己大概应该说点什么，寻思了一番之后，他决定把自己先前见到她时的第一个念头告诉她。

"你这套麦克斯的装束比我的麦克斯造型高级多了，"他说，"幸亏我没有把我那套穿来，不然我一定会非常难堪的。"

女士露出了微笑，那是一个心领神会的笑容，带着几分得意，让扎卡里联想到那些经典电影里的明星。

"说出来你都不信，居然有很多人都来问我这是什么打扮呢。"她说，明显透出一丝失望。

"他们应该多读一点书。"扎卡里附和着她的语气回答道。

"你扮演的就是戴着面具的你自己，是不是？"女士压低声音问道。

"差不多吧。"扎卡里回答。

这位很可能戴着假发的野兽国国王朝他笑了起来。这一次她露出了真心的笑容。

"我觉得是。"她打量了他一番,说,"你今晚为什么到这里来,除了对文学和鸡尾酒的热爱之外?你似乎在找什么人。"

"算是吧,"扎卡里承认道,他差点把这件事忘记了,"不过我觉得他们不在这里。"

他拉着她转了个圈,为的是避开撞到另一对舞伴,不过她裙摆飘动的样子非常引人注目,附近好几个人都停下朝他们望了过来。

"真是可惜,"女士说,"依我看,他们错过了这场美妙的派对,也错过了迷人的舞伴。"

"还有,我在找一只猫。"扎卡里又说。女士的笑容变得更加明亮了。

"啊,今晚早些时候我倒是看见玛蒂尔达了,但我不知道她后来去了哪里。根据我的经验,让她来找你有时可能更管用。"她停顿了一下,然后又伤感地轻声说,"在酒店里做一只猫多好啊。我们要是都这么幸运就好了。"

"你今晚为什么到这里来?"扎卡里问她。换了一支乐曲后,他一时没站稳,还好及时恢复了常态,没有踩到她的脚。

女士还没回答他的话,目光就被他右肩后面的什么东西吸引过去了。她僵住了,他看不到她脸色的变化,却感觉到了,心想这个女人大概擅长戴各种不同的面具。

"抱歉,我要离开一下。"她说。她把一只手放在扎卡里的西服翻领上,旁边有人拍了一张照片。女士转过身,然后又停下来,朝扎卡里先鞠了一躬，她的动作介于屈膝礼和弯腰鞠躬之间，看上去很正式，又有点可笑，特别是她头上还戴着一顶冠冕。扎卡里努力回应了这个动作，然后她就消失在了人群中，附近有人鼓起了掌，仿佛他们都身处一场表演之中。

照相师走上前来向他询问他们的名字。扎卡里表示如果照片要被刊登在某个地方的话，把他们称为来宾就行了，照相师无奈地答应了。

扎卡里又在大厅里闲逛，因为人群越来越拥挤，他的步子变得更加缓慢，心头的失望情绪也在不断滋长。他又一次开始寻找带有蜜蜂、钥匙或剑的首饰，寻找蛛丝马迹。他应该把它们随身携戴，画在手上，或者在口袋里塞一条蜜蜂图案的装饰方巾。他不明白自己为何会认为能从一屋子陌生人里找到其中的某一位。

扎卡里寻找着和他说过话的人，觉得自己也许能装作若无其事的样子打听一下……他也不确定自己要打听的是什么。他在人群中就连麦克斯都找不到了。他遇到了一群格外拥挤的派对客人（其中有人穿着一件醒目的绿色丝绸睡衣，还拿着一个钟形玻璃罩，里面有一朵玫瑰花），他避让到一根柱子后面，朝墙边挪动，想绕过他们，然而正当他这么做时，人群里有人抓住了他的手，把他拉进了一扇门里。

门在他们身后关上了，派对的喧闹声变得模糊，亮光也被挡住了。

有人和他一起置身于黑暗中，拉着他的那只手松开了，但那个人却与他站得很近。个头可能比他高一些。呼吸很轻。能闻到柠檬和皮革的味道，还有一种气味，扎卡里无法辨别，却觉得非常迷人。

一个声音在他耳畔低语：

"从前，很久以前，时间爱上了命运。"

一个男人的声音。音色低沉，语调轻快，抑扬顿挫，这声音属于一个会讲故事的人。扎卡里一动不动地等待着，聆听着。

"正如你所想的，这件事惹来了麻烦，"那声音继续说，"它们的爱情让时间凝固不前，让命运之线纠缠成结。"

一只手在他的背后轻轻将他往前推，扎卡里试探地往黑暗中迈了一步，接着又迈了一步。讲故事的人还在说话，他的声音现在变得响亮了，充斥着整个空间。

"天上的星星在紧张地张望着，为可能发生的事情而担心不已。如果时间为了爱情而心碎，那么白天和黑夜会变成什么样呢？倘若命运也同样难逃情劫，那又会有什么样的灾难降临？"

他们继续沿着黑暗的廊厅往前走。

"星星们齐心协力将一对爱侣拆开。它们也暂时在天上松了一口气。时间如往常一样向前奔跑，又似乎令人不易察觉地放慢了脚步。命运将注定要把彼此纠缠的道路编织到一起，却可能在这里或那里遗漏了一针一线。"

现在转弯了，黑暗中扎卡里被带往另一个方向。停下来时，他还能隐约听见乐队和派对从远处传来的声音。

"然而最终，"说故事的人还在讲，"命运和时间再次相遇。"

一只手牢牢地按在扎卡里的肩膀上，他们的步伐停了下来。讲故事的人靠得更近了。

"在天上，星星们唉声叹气，一边闪烁一边发愁。它们向月亮寻求建议。于是月亮召集猫头鹰议会来决定最好的解决之道。"

黑暗中的某处传来翅膀的拍打声，距离很近，力气很大，扰动了他们周围的空气。

"猫头鹰议会的成员聚到了一起，一连好几天晚上都在讨论这件事情。当他们为此争论不休时,世界在他们周围入睡。醒来的世界继续运转,丝毫不知道他们在自己睡着的时候探讨了如此重要的事情。"

黑暗中有一只手拉着扎卡里的手摸到了一个门把手。扎卡里将它转动,门就开了。在他面前,他觉得自己看到了一弯银色的新月,然后它消失了。

"猫头鹰议会得出了一个合乎逻辑的结论,如果问题的症结在于它们的结合,那么就应该除掉其中一个。他们选择留下大家认为更重要的那一个。"

一只手推着扎卡里往前走。一扇门在他身后关闭了。他不知道这里是不是只剩下他自己了,但此时故事还在继续,黑暗中那个声音就在他周围移动。

"猫头鹰议会将他们的决定告诉了星星们,星星们表示同意。月亮却不赞同,可是那天晚上她周身黯淡,没有办法说出自己的看法。"

扎卡里还清楚地记得,月亮刚才从他眼前消失了,而故事还在继续。

"于是就这么定下来了,命运被撕扯,在尖嘴和利爪之下四分五裂。命运的尖叫声传到了最深的角落和最远的云端,可是没有谁敢过问一声,唯有一只勇敢的小老鼠悄悄溜到了现场,神不知鬼不觉地潜入满地的鲜血、骨肉和羽毛中,拿走了命运的心脏,将它好好保存了起来。"

这时扎卡里感觉胳膊上仿佛有老鼠在跑动,一直窜到了他的肩头。他颤抖了一下。那动静在他的心脏上停了下来,一只手的重量落在上面,过了一会儿才挪开。接下来是一阵漫长的停顿。

"当这阵喧嚣过后,命运便消失殆尽了。"

一只戴着手套的手捂住了扎卡里的眼睛,周遭的黑暗变得更黑了,也愈加温暖,那个声音又靠近了。

"吃掉了命运之眼的猫头鹰获得了强大的视力,比世上任何一只活物所拥有的视力都要优越。猫头鹰议会将他加冕为猫头鹰之王。"

那只手还放在扎卡里的眼睛上,而另一只手则短暂地落在了他的头顶,按压了片刻。

"天上的星星如释重负地闪烁着,月亮的心头却满是忧伤。"

又是一个漫长的停顿。沉默中扎卡里听见了自己和讲故事的人共同的呼吸声。那只手依然没有离开他的眼睛。皮革的气味混杂着柠檬、烟草和汗水的味道。正当他开始紧张起来的时候,讲故事的声音又响起了。

"于是时间还在继续它应尽的职责,原本由命运安排的事却交给了机会,而机会从不会长久地坠入爱河。"

讲故事的人领着扎卡里朝右转,再次带他往前走。

"然而世界变得陌生起来,故事的结尾并非真正的结局,尽管星星们十分希望事情能到此为止。"

这时他们停了下来。

"命运偶尔会将自己重新拼起来。"

他面前传来一扇门打开的声音,扎卡里再次被领向前方。

"而时间则一直在等待。"那声音轻轻地说,一片温暖的呼吸扫过扎卡里的脖子。

捂住扎卡里眼睛的那只手抬了起来,一扇门在他身后关上了。他在亮光中眨了眨眼睛,耳朵里传来自己心脏的跳动声,他看看四周,发现自己又回到了酒店的门厅,站在一个角落里,被一棵盆栽的棕梧树挡住了半个身体。

他身后的门被锁上了。

有什么东西撞在了他的脚踝上,他低头一看,一只毛茸茸、灰白相间的猫正在他的腿上蹭着脑袋。

扎卡里伸手去抚摸它时,才意识到自己的双手在颤抖。那只猫看上去并不介意。她在他身边待了一会儿,然后就走到了阴影里。

扎卡里返回酒水台时还沉浸在故事带来的迷茫中。他试着回忆了一下自己以前是否听过这个故事,但想不起来了,然而它很耳熟,就像是他在什么地方读过的一个传说,随后又被他忘记了。酒保又给他调制了一杯"落水的奥菲利亚",不过他们的茴香果汁用完了,他表示了歉意,改用蜂蜜代替,并且加了一层普罗塞克葡萄酒。换成蜂蜜以后,口感更好了。

扎卡里环顾四周,寻找那位麦克斯打扮的女士,但没有找到她。

他坐在吧台前,充满了挫败感,不过回顾整个晚上发生的所有事情,他的心情还是非常激动的。喝到了迷迭香,花语是回忆。寻找一只猫。和野兽国国王跳了一支舞。气味很好闻的男人在黑暗中给我讲了一个故事。那只猫找到了我。

他一边努力地回忆戈多之前提到的那款波旁威士忌的名字,一边从外套口袋里掏出了他的入场券。

随着这个动作,一张名片大小的长方形纸片从他的口袋里掉了出来,飘落在地板上。

扎卡里把它捡起来,回想了一下和他聊过天的人里有没有哪一位曾递给他一张卡片。

但这并不是一张名片,上面只有两行手写的字:

耐心和勇气

　　凌晨 1 点。带花赴约。

扎卡里看了看表：12 点 42 分。

他把卡片翻过来。

背面是一只蜜蜂。

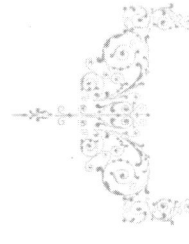

甜蜜的忧伤

这里有三条路。这是其中一条。

有蜜蜂的地方,就有馆长。

据说一开始只有一位馆长,但故事越来越多,需要的馆长也越来越多。

在侍从和守卫出现之前,就有了馆长。

在馆长出现之前,先有了蜜蜂和故事。它们嗡嗡地哼唱着。

先有了馆长,才有了钥匙。

这一点往往被人忘记,因为他们总是与钥匙密不可分。

另一件被忘记的事情是,曾经只有一把钥匙。那是一把又长又细的钥匙,由铁制成,头部镀了一层金。

它被复制了很多份,但都出自同一人之手。这些钥匙由项链串起,挂在每位馆长的脖子上。它们经常落在他们的胸口,于是很多人都觉得钥匙已经深深埋进了他们的血肉里,金属摩擦着皮肤。

由此诞生了一个传统。如今已无人记起。因为有了这个胸膛上的标记,在胸前留下记号从此成为一种信念。这是公认的事情,直到它被人忘记。

馆长所担任的角色随着时间不断变化,超过了其他任何一条道路。侍从点燃蜡烛。守卫在看不见的地方伺机而动。

曾经的馆长只需要饲养蜜蜂,保管故事。

随着地方越来越大，他们还要看管一个个房间，按种类、长度以及不为人知的一时兴致，将故事分开存放。他们在岩石上凿出一排排书架用来放书，还搭起了金属架、玻璃柜和书桌，用来堆放体积更大的书籍。他们准备了椅子和靠枕，供阅读时使用，还有看书所需的照明灯。如有需要，他们还会增加更多的房间。圆形房间的中央生着火，可以大声地讲故事。宽敞而幽深的房间拥有极佳的音效，可以将故事用歌舞表演出来。这里有用来修补书籍的房间，有用来写书创作的房间，以及很多空房间，可以满足未来的各种用途。

馆长为每个房间都做了一扇门，还配上了开门和关门用的钥匙。一开始，每扇门的钥匙都是相同的。

门越来越多，钥匙也越来越多。曾经，一位馆长可以认出每一扇门、每一个房间和每一本书，现在他们做不到了。于是他们划分出各自的区域，形成了不同的派别和层级。一位馆长可能见不到其他的馆长。他们彼此之间绕道而行，有时会相遇，有时则不会。

他们将钥匙熔进了胸膛里，这样他们就可以始终被认作馆长。这些钥匙时刻提醒着他们肩负重任，即使那把钥匙（或者那些钥匙）并没有挂在他们的脖子上，而只是挂在了墙边的钩子上。

成为一个馆长的方式也发生了改变。

一开始，他们被选中，并被培养为馆长。他们出生于港口，或者在婴孩时期就被带到了这里，那时的他们还太小，没有记住天空的模样，连把它当作一个梦都做不到。他们从小就学习了关于书籍和蜜蜂的一切，还可以拿着木制的玩具钥匙玩耍。

过了一段时间，人们决定这条路必须是自愿选择的，正如侍从所踏上的道路一样。但与侍从不同的是，自愿加入的人会经历一段培训期。如果在第一阶段的培训之后他们还愿意加入，那么就会进入第二阶段的培训。在第二阶段之后，剩下的人再进入第三阶段。

第三阶段的培训是这样的。

未来的馆长要选出一个故事。他们喜欢的任何故事都可以。一则童话、一个神话或是一段深夜酗酒的轶事，只要那不是他们自己的故事就行。

（很多人一开始都以为他们想成为馆长，而实际上他们是诗人。）

他们会用一年的时间来研习他们的故事。

他们必须把故事记下来。不只是记住，而且要烂熟于心。不仅是为了背诵出故事中的每个词，而且是为了感受它们，感受每个故事不断变化的形态、跌宕起伏的情节，以及奔涌而出或是迂回曲折的高潮。这样当他们回忆和讲述这个故事的时候，会感到无比亲切，仿佛他们自己亲身经历过一样，同时又会站在客观的角度，就好像他们将里面的每个角色都扮演了一遍。

经过一年的学习，他们来到一个圆形的房间，那里只有一扇门。中央有两把普通的木椅，面对面地摆放着。

蜡烛装点着弧形的墙面，如同点点星光，在高低不一的烛台上闪闪发亮。

墙面上除了被蜡烛占据的位置和那扇门留下的空白，其他地方都布满了钥匙。它们从地上一直向墙上延伸，经过最高处的蜡烛，向上方阴影里看不见的地方继续铺开。那里有修长的黄铜钥匙和短小的银钥匙，有些钥匙有着复杂的锯齿，有些钥匙的匙柄上装饰着精致的纹路。还有很多钥匙年代久远，已经失去了光泽，但作为收藏品，它们在烛火下也闪耀着点点微光。

在港口，每把钥匙都有一个备份。如果需要的话，另一把钥匙就会被制作出来取而代之，所以从来没有遗失过任何钥匙。

只有一把钥匙在这个房间里是独一无二的,那就是墙上那扇门的钥匙。

这是一个令人无法集中注意力的房间。本该如此。

未来的馆长被带到这个房间里,并且被要求坐下。

(大多数人都选择了面向门的那把椅子。而选择了背对门的人往往都会有更好的表现。)

他们会独自一人在那里待上一段时间,短则几分钟,长则一小时。

然后有人走进房间,坐在他们对面的椅子上。

接下来就由他们来讲故事。

他们可以按自己的意愿讲故事。但他们不能离开房间,除了他们自己之外,任何东西都不能带入房间里。不得带道具,也不能照着纸上念。

他们不用一直坐在椅子上,不过他们唯一的听众必须坐着。

有的人只是坐着朗诵,让他们的声音发挥作用。

而更加生动的讲故事方式包括站在椅子上和在房间里来回踱步。

有一位未来的馆长站起来,走到了她那位听众的椅子后面,靠过去,轻声细语地将整个故事送入他的耳朵里。

有人把他那个冗长而复杂的故事唱了出来,那故事先是甜蜜温柔、悦耳动听,然后就转为咆哮般的痛苦,接着又回到刚才的状态。

还有人借助她的椅子,在讲故事的过程中将蜡烛一根接一根地熄灭,最后在一片黑暗中结束了那个骇人的故事。

听故事的人会在故事结束时离开。

未来的馆长则继续独自待在房间里,短则几分钟,长则一小时。

然后一位馆长会来到他们身边。对于他们所做的事情和付出的努力,有的人会得到一句道谢,然后被拒之门外。

至于剩下的人,那位馆长会让这些未来的馆长从墙上选一把钥匙。他们喜欢的任何一把都可以。

钥匙上没有标签。他们根据感觉、本能或者喜好做出选择。

收下钥匙之后,未来的馆长回到座位上。他们被蒙上了眼睛。

他们选中的钥匙被取下来,放在火焰中炙烤,然后它被按在了未来馆长的胸膛上。一个伤疤印记诞生了。如果他们把它用项链串起来,佩戴在脖子上,那么钥匙所在的位置,就是这个印记所在的位置。

在黑暗中,馆长会看见他们身处的房间就是用他们所选的钥匙打开的。当尖锐的疼痛退去时,他们将看见所有的房间。所有的门。所有的钥匙。所有由他们守护的东西。

被选为馆长不是因为他们做事井井有条,也不是因为他们思维呆板、忠心耿耿或者比别人更值得。侍从要有忠心。守卫要有价值。而馆长必须有信念,并且将它高高举起。

他们之所以成为馆长,是因为他们懂得我们为何在这里。

这一切的意义何在。

因为他们懂得故事。

他们的血管里有着蜜蜂的鸣响。

然而,这些都是过去。

如今,这里只有一位馆长。

扎卡里·埃兹拉·罗林斯看了三次手表,他正在等着从寄存处取回外套。他把那张字条又读了一遍。耐心和勇气。凌晨1点。带花赴约。

他有百分之九十四的把握认为,"耐心"和"勇气"是纽约公共图书馆门口那两只石狮的名字,与这里只相隔几条街。而他没把握的那百分之六太少了,不值得用来考虑其他可能性。时间滴答,步履匆匆,仿佛比之前走得更快。

"谢谢。"他对着把外套递给他的姑娘说,即使被面具挡住了一部分脸,她的表情也不难辨认,从这副表情判断,这句道谢有点过分热情,不过扎卡里此时已经快走到门口了。

他停下来,想起了字条上那句指令,于是从门口的装饰布置上取下了一朵花,尽可能让自己的动作不被人发现。那是一朵纸做的花,它的花瓣是从书页上剪下来的,不过严格说来,它确实是一朵花。也只好这样凑合一下了。

他在走出去之前摘下了面具,将它塞到了自己的外套口袋里。脸上没了面具以后感觉怪怪的。

外面的空气如同一堵寒冷的围墙迎面撞来,这时有什么东西发出了更重的一击,将扎卡里打倒在地。

"噢，对不起！"一个声音在他头顶上说。扎卡里眨着眼睛抬头望去，他的眼睛因为寒冷而感到刺痛，之前喝的鸡尾酒模糊了他的视线，让他觉得有一头非常礼貌的北极熊向他打了个招呼。

他又眨了眨眼睛，北极熊的形象没那么模糊了，但还是不够清楚，它变成了一位白发的女人，穿着同样白色的皮毛大衣，向他伸出了一只戴着白色手套的手。

扎卡里握住那只手，让这位北极熊女士把他扶了起来。

"可怜的宝贝儿。"她说，擦了擦他外套上的泥土，白色的手套在他的肩膀和翻领上来回挥动，居然还能保持一尘不染。这位女士抹着鲜红的口红，皱着眉说："你没事吧？我刚才走路的时候没看路，我太笨了。"

"我没事。"扎卡里说，他的裤子沾上了雪，肩膀也在隐隐作痛。"你还好吧？"他问道，虽然这位女士看上去毫发无损，她的大衣也一丝不乱，连人带衣看起来更像是披着一层银色，而不是白色。

"我没受伤，只是一时没留神。"女士说道，她的手套又开始挥动了起来，"有很长一段时间里都没有男人拜倒在我脚下了，亲爱的，为此我要谢谢你。"

"不客气。"扎卡里回答，随着肩膀上的疼痛逐渐消失，他下意识地露出了微笑。他差点就想问这位女士有没有参加那个派对，不过时间在一分一秒地流逝，他对此很担心。"祝你度过愉快的一晚。"他说，将她留在酒店遮阳篷下的一片灯光里，继续朝街上走去。

他在街角处转了个弯，来到了第五大道上，这时他又看了看表。只剩几分钟了。

离图书馆的距离越来越近，他听见出租车飞快地越过潮湿的人行道，他一直放空的意识开始恢复。他的手很冷。他低头看着手中那朵几乎被挤扁了的花,凑上去瞧了瞧,想看看自己能否猜出花瓣的取材来自哪本书,可是那上面的文字是意大利文。

快到图书馆台阶的时候,扎卡里放慢了脚步。虽然天色已晚,但还有不少人在附近晃悠。一群穿着黑色大衣的人一边谈笑聊天,一边等待信号灯变化之后过马路。一对情侣靠在低矮的石墙上接吻。图书馆的台阶上空荡荡的,虽然已经闭馆了,但石狮还守在自己的岗位上。

扎卡里经过其中一只石狮,他觉得它的名字是勇气。在快到台阶中央时他停了下来,正好位于两只狮子之间。他看了看表:凌晨1点过2分。

如果这算一场会面的话了,他是错过了吗?还是说他要等一等?

应该带一本书来,每次他在某个地方等待却没带书时,就常常会这样想。然后他想起来了,于是把手伸进外套里。

然而那本《甜蜜的忧伤》并不在他的口袋中。

为了确认,扎卡里找遍了所有的口袋,但那本书不见了。

"你在找这个吗?"有人在他身后问道。

在比他高出几级的图书馆台阶上站着一个男人,穿了一件厚呢短外套,竖起的衣领挡在一圈厚实的羊毛围巾外面。他的头发是黑色的,两鬓泛灰,勾勒出一张堪称英俊的面庞,如果能把"粗犷"和"不羁"这样的词和英俊联系在一起的话。他穿着黑色的正装长裤和闪亮的皮鞋,但扎卡里不记得在派对上见过他。

他的双手戴着黑色的手套,其中一只手里拿着那本《甜蜜的忧伤》。

"是你从我这里把它拿走的。"扎卡里说。

"不,是别的人从你那里拿走的,而我从他们手中把它拿了回来。"男人解释道。他走下台阶,在扎卡里身边停了下来。"不用谢。"

扎卡里脖子后面的汗毛认出了这个声音,然后他身体的其他部分也认出来了。这个人就是给他讲故事的人。

"有人在跟踪你,他们想要这本书,"这个人继续说,"目前他们以为自己拿到了这本书。现在我们正处于一个时间窗[1]中,他们无法在这段时间跟踪你,它将在大约半小时之后关闭,到时他们才会意识到这本书不见了。它又消失了。跟我来吧。"

男人把《甜蜜的忧伤》放进他的外套就出发了,他经过了那只名叫耐心的石狮,然后转向南方。他没有回头看。扎卡里犹豫了一下就跟了上去。

"你是谁?"扎卡里问,他在街拐角处追上了这个男人。

"你可以叫我多里安。"那人回答。

"这是你的名字吗?"

"这很重要吗?"

他们沉默地过了马路。

"这朵花是用来干什么的?"扎卡里问,他还拿着那朵纸做的花,捏着花的手指已经冻僵了。

"我想看看你是否会听从指令。"多里安回答,"算你通过了,虽然这不是真正的花朵。至少你很擅长临场发挥。"

多里安从扎卡里手中接过那朵花,微微转动了一下,然后把它插在了外套的一个纽扣眼里。

扎卡里把冻僵的手塞进了口袋中。

"你还没有问我是谁呢。"他提醒道,怎么会有这样让他既好

---

[1] 研究股票市场波动的一种理论。通俗地说,就是指时间周期运行到某个关键阶段时,会发生转折,此时采取行动的成功概率会增加。

奇又讨厌的人，他想不通。

"你是扎卡里·埃兹拉·罗林斯。叫扎卡里，从不叫成扎克。生于1990年3月11日，在路易斯安那州的新奥尔良。2004年你父母离婚后不久，你和母亲就搬到了纽约州北部。在过去五年半的时间里，你一直在佛蒙特州上大学，目前正在准备一篇关于现代游戏中性别与叙事性的论文。你的成绩非常好。你性格内向，有轻微的焦虑症。你有一些相处不错的伙伴，但没有真正亲近的朋友。你正式谈过两次恋爱，但结果都是不欢而散。这周之初你从图书馆借了一本书，之后这本书被录入了电脑检索系统，这样它就有迹可循了。自那以后这本书，还有你，都被跟踪了。想要跟踪你并不难，可他们还监控了你的电话，并且在你身上安装了一个追踪器，不过你很幸运地把它留在了酒店里。你喜欢精心调制的鸡尾酒和价格划算的热巧克力。你本来应该戴一条围巾出门的。我知道你的一切。"

"你忘了说我是双鱼座。"扎卡里咬牙切齿地说。

"我觉得这已经在你的出生日期里体现出来了。"多里安稍微耸了耸肩说，"我是金牛座，如果我们要聊这个的话，我应该找你妈妈给我算一算。"

"关于我妈妈，你知道些什么？"扎卡里问，他被激怒了。他匆忙追赶着多里安的脚步，每到一个十字路口，都会有一阵寒冷的大风刮来，穿透他的外套。他停下来看了看街边的路标，觉得他们正在朝东南方向移动。

"洛芙·罗林斯夫人，心灵顾问。"他们再次转弯的时候，多里安说，"虽然只是四岁前在海地生活过，但她有时说话会带上那里的口音，因为顾客们往往喜欢这样。她擅长通灵术，还会测算塔罗牌和解读茶叶。你在新奥尔良就住她的店铺楼上。而就是在那个地方，你遇到了一扇门，却没有打开，对吗？"

扎卡里纳闷他怎么会知道那扇门，但很快就想到答案其实很简单。

"你读了那本书。"

"我浏览了一开始的那几章，如果把它们算成是章节的话。我本来不知道为什么你会和它这么有缘，现在我明白了。他们肯定不知道书里有你，不然他们会对你更有兴趣，此时此刻他们的注意力都集中在那本书上。"

"他们是谁？"扎卡里问，这时他们转到了一条更宽敞的街上，他认出那是公园路。

"他们是一群暴躁的恶徒，以为自己做的事情是正义的，他们所谓的正义不过是自诩的而已。"多里安气愤地说。扎卡里从他的态度中判断，"暴躁"这个词可能是他的个人看法，用来形容对方和他自己大概都可以。"我可以给你讲讲过去发生的事，不过现在不行，我们没时间了。"

"我们要去哪里？"

"我们要去他们的美国总部，巧的是它离这里只有几条街的距离。"多里安解释道。

"等等，我们要上门去找他们？"扎卡里问，"我不——"

"他们大多数人都不在总部，这会是我们的优势。等我们到了那里，你就把这个给他们。"

多里安把手伸进包里，递给扎卡里一本书，和他那本不一样。这本蓝色的书很厚实，看上去有些眼熟，封面上有一个金色的浮雕图案。战神阿瑞斯的半身像。

扎卡里把书转过来，看了看书脊上的字，虽然他猜到了上面会写什么。《神话时代》。书脊上图书馆的标签已经被撕掉了。

"是你从图书馆拿走了这本书。"扎卡里说。这句话一说出口，听起来就更像是明摆着的事实了。"你当时在场。"

"回答正确，拉文克劳加十分[1]。不过你把所有书都找到以后，却因为想吃松饼蛋糕，就把它们留在那里，无人看管，这个做法不怎么聪明啊。"

"那是一块优质的松饼蛋糕。"扎卡里没好气地辩解道。令他意外的是，多里安笑了起来，那笑声愉快而低沉，让他觉得不那么冷了。

"再优质的松饼蛋糕也只是不加糖霜的纸杯蛋糕而已。"多里安评价道，然后他接着说，"你把这本书交给他们。"

"难道他们看不出这并不是他们所要的书吗？"扎卡里打开书的封底，发现上面的条形码也不见了，取而代之的是首字母缩写JSK。

"跟踪你的人会发现的，"多里安说，"不过他们的注意力在别处。留下来看护收藏品的人级别太低，对于所找的书究竟是哪一本这样的细节，他们并不知情。你把这本书给他们，然后帮我拿回另一本书，到时我就会把这个还给你。"

他又举起了《甜蜜的忧伤》，扎卡里觉得自己这会儿抓起书就跑已经来不及了。他的手太冷了，没法从口袋里拿出来。而且不管这个人的真实名字叫什么，他大概都能追上自己。

"这种一书换一书的把戏有什么意义吗？"扎卡里问。

多里安把《甜蜜的忧伤》放进外套口袋。

"如果你帮我，按你的说法，以一书换一书，那我会带你到那

---

1 在"哈利·波特"系列小说里，霍格沃茨魔法学校的学生会通过日常表现为自己所在的学院赢得分数。

里去。"

扎卡里不需要他解释"那里"是哪里，也不知道该说什么。闪烁的霓虹灯光照映在他们前方水沟里的积雪上，灰色的雪变成了红色，又变回了灰色。

"它是真的。"扎卡里说，这不算一个问题。

"当然是真的，"多里安说，"你心里清楚。你全身上下都能感觉到，不然你也不会来到这里。"

"它是不是——"扎卡里开了口，却无法问完这个问题。它是不是和书里描述的一样？他很想知道，但他又怀疑那些真实存在的东西难以用言语准确描述。文字总是不够用的。

"没有我的帮助，你到不了那里，"多里安继续说，他们在一个亮了红灯的十字路口停了下来，虽然此时少有车辆往来，"除非你和米拉贝尔有什么我不知道的安排。"

"米拉贝尔是谁？"他们继续往前走时，扎卡里问。

多里安在马路中间停了下来，转身面对扎卡里，盯着他，他的眼神中满是疑惑，眉间也露出了怀疑的表情。

"怎么了？"扎卡里问。他们停下来的时间太长了，让他感到不安，他朝马路两头各看了一眼，以免有出租车开过来。

"你不……"多里安正要问，却再次停下了。扬起的眉毛落了下来，怀疑的表情变成了近乎关切的神色，然后他转过身，又继续往前走。"我们没有时间说这个了，快到了。我需要你认真听我说，并且按指示行事。"

"不需要临场发挥了吗？"扎卡里问，这话说出来比他预想的更尖锐。

"不到万不得已就不需要。也不要把笔借给任何人，如果你担心跟踪器的话。告诉来给你开门的人,你是给档案室送东西的。把书给他们看,但不要让它离开你的手。如果他们没有立刻让你进去,你就告诉他们是亚历克斯让你来的。"

"亚历克斯是谁?"

"谁也不是,亚历克斯是一个代码。你戴上这个,确保让他们看见它,但不要刻意引人注意。和他们近年来佩戴的那种相比,这个样式有点老,但我已经尽力了。"

多里安递给他一条长长的项链,上面有一个金属挂坠。一柄银色的剑。

"他们会带你穿过一条走廊,登上一段台阶,来到另一条走廊,那里有几扇锁着的门。他们会为你打开其中一个房间。大约就在这个时候,门铃会响起。陪同你的人需要去应门。告诉你的陪同者,你自己一人就能把书送过去,然后自行从后门离开,这是惯例,不会显得奇怪。你的陪同者会走开的。"

"你怎么确定?"扎卡里一边问,一边把项链从他的脑袋上套过去,这时他们又拐了一个弯。他们周围街道上的住宅楼多了起来,树木点缀其间,街角偶尔还会有一些商店和餐馆。

"他们在遵守规章制度方面非常严苛,但有一些规则会比其他规则更严。"多里安说。他们继续往前走的时候,他的步伐加快了。"敲门必应就是其中一条,需要优先执行。这时,在那个房间里,有的书在书架上,还有的书在玻璃柜里。你要注意的是那些柜子。其中一个柜子中有一本书被包在棕色的皮革里,书页边缘的镀金层都褪了色,到时你就会知道是哪一本了。你用布尔芬奇的神话书来交换这本书。在房间里就把这本书放进你的外套,因为大厅里到处都是摄像机。最好一直把头低着,不过我觉得看监控的人单凭你的照片是不会认出你的。"

"他们有我的照片?"扎卡里问。

"他们有一张学校年鉴上的照片,看上去一点都不像你,所以不用担心。从原路返回,走下楼梯,不过当你抵达主厅的时候,转到楼梯后面去。从那里往下走到地下室,然后从后门出去。这扇门通往花园,那后面还有一扇大门,从大门出去向右转。一直走到小巷的尽头,就回到了街上。我会在街对面等你。一看到你,我就开始往前走。你跟着我走过六个路口以后,如果能确定没有人跟踪你,就追上我。就这样。"多里安说着,停在了一个被阴影挡住了一部分的角落里,"通往前面那个路口的半道上,在左边有一幢灰色的建筑,黑色的门,门牌号是213。你还有什么疑问吗?"

"对,我有问题。"扎卡里说,他无意间抬高了声音,"你到底是谁?你从哪里来?为什么你自己不能去做这件事?这本书有什么重要的?那些人究竟是谁?那只老鼠对命运的心脏做了什么?谁是米拉贝尔?在这场秘密行动中,我什么时候能回酒店去拿我脸上戴的那两片玻璃?我的镜片。我的眼镜。"

多里安叹了口气,转向扎卡里,他的脸庞一半在亮光下,一半在阴影中,这时扎卡里意识到他其实比看上去要年轻一些,泛着灰色的头发和时常皱起的双眉让他显得年长。

"请原谅我的鲁莽急躁。"多里安说着,压低声音凑了过来。他的目光往街上迅速扫视了一下,然后落回扎卡里身上。"你我有一个共同的目的地,在我到达那里之前,我需要那本书。我无法凭一己之力做到这一点是因为他们认识我,如果我进了那栋楼,就再也出不来了。我寻求你的帮助是因为我觉得你可能会愿意帮我。拜托了。如果需要的话,我可以求你帮我。"

多里安的声音第一次显露出在派对上那片黑暗中才有的气质，是讲故事的人那种抑扬顿挫的腔调，把这个街角变成了一个神圣之所。

多里安没有移开他的目光，在这一瞬间，扎卡里心中那些被他当成紧张不安的情绪完全变成了另一种东西，然后它又变回了紧张不安。他觉得很温暖。

扎卡里不知道该说什么，于是他点了点头，转过身，将多里安留在了阴影中。他的心在耳朵里怦怦直跳，他的双脚带他沿着一条被荒弃的街道往前走，两边的褐砂石房屋被街灯洒下的一团团灯光照亮，树上挂着的节日彩灯也一直闪烁着光芒。

你在做什么？一个声音在他的脑袋里问道，对此他没有想好答案。他什么都不知道，不知道来龙去脉，甚至不知道身在何处，因为他忘记看角落里的街道标志了。他可以继续往前走，打个车回酒店。但他想拿回他的书。他想知道接下来会发生什么。

他面前有一道难题，而他要将它解出来。

有的建筑并没有显眼的门牌号码，所以扎卡里无法进行计数，不过他没花多少时间就来到了自己一直在找的那座房子跟前。这座建筑和它周围的其他建筑都不太一样，它的正面是灰色石墙，而不是褐色的，窗户上覆盖着华丽的黑色栅栏。要是房子上插了旗帜，他会以为这是一座使馆楼，或者是一所大学的俱乐部。它周身散发着一种冰冷的气息，看上去实在不像私人住所。

他回头看了一眼这条街道，然后登上台阶，如果多里安正在那边等他，那扎卡里现在是看不到他的。快到门边的时候，扎卡里在心里回忆了一下他的指示，担心自己会遗漏掉什么东西。

唯一的一盏灯将门口照亮，灯泡坐落在一个精致的壁式灯台上，下面挂着一块金属门牌。扎卡里凑过去一看：

收藏家俱乐部

没有开放时间，其他信息也全部没有。门上方的玻璃蒙上了一层霜，但是屋里的灯光是亮着的。黑色的门上有几个金色的数字：213。就是这个地方。

扎卡里做了一个深呼吸，然后摁响了门铃。

甜蜜的忧伤

消失的蜂蜜与白骨之城。

在地下的深处，有一个人迷失在时间里。

他开错了门，选错了路。

他越走越远，偏离了本应该去的地方。

他在寻找一个人。某件东西。某个人。他不记得这个人是谁了，时间在这深处变得脆弱不堪，他无法抓住自己的思想和记忆，将它们紧握手中分类梳理，从而回忆出更多的事情，而不只是匆匆地看几眼。

有时他停下来，在那停顿的瞬间，记忆变得清晰，足以让他看清她的脸，或是那张脸的碎片。但每当这样清晰的画面促使他继续前行时，那些碎片就会又一次崩塌，而他就这样走啊走，不知道自己为了谁或是为了什么而行走。

他只知道自己尚未到达。

还没有找到她。

那是谁呢？他看向天空，天空被岩石、土地和故事挡住了。没有人回答他的问题。他把滴答作响的声音当成了水声，除此以外再无声响。后来这个问题也再次被他遗忘。

他走下崩坏的台阶，在缠绕的树根间跌跌撞撞。他早已路过了那些最后的房间，它们有门还有锁，在那里故事满足地留在各自的书架上。

他从那些开着花的藤蔓中挣脱出来，花朵里全是故事。他穿过了一堆堆被抛弃的茶杯，它们满是裂痕的釉面上印着一行行文字。他走过一摊摊墨水，留下的脚印在他身后变成了故事，而他却没有转身看一眼。

此时他在隧道中穿行，它们的尽头没有一丝亮光，他沿着看不见的墙摸索前行，直到他发现自己身处另一个时间中的另一个地方。

他从残缺的桥上和崩塌的塔下经过。

他路过累累白骨，却把那当作茫茫尘土，而经过一片虚无时，又以为这是成堆的白骨。

他的鞋子曾经漂亮体面，如今却已经被磨得破烂不堪。他很久以前就把外套扔掉了。

他已经不记得那件有很多纽扣的大衣了。如果衣服也有记忆的话，那件外套会记得他，但当他们再次相见的时候，那件外套已经归别人所有了。

在清醒的日子里，他心中的那些记忆是散乱的文字和形象。他的名字。夜晚的天空。一个挂着红色天鹅绒帷帐的房间。一扇门。他的父亲。书，成百上千的书。她手中的那一本书。她的眼睛。她的头发。她的指尖。

但大部分的记忆都是故事。故事的碎片。盲眼的流浪者和不幸的恋人，伟大的历险和藏匿的宝藏。疯狂的国王和神秘的女巫。

他亲眼所见和亲耳所听的事情与他用眼睛读到、用耳朵听到的故事混杂在一起。它们在这里密不可分。

清醒的白天没有多少。清醒的夜晚也不多。

在深深的地下，无法将那些差别说清。

是夜晚还是白天。是事实还是假象。是真相还是幻景。

有时他觉得他已经失去了自己的故事。他从它的书页中掉出来，落到这里，徘徊其间，可他又留在自己的故事里。无论怎样尝试，他都无法离它而去。

这个迷失在时间里的男人沿着海岸踱步，他没有抬头去看那些缺失不见的星星。他在满是蜂蜜和白骨的空城里游荡，他走过的街道曾经到处是音乐和欢声笑语。他在废弃的庙宇中流连，为那些被遗忘的神像点燃蜡烛，他用手指摩挲着那些未被接受的祭品，它们已变成了化石。供他入眠的那些床，几百年来都无人在上面做梦，而他却睡得很沉，他的梦境没有尽头，正如他醒着的时间一样。

一开始，蜜蜂们看着他。他行走时，它们跟着他走；他睡觉时，它们绕着他飞。它们以为他也许是另一个人。

他只是一个男孩。又或是一个男人。介于两者之间。

如今，蜜蜂们已经无视他的存在了。它们忙碌着自己的事情。它们认为一个茫然无措的人不构成任何危险，不过，就连蜜蜂有时也会犯错。

扎卡里·埃兹拉·罗林斯在寒冷的空气中等了很久，然后再次用快要冻僵的手指摁响了收藏家俱乐部的门铃。他确定自己已经把它摁响了，因为他能听到房子里传来低低的铃声。

在第二声铃响之后，他听到门里有人来了。还听到了一道道门锁被打开的声音。

那扇门只开了几英寸，一条金属锁链还拴在门上，阻止它完全敞开，一个小个子的年轻姑娘抬头打量着他。她比扎卡里更年轻，但也没年轻多少，不会被他当成小女孩。她让他想起了某个人，或者说她有一张似曾相识的面孔。她向他投来了警惕而厌倦的眼神。显然，即使在这种古怪的秘密组织里，实习生也无法摆脱讨厌的轮班制。

"您有什么事？"她问。

"我，嗯，我要把这个送到档案室。"扎卡里说。他让《神话时代》从外套口袋中露出了一截。姑娘瞥了一眼，但没有要求查看它。她问了另外一个问题。

"您的名字是？"

这是一个扎卡里没有预料到的问题。

"这重要吗？"他尽量学着多里安的语气问道。为了确保那柄银色的剑能被看到，他动了动自己的外套，希望自己的动作表现出了若无其事的样子。

那个姑娘皱起了眉头。

"您可以把东西交给我，"她说，"我会把它放——"

"亚历克斯派我来的。"扎卡里打断了她。

姑娘的表情发生了变化。厌倦的情绪不见了，警惕的态度占据了上风。

"稍等。"她说。门被关上了，扎卡里开始心慌起来，但接着他意识到她正在解开门闩上的链条。门几乎立刻就被再次打开了。

这位姑娘把他领进一个不大的门厅，两边都装着磨砂玻璃，防止他看见里面有什么。在对面的墙上还有另一扇门，也几乎是由磨砂玻璃构成的。这个双入口通道的作用似乎是为了迷惑来人，而并非为了安全起见。

姑娘用链条锁上了前门，然后匆匆走过去打开了磨砂玻璃门。她穿着一条蓝色长裙，看上去简约而复古，像一件长袍，领口很高，衣服两边各有一个大口袋。在她的脖子上挂着一条银色项链，上面缀着一把剑，它的设计和扎卡里佩戴的那个不太一样，这把剑更细更短，不过和扎卡里的很相似。

"这边请。"她说，把磨砂玻璃门推开。

我要不要假装自己以前来过这里？这个问题本来该去问多里安的。扎卡里估计他的回答应该是要，因为按照计划他连后门的位置都知道，可这样一来，不盯着看就变得更难了。

亮堂的走廊有着高高的天花板，周围是白色的墙，一排水晶枝形吊灯从门厅一直延伸到后面的楼梯处，把这里照亮。楼梯上铺着深蓝色的地毯，像瀑布一样倾泻到走廊里，不均匀的光线落在上面，让它看上去更像是流动的液体。

扎卡里不由自主地盯着那些离开了门的门把手，它们悬挂在走廊的两侧。

它们系在白色的丝带上垂挂下来，位置有高有低，其中有的门把手是铜制的，有的是水晶的，还有的是雕花象牙的。有些门把手似乎生锈了，把绑着它们的整条丝带都染上了颜色。还有一些泛着灰绿色的光泽。有的门把手高高地挂在天花板附近，离扎卡里的头顶很远，而有的则与地面挨得很近。有些门把手是破损的。有的与锁眼盖连在一起，而有的只剩下了门把或是门柄。所有的门把手都失去了它们的门。

每个门把手都有一个标签，一张长方形的纸片系在一根线上，让扎卡里想起停放在太平间里的尸体脚趾上挂的那种标签。他放慢了脚步，这样就能看得更仔细。他看到了一些数字，他觉得可能是经度和纬度。每个标签的底端都有一个日期。

他们穿过走廊的时候，身边的空气扰动了丝带，于是那些门把手便轻轻摇摆起来，相邻的门把手之间相互碰撞，发出悲伤而空洞的叮当声。

它们有好几百个，也可能是几千个。

扎卡里和陪同他的姑娘沉默地走上了瀑布般的楼梯，门把手在他们身后发出了阵阵回响。

楼梯朝两边回转环绕，而那位姑娘往上走时选择了右边的楼梯。一个更大的枝形吊灯挂在旋转的楼梯中央，滴状的水晶装饰将灯泡掩映其中。

左右两边的楼梯都通往上面同一个走廊，它的天花板比较低，没有垂下的丝带和系在上面的门把手。这个走廊里有自己的门，所有的门都涂上了磨砂黑色,和四周的白色墙壁形成了鲜明的对比。每扇门上都被标了数字,黄铜制的数字标志位于门的正中间。他们沿着走廊往前走,遇到的数字都很小,而且也没有按顺序排列。他们先经过了一扇标着六号的门,然后是二号,再然后是十一号。

他们在接近走廊尽头的一扇门前停了下来,门旁边是一个装着栏杆的大窗户,扎卡里站在街上就能看到它。这扇门标着数字八。那位姑娘从她的口袋里取出一小串钥匙,把门打开了。

一阵响亮的铃声从他们脚下传来。姑娘的手停在了门把上,扎卡里能从她脸上看出她纠结的心情:是离开还是留在这里。

铃声又响了起来。

"这边的事交给我吧,"扎卡里说,他又举起了那本书,"我自己能从后面出去,不用担心。"

太过随便了一点,他暗暗地想,不过他的陪同者咬了咬嘴唇,然后点头同意了。

"谢谢您,先生,"她说,把钥匙放回口袋,"祝您度过一个愉快的晚上。"

她离开大厅时的步伐比之前更加轻快了,门铃第三次响起。

扎卡里目送她走到楼梯,然后推开了那扇门。

门后的房间比走廊更加昏暗,灯的排列方式和他有时在博物馆里看到的一样:灯光从精心选择的角度照射在陈列品上。靠墙那排书架上的光线来自书架里,架上的书和物品都闪耀着光芒,其中包括一个玻璃罐,里面似乎悬浮着一只真人的手,手掌朝外,仿佛在打招呼。两个高高的玻璃展柜从房间的地上一直抵达天花板,它的光线也来自展柜之内,所以里面的书看上去也是飘浮的。窗户上挂着厚重的窗帘。

扎卡里没花多少时间就找到了他被派来拿的那本书，一个展柜里有十本书，另一个展柜里有八本，而只有一本书裹着棕色的皮革。打在它周围的光落在曾经镀金的书页边缘上，书角附近残留的金色碎片在闪闪发光。幸好这本书的体积较小，可以很容易地放在口袋里。其他书的体积要大一些，有的看上去非常沉重。

扎卡里打量着这个展柜，试着回想那些指示中是否提到了如何打开它。他没有看到任何柜门合页或是插销。

"谜箱。"扎卡里自言自语道。

他凑近瞧了瞧。玻璃柜被隔成了很多块，每本书都放在自己的透明格子中，而这些格子相互连接。格子之间还有几乎看不见的缝隙。棕色书所在的格子靠近展柜一端，是从左数的倒数第二个。他对展柜的两侧都进行了检查，还爬到桌子底下去查看它能否从下面打开，但一无所获。桌子的底座是某种金属制成的，十分结实。

扎卡里站起身，盯着这个展柜。那些灯都是由电线连接的，所以电线肯定通向某个地方，但是从外面却什么也看不出。如果电线穿过了桌子，那么整个装置都是带电的。

他环顾房间，寻找开关。门口的开关可以打开一盏枝形吊灯，它隐藏在头顶的阴影中，他都没有注意到。它比走廊里那些吊灯更为朴素，并没有增加多少光线。

有窗户的那面墙上有很多复杂的插销，除此之外什么都没有。扎卡里拉开了其中一块窗帘，看到了一扇窗户，俯视着隔壁建筑的砖墙。

他把其他窗帘都拉开，看到的不再是窗户，而是一道墙，上面有一排开关。

"哈！"他大声喊了一句。

一共八个开关,都放在一个类似保险丝盒的装置中,上面都没有任何标签。扎卡里按下了第一个开关,其中一个书架上的灯灭了,那只悬浮的手消失了。他将灯重新打开,他猜测前六个开关都是控制书架的,于是跳到了第八个开关。

其中一个展柜里的灯全灭了,不是他想打开的那个,而是另一个,还发出了叮当的声响。他走过去查看了一下这个柜子,发现玻璃还在原位,但底座下沉了大约一英寸,这样就可以拿到那些书了。

扎卡里匆忙回到开关处,将第八个开关按回去,然后按下了第七个开关。这回的叮当声响了两下,桌子开始移动。

现在可以拿到那本棕色的皮革书了,扎卡里将它从展柜里的位置上取下来。他一边往开关处走,一边仔细检查这本书。同样是皮革的质地,封面上什么都没印,也看不到书名或作者,这些都让他想起了《甜蜜的忧伤》。他翻开封面,书页里装饰着漂亮的边线和插图,但文字却是用阿拉伯语写成的。他重新将书合上,把它放进了自己西装上衣内侧的口袋里。

扎卡里将第七个开关按了回去。

可是灯依然没有亮起,展柜也维持在下沉的状态。叮当声被金属敲打在金属上的刺耳声响所代替。

扎卡里再次将它按下。这时他想起来了。

他把《神话时代》从外套里拿出来,放在了那本棕色皮革书之前所在的位置上,然后又试了试开关。

这一回它发出了愉快的响声,灯重新亮了起来,展柜滑动着关上了,将那些书锁在了里面。

扎卡里看了看表,意识到自己在这个房间不知待了多长时间。他把窗帘放下,将书放进外套里。他关上吊灯,蹑手蹑脚地回到走廊上。

他尽可能轻地关上门。他没有看见陪同他来的那个人,但往楼梯那边走的时候,他听见楼下传来说话声。

当他来到楼梯拐角的台阶上,正准备转弯去主厅的时候,说话声抬高了,他听得更清楚了。

"不,您不明白,他现在就在这里。"那位不在他身边的陪同者说。

一阵停顿。扎卡里放慢脚步,从楼梯拐角往下望去,那个声音还在继续,听起来越来越焦虑。在走廊一侧靠近楼梯的位置有一扇敞开的门,之前他没有注意。

"我想他知道的比我们预料的多……我不知道他是否有那本书,我以为……对不起。我没有……我在听,先生。不惜一切代价,明白。"

从那些停顿中扎卡里推测她正在通电话。他以最快的速度悄悄下了楼,并且尽可能保持安静,在到达门厅的时候,他小心翼翼地不让悬挂在丝带上的门把手摇晃起来。从这个位置,他能看到房间里那个年轻的姑娘背对着他站在那里,正在对听筒说话,那是一个黑色的老式拨号电话,放在深色的木制书桌上。电话旁摆着一团线和卷在编织针里的半条围巾,这时扎卡里意识到为什么这个姑娘看上去这么眼熟了。

她去过凯特的讨论课。那个所谓的英语专业学生,从头到尾都在织毛线。

扎卡里躲进楼梯的内侧,尽最大的努力不被发现,然后停在视线之外的位置上。那个声音不说话了,但他没听到电话听筒被放回支架上的声音。他继续在无人发现的情况下沿着楼梯的这一侧往下走,直到他来到一扇门前。他小心翼翼地把门悄悄打开,面前是一段狭窄的楼梯,没有太多装饰,通往下面的楼层。

扎卡里轻轻关上身后的门，慢慢在楼梯上潜行，希望自己迈出的每一步都不会发出嘎吱的声响。半路上他觉得自己听到了电话挂断的声音，然后又听到好像有人在朝上面的楼梯走去。

这一段楼梯的尽头是一个没有开灯的房间，里面堆满了盒子，不过有光线从一对磨砂玻璃门透进来，扎卡里猜测那就是出口。似乎没有别的门了，但他还是查看了一下，以防万一。

这两扇门有好几个门闩，不过都很容易打开，扎卡里来到户外寒冷的空气中时，所用的时间比他料想中的更短。天开始下起了小雪，明亮的雪花被风卷起，在他身边打转，很多雪花永远也没能落到地面上。

一段短短的楼梯通往一座铺满冰雪和石块的花园，四周是黑色的铁围栏，和窗户上的那些栏杆很相配。大门在后面，门外就是那条巷子。扎卡里朝门走过去，他希望自己能走得更快一点，可他的皮鞋不太适合在光滑的石路上行走。

远处传来了汽笛的呼啸声。一阵车喇叭的响声与之呼应。

扎卡里把大门门闩上的一层冰雪拂去，他的呼吸稍微放松了一点。

"这么快就要走了？"一个声音在他身后问道。

扎卡里转过身，他的手还放在大门上。

在敞开的玻璃门前，那位像北极熊一样的女士正站在台阶上，她依然穿着那件皮毛大衣，当她朝他微笑的时候，看上去似乎更像一头熊了，又似乎没那么像。

扎卡里一言不发，但也无法动弹。

"留下来喝杯茶吧。"女士态度随意而亲切地说，仿佛没有注意到他们正站在雪地里，而他正准备趁夜色带着偷来的书潜逃。

"我真的非走不可了。"扎卡里说，把即将伴随这句话而发出的紧张笑声咽了下去。

"罗林斯先生,"女士边说边朝他靠近一步,然后又停了下来,"我可以肯定你还没有搞清楚状况就掺和进来了。不管你认为现在发生了什么,也不管你被迫认为自己加入了哪一方,你都搞错了。你卷进来的事情本来就与你毫无瓜葛。请进屋避避寒气吧,我们可以喝杯茶,好好聊一聊,然后你就能回去了。作为友好的表示,我会支付你回佛蒙特州的火车票。你回去继续你的学业,我们一起假装这一切从没发生过。"

扎卡里的内心冒出了很多想法,还有各种问题和争论。他该相信谁,他该怎么做,他在这件事上是如何于一夜之间从几乎一无所知变成深陷其中的。无论是对多里安,还是对这位女士,他都没有真正的理由去相信他们。他没有足够的答案来应对所有问题。

但他有一个答案,这个答案让他此时此刻在大雪中能够轻松地做出决定。

他一点儿也不想回家以后继续假装什么都没发生过。现在他做不到。

"恕我不能答应。"扎卡里说。他打开大门,它发出尖利的声响,把一些雪片抖落到他的肩膀上。他没有回头去看台阶上的那位女士,而是沿着小巷,踩着他那双不太好使的鞋,尽可能快地奔跑了起来。

小巷的尽头还有一扇门,正当他摆弄门闩的时候,他看见多里安就站在街对面。他靠在一座建筑的旁边,借着街角还没关门的酒吧里透出的灯光,正在读《甜蜜的忧伤》。他深深地沉浸其中,还皱着眉头,那副样子让扎卡里觉得很熟悉。

扎卡里没有理会他的指示,也没有在意交通信号灯,就匆忙穿过了空荡荡的马路。

"我记得我告诉过你——"多里安吓了一跳,但扎卡里打断了他的话。

"我刚刚拒绝了一个穿皮毛大衣的女人提出的邀请,她威胁我深更半夜和她一起喝茶,我猜你知道她是谁。她肯定也知道我是谁,所以我觉得这一切并不像你所希望的那样隐蔽。"

多里安把书放回外套里,用某种语言小声说了句什么,扎卡里听不懂,不过他猜这可能是句难听话。接着他面向大街,举起了手。扎卡里过了一会儿才反应过来,他是在招呼出租车。

扎卡里还来不及问他们要去哪里,就被多里安推进了出租车,他让司机去中央公园西区77号。然后他叹了口气,把头埋进双手里。

扎卡里转过身,看向他们身后,他们的车正在驶离路边。那个年轻的姑娘站在街角,一件深色外套罩在她的长袍外面。隔了这么远的距离,他不知道她是否看到了他们。

"你拿到那本书了吗?"多里安问他。

"拿到了,"扎卡里说,"不过我把它交给你之前,你要告诉我为什么让我这么做。"

"你这么做是因为我好言好语地求过你了,"多里安说,扎卡里没想到自己居然没有被这话惹恼,"还因为这本书是我的,而不是他们的,就和任何一本有所属的书一样。我帮你拿回了你的书,你也帮我拿回了我的书。"

扎卡里望向多里安,他正看着窗外的雪。他看上去很疲倦,一副筋疲力尽的样子,大概还有一点难过。那朵纸花还插在他的外套领口上。扎卡里决定暂时不再探究关于那本书的事情了。

"我们要去哪里?"他问。

"我们要找到那扇门。"

"一扇门？就在这里？"

"应该有的，如果米拉贝尔遵守了她的承诺，而且没有在半途被阻止，"多里安解释道，"不过我们必须赶在他们之前抵达那里。"

"为什么？"扎卡里问，"他们也要去那里吗？"

"据我所知并非如此，"多里安说，"不过他们不想让我们到那里去，他们不想让任何人再有机会抵达那里了。你知道摧毁一扇画出来的门是多么容易的事情吗？"

"有多容易？"

"只需要往画上浇更多的颜料就可以了，他们手上不缺颜料。"

扎卡里朝窗外望去，看着沿途经过的建筑，看着雪花逐渐覆盖在路标上和树上。帝国大厦映入他的眼帘，它在天空下显得明亮而洁白，他意识到自己不知道现在几点了，也懒得去看手表。

出租车里的电视屏幕正在喋喋不休地报道着头条新闻和影视资讯，扎卡里伸手将它的音量关小，他对世上发生的其他事情都不再关心了，无论是真实的还是虚构的。

"我觉得我们没有时间停下来去拿我的行李了。"他说，心里已经知道了对方的回答。他的隐形眼镜开始和他的眼睛打架了。

"我会确保你的行李尽快回到你身边，"多里安说，"我知道你有很多问题想问，等我们安全了，我会尽量回答你的。"

"我们现在还不安全吗？"扎卡里问。

"说实话，你能从那里跑出来，我认为非常了不起。"多里安说，"你至少让他们有点措手不及，否则他们是不会让你逃脱的。"

"不惜一切代价。"扎卡里轻声地自言自语道，他想起了自己偷听到的那个电话。他们本来没想放过他。大概也不会请他喝茶。"他们一开始就知道我的身份，"他告诉多里安，"来开门的那个人在佛蒙特假扮成了一个学生,我花了点时间才认出她来。"

多里安皱着眉头,但什么也没说。

他们安静地坐着,出租车开始加速在街上奔驰。

"米拉贝尔是画门的人吗?"扎卡里问。似乎很有必要问一下这件事。

"是的。"多里安回答。他没有多说。扎卡里瞥了他一眼,他盯着窗外,他的一只膝盖在不停地跳动。

"为什么你会觉得我认识她?"

多里安转过头,看着他。

"因为你在派对上和她一起跳舞了。"他说。

扎卡里试着回忆了一下自己和那个扮成野兽国国王的女士之间的对话,但他的脑袋里只剩下了模糊不清的只言片语。

他正准备问多里安他是如何认识她的,这时出租车缓缓地停了下来。

"在街角停就行,谢谢。"多里安对司机说,把钱递了过去,并且没要找零。扎卡里站在人行道上,试图搞清楚自己所在的方位。他们停在了中央公园旁边,附近的一处公园大门在晚间已经关闭,他认出了对面的大型建筑。

"我们要去博物馆?"他问。

"不是。"多里安说。他目送出租车司机开走了,然后转身翻墙进了公园。"快点。"他对扎卡里说。

"公园不是关门了吗?"扎卡里问,可多里安已经往前走了,他消失在白雪覆盖的树枝留下的阴影里。

扎卡里笨手笨脚地爬过结了冰的墙,翻到另一边的时候差点一脚踩空,不过他很快恢复了镇定,虽然两手全都沾上了泥巴和冰。

他跟着多里安进了公园，沿着荒芜的小路绕来绕去，在洁白的雪地上留下一串痕迹。透过树木的间隙，他看到了一座像城堡一样的建筑。这里让人很容易忘记自己正身处城市的中心。

他们经过了一个标志牌，上面说这片冰霜覆盖的植被名为莎士比亚花园；接着他们又穿过了一座小桥，桥下是结了冰的池塘。在这之后，多里安放慢速度，停了下来。

"今晚的情况似乎开始对我们有利了，"多里安说，"我们抢先到达了。"他朝一个石拱门示意了一下，拱门的一半隐藏在阴影中。

这扇门画在粗糙的石块上，样式简单，比扎卡里记忆中的那扇门更加朴实。门上没有装饰，只有一个黄铜色的门把手闪着微光，还有与之相称的门轴围绕着一扇普通的门，看上去像是木头做的。但石块凹凸不平，让它难以骗过任何人的眼睛。门的上方刻着一些字母，扎卡里不太认识，大概是希腊文。

"有意思。"多里安看着门上的文字，自言自语道。

"写的是什么？"扎卡里问。

"了解自己。"多里安说，"米拉贝尔喜欢画装饰，我倒是很惊讶，在这种天气里她还有时间这么做。"

"这是我们罗林斯家族家训的前半句。"扎卡里说。

"后半句是什么？"

"学会忍受。"

"也许你应该考虑把这半句话改一改。"多里安说。"能劳驾你一下吗？"他又补充道，朝那扇门示意了一下。

扎卡里把手伸向门把手，他不知道自己是否真的相信这不是一个精心设计的恶作剧，他甚至有点期待有人来嘲笑自己，然而他的手摸到了冰冷的金属，它是圆的，是立体的。他毫不费力地转动了门把手，门朝里打开了，一个空旷的空间出现在眼前，超出了它原本可能的范围。扎卡里望过去，呆住了。

然后他听见了有东西——有人——在他们身后，树丛里传来了窸窸窣窣的声响。

"快走。"多里安边说边推他，他的肩胛骨之间感到一阵锐利的冲撞，扎卡里摔进了门里。与此同时，某种湿漉漉的东西击中了他，浇在了他的背上和脖子上，还顺着他的胳膊往下滴。

扎卡里低头去看自己的胳膊，以为那是血，却发现沾在上面的是闪烁的颜料，一滴滴从他的手指上落下来，就像熔化的金子。

多里安不见了。

在他身后，刚才还是一扇门的地方，现在是一道坚固的石墙。扎卡里用手去拍打它，金色颜料在光滑的深色石块上留下了带有金属光泽的污迹。

"多里安！"他呼唤着，可回答他的只有自己的声音，在他身边回响。

当回音退去，一切便陷入沉沉的寂静中。没有树木的瑟瑟响声，也没有远处汽车急驶过潮湿人行道的声音。

扎卡里又喊了几声，连回音都变得漫不经心，仿佛知道此时此地没有人能听见他的叫喊。无论这里是哪里。

他离开沾上了金色污迹的墙面，转身四处打量了一番。他站在一块向外延伸的石头上，周围看上去像是一个岩洞。在这个圆形的空间里，一段盘旋的台阶被凿刻了出来，通往下方。在下面的某个地方，有什么东西正在向上散发出一道柔和而温暖的光芒，像火光，却又比火光更稳定。

扎卡里离开了那扇门曾经所在的位置，慢慢走下台阶，在沿路的石头上留下了一条金色颜料的痕迹。

在台阶尽头，一对金色的门完美地嵌在坚硬的石头中，两侧是悬挂的灯笼，上方吊着链条，这毫无疑问是一架电梯。门上布满了精致的花纹，包括一只蜜蜂、一把钥匙和一柄剑，与门中间的缝隙齐平。

扎卡里伸手去碰了碰它，以为它只是一个奇妙的幻象，就像那些画出来的门一样，但电梯是冰凉的，有着金属的触感，那些图案摸起来是凸起的，他在指尖能清楚地感受到它们的轮廓。

这是一个意义非凡的瞬间，他想，他听见他妈妈的声音在脑海中响起。这个瞬间意味深长。这个瞬间将改变之后的所有瞬间。

他觉得那个电梯正在盯着自己。它在看他会怎么做。

《甜蜜的忧伤》里从来没提到过电梯。

他想知道还有什么是《甜蜜的忧伤》里未曾提到的。

他想知道多里安怎么样了。

在他的身侧，在一盏灯笼的下面，有一个没做标记的六边形按钮，周围镶了一圈金银丝，它嵌在岩石上，就像一块宝石。

扎卡里按住了它，它亮了起来，发出了柔和的光芒。

从下面的某个地方传来了一阵低沉的轰隆声，声音很大，而且变得越来越响，越来越强烈。扎卡里后退了一步。那些灯笼也在链条上颤动了起来。

忽然，声音停止了。

按钮的亮光自动熄灭。

门后传来一声轻柔的铃响。

然后蜜蜂、钥匙和剑的图案从中间分开，电梯开了。

甜蜜的忧伤

……时间爱上了命运。

　　海盗不仅按女孩的要求给她讲了一个故事,他还讲了很多故事。故事叠着故事,成为新的故事。故事游走在遗失的神话和忘却的传说中,穿过那些还未讲过的奇闻异事,然后又转了回来,彼此交汇,直到它们回到这两个人身上,隔着铁栅面对面,一个是讲故事的人,一个是听故事的人,他们之间再没有什么话需要轻声细语地传递。

　　故事讲完之后,他们陷入了沉重而漫长的沉默中。

　　"谢谢你。"女孩轻声说。

　　海盗默默地点了点头,接受了她的谢意。

　　天快亮了。

　　海盗把手指从女孩的头发中抽出来。女孩后退着离开了铁栅。

　　她把一只手按在胸前,优雅地向海盗深深鞠了一躬。

　　海盗也摆出同样的姿势,低下了头,将手放在心脏附近,正式宣告他们的舞蹈结束了。

　　他在抬头之前停顿了一下,想尽他最大的努力,留住这一刻。

　　当他抬起眼睛的时候,女孩已经从他面前转过身,安静地朝对面那道墙走去。

　　她的手在钥匙的上方犹豫。她没有朝那个看守望去,也没有回头看海盗。这是她的决定,在做出决定时,她不需要旁人的帮助。

女孩将钥匙从挂钩上取了下来。她小心翼翼地不让它与钥匙环碰出声音，也不让它撞到石头上发出声响。

她手里拿着钥匙，穿过房间往回走。

钥匙打开牢房时发出的咔嚓声，甚至连牢门转动时发出的嘎吱声，都没有吵醒那个看守。

不需要言语的交流，女孩将自由赐予了海盗，而海盗也接受了这份自由。他们爬上黑暗的台阶，对于接下来要做的事缄口不提。他们不提抵达最上面的那扇门时会发生什么，也不提门外会有怎样一片未知的海在等待着他们。

就在他们快到门口时，海盗将女孩拉回了身边，他的嘴唇贴上了她的嘴唇。现在没有铁栅横亘在他们之间，他们在一段昏暗的楼梯上拥抱，只有命运和时间才会让事情节外生枝。

就让他们留在这里吧——一个女孩和她的海盗，一个海盗和他的救命恩人——在黑暗中亲吻，在那扇门开启之前。

不过他们的故事并未到此结束。

它只不过是有了变化而已。

另一个时间,另一个地方:
插曲一

十四年前,路易斯安那州新奥尔良

天快亮了。灰色的薄雾推开了夜晚的黑暗,白天尚未完全到来,但已经有街上透过来的亮光落在了巷子里,这光线用来画画是绰绰有余的。

她已经习惯了在光线不足的条件下画画。

空气比她预料中更冷一些,她的连指手套很适合握画笔,但不太保暖。她把运动衫的袖子往下拽到了手腕附近,在那里留下了一点颜料的痕迹,不过那袖口早就被颜料弄脏了,上面沾满了各种色彩,发出不同的光泽。

她在那些仿木纹的门板条上又添了一笔阴影线,让它们变得更清晰。这个作品终于大功告成,其实它在夜色正浓、黎明未至的时候就已经完成了,她本来可以就此搁笔,但她不愿意。这是她的得意之作,画得不错,她还想做得更好。

她要换画笔了,绘画工具都插在她的马尾发辫里,排成了一个扇形,她从中抽出了较细的那只。她的头发乌黑而浓密,挑染了几缕蓝色,但在这样的光线中看不出来。她安静地在脚边的背包里翻找了一下,把颜料从暗灰色换成了亮金色。

对细节进行修饰是她最喜欢的一部分工作:在这里加上一道阴

影，在那里添一抹高光，转眼间一个平面的形象就有了立体感。

那支细笔刷上的金色颜料在剑柄上、钥匙的锯齿上和蜜蜂的斑纹上留下了镀金的效果。它们在黑暗中闪烁着，代替了逐渐黯淡的星光。

她对门把手很满意，再次更换了画笔，开始做最后的润色。

她总是把钥匙孔留到最后画。

在门上画一个没插钥匙的钥匙孔，这感觉也许就像是留下了一个类似签名的标记。完成这个小动作是因为必须这么做，而不是出于设计的需要。它让整个过程变得完整。

"真漂亮啊。"一个声音在她身后说。女孩吓了一跳，画笔从她的指间掉到了脚边，它在下落中停了一下，把她的鞋带染上了和钥匙孔一样黑洞洞的颜色。

她转过身，看见一个女人站在她身后。

她想跑开，却拿不准该往哪个方向跑。破晓时分的街道看上去不太一样了。

她连如何用自己的语言打招呼都忘记了，而且她也不知道自己是该问好还是该道谢。

女人正在打量这扇门，并没有看女孩。她穿着蓬松的长袍，和没熟透的桃子一个颜色；她拿着一个杯子，上面写着"真正的女巫"。她的头发用一块彩虹色的头巾扎了起来。她戴了一大堆耳饰。她的手腕上还有文身，图案是一道阳光和一排月亮。她比女孩矮，却显得更高大；她个头虽小，却占据了巷子里不小的空间。女孩往她的连帽衫里缩了缩。

"你不该在这里画画，你知道吧。"女人说道。她从杯子里喝了一口水。

女孩点了点头。

"会有人过来把它刷掉的。"

女孩看了看那扇门，又回头看着女人，耸了耸肩。

"过来喝杯咖啡吧。"女人说，没等她回答就转过身，沿巷子往前走，一直走到了拐角处。

女孩犹豫了一下，然后她把那支画笔插回马尾辫里，和其余的画笔放在一起，收拾起她的包，追了过去。

拐角是一个店铺。一块没被点亮的霓虹灯牌挂在一扇大窗户的正中间，形状是一只举起的手掌，掌心有一只眼睛，窗户周围挂着天鹅绒窗帘，遮住了屋里的样子。那个女人站在门口，为女孩留着门。

门在她们身后关上时，传来了一声铃响。这个店铺的内部和女孩以前见过的商店都不一样，里面摆满了蜡烛和胡乱搭配的家具。一捆捆晒干的鼠尾草绑在五颜六色的线上，从天花板垂挂下来，系在细线上的灯和纸糊的灯笼在它们周围闪烁着。一张桌子上放着一个水晶球和一包丁香卷烟。一尊有着朱鹮头的神像越过女孩的肩膀看着她，而她正在努力地寻找一个不挡路的落脚之处。

"坐吧。"女人指着堆满头巾的天鹅绒沙发朝她挥挥手。女孩往沙发走去，半路上撞到了一个缀着流苏的灯罩，等她把包放在膝盖上坐下来的时候，那些流苏还在不停地晃动。

女人端着两个杯子回来了，新拿来的杯子上面装饰着一个五角星，外面是一个圆圈。

"谢谢。"女孩接过杯子，轻轻地说。它温暖着她冰冷的双手。

"原来你会说话啊。"女人说。她在一张古旧的长款扶手椅上坐了下来，椅子叹息一声，嘎吱作响。"你叫什么名字？"

女孩什么都没说。她小口喝着滚烫的咖啡。

"你需要找一个住的地方吗?"女人问。

女孩摇头。

"你确定?"

这一次女孩点了点头。

"我刚刚可不是故意吓唬你,"女人接着说,"只不过对于大半夜还在外面的年轻人,我需要警惕一些。"她喝了一口咖啡。"你画的门非常漂亮。有时他们会在墙上画一些不怎么雅观的东西,因为人们都说这里住了一个女巫。"

女孩皱起了眉头,然后指了指这个女人,女人笑了起来。

"我是怎么暴露的?"她问道,虽然听上去她并没有认真发问,但女孩还是指了指咖啡杯作为回答。真正的女巫。

女人笑得更开心了,女孩也露出了微笑。能博得女巫一笑,似乎是一件幸运的事情。

"显然我也没有故意隐瞒这一点,"女人笑着说,"不过那些孩子散播了不少关于诅咒和魔鬼之类的谣言,有些没主见的人就相信了。前不久还有人把一块石头从窗户扔进来呢。"

女孩看了一眼被天鹅绒窗帘盖住的窗户,然后低头盯着自己的手。她有时不太确定自己是不是能理解别人的意思。她的指甲里沾上了颜料。

"我的主业是算命,"女人继续说,"就像在看一个人的命运之书,只不过我所看的是他们摸过的物品。我看过车钥匙和结婚戒指,有一次还看过我儿子的游戏手柄。虽然他不愿意,但我无时无刻不在为他算命,他的命运被写在地板上、墙纸上和换洗的衣服里。我或许也能用你的画笔算一下。"

女孩赶忙举起手护住了插在自己头发里的一堆画笔。

"只有你自己愿意,我才会这样做,宝贝儿。"

女孩一听到这个亲昵的称呼,脸上的表情就变了,她在心里把这句话琢磨了很多遍,觉得这个女人肯定是个女巫,所以才会这么叫别人,不过她什么也没说。

女孩把杯子放在桌上,站起身。她朝门那边看去,还把她的包提了起来。

"这就准备走了吗?"女人说,却并没有表示反对。她放下自己的那杯咖啡,带着女孩朝门走过去。"如果你有什么需要,随时可以回到这里来,好吗?"

女孩看上去似乎想说些什么,却还是没开口。她只是朝门上的招牌看了几眼,那是一块手绘的木板,挂在一条丝带上,上面写着"心灵顾问",边上还画着很多小星星。

"也许下次你可以给我画一个新的招牌。"女人又说,"给,拿上这些。"她一时兴起,从一个架子上抽出一副纸牌,递给了女孩,架子的高度足以让那些想从店里顺手牵羊的人望而却步。她自己很少用纸牌算命,不过她喜欢把它们当作意想不到的礼物,在感觉对了的时候就送出去,比如此时此刻。"它们是有故事的纸牌,"她解释说,女孩正好奇地打量着她手里的牌,"你把这些图片随机排列,它们就会给你讲故事。"

女孩先是朝女人露出了微笑,然后又低头对着纸牌笑了笑,她轻轻地捧着它们,仿佛捧着一个小生灵。她转身离开了,没走几步又忽然停了下来,在她身后的门关上之前,她回过身。

"谢谢你。"女孩再次开口了,声音与之前那次相比并没有抬高多少。

"不用谢。"女人对女孩说,这时太阳升起来了,女巫脚下的路把她带回了店里，而女孩脚下的路却指引她去了别的地方。在她们分别之际，门上的铃铛响了起来。

回到屋里，女巫端起女孩用过的杯子，将那颗星星面朝她的手掌。她不必去解读它，但她很好奇，她有点在意女孩过得如何，毕竟她独自一人在大街上生活。

各种意象迅速而清晰地出现了，一般来说，一个物品如果只被握住短短几分钟，是不会显示得这么清楚的。而这个女孩身上居然会出现这么多画面、这么多人和这么多地方，还有很多和她并不相称的东西。然后女巫看到了她自己。看见了搬家用的纸板箱，看见了电视上的飓风，还看见了树木环绕的白色农舍。

空杯子落在了地上，碰到了一只桌腿，但没有摔碎。

洛芙·罗林斯夫人走到屋外，门上的铃铛又响了一声。她先看向那条安静的街道，然后又看向巷子拐角处，那扇门就在那里，颜料还没有干。

可那个女孩已经不见了踪影。

第二部

命运和寓言

命运和寓言：
卖星星的人

从前有个商人四处游历，一边走一边卖星星。

这个商人卖各种各样的星星。有坠落的星星，有迷路的星星，还有装在瓶子里的星尘。精致的星星颗粒被漂亮的项链串起来，可以戴在脖子上，而璀璨的星星标本则可以放在玻璃之下展览。大家纷纷买下星星的碎片送给心爱的人做礼物。而星尘则被买去挥撒在神圣的场合，或者和蛋糕一起烘焙，用以提升美感。

商人把所有库存的星星都装在一个大口袋里，上面绣着各种星座；他背着口袋，从一个地方走到另一个地方。

商人的要价很高，但价格通常都好商量。星星可以用钱币换得，也可以用好处或者秘密来交换，满怀希望的梦想家会将它们攒起来，等着与那位卖星人不期而遇。

有时候，卖星人在旅途中会用星星去交换落脚之处或者交通工具。他用星星换来在酒店过夜的机会，有时会有客人相伴，有时则是孤身一人。

一个黑暗的夜晚，走在路上的卖星人停在了一家客栈旁，打算在这里打发时间，直到太阳升起。商人坐在炉火边喝酒，还与另一位同样在客栈过夜的旅人聊天，而明天一早他们就会踏上各自不同的旅途。

"为寻找而干杯。"卖星人说着,他们的酒杯又满上了酒。

"也为找到而干杯。"对方按惯例回敬道。"你卖的是什么?"旅人问,他把酒杯歪向那个绣满星座的口袋。他们还没聊过这个话题。

"星星,"卖星人回答,"你想买吗?咱们相处得如此愉快,我可以给你打个折。我还可以给你瞧瞧我压箱底的星星,它们都是为贵客准备的。"

"我对星星可没兴趣。"旅人说。

商人笑道:"人人都想要星星。大家都希望抓住那些遥不可及的东西,都想把非凡之物捧在手心,收入囊中。"

一阵短暂的沉默,唯有火堆在噼啪作响。

"我给你讲个故事吧。"沉默过后,旅人说道。

"请吧。"卖星人说,示意把酒再次倒满。

"从前,很久以前,"旅人开始讲了,"时间爱上了命运。它们的爱热烈而深沉。星星从天上看着它们,担心时间会为此凝固不前,或者命运之线为此纠缠成结。"

炉火紧张地嘶嘶作响,还伴随着一些爆裂声,不时打断旅人的话。

"星星齐心协力将一对爱侣拆开。之后它们也松了一口气。时间如往常一样向前奔跑,命运将注定要彼此纠缠的道路编织到一起,而最终命运和时间再次相遇——"

"它们当然会相遇,"卖星人插嘴道,"命运想要什么都能得到。"

"可是星星们并不接受失败,"旅人继续说,"它们缠着月亮,向她倾吐担忧,诉苦抱怨,于是她答应召集猫头鹰议会。"

这时卖星人皱起了眉。猫头鹰议会是一个古老的传说,商人在一个遥远的地方度过了他的孩提时代,在那片土地上,这个传说被当作一个诅咒。你若在路上踌躇不前,猫头鹰议会就会降临在你面前。

故事还在继续，商人认真地听着。

"猫头鹰议会得出了结论，应该除掉其中一个。他们选择留下大家认为更重要的那一个。星星们兴高采烈，而命运则被撕扯，在尖嘴和利爪之下四分五裂。"

"难道没人阻止他们吗？"卖星人问道。

"当然，月亮本来可以阻止的，如果她在场的话。可是他们选择了一个没有月亮的晚上来完成这场献祭。没有谁敢干涉，除了一只老鼠，它拿走了命运的心脏，将它安全地保存了起来。"旅人说着，停下来喝了一口酒，"猫头鹰们正在尽情享受那场盛宴，没有注意到老鼠的行动。有一只猫头鹰吃掉了命运之眼，他获得了强大的视力，被加冕为猫头鹰之王。"

这时传来一阵动静，就来自外面的夜色中，可能是风声，也可能是翅膀扇动的声音。

旅人等那声音停止以后，才继续把这个故事讲了下去。

"星星们在天上洋洋得意地歇息了。它们看着时间在心碎的绝望中消逝，终于开始质疑一切它们曾经认为无可争议的真理。它们看着猫头鹰之王的冠冕被一个接一个地传递下去，像一份祝福，又像一个诅咒，因为活着的生灵不应该拥有这样的视力。它们还在犹豫不安中闪烁着，至今依然如此，我们坐在这里，它们就在我们头顶上。"

旅人停下来，把剩下的酒一饮而尽，故事讲完了。

"正如我所说，我对星星不感兴趣。星星是由怨恨和悔恨构成的。"

卖星人一言不发。绣满星座的口袋沉甸甸地靠在炉火边。

旅人对商人的酒和陪伴表示感谢，商人也回应了他的心意。离开之前，旅人靠过来，在商人的耳边轻声说了一句话：

"命运偶尔会将自己重新拼起来，而时间则一直在等待。"

旅人走了，留下卖星人独自坐在那里，喝着酒，望着炉火。

到了早上，满天的星星在太阳注视的目光下四散逃走，卖星人前去打听那个旅人是否已经离开，自己是否还有时间找他正式道个别。

酒店的人礼貌地告诉卖星人，这里除他之外并没有别的客人。

扎卡里·埃兹拉·罗林斯坐在电梯里的天鹅绒长凳上，这是他乘坐过的最华丽的电梯，他怀疑这或许根本就不是电梯，而是一个静止不动的房间，装饰成了电梯的样子，因为他坐在里面感觉已经过了很长时间。

他担心自己会突发幽闭恐惧症，他的隐形眼镜让他想起了自己很少佩戴它们的原因。这个大概是电梯的家伙发出嗡嗡的响声，不时还会伴随着摩擦声振动一下，所以它很有可能正在移动中。他的胃里有一种感觉，就好像他身处一个镀金的笼子里，正在以平稳的速度下降，又或许他醉得比自己想象中的更加严重。鸡尾酒的后劲上来了。

枝形吊灯在他头顶摇摆不定，忽明忽暗，断断续续的灯光落在稍显巴洛克风格的电梯内部，金色的墙壁和栗色的天鹅绒基本上都被磨去了各自的光泽，显得光秃秃的。电梯门内也有蜜蜂-钥匙-剑的图案，但除此以外就再没有别的装饰了，没有数字信息，没有楼层提示，连一个按钮都没有。显然电梯只有一个目的地，而他们尚未到达。他背上和手臂上的颜料逐渐变干，成了金属色的斑点，有的粘在他的外套上和头发上，让他的脖子阵阵发痒，还有的则嵌在了他的指甲缝里。

扎卡里感觉非常清醒，但又格外疲惫。浑身上下都在嗡嗡作响，而他不知道是电梯、酒精还是别的什么原因造成的。他站起来，在电梯允许的范围里来回踱步，其实也不过是朝各个方向走两步而已。

或许是因为你终于跨进了一扇画出来的门，却没有到达你意料之中的地方，他脑袋里的声音提示道。

我知道我想要的是什么吗？扎卡里问自己。

他停下脚步，面向电梯门。他伸手去摸它，他的手落在那个钥匙图案上。它在他的手指之下颤动了起来。

有一瞬间，他觉得自己成了巷子里那个十一岁的小男孩，他手指之下的那扇门是画出来的，而非金属制成，却在不停震颤，而来自派对的爵士乐停留在他的脑海中，反复循环，将一切都带入舞动的眩晕中，忽然之间电梯似乎移动得更快了。

它倏地停下来。枝形吊灯惊讶地晃动起来，洒下了一地闪烁的光斑。这时电梯门开了。

扎卡里之前怀疑自己根本没有移动，这是毫无根据的，因为现在他看到外面的房间已经不是刚开始那个洞穴般的地方了。这个明亮的房间有着玻璃墙壁和弧形的镶板天花板。这让他想起了大学图书馆的中庭，不过这里的面积更小一些，蜂蜜色的玻璃不透光，色泽多变，像大理石一样，而且呈半透明状，闪烁着光芒，它把一切都覆盖了，除了石头地板、电梯和房间对面的另一扇门。根据乘坐电梯的时长和速度，他觉得自己实际上已经抵达了地下的深处，虽然他脑海里的那个声音还在坚持认为这是不可能的。这里太安静了。空气中有一种沉重的感觉，仿佛他身负重压。

扎卡里迈出电梯，电梯门在他身后关上了。又传来了哐当哐当的声响，电梯回到了别处某个地方。电梯门上有一个圆形的指示标记，上面没有数字，只有一个金色的箭头。片刻之前它还指向正下方，而此时它正缓慢地向上移动。

扎卡里朝房间另一头的那扇门走去。这扇巨大的门上有一个金色的门把手，让他想起了自己最初遇到的那扇画中之门，只是这扇门更大一些，似乎它和他一起长大了，不过这扇门不是画上去的，而是用真正的木头雕刻而成的，门上很多地方的镀金装饰都褪色了，但蜜蜂、钥匙和剑的图案却依然清晰可见。

扎卡里深吸了一口气，伸手去抓那个门把手。它摸起来温暖而结实，可当他试图去转动它时，它却纹丝不动。他又试了一次，原来门是锁着的。

"不会吧？"他大声说。他叹了口气，后退了一步。门上有一个钥匙孔，扎卡里弯腰透过它往里面看，感觉自己傻乎乎的。门后是一个房间，这一点很明显，但除了乱晃的灯光，他什么都没看清。

扎卡里坐在地上，地面的石头光溜溜的，让人觉得不太舒服。他从这个角度能看出门口地面中央的石头磨损严重。在他之前，曾经有很多人从那里走过。

醒醒吧，他脑海里的声音说道，你对于这种事情一向很擅长。

扎卡里站起来，身后留下了一些剥落下来的金色颜料，他把这个房间的其余各处都查看了一番。

电梯附近有一个按钮，大理石和连接在大理石镶板上的某种黄铜状金属将它遮挡住了一半。扎卡里按下按钮，并不指望会有什么反应，结果也确实如此。按钮没有变亮，电梯也没有动静。

他又去试了试其他几面没有门的墙，从它们那里有了一些发现。

第一面墙的中间有一个壁龛，和窗户的高度齐平。站得稍微远一点它就不见了，消失在大理石的光彩中。壁龛之内有一个碗形的坑，是一个水池,就像在墙里造了一个没有水的喷泉,水池的四面向内呈弧形弯曲,底部则是平坦的。

水池中央有一个黑色的小袋子。

扎卡里抓起那个袋子。它放在手中的重量让他觉得十分熟悉。拿起袋子以后,它下方的石头上露出了一个刻上去的字:

掷

"开什么玩笑。"扎卡里一边说一边把袋子里的东西倒到手中。

六个骰子,都是典型的六面体,由深色的石头刻制而成。刻在每一面上的不是数字或点数,而是一个图符,还涂上了金色。他转动其中一个骰子,这样就能把所有的图符都辨认一遍。蜜蜂、钥匙和剑是他所熟悉的,但不止这些。一顶王冠。一颗心。一片羽毛。

扎卡里把袋子放到一边,将骰子充分晃动,然后让它们滚落到那个石头水池里。当它们立稳之后,每个骰子露出的标志都是一样的。六颗心。

他还没来得及看个究竟,池底便已从池中沉了下去,骰子和袋子都不见了。

扎卡里没有去查看那扇门,就直接朝对面的墙走去,当看到那边也有一个相似的壁龛时,他一点也不感到吃惊。

壁龛里面放了一个小小的高脚杯,是用来品尝餐后甜酒的那一款,杯口还有一个与之相配的玻璃盖,就像他喜欢的茶杯一样。

扎卡里端起玻璃杯。同样地,杯子下面也露出了一个刻上去的字:

喝

玻璃杯里盛着一点点蜂蜜色的液体，一口就能喝完。

扎卡里把玻璃盖取下来，放在那句刻出来的指令旁边。他闻了闻那液体。它散发出一股蜂蜜的甜腻味道，闻起来还有香橙花、香草和香料的气味。

扎卡里想起来，童话故事里有数不清的警告，让人们身处地下世界时不要随便吃喝，而与此同时他却发觉自己非常口渴。

他猜想这是能继续前行的唯一方式。

他将那液体一饮而尽，把空玻璃杯放回到石头上。它尝起来的味道包含了他从中闻到的一切，还不止这些——还有杏、丁香和奶油——并且它的酒劲非常猛烈。

他一时失去了平衡，无法重新考虑这个猜想是不是有点愚蠢，但随着杯子沉入它自己的深渊，这种感觉消失了。他的头刚才还是昏昏沉沉、晕晕乎乎的，现在感觉清醒多了。

扎卡里回到门边，转了转门把手。把手动了，门锁发出咔嚓一声，大门为他敞开，他得以穿过。

门后的房间看上去像一个教堂，高悬的天花板上铺满了瓷片，装配了扶壁（如果说可以用"装配"这个词的话），做得十分精致。六个巨大的立柱也铺上了带图案的瓷片，不过四处都有一些缺失不见的瓷片，大多数位于柱底附近，缺口之下裸露的石头非常显眼。地上也铺了瓷砖，它们遭受磨损后，露出了下面的石头，扎卡里脚边就有很多，绕着这块圆形区域的外缘形成了一个圈，其他入口处的磨损情况更严重。除了他踏入的那道门，还有五个入口。其中四个是拱门，朝不同方向通往黑洞洞的走廊，而他的正面是一个巨大的木门，半开半合，一道柔光从门后照进来。

这里还有枝形吊灯，有的高低不一地挂在并不适合它们的位置，其他的则被放在地上，成为一堆闪闪发光的金属和水晶，灯上的小灯泡有的光芒黯淡，有的则完全熄灭了。

头顶上还有一盏更大的灯，那不是枝形吊灯，而是一簇发亮的球体，被安在一堆铜环和铜杆中间。扎卡里伸长脖子能看见铜杆的末端有很多手掌，这些铸金的人手指向外面，在它们上方的瓷砖上有一些数字和星星的图案。在中间，也就是房间的正中央，一条锁链从天花板垂下来，末端挂着一个钟摆，离地面几英寸远，在缓慢地小幅度摇摆。

扎卡里觉得这个奇妙的装置可能是一个宇宙模型，也可能是某种钟表，但他看不懂。

"有人吗？"他喊道。其中一条黑暗的走廊里传来咔嚓一声，好像是一扇门打开了，但之后就没有动静了。扎卡里绕着房间走了一圈，朝那些走廊望去，走廊里长长的弧形书架上放满了书，地板上也堆着书。在其中一条走廊里，他还看到了一双发光的眼睛在瞪着他，可当他眨了眨眼之后，那双眼睛又消失了。

扎卡里将注意力放回到那个既像宇宙又像钟表的物体上，他换了一个不同的角度打量它。他发现一根较短的铜杆正随着钟摆一起摆动，正当他打算找找月亮是否在那些球体之中时，一个声音在他身后响起。

"需要我的帮助吗，先生？"

扎卡里飞快地转过身，把脖子都扭疼了。他后退了一步，不知道这个人温和的询问是针对他的举动还是他的出现，抑或两者都是。

这个地方还有别人。这个地方是真实存在的。

这一切都是真的。

扎卡里发出了急促而近乎歇斯底里的笑声。他想止住自己咯咯不停的傻笑,却做不到。那个人脸上淡淡的关切加深了一些。

这个男人一眼看上去年龄不小了,可能因为他有一头花白的长发,编成的发辫十分醒目。不过扎卡里眨了眨眼睛又盯了他一会儿,等他的隐形眼镜勉强聚焦后,他发现这个人可能快到五十岁了,但并没有他的白头发所表现出来的那样老。他的发辫上串着珍珠做点缀,在没有光线照在上面时,它们的光泽就被发色掩盖了起来。他的眉毛和睫毛都是黑色的,与他的眼睛一样乌黑。他的肤色在头发的衬托下看上去更深一点,是一种中度的棕色。他的金丝眼镜架在像马一样的鼻子上,让扎卡里想起了他七年级时的数学老师,不过这个人的发型更酷,他身上还穿着一件深红色的长袍,上面有金色的刺绣,系着结成环的绳扣。他的一只手上戴了很多戒指。其中有一个戒指看起来像一只猫头鹰。

"需要我的帮助吗,先生?"这个人又问了一遍,可扎卡里笑得停不下来。他开口想说些什么,说什么都可以,但却什么也说不出来。他的膝盖似乎忘记了如何站立,他披着一件羊毛外套和一身金色颜料跌坐在地板上,发现自己正与一只姜黄色的猫大眼瞪小眼,它在那个人的长袍衣角边东张西望,然后用琥珀色的眼睛盯住了他。这一幕让整个场景变得更加疯狂,他还从来没有因为大笑不止而造成恐慌症发作,不过凡事都有第一次嘛。

一人一猫耐心地等待着,好像已经见惯了这种狂笑不止、满身颜料的客人。

"我……"扎卡里开了口,却又意识到自己完全不知道该从何说起。他身下的地砖很凉。他慢慢地站起来,有点期待那个人会扶他一下,因为自己的动作实在很笨拙,但那个人的双手一直放在身体两侧，而那只猫往前走了一步，在扎卡里的鞋子上嗅来嗅去。

"如果你需要时间缓一缓，那是完全没问题的，"这个人说，"但恐怕你得离开这里。我们关门了。"

"我们什么？"扎卡里问，他正在重新找回平衡，不过当他站稳时，男人审视的目光落在了扎卡里敞开的外套上第三颗纽扣的附近。

"你不该到这里来。"这个人说，看着挂在扎卡里脖子上的那把银色的剑。

"噢……"扎卡里说道，"噢，不是的……这不是我的。"他试着去解释，但这个人已经领着他朝那扇门和电梯走去，"有人把这个交给我是为了……为了给我做掩护？我不是那个……不是他们那伙人。"

"他们不会轻易把这种东西给别人。"男人冷冷地说。

扎卡里不知道该如何回答，现在他们又回到了那扇门边。他猜测多里安可能是某个组织的前成员，这个组织主要收集脱落的门把手，用来装饰他们在曼哈顿市区里的房子，但他还不确定这把剑是多里安自己的还是复制品之类的。在这所刚刚因业务问题或翻新工程而关闭的地下教堂里，这件挂饰引来了责难，让他措手不及。这个晚上发生的所有事情都让他措手不及，也许那趟出租车之行除外。

"他自称名叫多里安，他请我帮助他，我以为他遇到了麻烦，我不认识佩戴这种剑的那些人。"扎卡里匆忙解释道，可他说出口的话听起来几乎就和撒谎一样。虽然他很确定他们就是守卫，但他们的举动和《甜蜜的忧伤》提到的并不一样。

男人什么都没说，他彬彬有礼地将扎卡里强行护送到电梯前，然后停了下来，用戴满戒指的手指了指它旁边那个六边形的按钮。

"祝你和你的朋友能顺利渡过当前的难关,但我必须请你离开。"他说,又朝那个按钮示意了一下。

扎卡里按下了按钮,希望电梯还会慢悠悠地运行,为他争取一些时间来解释,或者让他弄明白到底发生了什么,可按钮没有任何反应。它没有亮起来,也没有发出声响。电梯门依然是关着的。

男人皱起了眉头,先冲着电梯,然后又冲着扎卡里的外套。不,是冲着他外套上的颜料。

"你进来时经过的门是画出来的吗?"他问。

"是的。"扎卡里回答。

"从你这件外套的情况来看,我猜这扇门已经不能用了。是这样吗?"

"它大概是消失了。"扎卡里说,他自己也觉得难以置信,虽然他已经抵达这里了。

男人闭上眼睛,叹了口气。

"我警告过她,这么做会出事的。"他自言自语道,然后又问,"你掷出来的是什么?"扎卡里还没来得及问他说的那个人是谁。

"什么?"

"你的骰子,"男人解释了一下,再次用优雅的手势示意了一下他身后的墙,"你掷出来的是什么?"

"哦……呃……全是心。"扎卡里说。他回忆起骰子滚落到黑暗中,感觉脑袋晕乎乎的。他想知道这意味着什么,掷出来的全部是同一种标志会不会是坏兆头。

男人盯着他,比之前更加仔细地审视着他的脸,露出了一个诧异的表情,看上去似乎是认出了什么。他好像要问一点别的事情,但并没有开口。他只说了句:"请你赏光跟我走吧。"

他转身往回穿过了那扇门。扎卡里跟着他的脚步，心里生出了几分成就感。至少他没有刚到这里就被赶走。

特别是考虑到他还不清楚自己到底身在何处。这个宽敞的房间里摆着东倒西歪的吊灯和落满灰尘的书堆，和他预期的不一样。首先，这里的瓷砖更多一点。和他来的时候所想象的样子相比，这里更壮观，更古老，更安静，更昏暗，也更有亲切感。他意识到自己曾经那么笃定地认为他会以某种方式来到这里，因为《甜蜜的忧伤》里已经暗示了这一点。

尚未找到，他想。他抬头看见那个宇宙在他的头顶旋转，而那些手掌指向不断变化的方向，他琢磨着自己来到这里以后应该做些什么。

"我知道你为什么会到这里来。"当他们从摇晃的钟摆下穿过时，男人说道，仿佛他能听见扎卡里心中所想。

"是吗？"

"你来这里是因为你想去无星之海上航行，呼吸那萦绕不散的空气。"

扎卡里身下的脚步一顿，这句话说出了令他欣慰的真相，也让他感到困惑——他不明白其中的意义。

"这里就是无星之海吗？"他问。男人走向大厅的另一边，他继续跟了上去。

"不，这只是一个港口，"对方回答，"而且，我说过了，它已经关了。"

"或许你应该贴一张告示。"扎卡里还没来得及收回这句话就已经脱口而出。听了这话，对方狠狠瞪了他一眼，那眼神比他以前任何一位数学老师看他时都更令人难堪。他含糊地说了声抱歉。

扎卡里跟着这个人,半路上那只姜黄色的猫又回到了他们身边,他们所到之处在扎卡里看来只能被称作是办公室,不过又与他以前见过的办公室都不一样。四面的墙壁都隐藏在书架、文件柜和卡片目录之后,卡片目录装在一排排小抽屉里,上面贴了标签。地上铺着和外面一样的瓷砖,从门到书桌之间被磨出了一条小路,非常显眼。书桌边亮着一盏绿色的玻璃灯,一串串纸灯笼围绕在书架的顶部。留声机轻轻地播放着一首经典乐曲,夹杂着唱片的刮擦声。壁炉占据了正对门那面墙的绝大部分,火苗在炉膛里快要烧尽了,炉边罩了一个丝绸做的屏风,将摇曳的火光染上了一层红褐色。一把用树枝扎成的老式扫帚靠在一旁的墙边。一把剑挂在壁炉架上,那是一把尺寸不小的真剑,架上还有几本书、一副鹿角标本、另一只猫(活的,不过在打瞌睡)和几个大小不同的玻璃罐,里面装满了钥匙。

那个男人在一张大书桌后面坐了下来,桌上堆满了纸、笔记本和墨水瓶。他看上去轻松了不少,而扎卡里却依然非常紧张。除了紧张,他还感觉比刚才多了几分莫名的兴奋。

"那么,"男人开口了,那只姜黄色的猫坐在桌子的一角,打了个哈欠,它那双琥珀色的眼睛打量着扎卡里,"你的那扇门在哪里?"

"中央公园。"扎卡里答道,他感到嘴里的舌头沉甸甸的,组织起语言来很吃力,"它被破坏了,被那些……俱乐部里的人。我觉得那个穿着皮毛大衣、像北极熊一样的女人是他们的首领,她威胁要请我喝茶。那个自称多里安的人可能遇到麻烦了。他把我从他们的总部带到了这里,却没说原因。"

扎卡里把那本书从他的外套里取出来,递了过去。男人皱着眉头接过书。他打开书,翻看了几页。扎卡里从上方倒着看这本书时,觉得那些阿拉伯文看上去很像英语,不过这可能是他的眼睛在和他开玩笑,因为他的隐形眼镜之下感觉很痒。他怀疑自己或许对猫过敏,在他确定这一点之前,那个人又把书合上了。

"这本书属于这里,谢谢你把它带回来。"男人说着,把书还给了他,"如果你愿意的话,可以替你的朋友保管它。"

扎卡里低头看着这本有着棕色皮革封面的书。

"是不是应该派人……"他几乎是在自言自语,"去救他?我不知道。"

"我相信,会有人去的。"男人回答,"如果无人护送的话,你是不能离开的,所以你要等米拉贝尔回来。在此期间,我可以安排你住下来,你看上去需要休息。只不过在我们继续之前,我还需要再了解一些信息。你的名字是?"

"呃……扎卡里。扎卡里·埃兹拉·罗林斯。"扎卡里顺从地报出了自己的名字,而没有把自己的满腹疑惑问出来。

"很高兴认识你,罗林斯先生。"男人说着,把扎卡里的名字写进桌上的一本记事簿里。他在怀表上确认了时间,把它也添到了记事簿上。"他们都叫我馆长。你说过你那个临时入口就在中央公园,我想你指的是美利坚合众国纽约市曼哈顿地区的那个公园?"

"是的,就是那个中央公园。"

"很好。"馆长说,又在记事簿上写了几笔。他还在另一份文件上做了记号,可能是一份地图,然后他从桌旁站起来,走向身后的一个储物箱,那些储物箱上有很多小抽屉。他从其中一个抽屉里取出了一样东西,转过身,将它递给扎卡里,那是一个一个圆形的金色吊坠盒,上面还拴着一条长链。它的一侧是一只蜜蜂,另一侧则是一颗心。

"如果你想回到这个地方——大多数人都把这里叫作'心之厅'——这个会给你指路的。"

扎卡里打开吊坠盒,看到了一个指南针,上面有一个简单的符号,标志着北方的位置,它的指针在不规律地旋转着。

"你想知道圣城麦加的位置吗?"馆长问。

"噢,不用,谢谢。我是信奉不可知论的异教徒。"

馆长疑惑地歪着头。

"崇尚精神力量,但不信教。"扎卡里解释道。他没说出自己的真实想法,他的宗教仪式是聆听惊心动魄的故事,是深夜音乐会震耳欲聋的狂欢,是在游戏里完美的终极战斗中敲打键盘按钮。他的信仰埋在大雪初落的寂静中,浸在精心调制的鸡尾酒里,藏在一本书开始之后、结束之前的某几页纸间。

他想知道刚才自己喝的东西里究竟有什么。

馆长点了点头,他的注意力又回到了那些储物箱上。他又打开了一个抽屉,从里面取出了一样东西,然后再次关上了它。

"请跟我来,罗林斯先生。"馆长说着离开了房间。扎卡里看了看那只猫,但猫一脸漠然地闭上了眼睛,没有跟过去。

馆长关上了办公室的门,领着扎卡里来到了其中一个堆满书的走廊。这个地方更有一种身在地下的感觉,像一条隧道,零星分布的蜡烛和灯笼将这里照亮,低矮的天花板是圆弧形的,转角的出现没有任何明显的规律可循。扎卡里很庆幸自己有一个指南针,这时他们已经走过了第三个转角,穿过了门与书籍构成的迷宫,一条走廊分叉连接着其他走廊,通往更大的房间,然后再次汇入像隧道一样的走廊里。依托岩壁弧度而立的书架上塞满了书,桌子上、箱子里和椅子上都放着成堆的书,就好像是一个主打文学风格的古老店铺。他们经过一座戴着丝质高顶礼帽的大理石半身像，还路过了一只睡觉的猫，它趴在扶手椅的软垫中，而那把椅子则隐藏在墙内的凹室里。扎卡里一直希望会遇到别的人，但这里一个人都没有。也许大家都在睡觉，只有馆长在值夜班。现在一定已经很晚了。

他们在一扇门前停了下来，门边立着书架，书架上挂满了发光的小灯笼。馆长打开门，示意扎卡里进去。

"房间简陋，请见谅——"馆长停下来，环顾房间，皱起了眉头，然而这里并没有什么需要道歉的。

这个房间……好吧，这个房间简直是扎卡里能想象出的最奢华的酒店客房了，只不过它位于一个洞穴中。天鹅绒随处可见，大部分是深绿色的，有的铺在椅面上，还有的装饰在床帘里，罩在一张四柱床上。为了迎接客人的到来，床已经提前铺好了。这里还有一张大书桌和几处可供阅读的角落。墙和地板都是石头的，它们从书架之间、艺术画框后面和地毯的接缝里露了出来。这实在是太舒适了。壁炉里烧着火。床边的灯已经点亮，就好像这个房间一直在等着他。

"我希望这个房间能合你的心意。"馆长说，皱起的眉头还没有完全舒展。

"这里简直太棒了。"扎卡里回答。

"盥洗室在门这一边的后面。"馆长说，指了指房间的后部，"厨房与壁炉旁边的门板相通。到了早晨走廊里会变亮一些。请不要喂猫。这是你的钥匙。"馆长把拴在另一根长链上的钥匙递给扎卡里。"有任何需要的话，请尽管开口，你知道到哪里能找到我。"他从长袍里拿出一支笔和一小张长方形的纸，写下了几个字。"晚安，罗林斯先生。祝你住宿愉快。"他把长方形纸片放进了门边的一小块门签牌里，朝扎卡里微微鞠了一躬，然后往回走，消失在大厅里。

扎卡里目送他离开后，转身看了看门签牌里的纸片。在一块黄铜门牌里，象牙白的纸面上留下了手写的字迹：

Z. 罗林斯

扎卡里关上门，他很好奇曾经有多少名字被放在了那个地方，而上一个名字被放在那里又是多久之前的事。迟疑了几秒钟之后，他锁上了门。

他把头靠在门上，叹了口气。

这一切不可能是真的。

那这又算是什么呢？他脑袋里的声音问道。他答不上来。

他把那件沾上颜料的外套脱了下来，搭在椅背上。他走进盥洗室，没顾得上注意那些黑白相间的瓷砖和爪脚浴缸，就开始洗手。他摘掉了隐形眼镜，从水池上方的镜子里看着自己的身影逐渐变得模糊。他把隐形镜片扔进了垃圾桶，稍微思索了一下没有矫正镜片该怎么办，不过他还有更要紧的事情要考虑。

他回到主屋，天鹅绒和炉火都变成一片朦胧。他一边走一边把鞋子甩掉，还没走到床边就已经脱下了上衣和背心，不过他太困了，来不及解开更多的纽扣就倒在了亚麻床单和羊毛枕头中，它们像云朵一样包裹着他，而他欣然接受了这一切。入睡前他最后想起的是对这个终于结束的夜晚的种种回忆，它们交织在一起，转瞬即逝，还有各种困惑和担忧，比如他的精神状态，以及如何才能清除头发上的颜料，再后来这一切都消失了，最后一缕思绪停留在这个问题上：如果你已经身在梦中，那该如何入睡呢？

命运和寓言：
收集钥匙的人

从前有一个收集钥匙的人，他收集旧钥匙、新钥匙和折断的钥匙，还收集丢失的钥匙、偷来的钥匙和万能的钥匙。

他把它们装在口袋里，或者用链子串起来戴在身上，当他在镇上行走时，它们就会发出哗啦啦的响声。

镇上的人们都认识这位收集钥匙的人。

有人觉得这是一种怪癖，但收集钥匙的人脾气很好，待人体贴，还总是面带微笑。

如果有人把钥匙弄丢了或是弄坏了，他们就会去找收集钥匙的人，而他总能找到一把替换钥匙来满足他们的需要。这样做往往比制作一把新钥匙更快。

收集钥匙的人总会在手边准备最常见的钥匙形状和尺寸，倘若有人需要一把钥匙来开门、开橱柜或是开箱子，它们就可以派上用场。

收集钥匙的人不会独占自己的钥匙。每当人们需要的时候，他就会把它们送出去。

（不过大家无论如何都会再做一把新钥匙，然后把他们借来的那把还回去。）

大家还会把捡来的钥匙或者闲置的钥匙送给他作为礼物，用以扩充他的钥匙收集。出远门的时候，他们也会把遇到的钥匙随身带回来，那些钥匙有罕见的形状和奇怪的锯齿。

（他们把这个人叫作收集钥匙的人，但其实很多人都为收集出过力。）

最后，收集钥匙的人拥有的钥匙太多了，无法随身携带，于是他把它们在家里展览了出来。他将它们用像窗帘一样的丝带系起来挂在窗户里，还把它们排列在书架上，或者用画框裱起来置于墙上。他把最精致的钥匙保存在玻璃之下，或者放在珠宝盒里。其他的则与相似的钥匙堆放在一起，装在桶里或者篮子里。

很多年之后，整个房子里放满了钥匙，几乎要装不下了。它们被挂到了屋外，门和窗户上到处都是，还有的从屋檐垂落下来。

从路上一眼就能看到收集钥匙的人的房子。

一天，有人敲响了他家的门。

收集钥匙的人打开门，发现一个披着长斗篷的漂亮女人站在他家门口。他以前从没见过她，他也没见过她那件斗篷上装饰的刺绣图案：黑色的布上用金线绣出了星星形状的花朵。这么华丽的打扮不太适合远行，但她肯定经历了长途跋涉。他没有看到马匹或马车，于是猜想她或许将它们留在了酒店里，因为所有路过这个小镇的人都会去那个酒店歇脚，它就在不远的地方。

"我听说你在收集钥匙。"女人对收集钥匙的人说。

"是的。"收集钥匙的人回答，虽然这一点是显而易见的。那些钥匙有的挂在他们所站的门廊上方，有的挂在他身后的墙上，还有的放在桌上的罐子里、碗里和花瓶里。

"我在寻找一样被锁起来的东西。不知道你的钥匙中是否有一把能将它打开。"

"请随便看吧。"收集钥匙的人说着，邀请女人进了屋。

他想问这个女人在找什么样的钥匙,这样他或许可以帮她一起找,但他知道描述一把钥匙有多么困难。要找到一把钥匙,你必须首先了解它的锁。

于是收集钥匙的人让女人找遍了整个房子。他给她展示了放满钥匙的每个房间、每个柜子和每个书架。还有厨房,所有的茶杯和酒杯里都装满了钥匙,除了少数频繁使用的杯子,它们是空的,用来盛酒或者倒茶。

收集钥匙的人给女人端来一杯茶,但她婉拒了。他留下她一人寻找,而他自己则坐在前厅,如果她需要就能找到他。他拿起一本书读了起来。

几个小时之后,女人回到收集钥匙的人身边。

"不在这里。"她说,"谢谢你允许我这样找。"

"后面的花园里还有更多的钥匙。"收集钥匙的人说完,带着女人来到屋外。

花园被钥匙装饰了起来,它们都系在七彩的丝带上。打着蝴蝶结的钥匙从树上垂下来,上过釉的罐子和花瓶里也摆了一束束钥匙。鸟笼里的小秋千上挂着钥匙,却不见鸟儿的身影。花园小径沿途铺设的石板中也镶嵌着钥匙。冒着泡泡的喷泉里,成堆的钥匙躺在水下,就像那些沉没的愿望。

天色逐渐暗了下来,于是收集钥匙的人点亮了灯笼。

"这里真漂亮。"女人说。她开始查看花园里的钥匙、雕像手里的钥匙和缠绕于造型树木上的钥匙。她在一棵刚开花的树前停了下来,向一把钥匙伸出了手,它和很多钥匙都挂在红色丝带上。

"这把钥匙能打开你的锁吗?"收集钥匙的人问。

"不止如此,"女人回答,"这就是我的钥匙。是我很久以前弄丢的。我很庆幸它来到了你这里。"

"很高兴能把它还给你。"收集钥匙的人说。他伸手为她解开了那条丝带，把它留在她手里的钥匙上。

"我一定会想办法报答你的。"女人对收集钥匙的人说。

"不必客气。"收集钥匙的人对她说，"能帮助你找回被锁上的物品，这是我的荣幸。"

"噢，"女人说，"那不是一件物品，而是一个地方。"

她拿出钥匙，伸到她面前比腰部高出一点的位置，假如这里有一扇门，那就是钥匙孔所在的地方。钥匙的一部分消失了。女人转动钥匙，一扇看不见的门被打开了，就在收集钥匙的人的花园中央。女人将门推开。

钥匙和系着它的丝带悬在半空中。

收集钥匙的人往门里望去，看见了一个金色的房间，里面是高高的拱形窗户。几十支蜡烛立在为盛宴而准备的餐桌上。他听见音乐声和欢笑声从他看不见的地方传来。透过窗户他能看到外面的瀑布和群山，天空被两个月亮照亮，数不清的星星倒映在波光粼粼的海面上。

女人穿过了那扇门，她的长斗篷在金色的地砖上划过。

收集钥匙的人站在他的花园里，目瞪口呆。

女人把系着丝带的钥匙从锁里取下来。

她转身面对收集钥匙的人。她朝他伸出了一只邀请的手，召唤他往前走。

收集钥匙的人跟了上去。

门在他身后关上了。

从此，再也没有人见过他。

扎卡里·埃兹拉·罗林斯醒了,他回到了很久以前,来到了很远的地方,至少感觉上是这样的。

他辨不清方向,头晕目眩,他的思维比身体慢了半拍,仿佛正从一片透明清澈的泥浆中回过神来。他似乎还没有醒酒,可又不太像喝醉的样子。

他以前只有过一次相似的感觉,他希望自己把它忘掉,因为那天晚上他喝了很多的霞多丽酒。他把此刻的感觉与当时联系起来,那是一种明亮如水晶般的白葡萄酒所带来的醉意,刺痛而尖锐,还有一点橡木的味道。他站起来以后都不记得自己刚刚摔倒过。

他揉了揉眼睛,环顾房间里的一片朦胧,这里太大了,让他感到有些困惑。他记得自己住在一个酒店里,这时昨天晚上的种种经历涌入脑海,冲破了这个房间在他模糊的视线里所形成的迷雾,于是他想起来自己根本不在酒店,心中开始感到恐慌。

呼吸,他脑袋里的声音说道,还好他听见了,于是他试着集中注意力,吸气,呼气,再如此重复。

扎卡里闭上眼睛,但现实却从其他感官渗入进来。他闻到了房间里先前烧得噼啪作响的炉火和檀香木的味道,还有某种黑暗、深邃、无法辨认的东西。他听到了远处传来的钟鸣声,他肯定是被这个声音唤醒的。床和枕头摸起来都像棉花糖一样柔软。他的好奇心与焦虑感之间展开了一场无声的搏斗，这让他更加喘不过气来，不过当他迫使自己的肺开始缓慢而稳定地呼吸时，好奇心打赢了，他睁开了眼睛。

此时房间变亮了，走廊里的灯光透过门上方嵌在石头中的琥珀色玻璃板照了进来。他觉得这光线让人更容易联想到傍晚，而非清晨。房间里的物品比他记忆中的更多，即使没戴眼镜，他也能认出扶手椅旁的手摇留声机，还有壁炉架上滴着烛油的蜡烛。壁炉上方挂着一幅画，画着大海上的一艘船。

扎卡里揉了揉眼睛，可房间依旧是原样。他想不出自己还能做些什么，只得很不情愿地从棉花糖一样的床上爬起来，开始进行早间例行的洗漱活动。

他看到了被自己扔在盥洗室的衣服，上面的颜料和污渍已经凝固变硬，他不知道这个地方是否提供洗衣服务。出于某种原因，想到洗衣服时，他又被拽回了现实，因为梦境和幻觉里都不会出现这种日常琐事。他试着回忆自己有没有在哪个梦中想过"我大概需要一双新袜子"，然而并没有。

盥洗室里的东西也比他记忆中的多：一个带镜子的橱柜里放着一支牙刷和装在金属管里的牙膏，以及几个摆放整齐的罐子，都是贴着标签的面霜和护肤油之类的，其中一瓶须后水闻起来是肉桂和波旁威士忌的味道。

浴缸旁边有一个单独的淋浴器，扎卡里费了很大劲才把头发上的金色颜料都冲掉，又把最后一点残留从皮肤上刮干净。精致的盘子里放着各种肥皂，每一块闻起来都是草木或者树脂的味道，这里的一切似乎都是为他的香味喜好而量身定做的。

扎卡里裹着浴巾把房间的其他地方都查看了一遍，他想找一件能穿的衣服，他的那套西装已经被汗浸透，而且沾满了颜料。

一个衣柜靠着墙赫然耸立，旁边是一个和它不太般配的梳妆台。衣柜里面不仅有能穿的衣服，还为他提供了多种选择。抽屉里装满了毛衣、袜子和内衣，柜子里挂满了衬衣和裤子。每件衣服看上去都是手工制作的，衣料用的是天然纤维，上面没有标签。他选了一条棕色的亚麻长裤和一件苔绿色的无领衬衣，衣服上有抛光的木制纽扣。他还挑了一件灰色的麻花针织毛衣，它让他想起了自己最喜欢的一件衣服。在衣柜底部放着好几双鞋，当然它们也很合脚，与衣服相比，这一点更让他感到困扰。大部分的衣服都略显宽松并且可以调整，每一件都很合身，他的身材属于偏瘦类型，可以用来解释这种情况，然而鞋子却把他吓了一跳。他穿上了一双棕色的绒面皮鞋，它很可能是为他量身（或者应该称为量脚）定做的。

他们大概是趁你睡着时，让小精灵先测量了你的脚再做鞋的，他脑袋里的声音提醒道。

脑袋里的声音先生，我还以为你是一个务实而理性的声音呢，扎卡里在心里反驳道，但对方没有回答他。

扎卡里把房间的钥匙和指南针重新戴在脖子上。他犹豫了一会儿，把多里安的剑也挂了回去。他身处地下，虽然担心地上的情况，但也只得试着先把这份担忧放在心底。他打量着这个房间，以此分散自己的注意力，虽然他没法看得太清楚。房间里的物品要走近才能看清，而这意味着每次只能看到几步之内的范围，这么大的房间就只能一点一点地探索了。

他从其中一个书架上取下一本书时，想起了一个故事情节，很可能是来自《迷离时空》[1]中的某一集：可供阅读的东西很多，身边却没有眼镜。

尽管如此，他还是把书随便翻到一页，那上面印的文字鲜活而清晰。

扎卡里抬起头。床，墙上的画，还有壁炉，周围的一切都明显呈现出模糊不清的样子，这是近视和散光两种眼疾混合在一起产生的效果。他再低头看向手中那本书。

这是一本诗集。作者是狄金森，他想。读起来毫不费力，虽然字体很小，但字迹清晰，连针眼一般的句号和极小的逗号都能看清楚。

他放下这本书，又拿起了另一本。还是一样，读起来非常轻松。把书放回书架后，他回到书桌前，桌上摆着的那本棕色皮革书，是他从收藏家俱乐部里为多里安拿回来的。虽然不知道这是什么戏法，但他想试试它对这本书里的插图和阿拉伯文是否同样管用。然而当他把书翻到扉页时，不仅那些扭曲的插图变得清晰了，书名也变成了英文：

命运和寓言

这几个字清楚而显眼，虽然字体花哨，但的确是英文。他猜测这本书里是不是印着不同的语言，而他之前没有注意，但当他翻阅书页时，每一页上都是同样眼熟的字母。

扎卡里放下书，他的头又犯晕了。他想不起自己上一顿饭是何时吃的。是在派对上吗？才过了一晚吗？他记得馆长提到过，壁炉

---
[1] 20世纪50年代首播的美国电视剧，集科幻、灵异等元素为一体，扎卡里想起来的剧情来自第一季第八集，主角是一个高度近视又爱看书的人。

附近有什么和厨房有关。

壁炉看上去依然是模糊的（不过他从这个距离能辨认出它上方那幅画中的船上，除了船长和船员全是兔子以外，其他部分都是写实的海景），在它附近有一块嵌在墙里的门板，就像一扇安装在石头中的柜门，旁边是一个小按钮。

扎卡里打开那扇门，里面的空间是一台升降机的内部，那里放着一本小巧而厚实的书和一个盒子，还有一张折起来的便签卡片搁在最上面。扎卡里拿起了卡片。

您好，罗林斯先生。欢迎光临。

我们祝您生活愉快。

如果您需要任何茶点和饮料，请立刻使用我们的服务系统。其设计宗旨就是提供最便捷的服务。

· 将您的要求写在卡片上。这本书里包含了精选的供应种类，但请不要让这份清单影响您的选择，我们很乐意在力所能及的范围内为您提供您所希望的任何服务。

· 将您的需求卡片放进升降机里。关上门，按下按钮，您的要求就会被送往厨房。

· 您的茶水点心在准备好后会被传送上来。铃响一声表示已经送到。

· 用餐完毕后，请将所有不需要或不再使用的菜肴和餐具等通过同样的方式送回。

· 当您不在自己的房间时，全港口的指定区域也会有额外的通道为您服务。

如果您还有任何疑问，请将它们随您的要求一起写下来，我们将竭尽全力解答。

　　谢谢,再次祝您生活愉快。

来自厨房

　　在盒子里有一些相似的便签卡片和一支自来水笔。扎卡里翻了翻那本书,里面有一份长长的菜单,他从没见过比这更长的菜单:食物和饮料按照风格、口味、材质和温度被编成了章节和目录,可供对照检索,而各地菜肴也按大洲进行了分类。

　　他合上书,拿起一张卡片,想了一会儿之后,写下了"你好"和"感谢你们的欢迎词",然后点了一杯加奶油加糖的咖啡和一块松饼蛋糕或羊角面包,任何他们有的糕点都可以。他把卡片放进升降机,关上门,然后按下了按钮。按钮的灯亮了,传来一声机械运作的轻响,这个迷你电梯就开始忙碌了起来。

　　扎卡里的注意力重新回到了房间里的那些书上,可是才过了一分钟,墙边就传来了一声铃响。他一边开门一边想,是不是自己操作错误了,又或许他们的松饼蛋糕和羊角面包都没有了,然而他看到门里放着一个银托盘,上面摆着一壶热气腾腾的咖啡、一个空杯子、一碗方糖块和一小罐(加热过的)奶油,再加上一篮热乎乎的点心(三块不同口味的松饼蛋糕和一些黄油巧克力口味的羊角面包,以及一份叠起来的油酥点心,看上去里面有苹果和山羊乳干酪)。托盘上还有一瓶冷却的气泡水和一个玻璃杯,以及一块折好的餐巾,里面夹着一朵黄色的花。

　　另一张卡片告诉他,那块柠檬罂粟籽口味的松饼蛋糕是不含谷蛋白的,如果他在饮食方面有什么禁忌,请一定告知他们,还问他是否喜欢果酱或者蜂蜜。

扎卡里望着那一篮糕点，给自己倒上咖啡，还放了一滴奶油和一个方糖块。调配好的咖啡比他习惯的味道更浓一些，但口感香醇而优越。同样美味可口的还有他品尝过的每一样点心，全都来自那个奇妙的糕点篮子。就连那杯水也格外好喝，不过他总觉得气泡水之所以口感更好，是因为里面有泡泡。

这究竟是什么地方？

扎卡里拿着点心（虽然好吃，但看不清楚）和咖啡回到书桌前，想借助咖啡因和碳水化合物让自己的脑袋变得清醒一点。他再次打开多里安的书，慢慢地翻着书页。书中有一些旧式插画，全彩图的页面随处可见，那些篇名让它看上去像是一本童话书。其中有一篇名为《女孩和羽毛》，他读了几行，然后把书翻回到开头，这时一把钥匙从书脊之下的空隙中掉了出来，咔嗒一声落在了书桌上。

这把钥匙又长又细，是一把万能钥匙，有着圆形的钥匙柄和细小而简单的锯齿。它摸起来黏糊糊的，似乎是被贴在了书脊里，藏在书页的后面和皮革之下。

扎卡里不知道多里安想要的是书还是钥匙，抑或两样都要。

他再次打开书，读起了第一个故事，里面有一段情节和派对上多里安在黑暗中给他讲的那个故事一模一样。让他失望的是，这段故事并没有交代老鼠对命运的心脏做了什么。读故事的时候，那些复杂的情绪又回来了，扎卡里不知道该如何在大清早应对这种情况，于是他合上书，将那把钥匙和他的房间钥匙一起串在项链上，然后穿上了那件灰色的圆翻领毛衣。毛衣很厚实，它把钥匙串、指南针和剑形吊坠都藏在了里面，而且不让它们发出碰撞的声响。他本以为这件毛衣闻起来会有雪松的味道，然而却是一股淡淡的薄煎饼香味。

他一时兴起，给厨房写了一张便条，询问他们关于洗衣服的事情。

很快他就得到了这样的回复:

请把所有需要清洗的衣物交给我们,罗林斯先生。

扎卡里把那套被泼上颜料的西装尽量收拾整齐,放进了升降机,然后把它送了下去。

几秒钟后,铃声响起,此时如果送上来的是已经洗干净的衣服,扎卡里也不会感到惊讶,但送还的却是他衣服口袋里忘记取出的东西:他的酒店房卡、钱包和两张纸,一张是多里安给他的字条,另一张是那张印制的入场券,上面有一个潦草的单词,原本是一种波旁威士忌的名称,现在则变成了一团墨迹。扎卡里把这些东西放到了壁炉架上,就摆在画上那些兔子海盗的下方。

他找到了一个邮差包,就是那种老式的军用背包,周身是褪了色的橄榄绿,上面还有很多搭扣。他把《命运和寓言》放进包里,又把一块松饼蛋糕用餐巾小心翼翼地包好,也放了进去。然后,他把凌乱的床铺稍微收拾了一下,就离开了房间,将门在身后锁上,试着去寻找回到入口的路。馆长把那里叫作"心之厅"。

他转了三个弯,然后就依靠指南针来指路。那些走廊看上去不太一样了,比先前亮堂了一些,光线发生了变化。一盏盏灯夹杂在书本之间,天花板上还挂着一串串灯泡。那些灯很像十字路口的煤气灯。这里还有楼梯,但他不记得来时走过楼梯,所以他没有往它们那边走。他经过了一个宽敞而空旷的房间,里面摆着长条形的桌子和绿色的玻璃台灯,看上去非常有图书馆的风格,不过整个地板都沉没在一个倒影池中,只有几条过道露出水面,没被浸湿,有的穿过房间,有的通往那些如同小岛一样的书桌。他还路过了一只猫,它正目不转睛地盯着水中，顺着它的眼神望去，可以看到一条橘色的鲤鱼在猫的注视下游来游去。

这个地方并不是扎卡里在读《甜蜜的忧伤》时所想象出来的样子。

首先，它的范围更大。无论什么时候，他朝某个方向望去，虽然无法看得很远，但总感觉似乎永远没有尽头。他甚至想不出该如何形容它。这里就像是把一个艺术博物馆和一个装满了书的图书馆迁移进了一个地下隧道网中。

最重要的是，它让扎卡里想起了他的大学校园：长长的过道向前延伸，将不同的区域连接在一起，无数的书架，还有某种他说不清道不明的东西，这更像是一种感觉，而不仅是一种建筑风格。一个装满学问、故事和秘密的地方蕴藏着一股书卷之气。

而他似乎成了这里唯一的学生，或者说是除了猫之外唯一的存在。

扎卡里穿过那间倒影池阅览室，又经过了一条堆满书籍的走廊（书封全都是蓝色的），接着他转了个弯，就回到了铺满瓷砖、拥有教堂风格的入口大厅，那座宇宙之钟也在那里。那些枝形吊灯变得更加明亮了，但有的只是东倒西歪地摆在地上。它们被长长的绳索和链条悬挂着（有的没有），颜色分为蓝色、红色和绿色。之前他没有注意到这一点。那些瓷砖看起来更加五彩缤纷，但破损和褪色的地方也不少，有的部分看上去像是壁画，可留在原处的瓷片所剩不多，难以分辨出任何画作的主题。钟摆在房间中央摇晃着。电梯门紧闭，不过通往馆长办公室的那扇门却敞开着，能看到那只姜黄色的猫坐在扶手椅上，正盯着他。

"早上好，罗林斯先生，"扎卡里还没来得及敲响那扇敞开的门，馆长就开口了，头并没从桌前抬起来，"但愿你睡了个好觉。"

"我睡得不错，谢谢你。"扎卡里回答。他有很多疑问，但需要先开个头。"人都去哪里了？"

"目前你是唯一的住客。"馆长回答，但他还在继续写。

"可是这里没有……常住的人吗？"

"目前没有。你还有什么需要吗？"

馆长还是没有把目光从他的记事簿上移开，于是扎卡里提出了一个相当具体的问题：

"我就随便问问，你们这里会不会碰巧有多余的眼镜？"

馆长抬起头，放下了笔。

"非常抱歉，"他说着站起身，穿过房间，来到其中一个抽屉很多的储物柜前，"我真希望你昨晚就提出来，我应该有适合你的眼镜。近视还是远视？"

"近视，而且双眼都有点散光，不过一副高度近视眼镜可以了。"

馆长打开了一些不同的抽屉，然后递给扎卡里一个小盒子，里面装着好几副眼镜。大部分眼镜都是金丝镜框的，但有一些是更厚实的框架眼镜，还有一副是角质框架眼镜。

"希望这其中有一副能适合你。"馆长说。他回到书桌前继续写，而扎卡里开始试戴不同的眼镜。他放弃了第一副眼镜，因为太紧了。不过有几副都很合适，而且居然和他的验光度数非常接近。他选定了一副铜色的眼镜，镜片是长方形的。

"这一副就很不错，谢谢你。"说着，他把那个盒子还给馆长。

"你住在这里的时候可以一直戴着它们。今天早上还有什么其他事需要我帮忙的吗？"

"米……米拉贝尔回来了吗？"扎卡里问。

馆长的脸上再次露出了犹豫的神色，他似乎变得有些厌烦，但那个表情转瞬即逝，所以扎卡里也不太确定。他猜这位馆长和米拉贝尔可能关系不太好。

"还没有。"馆长说,他的语气里没有透露出丝毫情绪,"你在等她的时候,如果闲着没事,可以四处逛逛。我希望你不要打开任何上了锁的门。等她回来,我会……把你在这里的消息告诉她。"

"谢谢。"

"祝你过得愉快,罗林斯先生。"

扎卡里明白他在暗示自己该走了,于是回到了大厅,现在他有了矫正镜片的帮助,可以注意到很多细节。这个地方简直就和一片破碎的废墟差不多。因为有了旋转的行星、滴答作响的钟表、满怀想象力的意念和细细的绳索,这一切才得以维系。

他有点想找馆长问个清楚,但考虑到昨天晚上他们之间的交流,他觉得还是谨慎行事为好。也许米拉贝尔会更坦诚一些,可以向她打听关于……嗯,任何事情。不知她何时出现。他还记得那个戴着面具的野兽国国王,无法想象她在这里的样子。

扎卡里来到另一条走廊闲逛,这里的书架嵌刻在石头中,大小不一的格子里堆放着书,还有茶杯、瓶瓶罐罐以及零散的蜡笔。这条走廊中也有不少油画,有一些很可能和他房间里那幅兔子航海的画出自同一位画家之手,画风非常写实,却又不乏异想天开的细节。在一幅画像中,画里年轻人所穿的外套上有很多纽扣,从领口一直到袖口,而这些纽扣全都是微型的时钟,钟上的时间各不相同。另一幅画上是月光下一座光秃秃的森林,只有一棵长满金色树叶的树还保留着生机。第三幅画是一幅水果和酒的静物写生,但画中的苹果被雕刻成了鸟笼的形状,里面关着红色的小小鸟。

扎卡里试了很多没有名签牌的门,但大多数都是锁上的。

如果书中所言属实的话,他想知道那个玩具屋在哪里。

正当他这样想的时候,他就看到有一个书架上放着一个玩偶。

这个圆乎乎的木头玩偶被画成了一个穿着星星长袍的女人。她闭着眼睛,但简单勾勒而成的嘴唇却向上弯成了一个微笑,寥寥数笔残月状的颜料让她露出了满怀期待的平静神情。那副表情就像是闭上眼正准备吹灭生日蛋糕上的蜡烛。一开始这个玩偶的雕刻风格让他想起了妈妈收藏的日本木芥子娃娃,后来他发现在它圆形的腰部有一圈缝隙,被隐藏得很好,于是他意识到这更像是一个俄罗斯套娃。他小心翼翼地转动玩偶,把上下两部分拧开。

这个玩偶的星星长袍里是一只猫头鹰。

猫头鹰的里面又是一个女人,穿着金色的长袍,她的眼睛是睁开的。

金袍女人的里面是一只猫,它的眼睛和前面这个女人的颜色一样,也是金色的。

猫的里面是一个小姑娘,披着长长的鬃发,穿着天蓝色的裙子,她睁着眼睛,但目光却看向一旁,在看着她的人面前,她似乎对别的东西更感兴趣。

最小的玩偶是一只蜜蜂,和真正的蜜蜂大小一样。

走廊的另一头挂着红色的天鹅绒窗帘,将石墙遮住了,在那里似乎有什么东西在移动——比一只猫的体积更大——可是当扎卡里看过去时,却什么都没有。他把所有一分为二的娃娃重新接上,将它们沿着书架排成一行,而不是困在一个身体里,然后他继续往前走。

这里点了很多蜡烛,到处都弥漫着滴落的蜂蜡所散发的香气,它们温柔而甜蜜地混在纸张、皮革和石头之间,还夹杂着几分烟味。这里要是没有别人,点燃这些蜡烛的会是谁呢?扎卡里心想,这时他经过了一个枝形大烛台,上面插着十多根还在冒烟的细长蜡烛,烛油滴落在石头上，之前显然有很多蜡烛油都滴在了那里。

一扇敞开的门通往一个小房间，墙上雕刻着精致的壁画。地上只放了一盏灯，当扎卡里绕着它走时，灯光照在壁画的不同位置，显露了一些图案和文字，但他无法解读出整个故事。

扎卡里继续往前走，这条走廊通向一个花房，高悬的天花板就像电梯旁的大理石一样，将日光般的光芒投射到书本上。有的书被遗弃在长凳上和喷泉边，有的则堆在雕像旁。他经过了一个狐狸雕像和另一个雕像，它看上去像一堆摇摇欲坠的雪球。这个房间的中央有一个半封闭的空间，让他联想到了茶室的模样。里面放着长凳，还有一个真人大小的雕像，是一个坐在石椅上的女人。她的长袍垂落在椅子四周，衣料上起伏的波纹栩栩如生。在她的膝头和手臂上，在长袍的褶皱里，还有她的满头鬈发中，到处都是蜜蜂。雕刻蜜蜂所用石头的颜色和它们的女主人不一样，前者的色泽更加温暖，而且似乎都是整个的石块。扎卡里捡了一块，然后又把它放了回去。女人目光低垂，双手放在膝盖上，掌心朝上，好像正在读一本书。

雕像的脚边也围着蜜蜂，还放着一个玻璃容器，里面盛了一半黑色的液体，仿佛是一件祭品。

"我就知道我会想念它的。"有人在他身后说。

扎卡里转过身。要不是认出了她的声音，他不会猜到这就是他在派对上遇到的那个女人。她脱下了那顶黑色的假发，波浪形的头发很浓密，被染成了深浅不一的粉红色，发根处是石榴红，逐渐变淡，到肩膀处就成了和芭蕾舞鞋一样的淡粉色。她黑色的眼睛周围有几抹金色的小亮片。她的年纪比他所猜想的更大，他原以为她比自己大几岁，但可能还不止。她穿着牛仔裤和黑色的高筒靴，靴子上系着长长的鞋带，还穿着一件奶油色的毛衣，看起来似乎没花多少时间就从羊变成了衣服,不过她这一身打扮却洋溢着一种与生俱来的优雅。她的脖子上挂着几条项链,上面拴着好几把钥匙和一个吊坠盒,与扎卡里的指南针相似,另外还有一个银铸的小物件,看上去像一只鸟类的头盖骨。不知为什么,就算没有尾巴,她看上去依然很像麦克斯。

"想念什么?"扎卡里问。

"每年这个时候,都会有人给她留下一杯酒。"这位粉色头发的女士回答,她指着雕像脚下的玻璃杯,"我从来没看到过是谁放的,也并非没去找过。又是一年的未解之谜。"

"你就是米拉贝尔。"

"本人向来名声在外,"米拉贝尔说,"我总是盼着能这么说。我们还没有正式相互介绍,是吧?你是扎卡里·埃兹拉·罗林斯,我打算叫你埃兹拉,因为我喜欢这个名字。"

"要是你叫我埃兹拉的话,我就叫你麦克斯。"

"就这么定了。"她露出了电影明星般的笑容,表示同意,"我从你的酒店里把你的行李带回来了,埃兹拉。我来找你的时候把它留在了办公室,所以现在很可能有一只猫蹲在上面守护它的安全。我已经帮你从那个酒店退了房,上次我们跳舞时被打断了,算我欠你一次。你和那个谁还好吗?"

"多里安?"

"他告诉你他的名字叫'多里安'?看来他很痴迷奥斯卡·王尔德[1]呢,我以为他那双表情丰富的眉毛和那副闷闷不乐的神色已经够糟糕的了。他让我叫他'史密斯'先生,他肯定是更喜欢你一些。"

---

[1] 奥斯卡·王尔德(Oscar Wilde,1854—1900),英国作家,唯美主义代表人物,代表作之一为《多里安·格雷的画像》。

"别管他叫什么名字了,他不在这里,"扎卡里说,"那些人把他抓走了。"

米拉贝尔的笑容消失了。她瞬间表现出来的担忧让扎卡里一直努力压在心底的焦虑也加重了。

"谁把他抓走了?"她问,不过扎卡里能看出她已经知道了。

"那伙人带着颜料,身穿长袍,来自收藏家俱乐部,我不知道他们是谁。就是这些家伙。"他又补充了一句,把银色的剑从毛衣下面扯出来,项链缠绕在了一起,于是他咒骂了几句,他意识到自己其实非常不安,只是不愿意承认罢了。

米拉贝尔什么也没说,但她皱起了眉头,她的目光越过扎卡里,落在了那个女人的雕像上,她身边围绕着蜜蜂,手中却没有书。

"他已经死了吗?"扎卡里问,但他并不想听到答案。

"如果他没死,那就只有一个原因。"米拉贝尔说,她的注意力还在那座雕像上。

"什么原因?"

"他们在利用他做诱饵。"米拉贝尔朝雕像走去,端起了那杯神秘的酒。她盯着它看了一会儿,然后将它放到唇边,一口气喝了下去。她把空玻璃杯放回原处,然后转向扎卡里。

"我们要不要去救他,埃兹拉?"

命运和寓言：
女孩和羽毛

从前有一位公主，她拒绝嫁给要娶她的王子。她的家族宣布与她脱离关系，于是她离开了她的王国，卖掉了她的珠宝和长发，换来前往另一个国家的通行证，然后又去了下一个国家，再后来又去了更远的地方，那是一片没有国王的土地，她在那里定居了下来。

她的针线活做得很好，于是就在一个没有裁缝的小镇上开了一家店。没有人知道她曾经是一位公主，这个地方的人从来不打听你的过往经历。

"这片土地上以前有国王吗？"公主问她的一位熟客，这位老妇人已经在这里居住了很多年，她的眼神不好，自己无法再缝补衣服了。

"噢，有过的，"老妇人回答，"现在也有。"

"现在也有？"这话让公主很惊讶，她之前从来没有听说过这个情况。

"猫头鹰之王，"老妇人说，"他住在湖那边的山上。他能看见未来。"

公主觉得老妇人在和她开玩笑，因为湖那边的山上什么都没有，只有树林、白雪和狼群。猫头鹰之王肯定只是孩子们睡前故事里的传说，就像晚风骑士和无星之海一样。她没有再问关于这位前任统治者的任何问题。

几年后，公主与一位铁匠来往密切，过了一段时间，他们结婚了。有一天深夜，她告诉他自己曾经是一位公主，她在城堡中长大，她养的小狗睡在丝质的刺绣枕头上，邻国长了一张老鼠脸的王子要娶她，而她拒绝了。

她的铁匠丈夫笑了起来，他并不相信她的话。他说她应该去当吟游诗人，而不是女裁缝。然后他亲吻着她腰间的曲线，从此他叫她公主殿下。

他们生了一个孩子，这个女婴睁着大大的眼睛，发出了响亮的哭声。产婆说这是她见过的哭声最响的婴儿。女孩出生的夜晚没有月亮，这不是好兆头。

一星期后，铁匠去世了。

公主感到前所未有的担忧，她担心厄运和诅咒，也担心孩子的未来。她找到老妇人询问建议，老妇人让她带着孩子去找猫头鹰之王，因为他能预见这些事。如果她是一个身负厄运的孩子，他会知道该怎么做。

公主觉得这个主意有点荒唐，但随着孩子逐渐长大，她会莫名其妙地尖叫，或者瞪着她的大眼睛发呆，一瞪就是好几个小时。

"公主！"有一天，女孩对她妈妈说，那时她刚开始认字。"公主！"她重复道，用小手拍打着妈妈的膝盖。

"这个词是谁教你的？"公主问。

"爸爸。"女孩回答。

于是公主带着女孩去见猫头鹰之王。

她在湖那边的山脚下搭上了一驾马车，不顾车夫的反对，让马车沿着古老的山路向上行驶。上山的路途很长，但天气晴朗，狼群都在睡觉，也可能狼群本身也只存在于人们的传说中。公主偶尔停下来歇息时，女孩就会在雪地里玩耍。有时候山路难以看清，但会有成堆的石头和褪色的旗帜做出的标记，那些旗帜以前可能是金色的。

过了一段时间，公主和她的女儿来到了一块空地上，这里几乎全都被高树的树冠挡住了。

空地上的建筑可能曾经是一座城堡，但如今只剩一片废墟，除了一个塔楼之外，其他的角楼都断裂了，坍塌的墙体上爬满了藤蔓。

门前的灯笼是亮的。

城堡内部看上去很像公主很久以前住过的那座城堡，只不过这里满是灰尘，更加阴暗。墙上的挂毯上有狮鹫、花朵和蜜蜂的图案。

"你就待在这里。"公主对女孩说，将她放在一块灰蒙蒙的地毯上，旁边围着家具，它们大概都有着华丽而显赫的过去。

当她妈妈去楼上查看时，小女孩自己玩耍了起来，她给挂毯编故事，还和鬼魂聊天，因为城堡里到处都是鬼魂，它们有好一阵子没见过小孩了，纷纷挤在她身边。

这时有一个金色的东西吸引了女孩的目光。她摇摇晃晃地朝那个闪光的东西走过去，鬼魂们看着她捡起那一片掉落的羽毛，都很惊讶这么小的女孩竟然会操纵这个神奇的护身符，不过女孩不知道"操纵"是什么意思，不认识"护身符"这个词，于是她没有理会鬼魂们。一开始她想把羽毛吃下去，后来又觉得它并不好吃，就把它装进了口袋。

在这一切发生的时候，公主找到了一个房间，门上标着一顶王冠。

她推开门，来到了那座依然矗立的塔楼里。她在这里发现了一个几乎完全笼罩在阴影中的房间，光线从高处透进来，在房间中央的石头地面上留下了一束柔和的光圈。公主走进房间，站在那束光里。

"你有什么愿望？"一个声音从黑暗中传来，响彻整个房间。

"我想知道我女儿的未来。"公主说。她觉得这其实算不上对这个问题的回答，因为她也许过很多其他的愿望，不过只有这个愿望才是促使她来到这里的原因，所以她做出了这样的回答。

"让我看看那个女孩。"那个声音说。

公主去把女孩领过来，当她将女孩从她新结交的鬼魂朋友身边带走时，女孩又哭又闹，但很快就笑着鼓起了掌，因为它们成群结队地跟着她们上了楼。

公主把女孩带到了塔楼的房间里。

"留她一个人。"黑暗中的声音说。

公主犹豫了一下，但还是把女孩放在了那束光中，然后她回到了走廊里，紧张不安地等待着。她周围都是鬼魂，可她看不见，它们拍打着她的肩膀，告诉她不要害怕。

在塔楼的房间里，小女孩注视着那片黑暗，而黑暗也看着她。

从女孩盯着的那片阴影中，走出来一个高大的身影，它有着男人的体格，却长了一个猫头鹰的脑袋。又大又圆的眼睛向下望着女孩。

"你好。"女孩说。

"你好。"猫头鹰之王说。

过了一会儿，门打开了，公主回到了房间里，看见女孩独自坐在那一圈光芒中。

"这个孩子没有未来。"那片黑暗说。

公主皱起眉头看着女孩。她还没想好，除了这个答案之外，自己期望听到的会是什么样的回答。她第一次希望自己没有离开她的王国，希望自己做了不同的选择。

也许她应该把女孩留在这座城堡里,然后告诉镇上的人,她被狼群抓走了。她可以收拾行装,离开这里,重新开始。

"答应我一件事。"那片黑暗对公主说。

"任何事都可以。"公主回答,可她立刻就后悔了。

"等她长大后,带她回到这里。"

公主叹了口气,点了点头,带着挣扎反抗的孩子离开了城堡,回到了山下她们的小屋里。

在随后几年里,公主有时会想起自己的许诺,有时又会忘记,有时她会觉得这一切就是一场梦。她的女儿根本就不是身负厄运的孩子,她到了会走路的年龄以后就很少尖叫了,也不会瞪着眼睛发呆。

(女孩的腰间有一个类似伤疤的标记,像一片羽毛,可她妈妈却想不起来它是从哪里来的,也不知道它出现在那里有多久了。)

每当公主想起关于城堡和许诺的记忆都是真的时,她就对自己说,有一天她要带着女孩回到山上,要是那里什么都没有,就当作一次欢快的远足,而要是那里耸立着一座城堡,那么她就等时候到了再想办法。

可女孩还没长大,公主就一病不起,离开了人世。

不久之后,她的女儿也不见了踪影。镇上的人一点都不奇怪。

"她一直是个野丫头。"活了一把年纪的老妇人说。

如今的世界已经不是当年的模样了,可在湖边的那个小镇上依然流传着山上那座城堡的故事。

在其中一个故事中,女孩找到了回城堡的路,她隐约记得这座城堡,还以为它是自己梦到的。她发现城堡里空荡荡的。

在另一个版本里,女孩找到了回城堡的路,她隐约记得这座城堡,还以为它是自己的一个梦。她敲了敲门。

门为她而开,鬼魂们敞开门迎接她的到来,可她再也看不见它们了。

门在她身后关上,从此再也没有她的消息传来。

在最罕见的一个版本里,女孩找到了回城堡的路,她隐约记得这座城堡,还以为它来自梦中,她曾经答应要回到这里,不过她自己并非当年许下承诺的人。

灯笼为她的到来而点亮。

她还未敲门,门就已经敞开。

她爬上熟悉的楼梯,她知道这里并不是一场梦。她从自己曾经穿行其中的走廊里走过。

标记着王冠的那扇门已经敞开。女孩走了进去。

"你回来了。"那片黑暗说。

女孩没说话。在那段并非梦境的记忆中,最常萦绕在她心头的,出现的次数比鬼魂们还多的,就是这个场景。这个房间。这个声音。

但她并不害怕。

那个有着猫头鹰脑袋的男人从黑暗中出现了。他并没有她记忆中的那般高大。

"你好。"女孩说。

"你好。"猫头鹰之王回答。

他们沉默地看了一会儿对方。鬼魂们在大厅里观望着,一边猜测会发生什么,一边赞叹着女孩心口上的羽毛,不过女孩自己看不见它,她只能感觉到它的颤动。

"在这个地方住三个晚上。"猫头鹰之王对女孩说,她已经不再是一个小姑娘了。

"然后你就会让我走吗?"女孩问,不过这并不是她想问的,完全不是。

"然后你就不想离开这里了。"猫头鹰之王说,大家都知道猫头鹰之王说的话句句是真。

女孩在那里住了一个晚上,又住了一个晚上。在第二个晚上即将结束的时候,她又能看见鬼魂了。到了第三个晚上,她不想离开这里了。一旦找到了自己的归宿,谁会愿意离开呢?

她留在了那里,直到现在。

扎卡里·埃兹拉·罗林斯跟随米拉贝尔经过了一些过道，在他之前从没注意到的几条走廊之间匆匆转了几个弯，又穿过了几扇门，他没认出来这些原来都是真正的门。当他们走过一处玻璃地板的时候，他放慢了速度，低头打量着他们脚下另一条堆满书的走廊，然后又赶紧追上去。他们回到心之厅所用的时间比扎卡里预测的少了一半，米拉贝尔也没有像他预料中的那样朝电梯走去，而是来到了一个倒在地上的吊灯旁，那里挂着一件褪色的灰色皮夹克和一个黑色的斜挎包。

"我需要穿外套吗？"扎卡里问。这时米拉贝尔穿上了那件夹克，他不知道自己是否要回房间把他那件沾满颜料的外套取过来，这时他才想起来自己忘记把它送到厨房去清洗了。

左边传来了"喵"的一声，扎卡里转过身，看见那只姜黄色的猫坐在馆长办公室的门口。在它身后，馆长坐在桌前写个不停，尽管他的笔一直在纸上移动，他的目光却越过眼镜上方专注地看着他们。扎卡里差点就要朝他挥手了，但还是决定不要这样做。

"噢，"米拉贝尔说，她没有理睬那只猫和馆长，而是打量着扎卡里的亚麻裤子和高领毛衣，"或许吧，得给你找一件。你把包留在这里。"扎卡里放下了他的包，米拉贝尔飞快地转身，走进离电梯最近的一条走廊，打开了一扇门，只见一间储藏室里乱七八糟地塞满了一堆东西，有外套、帽子和打字机，还有盒装的铅笔和钢笔以及一些破损雕塑的零散部件。她拿起了一件墨绿色的羊毛外套，衣服的肘部各有一块棕色的补丁，在这一片混乱中，它就像一件保存完好的复古珍品。她一边把它递给扎卡里，一边灵活地跨过地板上一尊破碎的半身像，雕像上一只石膏做成的孤零零的眼睛绝望地盯着她的靴子。"这件应该很合身。"她说。确实如此。

扎卡里跟着米拉贝尔穿过那扇门，来到明亮的前厅。她按下电梯的按钮，指示灯听话地亮了起来。箭头变成了朝下的方向。

"你喝了吗？"等电梯的时候，米拉贝尔问。

"你说什么？"

她指着那面墙，之前那一小杯液体就放在那里，正对着骰子。

"你喝了吗？"她又问了一遍。

"噢……是的，我喝了。"

"好吧。"米拉贝尔说。

"我还有别的选择吗？"

"你可以把它倒掉，或者把玻璃杯移到房间的另一边去，还有很多做法。不过那些没把它喝下去的人都没有被留下来。"

电梯发出叮的一声，门开了。

"那你是怎么做的？"扎卡里问。米拉贝尔坐在其中一排天鹅绒长椅上，他在她对面坐下来。他非常确定这就是同一个电梯，可他也很确定自己当时把颜料滴洒得到处都是，而这些天鹅绒长椅虽然破旧，却一点污迹都没有。

"我？"米拉贝尔说，"我什么都没做。"

"你把它留在那里了？"

"不，我从来就没做过其中任何一个，无论是掷骰子的环节还是'来喝我'的环节。我没经历过入门测试。"

"那你是怎么到这里来的？"扎卡里问。

"我就出生在这里。"

"真的？"

"不，假的。我是从一颗金色的蛋里孵化出来的，一只挪威丛林猫在蛋上蹲了十八个月。那只猫现在还很讨厌我。"她停了一秒钟，又说，"是啊，是真的。"

"抱歉，"扎卡里说，"这一切都……信息量有点大。"

"别这样，对不起，"米拉贝尔说，"我应该说，让你卷入了这件事情，我对此感到很抱歉，但说实话，我很高兴能有人做伴。"她从包里抽出一个烟盒，递给扎卡里，他还没来得及解释自己不抽烟，就看见盒子里装满了小小的圆形糖果，每一颗都有不一样的颜色。"你喜欢听故事吗？吃一颗能让你感觉好一点，只有当我们还在电梯上的时候，它们才有效果。"

"你在开玩笑吧。"扎卡里说。他拿起一颗淡粉色的糖，看上去可能是薄荷口味的。

米拉贝尔对他露出了微笑。她把盒子收起来，自己一颗糖都没拿。

扎卡里把糖放在舌头上。他猜对了，是薄荷味的。不对，是钢铁的味道。冰凉的钢铁。

故事不是从耳朵里进来的，而是在他的脑海中展开。文字时有时无，图像、感觉和味道都在变化，从最初的薄荷和金属变成了鲜血、蜜糖和夏日空气的味道。然后它消失了。

"那是什么？"扎卡里问。

"那就是一个故事。"米拉贝尔回答，"你可以试试把它讲给我听，但我知道它们都很难转述。"

"它是……"扎卡里停了下来，想让自己的思绪集中在这场短暂而奇特的经历上，它确实在他的脑海中留下了一个故事，像是一个记忆模糊的童话。"有一个骑士，穿着闪闪发亮的盔甲。很多人都对他心怀爱慕，可他却不爱任何人。人们为他心碎，而他为此也感到痛苦，于是每当有一颗心为他而破碎时，他就在自己的皮肤上刻一颗心。一排又一排伤痕累累的心出现在他的手臂上、腿上和胸膛上。后来他遇到了一个意料之外的人，然后……我……我不记得后来发生什么了。"

"让人心碎的骑士和让骑士痛苦的心。"米拉贝尔说。

"你听过这个故事？"扎卡里问。

"没有，每个故事都不一样。不过它们有相似的元素。所有的故事都有，无论它们采用了什么形式。有的东西不变，而有的东西变了。毕竟变化才是故事的本质。"

"这些糖是从哪里来的？"

"很多年前我找到了一个罐子，里面全都是这种糖。我喜欢把它们带在身边，就像你常常随身带着一本书，我也一样。"

扎卡里看着这位粉色头发的神秘女子，骑士和心的故事还留在他的舌尖。

"这是怎么回事？"他问。他指的是所有一切，全部的事情，他相信她会明白的。

"对于这个问题，我无法给出令你满意的答案，埃兹拉。"她说道，伴随这句话所流露出的情绪，她露出了一个悲伤的微笑，"这是一个兔子洞。你想知道掉进兔子洞以后的生存秘诀吗？"

扎卡里点点头，米拉贝尔向前靠过来。她的眼睛四周都是金色。

"做一只兔子。"她轻轻地说。

扎卡里望着她，在凝视中的某一瞬间，他意识到自己稍微镇静了一点。

"在新奥尔良，我的那扇门是你画的，"他说，"那时我还是个孩子。"

"没错。我还以为你会打开它呢。这是一个很有效的考验：如果你愿意相信并且尝试去打开一扇画出来的门，那么无论它通往何处，你多半也会对此深信不疑。"

电梯颠簸着停了下来。

"这一趟真快呀。"扎卡里说。如果他对时间的感觉还没有失灵的话，他自己坐电梯下行所用的时间至少是这一次的三倍。大概他在消化那个糖果故事上所用的时间比他自己估计的要多。

"我说过我们得赶时间。"米拉贝尔说。

电梯打开了，面前是石柱楼梯和悬在空中的灯笼，和扎卡里之前记忆中的一模一样。

"我有问题。"他说。

"你会有很多问题的。"米拉贝尔说，他们开始爬楼梯，"或许你要把它们都写下来呢。"

"我们现在究竟在哪里？"

"在中间地带。"米拉贝尔说，"我们还没到纽约，如果你想问的是这个。但我们已经不在那个地方了。这里是那个电梯的延伸区域，过去是楼梯，你得不停地走啊走。或者是直接掉下去，又或者只有一扇门。我也不知道，相关的记载不太多。有时这里是没有楼梯的，而那个电梯已经运行了一段时间。就好比一个四维时空，但只有空间而没有时间，或者说四维空间和两者都有关？我不记得了，实在惭愧。"

  他们停在楼梯顶部的一扇门前，它是嵌在石头里的。这是一道普通的木门，门上没有装饰，也没有符号。米拉贝尔从脖子上的钥匙串中取出了一把，打开了门。

  "希望他们没有再把书柜抵在门口。"她说着，先将门推开了几英寸，然后停下来，往半开的门里看了看，这才继续把门推开。"快点。"她对扎卡里说，一把将他拉进门，又在他们身后把门关上了。

  扎卡里回头看了一眼，那里没门，只有一面墙。

  "你找找看。"米拉贝尔说。扎卡里辨认出了一些线条，那是用铅笔在墙上画出来的，像油漆裂纹一样纤细，形成了这扇门，还有一抹淡淡的阴影，如同一块污迹，形成了一个门把手，在它下面有一个更为清晰的痕迹，就是钥匙孔。

  "这是一扇门？"他问。

  "这是一道应急用的暗门。我没指望有人会找到它，但还是把它锁起来了。令我惊讶的是他们居然还没有发现，不过我经常到这里来，他们大概觉得它的存在有着各种与书相关的理由。放书的地方往往对门的接受程度会比较高，我想这是因为同一个地方聚集了太多的故事。"

  扎卡里环顾四周。这片光秃秃的墙面隐藏在高大的木质书架之后，书架上堆满了书，有的架子上还贴着红色的标签，看上去很眼熟，可他说不清是为什么。米拉贝尔招呼他往前走。他们离开了书架区，来到一个更宽敞的区域，这里的桌上全是书；另一个区域则摆满了黑胶唱片，上面的标签更多；他们还经过了很多正在安静阅览的人——这时他意识到为什么这个地方如此眼熟了。

"我们在斯特兰德书店[1]吗?"他们爬上一段宽敞的楼梯时,他问道。

"你是怎么想出来的?"米拉贝尔问,"是看到了那个大大的红色招牌上写着'斯特兰德'和'十八英里书廊'吗?感觉这个数量不太准确,我打赌他们的书不止这么多。"

扎卡里的确认出了这家大书店的主楼层,这里更拥挤一点,柜台上放着新书、畅销书和书店推荐书(他自己就非常喜欢这一类推荐书),还有大手提袋,数量可不少。他忽然觉得,这里和下面那个堆满书的地方确实有些许相似之处,只不过规模更小一点,就如同一缕飘散的气味闻起来可能像是记忆中的味道,却让人无法完全捕捉到其中的体验。

他们从柜台、店员和收款机前的长队中穿过,很快就来到了外面的人行道上。站在猛烈的寒风中,扎卡里非常想回到屋里,因为那里有书,而且这条亚麻裤子并不适合1月的大雪和泥泞。

"走过去没有多远了。"米拉贝尔说,"很抱歉让你今天过得这么有诗意。"

"有什么?"扎卡里问,不确定自己是不是听错了。

"诗意,"米拉贝尔重复道,"这样的天气,像一首诗。在诗里,每个字都有言外之意,每个事物都是隐喻。意义被浓缩在韵律和声音中,凝聚在字里行间。一切都是强烈而尖锐的,就像寒冷和大风。"

"你直接说外面很冷就行了。"

"是啊。"

傍晚的阳光昏暗地照在街道上。他们一路避开行人,经过百老

---

[1] 位于纽约曼哈顿地区的一家知名二手书店,成立于1927年。据说店里拥有的图书众多,曾经把书排成一排进行测量,测得长度达十八英里,因此书店的宣传语是"十八英里书廊"。

汇和联合广场，然后右转，这时扎卡里已经找不到他所熟悉的曼哈顿地标了，他脑海中的城市地图分解成了网格状的街道，消失在一片虚无和滚滚河流中。米拉贝尔比他更擅长于避开行人。

"我们要先找个地方歇脚。"说着，她在一栋建筑前停下脚步，把一扇玻璃门推开，扶着门让一对裹着层层外套和围巾的夫妇先走出来。

"你没开玩笑吧？"扎卡里说，抬头看着那个随处可见的绿色美人鱼标志，"我们要停下来喝咖啡？"

"在我的武器库里，咖啡因是一件非常重要的武器。"米拉贝尔回答。他们走进去，排在不长的队伍末端。"你想喝什么？"

扎卡里叹了口气。

"我要买了。"米拉贝尔催促道，还戳了戳他的胳膊。他不记得她是什么时候戴上那副针织连指手套的，他自己冻得手脚冰凉，对她的手套非常羡慕。

"中杯的脱脂牛奶抹茶拿铁。"扎卡里说。令他不爽的是，喝点温热的饮品似乎确实是个好主意，特别是在这种充满诗意的大冷天里。

"好的。"米拉贝尔回答，还若有所思地点了点头，仿佛正在通过星巴克的点餐来评价他这个人。他不知道关于他自己，抹茶和泡沫能说明得了什么。

排队等待咖啡的时候，一切看上去都很正常。地板被融化的雪泥打湿了，玻璃橱窗里摆满了烘焙点心，整齐地贴着标签。坐在角落里的人们盯着手提电脑。

过于正常了。这让他感到不安和晕眩。大概一个人去过奇幻之境后就应该留在那里，因为真实世界里的一切就从此变得不一样了，它成了另一个世界。重生后的世界。他不知道如果自己告诉那些正在电脑上打字、看上去既像学生又像作家的人，在他们脚下有一个收藏书和故事的地下宝库，那些人是否会相信他。他们不会相信的。他也不会。他还不确定自己是否已经相信了。他之所以还没有把这一切当成一场奇妙的幻觉而放弃，唯一的原因就是他身边这位粉色头发的女士。他盯着米拉贝尔的后脑勺，而她正在研究满满一架子的旅行杯。她的耳朵上打了好几个耳洞，戴着银色耳环。耳后有一道伤疤，大约一英寸长。她的头皮附近露出了发根，是深棕色的，大致和她在派对上戴的那顶假发颜色相近。不知道当时她是不是按自己原本的样子来打扮的。他试着回想有没有看见她和别人说过话，除他之外，她是不是跟其他人交流过。

他不可能在一个人身上编出如此多的细节。而幻想出来的人也不太可能到星巴克里点咖啡。

当柜台后面的女孩直视着米拉贝尔，问她有什么需要的时候，他松了一口气。

"一份大杯的蜂蜜星尘，不搅拌。"米拉贝尔说。虽然扎卡里怀疑自己可能听错了，但收银台的女孩毫无异议地在屏幕前下了单。"再来一份中杯的脱脂牛奶抹茶拿铁。"

"名字？"

"泽尔达。"米拉贝尔说。

女孩将消费总额告诉她，米拉贝尔用现金付了款，又把找回的零钱放进了装小费的罐子里。扎卡里跟着她来到柜台的另一头。

"你刚才点的是什么？"他问。

"一份情报。"米拉贝尔回答，但并没有多说，"很少有人会用到这里的隐藏菜单，你有没有注意到这一点？"

"我一般都去那种独立咖啡店,他们会在黑板上写一些自嘲式的菜单。"

"可你却随口就报出了一个非常具体的星巴克点餐要求。"

"泽尔达。"吧台的店员喊道,把两杯咖啡放在柜台上。

"是泽尔达公主[1]还是泽尔达·菲茨杰拉德[2]?"当米拉贝尔把它们端起来的时候,扎卡里问道。

"两者都有。"她说,把小一点的那杯递给他,"来吧,我们又要去领教那寒冷的诗意了。"

外面天色渐暗,空气也越来越冷。扎卡里抓着杯子,喝了一口滚烫的绿色泡沫。

"你点的到底是什么?"他问道,米拉贝尔已经迈开了脚。

"其实就是一种伯爵茶,里面掺了豆奶、蜂蜜和一点点香草。"米拉贝尔说着,举起了杯子,"不过这才是我选它的原因。"她把杯子又举高了一点,这样扎卡里就能看见杯子底部用记号笔写的六位数字:721909。

"这是什么意思?"他问。

"等着瞧吧。"

当他们来到下一个街区时,光线逐渐黯淡,只留下一片落日余晖。

"你是怎么认识多里安的?"扎卡里问。他打算把自己的所有问题都分类整理出来,他还考虑或许应该用一个笔记本之类的把它们记下来,因为它们在他的脑海中来得快去得也快。他又喝了一口拿铁,它正在迅速地冷却。

---

[1] 任天堂经典游戏《泽尔达传说》(通译《塞尔达传说》)中的虚拟角色。
[2] 泽尔达·菲茨杰拉德(Zelda Fitzgerald,1900—1948),美国小说家、诗人和画家,作家弗朗西斯·斯各特·菲茨杰拉德的妻子。

"他曾经想杀我。"米拉贝尔说。

"什么?"扎卡里问。这时米拉贝尔在人行道中间停了下来。

"这边走。"她说。

扎卡里甚至都没认出这条林荫道。那座挂着收藏家俱乐部招牌的房子看上去普通而友好,或许透着一丝不祥的气息,但这多半是与这片街区人迹罕至的气氛有关。

"你喝完了吗?"米拉贝尔问,指了指他的杯子。扎卡里喝掉最后一口咖啡,把它递给她。她把两个空杯子放在台阶旁的一堆积雪里。

"还有一个地方也叫收藏家俱乐部,离这里不远。"他们朝门走去的时候,她说。

"是吗?"扎卡里问,他后悔自己没问米拉贝尔是不是有什么计划。

"那一家是为集邮者开的。"她说。

她转动了门上的把手,令扎卡里感到惊讶的是,门居然开了。狭小的前厅很暗,墙上只有一盏红色的灯,旁边是一个不大的屏幕。这是一个报警装置。

米拉贝尔在警报键盘上按下了7—2—1—9—0—9。

灯变绿了。

米拉贝尔打开了第二扇门。

门厅里很昏暗,只有一束紫色的光透过高高的窗户落下来,让那些丝带和它们的门把手都呈现出了一种淡淡的蓝色。它们的数量比扎卡里记忆中的更多。

他想问米拉贝尔,她是如何在星巴克拿到了警报器的密码,还有她所说的"曾经想杀我"到底是什么意思,可又觉得还是保持沉默比较好。米拉贝尔拉动了其中一个门把手上的丝带，扯断了它与高处天花板之间的连接，它落下时发出了门把手之间相撞的哗啦声，低沉的音调如同铃响，十分刺耳。

沉默到此为止。

"你本来可以按门铃的。"扎卡里说。

"就算我按了铃，他们也不会让我们进来的。"米拉贝尔回答。她捡起了一个门把手——铜制的把手上泛着绿色的光泽——看了一眼它的标签。扎卡里从相反方向倒着看过去：托菲诺，不列颠哥伦比亚，加拿大，8.7.05。"他们只会在没人值班的时候才使用警报装置。"他们继续往大厅里走，她用手拨弄着那些丝带，仿佛它们是竖琴上的琴弦。"你能想象到有这么多门吗？"

"不能。"扎卡里实话实说。这里的门实在太多了。他们经过时，他还看到了更多的标签：孟买，印度，2.12.13；赫尔辛基，芬兰，9.2.10；突尼斯市，突尼斯，1.4.01。

"它们中的大部分在被关闭之前就已经消失了，如果你明白我的意思，"米拉贝尔说，"它们被遗忘了，被锁起来了。时间造成的破坏和那伙人制造的一样多，他们开始收尾了。"

"它们全部都在这里了吗？"

"他们在开罗和东京也有类似的建筑，不过我觉得他们并没有规定每扇门的残骸应该留在哪里。这些都是装饰，更多的残骸被放在了盒子里。就是那些无法被焚烧的部分。"

她听起来非常难过，扎卡里不知道该说什么。他们沉默地爬上楼梯。最后一缕光线悄悄从他们上方的窗户里溜进来。

"你怎么知道他在这里？"扎卡里问。他忽然想弄清楚这是不是一场营救行动，还是说米拉贝尔有其他理由才会趁着夜色来到这个地方。这种空无一人的状况让他感觉有些刻意。这一切都过于顺利了。

"你担心这可能是一个陷阱,埃兹拉?"当他们在楼梯拐角处转弯时,米拉贝尔问。

"你担心吗,麦克斯?"他反问道。

"我相信我们还不至于笨到自投罗网。"米拉贝尔说。可就在他们快到达台阶顶层的时候,她在原地停了下来。

扎卡里顺着她的目光向上看去,二楼走廊上有东西出现在了他们面前,逐渐消失的光线中有一道身影。显然这个身影就是多里安的躯体,从天花板上悬挂下来,像楼下的门把手一样被展示在那里,苍白的丝带形成了一张网,将他捆绑和缠绕。

命运和寓言：
世界边缘的旅店

一位旅店主人把店开在了一个极其荒凉的十字路口。山上有一座村庄，与这里相隔几条路，而城镇都在其他方向，大部分都拥有更为便利的道路供人们进出来往，特别是在冬季，可旅店主人一年到头依然会为旅人们把灯点亮。夏天来临时，店里会变得非常热闹，到处都爬满了开花的藤蔓，不过在这块土地上，冬天的时间相当漫长。

旅店的主人是一名鳏夫，也没有孩子，大部分时间他都独自待在旅店里。他偶尔会去村子里买日用品或是到酒馆里喝一杯，不过时间一长他就不常去了，因为每次他去村里，总会有热心人给他介绍一些合适的男女，有时一次就介绍好几个符合条件的村民，旅店主人只好把酒喝完，对这些朋友们表示感谢，然后独自回到山下的旅店中。

有一年冬天的暴风雪比往年人们所见过的任何一场都更猛烈。路上一个行人也没有。旅店主人想办法让店里一直亮着灯，虽然大风经常把它们熄灭。他还确保主壁炉里总是生着火，这样冒出的烟气就能被看见，只要它没被大风吹散。

漫漫长夜，狂风肆虐。大雪吞没了山间的道路。旅店主人无法到村里去，但他的储备很充足。他做好了汤和炖菜，坐在炉火边读起了自己一直都想看的书。他把旅店里的所有房间都收拾好了，等待着客人们的光临，但是却无人前来。他喝着威士忌和葡萄酒。他又看了很多书。时间过去了很久，暴风雪却一直没停，于是他只收拾了挨近壁炉的一部分房间。有时他不回自己的房间，就躺在炉边的椅子里睡觉，这是他在有客人时做梦都不会做的事情。然而现在一个客人都没有，只剩狂风和严寒，这家旅店变得更像是一所房子了，旅店主人觉得它作为房子比作为旅店显得更加空荡冷清，不过他对此并没有想太多。

一天晚上，旅店主人在火炉旁的椅子里打起了瞌睡，他身边放着一杯酒，膝上还摆着一本摊开的书。这时传来了敲门声。

醒来的旅店主人一开始以为是风声，因为这个冬天的大部分时间里，狂风都在敲打着门窗和屋顶，可是敲门声再次响起，比风声更加坚定。

旅店主人开了门，开门所用的时间比平时多，因为门结了冰，一直紧闭着。门开了，一阵寒风席卷着雪花先钻进了门里，随后进来了一位旅人。

旅店主人只看到了一袭带兜帽的斗篷，然后他再次集中注意力要把门关上，与企图闯进门的寒风搏斗了一番。他抱怨了一句天气，但大风盖过了他的声音，它愤怒地号叫着，因为被关在外面而暴躁发狂。

旅店主人关上了门，插上了门闩，还钉上了加固用的木条，这才转过身迎接这位客人的到来。

他望着站在面前的女人，只有非常勇敢或者极其愚蠢的人才会在这种天气里赶路，他不知道自己期待中的来客会是什么样子，但肯定不是这幅模样。这个女人如同月光一样苍白，而她的眼睛却和她那黑夜般的斗篷一样漆黑，她的嘴唇则冻得发紫。旅店主人盯着她看时，他那一套标准的欢迎词和友好的问候语统统被他忘得一干二净。

女人开口说话了——可能是一声问候，也可能是在抱怨天气，还可能在许下愿望或是发出警告——无论她想说的是什么，她发出的只有断断续续的声音。旅店主人一声不吭地匆忙把她扶到了火炉边，想让她暖和起来。

他让客人坐在自己的椅子里，脱下了她湿漉漉的斗篷。看到她在里面还穿了另一件斗篷，他松了一口气，那斗篷的颜色和她逃离的大雪一样白。他为她端来一杯热茶，把炉火拨旺了一些，风还在外面嘶吼。

女人渐渐不再发抖。她喝了茶，注视着火苗。旅店主人有很多问题想问，可是没等他开口，她就睡着了。

旅店主人站在那里打量着她。她看上去像一个鬼魂，和她的斗篷一样苍白。他查看了两次，确定她还在呼吸。

他怀疑自己正在睡梦中，可他刚刚去开门的双手还是冰凉的，门闩戳到了一根手指，那道小小的伤口还在隐隐作疼。他没有睡着，然而这一切都很奇怪，如同在梦里一样。

女人睡着的时候，旅店主人把最近处的一个房间又布置了一番，虽然它早就被收拾妥当了。他把屋里那个稍小一些的壁炉点燃，又往床上添了一层被子。他炖上了一锅汤，还把面包加热了一下，这样女人醒来时如果饿了的话就能吃上东西了。他想把她抱进房间，但待在炉火旁更加暖和，于是他又给她披了一条毯子。

这时旅店主人再也没有什么事情可做了，只好又站在一旁盯着她看。她并不年轻，她的头发里夹杂着几缕银发。她没戴戒指和饰物，看不出是结婚了还是无牵无挂的孤身一人。她的嘴唇已经恢复了血色，旅店主人发现自己的目光总是徘徊在她的唇边，于是他给自己又倒了一杯酒,让自己不要胡思乱想。(不太管用。)过了一会儿,他在炉边的另一把椅子里睡着了。

旅店主人醒来时,外面依然是漆黑一片,而他也无法透过暴雪和狂风来判断现在是夜晚还是白天。炉火还在燃烧,可他身边的椅子却是空的。

"我不想把你吵醒。"一个声音在他身后响起。他转过身,看到那个女人站在那里,她的脸色不再如月光般苍白,她的个头比他印象中更高。虽然他对当时很多地方的方言都有所耳闻,却分辨不出她说话的口音来自何方。

"对不起,"他说,为自己不小心睡着了而道歉,也为没有提供往常高标准的招待而表达歉意,"你的房间是……"他转向那个房间的门,却发现她的斗篷已经挂在了壁炉边,而她的包原本被他搁在了她的椅子旁,现在也被放在了床尾。

"我已经找到了,谢谢你。说实话,我没想到这里会有人,外面没点灯,我从路上也看不见火光。"

旅店主人一般不会打听客人们的私事,但是他有点忍不住。

"你为什么要在这样的天气外出呢?"他问。

女人朝他笑了笑,笑容里包含着歉意,他从这个微笑中能看出,她的出行并非一时鲁莽,不过她的到来也应该让他猜到这一点。

"我与人约好了在这里见面,就在这个旅店,这个岔路口。"她说,"很久之前就定下了,我想当时我们并不知道会遇到暴风雪。"

"这里没有别的客人。"旅店主人告诉她。女人皱起了眉,不过这个表情一晃而过,转瞬即逝。

"我可以住在这里等他们来吗?"她问,"我会付房费的。"

"无论如何我也会建议你留下来的,看看这暴风雪。"旅店主人说,狂风非常配合地咆哮了起来,"你不用支付任何费用。"

女人又一次皱起了眉,这次的时间要长一些,不过她还是点了点头。

旅店主人正要问她叫什么名字时,风把紧闭的窗户吹开了,更多的雪花被卷了进来,它们在宽敞的大厅里打着转,戏弄着炉上的火苗。女人帮他把窗户再次关上。旅店主人望着窗外肆虐的黑暗,想不出一个人是如何在其间行走的。

窗户关上了,炉火也重新旺了起来,旅店主人把汤、温热的面包和酒都端了上来。他们坐在火边,一起用餐,还聊起了书。女人问了一些关于旅店的事情(它开了多久,他何时成为旅店主人的,这里有多少房间,墙里有多少蝙蝠),由于旅店主人一直在为自己之前的行为感到后悔,所以他没有再问女人任何与她相关的事情,而她也没有主动提起。

吃完面包和汤以后,他们又开了一瓶酒,继续聊了很长时间。外面的风平静了一些,聆听着他们的交谈。

那一刻,旅店主人觉得外面的世界不复存在了,无风无雪,也没有了日和夜。天地间只有这个房间、这团炉火和这个女人,而他对此也并不介意。

不知过了多久,女人有些犹豫地提出,她想去床上而不是在椅子里休息,于是旅店主人向她道了晚安,虽然他不知道此时是夜晚还是白天,而外面那一片黑暗也拒绝对此发表意见。

女人朝他笑了笑,然后关上了房门。这一刻在门的另一边,旅店主人第一次在这所房子里体会到了真正的孤单。

他坐在炉火边沉思了一会儿,手里捧着一本摊开的书,却一个字也没看进去,后来他穿过大厅回到了自己的房间,陷入了无梦的睡眠。

第二天（如果这算是一天的话）过得很愉快。远方来的女人帮旅店主人烤了更多的面包，还教他制作了一种他从没见过的新月形小点心。在漫天飞舞的面粉中，他们讲了很多故事，有神话，有童话，还有古老的传说。旅店主人给女人讲起了风的故事，风在山间上下穿行，寻找它丢失的东西，它嘶吼着，哀悼它的所失，呼唤它的归来，于是就有了这些故事。

"它失去了什么？"女人问。

旅店主人耸了耸肩。

"那些故事各不相同。"他告诉她，"在有的故事中，它失去了一汪湖水，那湖坐落在山谷间，如今那里却流淌着一条河。在其他故事里，它失去了自己的爱人，它咆哮着，因为凡人无法用同样的方式来回报风的爱。在常见的故事版本中，它只是失去了方向，因为群山与河谷不寻常的布局让风感到十分困惑，于是它迷了路，还为此而怒吼不已。"

"你觉得哪个故事是真的？"女人问。旅店主人停下来思索这个问题。

"我觉得它是风，只会像风一样发出怒吼，从山川河流间呼啸而过，而人们却乐意编出故事来解释这些事情。"

"那是为了告诉孩子们，风声并不可怕，风声里只有哀愁而已。"

"我想是的。"

"可孩子们长大后，故事还在继续被讲述下去，你觉得这又是为什么呢？"女人问。旅店主人想不出令人满意的答案，于是他也向她提了一个问题。

"在你来的地方，人们会不会用故事来解释这些事情？"他问道，依旧没打听她是从哪里来的。他还是无法判断她的口音,也想不出他认识的人中有谁会在方言里加上同样抑扬顿挫的韵律。

"他们有时会讲一个关于月亮在天上消失不见的故事。"

"这里的人也讲。"旅店主人说。女人笑了起来。

"那他们会讲当太阳也消失时它去了哪里吗?"她问。旅店主人摇了摇头。

"在我来的地方,人们会讲一个与此相关的故事。"女人说,她专注地进行着面前的工作,她的双手稳稳地揉着面团,"他们说每一百年——在有的版本里是五百年,或者一千年——白天的太阳会从天空中消失,与此同时,夜晚的月亮也会失去踪影。据说它们约好了一起失踪,这样它们就能瞒着星星在一个秘密之所见面了。它们一起谈论世事,把在过去一百年或五百年或一千年里各自看到的事情拿出来比较一番。它们见了面,聊完天,再次分开,回到各自在天上的位置,直到下一次见面。"

这让旅店主人想起了另一个相似的故事,于是他问了一个问题,可刚说出口,他就后悔了。

"它们彼此相爱吗?"他问。女人的脸颊变得绯红。他正要道歉时,她却继续说了下去。

"在有的版本里,它们是相爱的。"她说,"不过我觉得,如果这个故事是真的,那它们要交流的事情太多了,可能顾不上谈情说爱。"

旅店主人笑了起来,女人惊讶地抬头看他,接着她也笑了,他们继续讲故事,烤面包。风在旅店周围徘徊,聆听他们的故事,一时间忘记了自己失去的是什么。

三天过去了,暴风雪依然凶猛。旅店主人和女人继续悠闲地打发时间，他们沉浸在故事和佳肴里，杯中盛着美酒，喝完又装满。

到了第四天，门外传来敲门声。旅店主人过去开门，女人依然坐在炉边。

风变小了，只有几片雪花随第二位客人一同进了屋。门一关上，雪花就融化了。

旅店主人转向这位新来的客人，本来想聊几句天气，可话就在嘴边，却没说出口。

这位旅人的斗篷原本是金色的，现在穿旧了，只有几处还在闪闪发亮。这是一个有着深色皮肤和浅色眼眸的女人。她的头发比旅店主人见过的所有发型式样都要短，而发色接近金色。她好像并不觉得冷。

"我要见这里的另一位客人。"这个女人说。她的声音如同蜂蜜一般，低沉而甜美。

旅店主人点了点头，指向客厅另一头的炉火旁。

"谢谢。"这个女人说。旅店主人帮她把斗篷从肩上取下来，融化后的雪水顺着它往下滴，于是他从她手中接过斗篷，把它挂起来晾干。她也穿了另一层斗篷——在这种天气里实乃明智之举——这一件褪了色，也是金色的。

女人走到壁炉边，坐在另一把椅子里。旅店主人离得太远，听不清她们说了什么，但她们似乎没有寒暄就立刻开始了交谈。

她们的交谈持续了一段时间。一个小时之后，旅店主人端来一个托盘，上面放着面包、果干和奶酪，他把盘子送到女人们面前，还拿来了一瓶酒和两个杯子。他走过去的时候她们就停止了交谈。

"谢谢你。"当他把食物和酒摆在椅子旁边的桌上时，第一个女人说。她把手放在他的手上停留了片刻。之前她没有这样触碰过他，他说不出话来，只是点了点头就离开了，留下她们两个继续交谈。另一个女人露出了微笑，旅店主人不知道她在笑什么。

他没有打扰她们的谈话。她们也一直没有离开椅子。外面的风声很安静。

旅店主人坐在客厅的另一端。他坐得不太远，女人们需要他时，他就能听见她们的召唤；不过也不算太近，她们之间说了什么，他一句都听不见。他为自己也准备了一个托盘的食物，但他吃得并不多，只尝了一块新月形的点心，它融化在了他的舌尖。他想读一会儿书，可每次最多也只能看进去一页的内容。好几个小时过去了。外面的天色并没有发生变化。

旅店主人睡着了，或者说他认为自己可能睡着了。他眨了眨眼睛，外面还是一片黑暗。第二个女人从椅子上站起来的动静吵醒了他。

她吻了吻另一个女人的面颊，穿过客厅往回走。

"谢谢你的热情款待。"她走到旅店主人身边，对他说。

"你不留下来吗？"他问。

"不，我必须走了。"女人说。旅店主人为她取来了金色的斗篷，把它捧在手里，感觉干燥而暖和。他将它披在她肩上，又帮她系上了搭扣，她再次朝他露出了温暖而愉快的微笑。

她看上去似乎有话要对他说，也许要发出警告，又或者是要许下愿望，但她并没有说什么，只是在他开门时又朝他笑了笑，然后就走进了那片黑暗中。

旅店主人目送她离开，直到再也看不见了（没过多久），然后他关上门，插上门闩。风又开始怒吼了。

旅店主人走到炉火边，黑头发的女人还坐在那里，这时他才想起自己还不知道她的名字。

"明天早上我就要走了。"她说话的时候并没有抬头看他,"我要把房费付给你。"

"你可以留下来。"旅店主人说。他把手搭在她的椅子旁。她低头看着他的手指,又一次把自己的手放在了他的手上。

"我也希望如此。"她轻轻地说。

旅店主人把她的手抬起来,放在自己的嘴唇上。

"留下来陪我吧,"他的请求随着他的呼吸落在她手心里,"和我在一起。"

"我明天早上必须离开。"女人又说了一遍,一滴眼泪滑过她的脸颊。

"这样的天气里,谁知道早上什么时候到来?"旅店主人问。女人笑了。

她从炉火边的椅子上站起来,牵起旅店主人的手,把他领进她的房间,带到了她的床上。风在旅店周围呼啸着,为找到的爱而哭泣,为失去的爱而哀悼。

因为凡人无法爱上月亮。这份爱无法长久。

扎卡里·埃兹拉·罗林斯非常确定有人袭击了他的后脑勺，不过他记得最清楚的是脑门撞在了楼梯上，等他恢复意识时，这一处疼得最厉害。他还确定自己听见米拉贝尔说那个人还有呼吸，但他现在想不起来她说的是谁了。

别的事情他一概不太清楚，除了一件事：他的头很疼，特别疼。

他被绑在了一把椅子上。

这是一把漂亮的椅子，椅背很高，扎卡里的双臂被绑在它的扶手上，绑他的绳索本身也很有质感，他从手腕到肘部都被黑色的绳子缠绕了一圈又一圈。他的腿也被绑住了，不过它们在桌子下面，他看不见。

这是一张深色的长条形木头餐桌，放在一个灯光昏暗的房间里，他从天花板的高度和墙顶的装饰线条推测，这是收藏家俱乐部里的某个地方，不过这个房间更暗，只有桌子被照亮了。天花板上的小射灯在桌上投下了许多一模一样的光圈，从桌子的这一端直到那一端——那边有一把空椅子，铺着蓝色天鹅绒的软垫，看上去大概和绑着他的这把椅子是一样的，因为他觉得这种房间要配上这样的椅子才合适。

他在头疼之时还能听到轻柔的古典音乐。好像是维瓦尔第的作品。他不知道扬声器的位置。或许这里并没有扬声器，音乐是从外面的房间飘进来的。也可能这只是他想象中的维瓦尔第，是轻度脑损伤所造成的音乐幻觉症状。他不记得发生了什么，也不记得自己怎么会出现在这个用蓝色天鹅绒装饰的宴席上，只有他一个人，而且没有上菜。

"看来你又来找我们了，罗林斯先生。"一个声音在整个房间中响起。是扬声器。还有摄像机。

扎卡里忍住脑袋上传来的阵阵疼痛，思考着该说什么，尽量让自己的脸上不要露出紧张不安的表情。

"我以为这里会有茶喝。"

没有回答。扎卡里盯着那把空椅子。除了维瓦尔第的乐曲，他什么都没听见。按理说曼哈顿不会这么安静。他想知道米拉贝尔到哪里去了，她是不是在另一个房间里被绑在另一把椅子上。他还想知道多里安是否还活着，可这似乎不太可能，他觉得自己不愿再想这件事了。他意识到自己大概是饿了，也许是渴了，抑或两者都有。现在究竟是几点？此刻产生这些想法很不明智，刚涌起的饥饿感折磨着他，如同挠痒一般，和头部的刺痛感共同占据了他的注意力。一绺头发落在了他的脸上，他用脑袋尝试了几个新姿势，想把它送回原来的位置，可它还在那里，正好落在他新换的眼镜边缘。他想知道凯特有没有织完他的拉文克劳围巾，自己还能不能再见到凯特，以及学校里的人要过多长时间才会开始担心他。一周？两周？还是更久？凯特会以为他想在纽约多住一阵子，而其他人在开课之前都不会注意到他不见了。像隐士一样离群索居的人往往会陷入这种险境。这个房子的某个地方没准还放着装满碱液[1]的浴缸。

---

[1] 一种具有很强腐蚀性的碱性化学品，能够溶解脂肪类的物质。

他和自己脑袋里的声音展开了激烈的争论，内容是如果他死了，他妈妈是否能感应到，因为她既拥有母亲的直觉，又是一位预言家。就在这时，他身后的门开了。

一个女孩走进来，那天晚上就是她假装成同校学生，态度随和地出现在凯特的讨论课上，还一直在织毛线。她端着一个银色的托盘，把它放在桌上。她一言不发，甚至都没有看他一眼就离开了，和她进来时一样。

扎卡里望着那个托盘，他的手绑在椅子上，够不到它。

托盘上有一个茶壶。这个又矮又胖的铁壶放在加热器上，下面点着一根蜡烛，旁边放着两只没有把手的陶瓷杯子，里面空空如也。

房间另一侧的门打开了，扎卡里看到那位北极熊女士走进来时一点也不觉得惊讶，不过她已经脱掉了那件大衣。现在她穿了一身白色套装，整个打扮有一种大卫·鲍伊[1]的风格，尽管她满头银发，肤色暗黄。她双眼的颜色各不相同：一只眼睛是深棕色的，而另一只却是淡蓝色的，令人感到不安。她的头发扎成了一个发髻，嘴唇上抹着红色的唇膏，完美地体现出了复古风情，还带着一丝威胁的态度。这身套装的领带上打了一个非常利索的结，扎卡里从来没能达到过这种水平，这个细节是最让他感觉不爽的地方。

"晚上好，罗林斯先生。"她走到他身边时停下来说。他有点期待她会对自己说不必起身。她朝他笑了笑，要不是他此时感到浑身都不自在的话，这个非常和蔼的笑容本来是可以让他放松下来的。

"我们还没有正式认识。我叫阿勒格拉·卡瓦略。"

她探过身来端起了茶壶，往两只茶杯里倒上了热气腾腾的绿茶，

---

[1] 大卫·鲍伊（David Bowie，1947—2016），英国摇滚歌手和演员，其模糊性别的独特风格在时尚界曾引领潮流。

又把茶壶放回加热器上。

"你惯用右手,对吗?"她问。

"是的。"扎卡里回答。

阿勒格拉从她的大衣里取出一把小刀。她用刀尖划过绑着他左手的绳子。

"如果你想给另一只手解绑,或者逃跑,那这只手你就别想要了。"她把刀尖抵在他左手腕的背部,戳得不深,没有见血,"明白吗?"

"明白。"

她把刀插进绳索和椅子之间,快速划了两下,就将他胳膊上的绳子解开了,绳子被切成弯曲的几段,掉落在地板上。

阿勒格拉将刀放回口袋里,端起了一只茶杯。她沿着桌子一直往前走,在对面那把椅子里坐了下来。

扎卡里没有动。

"你一定很渴吧。"阿勒格拉说,"茶里没有下毒,要是你担心我们会使用这种消极手段的话,你会注意到,我用同样的茶壶给我的杯子倒了茶。"她喝了一小口茶。"纯天然的。"她补充说。

扎卡里用左手端起他的茶杯,这个动作引起了肩膀的抗议,于是他身上又添了一处伤痛。他喝了一口茶。茶叶是翠绿色的,有一点苦,但苦味并不重。一个骑士和一颗破碎的心在他的舌头上。很多颗破碎的心。他的头很疼。心也在疼。因为某件东西。他放下了茶杯。

阿勒格拉从桌子的另一端饶有兴趣地打量着他,就像人们在动物园里观看老虎一样,或者说,老虎很可能也是这样观察游客的。

"你不喜欢我,对吧,罗林斯先生?"她问。

"你把我绑在了椅子上。"

"我让人把你绑了起来,没有亲自动手。我还给你倒了茶。一个举动是不是能抵消另一个举动呢?"

扎卡里没有回答。她停顿了一会儿,又继续说:

"恐怕我给你留下的第一印象不太好。我把你撞倒在了雪地里。第一印象太重要了。你与其他人都有一段美丽的邂逅,难怪你会更喜欢他们两个。你把我当成坏人了。"

"你把我绑在了椅子上。"扎卡里重复道。

"你喜欢我的派对吗?"阿勒格拉问。

"什么?"

"在阿尔冈昆举行的派对。你没太留意它的细则说明。派对的主办方是我经营的一个慈善基金会。它旨在提高全世界贫困儿童的文化水平,还创办了很多图书馆,并为新手作家提供资助。我们也在推动监狱图书馆的建设。这个派对是一年一度的筹款集会。经常会有不请自来的客人,这差不多已经成了一个传统。"

扎卡里沉默地喝着茶。他想起来那个派对确实和某个文学慈善组织有关。

"所以你们关闭一个图书馆是为了开放其他图书馆?"他放下茶杯问道。

"那个地方不是图书馆,"阿勒格拉尖声说道,"从任何意义上说都不是。你所得出的结论是错误的,它可不是亚历山大图书馆的地下版本。它的年代更久远。没有任何概念能全面地解释它,也没有任何语言能描述它。人们常常被事物的命名所困。"

"你夺走了那些门。"

"我有要保护的东西,罗林斯先生。"

"如果一所藏书博物馆里的书不允许人们阅读,那它的存在有什么意义呢?"

"它的意义在于保存。"阿勒格拉说,"你以为我想把它藏起来,是吗?我只是在保护它。让它远离……远离一个对它来说太过复杂的世界。你能想象如果人人都知道它的存在后会发生什么吗?有这么一个地方,它的入口几乎随处可见。就在我们脚下,有一个地方充满魔力——我找不到更好的词来形容了。一旦出现了博客帖子和话题,涌来了大量游客,又会有什么后果?而我们正是在提前做准备,防患于未然。你从我这里偷了东西,罗林斯先生。"

扎卡里一言不发。她说的是事实,并非无端指控,所以他没有反驳。

"你知道他为什么特别想得到那本书吗?"她问,"为了拿到那本书,他让你混进了这栋楼。看来你好像不知道,他这个人从来不会多说一句没用的话。"

扎卡里摇了摇头。

"也可能是他不肯承认自己是在感情用事。"阿勒格拉继续说,"我们其中一个组织在组建的时候,他们这批人会得到自己在第一次考验中守护过的第一本书,作为一件礼物。大多数人都不记得其中的细节了,但他还记得,他记得这本书。几年前我们修改了这个惯例,那些书被保存在这里,或者在其他分部。很可惜,他历经波折却还是没有把它拿回去。"

"你们是守卫啊。"扎卡里说。阿勒格拉睁大了眼睛。他希望自己在这个词上使用的强调语气恰如其分,这样她就分不清他只是临时想到了这个叫法,还是从哪里见过它。

"这么多年我们有过不少称呼。"阿勒格拉说。扎卡里松了一口气,但他没有表现出来。"你知道我们是干什么的吗?"

"守卫?"

"你可真调皮,罗林斯先生。你大概觉得这样做会讨人喜欢吧。你很可能把幽默当作了你的防御机制,因为你相当缺乏安全感,却不想让别人发现。"

"这么说你们是守卫但你们却不用……守卫?"

"你所在乎的是什么?"阿勒格拉问,"你的书和你的游戏,我说对了吗?你的那些故事。"

扎卡里耸了耸肩,尽量摆出一副不置可否的样子。

阿勒格拉放下茶杯,从椅子上站起来。她离开桌子,走到了房间一侧的阴影中。扎卡里从那边的动静猜测,她可能打开了一个柜子,但他看不到。声音响了好几下,然后停止了,阿勒格拉返回桌旁的亮光下,灯光再次落在她的白色套装上,几乎把它映照得闪闪发光。

她伸出一只手,把一样东西搁到桌上,刚好放在扎卡里够不着的地方。他看不出那是什么,直到她挪开了手。

那是一枚鸡蛋。

"我要告诉你一个秘密,罗林斯先生。我认同你的想法。"

扎卡里没说话,实际上他对她说过的任何话都没表达过认同,也不太确定自己是不是认同。

"一个故事就像一枚鸡蛋,如同一个宇宙被包裹在被选中的媒介中。它是新鲜而与众不同的灵感火花,已经完全成形,并且十分脆弱。它需要保护。你也想保护它,不仅如此,你还想走进它,我能从你的眼睛里看出来。我曾经四处寻找你这样的人,我很有经验,一眼就能看出这种渴望。你想成为故事中的人,而不是置身其外的旁观者。你想去蛋壳之下。唯一的方法就是将它打碎。可是如果它碎了,故事也就没了。"

阿勒格拉朝那枚鸡蛋伸出一只手，停在蛋壳上方，将它笼罩在阴影下。她能够轻易地将它打碎。她的食指上戴了一枚银色的图章戒指。扎卡里想知道那枚鸡蛋里究竟有什么，但阿勒格拉的手没有移动。"我们所做的就是防止鸡蛋被打碎。"她接着说道。

"我可能听不太懂这些隐喻。"扎卡里说，他的目光停留在桌上的鸡蛋上。阿勒格拉把手收了回去，鸡蛋再次置身于灯光下。扎卡里觉得自己能看到它的一边出现了一道细缝，但这也许是他的幻觉。

"我正在努力向你解释，罗林斯先生，"阿勒格拉说着，回到桌旁的阴影里，"你可能要过一段时间才能完全明白这一切。历史上曾有一段时间，在你短暂拜访过的那个地方，住着很多守护者和引导者，但是那个时代已经过去了。这个体系的弊端太多，我们如今建立了新体系。在此我恳请你遵守我们的新秩序。"

"这是什么意思？"扎卡里问。他的话音未落，阿勒格拉就一把揪住他的头发，将他的头向后猛拽过去，他能感觉到刀尖抵在他的右耳后面。

"你还有一本书。"阿勒格拉平静地低声说，"你在学校图书馆里找的那本书，它在哪里？"她发问的语气直率而轻快，就好像在问他茶里要不要加蜂蜜一样。茶壶下面的蜡烛闪烁了几下就熄灭了。

"我不知道。"扎卡里说，他尽量让头部保持不动，心里涌起的慌乱被困惑压下去了一些。《甜蜜的忧伤》在多里安手里。他们对他的搜查可能不够仔细，所以没有从他那件宽大的毛衣下面把钥匙取出来，但他们肯定能从多里安身上找到那本书。或者说，从他的尸体上找到它。扎卡里吞咽了一下，绿茶口味的心碎滋味在喉咙里变得干涩。他的眼睛盯着桌上的鸡蛋。这不可能是真的，他心想，可是抵在他皮肤上的刀却在提醒他这都是真的。

"你把它留在那下面了？"阿勒格拉问，"告诉我。"

"我告诉你了，我不知道。我是拿过它，但我……我把它弄丢了。"

"真可惜。不过我觉得这就意味着把你留在这里没什么用处。你可以回佛蒙特了。"

"是的。"扎卡里说。回家的念头忽然变得非常有吸引力，远离这里总好过永远无法走出这座房子，而且他感觉后者很可能会发生。"我不会告诉任何人……也不会把那个叫不上名字的地方说出去……这一切都没有发生过。可能都是我自己编造出来的。我喝多了。"

不至于吧，脑海里的声音提醒道，不过它立刻后悔这么说了。刀再次戳进了他耳边的皮肤里。他不知道顺着脖子留下来的是血还是汗。

"我知道你不会乱说，罗林斯先生。我可以砍下你的一只手来向你保证，我是认真的。你有没有注意过，很多故事里都有断手或截肢的情节？你也可以成为其中有趣的一部分呢。不过我相信我们之间是可以达成协议的，不用搞得这么狼狈，你说呢？"

扎卡里点头，他想起了玻璃罐里的那只手，不知道它之前的主人是否也曾坐过这把椅子。刀被移开了。

阿勒格拉站远了一点，但仍然在他的肩膀附近。

"把你记忆中关于那本书的一切都告诉我。把你能想起来的每个细节都写下来，从书的内容到它的装订。等你完成这一切，我会把你送上前往佛蒙特的火车，而你将永远不会再踏上这座名叫曼哈顿的岛。关于那个港口，这座房子，这场谈话，以及你见过的人，还有那本书，你都不能对任何人说起。如果你说了，或者写下来，或者发了推特，又或者在某个昏暗的酒馆里醉醺醺地提到了'无星之海'这几个字，那恐怕我就只得给我的人打个电话了，我已经在你妈妈住的农舍附近安排了人手，距离就在狙击射程之内。"

"什么？"扎卡里艰难地问，他的嗓子如同沙漠一样干燥。

"你听见我说的话了。"阿勒格拉说，"那座房子很漂亮，有一个别致的花园，搭着花棚，到了春天一定很美。要是其中一扇彩色玻璃窗被打破了，那该多可惜啊。"

她把一样东西伸到了他面前。手机上显示了一张照片，上面有一座被雪覆盖的房子。那是他妈妈的房子。门廊上还挂着世俗节日的彩灯。

"我觉得你可能需要更多的鼓励，"阿勒格拉说着，把手机收起来，回到桌子的另一边，"得在你所珍视的东西上施加一点压力。你与另外那两位的相处时间还不够长，不管你对他们有多么着迷，都没到珍视的程度。我觉得你妈妈是更好的施压对象，而你爸爸已经组建了新家庭。如果对他动手，我们就得把整个家都端掉。或许要借助于煤气爆炸吧。"

"你不会……"扎卡里刚想说，却又住了口。他并不知道这个女人会做什么，不会做什么。

"受伤和死亡以前就有，"她轻描淡写地说，"以后还会有更多。这件事很重要。比我的性命更重要，也比你的性命更重要。你我不过是这个故事里的脚注，即使缺了我们，也不会有人在乎。我们存在于鸡蛋之外，永远都是。"她朝他笑了笑，但那双颜色不一样的眼睛里却并没有笑意。她举起了茶杯。

"这枚鸡蛋里面装满了金子。"扎卡里说着，又打量起鸡蛋来。之前他以为蛋壳上有一条细缝，但实际上那只是粘在他眼镜片上的一根头发。

"你说什么？"阿勒格拉问，她刚把茶杯举到一半又停了下来，然而就在这时，灯灭了。

命运和寓言:
三把剑

这把剑是铁匠造出的最好的剑,多年来他一直都在为全天下锻造最精巧的剑。他在这把剑上并没有花过多的时间,也没有用上等的材料,但这把剑却超越了他的期望,成了一把利器。

它不是为某位主顾定做的剑,所以铁匠不知道该拿它怎么办。他可以把它留给自己,但他更善于造剑,而不是用剑。他也舍不得卖掉,虽然他知道它能卖个好价钱。

于是这位造剑的铁匠前去拜访了当地的先知,每当拿不定主意的时候他都会这样做。

邻近的土地上有很多盲眼先知,虽然他们不能用眼睛,却能看见别人无法看到的事情。

而这位本地的先知只是有点近视而已。

人们经常看到本地的先知出现在酒馆里,坐在店后面一张僻静的桌子旁,请他喝一杯酒,他就能算出物品或人在未来的命运。

(相比于人的未来,他更擅长看物品的未来。)

造剑的铁匠和先知是多年的好友。有时他会请先知来为他的剑算一卦。

他带着新造的剑来到酒馆,请先知喝了一杯酒。

"为寻找而干杯。"先知边说边举杯。

"为找到而干杯。"造剑的铁匠回答道,也举起了酒杯。

他们聊起了最近发生的事情,又谈论了政治和天气,这时铁匠拿出那把剑给他看。

先知对着剑看了很长时间。他让铁匠再请他喝杯酒,铁匠答应了。

先知喝完第二杯酒,把剑递了回去。

"这把剑将杀死国王。"先知告诉铁匠。

"这是什么意思?"铁匠问。

先知耸了耸肩。

"它将杀死国王。"他重复了一遍,便再也不肯开口了。

铁匠收起剑,在那天晚上剩下的时间里,他们又聊了一些别的事情。

第二天,造剑的铁匠要决定怎么处置这把剑了,他知道先知的话很少出错。

铁匠不愿意为了这把能杀死国王的剑而承担罪名,虽然他以前造的很多剑都背上了不少人命。

他觉得自己应该将它摧毁,但他又不忍心毁掉这么好的一把剑。

他思来想去,决定再造两把剑。它们看上去与第一把剑一模一样,难以区分,就连造剑的铁匠自己都分辨不清。

他在造剑的时候,很多主顾纷纷出价,想将它们买下来,但都被他拒绝了。

铁匠将三把剑分别交给了自己的三个孩子,不过他并不知道谁得到了那把能杀死国王的剑,后来他就把这件事抛到了脑后,因为他的孩子们都不会做出这种事情。要是这些剑落入了他人之手,那就由命运和时间来处置。时间和命运可以随心所欲地杀死很多国王,最终让他们一个也不留。

造剑的铁匠没有将先知的话告诉任何人，他顺利地过完了一生，守着他的秘密，直到生命的尽头。

最小的儿子带着他的剑出门闯荡。他算不上一个优秀的冒险家，他发现自己一路上总是分心，他喜欢拜访陌生的村庄，结交新朋友，品尝有趣的食物。他的剑很少出鞘。在一个村庄里，他遇到了一个人，并且深深地爱上了他，这个人很喜欢戒指。于是小儿子将自己那把废弃的剑交给一个铁匠，把它熔化成了金属，然后又请来一位珠宝匠，将金属打造成戒指。他每年都会送给爱人一枚戒指，以此纪念他们在一起度过的岁月。于是就有了很多戒指。

最大的儿子在家乡待了很多年，他用自己的剑与人比试。他很擅长击剑，所以赢了很多钱。他带着自己的积蓄，决定出海航行，他还随身带上了那把剑，打算在游历时多加学习，提高自己的剑术。他和船员们切磋招式，风平浪静的时候还会在甲板上练习。但是有一天，他在栏杆旁边被缴了械。他的剑掉进了大海，沉入海底，插在了珊瑚上和海沙里。它至今还在那里。

排行第二的孩子是唯一的女儿，她把自己的剑保存在藏书室里一个玻璃盒子中。她宣称这是一个装饰品，用来纪念他的父亲，一位伟大的造剑匠人，她从来没有用过这把剑。但这不是真话。在夜深人静、独自一人的时候，她经常把剑从放它的地方取出来，用它练习剑术。她哥哥教过它一些格斗招式，但她从来没有用这把剑决斗过。她常常擦拭它，她熟悉每一寸剑身，每一条划痕。当它不在身边的时候，她的手会渴望触摸它。持剑在手的感觉如此熟悉，她连做梦都带着那把剑。

一天晚上，她坐在藏书室炉火边的椅子上睡着了。虽然那把剑躺在旁边架子上的盒子里，但她开始做梦的时候手中握着它。

睡梦中她穿过了一片树林。林间的枝头上开满樱花,挂着灯笼,还堆放了很多书。

她往前走的时候觉得有很多双眼睛在看她,可她一个人影也没看见。花瓣在她身边如雪一般飘过。

她来到一个地方,一棵大树被砍倒了,只剩一个树桩。树桩周围摆着蜡烛,还堆放着书,书堆顶上有一个蜂窝,蜂蜜从里面流出来,滴落在书上和树桩上,但是看不到一只蜜蜂。

只有一只巨大的猫头鹰站在蜂窝之上。这只猫头鹰身披白色和棕色的羽毛,头戴一顶金色的王冠。当铁匠的女儿走过来的时候,它竖起了羽毛。

"你是来杀我的。"猫头鹰之王说。

"是吗?"铁匠的女儿问。

"他们想方设法要杀我,一直如此。他们在这里找到了我,即使是在梦中。"

"谁?"铁匠的女儿问,但猫头鹰之王没有回答她的问题。

"一位新国王即将继承我的王位。请吧。这是你的使命。"

铁匠的女儿并不想杀掉这只猫头鹰,但似乎她注定要这么做。她不太明白,可这是一个梦,梦中这样的事情自有它的道理。

铁匠的女儿砍下了猫头鹰之王的脑袋。那干脆而漂亮的一剑切开了羽毛和骨肉。

猫头鹰的王冠从它的断头上掉下来,哗啦一声落在她脚边的地面上。

铁匠的女儿弯下腰去捡那个王冠,可它却碎在了她的手指之下,除了一地金色的粉末,什么也没剩下。

然后她醒了,还坐在藏书室炉火边的椅子里。

架子上原来摆放那把剑的地方，有一只棕白色的猫头鹰落在了空空的盒子上。

这只猫头鹰一直陪她度过了余生。

扎卡里·埃兹拉·罗林斯在黑暗中一动不动地坐着。他能听见维瓦尔第的音乐声,却不记得刚才喝茶谈话的时候乐曲是不是一直在响。这时传来了一阵刮擦声,听起来像是阿勒格拉把她的椅子推了回去。扎卡里继续等待自己的眼睛适应黑暗,但它们迟迟没有成功,这片黑暗浓郁而厚重,仿佛有什么东西罩在了他的眼睛上。

那一定是门被打开的声音,他猜测阿勒格拉已经弃他而去了,留下他被绑在这把椅子上,可接着又有声音响起,什么东西重重地敲打在桌子的另一端,它的回音一直传到了这一边,然后就是物件掉落地面的声音,一只茶杯被打碎了。

接下来,一阵脚步声越来越近。

扎卡里想屏住呼吸,但没能做到。

脚步声停在他的椅子旁,有人在他耳畔轻轻地说话。

"你不会以为我要让她一直跟你聊个没完吧,埃兹拉?"

"这到底是——"扎卡里正要问,米拉贝尔就让他别出声,然后她悄声说:

"他们可能在录音。我把灯都灭了,但录音和录像用的是另外一条电路。营救任务差不多正在按计划进行,多亏你让他们分心了。"她在他的手臂上摆弄了一下,解开了他手腕上的绳索,又把椅子往后一拉，这样就可以给他的脚松绑了。

她的夜间视力一定很强，在黑暗中她抓住了他的手，他知道自己的掌心全都是汗，不过他并不在乎。他捏了捏她的手，她也回捏了他一下。无论现在是什么情况，如果需要选择一方的话，他很乐意和野兽国国王站在一边。

在走廊里，街灯的亮光透过窗户溜进来，刚好可以照明。

米拉贝尔带他下了楼梯，来到通往地下室的台阶旁，扎卡里微微松了一口气，虽然他看不太清楚，但他知道自己要去的是什么地方。视线中全是影子叠着影子，偶尔能看到一眼米拉贝尔粉紫色的头发。然而到了楼梯底部，他们却没有从冰雪覆盖的花园离开，米拉贝尔领着他走向相反的方向，他们朝房子的更深处走去。

"去哪——"他刚要开口，米拉贝尔再次让他别出声。他们沿着一条走廊前行，花园里的亮光到不了这里，他们重新坠入黑暗中，米拉贝尔在一片黑暗里打开了一扇门。

一开始扎卡里以为这可能又是一扇由她掌握的门，可是当他的眼睛逐渐适应后，他发现他们仍然在收藏家俱乐部里。这个房间比楼上那些房间更小，而且没有窗户。一堆纸板箱上放着一盏老式提灯，照亮了房间，灯光在墙上闪烁，满墙都是镶在画框里的油画，这里就像一个废弃的小型画廊。

多里安趴在纸箱旁的地板上，他失去了知觉，但是还有呼吸。扎卡里觉得心头有某种东西松开了，而他起初并没有意识到它绷得这么紧。这个想法让他有点心烦意乱，这时他的思绪被另一扇门吸引了。

在房间的中央还立着一扇门，只有门框，周围却没有墙。它以某种方式和地板连在一起，门上方和门的前后都是空的，能看到门后还很多纸板箱,远远地靠在对面的墙边。

"我早就知道他们有一扇门,"米拉贝尔说,"我在内心深处能感觉到,但我一直找不到它,因为那时我不知道它在哪里。我不知道他们是从哪里得到它的,这不是在纽约的那种旧式门。"

这扇门看上去很古老,门的边缘镶嵌了饰钉,一个沉重的圆形门环被衔在一只老虎的口中,没有门把手,只有一个弧形的门柄。这扇门更适合一座城堡。而那个门框与门并不相称,它抛光的表面更闪亮一些。一扇旧门装在了新框里。

"它能用吗?"扎卡里问。

"只有一个办法可以知道。"

米拉贝尔把门打开,门里面不再是房间另一头的墙和纸板箱,而是一个挂满灯笼的洞窟,与门之间没有台阶相连,电梯门就在对面等待着,比它应有的距离更远一点。

扎卡里绕到这扇门的背后。从后面看去,它依然是一个矗立的门框。透过它能看到米拉贝尔,可当他绕回门的正面,门里的情景又清清楚楚地变成了洞窟和电梯。

"像施了魔法。"他低声说。

"埃兹拉,我还会让你见识很多不可思议的事情,但我希望你不要用'魔法'这样的字眼来形容。"

"好吧。"扎卡里说,他觉得就算用魔法也解释不了此时此刻发生的这一切。

"帮我扶着他,好吗?"米拉贝尔说着,朝多里安走去,"他太沉了。"

他们一起把多里安扶了起来,一人架着一只胳膊。扎卡里以前扶过很多喝醉的同伴,但这种感觉是不一样的,现在是一个完全失去意识的大个子男人将全身重量都压了上来。他的味道还是很好闻。米拉贝尔上半身的力气很大，不过他们两个合力也只能让多里安维持立起来的姿势，而他那双磨损的翼尖鞋还拖在地上。

扎卡里瞥见了墙上的一幅画，认出了画中描绘的地方。一排排书架沿着一条像隧道一样的走廊摆放，穿着长袍的女人背对着画外的人离开，手里提着一盏灯，和此时放在纸板箱上的那一盏非常像。

它旁边的那幅画也描绘了一个扎卡里熟悉的地下场景，来自那个不是图书馆的地方：一段弯弯曲曲的走廊里，有几个人影挡住了从拐角照过来的光线，他们的影子投在了书本上，人却始终在视线之外。下方的一幅画也差不多，一个角落里放着一把空空的扶手椅和一盏灯，黑暗中夹杂着金色的斑点。

这时他们通过了那扇门，扎卡里眼前的画换成了一面石墙。

他们扶着多里安穿过洞窟，来到了电梯前。

他们身后传来一阵动静，扎卡里这才想到自己本应该把门关上的。脚步声响起。有什么东西掉了下去。远处一扇门猛地关上了。这时电梯到达的铃声响了，磨旧的天鹅绒和黄铜带来了安全感。

把多里安放在地上比放在长凳上更方便。电梯门没关，在等待着。

米拉贝尔回头看向他们过来的路，那扇门还开着，透过它能看到收藏家俱乐部。

"你相信我吗，埃兹拉？"她问。

"相信。"扎卡里不假思索地回答道。

"有朝一日我会提醒你说过这句话的。"米拉贝尔说。她把手伸进包里，拿出了一个小小的金属物件，扎卡里过了半天才意识到那是一把手枪。这种枪小巧而精致，如果它出现在其他故事中，可能会被一位蛇蝎美人塞在吊袜带里。

米拉贝尔举起枪，回身瞄准了那扇敞开的门，打中了放在一堆纸板箱上的灯笼。

扎卡里望着那盏灯笼被炸成玻璃碎片，洒出的灯油燃起了火，火势越来越大，吞没了纸板箱、墙纸和画，然后他的视线变得模糊，电梯门关上了，他们开始下降。

命运和寓言：
雕刻故事的人

从前有一个雕刻故事的女人。

她能把各种东西雕刻成故事。一开始她用雪、烟雾和云朵做材料，因为它们的故事转瞬即逝，不会长久。片刻之间它们就会消失，只有在它们雕刻成形之后直到分解之前这段时间里碰巧在场的人，才能看见它们，读到它们，而那位雕刻家偏偏喜欢这一点。这样人们就没有时间对作品的细节和瑕疵说三道四了。没有故事留下来接受她自己和其他人的质疑、批评和反复揣测。它们存在过，然后就不在了。很多故事在它们消失之前从未被读过，但雕刻故事的人全都记得。

热烈的爱情故事被巧妙地填在了雨滴之间的空白里，暴风雨过后就消失得无踪无影。

悲剧故事被混杂着从酒瓶中倾倒出来，供人在沉思中品尝，用满怀愁绪和香醇的奶酪来下酒。

童话故事由沙子和贝壳堆砌在海岸线上，海浪轻轻拍打着海岸，慢慢将它们冲走。

雕刻家因她的故事而获得了名气，吸引了大批观众，她在戏剧表演中把它们雕刻出来，任它们融化、坍塌、随风飘散。她用光和影、冰与火进行创作。她曾经从每个观众的头上拔下一根头发，把它们编成一股，再将故事雕刻在这绺头发上。

人们请求她进行更多的雕刻表演。博物馆也邀请她举办展览，时长短则几分钟，长则几个小时。

渐渐地，雕刻家对这些要求妥协了。

她用蜡雕刻故事，然后把它们放在灼热的煤块上，它们就会逐渐融化，滴滴溅落，最后消失不见。

她还让自愿参与的人们摆出四肢交缠、身体扭曲的姿势，只要他们的肢体能撑下去，造型就能保持得足够久。这样创作出的故事会随着观赏角度的改变而变化，而当模特们感到疲倦时，他们的手从大腿上滑落，故事情节就会出现明显的波动，于是故事就会发生更多的变化。

她把羊毛织成了故事，它们体积小巧，可以装在口袋里，不过如果翻阅过多，毛线就会散开，缠绕成一团。

她还训练蜜蜂把蜂巢筑成复杂的结构，造出一座座城市，里面住着甜蜜的居民，演绎着苦涩的剧情。

她在精心培育的树木上雕刻故事。很久以后，当树木无人问津时，那些故事还在继续生长，不断展开，它们开始掌控自己的叙事走向。

人们还想要更多能被保存下来的故事。

雕刻家进行了尝试。她制作出金属灯具，灯上安了小小的手柄，当灯里放入一支蜡烛时，转动手柄就可以把故事投射到墙上。她还与一位造钟匠钻研了一段时间，做出了一系列故事，能像怀表一样随身携带，还能上发条，不过用久了它们的弹簧就会坏掉。

她发现自己不再介意那些故事是否能够长久。有的人喜欢它们，有的人不喜欢，可这就是故事的本质。不是每个故事都能在听众中找到知音，但所有的听众都能找到与之共鸣的故事，在某个地方，在某个时间，以这种形式或者另一种形式呈现出来。

等到年纪更大一些的时候，雕刻家才同意在石头上进行创作。

刚开始这并非易事，但后来她就学会了与石头交流，还能操控它，了解它想讲的故事，然后毫不费力地把它雕刻出来，就像她以前在雨滴、小草和云朵上雕刻时一样。

她将幻象刻在大理石上，它们有着灵活可动的片段和栩栩如生的模样。其中有谜箱和解不开的谜题，还有很多没找到也没看过的结局。有的石块纹丝不动，有的却在不断运动中把自己消磨殆尽。

她刻出了自己的梦想和渴望，也刻出了恐惧和噩梦，她让它们交会在一起。

各个博物馆强烈要求为她举办展览，但她更愿意将自己的作品展示在图书馆或书店里，在山上和海边也可以。

她很少参加那些展览，即使参加也会采用匿名的方式，让自己藏身于人群中。不过有的人会认出她，他们会朝她点头，或者向她举起酒杯，悄悄地对她的到场表示致意。有人会与她聊起参展故事之外的无关话题，或者向她讲述他们自己的故事，还有人只是过来寒暄几句。

在一次展览会上，人群散尽之后，有一个男人还在和雕刻家说话，他的样子像一只老鼠，安静而胆怯，他身上背负了不少秘密，但他对此守口如瓶，讳莫如深，说起话来轻声细语。

"您能帮我把一个东西藏在您的故事里吗？"这个像老鼠一样的人问雕刻家，"有……有一伙人正在寻找我必须藏起来的东西，他们就算掘地三尺也要找到它。"

这个要求很危险，雕刻家表示要用三个晚上来考虑如何答复。

第一个晚上，她没有去想这件事，而是专心地工作和休息，享受带给她幸福感的一切琐事：加了蜂蜜的茶，夜空中的星星，床上的亚麻床单。

第二个晚上，她去问大海，因为大海深处隐藏了太多的东西，但大海却缄默不语。

第三个晚上，她没有入睡，而是在脑海里构思了一个故事，能把任何东西都藏进去。不管是什么都能藏起来，而且藏得比任何被藏过的东西还要深，就连藏在大海深处也比不上。

三个晚上过后，那个像老鼠一样的男人回来了。

"我答应你的请求，"雕刻家告诉他，"但我并不想知道你要藏的是什么。我会用一个盒子来装它。它能装在盒子里吗？"

这个人点了点头，对雕刻家表示了感谢。

"还不用谢我，"她说，"我需要一年的时间来完成。到时你再带着你的宝贝回来。"

这个人皱起了眉，不过还是点头答应了。

"它不是传统意义上的宝贝。"他说。他亲吻了雕刻家的手，知道自己永远也无法报答这份恩惠，然后就离开了，留下她去完成这个工作。

雕刻家整整一年都在辛勤工作。她推掉了其他的请求和委托。她不止创造了一个故事，而是很多个故事。故事套着故事。故事里充满了谜语、错误的转折和虚假的结局，故事被刻在石头中、蜡块上和烟雾里。她做了很多锁，却毁掉了它们的钥匙。她把即将发生的事情、可能发生的事情、已经发生的事情和永远不会发生的事情全都编织到了一起，让它们分不清彼此。

她将永恒赋予这个作品，又把石头和她年轻时所创作的故事相结合，有些元素能够经历时间的考验，而另一些元素一旦完成就会消失，她将这些元素融为一体。

在这一年结束的时候，那个男人回来了。

雕刻家交给他一个做工精巧、装饰细致的盒子。

这个人将他要藏起来的珍贵之物放在里面。雕刻家没有告诉他如何关上盒子，也没有说如何将它再次打开。只有她自己知道。

"谢谢你。"男人说，这一次，他吻住了她的嘴唇，作为报答——这是他所能给予的最大回报——而作为交换，她接受了这个吻，觉得这很公平。

男人离开后，雕刻家再也没有听到过他的消息。而故事仍在继续。

很多年后，那群追寻被藏之物的人找到了雕刻家。

当他们得知她所做的一切时，他们砍掉了她的双手。

另一个时间，另一个地方：
插曲二

很久很久以前，一座被遗忘的城市

海盗（他依然是一个比喻，也是一个人，有时很难同时代表两者）站在海岸边，望着船只在这个港口附近的无星之海上航行。

他在脑海中勾勒出一个画面：他自己登上了其中一艘船，那个女孩站在他身边，他们一起驶向远方，驶向未来，离开这个港口，向新的港口前进。他的想象如此真切，连他自己都快相信这一切就要发生了。他能看见他自己远离这个地方，摆脱了那些规则和约束，只与她牵绊一生，不受其他束缚。

他几乎能看见星星。

他将女孩搂到怀中，让她暖和起来。他吻着她的肩膀，假装他能一辈子拥有她，而实际上他们只剩几分钟的相处时间了。

海盗在脑海中看到的那个时间不是现在。它不会很快到来。

船离海岸很远。钟声已经惊惶地在他们身后响起。

海盗知道他们还有很远的路没走，但他不想承认，哪怕是对他自己承认这一点。

女孩（她也是一个比喻，这个喻体一直在变化，只是有时候以女孩的形式出现）心里也很清楚，她比他更加确定，但他们之间没有谈论过这些事情。

这不是他们第一次并肩站在海岸上。也不会是最后一次。

他们会一遍又一遍地经历这个故事，相聚再分离。

他们身处一个巨大的樊笼中，却没有钥匙能打开。

尚未找到。

女孩拉着海盗从无星之海的光芒中离开，然后躲进阴影里，想在时间和命运插手之前，好好享受他们之间剩下的时光。

她想给他留下更多关于她的回忆。

当他们被找到的时候，女孩睁着眼睛迎来了她的死亡，爱人的叫喊在她的耳畔回响，后来无星的黑暗再次吞没了她，她看见时间之海横亘在此时此地与他们向往的自由之间，清澈而浩瀚。

她看见了一条路，能穿过那片海。

第三部

西蒙与埃莉诺之歌

西蒙与埃莉诺之歌

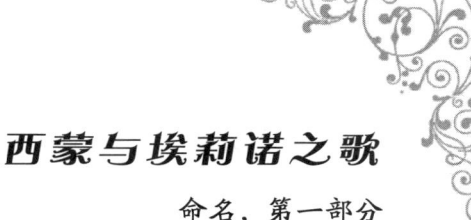

命名，第一部分

小女孩睁着大大的棕色眼睛，注视着每一个前来观察她的人。她的头上顶着一团黑色的鬈发，几片树叶藏在头发里。她握着门把手，就像一个年纪更小的孩子拿着一只拨浪鼓或者一个玩具，她紧紧地抓着它，要把它保护起来。

人们把她放在艺术陈列室里的一把扶手椅中，仿佛她本身就是一件艺术品。她的双脚够不着地面。人们检查了她的脑袋，对她的伤势表示关心，虽然她没有流血。她的太阳穴附近有一处瘀青，淡棕色的皮肤上泛出了绿色的光泽。她似乎并没有为此而烦恼。有人给了她一盘小蛋糕，她认真地吃了起来，一次只咬一小口。

人们问她叫什么名字。她似乎听不懂这个问题。于是如何为这么小的孩子进行翻译引起了一番争论（大家都想不起来这个地方何时有过小孩子了），可是她却能听懂其他问题。问她渴不渴或者饿不饿的时候，她会点头。有人送了她一个陈旧的填充玩偶，是一只绒毛稀疏、耷拉着耳朵的兔子，她露出了笑容。只有把兔子放到她面前时，她才会松开门把手，用同样的力气紧紧地抓住兔子。

她不记得自己的名字和年龄，也想不起和家人相关的任何事情。人们问她是怎么来到这里的，她举起门把手，大眼睛里露出了同情的神情，因为答案是显而易见的，而这群人围着她看来看去，却没什么眼力。

人们把她全身上下都研究了一遍，从她的鞋子型号到她的口音，他们让她说出一些简单的单词和短语，但她很少开口。大家能得出的一致结论是，她的发音像是来自澳大利亚，也可能是新西兰，不过还有人认为她说的英语里夹杂着轻微的南非口音。每个国家都有一些古老的门还没被记录在案。女孩没能提供任何可靠的地理信息。她对于人类、精灵和龙有着同样清晰的记忆。她知道高楼和小屋，也知道森林和田野。她描述了各种各样的水，大小难以分辨，可能是湖，也可能是海洋，或者是浴缸。关于她来自何处，没有任何明确的线索。

整个调查期间，大家都对一件事闭口不提，那就是无论她从哪里掉落下来，如果她的那扇门已经消失，就很难把她送回原来的地方了。

人们讨论过把她从另一扇门送回去，但住在这里的人越来越少了，没有人主动提出去执行这个任务，而女孩看上去也并不难过。她没有抱怨，没有提出要回家，也没有哭喊着要找爸爸妈妈，不管他们在哪里。

她住进了一个房间，里面的一切对她来说都太大了。人们为她找来了刚好合身的衣服，一个编织团体用彩色的纱线给她织了很多毛衣和袜子。她的鞋子也被清洗干净，成了她唯一的一双鞋，直到她的脚再也穿不下它们，橡胶鞋底磨出了洞，补起来以后又被穿破了。

他们把她叫作"那个女孩"，或者"那个孩子"，或者"弃儿"，不过一些具备语义学知识的居民指出，她并没有被人抛弃，至少就已知的情况而言，所以"弃儿"这个称呼并不准确。

最后她被取名为埃莉诺，后来有人说她的名字来自阿基坦王后[1]，也有人说选择它是受到了简·奥斯汀[2]的启发，还有人说问她名字的时候，她曾经回答过"埃莉"或者"阿莉拉"，诸如此类的说法还有很多。（实际上，建议给她取这个名字的人是从雪莉·杰克逊[3]的小说里挑中了它，他没有对此加以解释，因为那个故事中另一个虚构的埃莉诺遭遇了不幸的命运。）

"她有名字吗？"馆长问，他没有从桌前把头抬起来，他的笔还在纸上划动着。

"他们都叫她埃莉诺。"画家告诉他。

馆长放下笔，叹了口气。

"埃莉诺。"他重复道，把重音放在了后面的音节上，把这个名字也变成了一声叹息。他拾起笔，继续写字，甚至没有再看一眼画家。

画家没有多问。她想大概这个名字对于他来说有特别的意义。她与他相识的时间不长。她决定让自己置身事外。

这座无星之海上的港口接纳了这个从一扇门的残骸中掉落的女孩，就像森林的地面接纳了那扇门一样：她成了这片风景的一部分。有时她会引起人们的注意，但大多数时候大家都忽略了她的存在，留她在那里自生自灭。

没有人对她负责。大家都以为其他人会去照顾她，结果没有一个人去。他们都忙着自己的事情，编写自己的私密剧本。他们对她的成长做过观察，提过疑问，甚至也参与其中，但时间都不长，只

---

1 阿基坦的埃莉诺（Eleanor of Aquitaine，1122—1204），阿基坦女公爵，曾任法王路易七世的王后和英王亨利二世的王后，据说是欧洲中世纪最富有和最有权力的女人之一。
2 埃莉诺是简·奥斯汀（Jane Austen，1775—1817）的小说《理智与情感》中的女主人公之一。
3 雪莉·杰克逊（Shirley Jackson，1916—1965），美国小说家，代表作《邪屋》中的主人公名叫埃莉诺。

有短短的几个瞬间，这里一点，那里一点，如同落叶散落在她的童年岁月里。

刚到的那天，坐在椅子里的埃莉诺还没收到兔子玩偶时，只大声回答过一个问题。人们问她独自一人出来干什么。

"探险。"她说。

她觉得自己做得好极了。

扎卡里·埃兹拉·罗林斯发现自己正和一个粉红头发的女人共乘一个电梯,而且他还很确定,这个持枪的女人今天已经闯下了不少祸,其中最严重的是纵火。电梯里还有一个失去知觉的男人,可能涉嫌谋杀未遂。他的头在隐隐作痛,他不知道自己需要打个盹儿还是该喝点东西,也很纳闷为何在这两个人的陪伴下坐电梯时,反而感觉比以前自在多了。

"这是……?"扎卡里想提问,却不知道该怎么说,于是他对着米拉贝尔比画了一下,指了指她手中的枪和电梯门,以此结束了他的问题。

"这样那扇门就没用了,希望她找到另一扇门的时间不会太快。别这么看着我。"

"你正拿枪指着我呢。"

"噢,抱歉!"米拉贝尔说着,低头瞧了一眼手中的枪,然后把它放进了包里,"一次只能打一枪的老古董,一发命中。你流血了。"

她看了看扎卡里的耳后,从口袋里掏出一条印着钟表图案的手帕。她把手帕移开时,上面沾了很多血,比他预料的还要多。

"没那么严重,"她告诉他,"把这个按在伤口上。之后再清洗一下。可能会留疤,不过这样我们就成双胞胎了。"她撩起头发,给他看自己耳朵后面的疤痕，他之前就注意到了，而且不用问就知道它是怎么来的。

"这是怎么回事？"扎卡里问。

"这个问题有点复杂，埃兹拉。"米拉贝尔说，"你太紧张了。我猜下午茶时光过得并不愉快。"

"阿勒格拉威胁到我妈妈了。"扎卡里说。他感觉到米拉贝尔在试图分散他的注意力，想让他平静下来。

"她确实会做这种事。"米拉贝尔说。

"她说到就会做到，对吗？"

"对啊，她会的。不过那个威胁的前提条件是你把我们的目的地告诉别人，对不对？"

扎卡里点了点头。

"她做事有自己的先后顺序。你在下面待几天，我可以去打探一下消息。阿勒格拉不到走投无路时是不会出手的。她原本有机会把我们三个都干掉，可现在我们都还活蹦乱跳的呢。除了个别人。"她低头看了看多里安，又补充了一句。

"她真的会动手杀人吗？"扎卡里问。

"她会雇人来干这种脏活儿。这就是很好的例子。"她用鞋尖碰了碰多里安的腿。

"你没开玩笑吧？"扎卡里问。

"你需要再来一个故事吗？"米拉贝尔问，她把手伸进包里。

"不用，我不需要再听故事了。"扎卡里回答，不过他说这话的时候，骑士和他那些破碎的心的滋味又回到了他的嘴里，他想起了更多的细节：刻在骑士盾牌上的图案，夏夜里开满了茉莉花的田野。他的脑海中一片凌乱，仿佛一段记忆或是一个梦境被包裹在蜜糖中。

没想到这竟然让他平静了下来。

扎卡里坐回到褪色的天鹅绒长椅上,他的头靠着电梯墙壁。他能感觉到它的振动。吊灯在头顶摇晃,让他头晕眼花,于是他闭上了眼睛。

"那你给我讲个故事吧。"米拉贝尔说,这话把他从昏昏欲睡的状态中拉了出来,"你可以先从一开始说起,把到目前为止的事情经过告诉我。你可以跳过童年前传,那部分我已经知道了。"

扎卡里叹了口气。

"我发现了一本书,"他说,把一切都往回追溯,那么事情的开端就是那本《甜蜜的忧伤》,"在图书馆。"

"什么书?"米拉贝尔问。

扎卡里犹豫了一下,然后就从找书开始,一直讲到了参加派对。他简略地描述了过去几天发生的事情,让他不爽的是,说出这些经历并没有占用多少时间,而且当它们被拆成一桩桩独立的事件后,听起来也没什么大不了的。

"那本书后来怎么样了?"他说完以后,米拉贝尔问道。

"我觉得书在他手里。"扎卡里说,低头看着多里安。他现在看上去不像失去了意识,倒像是睡着了,他的头靠在天鹅绒长椅的边上。

米拉贝尔把多里安的口袋全部摸了一遍,找到了一串钥匙、一支圆珠笔、一个装了大笔现金的薄款皮质钱包和一张纽约市公共图书馆的借书卡,上面的名字是大卫·史密斯,另外还有好几张商务名片,写着不同的姓名和职业,以及一些空白的卡片,都画了一只蜜蜂的标志。没有信用卡,没有身份证,也没有书。

米拉贝尔从多里安的钱包里取出一叠钞票,然后把剩下的东西放回他的口袋里。

"为什么要拿钱?"扎卡里问。

"我们所经历的一切是为了救他,所以他得请我们喝咖啡。等一下,我们已经喝过茶了,对不对?不管怎么说,让他来买单吧。"

"你觉得他们对他做了什么?"

"我想他们先是将他审问了一番,但我猜他们并没有得到想要的答案,然后他们就给他下了药,把他吊起来,制造出一种触目惊心的效果,等待我们出现。等我们把他带回去,我就能帮他解毒了。"

就在这时,电梯停了下来,门开了。扎卡里不知该如何准确地形容回到这里的感觉。他唯一能想到的是,他妈妈在新奥尔良开的店铺楼上曾经是他们住的地方,如果那套公寓还在的话,见到它时的感觉大概就和他此时的心情一模一样,不过他也说不准自己是在怀旧还是在迷茫。他尽量让自己别想太多,那让他感到头疼。

扎卡里和米拉贝尔扶着多里安,用的还是之前那种方式,小心而又笨拙地保持着重量的平衡。他们向前挪动的时候,多里安自己是完全使不上劲的。扎卡里听见电梯关上了门,朝它的落脚处移动,当电梯里没有失去意识的男人、粉红头发的女人和满脸困惑的乘客时,它就会停在那里。

米拉贝尔伸手去转动门把手,于是多里安的一部分体重被转移到了扎卡里身上。可门把手却纹丝不动。

"见鬼。"米拉贝尔说。她闭上眼睛,歪着头,仿佛在听什么。

"怎么了?"扎卡里问,他指望她脖子上的那些钥匙中有一把能解决问题。

"他之前没来过这里,"她说,朝多里安点了点头,"他是新来的。"

"是吗?"扎卡里惊讶地问,而米拉贝尔则继续说:

"他必须完成入门测试。"

"掷骰子和喝饮料?"扎卡里问,"他怎么完成这些事?"

"不用他来,"米拉贝尔说,"我们要代他完成。"

"我们要……"扎卡里提问的声音越来越小,他还没有问完就明白了她的意思。

"我完成一个,你完成另一个?"米拉贝尔问。

"我觉得可以。"扎卡里表示同意。他让米拉贝尔扶住多里安的大半个身体,然后转身朝两个壁龛走去。他选择了骰子这边,因为相对于喝下那杯神秘的液体,他对扔骰子更有经验,而且他不太确定自己想再喝一次这种神秘液体,可将它倒掉似乎又不太合适。

"集中精力去想你是在为他完成这件事,而不是为你自己。"米拉贝尔说。这时扎卡里已经来到了小小的壁龛前,骰子也重置完毕了,等待再次被掷出。

扎卡里伸手去拿骰子,却没捞到,只抓住了它们附近的空气。可能他比自己想象中的更加疲倦。他又试了一次,终于把骰子握在了手中,让它们在指间滚动。他不太了解多里安,甚至连他的真名都不知道,但他闭上眼睛,就能在脑海中召唤出这个人的模样。在寒冷的天气里,他行走街头,西装的领口上插着一朵纸花。在酒店的黑暗中,他满身柠檬和烟草的气味,他的呼吸落在扎卡里的脖子上。这些形象全都混合在了一起。扎卡里让骰子从掌心滚落下去。

他睁开了眼睛。摇晃的骰子在他的视线中是模糊的,然后又变得清晰了起来。

一把钥匙。一只蜜蜂。一柄剑。一顶王冠。一颗心。一片羽毛。

骰子纷纷落定,在最后一枚停下来之前,池底就沉到了壁龛下面,它们都消失在黑暗中。

"他得到的图案是什么?"米拉贝尔问,"等一下,让我来猜一猜,剑……可能还有钥匙。"

"每种图案各有一个。"扎卡里说,"除非不止六种图案。"

"哈。"米拉贝尔的语气让扎卡里捉摸不透,她把多里安又交给他来扶,他觉得多里安的存在感忽然变强了,讲故事的那段记忆鲜活地出现在他的脑海中,还有那股淡淡的柠檬香味。这里比扎卡里印象中更加暖和。他想起自己把借来的那件外套落在某个地方了。

在房间的另一边,米拉贝尔端起被盖住的玻璃杯,正在仔细地打量着它,然后她揭开盖子,一饮而尽。她打了个战,把玻璃杯放回壁龛中。

"你喝的时候是什么味道?"她问扎卡里时,把多里安的另一只胳膊架了起来。

"呃……蜂蜜、香料、香草和香橙花。"扎卡里说,他想起了那甜酒一般的滋味,不过他列举的味道里没有提到它。"劲儿挺足的。"他补充道,"怎么了?"

"他那杯尝起来像是葡萄酒、盐和烟的味道,"米拉贝尔说,"不过换作他本人也会喝下去的。我们去看看是不是管用。"

这一回门开了。

扎卡里只是暂时松了口气,进入那间大厅时,他意识到他们还有很远的路要走。

"现在我们要帮他登记入住,"米拉贝尔说,"然后我要和你好好喝一杯,这是我们应得的奖励。"

在去馆长办公室的路上,他们被几只好奇的猫盯上了,它们躲在书堆和枝形吊灯的后面,注视着他们往前走。

"在这里等我。"米拉贝尔说,多里安的全部重量都落到了扎卡里的肩上，他再次感受到了出乎意料的沉重，还有他不愿承认的某种感觉，"同花顺[1]，对吗？"

"我觉得这个说法不太适合骰子。"

米拉贝尔耸了耸肩，走进了馆长办公室。扎卡里听不清交谈的全部内容，从仅有的只言片语来看，显然他们更像是在争论，而不是在谈话。接着，门开了，馆长朝他这边走了过来。

馆长并没有看扎卡里，他的注意力全都集中在了多里安身上。他托起多里安的头，把他浓密的灰白色头发从鬓角向后抚平，然后盯着他，这种审视比当时扎卡里自己受到的审视更加彻底。

"你替他掷了骰子？"馆长问扎卡里。

"是的。"

"确切地说，你帮他让骰子滚动了起来，而不是仅仅把它们抛下去？"

"是啊，"扎卡里回答，"这样可以吗？"他在问馆长，也在问米拉贝尔。她跟在馆长身后走出办公室，肩上搭着扎卡里的包，手里拎着项链，上面挂着一个指南针和一把钥匙。

"这……很不寻常。"馆长回答，但没做解释，他似乎已经检查完了多里安，于是放开了他，多里安的头靠在了扎卡里的肩上。馆长不再说话，他转过身，从米拉贝尔旁边走过，回到了他的办公室里，关上了门。他们擦肩而过的时候交换了一个锐利的眼神，但扎卡里只能看见米拉贝尔的侧脸，而她的表情里没有透露太多他能解读的信息。

"这是怎么回事？"扎卡里问。米拉贝尔把他的背包和其他包放到一起后，又过来帮他扶起多里安。

---

[1] 纸牌游戏中同一种花色并且按大小顺序排列的一组牌。

"我也不知道。"米拉贝尔回答,但她避开了他的目光,"可能我们破坏了规矩,外加掷骰子时出现了一个小概率事件。我们把他送去他的房间吧。别被猫绊倒了。"

他们沿途路过的很多走廊都是扎卡里以前从没见过的(一条走廊里涂满了铜的颜色,另一条走廊里的书都被挂在了结成环的绳子上),有的走廊很窄,他们三个无法并排通过,只好侧身而行。扎卡里印象中的一切都变得更大、更陌生了,若隐若现的阴影也变多了,更多的空间和书本冒了出来,让人迷失其中。一条条走廊仿佛在蠕动,像蛇一般朝各个方向蜿蜒,扎卡里让自己的眼睛始终看着他们前方的地面,这才镇定下来。

他们来到了一条摆满咖啡桌椅的走廊,它们都是黑色的,上面堆放了很多镶着金边的书。其中一张桌上有一只猫:那是一只小个子的银色折耳斑纹猫,正用一双黄色的眼睛好奇地打量着他们。走廊的地面铺着黑色和金色的瓷砖,形成了藤蔓一般的图案。一部分瓷砖上的藤蔓爬到墙上,覆盖了石壁,一直伸向弧形的天花板。米拉贝尔拿出一把钥匙,打开了藤蔓之间的一扇门。门后的房间很像扎卡里的那一间,但这间是蓝色的。家具大多涂了漆,是黑色的。与这种看上去似乎散发着雪茄味的房间搭配在一起,不太符合装饰派艺术[1]的风格,这么一想,好像确实有一股雪茄的味道。地上铺了深蓝色的地毯,没覆盖到的地方露出了方格瓷砖。小巧的拱形壁炉里已经升起了炉火。一些白炽灯泡挂在从天花板垂下来的电线上,它们没有灯罩,闪烁着微弱的光。

扎卡里和米拉贝尔把多里安放在床上,那是一张深蓝色的床,

---

[1] 装饰派艺术(Art Deco)起源于法国,主张机械化的美,大量使用直线、对称和几何图形,反对古典主义单纯手工艺的倾向。

上面堆满了枕头，床头板是扇形的。头晕的感觉又回到了扎卡里身上，他意识到自己的胳膊也很疼。从米拉贝尔揉肩膀时露出的表情上看，她大概也有同样的感觉。

"这个地方需要对有人失去意识的情况也立个规矩，"她说，"或者说，我们需要一些手推车。"她朝壁炉旁的一块门板走去。扎卡里猜到了这是什么，不过这块门板比他自己的升降机门板更薄，也更平滑。"把他的鞋子和外套都脱掉，好吗？"米拉贝尔问，她正在一张纸上写字。

扎卡里脱下多里安那双磨破了的翼尖鞋，露出了亮紫色的分趾袜，然后又小心地把他的外套脱下来，他注意到那朵纸花还插在衣领上，有点压坏了。扎卡里将外套放在一把椅子上，想把那朵花恢复原样，这时他发现自己能看懂上面的字了，可他明明记得那些字原本是意大利文。

无需惶恐；没有人能夺走我们的命运；此乃天赐。[1]

他正要问米拉贝尔这种文字转换的现象是怎么回事，而且还不能用"魔法"之类的词来形容它，这时那行字从英文变成了意大利文，然后又变了回来，他的头晕得更厉害了。他抬头看见整个房间都在上下起伏，仿佛他在水里而不是在地下。他失去了平衡，于是伸手去扶墙，想让自己站稳，却没有扶到。

米拉贝尔听见台灯倒地的声音，转过身来。

"你被绑住的时候没喝什么东西吧？"她问。

扎卡里想回答她，却重重地摔在了地板上。

---

[1] 出自但丁（Dante Alighieri，1265—1321）《神曲》中的《地狱篇》。

西蒙与埃莉诺之歌

女孩不是兔子，兔子不是女孩

戴着兔子面具的女孩在港口的走廊里游荡。她打开一扇扇门，钻进一张张桌子底下，有时还站在房间中央一动不动，长时间地盯着前方发呆。

遇到她的人会被她吓一跳，不过这种情况很少见。

那个面具模样可爱，样式古典，似乎是威尼斯风格，不过没人记得它是从哪里来的。粉红色的兔鼻子有些褪色，周围的胡须非常逼真，还装饰了金丝线。兔耳朵竖在女孩的脑袋上，显得她的个头比实际上高一点，耳朵里各有一团柔和的粉金色红晕，给人一种正在倾听，能够捕捉到一切打破寂静的声音的印象，这片寂静此时就像一条毯子一样笼罩着这个地方。

她现在已经适应这个静悄悄的地方了。她知道要轻轻地走路，这样她的脚步就不会发出回音，这是她从猫身上学到的技能，不过她再怎么努力，也无法让自己的脚步像猫一样安静。

她身上的裤子太短了，而毛衣又太大。她还带着一个背包，它曾经属于一个死去很久的士兵。那位士兵肯定想不到自己的背包会落在一个女孩窄窄的肩上，这个女孩把自己打扮成一只兔子，在地下的房间里四处探险，虽然她已经被明确告知禁止进入这些房间。

背包里放了一壶水、一包被仔细裹好的饼干、一个镜头上有划痕的望远镜、一本几乎空白的笔记本、几支笔和一些纸折的星星，折星星所用的是笔记本里满载着噩梦的纸张。

她把星星远远地扔在角落，将她的恐惧留在书架的后面，塞进花瓶里，让它们散落在隐藏的星座中。

（她对待书也是如此，把她不喜欢的那几页撕下来，扔进属于它们的阴暗角落。）

（猫和那些星星玩耍时，会把这些可怕的梦境或者别扭的文章从一个藏身之处拍打到另一个地方，这样就改变了星星的形状。）

女孩一旦把那些梦放走，就会把它们忘记，于是它们也加入了那串长长的名单，上面都是她不再记得的事情：何时该上床睡觉，没看完的书放在什么地方，还有她来到这里之前的时光，诸如此类。

关于从前的时光，她记得森林里的树木和鸟儿。她能回忆起自己浸没在浴缸的水中，望着一片平坦的白色天花板，它和这里的天花板不太一样。

她仿佛是在回忆另一个女孩。这个女孩来自她读过的一本书，而并非她本人。

如今她在一个陌生的地方，有了新名字，成了另一个人。

变成兔子的埃莉诺和普通的埃莉诺不一样。

普通的埃莉诺会在半夜醒来时，想不起自己身在何处。她分不清哪些是发生过的事情，哪些是她从书里读到的事情，还有哪些是她觉得可能发生过但也可能并没有发生的事情。普通的埃莉诺有时会睡在浴缸里，而不是床上。

女孩更愿意当一只兔子。她很少取下面具。

她推开了那些被禁止打开的门，发现有的房间里有会讲故事的墙，有的房间里打盹用的枕头上绣着睡前故事，还有的房间里有猫。

她曾经见过一个有猫头鹰的房间,但再也找不到了。在一个被烧毁的地方有一扇门,她一直都没能打开。

这个被烧毁的地方之所以被她找到了,是因为有人在它面前放置了高高的书架,它们可以把大块头的人挡在外面,却拦不住小个子的兔子女孩,于是她就从下面爬了过去。

房间里全都是烧焦的书本和黑色的粉尘,还有一样东西,也许曾经是一只猫,但已经面目全非了。

以及一扇门。

这扇门很普通,门中间嵌着一片闪闪发光的铜制羽毛,就在女孩的头顶上方。

这扇门是房间里唯一没被黑色灰烬覆盖的东西。

女孩猜测,可能这扇门藏在一堵墙的后面,而墙已经随房间里的其他东西被烧掉了。她不明白为什么有人会把一扇门藏在墙后。

这扇门无法被打开。

沮丧的心情和饥饿的肚子让埃莉诺放弃了开门,当她走回自己的房间时,画家找到了她,看见她满身烟灰,就带她去洗澡。不过画家并不知道她刚才在干什么,因为那场火是在画家到来之前发生的。

现在埃莉诺会经常回去观察那扇门。

她坐在那里,盯着它。

她试着透过钥匙孔轻声说话,但从来没有收到过回答。

在黑暗中,她小口啃着饼干。她不用取下兔子面具,因为它没有遮住她的嘴巴,兔子面具之所以是最好的,原因有很多,而这就是其中一条。

她把头靠在地板上,这动作让她打了个喷嚏,这时她看见了极其细微的一道银光。

一个影子从门边经过，又消失了，就像晚上有猫路过她的房间。

埃莉诺把耳朵贴在门上，可什么都没听见。连猫的动静都没有。

埃莉诺从包里拿出一个笔记本和一支笔。

她考虑了一下写什么，然后留下了一句简单的话。她本来不打算在上面落款，但又改变了主意，在角落里画了一个小小的兔子头。耳朵的大小不如她想要的那么对称，不过能辨认出是一只兔子，这一点很重要。

她从笔记本上撕下这页纸，将它折起来，又沿着折痕把它压紧，让它保持平整。

她把纸从门的下方递进去。它在中途停住了。她又推了一下，把它送到了另一边的房间里。

埃莉诺等待着，可是什么都没有发生。这种情况很快就变得有点无聊，于是她离开了。

埃莉诺在另一个房间里给一只猫喂饼干吃，那张字条快要被她忘在脑后了。这时门开了。一道长方形的光落在铺满烟灰的房间里。

这扇门开了片刻，然后又缓慢地关上了。

扎卡里·埃兹拉·罗林斯在水下没有完全苏醒,他感觉嘴里有一股蜂蜜的味道,引出一阵咳嗽。

"你喝了什么?"他听见米拉贝尔的声音从远处传来,但他眨了眨眼睛,却发现她离自己的脸只有几英寸远。她注视着他,她的头发在背光中变成了一圈粉色光晕,一片模糊。他的眼镜不见了。"你喝了什么?"水中那个模糊的米拉贝尔又问了一遍。扎卡里想知道美人鱼有没有粉色的头发。

"她让我喝茶,"他说,像倒蜂蜜一样慢吞吞地吐出每个字,"那茶就是一种威胁。"

"你喝下去了?"米拉贝尔难以置信地问。扎卡里觉得自己好像点了点头。"那你得再吃一点这个。"

她把一个类似碗的容器送到了他嘴边,里面盛的肯定是蜂蜜。除了蜂蜜,也许还有肉桂皮和丁香。它是液态的,能够喝下去,味道就像圣诞节里的止咳药。一年四季都是冬天,但永远没有世俗节日[1],扎卡里想到了纳尼亚,然后又咳嗽了起来,不过泡泡糖公

---

[1] 这句话的原句出自《纳尼亚传奇》中反派白女巫在纳尼亚大地上施加的诅咒:"一年四季都是冬天,但永远没有圣诞节。"扎卡里把这句话里的"圣诞节"换成了"世俗节日",即非宗教类的节日。

主[1]——不,是米拉贝尔——强迫他又喝了一些。

"我无法相信你居然这么笨。"她说。

"她先喝的,"扎卡里争辩道,说话时语速基本恢复了正常,"她倒了两杯。"

"你喝哪一杯由她决定,对不对?"米拉贝尔说。扎卡里点点头。"毒药在杯子里,不在茶里。你把一整杯都喝下去了吗?"

"我想没有。"扎卡里说。房间变得越来越清晰了。他的眼镜并没有被弄丢,还在他的脸上。身处水下的感觉消失了。他坐在一把扶手椅里,这里是多里安那间装饰派艺术风格的屋子。多里安正在床上安睡。"我这样……多久了?"他问道,却找不到合适的词来把这个问题说完整,即使他知道那只是一个很简单的词。昏过。昏去。

"几分钟。"米拉贝尔回答,"你应该再喝一点。"

昏过去。就是这个词。狡猾的文字。扎卡里又喝了一口那种液体。他不记得自己是不是喜欢蜂蜜了。

升降机的铃声在他身后响起,米拉贝尔过去查看。她端回来一个托盘,上面放着几个药水瓶、几只碗、一条毛巾和一盒火柴。

"请把这个点着,放到床头柜上去。"米拉贝尔吩咐道,她把火柴递给他,还有装在陶瓷香炉里的一把熏香。扎卡里划火柴的时候立刻意识到,这是一个测试,而他的协调性还没恢复。他划了三次。

扎卡里拿着点燃的火柴朝熏香走去,他想起自己帮妈妈做过很多次同样的事情。他专心地稳住了自己的手,这比正常情况下要困难一些,然后他点燃了香,轻轻将火苗吹熄,剩下冒着烟的余烬,浓郁而陌生的香味立刻飘了出来。芬芳中带着薄荷的味道。

---

[1] 美国动画片《探险时光》的主要角色,留着粉红色的泡泡糖长发,她是糖果王国的统治者,也是发明家。

"这是什么？"扎卡里问，他把香炉放在床头柜上，几缕轻烟在床的上方缭绕。他感觉手不那么抖了，但他还是坐了回去，又喝了一口蜂蜜混合物。他觉得自己还是喜欢蜂蜜的。

"不知道。"米拉贝尔说。她往那块小毛巾上倒了一些液体，把它放在多里安的前额上。"厨房有自己的私房药，药效一向很好。你知道那个厨房，对吧？"

"我们打过交道。"

"他们一般不会把熏香送来，除非情况比较严重。"米拉贝尔说。她朝转着圈的烟雾皱了皱眉，回头看着多里安。"也许你们两个都需要。"

"为什么阿勒格拉要给我下药？"扎卡里问。

"两种可能。"米拉贝尔说，"第一种，她准备把你弄晕，然后送回佛蒙特，这样你醒来的时候会有轻微的失忆症状，就算你想起了什么事情，也会把它当成是在梦里。"

"第二种呢？"

"她想杀了你。"

"好吧，"扎卡里说，"这是解药吗？"

"我还从未遇到过它解不了的毒呢。你已经感觉好多了，是吗？"

"还有一点晕。"扎卡里说，"你说过，他曾经想杀你。"

"结果我没有死。"米拉贝尔说。扎卡里想让她多说一些，这时有人在敞开的门上敲了一下。

扎卡里以为是馆长，但站在门口的却是一个年轻女人，她看上去一脸关切。这个姑娘和他差不多大，眼睛明亮，个头不高，乌黑的头发梳成了两个辫子，垂在脸颊两旁，后面的头发却是披散着的。她穿着一件象牙白的长袍，和馆长穿的那种差不多，但样式更简单，只有袖口、裙褶和领口处的白底上绣了白色花纹。她疑惑地看了看扎卡里，然后转向米拉贝尔，举起左手，先把手掌侧放，再平放，掌心朝上。扎卡里不用翻译就知道，她在问发生什么事了。

"我们去探险了，莱姆。"米拉贝尔说，女孩则皱起了眉，"先是一次大胆的营救行动，然后就被抓了，喝了茶，放了火，我们三人中有两个都中毒了。这位是扎卡里。扎卡里，这是莱姆。"

扎卡里不假思索地把两只手指放在嘴唇上，向她点头问候，他知道这个女孩肯定是一位侍从，还想起了《甜蜜的忧伤》里提到的手势。他一做完这个动作就觉得自己这样装模作样有点傻，可莱姆的眼睛却一下子亮了起来，紧皱的眉头也松开了。她将一只手按在胸前，也朝他点头回应。

"看来你们俩以后会相处得不错。"米拉贝尔评价道，她好奇地看了一眼扎卡里，然后将注意力收回到多里安身上。她举起一只手，把熏香的烟气朝这边拢了拢，几缕烟跟随她手指的动作绕上了她的胳膊。"你和莱姆有些共同之处，"米拉贝尔对扎卡里说，"莱姆小时候也找到了一扇画出来的门，不过她把门打开了。那是多久的事了，八年前？"

莱姆摇了摇头，举起了所有的手指。

"你让我觉得自己都老了。"米拉贝尔说。

"你没回过家？"扎卡里问，不过他马上就为这个问题感到后悔了，因为莱姆脸上的光逐渐消失。他还没来得及道歉，米拉贝尔就打断了他。

"一切都好吗，莱姆？"她问。

莱姆又用手势比画了起来，这一次扎卡里看不懂了。她挥动着手指，从一只手移到另一只手。不管这是什么意思，米拉贝尔似乎看懂了。

"对，我拿到了。"说完，她转向扎卡里。"我们要离开一下，埃兹拉。"她说，"如果熏香烧完了他还没有醒，就再点一束，可以吗？我会回来的。"

"好的。"他说。米拉贝尔跟着莱姆离开了房间，走的时候还从椅子上拿回了自己的挎包。扎卡里回忆了一下这个挎包之前的模样，之前有没有某种又大又重的东西被装进了里面，因为现在肯定有。不过他还没好好看它一眼，米拉贝尔就带着那个包走了。

在与多里安独处的时间里，扎卡里一直注视着氤氲的烟气在房间里弥漫。它在枕头上方旋转，然后飘向了天花板。他想模仿米拉贝尔，用一个同样优雅的召唤姿势，将烟气拢向合适的方向，可它只是绕着他的胳膊打转，笼罩在他的头顶和肩膀周围。他的肩膀已经不疼了，不过那疼痛是什么时候好的，他却不记得了。

他在多里安面前俯下身，调整了一下他额头上的毛巾。多里安的衬衣最上方有两颗扣子松开了，一定是米拉贝尔解开的，可能想让他的呼吸顺畅一些。扎卡里的目光在袅袅烟气和多里安敞开的领口之间来回移动，然后他的好奇心占了上风。

虽然只是擅自再解开一个纽扣而已，却感觉像是一种侵犯。扎卡里把扣子解开时还是犹豫了一下，他不知道如果用"我在找你的那把剑"来当借口，多里安会不会相信。

多里安的胸口并没有剑的符号，这让扎卡里觉得既惊讶又失望。他一直想知道它的样子，却很少想过究竟有没有那把剑。刚松开的那颗扣子之下又露出了几寸胸膛，发达的肌肉上覆盖着浓密的胸毛，还有几处瘀青，但没有墨水痕迹，没有任何标记说明他是一名守卫。也许这个惯例已经取消了，改成了银剑配饰，比如他毛衣下面挂着的那个。《甜蜜的忧伤》里有多少故事是真实的，有多少是虚构的，又有多少已经随时间改变了呢？

扎卡里把他解开的扣子又重新系上，这时他发现，虽然没有剑的标记，但在更往上的位置却有少许墨迹，就在多里安的肩膀附近。一个文身覆盖在他的背部和脖子上，它的边缘露了出来，但在灯光下他只能辨认出一些像树枝一样的形状。

他不知道如何把握照顾昏迷的人和盯着别人睡觉之间的界限，于是决定还是去看一会儿书。厨房倒是可以给他送一杯喝的来，但他既不觉得渴，也不感到饿，虽然他觉得自己应该又渴又饿才对。

扎卡里从椅子上站起来，那种昏昏沉沉如同身在水下的感觉并没有因为这个动作而再次出现，这让他松了一口气。他找到了自己的旅行包，米拉贝尔把它们放在了门边，他意识到自己的行李终于回到了身边。他拿出手机，它的电池不出所料地用完了，不过他觉得在这下面也不会有信号。他把它收好，从小背包里找出了那本棕色皮革封面的童话集。

扎卡里回到床边的椅子上，开始看书。他正在读一个故事，讲的是大雪覆盖下的旅店里住着一个旅店主人，他读得很投入，几乎都能听见故事里的呼呼风声了，这时他发现熏香已经烧完了。

他把书放在床头柜上，又点了一束香。点燃后的烟气飘荡在书的上方。

"至少你把你的书拿回来了，而我还没得到我的那本。"扎卡里大声说。他觉得自己可能确实需要喝点什么，也许是一杯白开水，用来去除嘴里的蜂蜜味，于是他开始给厨房写字条。他拿起笔，听见身后传来了多里安的声音，带着睡意，却很清晰：

"我把你的书放在你的外套里了。"

西蒙与埃莉诺之歌

时间交错不同于命星交错[1]

西蒙是独生子，他的哥哥在出生时就夭折了，他继承了哥哥的名字。他只是一个替代品。有时他怀疑自己是不是穿着别人的鞋，顶着别人的名字，占用了别人的人生。

西蒙与舅舅（他已故母亲的兄弟）和舅妈住在一起，他们时刻都在提醒他，他并非他们的亲生儿子。他妈妈的幽灵悬在他的头顶。舅舅只会在喝酒时提起她（也只有在这个时候他才会骂西蒙是私生的杂种），但他经常喝酒。乔斯琳·基廷有各种各样的称呼，有人叫她妓女，有人叫她女巫。西蒙对他妈妈并没有太多的记忆，因此也不知道她是不是女巫。他曾大胆地提出自己也许并不是私生子，因为没有人确切地了解他的出身，他妈妈和那个可能是他爸爸的男人相处了很长时间，还怀过两个名叫西蒙的孩子，所以他们也许已经秘密地结过婚了。不过这番话只换来了一只朝他脑袋上砸来的玻璃酒杯（没砸到）。事后他舅舅就忘掉了这番对话。摔碎的玻璃也被女仆收拾走了。

西蒙在十八岁生日的时候收到了一个信封。蜡封上印着一只猫头鹰，纸张因为年代久远而泛黄。封面上写着：

---

[1] 根据西方占星术，如果一对恋人命星交错（star-crossed），则其恋情注定没有好结果。

致西蒙·乔纳森·基廷
值此十八周年诞辰纪念日之际

  它被保存在某个银行的保险箱里,他舅舅解释说。那天一大早才寄来的。
  "这不是我的生日。"西蒙说。
  "我们一直不太确定你的出生日期,"他舅舅用一种就事论事的沉闷语气说道,"看来就是今天了。祝你生日快乐,长命百岁。"
  他留下西蒙独自面对那个信封。
  它有点沉。里面不止一封信。西蒙撕开蜡封,令他惊讶的是舅舅居然没有擅自拆开它。
  他希望妈妈给他写了一封信,能穿越时空和他说说话。
  但这不是一封信。
  信纸上没有问候,也没有署名。只有一个地址。位于乡下的某个地方。
  还有一把钥匙。
  西蒙把纸翻过来,看到反面还有几个字:

熟记并焚毁

  他把地址再次读了一遍,看了看那把钥匙,又看了一下信封的正面。
  有人送了他一座乡间别墅。也可能是一个谷仓,或者是野地里一个上锁的盒子。

西蒙第三次看了看那个地址，然后是第四次。他闭上眼睛对自己重复了一遍，确定没有记错，又睁开眼把它读了一遍，这才将那页纸投进壁炉里。

"信封里是什么？"吃饭时，他舅舅故作随意地问道。

"只有一把钥匙。"西蒙说。

"一把钥匙？"

"是啊，大概是一个纪念品吧。"

"哼嗯。"舅舅对着酒杯不满地哼了一声。

"下周末我想去乡下看望同学。"西蒙委婉地表示，这时舅妈聊起了天气，而舅舅又一次干咳了起来。在度过了提心吊胆的一周之后，西蒙坐上了火车，口袋里装着那把钥匙，他望着窗外，在心中默念那个地址。

到站后他去问路，人们给他指示了一条弯曲的小道，从空旷的田野里穿过。

他走到门前的台阶上时才发现这里有一座石头小屋。它隐藏在常春藤和荆棘之后，坐落在荒废的花园中，快要被这座自生自灭的园子吞没了。一排低矮的石墙将它与道路隔开，生锈的大门紧闭着。

西蒙翻过墙，荆棘拽着他的裤子。为了靠近小屋的门，他扯下一大把常春藤。

他把钥匙插进钥匙孔中。转动门锁很容易，但进门却并非易事。他在门上连推带撞，又扯掉了一些藤蔓，这才终于把门打开了。

西蒙进屋时打了个喷嚏。每走一步就扬起更多的灰尘。尘埃穿过斜照的阳光，在树影斑驳的地板上浮动。

一根残存的常春藤卷须从窗缝里爬了进来，盘绕在一只桌腿上。西蒙打开窗，让空气变得更清新，屋里也变得更亮堂了。

敞开的碗橱里堆放着茶杯。火炉边挂着一个茶壶。家具（一张桌子和几把椅子，壁炉边还有两把扶手椅，一张生锈的铜床）上到处都是书籍和纸张。

西蒙翻开一本书，看到封面里头写着他妈妈的名字：乔斯琳·西蒙娜·基廷。他以前从来不知道她的中间名是什么。现在他明白自己的名字起源于何处了。他不确定自己是不是喜欢这个小屋，不过如今它已经归他所属了，喜欢也好，不喜欢也罢，都由他说了算。

西蒙又敞开了一扇窗户，尽量避开了藤蔓的阻挡。他从角落里找来一把扫帚，开始清扫灰尘，他想尽量打扫得干净一些，因为光线正在逐渐变暗。

他没做任何计划，现在看来这很不明智。

西蒙本以为会有人住在这里。或许是他妈妈。她并没有去世，要给他一个惊喜。如果他没有记错的话，故事里都说女巫是很难被杀死的。而这里就很像一座女巫的小屋，住着一位爱读书的女巫，还喜欢喝茶。

要是他把灰尘从后门扫出去，大扫除就会变得更容易，于是他拉开门闩，将门打开，却发现自己看到的并不是屋后的田野，而是一段盘旋向下的石阶。

西蒙从门右边爬满藤蔓的窗户向外望去，夕阳正在消逝。

他又回头看了看门里面。这个空间的宽度已经超过了墙的范围，而且肯定与窗户的位置重叠了。

台阶的底部有一束光。

西蒙手握扫帚，走下台阶，来到了一排铁栅前，栅栏两侧各有一盏发光的灯笼，仿佛一个嵌在石头中的笼子。

西蒙打开笼子走进去。那里有一个铜制的操纵杆。他拉动了操纵杆。

那扇门关上了。西蒙抬头看了一眼从天花板垂下来的灯笼，笼子开始下沉。

西蒙提着扫帚，站在那里，有些不知所措。他们在下降，然后笼子震动着停了下来。门开了。

西蒙走进一个明亮的房间。那里有两个底座和一扇大门。

底座上各放了一个杯子。杯子上都有指令。

西蒙喝掉了其中一个杯子里的液体，味道像是蓝莓、丁香和夜晚的空气。

他把另一个杯子里的骰子投掷在底座上，看着它们停下来，然后两个底座都沉入了石头中。

那扇大门打开了，里面是一个巨大的六边形房间，正中央挂着一个钟摆。走廊两侧的灯发出摇摆的光芒，将它照亮，而这些曲折的走廊都通往看不见的地方。

到处都是书。

"需要我帮助吗，先生？"

西蒙转过身，看到了门口站着一个男人，有一头花白的长发。他还听见远处传来了欢笑声和若有若无的音乐声。

"这是什么地方？"西蒙问。

男人看着西蒙，又低头打量了一眼他手里的扫帚。

"请跟我来，先生。"这个男人说，示意他往前走。

"这是一个图书馆吗？"西蒙看着周围的书问道。

"算是吧。"

西蒙跟着男人来到了一个房间，一张书桌上堆放着纸和书。墙边是一排带金属拉环的小抽屉，上面有很多手写的标牌。他走过去时，一只猫从桌上抬头看了看。

"初到这里是会迷路的。"男人说着,翻开了一本记事簿,并将羽毛笔在墨汁里蘸了蘸,"你从什么门进来的?"

"门?"

男人点了点头。

"它……它在一个小屋里,离牛津不远。有人留给我一把钥匙。"

男人在记事簿上写了一会儿,这时他停了下来,抬起头。

"你是乔斯琳·基廷的儿子吗?"他问。

"是啊,"西蒙满怀热情地回答,"你认识她吗?"

"是的,我确实与她相识。"男人回答。"你失去了她,我很遗憾。"他又说。

"她是女巫吗?"西蒙问,他看着桌子上那只猫。

"如果她是女巫的话,那她并没有把这个身份告诉我。"男人回答,"你的全名是什么,基廷先生?"

"西蒙·乔纳森·基廷。"

男人把它写在记事簿上。

"你可以叫我馆长。"男人说,"你掷出来的是什么?"

"什么?"

"你的骰子,在前厅。"

"噢,它们全都是小小的王冠。"西蒙想起底座上的骰子,解释道。当时他还想看看其他图案,但只能看清楚有一颗心和一片羽毛。

"全部都是?"馆长问。

西蒙点头。

馆长皱起了眉,在记事簿上标记了一下,羽毛笔从纸面划过。桌上的猫提起爪子,朝羽毛笔拍了过去。

馆长搁下笔，那只猫有点失望。他朝房间另一边的一个储物柜走过去。

"初来此地，最好不要久留，不过欢迎你随时回来。"馆长递给西蒙一条项链，末端系了一个挂坠盒。"如果你迷路了，这个会指引你回到入口。电梯会把你送回你的小屋。"

西蒙看着手中的指南针。指针在正中间旋转。我的小屋，他想。

"谢谢。"他说。

"有什么需要我帮助的，请务必告知。"

"我能把这个留在这里吗？"西蒙举起扫帚。

"当然可以，基廷先生。"馆长说，指了指门边的那面墙。西蒙把扫帚靠在了墙上。

馆长回到了书桌前。猫打起了哈欠。

西蒙离开了办公室，望着那个钟摆。

他怀疑自己是不是睡着了，正在做梦。

他从墙边的一堆书里抽出了一本，又把它放下了。他在一条走廊里逛了逛，走廊的两边是弧形的书架，书从四面八方包围着他，他就像置身于隧道中。他不明白头顶上的那些书是如何做到掉不下来的。

他试着去打开那些门。有的门被锁住了，有的门则可以打开，门里的房间堆放着更多的书，还有椅子、书桌以及摆着一瓶瓶墨水、红酒和白兰地的桌子。书的惊人数量让他望而却步。他不知道该如何从中挑选要读的书。

他听到了很多人的声音，但看到的人并不多。脚步声和说话声都近在咫尺，却不见人影。他看见一个身穿白袍的身影在点蜡烛，还有一个正在看书的女人，她完全沉浸其中，在他经过时都没有抬头看一眼。

他穿过了一个摆满油画的走廊,画中都是不可能存在的建筑物。飘浮的城堡。与船融为一体的楼宇。建造在悬崖峭壁上的城市。它们周围的书似乎都是与建筑相关。他沿着一条过道来到了一个圆形剧场,演员们好像正在排练莎士比亚的戏剧。他认出这一幕演的是《李尔王》[1],不过其中的角色是反串的,台上是三个儿子,还有一个身材高大的老妇人扮演他们的母亲,她正逐渐陷入疯狂中。西蒙观看了一会儿,然后继续往前走。

从某个地方传来一阵音乐,是钢琴声。他循声而行,却找不到它的来源。

这时一扇门映入他的眼帘。它被前面一个装满书的衣橱挡住了一部分,半隐半现地立在那里。

门上有一个黄铜图案——一颗燃烧的心。

西蒙试了试门把手,很容易就拧开了。

房间中央被一张长长的木桌占据了,纸张、书籍和墨水瓶散落了一桌,但这场景不像是工作到一半被打断,而更像是在等待新的工作。地板上和躺椅里到处都是枕头。躺椅上还有一只黑猫。它站起来伸了个懒腰,然后跳下椅子,钻过西蒙打开的那扇门,离开了房间。

"乐意为你效劳。"他在猫身后喊道,但那只猫没有理他。于是西蒙把自己的注意力放回这个没有猫的房间里。

墙边还有另外五扇门。每扇门上各有一个不同的标志。西蒙关上自己身后的门,看见上面有一颗心,和它反面那个图案一模一样。其他的门上分别是一把钥匙、一顶王冠、一柄剑、一只蜜蜂和一片羽毛。

---

[1] 莎士比亚的四大悲剧之一,讲述了李尔王与他的三个女儿之间的故事。

门与门之间是圆形立柱，还有一些单薄的书架像秋千一样从天花板上垂挂下来，书籍平整地堆放在上面。西蒙一开始想不通怎么才能够到最高处的书架，后来他发现它们都被绑在滑轮装置上，可升可降。

每扇门前都点了灯，灯火明亮。唯独钥匙之门的灯已经完全熄灭，而羽毛之门的灯光也很微弱。

一张纸从羽毛之门的下面被塞了进来。

西蒙把它捡起来。纸的表面落了煤灰，把他的手指弄黑了。纸上的字写得歪歪扭扭，是小孩子的笔迹：

你好。

门后面有人吗？

或许你是一只猫？

纸下方画了一只兔子。

西蒙转了转门把手。它被卡住了。他检查了一下门锁，发现了一个门闩，他转动门闩后又试了一次。这一回门开了。

打开门出现的是一个阴暗的房间和裸露的墙壁。什么人都没有。他朝门后打量了一番，所见到的只有一片黑暗。

西蒙感到很困惑，他再次关上了门。

他把那张字条翻了过来。

他从桌上拿起一只羽毛笔，在墨水瓶里蘸了蘸，然后写下了一句回答：

我不是猫。

他把纸折起来，将它从门下面递了过去。他等了等，再次把门打开。

字条不见了。

西蒙又关上了门。

他把注意力转到一个书柜上。

在他身后，门开了。西蒙惊讶地叫了一声。

门口站着一个年轻的姑娘，棕色的头发打着卷，盘成了发辫，绕在一对银丝镶边的兔子耳朵上。她穿着一件古怪的针织衫和一条短得不像话的裙子，裙子下面还套着蓝色的裤子和高筒靴。她的眼神明亮而炽热。

"你是谁？"这个凭空出现的女孩问。她的手里攥着那张纸条。

"我是西蒙。"他说，"你是谁？"

女孩用了较长的时间来考虑这个问题，她歪着脑袋，兔子耳朵轻快地偏向那扇剑之门。

"我是莉诺。"埃莉诺回答，没有完全说实话。她曾经从一首诗里读到了这个名字，觉得比埃莉诺更好听，虽然两者的发音有点相似。而且从来没有人问过她叫什么，所以她认为这是一个好机会，可以试一试新名字。

"你从哪里来？"西蒙问。

"我来自那个被烧毁的地方。"她说，仿佛不需要更多的解释了。

"这是你写的吗？"她伸出那张字条。

西蒙点了点头。

"什么时候写的？"

"刚写的。纸反面的话是你写的吗？"他问，虽然他觉得那字迹看上去很幼稚，不太像是她写的，但这对兔子耳朵又让他有点困惑。

埃莉诺把字条翻过来，看着这些笨拙的字母，还有那只傻乎乎的兔子。

"这是我八年前写的。"她说。

"那你刚才为什么要把这张旧字条从门下面递过来？"

"我一写完就把它放到门底下了。我不太明白。"

她皱着眉头关上了这扇羽毛之门。她走到了房间的另一边。在这段时间里，西蒙注意到，虽然这身打扮非常古怪，但她其实长得很漂亮。她的双眸颜色很深，几乎是乌黑的。她的皮肤是浅棕色的，眉眼间流露出一丝异域风情。有时他舅妈会给他介绍一些女孩子，但她似乎和她们都不一样。他想象着她穿上长裙会是什么模样，又想象了一下她脱下长裙的样子，然后他咳嗽了一声，心里有点慌乱。

她轮流打量着每一扇门。

"我不明白。"她自言自语道。她转过身，又看向西蒙。不，是盯着他，把他从头到脚审视了一番。"这里有蜜蜂吗？"她问。她开始检查书架后面和枕头下面。

"我没见过。"西蒙告诉她，条件反射似的趴到桌子底下看了看，"刚才这里有一只猫，不过它走了。"

"你是怎么到这里来的？"她从桌子底下的另一头望着他的眼睛问道，"我指的是来到这下面，这个地方，不是这个房间。"

"我穿过了一扇门，在一个小屋里——"

"你有一扇门？"埃莉诺问。她盘腿坐到地板上，在一堆椅子中间，满怀期待地看着他。

"确切地说，它不是我的。"西蒙解释道。不过他猜想如果这个小屋属于他，那这扇门也算吧。一件奇怪的遗产。他推开一把挡道的椅子，也坐了下来。于是他们面对面坐在一片林立的椅子腿中，头顶上罩着一张桌子。

"我以为大部分的门都不见了。"埃莉诺透露道。

西蒙把妈妈的事情告诉了她，还讲到了那封信、那把钥匙和那个小屋。她认真地听着，他把自己能想到的细节都说了。信封上的蜡封。小屋上的藤蔓。当他描述起那个像笼子一样的电梯时，她的脸上露出了好奇的神色，不过她没有打断他的话。

"你妈妈来过这里？"埃莉诺问，这时他讲到了自己穿过门，来到他们现在所处的房间里。

"应该来过。"西蒙觉得见到她住过的地方和看过的书，或许比收到她的信更好。

"她长什么样？"埃莉诺问。

"我不记得了。"西蒙回答，他忽然想换个话题。"我以前从没见过穿长裤的女孩。"他说，希望这话没有冒犯到她。

"穿裙子就不能爬高了。"埃莉诺解释道，仿佛在陈述一个简单的事实。

"女孩子是不可以爬高的。"

"女孩子什么事都可以做。"

她的表情非常严肃，于是他认真思考了一下这个说法。它推翻了他舅舅关于女孩子的一切观点，但他觉得或许舅舅并不像他所表现出来的那样了解女孩子，而他的舅妈对于怎样才称得上淑女有着非常挑剔的眼光。

他猜想或许在自己闯进来的这个地方，女孩子不玩过家家的游戏，也不用遵守那些不成文的规矩。没有人期望她们必须成为什么样的人，也没有监护人常伴她们身边。他想知道自己的妈妈是不是这样的女孩,还想知道女人怎样才会成为女巫。

他们继续你来我往地提问和回答,有时候问题太多,就像抛接游戏,一次抛出一大串,回答了一个又来一个,其间还有更多的问题在等着。西蒙把自己从未告诉过任何人的秘密都告诉了她。他坦白了自己的恐惧和担忧,从他口中吐露的那些想法是他以前从来不敢大声说出来的,但面对她却不一样了。

她把关于这个地方的事情讲给他听。她说起了那些书、那些房间和那些猫。她的书包里有一小罐蜂蜜,她给他尝了一点。他以为只有甜味,但不仅如此,它很浓郁,如黄金,似烟熏。

西蒙舔着手指,一时说不出话来。他无从表达自己的想法,即使能说出口,也肯定是词不达意的。

埃莉诺从这个男孩的褶边衬衣和系扣外套上看不出什么。他算是男孩还是男人?她分不清这两者之间的不同。他发"r"音有些奇怪。她不知道他算不算好看,她对此没有参照,但她喜欢他的长相。他的脸上有一种率真的气质。她觉得他没有秘密。他的眼睛是棕色的,却有着一头金发,她读过的很多书上都写着金头发配蓝眼睛,她觉得这不太协调。除了头发和眼睛的颜色,他的容貌还有很多值得一提的地方。她不明白为什么书里从不描述鼻子的弧度或者睫毛的长度。她还仔细观察了他嘴唇的形状。大概人的面容过于复杂,难以用言语表达。

埃莉诺伸手碰了碰他的头发。他看上去非常惊讶,于是她把手收了回去。

"对不起。"她说。

"没关系。"西蒙伸出手,将她的手握在自己手里。他的手指很温暖,上面沾了黏黏的蜂蜜。她的心跳得飞快。她试着去回忆书里那些穿褶边衬衣的男孩子，推测自己该如何举止得体。她能想起来的只有跳舞，这似乎不太合适；还有刺绣，但她不知道怎么绣。或许她不该这么盯着他，可他也一直在注视她，于是她没有收回目光。

他们坐在那里，手握着手，继续聊天。埃莉诺用指尖在他的掌心画着小圈，他们聊着那个港口，那些走廊和房间，还有那些猫。

那些书。

"你有没有特别喜欢的书？"西蒙问。

埃莉诺想了想。从来没有人问过她这个问题，不过她的脑海中出现了一本书。

"有的。我……我有。是……"埃莉诺停顿了一下。"你想读吗？"她这样问，却没有介绍书的内容。书往往只有亲自读过才更觉得好，而不是由别人来诠释。

"想读，非常想。"西蒙回答。

"我去把书取来，你读过之后，我们可以一起讨论。看看你喜不喜欢它，如果不喜欢，我想知道确切的原因。它就在我的房间里，你愿意和我一起去吗？"

"当然。"

埃莉诺打开了那扇羽毛之门。

"很抱歉屋里这么黑。"她说。她从包里拿出了一个金属棒，按下了某个开关，它发出了明亮而稳定的白光。她把亮光投向那片黑暗，西蒙看见房间里只剩一堆破碎的残骸，都是被烧焦的书籍。这里弥漫着一股烟味。

埃莉诺离开这个房间，一脚迈进那个房间。

西蒙跟着她，却径直撞在了墙上。等他从满眼金星的状态中回过神来时，他发现自己面前还是刚才见到的那片黑暗，而那个被烧毁的房间和那个女孩都不见了。

西蒙在黑暗中使劲推了推，但它坚不可摧。

他又敲了敲，仿佛这黑暗是一扇门。

"莉诺？"他喊道。

她会回来的，他对自己说。她取了书就会回来。既然他不能跟过去，他可以在这里等。

他关上门，揉了揉脑门。

他把注意力转移到那些书架上。他认出了济慈和但丁的文集，但其他名字都是陌生的。他的思绪不断地回到那个女孩身上。

他的手指从躺椅里的那堆天鹅绒枕头上划过。

羽毛之门开了，埃莉诺走了进来，手里拿着一本书。她的衣着变了：她穿着一件深蓝色衬衫，从肩头披下来，脖子上则围着一条长长的粉色围巾。

当他们的目光相遇时，她吓了一跳，门在她身后关上了。她睁大眼睛盯着他。

"发生什么了？"西蒙问。

"我离开了多久？"她问。

"一小会儿？"西蒙在自己的心事里走了神，没想到去计算时间，"肯定没超过十分钟。"

埃莉诺扔下了书。它下落时书页纷纷翻开，然后它掉在了她脚边的地板上，又合了起来。她把手放到脸上，捂住了嘴，而西蒙不知所措地捡起了书，好奇地打量着它镀金的封面。

"到底发生了什么事？"他问。他忍住了翻开书看一看的冲动，虽然这个诱惑就在眼前。

"六个月。"埃莉诺说。西蒙没听懂。他扬起了一边的眉毛，埃莉诺气恼地看着他，一脸沮丧。"六个月。"她又重复了一遍，这一次还抬高了声音，"在这六个月里，每次我打开门，这个房间都是空的，而今天你却又出现在了这里。"

尽管她一脸严肃，西蒙却笑了起来。

"这太可笑了。"他说。

"这是真的。"

"怎么可能。"西蒙断言道，"你是在玩什么游戏吧。一个人不会无缘无故地消失了一小会儿，还自称失踪了整整六个月。看，我给你演示一下。"

西蒙转身走向心之门，手里拿着书，踏进了走廊。

"你过来看。"说着，他转过身面朝房间，然而屋里是空的，"莉诺？"

西蒙踏进房间，屋里依然没有人。他看看手里的书，关上门，又把门打开。

他不可能凭空想象出了一个女孩。

而且，如果这个女孩并不存在，那这本书是哪里来的？

他在手中翻动着这本书。

他开始读了起来，因为阅读能安抚他紧张的神经。

他等待着那扇门再次打开，但它没有。

扎卡里·埃兹拉·罗林斯果然在多里安所说的地方找到了《甜蜜的忧伤》,它就在那件洒上了颜料的外套口袋里,他来到这里之后,就把外套扔在了他房间里一把椅子的椅背上。

他完全没有察觉。这本书体积很小,把它悄悄地塞进外套口袋,穿衣服的人是不会注意到的,特别是当这个人身上发冷,脑子里乱成一团,还喝得醉醺醺的时候。扎卡里觉得自己应该把它回想起来。他为错过了这次亲密接触而感到恼火。

这是他第一次有机会回自己房间看一看。在此之前他一直在照看多里安,不知过去了多长时间。多里安说了那句话之后就再没开过口,而扎卡里则坐在一旁读着他那本童话书,书里提到了无星之海,而且似乎有好几个不同的猫头鹰之王,这些都让他越读越困惑。莱姆接替了他的看护工作,她还解释了米拉贝尔的去向,可他没听明白。他觉得应该让她写下来,不知道他们是否允许这样做。

回到自己的房间,他感到舒适又熟悉,炉火又欢快地燃烧了起来。他觉得床铺大概已经被整理过了,不过床上一片蓬松柔软,让人看不出来。厨房把他的衣服送回来了,包括他的西装,全都叠好了,一尘不染。

他把那件被遗忘的脏外套送了下去,看他们能否把它也处理一下，然后他决定自己大概需要吃点东西。

过了一会儿，铃声响起，他发现厨房是按照字面意思来理解他的要求的，他写了"各种饺子"，于是送来的饺子种类多得惊人，但各式各样的饺子都非常美味。在数不清的样式中，每种饺子各有一个，分别放在带盖子的餐盘里，有些还配了蘸料。每个陶瓷做的盖子上都画了一幅场景：一个人在旅途上，同一个身影反复出现在不同的风景中。有的是鸟儿栖息的森林，有的是高高的山巅，有的是夜晚的城市。

扎卡里连一半饺子都吃不完，只好把剩下的饺子留在盖子下面，希望这样能让它们保温。

他开始从一个搁板上搜罗装苏打水的蓝色玻璃瓶。也许他可以找一些蜡烛放在里面。他从来不反对把自己安排得舒舒服服的。他已经相当舒服了。这种舒服就包括偶尔躺在浴室瓷砖上提醒自己要呼吸。

他取回了自己的包，也拿到了自己原来的衣物，但它们不如房间里配备的衣服好看。就连他那副普通的眼镜和借来的新眼镜相比也稍逊一筹，所以扎卡里还是继续戴着新眼镜。

他在一盏灯旁边找到了一个电插座，把他的手机插了上去，不过感觉并没有用。

他坐在炉火边，再次翻开了《甜蜜的忧伤》，令他安心的是它又回到了自己身边。书页的缺失比记忆中更多了。也许他应该把书给米拉贝尔看一看。他停在了关于预言家儿子的那部分内容上。尚未找到。现在他已经找到了。他来到了这个港口，虽然还没找到无星之海。现在该怎么办呢？

也许他可以去追寻这本书的来源。之前它在哪里？他想起了很久以前在图书馆查到的线索。它来自私人收藏……某个人的。他闭上眼睛，试图去回想那张纸上的内容，那是艾琳娜在凯特的讨论课后交给他的，捐献者是……某个基金会……见鬼。有一个字母"J"，他想。好像是的。

基廷。他想起了这个名字，却不记得那几个首字母缩写了。他居然忘了把那张纸随身带来。

有一件事是确定的：他不知道自己下一步该做什么，除非他接下来的打算是睡一觉。

扎卡里把《甜蜜的忧伤》塞进了包里，把餐盘送回厨房，还要了一个苹果（厨房送来了一个银色的碗，里面装满了黄色的苹果，黄中透着点淡淡的粉红色），然后他就出发了，又踏入了港口的未知之域中。

他尽量不用指南针，但这样一来他就无法随时了解自己正在朝哪个方向移动了。他发现一个房间里全都是桌子和扶手椅，有的桌椅被放在房间四周的单人凹室里，更多的椅子被摆在了一个面积很大的空地上，中间有一个瀑布喷泉。

喷泉的底部有很多硬币，有些他能认出来，而有些则不太熟悉，许下的愿望堆积在轻轻冒着气泡的水底。他想起了多里安那本书中盛满钥匙的喷泉和收集钥匙的人，不知道后来他怎么样了。

再也没有人见过他。

他不知道有没有人在寻找他的下落。大概不会有人吧。

喷泉后面有一条走廊，它的天花板比较低，入口处被一个书架和一把扶手椅挡住了。他挪开了椅子，继续前行。走廊里灯光昏暗，有几扇紧闭的门。扎卡里走着走着，就意识到了它的古怪之处。这里的书本相对较少，猫也不多，但这并不奇怪，奇怪的是走廊里的门都没有门把手，也没有门柄。只有门锁。他在一扇门前停下来推了推，可它一动不动。他凑近查看了一下，发现门周围的木头边沿出现了黑色的焦炭状纹路。空气中还有一丝烟味，像是很久以前扑灭了一场大火。门上留下了一个斑点，那是原来门把手所在的位置，空出来的地方塞进了一块没被烧过的新木头。走廊另一头的阴影中又有什么东西在移动，比猫的个头更大，可当他看过去的时候，却什么都没有。

扎卡里沿原路返回，来到喷泉前，然后选择了另一条走廊。那里的灯光更加明亮，不过"明亮"也只是相对而言。每个地方的光线都只够阅读用，不会更亮了。

他漫无目的地到处晃荡，为的是不让自己回去查看多里安的情况，现在他满脑子都是这件事（这个人），因此感到有些心烦。

他路过了一幅画，画中有一根蜡烛，他发誓在自己经过的时候，它绝对闪烁了一下，于是他研究了一番，发现那根本就不是一幅画，而是书架周围的墙壁上悬挂的画框，蜡烛就插在框里的银色烛台中，烛光摇曳。他想知道是谁点亮了这支蜡烛。

一声猫叫从他身后传来，打断了他的思绪。扎卡里转过身，看到一只波斯猫正盯着他。它怀疑地瞪了他一眼，皱巴巴的脸上挤出了一副龇牙咧嘴的表情。

"你有什么意见吗？"他问那只猫。

"喵嗷嗷——"那只猫用一种混合着叫声和吼声的语言回答了他，表示自己的意见可不少，都不知该从何说起。

"知道啦。"扎卡里说。他回头看了看那支蜡烛，它还在画框里跳着舞。

他把它吹灭了。

画框立刻震动了一下，开始向下挪动。整面墙都移动了起来，画框以下的部分沉入了地板。当画框的底部与瓷砖地面平行时，下沉结束了，熄灭的蜡烛正好与猫的眼睛处于同一水平线上。

画框原来所在的位置空出来后，墙上露出了一个长方形的洞口。扎卡里低头看了看那只猫，它似乎对蜡烛更感兴趣，正在朝冒出来的一缕烟挥动爪子。

这个洞口很大，扎卡里可以在里面行走，但那里的光线不足。大部分亮光都来自走廊对面桌上的一盏流苏台灯。扎卡里把台灯挪了过来，在电线长度能达到的范围内，尽量让它靠近墙上新发现的洞口。他不知道这里是如何通电的，也不知道如果停电了会发生什么。

台灯可以移到洞口附近，但是无法继续深入。扎卡里把它倚靠在地板上——垂下的流苏让那只猫很开心——于是它就朝洞口方向倾斜了过去。他跨过那个没有画的画框，钻进了洞里。

他的鞋子嘎吱一声踩到了地板上的某些东西，只有黑暗才知道那是什么，扎卡里觉得也许这样更好。台灯的照明效果非常出色，但他的眼睛过了好一会儿才逐渐适应。他把借来的眼镜往鼻梁上推了推。

他发现这个房间不太亮的原因是里面全都被烧毁了。他以为那里落了一层灰，结果发现是燃烧后的灰烬，覆盖在那些残存之物上，扎卡里准确地认出了它们原本是什么，在他到来之前它们已经度过了不知多长时间。

房间中央的书桌和桌上的玩具屋被烧焦了，成了一堆废墟。

玩具屋坍塌了，屋顶陷进了下方的房子里。住在里面的人和周围的摆设都被烧成了灰烬，它们将只存在于记忆中。整个房间里到处都是烧焦的纸屑和烧得面目全非的物品。

一颗星孤零零地从天花板垂下来，拴着它的绳子竟然完好无损。扎卡里伸手碰了碰，它便落了下来，掉进一片阴影中不见了。

"就连微小的王国也会崩塌。"扎卡里说,既是自言自语,也是在对那只猫讲话。它还在走廊里,越过画框的顶部望着他。

作为回答,那只猫离开了他的视线。

扎卡里的鞋子踩在烧焦的木头上,也踩在那个曾经存在的世界所剩下的碎片上。他朝玩具屋走过去。合页还没损坏,它曾经可以将玩具屋打开,就像打开一扇门一样。于是他拔掉插销,然而合页却在这个动作中被折断了,正面的墙体也随之倒在了桌子上,玩具屋的内部露了出来。

它的损毁程度不如房间的其他部分那么彻底,但也被烧成了一片焦黑。无法分辨卧室、客厅和厨房。阁楼塌了,落到了它下面那一层上,大部分屋顶也随之掉落下来。

扎卡里看见其中一个被烧坏的小房间里有什么东西。他将手伸进去,把它从废墟中拾起来。

一个玩偶。他用自己的毛衣擦去了它身上的煤灰,把它举到亮光下。这是一个玩偶女孩,大概是原先这个玩偶家庭里的女儿,它涂了颜色,是瓷做的,虽然有裂纹,却没有摔破。

扎卡里把她立在房子的灰烬中。

他曾经想看到它原来的模样。这座房子和这个小镇,还有海那边的城市。大量的扩建和交叠的叙事。或许,他也会想为它增添点什么。他要在这个故事中留下自己的印迹。直到他面对现实,发现什么都做不了,他才明白原来他曾经是那么渴望。他不知道自己现在是难过还是生气,又或是失望。

时过境迁,星移物换。

他环顾整个房间,这个更大的空间里装着一个小女孩,而在她脚下,她自己的世界已经成了灰烬。天花板上曾经挂着很多恒星或行星，现在只剩垂下来的细线，如同蛛网一般。这时他发现，虽然大火吞没了房间，但残留下来的物件其实还有很多。曾经是一片海洋的角落躺着一只沉船，桌子边上横着一节火车轨道，一座老式落地钟从主楼的窗户里掉了出来，还有一只鹿，它的蹄子和小小的鹿角都被熏黑了，但身体是完整的，正从一个书架上用一对玻璃似的小眼睛盯着他。

原来覆盖在墙上的墙纸像桦树皮一样成条地卷了起来。放着小鹿的书架旁有一扇门，门上没有门把手，他怀疑它与自己之前经过的是同一扇门。

忽然之间，他觉得这个房间更像是一座坟墓，烧焦的纸味和烟味更浓了。

留在走廊里的台灯倒了，要么是它自己倒的，要么就是借助了猫的一爪之力。灯泡裂了，发出了一声破碎的轻响，灯光也随之熄灭。扎卡里独自站在黑暗中，身边是一个微型世界烧焦后的残骸。

他闭上眼睛，从十开始倒数。

他内心的某处希望他睁开眼后发现自己已经回到了佛蒙特，然而他还在这里，和十秒钟前的位置分毫不差，不过他现在能看见一线光亮在为他引路。

他从墙上的洞口钻出来，小心地跨过摔坏的台灯。他把它挪回桌上，又将玻璃碎片尽量拨到了一边。

书架里放着一些许愿蜡烛，他用其中一支重新点亮了画框中的那根长蜡烛。蜡烛刚被点燃，画框就向上移回了原位，那道墙将这片玩偶世界的遗迹再次尘封。

"喵。"波斯猫叫了一声，忽然出现在他脚下。

"嘿。"扎卡里对猫说道。"我要往这边走了。"他告诉那只猫，指了指左边的走廊，这是他开口时才做出的决定，"如果你愿意的话，可以一起去，不愿意也没关系。随你。"

那只猫抬头看着他，晃了晃尾巴。

左边的走廊不算长，却很昏暗，通往一个四周都是圆形石柱的房间，柱子上全是大理石雕像，裸露的躯体三三两两地组合在一起，以一种扭曲的姿势支撑着天花板。不过这些雕塑似乎把更多的心思放在了彼此身上，对于自己在建筑方面的作用并不在意。

天花板被涂上了金色，还安装了很多小灯，散发出温暖的光芒，照耀着它下方这场凝固的石像狂欢。

扎卡里越过肩膀回头看了一眼，那只猫还跟着他。被他看到时，它停了下来，冷漠地舔了舔爪子，仿佛自己并没有在跟踪他，而只是碰巧和他走了同一个方向。

扎卡里继续沿着另一条走廊往前走，离开了这个石柱房间，在它的门外还立着两尊雕像。其中一个注视着房间里，而另一个则背过身去，捂住了自己大理石做的眼睛。

那只猫发现了某件东西，朝它拍打了几下，看着它在地板上轻快地跳动。不过那个东西很快就失去了吸引力，猫给了它最后一击，然后继续赶路去了。扎卡里走过去看了看这个东西是什么，发现它是一颗纸折的星星，其中一角被压弯了。他把它放进了自己的口袋里。

最后扎卡里发现自己来到了心之厅，大概是无意中走过来的。馆长办公室开着门，但馆长没有抬头，于是扎卡里敲了敲敞开的门。

"你好，罗林斯先生。"他说，"你感觉如何？"

"好多了，谢谢。"扎卡里回答。

"你的朋友呢？"

"他还没醒，不过似乎没事了。那个……我打碎了一个台灯，在其中一条走廊里。如果你有扫帚之类的，我可以去打扫一下。"他的目光落在了角落里一个用树枝扎成的老式扫帚上。

"那倒不必，"馆长说，"我会去处理的。在哪条走廊？"

"沿这条路往回走，就在附近。"扎卡里说，指了指他过来的方向，"在一个画框旁边，画框里的蜡烛是真的。"

"我知道了。"馆长一边说，一边写下了点什么。他的语气有些古怪，于是扎卡里决定打听一下，心想按常规来说也许他有点太过客气了。

"那个玩具屋的房间里发生了什么？"他问。

"发生过一场大火。"馆长回答的时候并没有抬头，对扎卡里找到它似乎并没有感到惊讶。

"这我知道。"扎卡里说，"起因是什么？"

"一些无法预见的情况凑到了一起。"馆长说，"是一场意外。"他见扎卡里没有立刻回应，于是又补充道："我无法描述这件事的细节，因为我没有亲眼见到它发生。还有什么需要我帮忙的事情吗？"

"人都到哪里去了？"扎卡里问，他声音里的怒气已经很明显了，而馆长依然在埋头写字。

"你和我在这里，你的朋友在他的房间里，莱姆可能正在照看他，或者在忙自己的事情；我不知道米拉贝尔目前的位置，她的行踪是保密的。"

"就这些？"扎卡里问，"只有我们五个人和……猫？"

"没错，罗林斯先生。"馆长说，"你想知道猫的数量吗？可能不准确，它们不太好数。"

"不用，这就够了。"扎卡里说，"可是……人们都去哪里了呢？"

馆长停了下来，抬头望着他。他看上去更加衰老了，或者说更加忧伤了,扎卡里说不清。也许两者兼有。

"如果你指的是之前住在这里的人,他们中有些人离开了,有些人死了。有些人回到了自己的故乡,其他人在寻找新的安身之处,我希望他们都找到了。而我们之中剩下的人,你已经全都认识了。"

"你为什么留下来?"扎卡里问。

"我留下来是因为这是我的工作,罗林斯先生。这是我的使命、我的责任和我'存在的理由'[1]。你为什么会到这里来?"

因为有一本书说我应该在这里,扎卡里想。因为我不敢回去,因为会遇到穿皮毛大衣、把手掌保存在罐子里的疯女人。因为我还没有解开疑惑,我连那个待解之谜是什么都不知道。

因为我觉得待在这里比待在上面更加快活。

"我到这里来是因为我想去无星之海上航行,呼吸那萦绕不散的空气。"他回答。馆长听出这是自己曾经说过的话,于是露出了微笑。他笑起来时看上去年轻了一些。

"我希望你能如愿以偿。"他说,"还有什么需要我帮忙的事情吗?"

"以前住在这里的人里面,有没有一个名叫基廷的人?"扎卡里问。

馆长的表情变得让扎卡里捉摸不透。

"这些走廊里曾经有很多人都叫这个名字。"

"那……那他们中间有没有人拥有一个藏书室?"扎卡里问,"在地面之上?"

"据我所知是没有的。"

"他们住在这里是什么时候?"

---

[1] 原文为法语。

"很久以前了,罗林斯先生。在你出生前。"

"哦。"扎卡里说。他想再问一些问题,却不知道要问什么。《甜蜜的忧伤》就在他的背包里,他可以把它拿给馆长看,但有某种东西让他犹豫了起来。他忽然觉得有点累了。馆长的书桌上有一根蜡烛变得忽明忽暗,冒出的烟把他的思绪带回了那个玩具屋,他想起了那个被毁灭的世界,觉得自己或许应该回去躺一会儿。

"你还好吗?"馆长问。

"我没事,"扎卡里说,听起来像是在撒谎,"谢谢。"

他在那些走廊中绕来绕去,觉得它们似乎变得更暗了,也更空旷了。身处地下的感觉压迫着他。这里与天空之间隔了那么厚的岩层,如此沉的重量悬在他的头顶。

他回到了自己的房间,这里就像是他的避风港。刚跨过门槛,他就踩到了什么东西,是从门缝下面塞进来的。

他挪开鞋。鞋底下是一张折起来的纸。

扎卡里弯腰拾起它。纸的外侧写着一个字母"Z",是那种花式字体,在字母的中间位置还多了一横。显然这是给他的。

纸的内页里写着四行字,他不认识这种手写体。它看上去不像一封信,也不像一张便条。他觉得这大概是从一首诗或一个故事里摘下的片段。

或者是一个谜语。

> 蜜蜂女王为你等候已久
>   藏在里面的故事要说出口
> 带给她一把从未被锻造的钥匙
>   另一把是纯金的她才收

西蒙与埃莉诺之歌

借书

西蒙知道已经过去好几个小时了。他又累又饿,想起自己为此行准备好了食物,却把包留在了小屋里,随身只带了一把扫帚,这会儿看来那家伙一点用处都没有。莉诺说时间已经过去了很久,对此他并不相信,但她一直没有回来,现在他昏昏欲睡,而她的那本书读起来很奇怪,他不确定自己是否会喜欢这一类书。

他对他妈妈感到好奇,她居然把这样一个地方藏在了乡下的小屋里。

他无奈地跟着指南针回到了门厅。

他想把那扇门打开,但它却上了锁。

他再试了一次,又推了推门把手。

"你不能把它带走。"一个声音在他身后响起。他转过身,看到馆长站在门口,身后是摇晃的钟摆。西蒙过了一会儿才反应过来,馆长说的是他手中那本镶着金边的书。

"我想读一读。"西蒙解释道,虽然这是显而易见的事情,否则他拿着一本书还能做什么?但这却不是实话。他不仅想读这本书,还想研究它。他想用心体会,想让它变成一扇窗户,透过它看到另一个人的内心世界。他想把这本书带回家,带进他的生活,带上他的床,因为他无法用同样的方式对待那个送书给他的女孩。

这里肯定有一套正规的借书流程,他想。

"如果可以的话,我想把这本书借走。"他说。

"你需要留下一样东西来顶替它的位置。"馆长告诉他。

西蒙皱了皱眉头,然后指向了那把扫帚,它还靠在办公室的门边。

"这个可以吗?"

馆长打量了一下扫帚,点了点头。

他走到桌前,在一张纸上写下了西蒙的名字,然后把它拴在了扫帚上。桌上的猫打了个哈欠,西蒙也跟着打了个哈欠。

"书名是什么?"馆长问。

西蒙低头朝书看了一眼,虽然他已经知道了答案。

"《甜蜜的忧伤》,"他回答,"书上没有标出作者。"

馆长抬头望着他。

"可以给我看看吗?"他问。

西蒙把书递给他。

馆长检查了书,还研究了它的装订和衬页。

"你从哪里找到这本书的?"他问。

"莉诺给我的。"西蒙回答。他觉得自己用不着告诉馆长谁是莉诺,因为她的模样很难让人忘记。"她说这是她最喜欢的一本。"

馆长把书还给西蒙时,脸上的表情非常奇怪。

"谢谢。"他说,如释重负地拿回了书。

"你的指南针。"馆长摊开一只手回应道。西蒙愣了一秒钟,然后从脖子上取下了那条金链子。他差点就想问是不是有什么事情不对劲,或者打听一下莉诺,他还有一堆问题,不过它们都不太愿意被问出口。

"晚安。"他只说了这一句。馆长点了点头。这次西蒙离开时,门顺从地为他打开了。

他站在上升的笼子里睡着了,它停下来时,他一脸睡意地被惊醒了。

点着灯笼的石头房间看起来和之前没什么两样。通往小屋的门还开着。

月光从小屋的窗户照进来。西蒙不知道现在是什么时候。他觉得冷,却累得不想生火,他很庆幸自己穿了一件外套。

他瘫倒在床上,连堆在上面的书都没有挪开,他的手里还紧紧抓着那本《甜蜜的忧伤》。

他睡着的时候,它掉到了地板上。

西蒙醒来时脑袋里一片茫然,背上还被书压出了几道印子。他不记得自己身在何处,也不记得是怎么来到这里的。早晨的阳光从常春藤的缝隙中探进来。风拉扯着一扇打开的窗户,窗轴发出了吱吱的响声。

关于钥匙、小屋和火车的记忆一点一点地回到了他朦胧的思绪中。他一定是睡着了。他做了一个特别奇怪的梦。

怀着半是好奇、半是疑惑的心情,他试了试小屋的后门,它卡在那里,可能被外面的荆棘顶住了。

他在壁炉里生起了一团火。

他不知道该怎么处理这个小屋和这些书,它们想必都是他妈妈留给他的。

他从床底下找到了一个又长又扁的箱子。箱子的锁和合页都已经生锈,他用鞋跟使劲一踢,就把它们打开了。箱子里装着褪色的纸张和更多的书。其中有一份文件是一张契约,把这个小屋转让到了他的名下,还包括周边一大片土地。他在剩下的文件中寻找他妈妈的信。她提前为他的十八岁生日做了安排，让他能找到这个地方，却从来没有亲手给他写过一封信，这让他很不开心。他发现其他大部分纸上都写了一堆高深莫测的东西：一些笔记和文章的片段看上去就像童话故事，杂乱的长篇大论写的都是轮回、钥匙和命运。唯一的一封信不是他妈妈写的，而是写给她的。这封信热情洋溢，署名是一个叫阿希姆的人。西蒙的脑子里闪过一个念头，它很有可能来自他的爸爸。

他忽然想到，他妈妈是不是知道自己快要死了。她安排了这一切是不是因为她预料到了自己的离世。他以前没有这样想过，而且他并不喜欢这个念头。

他继承了一份遗产。一个灰尘遍布、书籍满屋、藤蔓丛生的地方。这是属于他的。

他不知道自己能不能住在这里，也没想好自己是不是愿意住下来。也许可以铺上地毯，换上更好的椅子，再放一张舒适的床。

他把那些书整理了一下，将神话寓言类的书堆在了桌子一侧，把历史地理类的书放到了另一侧，而那些他无法分类的书则被留在了中间。其中还有地图集和他看不懂的外文书。有几本书上标了注释和符号：王冠、剑和猫头鹰的图案。

他看到床边有一小册书，不像其他的书那样落满了灰尘。他认出它时，又失手让它掉了下去。它落进书堆里，和其他的书混在一起，难以区分。

那不是梦。

如果这本书不是梦，那么女孩也不是梦。

西蒙朝后门走去，对它又推又撞，把全身力气都用在肩膀上来迫使它打开。这一回它妥协了。

他又见到了那些楼梯。底下亮着灯。

那个金属笼子在等他。

下降的过程很漫长，让他急得发狂。

这一回前厅里不再有底座。那扇门畅通无阻地放他进来了。

馆长的办公室是关着的，西蒙沿着一条过道往前走时听到了开门的声音，但他没有回头看。

没有指南针就很难再次找到心之门的位置。他转错了几个弯，原路折返了好几趟。他沿着由书本堆成的台阶向上走。

终于，他来到了一个熟悉的转角，经过那个阴影覆盖下的角落，来到了那扇门前，门上有一颗燃烧的心。

门里的房间是空的。

他打开了那扇羽毛之门，但门后面什么都没有。他又把门关上。

她随时都可能回来。

也可能再也不回来了。

西蒙围着桌子踱步，走累了就在躺椅上坐下来。他调整了它的角度，这样他就能面朝那扇门了。他想知道那只猫等待有人开门把它放走时，在这个房间里待了多久，还有它一开始怎么会被留在这里。

他坐得烦了，于是又开始踱步。

他从桌上拿起一支羽毛笔，打算写一封信，从门缝下面递过去。

他想不出写什么能管用。他觉得自己现在能理解他妈妈为什么没有给他留下任何信件了。他在这里等待莉诺，却连时间和日期也无法告诉她，因为他找不到计算时间的依据。他意识到一旦离开阳光，就很难判断时间过去了多久。

他放下了笔。

他想知道等待一个女孩应该花多长时间比较合适，她或许只是一场梦，又或许不是。他有可能梦到了一个女孩，而她所处的地方却是真的，又或者连那个地方也只是一场梦。这时他的头疼了起来，于是他觉得也许自己应该找一些书来读，而不是继续胡思乱想。

他后悔把那本《甜蜜的忧伤》留在了小屋里。他在书架前浏览上面的书。有一些书既陌生又奇怪。其中一本厚重的书里标满了脚注，封面上有一只渡鸦，它从众多书籍中脱颖而出，吸引了他的注意力。他津津有味地读着书中两个英国魔法师的故事[1]，把时间抛到了脑后。

这时羽毛之门打开了，她来了。

西蒙放下了书。他没有等她开口说话。他等不及了，害怕她会又一次消失，再也不出现了。他飞快地将两人之间的距离拉近，然后不顾一切地吻住了她，如饥似渴。片刻之后，她以同样热烈的吻回应了他。

埃莉诺想，书里对亲吻的描述都不太准确。

他们一件一件地脱掉了对方的衣服。他抱怨她的服饰上有很多奇怪的搭扣和拉锁，而她也笑他的衣服上纽扣太多了。

他没有取下她的兔子耳朵。

在这个房间坠入爱河很容易，因为周围的门全都锁上了。整个世界都装进了一个房间里，都安放在了一个人身上。宇宙凝聚起来，变得强大而炽热，它明亮又欢快，充满勃勃生机，仿佛通了电一般令人激动不已。

但门不可能永远都关着。

---

1 英国作家苏珊娜·克拉克（Susanna Clarke，1959— ）的代表作，原名为《乔纳森·斯特兰奇与诺瑞尔先生》，中文版译名为《英伦魔法师》。

扎卡里·埃兹拉·罗林斯站在一个女人的雕像前，她全身都布满了蜜蜂，他在想她是不是只差一顶王冠就可以成为女王了。

在他的新任务中（这算是主线任务还是支线任务？他脑袋里的声音正在思考），关于蜜蜂女王，这是他唯一能想到的人，可他不知道该如何把钥匙交给她。他在这尊大理石雕像上寻找钥匙孔，但除了裂痕什么都没找到，而且他没有能交出来的钥匙。他卡在了"从未被锻造"这一句上，也不知道去哪里能找到一把金钥匙。也许他应该把馆长办公室里的那些罐子翻个遍，或者去寻找《甜蜜的忧伤》里提到的那个全是钥匙的房间，他意识到罐子里的钥匙很可能就是那个房间里的钥匙，它们被保管起来了。

他检查了每一只蜜蜂，还把女人坐在身下的大理石椅子也整个查看了一遍，仍然一无所获。大概别的地方还有一位能够统治蜜蜂的女人吧。这些蜜蜂并非雕像的一部分，它们是由另一种石头雕刻而成的，有着非常合适的蜂蜜色，色调更暖，可以移动。也许它们全都属于另一个地方。自从扎卡里第一次看见这个雕塑之后，它们中有一些被移动过了。

扎卡里在女人摊开的掌心里各放了一只蜜蜂，然后就离开了，留下她独自想着自己的心事，这是雕像在地下无人相伴、身上还布满蜜蜂时才会做的事情。

他选了一条没去过的走廊,在一个奇特的装置面前停了下来,它看上去像一个巨大的老式口香糖贩卖机,里面装满了各种颜色的金属球。扎卡里转动了一下那个华丽的手柄,机器里掉出了一个铜球。它比看上去的样子更重,扎卡里设法将它打开,看到里面塞了一小卷纸,展开来就像自动收报机里使用的纸带,上面写着一个长度惊人的故事,讲述了失去的爱、城堡和交错的命运。

扎卡里把空出来的铜球和缠绕成一团的故事纸带塞进了包里,继续沿着走廊往前走,然后就来到了一个巨大的楼梯前,楼梯向下通向一个相当开阔的空间。那是一个宽敞的舞场,空无一人。扎卡里想象了一下它里面挤满了跳舞和狂欢的人群时所能容纳的人数。它比心之厅高一些,高耸的天花板隐没在上方如同夜空一般的阴影中。墙边有一排高大的壁炉,其中一个生了火,其余的亮光都来自沿墙垂落的链条上挂着的灯。他猜想会不会是莱姆把它们点亮的,以便有人经过房间或者想要跳舞,又或许是它们自己亮了起来,期盼着能发出炫目的火光。

扎卡里穿过舞场时,越来越强烈地感觉到自己错过了一些事情。他来得太晚了,舞会早已曲终人散。倘若他在很久之前就把那扇画出来的门打开,是不是也已经为时过晚了?很有可能。

远处的墙上有一扇门,要经过好几个壁炉,再走过一排漆黑的露天拱门才能到达。扎卡里打开那扇门,看见在舞会过后的一片空寂中坐着一个人。

在酒窖里有一面没有窗户的墙,米拉贝尔蜷缩在墙上一个很像窗口的隐蔽角落里,在几排摆满酒瓶的置物架之间。这个酒窖里所收藏的酒用来供应舞场所有举办过的和没举办过的派对都绰绰有余。

她穿着一件黑色的长袖连衣裙,要不是裙身太长的话,本来大概能称得上修身性感的。它遮住了她的腿,也挡住了她脚下的一堆酒瓶和一部分地板。她手里端着一杯泛着泡沫的酒,正在埋头阅读一本书,扎卡里走近一些,就能看见封面上写着:时间的皱折[1]。

"我记不住关于四维空间的那些术语,真是让人火大。"米拉贝尔说。她没有抬头,也没有解释任何与时间和空间相关的细节。"也许你会有兴趣听听这个消息,曼哈顿一家私人俱乐部发生了一场电气火灾,造成了巨大破坏,灾情已经得到了控制,没有波及到周边建筑。他们大概连动手将它拆除都用不着。"

她把书靠在旁边的一个酒瓶上,让摊开的书停留在她读的那一页,然后低下头望着他。

"据报道,当时那座建筑里并没有人。"她继续说,"我想在把你送回地面之前先搞清楚阿勒格拉的去向,如果你同意的话。"

扎卡里觉得自己是否同意其实无关紧要,而且他再一次认定自己并不急于回到地面上去。

"蜜蜂女王是谁?"他问。

米拉贝尔疑惑地看着他,于是他确定那张字条不是她写的,但这时她耸了耸肩,指向了他身后。

扎卡里转过身。很多带长凳的长条木桌挤在酒架之间,石墙上还有其他像窗口一样的角落,其中最大的一处挂了一张巨幅画像,米拉贝尔所指的就是它。

画像上的女人穿着酒红色的低领礼服,一只手拿着一个石榴,另一只手持着一把剑。画的背景是一片有纹理感的黑暗,画中的光

---

[1] "梅格时空大冒险"系列之一,美国作家马德琳·英格(Madeleine L'Engle, 1918—2007)的经典幻想小说。

亮来自人物本身。她在阴影中闪闪发光的样子让扎卡里想起了伦勃朗[1]的一幅画。女人的脸被一群蜜蜂完全遮住了。有几只蜜蜂飞到下方去打量那只石榴。

"她是谁?"扎卡里问。

"我也不知道,"米拉贝尔说,"它很像是在暗示那位珀耳塞福涅[2]。"

"冥府的王后。"扎卡里说,他盯着那幅画,想弄清楚怎样才能把钥匙给她,却毫无办法。他希望石榴上会画着一个钥匙孔,这有点异想天开,但也并非不可以。

"你读的书不少嘛,埃兹拉。"米拉贝尔一边评价,一边从她坐的地方滑下来。

"我读的神话不少。"扎卡里纠正道,"小时候我以为赫卡忒[3]、伊希斯[4]和所有小精灵都是我妈妈的朋友,是真实存在的人物。我觉得他们曾以某种方式存在过。一直都在。或许吧。"

米拉贝尔从一张桌子上的冰桶里取出一瓶已经打开的香槟。她举起酒瓶,递给扎卡里。

"我更喜欢喝鸡尾酒。"他说,不过他也认为气泡酒适宜任何场合,他很欣赏米拉贝尔的品位。

"你爱喝那一款?"她问道,又给自己倒了一杯,"我欠了你一杯酒和一支舞,还有别的,我知道。"

"边车鸡尾酒,不加糖。"扎卡里回答,他的目光被香槟旁边

---

[1] 伦勃朗(Rembrandt Harmenszoon van Rijn,1606—1669),荷兰画家,作品中采用"光暗"的处理方法,让光线集中在画的主要部分。
[2] 希腊神话中宙斯的女儿,被冥王用来自冥界的石榴引诱至冥府,从此成为冥界的王后。
[3] 希腊神话中司夜和冥界的女神。
[4] 埃及神话中的丰饶女神。

的一副纸牌所吸引。

米拉贝尔溜到画像另一侧的那面墙边，她的长裙拖在身后。她在墙上的某块地方敲了敲，那一片墙就打开了，露出了隐藏的自动升降机。

扎卡里将目光移回到纸牌上。

"这是你的吗？"他问。

"我会忍不住去洗洗牌，但不怎么用它们算命。"她说，"我没想到这里竟然没有更多的牌了，其实它们都是一段段故事，可以重新组合。"

扎卡里翻开一张牌，以为会看到一个熟悉的塔罗牌图形，但牌上是一个陌生的图案：一幅黑白的素描解剖图，被水彩画出的一片血泊包围着。

肺

牌名很适合这幅图：只有一个肺，而不是一对。水彩画出的血看上去仿佛在流动，旋转着涌进肺里再流出来。

扎卡里把这张牌放回那堆牌的最上面。

墙上的门里传来一声铃响，吓了他一跳。

"你妈妈会用牌算命吗？"米拉贝尔问。她把一杯冰镇的边车鸡尾酒递给他，杯口很明显没有加糖边。

"有时候会，"扎卡里说，"人们常常希望她这么做，所以她会在算命的时候摆出几张纸牌，不过大多数时候她都要触摸物品，从中得出对它们的印象。这叫作通灵术。"

"她通晓灵魂。"

"我想是这样的,如果你喜欢从字面直接解释的话。"扎卡里喝了一口酒。这简直是他喝过的最完美的边车鸡尾酒了,但他想不通这种完美为何会令他如此不安。

"厨房的调酒师相当优秀。"米拉贝尔回应了他脸上那一连串的表情,"正如我所说,我们必须伏在地下,低调一点。不是故意要用双关语。别告诉我你没有任何事情可做,也没有任何人需要照顾。"在扎卡里对这句话提出反驳之前,米拉贝尔继续说:"想想吧,如果你在图书馆选中的是另一本书,那么你此时就不会出现在这里了。很遗憾你把它弄丢了。"

"噢,"扎卡里说,"它一直在我身上。多里安把它放在我的外套里了。"他从包里取出《甜蜜的忧伤》,递给米拉贝尔。"你知道它是从哪里来的吗?"

"它可能是档案室里的一本书。"她翻了翻书页,说道,"我也不确定,只有侍从才被允许进入档案室。也许莱姆知道得更多,但她大概不会告诉你,她要严格遵守她的誓言。"

"这是谁写的?"扎卡里问,"为什么书里会有我?"

"如果它来自档案室,那么它就是在这里被写出来的。我听说档案室所保存的记录并非完全是按时间顺序排列的。一定是有人动过它,把它放到了最上面。这可能就是阿勒格拉在寻找它的原因,她喜欢把一切都锁起来。"

"她所做的事情就是这个,试图把它锁起来?"

"她觉得把它锁起来就能让它远离危险。"

"远离什么危险?"扎卡里问。

米拉贝尔耸了耸肩,说道:"人为的破坏?社会的进步?时间的流逝?我不知道。如果不是因为我,她差点就成功了。从前世上只有实体的门,在我发现自己可以画出新的门之前,她已经关闭了很多扇门,后来她把我画的门也关闭了。把门封上,让它远离伤害。"

"她经常提到鸡蛋,还说要保护它们不被打碎。"

"如果鸡蛋被打碎了,它就不仅是鸡蛋了。"米拉贝尔思考了一会儿,说道,"鸡蛋原本就是用来被打碎的,否则它还能是什么?"

"我觉得鸡蛋是一种隐喻。"

"要想做一份炒鸡蛋,就得打碎几个这样的隐喻。"米拉贝尔说。她合上《甜蜜的忧伤》,把它还给扎卡里。"如果它确实属于档案室,我想莱姆是不会介意由你来保管它的,只要它一直留在这里就行。"

她转身又给自己倒了一杯酒,这时扎卡里注意到她脖子上的那些项链多了一条。

这条多层项链上挂着一把金色的剑,和他自己脖子上的那把很像,另外还有一把钥匙和一只蜜蜂。

"那条项链是金的吗?"扎卡里指着它问道。米拉贝尔好奇地看了看他,然后低头瞄了一眼那把钥匙。

"我想是吧。至少是镀金的。"

"去年你戴着它参加派对了吗?"

"是啊,你在电梯里讲述事情的起因时,我才想起来。我很高兴它能派上用场。有用的首饰才是最好的。"

"我能……能借那把钥匙用一用吗?"

"你佩戴的首饰还不够多吗?"米拉贝尔说,她看着他的指南针和钥匙,还有多里安的剑,像护身符一样挂在他身上。

"你的首饰也不少。"

米拉贝尔眯起眼睛,喝了一口酒,然后她把手伸到脖子后面,解开了项链的搭扣。她把挂着钥匙的那条项链和脖子上的其他饰物分开，递给了他。

"别拿去熔化了。"她说，将它放进他摊开的手掌里。

"当然不会，我会把它还回来的。"

扎卡里把项链放进包里。

"你要去做什么，埃兹拉？"米拉贝尔问。他差点就告诉她了，不过有某种东西阻止了他。

"我还不太确定，"他说，"等我搞清楚了就告诉你。"

"一言为定。"米拉贝尔带着好奇的微笑说道。

扎卡里从桌上端起她的酒杯，喝了一口。酒的味道就像冬天里的阳光和融化的雪，那些气泡明亮而扎眼，纷纷破裂。

每只酒瓶里的每个气泡都有一个故事，在每一杯酒中，在每一次啜饮里。

美酒难留，而故事不朽。

扎卡里不确定这个声音是时常出现在他脑海中的那个，还是另一个完全不同的声音。也许米拉贝尔的酒也是由故事组成的，就像她那个神奇的糖盒里装的不是糖一样。

他无法确定任何事情。

他甚至无法确定自己是否在意这种不确定性。

他将剩下的边车鸡尾酒一饮而尽，想把它连同那些讲故事的声音一起咽下去。当一切都被吞进肚子以后，在他口中还剩下一个问题：

"麦克斯，那片海在哪里？"

"什么？"

"那片海。无星之海，那片水域，这个地方是它的港口。"

"噢。"米拉贝尔说，对着她那个嘶嘶冒气的杯子皱了皱眉。扎卡里在等她告诉自己，无星之海是哄小孩的睡前故事，或者无星之海是一种精神状态，又或者根本就没有无星之海，它从来都没有存在过。然而她并没有说这些话。她站起来说："这边走。"她从桌上拿起那瓶香槟，走出酒窖，进了舞场。

扎卡里跟上去，把他的空酒杯放在那副纸牌的旁边，如果将它们按合适的顺序排列的话，它们会把整个故事讲给他听。

米拉贝尔领着他穿过酒窖大门旁那排笼罩在阴影中的拱门。这里实在太暗了，扎卡里之前都没有注意到它们前方的台阶。他们走下台阶的时候，他只能看清自己面前一臂之远的范围。他在米拉贝尔身后保持着两级台阶的距离，生怕踩到她那条长袍的裙边。可是即使只隔两级台阶，她也几乎要消失在阴影中了。

"还要往下走多远？"他问道，周遭的黑暗没收了那个"还"字，又把它抛还给他：还还还还还。

他现在明白了，这片黑暗浩瀚无边。

台阶的尽头是一道长长的矮墙，嵌在岩石里，一根根短柱从粗糙的石头地面上冒出来。

扎卡里回头看了一眼那段台阶，六座拱门的亮光凝望着黑暗。

"你想看这片海。"米拉贝尔平静地说。她越过那道墙，望着那片黑暗。扎卡里不知道她是在对他说话还是在自言自语，又或者是在对着黑暗说话，他猜那是一个洞窟。洞窟回答道：海海海海海。

"它在哪里？"扎卡里问。

米拉贝尔又朝石墙靠近了一些，放眼眺望。扎卡里站在她身边朝下看去。

来自舞场的亮光落在一大块粗糙的岩石上，它还尚未隐没到空虚中和阴影里。扎卡里勉强能辨认出自己映在石头上的剪影，就在米拉贝尔的影子旁，但是那亮光没有照出任何像是海水或者海浪的地方。

"还有多远?"

作为对这个问题的回答,米拉贝尔拿起香槟酒瓶,把它扔进那片黑暗中。扎卡里等着它撞碎在岩石上,或者落进他以为并不存在的海水里,但它并没有。他一直在等待。等啊等。

米拉贝尔喝着酒。

过了一会儿——这段时间最好用分而不是秒来计算——从下面很深的地方传来了极轻的响声。相隔太远,扎卡里分辨不出那是不是玻璃破碎的声音。回声敷衍地将这响声拾起来,却只带着它走了一半,仿佛已经消耗了很大的力气才将这么小的声音传到了这里。

"无星之海。"米拉贝尔说着,用她的酒杯指了指下方的深渊和面前的黑暗,所指之处见不到一颗星星。

扎卡里凝视着这片虚无之地,不知道该说什么。

"这里原本是沙滩。"米拉贝尔告诉他,"在派对上,人们会在海浪里跳舞。"

"发生了什么?"

"它慢慢消失了。"

"是……是因为这样人们才离开的,还是因为人们的离开它才开始消退的?"

"都不算对。也都不算错。你可以去找一个时间点,从那一刻起人们开始大批迁离,但我认为这只是到时候了而已。在阿勒格拉和她的同伴开始行动之前,昔日的门就已经逐渐崩塌了,而他们把门拆卸下来,还将门把手如同狩猎的战利品一样四处展览。地方变了,人也变了。"

她又喝了一口酒,扎卡里觉得她大概想起了某个人,但他没有问。

"这里不再是以前的样子了,"米拉贝尔继续说,"请不要为错过了它的黄金岁月而难过,那个时代已经结束了,早在我出生之前,海潮就已退去。"

"可这本书——"扎卡里开了口,但他还没想好自己要说什么,这时米拉贝尔打断了他。

"一本书是一种解读。"她说,"你希望一个地方能和书里写的一样,但它并不存在于书中,那只是文字而已。存在于你想象中的地方才是你想去的地方,可那个地方只是想象出来的。而这里是真实存在的。"她把手放在他们面前的石墙上。她手指附近的石头裂开了,一条裂缝伸向旁边,消失在一根柱子里。"你可以无穷无尽地写下去,但那些文字永远无法成为这个地方。况且,那是它以前的样子。不是现在的样子。"

"它还能回到原来的样子,是吗?"扎卡里问,"如果我们把门修好,人们就会回来。"

"我很高兴你说的是'我们',埃兹拉,"米拉贝尔说,"这么多年我一直在做这件事。人们来过,却不愿停留。唯一留下来的人就是莱姆。"

"馆长说所有以前住在这里的人都离开了,或者去世了。"

"或者不再出现了。"

"不再出现?"扎卡里重复道,他的话又被他们周围的洞窟所重复,那回音将这个词都变成了碎片,只挑它最喜欢的说:出现,出现,出现。

"拜托你一件事,埃兹拉。"米拉贝尔说,"不要向下走得太远。"

她转过身,吻了吻他的面颊,然后走上了台阶。

扎卡里朝那片黑暗看了最后一眼,就跟上了她。

他还没登上台阶的顶端就知道他们之间的谈话已经结束了，不过当他经过她身边，穿过宽敞的舞场继续前进时，她把手中的空酒杯朝他稍微倾斜了一下，以示告别。

他能感觉到她在目送自己离开，但他没有转身。他在空旷的舞池中间单脚立地旋转了一圈，继续往前走的时候，听见了她的笑声。

忽然之间他感觉一切都很好。甚至连空荡荡的舞场和噼啪作响的一团炉火也变得没那么糟糕了，原本应该有十二团炉火的。

也许，一切都在燃烧，都曾被焚毁，都将被点燃。

也许，按常规他不该在这里喝任何东西。

也许，沿着舞场尽头的台阶往上走时，他在心里想，这里还有很多神秘往事和未解之谜是自己永远也无法解开的。

扎卡里来到台阶顶部时，有一个人影从走廊尽头穿过，他从发型上看出那是莱姆。他想追上她，但她始终走在他的前面。

他看见她把有的灯调暗了，却没有动其他的灯。

他感到好奇，尤其想知道她除了穿梭于走廊之间点亮蜡烛之外，还会去哪里，于是他继续远远地跟着她。

他跟着她来到一条走廊，里面摆满了精致的雕塑和高大的雕像，大理石做的手掌纷纷向她伸出，她点亮了那些手中的蜡烛。

莱姆忽然停了下来。扎卡里后退一步，撤到阴影下的一个壁龛里，挤在两个雕像中间，真人大小的森林之神与林间仙女定格在一个高难度的拥抱姿势里，令人印象深刻。透过雕像的大腿和手臂，他能看见莱姆。她站在一面石雕墙前，伸手按住了墙上的某个机关，墙移开了。

莱姆走了进去，那面墙在她身后又挪回了原位，就像那个蜡烛画框后面的墙一样。

扎卡里走过去瞧了瞧那面墙，门合上以后就看不出来了。石头上雕刻的图案全都是藤蔓、花朵和蜜蜂。

蜜蜂。

大部分雕刻图案都是凸出来的浮雕，只有蜜蜂用的是沉雕手法，在石头里凿出凹下去的蜜蜂形状，造型很精致。

他试着回想了一下莱姆在门上按住的位置，于是发现了一个蜜蜂图案。

她肯定在这个图案里嵌入了一只蜜蜂。就像插进了一把钥匙。

也许这里就是米拉贝尔所说的档案室，只有侍从才能进去。

那面墙再次移动了起来，扎卡里便躲到了雕像背后。

莱姆从墙里走出来，又碰了碰那扇门。她手里拿着某件东西，很小的一个金属物件，扎卡里猜那一定是蜜蜂形状的。

在她的另一只手里有一本书。

莱姆等门关上以后才转过身。她打量了一下林中仙女和森林之神的雕像，举起那本书，把它放在了一张桌子上。

莱姆特意多看了一眼雕像，这才离开了。

扎卡里走过去拿起那本书。他不知道这个意外的转折说明自己在跟踪别人时是有所进步了还是做得更糟了。

那本书体积不大，镀了一层金色。它看上去很像《甜蜜的忧伤》，但装帧用的是深蓝色。封面和封底都没有任何标记，也没有任何特征能区分哪个是封面，哪个是封底。

书里的文字是手写的。扎卡里一开始以为它大概是一本日记，但第一页却有一个书名：

西蒙与埃莉诺之歌

西蒙与埃莉诺之歌
一次关于时间本质的简短解说

　　他们不可能永远待在这个房间里。他们都清楚这一点，但谁也不说。他们沉浸在情迷意乱中，裸露的四肢纠缠在一起再分开，然后又以新的方式继续纠缠。他们从一堆书后找到了一瓶酒，但这里没有通往厨房的门，而他们中的一个人最终不得不离开。

　　这种现实的忧虑撕扯着西蒙愉悦的心情，他尽量把它们压在心底，越久越好。他把脸埋进埃莉诺的颈窝，满脑子都是她，她的皮肤，她的味道，她笑起来的样子，她躺在他身下和趴在他上面的感觉。

　　他们忘记了相对时间的存在。

　　然而被遗忘的时间却带来了口渴和饥饿的感觉。

　　"要是我们一起从其他的门离开呢？"埃莉诺提议。她穿上了那双古怪的条纹长袜，环顾四周那些蜜蜂、钥匙、剑和王冠的标志。

　　蜜蜂之门纹丝不动。剑之门没有门把手，西蒙之前没注意到这一点。王冠之门打开后是一堆坚固的石头，门里的走廊坍塌了。西蒙还没来得及关门，就有一些散落的石块滚到了房间里。

　　只剩下钥匙之门了。

　　它上了锁，但埃莉诺用她脖子上的金属片将它强行打开了。

　　门后是一条弯曲的走廊，两边都是书架。

　　"你认识这个地方吗？"西蒙问。

"我还要再看看,"埃莉诺说,"很多走廊看起来都是一样的。"

她往前方伸出一只手,没有遇到任何阻拦。

"你试试。"她建议道。西蒙也做了同样的动作。他把手从房间伸向走廊,也没有遇到阻拦。

他们望着彼此。没有其他办法。他们别无选择。

西蒙把手递过去,埃莉诺将手指扣在他的手中。

他们一起跨进了那条走廊。

埃莉诺的手指在西蒙手中如同雾气一般消失了。

门在他身后砰的一声关上了。

"莉诺?"西蒙大喊着,但他知道她不见了。他想把门打开(门的这一边插着一把与之相配的钥匙),却发现门被锁上了。他又敲了敲门,也没有得到回应。

他的大脑快速运转,想出了很多种办法,却没有一种让他满意。他决定去寻找自己的那扇门,他的门上有一颗心,因为那扇门没有被锁上。

西蒙在迷宫一般的走廊里穿行,走了好一会儿都没看到任何熟悉的场景。他找到了一张桌子,上面放着水果、奶酪和饼干,于是停下来大吃了一顿,还往外套口袋里塞了几块饼干和一个李子。

很快他发现自己回到了心之厅。

他知道如何从这里前往那扇标记了一颗心的门,于是匆匆赶了过去,却发现那里的门把手被拿走了。一个木塞占据了它被挪走后留下的空洞。钥匙孔也同样被堵上了。

西蒙回到心之厅。

馆长办公室的门是关着的,西蒙敲了敲门,它立刻就打开了。

"有什么需要我帮助的,基廷先生?"馆长问。

"我要进一个房间。"西蒙解释道。他听起来气喘吁吁,就好像刚才一直在奔跑。也许他确实是跑来的,但他不记得了。

"这里有很多房间,"馆长说,"我需要你说得更具体一点。"

西蒙描述了门的位置,还指出门上有一颗正在燃烧的心。

"啊,"馆长说,"是那扇门呀。那个房间是不允许进入的,很抱歉。"

"可那扇门之前没有上锁,"西蒙抗议道,"我必须回到莉诺身边。"

"谁?"馆长问。这时西蒙觉得馆长其实完全明白发生了什么。他以前提到过莉诺,在他把那本《甜蜜的忧伤》带回来的时候。他不相信馆长的记忆力会这么差。

"莉诺,"西蒙又说了一遍,"她就住在这下面,个头和我一样高,黑头发,棕皮肤,还戴着一对银色的兔子耳朵。你一定知道我说的是谁。她和任何地方的任何人都不一样。"

"我们这里没有住过叫这个名字的人。"馆长冷淡地说,"我想你一定是弄错了,年轻人。"

"我没有弄错。"西蒙不肯松口,他不由自主地抬高了声音。角落里有一把椅子,上面一只正在打盹的猫醒了,对他怒目而视,然后伸了个懒腰,跳下椅子,离开了办公室。

馆长的目光比那只猫更严厉。

"基廷先生,你对时间了解多少?"他问。

"什么?"

馆长扶了扶眼镜,继续说下去:

"我假设你对时间的了解是基于它在地面之上的运行方式,在那里它是能被测量的,也是相对统一的。在这里,在这间办公室,在最靠近心之厅中央那只猫的地方,时间的运行方式和上面几乎是一样的。但在有些……地方……离这个位置更远、更深的地方,时间就不那么可靠了。"

"什么意思?"西蒙问。

"这意味着如果你遇到了某个我没有登记过的人,那是因为他们还没有到这里来。"馆长解释说。"没有及时到达。"他又补充了一句作为说明。

"这太荒谬了。"

"事情再荒谬也不会降低它的真实性。"

"请让我回到那个房间去吧,先生。"西蒙恳求道。他不知道该如何看待这场关于时间的讨论,他唯一的愿望就是回去找莉诺。"求求你了。"

"我做不到。很抱歉,基廷先生,但是我无能为力。那扇门已经关上了。"

"那就把它打开。"

"你没明白我的意思,"馆长说,"它不是被锁上了,而是被关闭了。它永远不会再打开了,任何钥匙都开不了。这是必要的预防措施。"

"那我怎样才能再次找到她?"西蒙问。

"你可以等待,"馆长建议,"可能会等很长一段时间,我说不准。"

西蒙一言不发。馆长坐在桌前,把一堆书扶正,又从打开的记事簿上刷下一层吸墨粉。

"你或许不相信我的话,基廷先生,但我却明白你的感受。"馆长说。

西蒙继续向馆长抗议,与馆长争论,但整个过程令他非常窝火。

无论他说什么，也无论他做什么，包括踢椅子和摔书，都没有对馆长产生任何影响，他始终是一副无动于衷、泰然自若的样子。

"我什么都做不了。"馆长再三表示。他看上去似乎很想去喝杯茶，但又不愿对西蒙放任不管。"你可能遭遇了一次时空分裂。这种东西很不稳定，必须封住。"

"我穿越到未来了吗？"西蒙问，试图去理解这种状况。发现一个隐秘的地下图书馆是一回事，而穿越时空又是另一回事了。

"很有可能。"馆长回答，"更可能的是你们两人都进入了一个空间，它从时间的束缚中把自己放了出来。在那个地方，时间是不存在的。"

"我不明白。"

馆长叹了口气。

"把时间看作一条河。"他说着，用手指在空气中画了一条线。他戴了好几枚戒指，它们在灯光下闪耀着。"这条河朝一个方向流动。如果河边有一个水湾，湾里的水流方向与河里的水不一样，那么这个水湾就没有遵循同样的规则。你发现了一个水湾。几个月或者几年之后的某一时刻，你所说的那个女孩也发现了同一个水湾。于是你们两人都从时间之河里走了出来，进入了另一个空间。而你们都不属于那个空间。"

"在这下面还有其他这样的空间吗？其他的河湾？"

"你这样想不太明智，一点也不明智。"

"所以还有办法找到她，这是可行的。"

"我建议你回家去，基廷先生。"馆长说，"无论你在这里想找的是什么，你都不会找到的。"

西蒙怒气冲冲地环顾着办公室，望着那些木质抽屉和铜制把手，还有那些皮椅和精致的靠垫。桌上的一个托盘里摆了很多拴着链子的指南针。他的扫帚，他妈妈的扫帚，靠在门边的墙上。一只猫蜷缩在靠垫上，似乎睡着了，却还半睁着一只眼睛在注视着他。

"谢谢你的建议，先生，"西蒙告诉馆长，"但我不想采纳。"

西蒙从桌上的托盘中拿起一个指南针，然后转身就走，他的步伐很轻快，但没有跑起来。他朝无星之海的更深处走去，只回头看了一眼，确保馆长没有跟着自己。他身后什么都没有，只有书和影子。

西蒙看了看指南针，然后继续往前走，虽然指针一直在指向相反的方向。他将心之厅留在了身后，向着前方的未知世界出发。

在那里时间就没那么可靠了。

扎卡里·埃兹拉·罗林斯坐在一张褪色的皮质沙发上，身处纵深的地下世界，此时可能正值深夜，旁边的壁炉在噼啪燃烧，而他在看书。

莱姆留给他的那本书全部是用手写的。扎卡里目前只读了几页。手写体的书他读起来很慢。而且他也不确定这本书是用什么语言写的。如果他把目光移开，那些字母就会乱成一团，变成他不认识的文字，这让他感到头疼和沮丧。他放下书，搬来了一盏灯，这样能看得更清楚。

他试着梳理出这本书与其他所有事情之间的关联。他可以确定那个成为兔子的女孩和《甜蜜的忧伤》里掉进门的记忆中的女孩是同一个人，而故事线也从无星之海的港口中抽离，开始围绕一个叫基廷的人展开。

扎卡里打了个哈欠。要想把整本书都读完，他需要喝点咖啡。

他在厨房写字条时常用的那支笔不见了，可能被闯进来的猫弄丢了，于是他又得去找一支。兔子海盗那幅画下面的壁炉架上经常放着几支笔。他在移动一根蜡烛和一颗纸星星时，有东西掉到了地上。

他伸手去捡那张塑料的酒店房卡时，手在半空中停了下来。

已经耽误不少时间了吧，他脑袋里的声音说。

扎卡里犹豫了起来，斟酌了一下需要调查的所有谜题。

他把钥匙放进口袋里，离开了房间。

走廊里非常昏暗，时间应该比他想象中的更晚。他试着回想如何才能走到他要去的地方，然后拐错了一个弯。

他发现自己来到了一条熟悉的瓷砖走廊。他在一扇几乎已经没入黑暗的门前停了下来。他站在它面前犹豫不决。从门缝间能看见一丝光线。

扎卡里敲了一下多里安的门，然后又敲了一下，正当他准备离去时，门开了。

多里安的目光落在他身上——不，是从他身上穿了过去——多里安的眼睛睁得很大，神色疲倦，扎卡里以为他还没睡醒，可随后又注意到他已经穿戴完毕，但扣子没系好，还光着脚，手里则拿着一杯苏格兰威士忌。

"'你是来杀我的。'"多里安说。

"我——什么？"扎卡里问，但多里安没有停下来，继续讲下去：

"……猫头鹰之王说。'是吗？'铁匠的女儿问。"

"你是不是喝醉了？"扎卡里问。他看向多里安的身后，桌上放着一个玻璃酒瓶，几乎已经空了。

"'他们想方设法要杀我，一直如此。他们在这里找到了我，即使是在梦中。'"说到"这里"这个词的时候，多里安转身回到房间里，杯中的酒随他移动时慢了半拍，从杯子边上溅了出来。

"你确实已经醉得不轻了。"

扎卡里跟了进去，多里安还在继续讲故事，既是对着他讲，也是对着房间讲。桌上放着那本摊开的《命运和寓言》，就在那瓶苏格兰威士忌旁边。扎卡里朝它看了一眼，发现书翻开的地方是三把剑的故事，插图里有一只猫头鹰蹲在一堆书上，下面是一个树桩，摆满了蜡烛，插画师没有把蜂窝画上去。

"'一位新国王即将继承我的王位，'"多里安在他身后说，"'请吧。这是你的使命。'"

他举起了酒杯，扎卡里趁机把它从他手中取下来，放到了桌上的安全地带。

扎卡里曾经暗自希望能听多里安再讲一次故事，但这个场景和他想象中的不太一样。他站在那里看着他，聆听他的故事。虽然讲故事的方式有些古怪，讲故事的人也不在状态，但被斩首的猫头鹰和破碎的王冠听起来却像真的一样，他在书中读到过一模一样的文字，相比之下，它在此时此刻显得更加真实，就像是很久以前确实发生过的事情。

"然后她醒了，还坐在藏书室炉火边的椅子里。"

说完这句话，多里安也倒在了他自己位于壁炉旁的那张椅子里。他的头耷拉在扶手椅的椅背上，他的眼睛闭了起来，一直没睁开。

扎卡里走过去想看看他怎么样了，可他刚走到椅子面前，多里安就探身坐了起来，继续讲故事，仿佛刚才并没有停下来。

"架子上原来摆放那把剑的地方，一只棕白色的猫头鹰落在了空空的盒子上。"多里安指着扎卡里身后的一个书架。扎卡里转过身，以为会看见那只猫头鹰，他确实看到了。书本之间有一幅小小的画像，画中猫头鹰的头顶悬着一顶金色的王冠。

"这只猫头鹰一直陪她度过了余生。"多里安在扎卡里的耳边低声说完这句话，又向后倒在了椅子里。

即使喝醉了酒，他也能把故事讲得很好。

"猫头鹰之王究竟是谁？"在故事结束后的静默中，扎卡里问道。

"嘘。"多里安回答。他抬起一只手，按在扎卡里的嘴上，不让他吱声。"我们还无法得知。等我们知道了，就意味着故事的结局到了。"

他让手指在扎卡里的嘴唇上停留了一刻，然后才把手放下来。那一刻充满了威士忌、汗水和翻动书页的味道。

多里安把头靠在高高的扶手椅背上，深夜里醉意朦胧的故事时间结束了。

扎卡里觉得自己该离开了，他在桌前停下来，端起已经见底的威士忌酒杯，喝完了剩下的酒——他不想让多里安醒来以后把它喝掉，因为他已经喝得够多了，而更主要的原因是扎卡里想尝一尝多里安喝过的酒是什么滋味。它的口感醇厚顺滑，带着烟熏味，还有一丝忧郁的气息。

扎卡里尽量轻轻地关上门，留下了熟睡中的多里安，他大概已经在壁炉旁的椅子里做起了梦，在这个不完全算是图书馆的地方，那是他的一方角落。扎卡里希望能有一只猫在那里看护着他。

扎卡里不知道自己在往哪里走，虽然他已经想好了要去的地方，至少在他一开始离开自己房间的时候就已经想好了，那是多久之前的事情了？故事里的时间已经扰乱了他对真实时间的感知。也许他需要给自己找个同伴。

他来到心之厅时，发现这里比他之前见到的更暗了，那些吊灯上只亮着几个灯泡。

馆长办公室的门半开着。一小片灯光落在昏暗的心之厅里。

扎卡里听见里面传来说话声，他忽然意识到，虽然这里有数不清的角落和走廊，还有很多非常适合偷听的场所，但自己从来没有在这个地方偷听过别人的交谈，也从来没想过自己的谈话可能会被其他人听到。

他靠近了一些，因为那边是他本来就要去的方向，他不知道无意中听到算不算偷听。

"这样做是行不通的。"馆长的声音很低，而且听起来有些不一样。它似乎失去了之前的尖锐刻薄，每次扎卡里和他交谈时都能感受到那种语气。

"你怎么知道不行？"米拉贝尔的声音回答道。

"你还掌握了什么情况？"馆长问她。

"书在他手里。"米拉贝尔回答。馆长又说了几句话，但扎卡里没听到回答。

扎卡里又朝办公室移动了几步，躲在一片阴影里，变成了主动偷听。他只能看见办公室的一角，那里有一小截书架和一部分书，还有办公桌的角落和那只姜黄色猫咪的尾巴。人影挡住了来自台灯的光线，因此房间里的有一部分地方忽明忽暗。他听见馆长的声音再次响起。

"你不该去那里，"他说，"你不该惊动阿勒格拉——"

"阿勒格拉已经被卷进来了，"米拉贝尔打断了他的话，"阿勒格拉早就参与其中了，自从她开始关闭那些门以后，她也断绝了随之而来的一切可能性。我们差一点就——"

"正因为如此，不要再去招惹她了。"

"没有别的办法。我们需要她，我们需要那件东西，"——扎卡里看见米拉贝尔的胳膊有一部分挥动了一下，她正指着房间另一头的某个东西，但他看不见那是什么——"而且那本书已经被还回来了。你放弃了，对吗？"

停顿的时间很长，扎卡里正在猜测办公室会不会还有另一扇门，米拉贝尔可能已经离开了，这时馆长的声音打破了沉默，他的语气变了，声音更加低沉：

"我不想再失去你了。"

扎卡里吃惊地挪动了一下位置，他看房间的视角也发生了改变。

米拉贝尔背对着他坐在书桌的一角，露出了背部的曲线。馆长站在那里，他伸出手，从她的脖子和肩头划过，他一边靠近一边撩起她那件长裙的袖子，他的嘴唇轻轻碰在她刚刚露出来的皮肤上。

"也许这一次会不一样。"米拉贝尔柔声说道。

那只姜黄色的猫朝门口叫了一声。扎卡里转过身，迅速走进离他最近的那条走廊，然后一直往前走，直到确定没人跟着自己。他边走边想，有些事情太容易被忽略了，即使它们就发生在你的眼皮底下。

他越过肩膀回头看了看，那位扁脸的波斯猫朋友就站在走廊的中央。

"你愿意和我做伴吗？"扎卡里问道，这个请求听起来有点悲哀。他想回到自己的床上躺着，又想蜷缩在多里安身边的椅子里，其实他也不知道自己想要什么。

波斯猫伸了个懒腰，走上前来，停在扎卡里的脚边。它充满期待地抬头望着他。

"那好吧。"扎卡里说，于是在猫的陪伴下，他走过那些装满别人故事的走廊和房间，然后他们来到了那个到处是雕像的花房。

"我想我已经把它解出来了。"扎卡里对猫说。那只猫没有回答，它正在专注地打量着一个和它大小差不多的狐狸雕像，这只狐狸定格在一个跳跃的动作上，它有好几条尾巴，正从地面上掠过。

扎卡里却把注意力放到了另一个雕像上。

他站在那个坐着的女人面前,她身上有很多蜜蜂。他想知道是谁将她雕刻了出来,她的蜜蜂曾经去过这里的多少个角落,它们是被装在口袋里,还是在猫的帮助下才完成那些旅行的。

他不知道有没有人曾经注视着她,然后觉得她摊开的双手除了想要一本书,也许还想要别的。

他想知道她是否拥有过一顶王冠。

还想知道是谁给她留下了一杯酒。

扎卡里把从米拉贝尔那条项链上取下的金钥匙放在雕像的右手中。

他又把自己那张塑料的酒店房卡放进了她的左手。

什么都没发生。

扎卡里叹了口气。

他正准备问那只猫饿不饿,并且开始怀疑"禁止喂猫"这条规定可能不太严格,这时响起了一阵嘈杂的声音。

它是从雕像内部传来的。那声音嗡嗡作响,如同蜂鸣。

女人那些石头做的手指动了起来,它们蜷曲着握住了钥匙。一只蜜蜂从她的胳膊上跌落,摔到了地上。

一阵刮擦声响起,然后是沉重的机械撞击声。

但那尊雕像将钥匙紧紧握在手中之后,就没有再移动。

扎卡里把手伸过去碰了碰她的手。它掌心合拢,把钥匙握在里面,仿佛它原本就被雕成了这个样子。

除了刚才的声响,没有发生任何其他的变化。

扎卡里绕着雕像走了一圈。

石椅的椅背陷进了地下。

雕像的内部是空的。

她的下方有一串台阶。

台阶的尽头有亮光。

扎卡里回头看了看那只猫,它坐在那只悬在半空中的大理石狐狸脚下,蜷缩在一堆尾巴里。只有猫的尾巴在摆动。

那只猫对着他叫了起来。

或许每一个瞬间都是有意义的。

在某个地方。

扎卡里·埃兹拉·罗林斯迈步走进蜜蜂女王的雕像里,向下朝更深的深处前行。

西蒙与埃莉诺之歌

命名,第二部分

埃莉诺不知道该拿这个婴儿怎么办。

这个婴儿会哭着要喝奶,喂完了又接着哭,有时又会呼呼大睡。这些行为的先后顺序和时间长短都毫无逻辑规律。

她以为馆长能帮得上忙,可他并没有帮她。他不喜欢这个婴儿。他称呼它为"那个孩子"而不是它的名字,不过埃莉诺自己也有错,因为她还没有给那个婴儿取名字。

(埃莉诺以前也被人叫作"那个孩子"。她不记得什么时候开始人们就不这么叫她了,也不知道如果她现在有了别的身份,那么她是谁。)

这个婴儿不需要名字。这里没有别的婴儿,所以不会混淆。它是唯一的,是特别的,也是独一无二的。它就是"那个婴儿"。有时也被叫作"那个孩子",但它其实只是个婴儿。

在婴儿出生之前,埃莉诺找来了所有与小孩相关的书,把它们都读了一遍,可是这些书没有教她该如何面对一个活生生的婴儿。书本不会尖叫和哭号,也不会生气和吵闹,更不会盯着你瞧。

她问了馆长很多问题,但他从不回答。他的办公室一直关着门。她请画家和诗人们来帮忙,他们每次能来几个小时,画家待的时间比诗人们更长,这样她就能打个盹儿,睡眠很短暂,她也不会做梦。

但大多数时间里只有她和婴儿独自相处。

她给厨房写字条。

她不确定厨房会回复。小时候她时常会写一些很短的字条，它不会每次都回复。如果她写"你好"，它会回复"你好"，它还会回答问题，然而有一次埃莉诺问是谁在下面做饭、送东西和修东西，却没有收到回答。

她忐忑不安地把第一个与婴儿有关的要求送了下去，当门上的灯亮起时，她松了一口气。

厨房很好地解答了她的问题，给她提供了详细的用品清单，还礼貌地写下了很多鼓励和建议。

厨房为婴儿送来了一瓶瓶加热过的牛奶，还为埃莉诺做了纸杯蛋糕。

厨房建议她给婴儿念故事，埃莉诺觉得自己太笨了，居然之前没有想过要这样做。她很怀念那本《甜蜜的忧伤》，后悔把它送走了。她曾经从书里撕掉了很多页，那些都是她第一次读这本书时不喜欢的部分，为此她觉得很可惜。她不知道如果再读一遍的话，自己会不会喜欢上这些内容，可它们已经找不到了，被折成了星星，扔进了黑暗的角落里，和她旧时的噩梦一样。她试着回忆起自己不喜欢它们的原因。有一段是关于雪地里的一只牡鹿，让她感到心痛；还有一段讲的是上升的海面和失去了一只眼睛的人，但她不记得那是谁了。如今她觉得自己这样做很傻，为不存在的角色的命运而担忧，以至于把书页撕去，将它们藏起来，可那时这对她来说是有意义的。当她是一只兔子的时候，这个地方更有意义，她可以在黑暗中悄悄走动，仿佛她是这里的主人，整个世界都属于她。她不记得什么时候这一切都变了。

也许她自己也是从某个故事中撕下来的一页纸，被折成了星星，扔进了一片阴影里，等待被遗忘。

也许她不该从隐藏的档案室里把书偷出来，撕掉它们的书页，再把它们送走，可现在要想做出任何改变都为时已晚。然而一本心爱的书即使一开始被偷走了，变得不完整了，然后被弄丢了，也依旧是她所喜爱的书。

埃莉诺还记得《甜蜜的忧伤》里大部分的内容，她可以向婴儿复述其中的一些故事，关于海盗和玩具屋，关于一个掉进门里的女孩。这个故事似曾相识，有时她会觉得自己在故事里生活过。不过她读的次数太多了，那感觉几乎就和自己曾经置身其中一样。

厨房送来了一只毛绒兔子玩偶，有着柔软的棕色绒毛和耷拉的耳朵。

婴儿非常喜欢这只兔子，比它对大多数东西的喜爱还要多一点。

有了兔子和念故事，埃莉诺总算获得了些许安宁，哪怕它往往只是片刻时光。

她很想念西蒙。她不会再哭了，虽然她度过了很多以泪洗面的白天和夜晚，那时她刚确信自己无法回到那个房间，而且即使能回去，也永远见不到西蒙了。

她知道自己再也见不到他了，因为馆长是这么说的。她在未来再也见不到他了，因为他在过去再也没有见过她。馆长之所以知道，是因为他那时在场。他一直都在。他嘟哝了几句关于时间的话，然后就挥手打发她离开了。

埃莉诺觉得馆长对过去的掌握比他对未来的了解更多。

她从来不觉得自己属于这里，现在这种感觉更强烈了。

她在婴儿的脸上寻找西蒙的样子，但只能找到一丁点他留下的痕迹。婴儿有着和她一样的黑头发，不过当它不哭不闹的时候，那颜色会变淡一些。她多么希望孩子能拥有西蒙的一头金发，可是没有一本书上说过，婴儿的头发在一段时间之后会从黑色变成别的颜色。眼睛的颜色大概会像他，但此刻那双眼紧紧地闭着，埃莉诺也不确定它们是什么颜色。

她应该给它取个名字。

给别人取名字，让她感觉责任重大。

"我该叫它什么名字呢？"她给厨房写道。

灯亮了起来，埃莉诺打开升降机的门，里面没有托盘，也没有卡片，只有一张纸，看上去似乎是从一本书上撕下来的，纸上只有一个词：

米拉贝尔

另一个时间,另一个地方:
插曲三

两周前,佛特蒙州

酒吧里灯光昏暗,复古灯泡将如同蜡烛一般的微光投射在酒杯和客人身上。虽然天色已晚,更多的光线却从窗外照进来,街灯给雪地带来了宛如白昼的光明。

一个男人背靠着墙,独自坐在角落里的桌子边,他的名字不叫多里安。墙上挂着一对鹿角、一个野鸡标本和一幅画像,画中的年轻人因为战事中的通敌行为被处以绞刑,而现在还活着的人都不记得那场战争了。画前方这个还活着的男人朝外望向酒吧里的其他人,这个姿势表明他所观察的是整个房间,而非某张桌子。

而非某个人。

他喝的酒是女招待推荐的,他提出要一款苏格兰威士忌,但他忘记它的全称了,只记得名字里有枫树。

他手头有一本摊开的书,但他并没有在读(他已经读过了)。这样做仅仅是为了让他能将目光一直锁定在过道对面的三人桌上,他的视线只会被偶尔徘徊在吧台附近的客人挡住一部分,吧台的顶部是一大块大理石,看上去像是从某个更久远的建筑上取下来的。

那里坐着两个年轻女人(有一个他见过,在早上的大雪中)和一个稍微年长一些的男人。他一开始就对三人的关系有一些猜测,后来他听得越多，观察得越多，看到得也越多，于是就越想知道更多的事情。

那两个女人是一对情侣，如果他对她们的肢体语言和眼神交流分析正确的话。他看到一个人把手放在了另一个人的大腿上，于是更加确定了他的猜测。他对自己的表现很满意，不过这种事他以前在很多酒吧都做过，次数不少，所以他早就不需要为自己娴熟的技巧而感到自豪了。他很擅长这个。在灯光昏暗的房间里看人就如同看书，他一直都很擅长。

他能看懂那些女人。其中一个头发很短，语速很快，会用手势来强调自己的观点，还常常环顾酒吧里的其他地方。另一个女人话少一些，感觉更加惬意和放松，她在桌子底下偷偷把脚从靴子里脱出来，多里安一时觉得十分羡慕。她在这里和这些人相处得非常自在，不过她听对方说话的时候格外专注。她与其他两位很熟悉，但还没有达到她想要的程度。

然后是那个男人。

他几乎没有朝向这一边，他端起鸡尾酒杯，灯光照在他的侧脸上，他转过去时多里安完全看不见他的表情，只有被雪打湿的鬓发留下的阴影。

多里安原本以为他还是个男孩。一个学生。是学校里常见的那一类不太听话的人物。但这是一个男人。虽然年轻，却是成年人。一个令人着迷的男人，他的研究领域是电子游戏。

此刻多里安看着他，却什么也看不出。他无法读出面前这个男人的基本情况。他之前想过"社交焦虑症"和"隐士"这类词，但他所看到的人并不适合用这样的词形容。羞怯的性格给他带来了一些微弱的不适感，不过在喝第一轮酒的时候就消失了。他听得多，说得少，可说话时的举止没有丝毫令人尴尬的地方。他偶尔会把酒杯举到鼻梁附近，喝的似乎是边车鸡尾酒，但肯定要的是不加糖边的那一种。

一个让他无法看透的男人。这就好比拿到了一本无法触碰的书那样令人苦恼。一种很熟悉的挫败感油然而生。

"这本书怎么样？"

多里安抬起头，发现那个女招待站在他身边，正在给他续杯。她忽然冒出来，大概是为了查看他杯中的酒还剩多少：有半杯是满的，或者有半杯是空的，怎么看待取决于你是否是乐观主义者。他看了看自己手中的书。《校园秘史》。他曾经暗自希望能拥有和书中一样紧张而热烈的情感关系，哪怕充满疯狂的杀意，但他从来没有遇到过，如今到了这个年龄，他觉得自己永远也遇不到了。这本书他已经读过七遍了，不过他没有告诉女招待。

"很好。"

"那本小鸟书[1]我看了个开头，不过一直没看进去。"

"这一本更好看。"多里安肯定地对她说，他的语气非常冷淡，没有给对方调情的机会。她笑容里的暖意消失了一些。

"那就好。"她说，"有什么需要请告诉我。"

多里安点了点头，把目光收回到这本书的上方。他认为自己正在观察的三个人之间并没有书中角色那么深厚的情谊，但还是惺惺相惜的。他们每个人都可以独立面对除了谋杀之外的那种惊险刺激，但他们不是合适的搭档。差远了。他望着他们那一桌，观察他们的手势和送来的食物，注视着他们因为某件事情同时哈哈大笑，于是他也不由自主地露出了微笑，不过他把笑容藏在了他的酒里。

---
1 指唐娜·塔特的小说《金翅雀》，该书获得 2014 年普利策小说奖。

每过几分钟，他都会匆匆打量一眼这间酒吧。客人相当多，大概是因为镇上只有几家酒吧。他瞥见吧台上方有一幅坦尼尔[1]画的狮鹫，不知道会不会有人把酒吧取名为假海龟[2]。

招牌之下站了一群客人，其中一个女孩看上去有点面熟，她举起手做出召唤酒保的姿势，她的手臂从一个放着酒杯的托盘上方移了过去，托盘马上就要被送上桌了，这时多里安发现了她这个动作的意图所在。一些几乎看不出来的粉末被洒进了下方一杯不加糖的边车鸡尾酒里，溶解在液体中。

女孩离开了，并没有引起酒保的注意。她先是悄悄混入一群不知名的酒徒中，然后就出了门。不得留下来观察。他知道这一条。当然，他以前偶尔会打破这条规定。可那些新来的人不会花时间对行动指南进行甄别。留下来确认很重要，为此打破规定也是值得的。

他可以放手不管。

他也曾执行过类似的任务，次数不少，而且情况更糟。他想起了最后一次任务——最后那次——他的手开始颤抖。有一瞬间，他置身于另一个城市，在一间黑暗的酒店客房里，一切都没有按计划发展，所有他自以为了如指掌的事情全都出了错，他的世界倾斜了。接着他又恢复了镇定。他放下了书。

他不知道那杯酒里下的药粉是一种低度的失忆药，还是某种药效强劲的东西。任何一种都很难被发现，会让喝下药的人在一两个小时之内感到头晕眼花，然后失去知觉，醒来时还会产生可怕的宿醉感，或者根本不会再醒过来。

---

[1] 约翰·坦尼尔（John Tenniel，1820—1914），英国漫画家、插画家，为刘易斯·卡罗尔的《爱丽丝梦游仙境》等作品画过插图。
[2] 《爱丽丝梦游仙境》中提到的怪诞生物，有牛的头和海龟的身体。

一位女招待端起托盘，这时多里安从椅子上站了起来。走到托盘跟前时，他确定它很有可能是药效更强的那一种，但这没关系。

他只需撞上那位女招待，让托盘和上面的酒杯全都摔到地板上，再为自己装出来的笨手笨脚道歉，提出帮忙打扫又被拒绝，然后回到自己的桌前，假装自己原本打算走回座位，而不是从这里动身。

事情是如何发展到这一步的？一本书，一个人。多年来生活神秘而沉闷，而现在这一切来得如此突然。

他的兴趣已经超出了限度。他很清楚这一点。

这个人为什么会引起他的兴趣呢？

这个令他意外地很感兴趣的年轻人从桌边站起来，离开了还在聊天的两个女人。他转过身，朝酒吧后面走去。他一走出那张桌子的视线范围，脸上的表情就发生了变化。那神态不是喝醉了酒的样子，而是一种如梦似幻、心不在焉的状态，他笼罩在神思恍惚的迷雾中，可能还揣着一点心事。怪之又怪[1]。

多里安回头看了一眼那张桌子，其中一个女人正盯着他。她立刻避开了他的目光继续聊天，还在一张鸡尾酒的纸巾上写了些什么。但她刚才看见了他，她看到他在看谁了。

该走了。

他把书放到一边，拿出了现金，这笔钱用来买那杯鸡尾酒绰绰有余，还有一份大方的小费，他把它们都压在空酒杯下面。他来到外面的雪地里，避开街灯落下的一圈圈光斑，这时扎卡里·埃兹拉·罗林斯回到了他的桌子旁。

多里安从这里还能看见那张桌子，透过结冰的玻璃窗只看得清一个模糊的影子，但和房间里其他移动的影子相比，它是不一样的。

---

[1] 原文为 curiouser and curiouser，典出《爱丽丝梦游仙境》。

他心里很清楚。他不该在这里。一年前他就应该一走了之,在那天晚上,在另一个城市里,当一切都没有按计划展开的时候。

此时此刻,有多少故事在我们身边展开?

他的手又一次颤抖了起来,他把它们放进外衣口袋里。

那时有一些东西破碎了,而如今他在这里。他不知道自己还能去哪里,还能做什么。

他可以离开。他可以逃跑。一直跑下去。继续东躲西藏。他可以把这些都忘记。这本书,他的书,无星之海,一切的一切。

他可以这么做。

但他不愿意。

多里安站在雪地里,快要冻僵的手指不停地颤抖,苏格兰威士忌温暖了他的思绪。他透过窗户看着扎卡里,他没有去想那些注定要发生的事情。

他在想,让我来给你讲个故事吧。

第四部

星星的密语

从书里取下的一页纸被折成了一颗纸星星

雪中站着一只牡鹿。

眨一眨眼,他就会消失。

他是一只牡鹿,还是别的东西?

他是一段说不出口的柔情,一条无人踏足的路,还是一扇没有打开的门?

或者说,他只是一只鹿,在林间留下匆匆一瞥就走了,他的离去没有打扰一根树枝?

这只牡鹿是被放弃的尝试,是已失去的机会。

像一个吻,被偷走了。

在这些漫不经心的新时代,世道不断变化,有时牡鹿会多停留一会儿。

他在等待,虽然他以前从不等待,也从没梦想过要去等待,更不会为梦想而等待。

现在他等待着。

等待有人去试一试,等待有人刺穿他的心脏。

等待有人知道他会被铭记和怀念。

扎卡里·埃兹拉·罗林斯沿着雕像下方一段窄窄的楼梯往下走，波斯猫紧随其后。他脚下的台阶坑坑洼洼、参差不齐，其中一级台阶在他踩上去时崩裂了，他往下滑了三级，才伸手扶住两边让自己站稳了。

猫在他身后叫了几声，优雅地从那一级残破的台阶上迈过，到他身边停了下来。

"你在炫耀。"扎卡里对猫说。猫没有回答。

炫耀，一个声音从下面的某个地方传来。一个回音，扎卡里想。一个清晰而延迟的回音。仅此而已。

他几乎就要相信了，可是猫的耳朵向后竖了起来，它朝暗处发出嘶嘶的声音，于是扎卡里又不知道该相信什么了。

他小心翼翼地走完剩下的台阶，那只猫还陪在他身边，这让他松了一口气。

台阶尽头的窗台上有一盏灯，就是那种里面可能住过一位精灵的带把手的灯，不过现在灯里只有燃烧的灯油。绳索和滑轮垂挂在灯的四周，火苗附近还有一个装置，看上去很像是一块打火石。这盏灯一定是在门打开的时候自动点亮的。

这盏灯是这个地方的唯一光源，于是扎卡里握住它弧形的把手，将它拿起来。他举着灯,下面的金色圆盘升了起来,绳索和滑轮开始移动。沉闷的叮当声从墙里传来,接着黑暗中闪现出一丝火光。在一条漆黑走廊的遥远尽头,另一盏灯被点燃了,明亮的光点仿佛一只萤火虫,指引着前进的路。

扎卡里捧着灯,沿这条走廊往前走,那只猫还跟着他。

在走廊里走到半路时,光线落在了一把钥匙上,钥匙环挂在墙上的挂钩里。

扎卡里伸手取下了钥匙。

"喵呜。"猫叫唤了起来,不知是赞同还是反对,或者是满不在乎。

扎卡里拿着钥匙和灯,往走廊更深处前行,他身后跟着那只猫,还有一片黑暗。

快到走廊尽头的地方有一个壁龛,里面放着一盏灯,和他手中的灯很像。

灯的后方是一扇拱门,门上是光滑的石板,没有任何标记,只有一个钥匙孔。

扎卡里把钥匙环上的钥匙插进钥匙孔里,发出了咔嚓一声,门锁转动了。扎卡里推了推石板,门开了。

他手中的灯和墙里的灯同时闪烁了一下。

猫对着门后的房间发出了嘶嘶声,向后逃进了走廊。

扎卡里听着那只猫飞奔回楼梯,然后他听见残破的台阶上被踩碎的石头又崩坏了一些,接下来就一点动静都没有了。

他深吸了一口气,迈进了这个房间。

这里闻起来是尘土和糖的味道,就和米拉贝尔的香水一样。

灯光落在石柱和雕刻的墙面上。

他面前有一个底座,如同诵经台,上面有一个金色的圆盘。

扎卡里把灯放在圆盘上,压得它往下沉了一点。紧接着是一阵叮当声。

房间四周悬挂在石柱上的灯绽放出光芒。但有些柱子没被点亮,它们的灯不见了,又或许是灯油用光了。

石柱后面有很多长形壁龛横向排列在房间两侧。扎卡里正在纳闷,为什么这个地方看上去这么眼熟,这时他看见一处阴影的边缘露出了一只骷髅般的手。

这是一个地下墓室。

有那么一瞬间,扎卡里想逃跑,想跟着那只猫回到台阶上。

但他没有这么做。

有人想让他看到这一切。

某个人——或者某种东西——认为他应该到这里来。

扎卡里闭上了眼睛,让自己镇定下来,然后在房间里探查了一番。

他先从那些死去的人查起。

一开始他以为他们被做成了木乃伊,但当他走近一点就发现那些布条只是松散地裹在尸体上,布条上还写满了文字。大部分布条已经和尸体一起干枯腐烂了,但有些布条上面的文字还可以辨识。

> 她会在自以为无人听见的时候对自己唱歌
> 把同一本书读了一遍又一遍,直到对每一页都了如指掌
> 光着脚从走廊走过,像猫一样安静
> 笑点很低,经常被逗乐,就好像全世界都能让他开心

他们被包裹在记忆里。这些记忆讲述了他们生前是什么样的人。

扎卡里阅读这些文字时尽量不去打扰他们的安息。那些揭开生

平秘密的句子，那些情思和愁绪，都笼罩在灯光里。

他不想再待在这里了

有一句话是这样写的，它绕在一只仅剩白骨的手腕上，扎卡里不知道它的意思是不是和自己所猜想的一样。

其中一个壁龛里摆着一个骨灰盒。它上面没有任何记忆。

其他的壁龛都是空的。

扎卡里把注意力转移到了房间的其他地方。一些石柱上有刻出来的凹槽，倾斜的表面就如同灯下的底座。

其中一个底座上架着一本书。看上去非常旧。它没有封面，只剩下装订松散的纸张。

扎卡里小心翼翼地把书拿起来。

那些羊皮纸在他手中裂成碎片，破碎的纸片落到了底座上。

扎卡里叹了口气，这声叹息把更多的碎片从底座上吹落到他脚下的石头上。

他尽量不让自己对此感到太过伤心。也许这本书和它周围那些人一样，早就消逝了。

他低头望着这本书的残骸落在他的脚边，他尝试去读它，可它只剩一地零碎的纸片。

他认出了一个词：

你好

扎卡里眨了眨眼，又瞥见了一张碎纸片，上面写着：

预言

他朝另一张碎片伸出手，这片纸还算大，能被拾起来。

　　家的

纸片在他的指间化成了灰，但那些字却留在了他眼中。

扎卡里望着古老书页化成的又一张碎片，他还没有读，就已经猜到上面写着什么了。

　　儿子

扎卡里闭上了眼睛，想听他脑袋里的声音说"这不是真的"，可它却始终沉默着。那个声音知道这是真的，他也知道。

扎卡里睁开眼。他弯下腰，查看地上那本破碎的书。他把注意力放在自己找到的第一张有文字的纸片上，然后一张又一张地看下去。

　　有三件
　　东西丢失
　　在时间里

扎卡里继续寻找，而那本书的情况变得越来越糟。他能看清楚的只有仅剩单个字的碎片了。

剑

书

人

这些字几乎刚被认出来就立刻消失了，一堆碎纸屑里只剩下两个字：

找

人

扎卡里想从碎纸堆中获得更多的解释，然而对书占卜的环节已经结束。这本书失去了书的形态，就无法再提供任何线索了。

扎卡里掸去手中会预言的书页所留下的粉末。找人。他想起了《甜蜜的忧伤》中迷失在时间里的人。他想知道该如何听从书的亡魂所发出的命令，去寻找某个迷失在时间里的人。他朝那些尸体望去，他们没有回应他的注视，他们睁眼凝望的日子早已远去。

扎卡里把那盏灯从底座上挪开，其他的灯便自动熄灭了。

他走出那扇门，停下来把钥匙从钥匙孔里拔下来。

门关上了。

外面的走廊感觉变长了。

扎卡里把钥匙挂在钩子上，又将灯放回灯架。它沉入原来的位置，走廊另一头的灯光熄灭了。

扎卡里看了一眼走廊。它消失在黑暗中，不过在灯光所照之处的尽头，一道影子立在暗处，有人站在走廊的中央盯着他。

扎卡里眨了眨眼睛，那个人影就不见了。

他跑上了残破的台阶，不敢回头看，差点被那只波斯猫给绊倒，它一直在台阶的最上面耐心地等着他。

一颗纸星星的一角被压弯了

第 113 号噩梦：

　　我坐在一个巨大的椅子里，没法从中挣脱。我的双臂被绑在椅子的扶手上，但我的手不见了。一群没有面孔的人围在我身边站着，往我嘴里喂纸片。他们在那些纸上写下了本该属于我的所有身份，但他们从未问过我是什么人。

扎卡里·埃兹拉·罗林斯朝电梯走去，他要回佛特蒙，回学校继续写论文，回归他的正常生活，他要忘记这里发生的一切。或许他可以带上那只猫；总有一天他会说服自己，这个地下图书馆般的奇幻之地只是为了说明这只猫的来历而精心编造的幻想故事。他会对自己一遍遍地重复这个说法，直到他也开始相信，这只猫不过是一只扁脸的流浪猫，跟着他回到了家，无论那个家在哪里。

　　这时他想起来，上次他来这里所穿过的那扇门位于收藏家俱乐部的地下室，而如今它被烧了，很可能已经无法使用。

　　于是扎卡里在去电梯的半路上转过身，往回朝他的房间走去，那只猫还跟着他。

　　他的房门中央有一张便利贴。贴纸是柔和的蓝色，而不是传统的黄色。

　　上面用整齐的一行小字写着：你所需要知道的一切都已经告诉你了。

　　扎卡里从门上取下字条。他读了四遍，还把它翻了过来，发现反面什么都没有。他进屋时又读了一遍，还是不太相信字条上的话。房间里的壁炉烧得很旺，等候他的到来。

　　那只猫也跟着他进了屋。扎卡里等猫进来后就锁上了门。

他把这张便利贴粘在了那幅兔子海盗画的画框上。

他低头看了看自己的手腕。

他不想再待在这里了。

他试着回想自己最后一次和猫之外的人说话是什么时候。几个小时之前他是不是在听喝醉的多里安讲故事？这件事发生过吗？他也不知道。

他大概是累了。疲劳和困倦之间有什么区别？他穿上睡衣，坐在壁炉前。那只波斯猫蜷缩在床脚，不声不响地给他带来了些许安慰。一切都很舒适，本不该引起任何不适的感觉。

扎卡里望着火苗，回想起走廊暗处的那道身影，在那个只有尸体的地方盯着自己。

大概是你的理智在和你开玩笑吧，他脑袋里的声音说。

"我还以为你就是我的理智呢。"扎卡里大声地说。这句话惊动了床上的猫，它伸了个懒腰，又趴了下去。

脑袋里的声音没再吱声。

扎卡里忽然特别想找个人说说话，但又不愿离开房间。他想到了给凯特发短信，因为凯特随时都能联系到，可他不知道该说些什么。嘿，小凯，我被困在了一个像地下图书馆一样的地牢里，雪下得怎么样了？

他找出手机，里面已经有一些电了，虽然按充电的时间来算，并没有达到该有的电量，但用来开机是足够的。

他保存的那张照片还在手机里，拍摄于阿尔冈昆酒店的那场派对，现在看来照片上戴面具的女人显然就是米拉贝尔，而对他来说更为清楚的是，和她说话的那个男人是多里安。他不知道一年前他们在低声说些什么，也不确定自己是不是想知道这谈话的内容。

手机里没有未接来电,但有三条短信:一条是凯特发来的照片,上面是已经为他织好的围巾;一条来自他妈妈,提醒他"水逆"[1]很快就要到来了;还有一条是一个未知号码发来的几个字:

小心行事,罗林斯先生。

扎卡里把手机关了机。反正地下也没有信号。

他回到书桌前,拿起笔,在一张卡片上写下了四个字:

你好,厨房。

他将卡片放进自动升降机,把它送了下去。他几乎快要说服自己了,厨房和布满故事的尸体,这个地方本身,米拉贝尔和多里安,还有他所处的房间和身上的睡衣,全都是他想象出来的。这时铃响了。

你好,罗林斯先生,我们有什么能帮你的?

扎卡里想了很久,然后写下了回复:

这是真的吗?

他这么写道。这话听起来太含糊了,但他还是把它送了下去。

过了一会儿,自动升降机发出叮的一声,里面放了另一张卡片和一只杯子,杯子上方升起一缕水汽,还有一个托盘,上面罩了一

---

[1] 水星逆行,按照占卜学里的说法,会导致运势不佳。

个银制的圆顶盖。

扎卡里读着那张字条:

> 当然是真的,罗林斯先生。我们希望你尽快好起来。

杯子里装满了温热的椰奶,还配有姜黄、黑胡椒和蜂蜜。银盖下面有六个小小的纸杯蛋糕,上面撒满了糖霜。

> 谢谢你,厨房。

扎卡里写道。

他端起杯子和蛋糕,又回到壁炉前坐了下来。

那只猫伸了一个懒腰,走过来和他坐在一起,它闻了闻纸杯蛋糕,又舔了舔他指尖的糖霜。

扎卡里不记得他是何时睡着的。他醒来时发现自己蜷缩在熄灭的炉火旁,躺在一堆枕头中间,波斯猫依偎在他的臂弯里。他不知道现在是什么时间。时间究竟是什么呢?

"时间究竟是什么?"扎卡里问那只猫。

猫打了个哈欠。

自动升降机响了。墙上的灯开始闪烁,扎卡里不记得以前它自己会响。

> 早上好,罗林斯先生。

里面的字条写道。

但愿你睡了个好觉。

这次送来的是一壶咖啡、一个煎蛋卷和两片烤好的酸面包，还有一份装在陶瓷罐里的黄油，上面滴了蜂蜜，还撒了盐，以及满满一篮子柑橘。

扎卡里想写一句表示感谢的话，但写出来的却是另一种情绪：

我爱你，厨房。

他没指望会收到回复，可铃声又响了起来。

谢谢你，罗林斯先生。我们也非常喜欢你。

扎卡里吃完早饭（他和猫一起吃完了煎蛋卷，把那条不许喂猫的规定抛到了脑后，而且前一天晚上他让猫舔黄油糖霜的时候就已经破坏了规矩），他觉得自己的脑子比之前清醒了一些。

"如果你是一个迷失在时间里的人，你会去哪里？"扎卡里问那只猫。

猫瞪着他。

你所需要知道的一切都已经告诉你了。

"噢，对了。"扎卡里说，他想起了这句话。他在壁炉旁那些书里找了找，发现了莱姆给他的那本书，将它翻到之前看的那一页。他把书拿到桌上，又移过来一盏灯，这样他能看清楚一些。猫坐在他的膝盖上，发出了惬意的咕噜声。扎卡里一边看书，一边剥开一个柑橘，掰成瓣儿吃了下去。

他读了一会儿，皱了皱眉，又接着往下读。然后他翻到一页，上面一个字也没有。剩下的书页全是空的。这个故事，或者说这段历史，不管它是什么，就这样在书中间戛然而止了。

扎卡里记得在《甜蜜的忧伤》中，那个迷失在时间里的人曾经游荡在蜂蜜和白骨之城，他还记得《命运和寓言》提到过无星之海，于是他怀疑所有这些故事在某种程度上会不会都是同一个故事。他不知道西蒙此时会在哪里，该如何去找他。他想起了那个被烧毁的地方和馆长办公室里的扫帚。他还想知道预言家的儿子到底发生了什么事情。

桌角有一颗纸折的星星，曾经被他装进了口袋。他把它拾起来，凑近看了看。上面写了字。

扎卡里把星星拆开。它伸展成了一张长长的纸条。

上面的字非常小，仿佛是有人在低语：

第83号噩梦：
    我行走在一个黑暗的地方，某个又大又滑的东西在黑暗中爬行，它离我如此之近，我伸手就能摸到它，可是如果我摸到了这个滑溜溜的东西，它就会知道我在这里，它就会慢慢把我吃下去。

扎卡里让这个噩梦飘落到了桌上，然后重新拾起了那本书。他翻到有文字的最后一页，把它又读了一遍，在最后一个字上停了下来，这就是这本没写完的书的最终结局。

扎卡里轻轻地把那只猫从自己的膝盖上挪开。他将猫放在地上，把书和一个打火机一起装进了包里,这样他就不会被困在黑暗中了,然后他穿上了鞋。他在睡衣外面套了一件绛紫色毛衣,出门去寻找米拉贝尔。

几颗纸星星上的故事合在了一起
（其中有一颗被猫咬掉了一部分）

每过很长一段时间，就会有一位侍从决定，在宣誓的时候，留下自己的舌头，而放弃某样别的东西。

这样的侍从很少见。人们不记得上一次的例外是何时发生的。他们侍奉的时间不够长，还没有见过这样的人。

画家迷路了。

她以为（她想错了）选择这条路（其中一条路，任意一条路）会让她离自己曾经热爱的地方更近一些，而这个地方却在她眼前发生了变化，因为时间改变了一切。

她希望将早已熄灭的火焰重新点燃。

她想找回自己失去的东西，虽然她叫不出名字，却能感觉到失去之后体内有如饥饿般的空虚。

画家没有把自己的决定告诉任何人。只有她唯一的学生发现她不见了，却没有把这件事放在心上，因为学生很久以前就知道人们有时会消失，像兔子消失在帽子里一样，他们有时会回来，有时不会。

侍从们偶尔会对这种事情做出妥协，因为他们的人数一直在减少。

画家把时间都用来独处和沉思，她将损失和遗憾进行分类，想确定自己原本是不是可以做些什么去阻止它们发生，还是说它们就像海浪拍打在岸上一样，只是从她的人生中路过又离去。

她觉得如果自己在闭关期间的任何时候有了新画作的灵感，那她就会拒绝这条路，回归她的绘画生涯，让蜜蜂找其他人去侍奉它们。

然而新的灵感并没有出现。只有陈旧的构思，在她脑海中翻来覆去。只有那些稳妥而熟悉的感觉，被她的画笔捕捉过一次又一次，而如今她从中只能找到一片空虚，除此之外什么都没有。

她考虑过从事写作，但总觉得自己对形象的运用比文字更加自如。

这扇门向她打开的时间比她预料的早很多，她毫不犹豫地接受了她的蜜蜂。

侍从和画家走过空荡荡的走廊，来到一扇没有标记的门前。这一刻只有一只猫注意到了他们。虽然那只猫发现这是一个错误，但他却没有干涉。猫是不会以这种方式影响命运的。

画家以为要把双眼都献祭出来，但只有一只眼睛被取走了。

一只眼睛就足够了。

一大堆形象涌到画家的眼前，如此多的画卷纷纷展开，让她应接不暇，栩栩如生的细节相互映衬，难以分割。即使她的手指非常渴望拿起画笔，她也无法想象自己能用颜料在帆布上把它们画出来，哪怕只是其中很小的一部分。她意识到这条路不是她该走的。

然而要想选择其他的路已经来不及了。

扎卡里·埃兹拉·罗林斯在港口的走廊里穿行，他发现自己居然不知道米拉贝尔的房间在哪里，而且从没想过去问她。他从空旷的舞场绕到了他最后一次看见她的地方，但酒窖里没有人。那幅画像赫然耸立在酒架间，画上的女人被蜜蜂遮住了脸。扎卡里在离开之前挑了一个看上去很有趣的瓶子，装着叫不上名字的红色液体，上面标记了一盏灯和一对交叉的钥匙，他将它放进了包里。

扎卡里从舞场沿另一段楼梯向上走去，他不知道自己到了哪里。他又一次从熟悉的地方逛到了陌生的环境。

他停下来，想弄明白自己的方位。他的旁边是一个摆满了书的阅读角，还放着一把扶手椅和一张用断裂的石柱做成的小桌子。桌上放着一个茶杯，里面装的不是茶，而是一支燃烧的蜡烛。

在书架之间有一个小铜牌，上面是一个按钮，很像那种旧式的电灯开关。扎卡里按了一下。

书架缓缓地向后移动，露出了一个隐藏的房间。

要花很长的时间才能发现这里的所有秘密，他脑袋里的声音表示。才能解决众多谜题中的一小部分。扎卡里没有和它争辩。

书架后的房间仿佛来自一座古老的庄园别墅，或者来自某个古代谋杀案的现场。这里有黑色的木镶板和绿色的玻璃台灯，有皮革沙发和层层叠叠的东方地毯,还有被书架挡住的墙,其中一个书架是敞开的,允许扎卡里走进去。书架之间挂着带框的油画,被画廊里的灯光照亮。还有一扇正门,打开后通往一条走廊。

正门对面的墙上挂着一幅巨型油画。画中的场景是夜晚的森林,透过树枝可以看见一弯新月,但树林里有一个巨大的鸟笼,笼子里原本供鸟儿落脚的栖木上有一个男人,他背对看画的人,孤零零地坐在他的牢笼中。

鸟笼周围的树木上挂满了钥匙和星星,它们拴着丝带,从枝头垂下来,有的落进鸟巢里,有的掉在下面的地上。这让扎卡里想起了他房间里的兔子海盗。可能是出自同一个画家之手。这么看来,酒窖里的蜜蜂夫人大概也是这个人画的。

多里安站在这幅画的面前,凝视着它。他穿着一件长款的羊毛毡外套,这件深蓝色的外套没有领子,完全是为他量身定做的,锃亮的纽扣可能是用木头或骨头打磨出来的,形状像星星一样,让他和这幅画同框时显得非常般配。这件外套还搭配了裤子,不过他脚上没有穿鞋。

他转过身,书架在扎卡里的身后合上了。

"你在这里。"多里安说,这句话听起来更像是对这个地方的笼统评价,而不是对扎卡里从书架后面冒出来的特别感想。

"是啊,我来了。"

"我想我梦见你了。"

扎卡里不知道该如何作答。当多里安把注意力放回到那幅画上时,他松了一口气。他大概把自己醉酒讲故事的一幕也当成了一场梦,或许这样最好。扎卡里走过去,站在多里安身边,两人肩并肩打量着笼子里的人。

"我觉得以前看过这幅画。"多里安说。

"它让我想起了收集钥匙的人的花园，你那本书里写的。"扎卡里说。多里安转过身，惊讶地望着他。"我读过它了，对不起。"他下意识地道了歉，虽然他其实并没有感到愧疚。

"没关系。"多里安说。他又转向那幅画。

"你现在感觉怎么样？"扎卡里问。

"感觉自己正在失去理智，不过非常缓慢，痛苦而美妙。"

"好吧，我明白了。那就是好多了。"

多里安笑了起来，扎卡里想知道自己怎么会如此想念一个人的笑容，明明之前只见他笑过一次。

"是的，好多了。谢谢你。"

"你没穿鞋。"

"我憎恨穿鞋。"

"对于鞋子来说，憎恨这种情绪太强烈了吧。"扎卡里表示。

"我的大多数情绪都很强烈。"多里安回答。扎卡里又不知道该如何接话了，而多里安并不需要他的回应。

多里安朝扎卡里迈了一步，忽然离他很近，让他感到意外，然后多里安伸出手，按在扎卡里的胸膛上，就在心脏的上方。扎卡里过了好一会儿才意识到他在做什么：确认他的存在。他不知道隔着毛衣是不是能很容易地感受到一个人的心跳。

"你真的在这里，"多里安轻轻地说，"我们确实都在这里。"

扎卡里不知道该说什么，只是点了点头，他们望着彼此。多里安棕色的眼睛里流露出了一丝温情，这是扎卡里之前没有见过的。他左边的眉毛上方有一道伤疤。一个人有很多面。有太多琐碎的故事，而读故事的机会却少之又少。"我想看看你"似乎成了一个如此尴尬的请求。

扎卡里看见多里安也用同样的眼神在他的皮肤上游走,他有点好奇,不知他们的想法有多少相似之处。

多里安低头看着他的手,叹了口气。

"你穿的是睡衣吗?"多里安问。

"是的。"扎卡里说。他意识到自己确实还穿着那件蓝色条纹睡衣,便笑了起来,觉得这一切都很荒唐。多里安犹豫了一会儿,也跟着他笑了。

某种东西在这笑声中发生了变化,他们失去了某样东西,却找到了别的东西,虽然扎卡里无法用语言来形容发生了什么,但他们之间出现了一种之前没有过的轻松感。

"你从书架进来是要做什么?"多里安问。

"我想弄明白下一步该怎么办。"扎卡里说,"我在寻找米拉贝尔,但没能找到她,后来我迷路了,于是我开始找自己所熟悉的东西,然后我就遇到了你。"

"我算熟悉的吗?"多里安问。扎卡里很想说,是的,你是我最熟悉的那个人,而我不明白是怎么回事,但现在还不该把实话全都说出来,所以他只是问道:"如果你迷失在时间里,你会去哪个地方?"

"你怎么不问我会去哪段时间?"

"那个也要问的。"扎卡里说,虽然他意识到"寻找迷失在时间里的人"这项任务可能比他设想的更加困难,但还是笑了一下。他回头望着那幅画。

"你怎么了?"多里安见他脸上露出某种不悦和沮丧的表情,就这样问道。

"我感觉自己的理智已经没了，失去理智后的生活就是一个又一个谜题。"扎卡里看着那个笼中人。笼子看上去很逼真，沉重的锁绕过栏杆，拴在一条链子上。它太像真的了，简直可以伸手摸到。它能骗过人们的眼睛。

有那么一刻，他觉得自己又变回了那个男孩，站在一扇画出来的门前，不敢将它打开。一扇门和一个笼子有什么不同？"尚未找到"和"为时已晚"之间又有什么区别？

"什么样的谜题？"多里安问。

"自从我来到这里，总是遇到一堆字条、线索和谜语。先是那位蜜蜂女王，她把我带到了一个隐藏的墓室中，里面躺满了裹着记忆纸条的死人，我的猫在那里抛弃了我，然后一本书告诉我有三样东西遗失在了时间里。不要这样看着我。"

"一本书告诉你？"

"它散架了，变成了很小的碎片，上面有一些启示性的文字，但我不明白其中的寓意，而我周围都是尸体，所以我压根儿不想待在那里把它想明白。总之那本书已经消失了。后来我在走廊里还遇到了一个鬼魂。我觉得，可能是吧。"

"你确定这不是你想象——"

扎卡里在他能把话说完之前打断了他。

"你以为这些都是我编出来的？"扎卡里问，"我们在一个地下图书馆里，你见过那些画出来的门从实实在在的墙上打开，你觉得我会想象出对书占卜和那些像鬼魂一样的东西？"

"我不知道，"多里安说，"我不知道现在该相信什么。"

他们两人在沉默中瞪着对方，各种紧张的情绪交织在一起，最后扎卡里再也忍受不住了。

"坐吧。"他说，指了指其中一个皮革沙发。一盏带着绿色玻璃灯罩的阅读灯静静地立在它旁边。他以为多里安会与他争辩，但他没有，他在指定的位置坐了下来，一言不发，非常顺从，不过从他的表情可以看出他不太高兴。"把这本书读完。"扎卡里说着，从包里拿出《甜蜜的忧伤》，递给多里安。"等你读完它，再读这一本。"他把《西蒙与埃莉诺之歌》放在旁边的桌子上。"你把你的书带来了吗？"

多里安把《命运和寓言》从外套口袋里拿了出来。"你读不了……"扎卡里从他手里拿过书时，他停顿了一下，"你刚才说你已经读过它了？"

"是的。"扎卡里说。"我觉得再读一遍可能会有帮助。怎么了？"他问道，他看见多里安的脸上露出了疑惑的表情。

"据我所知，你只会说英语和法语。"

"我那点水平还算不上会说法语。"扎卡里澄清道，他想看看自己有多生气，却发现他的怒火已经消散了。他坐在另一个沙发里，小心地翻开《命运和寓言》。"这里的书会自动翻译。我觉得人们说话时也会，不过我只用英语或手势和别人交流过。这么想的话，馆长很可能没有对我说英语，真是不礼貌。"

"这怎么可能？"多里安问。

"这一切有哪件事是合理的？我连那些书架的物理构造都不明白。"

"我刚才是用汉语问的。"

"你会说汉语？"

"我会说很多种语言。"多里安说。扎卡里仔细观察他的嘴唇。它们做出的口型和他听到的话不一致，就像书上翻译出来的文字一样，先是模糊的，然后才变得清楚。扎卡里觉得自己如果没有盯着看的话，就不会发现这其中的不同之处。

"这句话也是用汉语说的？"他问。

"这句是乌尔都语。"

"你确实会说很多语言。"

多里安叹了口气，低头看了看手中的书，又看了一眼墙上的笼中人，然后回头看向扎卡里。

"你看起来像是要走了。"扎卡里说。多里安立刻露出了惊讶的表情。

"我无处可去。"他说。他和扎卡里对视了一会儿，然后把目光转向那本《甜蜜的忧伤》。

扎卡里一边读着《命运和寓言》，一边猜测猫头鹰之王也许不止一个，这时多里安忽然抬头看着他。

"这个……这个图书馆里的男孩，还有一个戴着绿围巾的女人。他就是我。"他说。

"你对于自己出现在书里的反应可比我淡定多了。"

"怎么会……"多里安刚开口，却没说下去，他还在往下读。一分钟后，他又说："这只是最开始的那个环节，我从来没有经历过其他任何考验。"

"可你是一名守卫。"

"不，我是收藏家俱乐部高层中的一员。"多里安纠正道，他还在低头看书，"不过我认为俱乐部是它的进化版。它们之间有……相似之处。"多里安从书中抬起头，环顾房间，望向书架、那幅画和通往走廊的那扇门。一只猫从门口经过，甚至都没往里面看一眼。

"阿勒格拉总是说我们必须等待，等到稳妥和安全时再说。多年来她一直是这么对我说的,我相信了她。可'稳妥而安全'是一个不断变动的目标。要关闭的门越来越多,要清除的问题人士也越来越多。永远都在期待,从来没有实现。"

"收藏家俱乐部的所有成员都相信这些吗?"

"如果按阿勒格拉所说的去做,只要时间足够长,就能在那片乐土上获得一席之地,而那片乐土就是——类似博尔赫斯[1]所写的——一种图书馆。没错,他们确实相信这个。"

"听起来像某种邪教。"扎卡里评价道。

令他惊讶的是,多里安竟然笑了起来。

"的确如此。"他承认道。

"你相信这些吗?"扎卡里问。

"是啊,我相信过。我曾经对此坚信不疑。我在信仰方面接受了很多东西,后来又在一夜之间对一切都产生了怀疑,于是我就逃走了。我隐姓埋名,但这样做并不顺利。他们冻结了我所有化名之下的银行卡,让我的多个身份就此消失,又把我剩下的身份放到了监控名单、禁飞名单以及各种各样的名单上。不过我带着大量现金到了曼哈顿。藏身于曼哈顿并非难事。我可以穿着西装、拎着手提箱在闹市区行走,然后消失在人群中。不过我通常都待在图书馆。"

"是什么让你改变了想法?"扎卡里问。

"不是一件事,而是一个人。米拉贝尔改变了我的想法。"多里安说。扎卡里还没来得及再问,多里安就把注意力移回了那本书上,刻意而明确地结束了他们的对话。

他们沉默地看了一会儿书。扎卡里偶尔会偷看几眼多里安,想

---

[1] 豪尔赫·路易斯·博尔赫斯(Jorge Luis Borges,1899—1986),阿根廷文学家,他在短篇《通天塔图书馆》中专门写到了图书馆。

根据他眉毛的动作来猜测他读到了书中的哪个地方。

终于，多里安合上了《甜蜜的忧伤》，把它放在桌上。他皱着眉，伸出一只手，扎卡里一言不发地把《西蒙与埃莉诺之歌》递给他，然后他们继续读了起来。

当多里安把这本书合上时，扎卡里正沉浸在一个童话里（他很好奇那个雕刻故事的人把那件东西装进了什么样的盒子里，他猜那就是命运的心脏）。

他们试着对成百上千的问题慢慢进行梳理。每当他们在这本书与另一本书之间找到了一种联系，就会出现更多种并不相称的情况。有的故事似乎与他们都出现过的那个故事毫不相干、相去甚远，而其他故事却明显与那个故事密切相关。

"有……"多里安刚开口又停了下来，然后对着墙上的人（而不是坐在他对面的人）说道，"有一个名叫基廷基金会的组织。这个名字从未对外公布，只是一个内部称号。我不知道它的起源，从来没有人叫基廷，但这肯定不是巧合。"

"图书馆把这本书标为来自基廷基金会的赠书。"扎卡里拿起《甜蜜的忧伤》，"他们与收藏家俱乐部有什么联系？"

"他们所做的事情正好相反。他们是……要被清除的目标。"多里安停顿了一下。他站起身，在房间里踱步。扎卡里忽然觉得画中的鸟笼似乎不止局限于墙上。

"地下墓室里的那本书上写了什么？"多里安问。他停下来，拿起那本《西蒙与埃莉诺之歌》，一边踱步一边翻看。

"有三样东西迷失在时间里：一本书、一把剑和一个人。《甜蜜的忧伤》一定就是那本书，自从埃莉诺把它交给了西蒙，它已经在地面之上辗转一百年了吧？那些指示说的是'找人'而不是'找人和剑',所以可能那把剑也已经被归还了。馆长办公室里就有一把剑,挂在非常显眼的位置。"

"西蒙就是迷失在时间里的人。"多里安说。

"肯定是他。《甜蜜的忧伤》里所说的那个迷失在时间里的人还穿着带纽扣的外套。"

多里安又拿起了《甜蜜的忧伤》,在两本书之间来回翻阅。

"你觉得那个海盗是谁?"他问。

"我想海盗只是一个比喻。"

"什么比喻?"

"不知道。"扎卡里说。他叹了口气,回头看着那个笼中人,他在被画出来的笼子里,周围有很多钥匙。

"你觉得谁是画家?"多里安问。与此同时,扎卡里脑袋里的声音也问了同样的问题。

"我不知道。"扎卡里说,"我看过很多画,可能都是出自同一个画家。我房间里就有一幅,画着一群兔子海盗。"

"我能去看一看吗?"

"当然可以。"

扎卡里把《甜蜜的忧伤》和《西蒙与埃莉诺之歌》一起装进自己的包里,多里安把《命运和寓言》放回他的口袋中,然后他们沿着一条走廊出发了。扎卡里觉得它似曾相识,这条像隧道一样的走廊在每个转弯处都有弧形的书架。

"你看过多少地方?"扎卡里边走边问。他看见多里安放慢了脚步,环顾四周。

"只去过一些房间。"他回答,越过自己赤裸的双脚往下看去。这条走廊里的地板是玻璃做的,它的下方有一个房间,里面摆满了可移动的屏风，屏风上印着很多故事。从他的角度看到的故事讲的是迷宫里的一只猫。"我见过的人只有你和一个头发蓬松的姑娘，她像天使一样，穿着白色的长袍，不会说话。"

"那是莱姆，"扎卡里说，"她是一名侍从。"

"她的舌头还在吗？"

"我没问过。我觉得这样不太礼貌。"

多里安停在一个华丽的望远镜前，旁边有一把扶手椅。它正对着附近石墙上的一扇窗户。他拉开窗闩，把窗打开。外面几乎是黑洞洞的一片，远处有一丝微弱的光。

多里安回到望远镜旁，透过它向窗外望去。扎卡里看见他的嘴角勾起了一抹笑意。过了一会儿，他站到一边，示意扎卡里过去看。

扎卡里的眼睛适应了眼镜和望远镜的叠加效果后，透过一个幽深的空间看到了远处的情景。那边有一些窗户连着其他房间，它们位于港口的某个地方，被凿刻在一块岩石形成的墙面上，这块高低不平的岩石向下伸进黑暗中，而在一大片被照亮的岩石上停放着一艘大船的残骸。它的船体裂成了两半，船身之下的海水已经干涸。一面破烂的旗帜无力地垂挂在旗杆上。倾斜的甲板上还堆了几摞书。

"你觉得这片海上有过塞壬女妖吗？"多里安问，他的声音紧贴在扎卡里的耳边，"她们对水手唱歌，让船沉没。"

扎卡里闭上眼睛，试着想象这艘船在海上行驶的样子。

他从望远镜前转过身，以为多里安就站在他旁边，可多里安已经沿走廊往前走了。

"我能问你一个问题吗？"扎卡里追上他，问道。

"当然。"

"当初在纽约，你为什么要帮我？"这是扎卡里一直没想通的事情，他觉得除了拿回他自己的那本书，肯定还有别的原因。

"因为我想帮你，"多里安说，"我这一生中有很多时间都在按别人的意愿行事，那都不是我自己想做的事，我在努力做出改变。比如那些冲动之下所做的决定，比如不穿鞋子，感觉实在太爽了。"

他们转过几个弯，又经过了一条走廊，那里镶嵌着写满故事的彩色玻璃，然后他们来到了扎卡里房间的门前。扎卡里去开门，但门是锁着的。他忘记自己已经把门锁上了，于是从毛衣下面找出了钥匙。

"你还戴着它。"多里安看着那把银剑挂饰说。扎卡里不知道该如何回答，他只能对这个显而易见的事实表示肯定：是啊，他一直戴着它，而且很少取下来。不过他一打开门，就立刻被那只波斯猫愤怒的叫声吸引了注意力，他不小心把它锁在了里面。

"噢，对不起。"扎卡里对猫说。那只猫没有理他，只是从他双腿间穿过，跑到走廊里去了。

"他在这里待了多久？"多里安问。

"几个小时吧？"扎卡里猜。

"至少这段时间他过得挺舒服。"多里安一边环顾房间一边说。他注意到了壁炉架上方的那幅画。它看上去像一幅经典的高桅帆船海景画，配上不祥的乌云和汹涌的海浪，完全是现实主义的风格，除了那群兔子模样的海盗。"你觉得这是巧合吗？"他问，"一个假装是兔子的女孩认识一位画家，还有这些画里的兔子。"

"你认为画家画下这些兔子是为了埃莉诺？"

"我想有这种可能。"多里安说，"我认为这其中有故事。"

"我觉得这里面故事不少。"扎卡里说。他放下包，里面的酒瓶碰到石头，发出了清脆的响声。扎卡里将它取出来，又给酒瓶上灯和钥匙的图案擦了擦灰。他不知道是谁将酒装进了瓶中，也不知道它在地窖里存放了多久才等来了能把它打开的人。何不现在就尝一尝呢？

扎卡里看着带木塞的酒瓶，皱了皱眉。

"不要笑话我。"他对多里安说，从桌上拿起一支笔，用它把木塞推进了酒瓶里。这个办法他用过很多次，因为读本科的时候没有合适的开瓶工具。

"我们本来可以找个开瓶器的。"多里安目睹了这不太优雅的一幕，如此说道。

"你以前还对我的临场发挥能力颇为欣赏呢。"扎卡里回答，举起了被成功打开的酒瓶。

扎卡里喝了一大口酒，多里安笑了起来。大概是得益于醒酒的过程，也可能是因为装在玻璃瓶里，这酒有一种醇厚、浓郁而欢快的味道。不知怎么还散发着光芒，就像瓶子上的那盏灯一样。令他庆幸的是，它没有在他的唇齿间和脑海里轻声念诗或者讲故事，不过它的味道比故事还要绵长，尝起来就像远古的神话。

扎卡里把酒瓶递给多里安，他接了过去。在这个过程中，他的手指靠在了扎卡里的手指上。

"你回去救我了，对吗？"多里安忽然问道，"抱歉我没有早点提到这件事，因为一切都还没弄清楚。"

"主要是米拉贝尔，"扎卡里说，"我只是协助她，后来我就被绑在了椅子上，还被下了毒。"虽然这件事就发生在最近，但现在扎卡里却感觉像是过去了很久。"我已经好多了。"他补充道。

"谢谢你。"多里安说，"你其实不必做这些。你不欠我什么，我……谢谢你。我以为自己可能再也醒不过来了，醒来却到了这里。"

"不用谢。"扎卡里说,他觉得自己应该多说一点。

"那是多久之前的事情了?"多里安问,"四天?五天?还是一星期?感觉更久一点。"

扎卡里沉默地看着他,想不出合适的答案。他心想,可能是一星期,可能是一生,也可能是一瞬。他又想,我感觉我已经认识你很久了,但他没有说出口,于是他们只是注视着对方,无需多言。

"这是你从哪里得到的?"多里安对着瓶子喝了一口后问道。

"从酒窖里。它在舞场的另一头,要路过无星之海曾经存在的地方。"

多里安看着他,眼中仿佛有很多问题,但他什么都没问,只是又喝了一口酒,然后把酒瓶还给扎卡里。

"在那个时候,那片海一定非同寻常。"他说。

"你觉得人们为什么会到这里来?"扎卡里说。他又喝了一口浸染着神话味道的酒,然后把酒瓶递给多里安。他的大脑里涌起一阵兴奋,脉搏也怦怦直跳,他不知道这是因为酒的作用,还是因为多里安的手指从他手指上移开的动作。

"我觉得他们来这里的原因和我们是一样的,"多里安说,"都是为了寻找某件东西。即使我们并不知道它是什么。还有更多的东西。令人惊叹的东西。某个归属之地。我们到这里来,在别人的故事中徘徊,寻找属于自己的故事。为寻找而干杯。"多里安说着,朝扎卡里举起了酒瓶。

"为找到而干杯。"扎卡里回答。多里安把酒瓶递给他后,他也做出了同样的动作。

"很高兴你已经读过我的那本书了。"多里安说,"再次谢谢你帮我把它找了回来。"

"不用谢。"

"很奇怪是不是？爱上一本书。当书页中的文字变得格外珍贵时，它们就好像成了你人生经历的一部分，因为它们本来就是。我很欣慰终于有人来读这些故事了，我对它们再熟悉不过了。你最喜欢其中哪一个？"

扎卡里思考着这个问题，同时也思考着他用的"熟悉"这个词。他把那些故事回想了一遍，一幕幕画面又回到了他的眼前，他将它们只当作故事，没有试图去把它们一一拆开，寻找其中的秘密。他看着手中的酒瓶，上面有钥匙和灯的图案，他想起了酒馆里的先知，还有大雪覆盖的旅店中被分享的美酒。

"我不知道。我喜欢那个和剑相关的故事。很多故事都有点伤感。我觉得旅店主人和月亮的故事本来是我最喜欢的，不过我想要……"扎卡里停了下来，不知道自己想从故事中要什么。也许是更多。他又把酒瓶递给多里安。

"你想要一个更美满的结局？"

"不……不一定是更美满。我想要更多的故事。我想知道后来发生了什么，我希望月亮能想办法回到那里，哪怕她不能久留。那些故事全都是这样，它们仿佛是一个个片段，属于更宏大的故事，似乎在书页之外还发生了更多事情。"

多里安若有所思地点了点头。"那是一个衣柜吗？"他问，指着房间另一头的一件家具。

"是的。"扎卡里说。他放下刚才的话题，给出了一个显而易见的答案。

"你检查过吗？"

"干吗？"扎卡里问，可这时他发现多里安扬起了一边的眉毛，露出了怀疑的表情,"噢,没有,我还没检查过。"

他想,这是他目前遇到的唯一一个像模像样的衣柜。无论是从字面意义还是从象征意义上看,他在柜子里待的时间都已经相当长了。他不相信自己居然没有检查一下这个衣柜中是不是藏了一扇通往纳尼亚的门。

多里安把酒瓶递给扎卡里,朝衣柜走过去。

"我对纳尼亚倒并不是特别感兴趣。"多里安说着,用手指摩挲雕花的木门,"对我来说,这个故事中的讽喻太直接了。不过它确实很浪漫,有冰天雪地,还有温文尔雅的森林之神。"

他打开衣柜的门,露出了笑容,但扎卡里不知道他在笑什么。

他伸出一只手,把一排排挂起来的亚麻和山羊绒衣服拨开,动作缓慢而小心。他没有立刻去碰衣柜的后面,而是在故意拖延这个举动。不慌不忙。

他不需要文字就能讲故事,一个声音在扎卡里脑袋里的某个地方响起。多里安的手放在了一件毛衣上,他忽然非常希望自己此时正穿着这件衣服,这个想法让他分心了片刻,等他回过神来的时候,多里安已经踏进衣柜,消失不见了。

一颗纸星星在环境和时间的蹂躏下变得面目全非而只能依稀认出星星的形状

一个男人在时间中短暂现身,他冲进一条走廊,却发现自己再次消失在时间之外。

一个枝形烛台倒下了,这种事经常发生。侍从们对此早有准备,他们知道何时燃烧的烛台会滚落。他们有很多办法避免意外的到来。

但侍从们无法预测迷失在时间里的人会做出什么样的举动。他们不知道他什么时候会在哪里出现。当他出现的时候,他们并不在场。

侍从的人数没有当年那么多了,而此时此刻,他们全都在处理别的事情。

火势一开始只是悄悄地蔓延,后来越烧越烈,它把书从书架上拽下来,变成卷曲的废纸,又将蜡烛熔化成一摊摊蜡油。

它在走廊间横行肆虐,像海水那样汹涌而来,吞没沿途的一切。

它找到了玩具屋所在的房间,并将它占为己有,整个世界都消失在火海中。

那些玩偶只看见了一片火光,然后就什么也没有了。

扎卡里·埃兹拉·罗林斯盯着衣柜里一大堆毛衣、亚麻衬衫和裤子，又一次怀疑自己的头脑是不是还清醒。

"多里安？"他喊道。他肯定藏在那些阴影里，蜷缩在挂着的衣物之下。以前扎卡里自己也经常这样坐在衣柜里，那个世界中只有他一个人，在窄仄的角落里被人遗忘。

扎卡里把手伸进那些毛衣和衬衫，他不知道自己为何会以为这些阴影只是阴影，在这个地方很多事情并没有表面看上去的那么简单，他的手指原本应该碰到结实的木头，可是它们什么都没碰到。

他笑了起来，但笑声却卡在了嗓子里。他钻进衣柜，往深处走去。衣柜原本有后背板的地方是空的，再往后他的手指没有摸到墙。

他迈出一步，随后又迈了一步，羊绒衣物摩擦着他的后背。房间里的光迅速地黯淡了下去。他把手伸向身体的一侧，碰到了略带弧度的坚硬石块。这里大概是一个隧道。

扎卡里往前走去。他朝前方的黑暗伸出手，这时他的手被另一只手握住了。

"我们去看看这会通向什么地方，好吗？"多里安在他耳边低声说道。

扎卡里抓住了多里安的手，他们就这样相互依偎着在隧道里前行,这时它转了个弯,将他们带进了另一个房间。

房间里只点了一根蜡烛,放在一面镜子前,所以有两团烛火。

"我觉得这里不是纳尼亚。"多里安说。

扎卡里让自己的眼睛适应了烛光。多里安说得没错,这里不是纳尼亚。这个房间里到处都是门。

每扇门上都雕刻着图案。扎卡里向最近的那扇门走去,这时他和多里安牵着的手松开了,他有点后悔,但是好奇心占了上风。

门上刻着一个女孩,她将一盏灯高高举起,照亮了黑色的天空,空中遍布着一种带翅膀的怪物,它们一边尖叫,一边朝她挥舞着爪子,还发出嘶嘶的声音。

"我们还是别打开这扇门了。"扎卡里说。

"同意。"多里安说完,回头看了看。

他们从一扇门走到另一扇门。有的门上刻了一座城市,弯曲的塔楼高高耸立在城中。有的门上刻了一座小岛,小岛上方是洒满月光的天空。

有一扇门上描绘了牢门后的一个人影朝一只笼子里的另一个人影伸出了手,这让扎卡里想起了地下室中的那个海盗。他正准备打开这扇门,多里安却把他的注意力引到了另一扇门上。

那扇门上刻着一场庆典。几十个没有面孔的身影在飘带和灯笼下跳着舞。其中一条飘带上镂刻着一串月亮,一轮满月被上弦月和下弦月围绕在中间。

多里安将这扇门打开。门后是一片黑暗。他走了进去。

扎卡里紧随其后,可他刚一进房间,多里安就不见了。

"多里安?"扎卡里喊道。他转过身,想回到那个有很多门的房间,但它也消失了。

他又转过来，发现自己正站在一个灯火通明的走廊里，两边都是书。

一对穿长袍的女人挨着他走过，她们的心思显然都在彼此身上，对他并不在意，她们经过的时候还发出了一阵笑声。

"你们好？"扎卡里在她们身后喊了一句，但她们没有转身。

他回头看看身后。那里没有门，只有书。高高的书架上乱七八糟地堆满了书，这些书被经常翻看，有的书页还是敞开的。和他相隔几个书架的地方有一个英俊的年轻人正在翻看其中一册书，他姜黄色的头发非常耀眼，几乎快接近红色了。

"打扰了。"扎卡里说，但那人并没有从书中抬起头来。扎卡里伸出一只手，碰了碰他的肩膀，他手指下的衣料摸起来有点奇怪，是一种若有若无的感觉。他知道自己隔着西服外套摸到了一个人的肩膀，却没有真实的触感，就像观看了一场配音与画面不搭的电影。扎卡里惊讶地收回了手。

姜黄色头发的男人抬起了头，却并没有看他。

"你是来参加派对的吗？"他问。

"什么派对？"扎卡里问道。那个人还没回答，他们的对话就被打断了。

"温斯顿！"一个男人的声音从走廊的下一个拐角处传来，穿长袍的姑娘们刚才就在往那个方向走。姜黄色头发的男人放下书，朝扎卡里微微鞠了一躬，然后就朝那个声音追了过去。

"我想我看见了一个鬼魂。"扎卡里听见他对同伴随口说了一句，然后他们就消失在了走廊里。

扎卡里看了看自己的双手。它们看上去和平时一样。他把那个人放回书架的书拿了起来，感觉它是固体的，但在他手中似乎不是固态，就好像他的大脑告诉他手里拿着的是一本书，而实际上那本书却并不存在。

然而这本书就在眼前。他打开书，惊讶地认出了书页中一首诗的片段。萨福[1]的诗作。

> 有人会记得我们
> 我说
> 哪怕在另一时空

扎卡里合上书，把它放回书架，书的重量并没有随着这个动作从手中转移，而他发现自己原本一直在期待手感上会有所变化。

阵阵欢笑从另一条走廊里传来。音乐声在远处响起。毫无疑问，扎卡里所在的地方正是无星之海上他所熟悉的那座港口，但一切都生机勃勃，活泼热闹。而且这里的人也不少。

他以为自己路过了一尊金色的裸体女人雕像，直到她动了一下，他才意识到那是把金色颜料细致地涂在了一个真的裸体女人身上。他经过的时候，她伸手碰了碰他的臂膀，在他的袖子上留下了几道金粉的印迹。

他继续往前走，没有人再向他致意了，但大家似乎都知道他的存在。他们会在他经过时给他让路。越往前走，他遇到的人就越多，这时他意识到人们在往什么地方走了。

他又经过一个拐角，来到了通往舞场的一段宽阔楼梯。楼梯上装饰着灯笼和花环，是用蘸了金色颜料的纸做成的。彩色的纸屑如

---

1 萨福（Sappho，约前630—约前570），古希腊女诗人，保存完整的作品只有一篇名为《致阿佛洛狄忒》的诗作。

瀑布般翻滚着金色的浪花，铺满了石阶。它们紧贴在裙摆上和裤脚边，随着向下移动的人群飞舞旋转。

扎卡里跟了上去，混在参加派对的人群中。他们来到舞场，这是他熟悉的地方，却和他意料中的完全不一样。

他印象中那个空旷的地方现在挤满了人。所有的枝形吊灯都被点亮，在大厅里投下了舞会的灯光。天花板上点缀着金属色的气球，微微发光的长飘带从气球上垂落下来，扎卡里走近一看，发现它们都缀满了珍珠。一切都在摇摆起伏，到处都金光闪闪。这里弥漫着蜂蜜和熏香的气味，还有麝香味、汗味和酒味。

如果不带任何气味，虚拟现实就没有那么真实，一个声音在他脑袋里说。

气球形成的帷幔就像迷宫一样，偌大的地方被这些几乎透明的墙分成了很多小块。一个空间变成了多个空间：临时形成的房间；墙边的壁龛；椅子上的装饰小画；铺在石头地面上，透着珠光宝气的地毯；铺着丝绸桌布的餐桌，那深蓝色的桌布有如幽暗的夜空，上面还缀着繁星点点；桌上堆满铜制碗碟和瓶瓶罐罐，还有美酒、水果和奶酪。

他身边有一个女人用头巾将头发扎了起来，她穿着侍从的长袍，端着一个大碗，里面盛满了金色的液体。他看到来宾们都把手浸在碗里，再拿出来时手上沾满了闪烁的金色。那颜料顺着他们的胳膊滴在了衣袖上。扎卡里发现人们的耳朵和脖子后面有金色的指纹，领口之上和腰部之下也留下了引人遐想的痕迹。

在离舞场中心更近一点的地方，那些飘带形成的帷幕被掀开了，房间的范围得到了充分扩展。一个舞池占据了大部分空间，一直延伸到另一边的走廊上。

扎卡里沿着舞池的边缘移动。跳舞的人离他很近，礼服摩擦着他的双腿。他朝那个赫然出现的壁炉走去，发现它周围全是蜡烛，堆放在炉膛里，排列在壁炉架上，滴下的烛泪一摊摊地聚在石头上。蜡烛之间摆着一些瓶子，里面装满了金色的沙子和水，水中有白色的小鱼，长着扇形的尾巴，在亮光中如火焰般闪烁。在火苗和鱼的上方有一些画上去的符号。一轮满月的两侧全是月牙，它们盈虚消长，各不相同。

扎卡里的手边有些动静，引起了他的注意。他低头一看，发现有人往他的手掌里塞了一张折好的纸条。他扫了一眼周围参加派对的人，可他们都沉浸在自己的世界中。

他打开纸条。上面用金色的墨水潦草地写满了字：

> 月亮从未向死亡或时间乞求过任何恩赐，但她心中有所期望，她想要，她渴求，她还从来没有如此渴望过任何东西。
>
> 那是一个对她来说无比珍贵的地方，那里有一个人，更是让她难以割舍。
>
> 月亮会时常回到那个地方，在借来的时间里偷得片刻欢愉。
>
> 她找到了一段难以实现的爱情。
>
> 她一定要想办法守护它。

扎卡里抬起头，望着人群在他周围翩翩起舞，开怀畅饮，纵情欢笑。他没有见到多里安的身影，但这张字条绝对是他写的，所以他肯定就在附近。扎卡里把纸条再次折起来，将那一小段故事塞进口袋，然后继续在舞场中穿行。

壁炉之后的桌子上堆满了酒瓶。一个穿西装的女人站在桌子后面，她一边倒酒一边调酒，然后将它们装在精致的玻璃杯中，分发给来往的人。扎卡里看着她把各种液体混合到一起，它们冒着烟，泛着泡沫，颜色从透明变成了金色，又变成了红色，再变回透明。

他听见调酒师说了一句阴历新年的祝福，又将一个鸡尾酒杯递给对方，杯面上盖了一层金箔，喝下这杯酒就会破坏这层装饰。扎卡里在那层金色表面被搅乱之前就走开了。

在一个安静的角落里，一个男人将沙子倒在地上，用这些黑色、灰色、金色和象牙白色的颗粒勾勒出复杂的图案，曼荼罗[1]式的圆圈里画着跳舞的人、气球以及巨大的火焰，外面一圈画了很多猫，再外面画着一圈蜜蜂。他用一根羽毛的边缘在沙子上修饰画中的细节。扎卡里凑过去，想看得更清楚一些，但这个人一画完就把它抹去了，然后又从头开始画。

附近有一个女人倚在长沙发上休息，她全身上下都披挂着丝带，除此以外什么也没穿。那些丝带上写着诗文，它们缠绕在她的脖子和腰上，弯弯曲曲地垂落在腿间。她身边有很多仰慕者在阅读这些文字，但她让扎卡里想起了地下墓室里的尸体，于是他转身准备离开。这时一行文字映入他的眼帘：

月亮先去与死亡商量。

扎卡里走近一些去读这个故事，它沿着女人的手臂向下一直延伸到她的腰间：

---

[1] 佛教术语，意为坛场，表示聚集的意思，可以理解为一种宇宙模型，代表图案是圆形的，内外有好几圈。

她问死亡能否饶恕一个灵魂。

死亡在她力所能及的范围里会满足月亮的任何愿望,因为死亡非常慷慨大方。这份馈赠只是小事一桩,很容易办到。

那条丝带在这里就到头了,它的末端绕在女人的无名指上。扎卡里把其他丝带也读了一遍,没有更多关于月亮的内容了。

扎卡里继续走,来到了舞场的另一片区域,那里有成百上千本书从天花板上悬挂下来,书脊都张开了,在半空中打转。他伸手够到了头顶上的一本书,它的书页随之发出了哗哗的响声。所有的书开始自动重新排列,就像一群变换了阵型的大雁。

他觉得自己看到多里安了,就在舞池的另一边,于是他朝那个方向走去。他随着人群挪动。人实在太多了。人们只是朝他投下匆匆一瞥,虽然他感觉自己不太像鬼魂。他周围的房间和人群似乎变得更加真实了。他几乎能感觉到别人的手指从自己的手指上擦过。

"原来你在这里。"他身边传来一个声音,那不是多里安,而是先前那个姜黄色头发的年轻人。他没穿外套,手臂自上而下直到指尖都裹了一层金色。扎卡里以为自己听错了,也许他正在对别人说话,但这个人却直视着他的眼睛。"你是什么时候的人?"这个人问道。

"什么?"扎卡里问,他还是不确定这个人在对他说话。

"你不属于现在。"姜黄色头发的人说。他举起一只金色的手,放在扎卡里的脸上,用手指轻轻地拂过他的面颊。扎卡里感觉到了,这一次真的感觉到了,他惊讶得说不出话来。姜黄色头发的人挪动了一下,想把他拉到舞池里,可拥挤的人群在他们周围来来往往,把他们冲散了,然后这个人又一次不见了踪影。

扎卡里想到房间的外沿去，离人群远一点。他原先以为乐队在自己身后，可现在笛手就在他面前，而鼓手则在他左手边的某个地方。灯光变暗了，可能气球正在下沉，这个空间在他向外移动时缩小了。他经过一把扶手椅，一条金色的裙子被遗忘在椅子里，像是一块蜕下的蛇皮。

扎卡里来到墙边，发现上面写满了文字，金色的字迹落在黑色的石头上。这些字他读起来很吃力，照在金属色颜料上的光线不是太亮就是太暗。故事沿着墙边展开，于是扎卡里跟着它往前走。

月亮来找时间商量。

（她们已经很久没有说过话了。）

月亮请求时间庇护一个地方和一个灵魂。

时间让月亮等待她的答案。她接受了这个请求，但提出了一个条件。

时间同意帮助月亮，而作为交换，月亮也必须帮助时间找到留住命运的办法。

月亮答应了，虽然她并不知道该如何挽救被拆散的缘分。

于是时间答应将那个地方藏起来，远离星星。

如今在这个地方，日和夜的更替与别处不同，变得奇怪而缓慢。时光是懒洋洋的，也是甜蜜蜜的。

墙上的字到此为止。扎卡里远远地望着这个派对。他看到气球飘过吊灯，跳舞的人在不停旋转，附近有一个女孩用金色颜料在另一个女孩裸露的皮肤上写下一行行散文，之前墙上的那些字也许正是借用这颜料写的。一个男人端着装满小蛋糕的托盘从旁边经过，蛋糕上的糖霜都是诗句。有人递给扎卡里一杯酒，然后酒杯不见了，而他却不记得它去了哪里。

扎卡里扫视着人群，一边寻找多里安的身影，一边寻思他是不是让他自己以某种方式迷失在了时间里，此刻时间的流逝变得古怪而缓慢，他不知道该怎样做才能不再迷失。这时他的目光落在了房间对面的一个人身上，那个男人也靠墙而站，灰白的头发被编成了精致的辫子，还蘸上了金色，除此以外馆长看上去一点都没变。不曾年轻，也不曾老去。他在盯着人群里的某个人，但扎卡里看不见那是谁。他想找一些线索来推断现在可能是哪一年，但大家的服装五花八门，不太好猜。20年代？30年代？他想知道馆长能不能看见他，想知道馆长究竟有多少岁了，还想知道他在密切注视的人是谁。

他顺着馆长目光所投向的方向，穿过一道拱门，来到一段楼梯前。台阶上布满了蜡烛和灯笼，它们发出摇曳闪烁、不断变化的金色光芒，映照在海浪上，浪花则涌入一片黑暗中。

扎卡里停了下来，望着波光粼粼的无星之海。他朝它迈出了一步，接着又迈了一步，这时有人把他拉了回来。一只胳膊环抱在他的胸前，一只手捂住了他的眼睛，平息了波浪的旋动，也让金色的火光黯淡了下来。

一个他无论到哪里都能认出来的声音在耳边低语：

"于是月亮找到了留住爱人的方法。"

多里安领着他向后退去，回到了舞池。扎卡里虽然看不见，却能感觉到狂欢的人群就在他们身边。他真切地感受到了他们的存在，不再有任何感知上的延迟，不过此时此刻他所有的感官都沉浸在耳畔那个声音里，以及脖子后面的那片气息中。他任由多里安按自己的意愿把他带到任何地方，把故事引向任何结局。

"曾经位于一个十字路口的旅店,现在迁到了另一个路口,"多里安继续说,"那里更加偏远,也更加黑暗,很少有人能找到它,它就在无星之海的岸边。"

这时,多里安把手从扎卡里的眼睛上挪开,将他的身体扳过来,几乎让他转了个圈,于是他们面对面站着,在人群的中央跳起了舞。多里安的几缕头发被染上了金色,那颜料顺着他的脖子滴下来,落在了外套的肩头。

"它至今还在那里。"他说,然后停顿了很长时间。扎卡里以为这个故事大概结束了,但这时他又靠近了一些。"这里就是月亮从天上消失时所去的地方。"多里安一字一顿地在扎卡里的唇边将这些话慢慢说出来。

扎卡里凑了上去,想消除两人之间剩下的那点距离,可他还没有得逞,就传来了一阵雷鸣般的断裂声。他们脚下的地板开始晃动。多里安失去了平衡,扎卡里抓住他的胳膊,把他扶稳,怕他撞到其他跳舞的人,然而其他跳舞的人都不见了。这里空无一人。气球消失了,派对消失了,舞场也消失了。

他们一起站在一个空荡荡的房间里,一扇刻着图案的门已经从门轴上脱落了下来,门上所刻画的那场庆典定格在那里,被破坏了。

扎卡里还没来得及问是怎么回事,第一声巨响之后又传来了一声爆炸,石块如暴雨般从他们头顶落下。

一颗纸星星被洒上了金色颜料

无星之海正在上升。

猫头鹰们在观望潮水的变化,一开始它非常缓慢。

它们从浪尖飞过,浪花拍碎在荒无人迹的海岸上。

它们发出警告和兴奋的叫声。

这一刻已经到来了。它们等待已久。

它们用尖叫表示庆祝,直到海平面升得很高,就连它们也需要寻找庇护。

无星之海还在上升。

它淹没了港口,把书从书架上拽下来,将心之厅据为己有。

结局已至。

这时猫头鹰之王来了,他带来了未来,就在他的翅膀上。

扎卡里·埃兹拉·罗林斯从一堆山羊绒和亚麻布里摔了出来,他和多里安从衣柜中跌跌撞撞地被冲回来时,扯落了柜子里好几件毛衣和衬衫,那条隧道在他们身后坍塌了,掀起一团灰尘。

扎卡里房间中的大部分书都从书架上掉了下来。被他们留下的那个酒瓶也倒了,里面的酒洒在了桌边。兔子海盗的船一头撞到了壁炉旁的地板上。

又是一阵震动传来,衣柜散了架,扎卡里朝门口跑去,多里安紧跟其后。扎卡里抓起自己的包,把它搭在肩膀上。

扎卡里朝心之厅跑去,他不知道还能去其他什么地方,也不知道身处地下时遇到地震究竟该往哪里跑。

震动停止了,它造成的破坏却非常明显。他们被倒下的书架和家具绊住了脚,还停下来从一张塌陷的桌子下面救出了一只斑纹猫。那只猫连句道谢的话都没说就逃走了。

"我以为她不会真的做出这种事。"多里安说。他望着那只猫跳过一盏砸落下来的枝形吊灯,然后消失在阴影中,而吊灯在石头上留下了一摊蜂蜡。

"做出什么事?"扎卡里问。这时前方传来了巨响,他们只好继续赶路,要去的方向却和那只猫正好相反,扎卡里暗自认为这不是一个好兆头。

就在他们抵达心之厅之前,有人在那里大声喊叫,但扎卡里一个字都没听清,因为这时传来了金属碰撞的巨响,多里安将他向后一拉,用手臂抵在墙上,挡住了扎卡里前方的道路。

"我有一些事想让你知道。"多里安说。心之厅里又传来一声巨响,扎卡里朝发出声音的方向望过去,但多里安抬起手,把扎卡里的脸转过来,与他面对面,他的手指缠绕在扎卡里的头发里。

他说得很轻,扎卡里在持续的喧闹声中只能勉强听见他的话。多里安说:"我想让你知道,我对你的感觉是真的。因为我相信你对我也有同样的感觉。我失去过很多东西,我不想连它也失去了。"

"什么?"扎卡里问,他不确定自己是不是听错了,他还想听他多说一点,他所指的感觉究竟是哪一种,而且他很想知道多里安为什么要选择在极其不合适的时间里和他谈论这个,其实这连交谈都不算,因为多里安只盯着他看了一会儿,就松开他走了。

扎卡里还一脸茫然地靠在墙上。更多的书从附近的书架上掉下来,地面再次震动起来。

"现在是怎么回事?"他大声问道,可是没有人回答他,连他脑袋里的声音也不说话。

扎卡里调整了一下肩上的背包,朝多里安追过去。

他们来到心之厅,一眼就看到了刚才那声巨响从何而来:那个装有发条的小型宇宙坍塌了,自由摆动的钟摆和那些巨大的金属环缠在一起,上方有什么东西想移动它们,但没有成功,它们无规律地上下起落,敲打着地面,将那些已经裂开的瓷砖砸得粉碎。那双金色的手完好无损,但是其中一只指向下方破裂的地砖,而另一只则谴责般地指向一堆石块,那里原来是电梯门所在的位置。

从馆长办公室传来的叫喊声越来越响。在扎卡里身后，多里安抬头盯着崩坏的发条装置，扎卡里意识到多里安从没见过心之厅之前的模样，他觉得发生在他们身上的一切都很不公平，让他非常生气，有那么一瞬间——只在那一瞬间——他希望他们从来没有到过这里。

扎卡里首先认出来的是馆长的声音。

"我没有准许过任何事，"他对着扎卡里看不见的某个人说道——不，吼道，"我知道——"

"你不知道。"一个声音打断了他。扎卡里能认出这个声音是因为多里安在他身边僵住了，其实他不太记得阿勒格拉的说话声是什么样了。"我之所以知道，是因为我曾见过这样做的后果，我不会让它发生的。"阿勒格拉说，然后她出现在了办公室的门口，穿着那件毛皮大衣，站在他们面前，抹了口红的嘴唇摆出了一个扭曲的表情。馆长跟在她身后，他的长袍上落满了尘土。

"你还活着，罗林斯先生。"阿勒格拉平静地说。她的语气很随意，仿佛她刚才并没有大喊大叫，而他们周围这些支离破碎、叮当作响的金属和离开封面、四处纷飞的书页都不存在。"我知道有人对此非常高兴。"

"什么？"扎卡里说，不过他想问的其实是"谁"，而这个问题被他身后的喧嚣声盖住了，阿勒格拉没有回答。

她的目光在他和多里安之间徘徊了片刻，她那只蓝色的眼睛比扎卡里印象中的更加明亮了，他觉得自己被盯住了，第一次在真正意义上被看透了，然后这目光离开了。

"你一无所知。"她说。扎卡里不知道她是在对自己说话，还是在对多里安说话。"你不知道自己为什么会到这里来。"也许是对两个人一起说的，扎卡里想。这时她将目光锁定在了多里安身上。

"你我之间的事情还没了结。"

"我和你没什么可谈的。"多里安告诉她。宇宙模型发出砰的一声巨响,砸在瓷砖地面上,打断了他的话。

"是什么让你觉得我想跟你谈谈?"阿勒格拉问。她朝多里安走去,当他们几乎面对面的时候,扎卡里才看见她手中拿着一支枪,它之前被她大衣上的毛皮袖口挡住了一部分。

扎卡里还没弄清楚怎么回事,馆长就反应了过来。他抓住阿勒格拉的手腕,将她的胳膊往后拽,想从她手中夺下那把左轮手枪,然而她已经拉动了枪栓。子弹朝上飞去,偏离了它所瞄准的位置——它原本正对着多里安的心脏。

这一枪打在了他们头顶的一只金手上,把它撞得晃了一下,猛然向后转过去,砸在传动装置的齿轮上。

那颗子弹嵌进了瓷砖墙,落在一幅壁画的中央。壁画描绘了一间牢房,铁栅这边有一个女孩,另一边则是一个海盗,但这幅画早已有了裂痕,颜色也褪去了,与时间的摧残相比,小小一枚金属子弹所带来的破坏毫不起眼。

在他们的头顶,那个推动行星沿弧线运行的机械装置再次启动,这一次瓷砖地面在它的压力下屈服了,瓷砖下方的石头被砸开,地上出现了一条裂缝。和扎卡里预料的不同,裂缝之下并不是又一条堆满书的走廊,而是一个洞口,敞开的石洞向下延伸,通往更深邃的阴影和黑暗中。

你忘记了我们正在地下,他脑袋里的声音说。你忘记了这意味着什么,它继续说。扎卡里不再确定这声音究竟是不是在自己的脑袋里了。

钟摆挣脱了缠绕在一起的金属,骤然坠落下去。

扎卡里等着听它一落到底的声响，他想起了米拉贝尔的香槟酒瓶，然而并没有任何动静传来。

那个豁口迅速地从一条裂缝变成一段裂谷，又变成一道深渊，将石块、瓷砖、行星模型、破碎的吊灯和书籍一起吞没，又像波浪一样朝他们所站的地方席卷而来。

扎卡里后退一步，踏进了办公室的门。馆长将一只手放在他的胳膊上，扶他站稳，之后发生的一切事情仿佛都变成了慢动作，虽然那其实只是一瞬而已。

阿勒格拉滑倒了，她脚下的地面裂开了，深渊的边缘抵达了她的脚边，她掉下去的时候伸出了手，拼命要抓住一切她能够到的东西。

她的手指落在了多里安那件深蓝色的羊毛外套上，它的纽扣像星星一样，她拽着这件外套和衣服里的人向后倒下去，他们一起跌进了深渊中。

在他们掉下去的那一瞬间，扎卡里的目光和多里安的目光相遇了，他想起多里安刚才说的话，就在几分钟之前，几秒钟之前，片刻之前。

我不想连它也失去了。

然后多里安消失了，当馆长把扎卡里从深渊的边缘拉回来时，他还在冲着下面那一片黑暗大声嘶吼。

一颗纸星星被拆开又被重新折成了一只小小的

  独角兽而独角兽还记得它还是一颗星星的
那段时光也记得在此之前它是一本书的一部分
有时候它还会梦到在成为一本书之前它是一棵
树而在那之前更久远的时光里它是另一种星星

  预言家的儿子从雪地上走过。

  他提着一把剑——早在他出生之前,它就由最好的铁匠打造出来了。

  (和这把剑一模一样的另外两把剑都不在了,其中一把熔化在火中,被制成了新的物件,而另一把则沉入海底,被遗忘了。)

  如今这把剑插在一只剑鞘里,一位探险者曾佩戴过它,但她为保护自己的爱人而失去了生命。她的剑和她的爱人都随着她其余的故事而消失了。

  (关于这个探险者的歌谣曾一度广为传唱,但字里行间并没有多少真实性可言。)

  预言家的儿子披着一身历史和传说,朝远方的一束光望去。

  他觉得自己快到了,但他还有很远的路要走。

另一个时间，另一个地方：
插曲四

二十年前，前往（并抵达）意大利的撒丁岛

　　那是一个星期二，画家收拾起她的行囊，动身离开，并且打算永远不再回来了。后来，没有人记得那天是星期二，也很少有人记得她的离开。这些年有很多人都在星期二这一天离开，而她只是其中一个。早在人们敢用"大批离去"这个词来形容这些出走事件之前，它们就已经被混淆在一起了。

　　画家自己也只依稀记得那一天、那个月和那一年。对于她来说，那一天的意义值得纪念，但细节并不重要，她日积月累（年复一年）地观察和作画，试图有所领悟，而那一天就是这些岁月的终结，如今她明白了，自己不能仅仅只是观察和作画了。

　　她穿着大衣、提着行李经过的时候，没有人抬头看她。她只在其中一扇门前停留了一会儿，把自己的颜料和画笔留了下来。她轻轻地放下画具盒，没有敲门。一只灰色的小猫注视着她。

　　"请一定让她拿到那东西。"画家对猫说。那只猫乖乖地坐在盒子上，仿佛在保护它，又好像在打瞌睡。

　　后来画家会对这番举动感到后悔，不过这是她当时无法预料的事情。

　　画家绕了一大圈才来到心之厅。她知道很多更近的路线，闭着眼睛都能走到。她可以凭触觉或气味，或者更深处某种东西在脚下的指引，找到这个地方所有的路。她最后一次从自己最喜欢的那些房间门前经过。她把挂歪了的画框扶正，又把一摞摞书整理好。她看见一只枝形吊灯的旁边放了一盒火柴，于是把火柴塞进了自己的口袋。她最后转了个弯，穿过了那条会发出低语的走廊，它给她讲了一个故事。故事里有一对各有所求的姐妹，有一只丢失的戒指，还有一段被找到的爱情。这个故事并不完整，不过这条走廊所讲的故事几乎都没有结局。

画家来到了心之厅，她看见馆长坐在办公室的桌前，他的注意力集中在他写的东西上。她原本想请他找一个合适的地方，把她留在工作间的那幅画挂起来，那是她最近才完成的作品，不过她没有开口。她知道会有人找到它，再把它挂起来的。她仿佛已经看见它被挂在墙上，周围都是书。

她不认识画中的人，却见过他们很多次，有时是破碎的画面，有时是朦胧的幻觉。她既希望他们并不存在，却又知道他们是存在的，或者即将出现。而现在，他们就在关于这个地方的故事里。

画家抬头看了一眼那个上了发条、正在轻轻移动的宇宙模型。她透过一只眼睛看见它闪烁着微光，完美无瑕，每一个部分都在原定的轨道上运行。而透过另一只眼睛，她看到了它在燃烧，变得破碎不堪。

一只金色的手为她指示了出口的位置。

如果她想改变这个故事，就要从这里开始。

（馆长听见门在她身后关上的声音时，会抬头看一看，但他不会意识到离开的人是谁，很久以后他才知道。）

画家经过了前厅，她第一次来的时候，在这里掷过骰子。掷出来的全都是剑和王冠。

如今她见识了很多的剑和王冠。拥挤的房间里有一顶金色的王冠。昏暗的海岸边有一把古老的剑，沾满了鲜血。她产生了一股重拾画笔的冲动，但她无法把看到的所有东西都画下来。她永远不可能把它们全部画出来。她试过。她没有足够的时间，也没有足够的颜料。

画家按下了电梯按钮，电梯立刻打开了，仿佛它一直在等她。她让电梯把自己带走了。

她那只眼睛的视线已经变得模糊。那些画面开始消失。这是极大的解脱，也令她感到恐惧。

电梯将她送到那个熟悉的洞窟，有一盏灯将洞里照亮，这时她的眼前只剩一片朦胧。一幅幅画面、一幕幕往事和一张张面容曾经纠缠了她很多年，如今全都消失不见了。

现在她只能勉强看清前方的石头中有一扇门的轮廓。

她从没料到自己会离开。她曾经发誓永远留下来。她立下了誓言，却走到了这一步，将那誓言破坏殆尽，再也无法修复。原本这是不可能的事，她却做到了，这让她更加勇敢。

如果她能改变故事的这一部分，她就能改变更多。

她能改变这个地方的命运。

她转动门把手，然后推开了门。

门外是一道海岸，有一片被月光照亮的沙滩。门是木制的，如果它曾经被刷过一层颜色的话，那木头已经被沙子和海风磨得褪色了。它隐藏于悬崖边，被岩石遮挡。自从画家最后一次来过以后，多年来人们看见它都以为这是一块被冲上岸的浮木。那时还没有人把她称为画家，她只是一个名叫阿勒格拉的年轻姑娘，她发现了这扇门，从门中穿过，从此一去不返。直到现在。

阿勒格拉上下打量着空旷的海岸。天空一望无际。唯一的声响来自不停拍打着海滩的海浪。那气味令人无法抗拒，海盐和海水随海风撞到她怀里，怀旧和悔恨的情绪气势汹汹地袭来。

她从身后关上门，把手放在门的表面——在天气的常年折磨下，那里变得光滑、柔软而冰凉。

阿勒格拉把她的行李扔在沙地上，然后又扔下了那件毛皮大衣——夜晚的空气沉闷而温热，用不着穿它了。

她后退了一步，抬起靴子的后跟踢了过去。这一脚非常结实，足以让这块老掉牙的木板裂开。

她又踢了一脚。

当她发现靴子无法造成更多破坏的时候，她找来一块石头继续朝它砸过去。木头破裂，碎成了几块，她的双手被割破了，碎片扎进了她的皮肤。

它终于成了一堆木头，而不再是一扇门。它身后除了坚硬的岩石，什么都没有。

只有门把手还在，它掉进沙里，一些碎木渣还牢牢地沾在上面，它们曾经是一扇门，在那之前是一棵树，如今都不在了。

阿勒格拉把火柴从大衣口袋中掏出来，将那扇门的残骸点燃，看着它烧成灰烬。

如果她能阻止人们进去，她就能让自己看到的事情不会发生。她包里那个罐子中的东西（她看见了这个东西，还把它画了下来，后来她才明白它是什么，而很久之后它才被装进了罐子）就会是安全的。如果没有那些门，她就能阻止那本书回到那里，也能阻止之后发生的一切。

她知道一共有多少扇门。

她知道所有的门都能被关闭。

阿勒格拉在手中转动着那个门把手。她想将它扔到海里,但还是把它收进了背包中,和那个罐子放在一起。只要是属于那个地方的东西,她都想紧紧抓住。

然后,阿勒格拉·卡瓦略跪在了空无一人的海滩上,旁边是洒满星光的大海。她在哭泣。

第五部

猫头鹰之王

扎卡里·埃兹拉·罗林斯被拖着向后退去,那道裂缝将这个港口的心之厅撕开了一个大口子。他离开那里,来到了馆长的办公室,这里的地面没有受损,他的双脚从破碎的地砖滑过。

"坐吧。"馆长说。他让扎卡里坐在办公桌后面的椅子里。扎卡里试图站起来,但馆长将他按了回去。"呼吸。"馆长说,可扎卡里已经忘记该如何呼吸了。"呼吸。"馆长又说了一遍。扎卡里开始缓慢地喘气,一次又一次。他不明白馆长怎么会如此镇定。他也不太清楚现在发生的一切是怎么回事,但他继续呼吸着。等他的呼吸稳定下来后,馆长请他离开,而他却依然坐在椅子里。

馆长从书架上取下一个瓶子。他将透明的液体倒在一个玻璃杯中,把它放在扎卡里的面前。

"把这个喝了。"他说完就放下瓶子走开了。他没有加那句"这会让你感觉好一些",而扎卡里也不相信这种话,此时此刻在这把椅子里,他觉得自己永远也不会好起来了,但他还是把那杯液体喝了下去,然后开始咳嗽。

它确实没有让他感觉好一点。

它让一切都变得更强烈、更清晰、更糟糕。

扎卡里把杯子放在馆长的记事簿旁,想找点事情做,这样刚才那些可怕的瞬间就不会在脑海中一遍又一遍地重现了。他看着那本摊开的记事本，开始一页接一页地读了起来。

"这些都是情书啊。"他惊讶地自言自语道，也是在说给馆长听，却没有得到回应。

扎卡里接着读下去。有的是诗歌，其他的是散文，但每句话都写得热烈而直白，它们显然都是写给米拉贝尔的，或者与她相关。

他看了一眼馆长。馆长正站在门口，望着那道裂缝，整个宇宙模型都掉了进去，除了一颗行星，它还悬挂在天花板上，挑衅似的晃来晃去。

馆长使劲捶了一下门框，把它砸出了裂纹，扎卡里这才意识到，他表现出来的平静只是将怒气压抑在了心里。

他看见馆长叹了口气，把手放在门框上。那条裂纹自动恢复了，它慢慢地合拢，只剩下一条细线。

心之厅里的石头发出轰隆声并且移动了起来。破碎的石块移到了地板上的大坑中，一点一点地将表面填平。

馆长回到书桌前，拿起那个瓶子。

"米拉贝尔刚才在前厅。"馆长说，他回答了扎卡里一直不敢问出口的话，还为自己也倒了一杯液体，"只有收拾完这片废墟，我才能找回她的遗体，或者她残存的部分。修复工作需要一些时间。"

扎卡里想说点什么，任何话都可以，但他说不出口，只好把头埋在桌上，试图想明白这一切。

为什么这个满是失落和书本的房间里只有他们两个人？为什么曾经正在崩塌的一切如今都被彻底打碎，而似乎只有地板才能复原？那只姜黄色的猫又去了哪里？

"莱姆去哪里了？"扎卡里在他又能开口说话时问道。

"大概在某个安全的地方吧,"馆长说,"她肯定听到了风声。我想她曾经试图警告过我,可我当时还不明白。"

扎卡里没让馆长把自己的杯子再斟满,但他还是这样做了。

扎卡里去拿杯子,但他的手却抓到了杯子旁边的一样东西,是一个骰子,比入门测试中使用的那些骰子更旧,每一面上的标志却和它们是相同的。于是他把它拾了起来。

他把骰子掷到了桌上。

正如他所料,它停在了一颗刻出来的心上。

让人心碎的骑士和让骑士痛苦的心。

"心代表什么?"扎卡里问。

"过去掷骰子是为了看清每个刚到这里的人会有什么样的命运,"馆长说,"这些结果曾经被用来判定未来的道路。心代表诗人,他们总是坦率而热烈地抒发心意。在那之前,讲故事的人通过掷骰子来推动故事的结局走向爱情或悲情,或是未解之谜。它们的用途随着时间而变化,但是在侍从之前就有了蜜蜂,在守卫之前就有了剑,所有的标志在被刻进骰子之前就已经出现在了这里。"

"那么就不止三条路了。"

"我们每个人都有属于自己的路,罗林斯先生。标志只用于解读,并不能用来定义。"

扎卡里的思绪在蜜蜂、钥匙、门、书和电梯上转了一圈,又回想了一遍自己是怎样来到了这个房间,坐在了这把椅子上。他越是回忆过去的那些瞬间,越是觉得这一切还没开始就已经来不及了。

"你想要救他。"扎卡里对馆长说,"当阿勒格拉朝多里安开枪时,你阻止了她。"

"我不希望你经历和我一样的痛苦,罗林斯先生。我以为自己能阻止这一刻的到来,而现在我们正在经历这一刻。很抱歉,我失败了。你此时的感受,我已经尝过了无数次。它并没有缓解,只是变得更加熟悉。"

"你以前失去过她。"扎卡里说。他开始明白了,即使他还不确定自己是不是相信他的话。

"失去过很多次。"馆长证实道,"我失去她,有时受环境所迫,有时被死亡威胁,还有时是因为我自己的愚蠢。过了很多年,她又会回来。而这一次她深信情况会有所不同,但她一直没有告诉我为什么。"

"可是……"扎卡里正要说,却又住了口,他一时走神,想起了耳畔多里安的声音。

(命运偶尔会将自己重新拼起来,而时间则一直在等待。)

"你所认识的米拉贝尔,"馆长继续说,"不,抱歉,你称她为麦克斯,对吗?几百年来,她在不同的躯体中重生。有时她记得,而有时却……在上一世,她的名字叫西维娅[1]。她从电梯里出来时浑身都湿透了,你第一次来的时候淋了一身颜料,那模样就让我想起了她。那天晚上的雷克雅未克一定下着雨,但我没问过。一开始我没有认出她。我很少能认出来,之后我总是纳闷自己的眼力怎么这样糟糕,回回如此。而最终我都会失去她。那时西维娅也以为情况会有所不同。"

他停了下来,盯着自己的杯子。扎卡里等了一会儿,然后问:"她怎么样了?"

"她死了。"馆长说,"发生了一场大火。这个地方从没出过这种事情。她就身处那场大火的中心。我将所能收集到的都带到了

---

[1] 原文为冰岛名字的拼写方式,后文提到的雷克雅未克是冰岛首都。

地下墓穴，却很难将女人的遗体从书籍的碎片和猫的残骸中分离出来。后来我以为这就是她的最后一世。大火过后，一切确实有了改变。刚开始这变化很缓慢，然后那些门一扇接一扇地被关闭，于是我确定她无法再回来了，哪怕她还渴望着。后来有一天，我抬起头，发现她已经到了这里。"

"你在这里有多长时间了？"扎卡里问。他望着面前的这个人，想起了比喻意义下地牢里的海盗，想起了时间和命运，还有被烧毁的房间，他还记得自己隔着金色舞场看到的馆长。现在他看上去一点没变，但他头发里的珍珠更多了。

"我一直都在这里。"馆长回答。他把杯子放在桌上，拾起了骰子，将它握在手掌中。"我在这里尚未形成的时候就在。"他把骰子掷到桌上，没去看它落下来的情形。"来吧，我有东西要给你看。"

馆长站起来，朝办公室的后部走去，来到一扇扎卡里从未注意到的门前，一对高大的书柜就立在门的两边。

扎卡里低头看了看书桌。

骰子朝上的那面是一把钥匙，但扎卡里不知道它代表着上锁还是开锁。他站起身，发现双腿站得比意料中更稳。他朝外望了一眼，心之厅的地面还在缓慢地进行碎片修复。他跟着馆长在一个书架前停下来，架子上放着一个他很眼熟的罐子，里面漂着一只手，在朝他问好或告别，也可能在抒发别的情感。他想起了米拉贝尔包里的重物，那时他们刚从收藏家俱乐部逃出来，他稍微猜了猜这只手在被装进罐子之前属于什么人，然后就走进了办公室后面的房间。

馆长点起一盏灯，照亮了这间密室，它比扎卡里的房间要小一点，也可能是因为堆满了书本和艺术品才显得小。角落的床被书覆盖着。书架上的书被垒成了里外两层，所有可利用的表面都摆满了书，地板上也几乎全是书。扎卡里在四周寻找那只姜黄色的猫,却没有找到。

他停在一个书架前,架上放着很多记事簿,和桌上那本一样。书脊上都写着人名:"琳","格蕾丝","阿莎","艾蒂安"。有的名字出现在了不止一本记事簿上。有好几本写着"西维娅",后面还有几排都反复写着"米拉贝尔"。

扎卡里转过身,想问问正在把其他灯点亮的馆长它们是怎么回事,可刚到嘴边的问题又被他咽了下去。

馆长身后的墙上挂着一张巨幅画像。

扎卡里一开始以为那是一面镜子,因为他就在其中,可当他走近一点时,画中的扎卡里却一动不动,不过被画出来的他呈现出栩栩如生的细节,看上去仿佛在呼吸一般。

这是一张真人大小的肖像画。画中的扎卡里与真正的他面对面地站着,他们穿着一模一样的山羊皮鞋和蓝色睡裤,但油画中的裤子不知为何却显得更加优雅而古典。不过画中的扎卡里没有穿上衣,他的一只手握着一柄剑,剑身轻轻地挂在身侧,另一只手则高举着一根羽毛。

多里安站在他身后。他向画中的扎卡里靠过去,在他耳畔低语。多里安一只手搂着他,掌心朝上倾斜,被一群蜜蜂包围,它们在他的指尖跳舞,还在他的手腕边飞来飞去。多里安的另一只手伸向了一边,手上绕着锁链,上面挂着几十把钥匙。

一顶金色的王冠悬在他们头上。远处是一望无际的夜空,缀满了星星。

这一切都太逼真了,除了一点:画中的扎卡里被剖开了胸膛,露出了心脏,透过它可以看见身后的星空。这也可能是多里安的心脏,或者是两个人的。不管怎样,这颗心脏的结构非常准确,连动脉和主动脉都画了出来，但它被涂上了带有金属质感的金色，笼罩在火焰中，如灯笼般散发出光芒。画上去的光斑完美地落在蜜蜂、钥匙和剑上，也投在了他们两人的脸上。

"这是什么？"扎卡里问馆长。

"这是阿勒格拉在这里画的最后一幅作品。"馆长回答。

"原来阿勒格拉就是那个画家。"扎卡里想起收藏家俱乐部的地下室里堆满了关于港口的画，"这是她什么时候画的？"

"二十年前。"

"这怎么可能？"

"我还以为预言家的儿子不需要问呢。"

"可是……"扎卡里住了口，他的脑袋不是在发晕，而是快要运转不动了。"我妈妈没有……"他又一次说不出话来。也许他妈妈确实清楚地预见了这件事，但她不会画画。他也从来没问过她。

这比在《甜蜜的忧伤》里读到自己还要古怪。大概是因为只有画中的男人完完全全、毫无疑问就是他自己时，他才能认为书里的男孩也是自己。

"你早就知道我们是谁。"他说，又看了一眼画中的多里安，他想起了他们把他带到地下时馆长审视他的样子。

"我认识你们的脸。"馆长说，"这么多年来我每天都看着这幅画。我知道你们会在某一天来到这里，但我不知道这一天是在几个月、几十年还是几百年之后才会到来。"

"你会一直守在这里，哪怕是几百年，对吗？"扎卡里问。

"大概要等这个地方不在了，我才会离开，罗林斯先生。"他说，"也许我们都能等到那一天。"

"那现在是怎么回事？"

"我也想回答你,可我不知道。"

扎卡里再次看向那幅画,他看着蜜蜂、剑和钥匙,还有那颗金色的心脏;他的目光一开始避开了多里安,但又忍不住回到了他身上。

"他曾经想杀我。"扎卡里说。他想起米拉贝尔走在大雪覆盖的人行道上,恍如隔世,还有后来当他问起时她所说的话。

没有死。

"恐怕我没明白。"馆长说。

"我认为事情确实发生了改变。"扎卡里说,他试图把自己翻腾的思绪归拢起来。

门口传来一个声响,馆长抬起了头。他的眼睛睁大了。他无声地倒吸了一口气,用戴满戒指的手捂住了自己的嘴。

扎卡里转过身,他已经猜到自己会看到什么了,但米拉贝尔的出现还是让他吃了一惊。她站在门口,满身灰土,怀里抱着那只姜黄色的猫。

"变化是故事的本质,埃兹拉。"米拉贝尔说,"我记得我已经告诉过你了。"

多里安正在下坠。

他一直在下坠，时间过去了很久，他在这期间下降的距离已经无法计算。

他没看到阿勒格拉。她先是使劲拉扯着他的外套，一道模糊的白光过后，她就消失在从天而降的一堆石头、瓷砖和镀金的金属中。他的肩膀被一个飞过的行星环砸中了，可能是某个行星模型丢失的，撞上来的力道很大，他确定那里骨折了。不过接下来就只有一片黑暗和呼啸而过的风，现在他独自一人，还在下坠。

多里安回想不出到底发生了什么。他只记得地面裂开了，然后他脚下踏空，只剩下一片碰撞的混乱。

他还记得扎卡里脸上的神情，大概和他自己的表情一模一样。惊讶、困惑和恐惧交织在一起。然后一切都消失了，就在那一瞬间。甚至更短。

多里安觉得要不是这种感觉似曾相识的话，这一切肯定会显得更加奇怪，他还在下坠，时间已经过去不止一年了，这么说来毫不夸张。

或许他一直以来都在下坠。

他已经辨认不出哪个方向是上面了。自由落体的状态令他头昏脑胀，他感觉如果自己再想不起来该如何呼吸的话，他的胸腔好像就要爆炸了，可此时连呼吸也变成了一个极其复杂的动作。我一定是快到地球的中心了，他产生了和爱丽丝一样的想法[1]。

这时某个方向出现了亮光，可能是在下方。虽然黯淡，但那的确是一束光，正在快速向他靠近，快得超出了他的想象。

他满脑子都是乱糟糟的想法，多到难以专心去想一件事，就好像它们都争着要留到最后。他寻思如果自己快要死了，就应该早点开始整理临终的思绪。他想起了扎卡里，他后悔自己有很多话没说出口，有很多事情没去做。还有那些没读过的书，没讲过的故事，没下过的决心。

他想起了和米拉贝尔相处的那个晚上，一切都发生了改变，但他直到现在也不确定自己有没有后悔。

他以为能在一切结束之前就想清楚自己相信什么，然而他并没有。

下方的亮光越来越近。他掉进了一个洞里。洞底在发光。多里安的思绪变成了闪现的念头，变成了各种意象和感觉。拥挤的人行道和黄色的出租车。比人更有真实感的书。酒店房间、机场和纽约公共图书馆的玫瑰阅览室。站在雪中透过酒吧的窗口望着他的未来。戴王冠的猫头鹰。金色的舞场。一个落空的吻。

当最后一个念头从多里安的脑海中闪过时，他到达了下方发光的地面。他扭动了几下，想让自己光着的双脚先落地。在这场历时漫长、思绪万千的降落中，有一个想法脱颖而出，成为他最后想到的事情：也许无星之海不只是孩子们的睡前故事。

或许，或许他的下方是水。

可当降落停止，多里安落进了无星之海中时，他才意识到，那不是水。

那是蜂蜜。

---

[1] 指《爱丽丝梦游仙境》中爱丽丝掉进兔子洞的情节。

扎卡里·埃兹拉·罗林斯盯着米拉贝尔,她正令人难以置信地站在门口。她全身上下都是灰尘,石头的碎渣覆盖在她的衣服上和头发上。她的外套有一只袖子被撕开了,鲜血染红了她的指关节,一道血迹从她的脖子流了下来,但她似乎没有受到其他伤害。

米拉贝尔放下了那只姜黄色的猫。它在她的腿边蹭了一会儿,然后回到了它最喜欢的椅子上。

馆长喃喃地说了些什么,然后绕过成堆的书,朝她走去,他的目光始终没有离开她。

看着深情对望的两个人,扎卡里忽然觉得自己闯进了别人的爱情故事。

馆长来到米拉贝尔身旁,激动地将她拥入怀中,于是扎卡里把脸转了过去。可这个动作却让那幅画又出现在了他面前,他只好闭上眼睛。这一刻,他在肺里的空气中尖锐而强烈地感受到了失而复得、得而复失的真正滋味,一遍又一遍。

"我们没时间了。"

扎卡里听到米拉贝尔的声音后睁开了眼,看见她转过身,穿过那扇门,回到了办公室里。馆长跟在她身后。

扎卡里犹豫了一下也跟了上去。他在门口徘徊,看着米拉贝尔把桌边的椅子踢到了壁炉旁。壁炉架上的一个罐子被打翻了,里面的钥匙散落了出来。

"你以为我没有计划。"米拉贝尔说着,爬上了椅子。"一直以来就有一个计划,人们为此已经谋划了好几百年。只不过在执行的过程中出了一些……复杂的状况。你要一起去吗,埃兹拉?"她问道,并没有朝扎卡里看。

"我什么?"扎卡里问。这时馆长也问了一句:"你是要去哪里?"于是两个问题重叠在一起,变成了:"你是什么?"扎卡里觉得这也是个不错的问题。

"我们要去把埃兹拉的心上人救出来,因为显然这是我们应该做的事情。"米拉贝尔对馆长说。她把摆设在壁炉上方的那柄剑猛地拔了出来。又一个钥匙罐被打碎了,碎片撒了一地。

"米拉贝尔——"馆长表示抗议,但她举起剑,用剑尖指着他。从她拿剑的姿势来看,她是知道如何使剑的。

"别这样,求你了。"她说。这是她的警告,也是她的愿望。"我爱你,但我不会坐在这里,等待这个故事有所变化。我要去改变它。"她从剑的这一头与他对视,他们无言的交流持续了很久,然后她放下了剑,把它交给扎卡里。"带上它。"

"'孤身前往很危险。'[1]"扎卡里接过剑,正好引用这句话作为回应,只是打乱了整段台词的先后顺序。这句话既是对她说的,又是对他自己说的,也是对他手中这把剑说的。这是一把修长而笔直的双刃剑,看上去似乎本该属于博物馆,不过他觉得,从某种程度上说,它所待的地方就是个博物馆。剑柄上有精致的旋涡纹饰,

---

[1] 游戏《塞尔达传说》中有句经典台词"孤身前往很危险,带上它",米拉贝尔正好说出了后半句,所以扎卡里用前半句来回答。

剑把上的皮革已经磨损了，扎卡里能看出来，在此之前它已经被很多双手握过很多次。它依然锋利无比。

它就是在画中他手里握的那把剑，不过画出来的剑被磨得很亮。而它比看上去更重一些。

"我要换身衣服。"米拉贝尔说。她从椅子上爬下来，掸了掸袖子上的灰，对着那只被撕坏的袖子皱起了眉。"等我一分钟，我们电梯那边见，埃兹拉。"

她没等扎卡里回答就离开了，也没再对馆长说一句话。

米拉贝尔离开后，馆长还盯着门外，虽然她已经消失在视线中。扎卡里看着他，而他则望着她刚才所在的地方。

"你是那个海盗。"扎卡里说。所有的故事其实都是同一个故事。"在地下室里，那本书上说的。"馆长转身看着他。"米拉贝尔是救你的女孩。"

"那是很久之前的事情了。"馆长说，"在旧时的港口。'海盗'的称呼不太贴切，'强盗'大概更接近一些。他们过去把我叫作港务长，后来他们认为港口不需要港务长了。"

"发生了什么？"扎卡里问。自从第一次读《甜蜜的忧伤》之时起，他就一直对此十分好奇。他们的故事还没有结束。显然如此。

"我们没有逃出很远。她代替我被他们处死了。他们把她淹死在无星之海里，还强迫我目睹了这一切。"

馆长伸出那只戴满戒指的手，将它放在扎卡里的额头上。这触碰来自某个人——某种东西——比扎卡里能想象到的更久远。这种感觉如波浪般从头部涌向脚尖，嗡嗡作响地传遍了他全身的皮肤。

"愿诸神保佑你，罗林斯先生。"馆长把手移开后说道。

扎卡里点了点头，拿起背包和剑，走出了办公室。

有几处地面正在辛勤地进行自我修复,他绕开这些地方,一直沿着心之厅的边缘前行。他没有回头,也没看脚下,只向前盯着那扇破碎的门,它通向电梯。

米拉贝尔站在前厅的中央,正在把缠在一起的头发抖开,满头粉色恢复了更有活力的光泽。她把脸上的灰尘基本都擦掉了,还换上了一件毛茸茸的线衫,正是扎卡里第一次见到她恢复自己的打扮时所穿的那件毛衣。

"他为你祈福了,是吗?"她问道。

"是的。"扎卡里回答。他依然能感觉到皮肤上的嗡响。

"会有用的。"米拉贝尔说,"我们将会需要所能得到的一切帮助。"

"发生了什么?"扎卡里望着周围的一片狼藉问道。那些闪闪发光的琥珀墙面都裂开了,其中有的已经支离破碎。它们以前是玻璃镶板,一层层地铺在石墙表面。电梯冒着烟。

米拉贝尔低头看着满地的碎片,用鞋尖在其中拨弄了一下。骰子在她脚下滚动起来,而且一直没停。它们掉进了地面上的一条裂缝里,然后就不见了。

"阿勒格拉不顾一切地要从外面将这扇门关闭,"她解释道,"你喜欢这个地方吗,埃兹拉?"

"喜欢。"扎卡里回答,他感到有些困惑,不过即使他说了喜欢,他也明白自己所指的不是这个地方现在的样子,他不喜欢空旷的走廊和破碎的宇宙模型。他喜欢这个地方曾经的样子,那时这里充满了生机。他指的是热闹拥挤的舞场,指的是一群探寻者四处寻找他们叫不上名字的东西,然后他们找到了,在写下来的故事里,在尚未写出来的故事里,在彼此身上。

"阿勒格拉比你更喜欢这里。"米拉贝尔说,"我五岁的时候,我妈妈从这个地方消失了,她走了以后,阿勒格拉把我养大。她教我画画。我十四岁时,她离开了,并开始着手将这里的一切都封住。于是我画了很多门,希望有人能再次进来,任何人都可以。她多次试图把我杀死,因为她觉得我是一个危险的存在。"

她停了下来,扎卡里不知道该说什么。他的大脑还是一片混乱,里面塞满了太多的故事,充斥着太多复杂的情感。

这时出现了一个瞬间。在这个瞬间里,扎卡里可以表达自己的遗憾,因为他确实感到难过,但这种情绪并不强烈,他还可以一言不发地握住她的手,让这个动作替他说话,但她的手离他太远了。

于是扎卡里什么都没做,然后这个瞬间过去了。

"我们要出发了,还有很多事要做。"米拉贝尔说,"你妈妈把这样的时刻叫作什么?意味深长的瞬间?我曾经见过她一面,她请我喝了咖啡。"

"什么?"扎卡里问。米拉贝尔没有回答,她走向了电梯。电梯门为她敞开。电梯停在地面之下几英寸的位置,当米拉贝尔跨进去时,它又向下移动了一英寸。

"你说过你信任我,埃兹拉。"她说,发现他还在犹豫不决。

"是的。"扎卡里承认道。他小心地踏进电梯,站在她旁边,他脚下的地板晃了晃,剑在他手中沉甸甸的。那种嗡嗡作响的感觉消失了。他感到出奇的平静。他能成为一个好搭档,去迎接即将到来的任何事情。"我们要到哪里去,麦克斯?"他问。

"我们正在向下走。"米拉贝尔说。她后退了一步,抬起脚,朝电梯的一侧重重地踢了一脚。

电梯晃动了一下,又下沉了几英寸,这时他们忽然开始快速下降,扎卡里心中的那份淡定也随之没了踪影。

多里安沉入了蜂蜜的海洋，一股缓慢移动的洋流将他向下推去。他无法游动，因为海水太黏稠了，拉扯着他的衣服，令他不堪重负。他就要淹没在这片甜蜜之中了。

他想过各种各样的死法，而这一种连前一百名都排不上。差远了。

他看不见海面，但他伸出了手，尽量朝他认为是上面的方向张开五指，可手指的周围却感觉不到空气，他不知道自己是否就在海面附近。

多么愚蠢而诗意的死法，他心想。就在这时，有人抓住了他的手。

有人把他从海里拉了上来，越过了像墙壁一样的东西，然后将他放在了一处光滑而坚硬的表面上，感觉不太平稳。

多里安想说一句道谢的话，可他刚张开嘴就被黏黏的甜味呛到了。

"躺着别动。"一个声音在他耳边说，听起来闷声闷气的，仿佛来自遥远的地方。他还是睁不开眼，但说话的人把他按了下去，让他背靠在墙上。每一口呼吸都带着甜味，他所躺的地方似乎正在移动。他的耳朵被堵住了，外面传来了断断续续的声音，尖锐而刺耳。有什么东西拍打着他的肩膀，还像爪子一样抓他。他用胳膊抱住脑袋，但这让他喘不过气。他抹了抹脸，擦掉了一些蜂蜜，于是呼吸畅通了。他的头顶有什么东西在盘旋。

他所坐的地方忽然发生了倾斜,他滑到了一边。当一切平静下来时,那些尖利的声音也逐渐变小了。多里安咳嗽了几声,有人把一块布递到他手里。他用布擦了擦脸,总算能睁开眼睛了,于是他看清楚了自己面前究竟是什么。

他在一条小船上。一艘船。不,是一叶小舟。这是一条立志成为大船的小舟,数不清的深色船帆上挂着几十个小灯笼。或许它是一条真正的船。有人在帮他脱掉那件被蜂蜜浸透的外套。

"这会儿它们都走了,不过它们还会回来的。"一个声音说道,比刚才更清晰了。多里安转过身,想把救他的人看清楚,只见她在船舷边抖开了那件有星形纽扣的外套,让滴下来的蜂蜜落回到海里。

在她的头发里,黑色的波浪鬈发和发辫凌乱地纠缠在一起,被一条红色丝带系在脑后。她的皮肤是浅棕色的,鼻梁上的雀斑样子很特别。她有一双黑色的眼睛,描着黑色眼线和闪闪发亮的金色眼线,看上去不像化妆,倒更像是一种涂色伪装。她身上缠着条状的棕色皮革,像一件背心罩在外面,而里面的线衫只剩下一圈领口和两个袖口,被松垮的针脚和零散的纱线缝在一起,她的大部分肩膀和上半截手臂都露在外面,一道又大又显眼的伤疤围绕在左臂肱三头肌的附近。背心下方的裙子非常宽大,裙面像降落伞一样扎成了蓬松的圆箍,裙子的颜色很淡,几乎没有色彩,像一朵云笼罩在她的黑色靴子上。

她将外套搭在船舷上,让它继续自行滴干,并且确保它足够安全,不会掉下去。

"谁走了?"多里安问道。但他才刚刚说出一个"谁"字,就再次被蜂蜜呛到了。女人递给他一瓶水,他把它送到唇边,感觉从来没尝过比这更好喝的水。

女人同情地看着他，又递给他一条毛巾。

"谢谢。"他一边说，一边接过毛巾，把瓶子还给了她，这声道谢黏稠而甜蜜地沾在了他的嘴唇上。

"猫头鹰走了，"女人说，"它们来查看刚才的动静。它们想知道变化何时到来。"

她朝甲板另一边走去，留下多里安自己平复心情。一串串发光的灯笼环绕在桅杆的周围和上部，挂在酒红色的船帆上。萤火虫似的灯光沿着船边栏杆继续往前，一路攀上了船头，船首像被雕刻成了一只兔子，它的耳朵顺着船的两侧向后伸过去。

多里安深呼吸了几次。每次甜味都会变淡一些。看来，他还活着。他的肩膀不疼了。他低头看了看自己裸露的胸膛和手臂，确定自己应该留下了不少伤痕，至少会有一些擦伤和刮痕，但是他身上什么都没有。

其实也不是完全没有。

在他的胸口处，位于胸骨上方，出现了一把剑的文身。弯刀型的剑身配上弯曲的剑刃，剑柄是一种难以想象的金色，金属色的油墨在他的皮肤下泛着微光。

多里安的呼吸忽然又变得困难了，他吃力地爬起来，扶着栏杆让自己站稳，然后眺望着这片无星之海。宇宙模型的碎片缓缓沉入蜂蜜中。一只金色的手绝望地朝上指着，消失在他眼前。洞穴延伸到阴影中，海水温柔地泛着光。远处有一些移动的黑影，仿佛在振翅飞行。

蜂蜜从他的头发上和裤子上滴落，在他赤裸的脚边积成了一摊。他从蜂蜜中迈出来，脚趾踩在温暖的甲板上。

他追着女人离开的方向，朝船头走去，他猜她可能是船长。

只见她坐在那里，身旁的东西盖着一块丝绸，用料与铺在甲板上的船帆类似。

"噢。"他说，这时他意识到了那是什么。

他望着阿勒格拉的遗体，心头涌起了各种情感，难以平复。

"你认识她吗？"船长问。

"认识。"多里安回答。他没有继续说下去，他与这个女人已经相识半生，对他来说，她是仅次于母亲的存在，他对她的爱有多深，恨就有多深。不久之前他原本会亲手结束她的生命，而此时此刻，站在这里，他深深地感到了失去的痛苦，其程度是他无法解释的。他觉得自己摆脱了束缚，也迷失了方向。他体会到了自由的滋味。

"她叫什么名字？"船长问。

"她叫阿勒格拉。"多里安说。他这才发现，自己并不知道这是不是她的真名。

"我们叫她画家。"船长说。"那时她的头发并不是这样的。"她轻轻抚摸着阿勒格拉的一缕银发，补充道。

"你也认识她？"

"有时她会让我玩她的颜料，那时我还是一只兔子。我一直不怎么擅长。"

"那时你是什么？"

"我曾经是一只兔子。现在不是了。我不需要做兔子了。任何时候都可以改变自己的身份，永远不会为时太晚。我用了很长时间才明白这个道理。"

"你叫什么名字？"多里安问，不过他已经猜到了。在这种地方，曾经做过兔子的人并不多见。

船长朝他皱了皱眉。显然很久都没有人问过她这个问题了，她停顿了一下,仔细想了想。

"在上面的时候,他们曾经叫我埃莉诺,"她说,"但那不是我的名字。"

多里安端详着她。她并不老,没达到米拉贝尔的妈妈应有的年纪,而且相差很多,甚至可能比米拉贝尔还年轻。但她们两个长得很像,有着相似的眼睛和脸型。他很想知道时间在这下面是如何运行的。

"你叫什么名字?"埃莉诺问。

"多里安。"他说。他觉得这个名字比他用过的其他名字更真实一些,他已经对它产生了好感。

埃莉诺看着他,点了点头,然后又转向了阿勒格拉。

阿勒格拉闭着眼睛。一道又长又深的伤口盖住了她的部分面容,从她的脖子上穿过,不过并没有流很多血。她的身体大部分都被蜂蜜包裹着,与那块丝绸紧贴在一起,而她的毛皮大衣则遗失了在海里的某个地方。多里安忽然觉得自己很幸运,在坠落之后还能活下来。他不知道自己是不是相信运气这种东西。阿勒格拉的衬衣领口敞开着,多里安在她胸前寻找剑形文身,但那里没有剑。只有一个模样小巧的伤疤,形状是一只蜜蜂。

埃莉诺吻了吻阿勒格拉的前额,用丝绸蒙上了她的脸。

她站起身,看着多里安。

"我能带你过去,如果那就是你要去的地方,"埃莉诺指着他说,"我知道它在哪里。"

"带我去什么地方?"多里安问。

"你背上的那个地方。"

多里安把一只手放在肩膀上,摸到了那个文身的最上沿。这是一幅极其精致又非常逼真的文身,覆盖了他的整个背部。一棵树的枝杈，如华盖般的樱花，闪烁的星光，明亮的灯火，而这一切都是背景；画的中心是一个堆满了书的树桩，蜂蜜顺着书堆滴落，那是从上方的蜂巢中淌出来的——蜂巢顶上蹲坐着一只猫头鹰，戴着一顶王冠。

扎卡里·埃兹拉·罗林斯在跳舞。舞场里挤满了人,音乐声震耳欲聋,然而这其中却透着一股自在悠闲的气氛,这是一场无休止的完美运动。他的舞伴一直在换,所有的人都戴着面具。

到处是一片闪耀夺目的景象,满眼金光璀璨,美轮美奂。

"埃兹拉。"他听见了米拉贝尔的声音,她的脸离他这么近,那声音却微弱而遥远。"埃兹拉,回到我身边来。"她说。

可他不想回去。派对才刚刚开始。秘密都在这里,答案也在这里。再跳一支舞,他就能把一切都弄明白。请让我再跳一曲吧。

一阵风把他和此时的舞伴分开了,他无法抓住对方。被金色包裹的手指从他的指尖滑过。音乐声退去。

派对逐渐消失,仿佛被一口气吹散了,米拉贝尔出现在他眼前,正在变得清晰,她的脸离他只有几英寸。他冲着她眨了眨眼睛,努力去回想他们在哪里,然后他发现自己根本不知道他们此时在什么地方。

"出什么事了?"扎卡里问。周遭世界一片朦胧,转个不停,好像他还在跳着舞,但他知道实际上自己正躺在一块坚硬的地板上。

"你刚才昏过去了,"米拉贝尔说,"可能是受到的冲击让你一时无法呼吸。我们的降落不太顺利。"她指了指附近的一堆废铜烂铁，都是那架电梯的残骸。"给，"她又说，"我把这个取下来了，为了方便对你进行呼吸救助，好在它们都没摔坏。"

她把眼镜递给了他。

扎卡里坐起身，戴上了眼镜。

电梯的损坏程度让扎卡里非常吃惊，没想到他们——好吧，他自己——居然能在降落中活下来。大概是馆长的祈福发挥了作用，诸神保佑了他，因为那上面的电梯井不见了，只有一个敞开的巨大洞穴。

米拉贝尔扶扎卡里站了起来。

他们身处一个庭院中，周围有六个巨大的石拱门，互不相连。大部分拱门都已经断裂，但还有几个依然矗立，它们的拱顶石上刻着一些标记。扎卡里只认出了一把钥匙和一顶王冠，但他能猜到其他的标记是什么。拱门之后有一片废墟，这里曾经是一座城市。

扎卡里看着他们周围的建筑造型，他唯一能想到的词就是"古老"，它是一种泛指的古老，仿佛用石头、象牙和黄金搭出了一个狂热的建筑梦境。这里有圆柱，有方尖碑，还有塔形的屋顶。一切都在闪闪发光，似乎整个城市和包含它的洞窟都镀上了一层水晶。马赛克图案布满了墙面，在他脚下也铺了一地，不过大部分地面都被书所覆盖。成堆的书或聚在一起，或散落在各处；曾有人来这里翻阅过它们，如今又将它们遗弃。

这个洞窟很大，可以毫不费力地装下这个城。对面的墙上就是峭壁，那里凿出了台阶和小路，还有像灯塔一样被点亮的塔楼。虽然它们只是孤立的信号灯，却让一切都散发着微光。这里给人的感觉实在太大了，简直不像是在地下。无边无际，错综复杂，却又无人问津。

电梯旁边的一个建筑造型里燃起了一团火，它看上去像一个喷泉，涌出的却是火焰。它的水滴盏垂挂下来，仿佛是枝形吊灯上的水晶灯饰，不过被点亮的只有其中的几盏。大厅周围还有好几个类似的喷泉，但其余那些都没有发光。

扎卡里拾起一本书，放在手里感觉厚实而沉重，书页被某种黏糊糊的东西粘在了一起，原来是蜂蜜。

"消失的蜂蜜与白骨之城。"他说。

"严格说来，这是一个港口，不过大多数港口都类似一座城。"米拉贝尔解释道。扎卡里把这一大本没法阅读的书放回了原位。"我记得这个庭院，它原来是这个港口的心之厅。举办派对时，他们会在拱门上挂起灯笼。"

"你还记得这个？"扎卡里问。他向这座空城望去，这里已经很久没人来过了。

"在我还没学会说话时，就拥有一千种人生的记忆了，"米拉贝尔说，"有的记忆随时间而消退，大部分记忆都如同快要被遗忘的梦境一样，但置身其中时，我就能认出自己曾经去过的地方。我觉得这就像是被自己的魂魄所缠绕。"

扎卡里看着她，而她则盯着那些破败的建筑。他想确定一下，她在这里的样子看上去是不是和她在曼哈顿市中心排队买咖啡时一样真实，可他拿不准。除了伤痕累累、满身尘土和疲惫不堪之外，她看上去没有变化。火光摆弄着她的头发，让它一会儿变红一会儿变紫，不让它在任何一种颜色上停留不变。

"这里发生了什么？"扎卡里问，他试图把一切都想明白，而他的一部分思绪还在那个金色的舞场中旋转。他用脚趾戳了戳另一本书。那本书也打不开，它的书页被封住了。

"涨潮了。"米拉贝尔说，"一直以来，都是如此。一个港口沉没了，就会有一个新的港口在更高处开放。它们会改变自己来适应这片海。以前它从来不会消退，不过我想即使是一片海，也会有被忽略的感觉。因为不再有人在乎它了，于是它就退回了自己曾经所在的深处。瞧，你可以看见运河流过的地方，在那边。"她指向一个位置，那里横跨着一座座桥，桥下什么都没有。

"可是……现在那片海在哪里？"扎卡里问，他想知道这种空无一物的状态会向下延伸多远。

"应该还要再往下一些。比我想象的更深。这已经是最底层的港口之一了。我不知道如果我们继续往深处走的话会找到什么。"

扎卡里望着这座沉没之城的遗迹被埋在书堆之下。他试着想象这里曾经挤满了人，有那么一瞬间，他勾勒出了它的样子——人来人往的大街，绵延到远方的灯火——然后它又变成了毫无生气的一片废墟。

他并没有出现在这个故事的开端。这个故事比他年长很多，很多。

"我在这个港口度过了三世人生。"米拉贝尔说，"在第一世，我九岁时就死了。我最想要做的事情就是去派对上看跳舞，但我的父母告诉我，只有等我十岁了才能去，而在那一世里，我永远没有等来十岁。在下一世，我一直活到了七十八岁，把舞跳了个够，但我无法永远活着，直到我出生在时间轮回之外。那些信奉古老传说的人想创建一个地方，让永生成为可能。他们在一个又一个港口尝试这个想法，把理论和建议传递给他们的接班人。他们在地下和地上不辞辛劳地奔走。这些年来，他们更换了很多名字，即使他们的人数在减少。目前他们是以我祖母来命名的。"

"基廷基金会。"扎卡里猜测道。米拉贝尔点了点头。

"他们中的大部分人已经过世了，我还没来得及感谢他们。但一直以来没有人想过以后会发生什么。没有人考虑过这样做的后果或影响。"

米拉贝尔从地上捡起那把剑。她拿着它比画了一下,没有显摆的意思。剑在她手中轻如羽毛。她一边继续挥剑一边说:

"我——好吧,前世的我——从一个博物馆里把这个运了出来,藏在一件不怎么舒服的长袍后面。那时还没有金属探测器,通常情况下也没有保安来检查女士长袍的背部。谢谢你把那本书还了回来,它已经丢失很长时间了。"

"这就是我们要做的事情吗?"扎卡里问,"归还丢失的东西?"

"我跟你说过,我们要去拯救你的男朋友。这是第二遍了。"

"为什么我觉得这不——等等,"扎卡里说,"你见过那幅画。"

"当然见过。有很长一段时间我都躺在它对面的床上。它是阿勒格拉最好的作品之一。我曾经用它练习过炭笔画,不过我一直画不好你的脸。"

"这就是你想让我们两个都到地下来的原因。因为我们在画里。"

"这……"米拉贝尔张了张口,但只是朝他稍微耸了一下肩,表明他可能说对了。

"这不是命运的安排,这只是……艺术品的来历。"扎卡里抱怨道。

"谁说这和命运有关?"米拉贝尔说,不过她边说边微笑了起来,那笑容和老电影里的明星笑起来一样灿烂,不过在火光里却显得有点吓人。

"难道你不是……"扎卡里停了下来,因为"难道你不是命运吗?"这个问题听起来太荒谬了,即使他们正在漫不经心地谈论逝去的生命,即使他几乎已经相信自己面前的这个女人就是命运本人,从某种程度上说,这太不可思议了。他盯着她。她看上去和普通人一样。或许她就像自己画出的那些门：一件精准的仿制品，足以骗过人们的眼睛。变幻的火光落在她身上不同的地方，没被照到的部分消失在阴影里。她用那双黑色的眼睛一眨不眨地看着他，上面还沾了被弄花的睫毛膏，于是他不知道自己还有什么要想的，或者有什么要问的。

"你是什么人？"扎卡里决定这么问，可话刚出口就立刻后悔了。

米拉贝尔的笑容消失了。她朝他迈了一步，和他挨得非常近。她的面容发生了某种变化，仿佛摘下了一张看不见的面具，那是一个用粉色的头发和刻薄的态度树立起来的人设，与某个遥远派对上一条尾巴和一顶王冠的打扮一样，一点都不真实。扎卡里试着回想自己有没有从她身上感受到一种不可名状的古老气息，就同他从馆长身上感受到的一样。不知为何，他总觉得它就在那里，而那个消失的微笑也比最年迈的电影明星绽放的笑容更加苍老。她靠得很近，近到能亲吻他，她说话时发出的声音低沉而平静。

"我是很多东西的化身，埃兹拉。但你当年没有打开那扇门并不是我的错。"

"什么？"扎卡里问，虽然他知道自己已经明白她的意思了。

"你没有打开那扇门，这个倒霉的错误是你自己犯下的，与其他人无关，无论你当时有多大。"米拉贝尔告诉他，"不怪我，也不怪画出那扇门的人。是你的错。是你决定不打开它。所以不要站在这里胡思乱想，把你自己的问题归咎于我。我有我自己的问题要解决。"

"我们来这里要找的不是多里安，我们是来找西蒙的，对吗？"扎卡里问，"他是迷失在时间里的最后那件东西。"

"你来这里是因为我需要你做一件我无法完成的事情。"米拉贝尔纠正道。她把剑推给他，剑柄朝上，逼着他接过剑。它比他记忆中的还要重。"你来这里是因为你跟着我来的，其实你可以不来。"

"我可以不来？"

"是啊，可以。"米拉贝尔说，"你觉得自己不得不来，或者说应该来，可实际上选择权一直在你手上。你不喜欢做选择，对吗？你不会主动采取行动，除非有别的人或者别的事表明你能行。要不是一本书为你制造了机会，你甚至不会下决心来到这里。如果我没有把你拉出来的话，你现在还垂头丧气地坐在馆长的办公室里呢。"

"我不会——"扎卡里反驳道，这些话和它们背后的真相激怒了他，但米拉贝尔打断了他。

"别说了。"说着，她举起一只手，看向他身后。

"不要对我——"扎卡里边说边转过身，看见了她所注视的东西，便住了口。

一团乌云的阴影正在朝他们移动，伴随着像风声一样的动静。火焰喷泉上的火苗摇曳不止。

那团乌云越来越大，声音也越来越响，扎卡里意识到了自己所看见的是什么。

这声音不是风，而是振翅的声响。

扎卡里·埃兹拉·罗林斯曾经见过一只猫头鹰，不是被制成标本的那种，就在他妈妈的农舍附近，仅此一次。那是一个春天的傍晚，在黄昏即将到来时，它停在路边一根电话线上。他开车经过时放慢了速度，因为附近没有其他车辆，而且他想确认它真的是猫头鹰，而不是其他灰色的鸟类。猫头鹰盯着他，那双眼睛确实是猫头鹰所特有的，扎卡里也盯了回去，直到另一辆车来到他的车后，他才继续往前开，而那只猫头鹰还立在那里，从后面注视着他。

现在有很多猫头鹰用几十双眼睛盯着他，它们越飞越近。它们的翅膀和爪子形成了一片阴影，笼罩在他们上方。猫头鹰们从空中俯冲下来，又从街道上掠过，破坏了那些白骨，扬起了阵阵灰尘。

火焰在变化的气流中摇晃了起来，发出噼啪的声响，逐渐黯淡下去，那些阴影变得更黑了，于是猫头鹰形成的那团乌云吞没了第一条街道，然后随着它的靠近，又吞没了另一条。

扎卡里感到米拉贝尔将一只手放在了他的胳膊上，但他没法把目光从几十只——不，是成百只——盯着他们的眼睛上挪开。

"埃兹拉，"米拉贝尔说，抓紧了他的胳膊，"跑。"

有一瞬间扎卡里呆住了，接着他的大脑对米拉贝尔的声音做出了反应，按照她的指示，他从地上抓起自己的包，躲开那片黑暗和那些眼睛，朝相反的方向冲过去。

扎卡里穿过一道道拱门，跑向那些建筑物，然后沿着他抵达的第一条街往前走。他在一堆堆书之间跌跌撞撞，蹒跚而行，拼命将他的包和那把剑都抓在手里。他听见米拉贝尔就在他身后，她的靴子敲打着地面，只比他自己的脚步慢一点点，但他不敢回头看。

当街道出现岔路时，他犹豫不决，但米拉贝尔放在他后背上的手将他推向左边那条路，于是扎卡里来到了另一条街上。这也是一条昏暗的道路，他只能看清自己前方两步远的距离。

他又转了个弯，他的脚步声不再有回音。他回头一看，米拉贝尔不见了。

扎卡里愣住了，是原路返回寻找米拉贝尔，还是继续前进，他在这两者之间摇摆不定。

这时，他周围的阴影动了起来。翅膀和眼睛从他两侧深邃的窗户和门廊里涌了进来。

扎卡里向后绊倒了，那把剑也落了下来。当他试图稳住身体时，他的手掌在身下的石头路面上蹭破了。

扎卡里捡回那把掉落的剑,将它胡乱地挥来挥去,剑锋撞上了那些爪子和羽毛,劈进血肉和骨头里。随后传来的尖叫震耳欲聋,猫头鹰们向后退去,于是扎卡里有足够的时间爬起来,在洒满鲜血的石头上快步逃走。

他用尽全力跑得飞快,没有回头看一眼。在这座迷宫般的城市里,他毫无方向感,只好跟着耳朵的感觉走,逃往远离翅膀振动声的方向。

他转了一个又一个弯。这条小路通往一条大路,大路带着他越过一座桥,桥下什么都没有,只是在遥远的深处有某个金色的东西,但扎卡里没有停下来查看。他来到桥的另一边,那里既没有大路,也没有小道,只有一条大裂口,它的后方是一段残余的楼梯,从他的头顶位置开始,向上延伸,而其余的台阶都不见了。

扎卡里转过身,这座城似乎是空的,但这时猫头鹰出现了,飞来一只,又飞来一只,一只接着一只,最后聚成一大片难以辨认的翅膀、眼睛和爪子。

它们的数量超过了他的推测,它们移动的速度极快,他想象不出怎样才能把它们甩掉。他们刚才何必要去尝试呢?

扎卡里看了看他上方的台阶。它们看上去很坚固,全都被凿刻在石头里。它们不算高。它们面前的那条裂口也没那么宽。他能够得着它们。他将剑抛向最下边一级台阶,它稳稳地插在了上面。

扎卡里深吸一口气,往上一跃,一只手攀住石阶,另一只手握在剑上。这时那把剑脱落了下来,连带着他抓住剑的手一起下坠。

就这样,那把剑拖着扎卡里·埃兹拉·罗林斯,从被遗忘的城市中这段破碎不堪的台阶上跌落,滑向下方的黑暗之中。

多里安的一生中很少有这种满身蜂蜜的经历，因此他以前从来不知道它会流得到处都是，并且能一直沾在那里。他从船舱储水桶里又装了满满一桶凉水，然后从头上浇下来，水沿着他的皮肤往下流淌，把他冻得瑟瑟发抖。

如果他觉得自己在做梦的话，这么刺骨的寒冷也会让他清醒过来，不过多里安明白自己不是在做梦。他心里一清二楚。

他尽量把那些蜂蜜冲干净，然后重新穿上衣服，又把那件钉着星形纽扣的外套敞开挂了起来。《命运和寓言》躺在衣服内侧的口袋里，它经过几趟旅行，居然完好无损，也没有沾上蜂蜜。

多里安伸出一只手，摸了摸自己灰色的头发，上面还是黏糊糊的，他觉得对于种种奇迹而言，自己已经不再年轻了，他寻思自己何时从一个虔诚顺从的年轻人变成了一个困惑迷茫的中年人，不过他知道有一个确切的时间点，因为那一刻依然在他心里挥之不去。

多里安回到甲板上。船已经驶入了另一片布满洞穴的海域，嵌在石头上的水晶看上去像是石英或者黄晶。那些钟乳石被雕刻成了各种形状：藤蔓、星辰和钻石。整个空间都被船上的灯光和海水柔和的冷光照亮。

船在继续漂流，他的目光能随之穿过其他洞穴，瞥见彼此相通的空间。有楼梯和开裂的高大拱门，有破碎的石像和精致的雕塑，地下城的废墟在蜂蜜的浸润下发出微光。远处有一条瀑布（蜂蜜瀑布）冒着泡溅落在岩石上。在地下世界之下还有另一番天地。至少曾经如此。

埃莉诺在后甲板上调试一堆多里安不认识的仪器，不过驾驶这样一艘船大概需要一点创造力。其中一个看上去像是一串沙漏。另一个是球形指南针，除了标准的方向，还指示了上方和下方。

"好些了？"她在他靠近时看了一眼他湿漉漉的头发，问道。

"好多了，谢谢。"多里安回答，"能问你一个问题吗？"

"你可以问，但我可能回答不出来，或者说我给的答案不一定是正确的或是合适的。问题和答案不像拼图一样总能相互契合。"

"在上面的时候，我身上没有这个。"多里安说，指着他胸口上那把剑的文身。

"这不是一个问题。"

"我现在怎么会有的？"

"你以前是不是以为你有？"埃莉诺问，"有些事情到了下面就会变得很混乱。很可能你曾经认为它应该在那里，于是现在它就出现了。你肯定是一个擅长讲故事的人，而这种标记通常都需要过一段时间才能显现。不过你在海里待的时间相当长，这样也会让它出现。"

"只不过是一时之念而已。"多里安说。他想起自己在读扎卡里那本书时的感受，他读到了守卫的由来，还猜想过如果他是一名真正的守卫，而不是可怜的模仿者，那么自己的剑会是什么模样。

"它是你给自己讲的故事，"埃莉诺说，"这片海听见了你的讲述，于是现在便有了这个标记。就是这么回事。通常它必须是属于个人的故事，是你贴身携带的故事，不过我现在可以对这艘船做到这一点了。我练习了很多次。"

"你用意念把这艘船变了出来？"

"我找到了它的一些部分，然后把它剩下的部分变成故事讲给自己听，最后找到的部分和故事里编出来的部分之间并无差别。它自己能行驶，但我必须把目的地告诉它，并且有时还要将它引回正确的方向。我还可以改变船帆的样子，不过它们喜欢这个颜色。你喜欢吗？"

多里安抬头看了看深红色的帆，有一瞬间它们变得鲜艳了，然后又变回了酒红色。

"我很喜欢。"多里安说。

"谢谢。你背上的文身是回到地上时做的吗？"

"是的。"

"疼不疼？"

"非常疼。"多里安回答。他想起一次又一次往文身店里跑的那段时间，店里弥漫着咖啡和印度天然熏香的气味，还放着经典摇滚乐，音量很高，盖住了针头发出的嗡嗡声。多年前，他曾经把这张单页插图用复印机印下来，挂在墙上。那时他从来没想过自己会弄丢那本书。后来它成了《命运和寓言》留给他的全部，他想让它离自己近一些，比墙还要近，没人能从那里将它夺走。

"它对你很重要，是吗？"埃莉诺问。

"是的，没错。"

"重要的东西有时会带来痛苦。"

尽管这是句实话，或者说正因为如此，多里安听到它时笑了笑。

"我们要过一会儿才能到达那里。"埃莉诺说。她调整了一下球形指南针,把一截绳子绕在船舵上。

"我想我还不太清楚我们要去哪里。"多里安表示。

"哦,"埃莉诺说,"我来告诉你。"

她又查看了一下指南针,然后带他来到船长室。船舱的中央有一张长条形桌子,桌上摆满了蜂蜡做的蜡烛。几张皮制的扶手椅挤在角落里,旁边是一个圆滚滚的锅炉,上面有一根管子向上穿过甲板,伸到了外面。船舱后部有几扇彩色玻璃窗。舱顶的横梁上悬挂着一些绳索和丝带,还有一个大吊床,床上铺满了毛毯。架子上坐着一个毛绒兔子,它的一只眼睛戴着眼罩;还有一把剑,以及很多其他的东西,包括一副带鹿角的头骨,几只黏土做的马克杯,里面塞满了钢笔、铅笔、墨水瓶和画刷。一串羽毛挂在墙上,随着周围空气的变化而飘动。

埃莉诺走到桌子的另一头,在蜡烛之间有一沓纸,它们的材质、大小和形状各不相同。其中一部分是透明的。大部分纸上都画了线并且写着注释。

"一个不断变动的地方是很难在地图上标出来的,"她解释道,"地图也要随之变化。"

她从桌上拾起那堆纸的一角,将它系在一个钩子上,钩子拴着一截绳索,从舱顶垂下来。她把其他几个角也用同样的方式安置好,然后转动墙上的滑轮,这一摞地图就升了起来,每张图纸之间都由丝带和细线相连。它们层层叠叠地升起来,展开后就像一个多层的纸蛋糕。最上面的几层全是书,多里安从中找到了舞场,然后又找到了心之厅(一个小小的红色心形宝石挂在那里,还有一块手表余下的部件),它下方有一个空出来的竖长形区域,穿过了好几层。再往下是洞穴、小路和隧道。凑近观察,他还能看见纸裁的高大雕塑、零星的建筑和树木。金色的丝线穿梭在较低的几层,靠近中心位置的那一层上别着一只小船。丝线一直向下延伸到桌面,在那里聚集成起伏的波浪,周围是纸做的城堡和塔楼。

"这是那片海?"多里安碰了碰金色的丝线,问道。

"海是一种相对简单的说法,用来指称'河流与湖泊形成的复杂体系',不是吗?"埃莉诺回答,"这里的一切都彼此相连,却划分了不同的区域。我们所在的地方属于较高的区域。向下通往这里。"她指向较低的那几层,它们在地图上标得不如其他地方那么详细。"但如果你不是猫头鹰的话,在那下面就不太安全,那里是变化多端的。这些都只是我亲眼见到的情况。"

"它有多远?"多里安问。

埃莉诺耸了耸肩。"我还没弄清楚。"她说,"我们在这里。"她指向位于中央的一条金色波浪。"我们要沿着这里前行,在这里转弯。"她指着两根盘旋向上的丝线。"然后我就留你自己在那里了。"她指了指一大片纸做的树林。

"我怎么回到这里?"多里安指着心之厅问道。

埃莉诺研究了一下地图,然后走到桌子的另一边。她朝森林的另一侧比画了一下。

"如果你从这里出来,那就走这边。"她指着从树林里延伸出来的小路,"你应该能找到这家旅店。"那里有一座房子,亮着一盏小小的灯笼。"从旅店出发,你可以改变路线到达这里。"她将他引到地图的角落,把离港口最近的路指给他看。"一旦你到了那里,你的指南针就又能工作了,它总会指引你回到这里的。"她指向心之厅。

多里安低头看了看挂在脖子上的项链,上面有一把他房间的钥匙和一个挂坠盒大小的指南针。他打开盒子,几滴蜂蜜流了出来,指针在疯狂地转动,找不到方向。

"这个就是这么用的吗?"他问。之前没有人给他解释过。

"等你回去以后那里就变样了。"埃莉诺说,"有时你无法回到与原来一模一样的地方,你必须前往新的地方。"

"我并不想回到那个地方,"多里安说,"我只想回到那个人身边。"大声承认这一点就好像一定能让它实现。

"要知道,人也是会变的。"

"我知道。"多里安说着点了点头。他不愿意去考虑这种情况。他曾经一直想去那个地方,但等他终于到了那里才明白,去那个地方只是遇见那个人的一种方式,而现在他把两样都失去了。

"你也许已经离开很久了,"埃莉诺说,"时间在这下面是不一样的。它的流动更加缓慢。有时它根本不会往前走,只是在原地踏步。"

"我们迷失在时间里了?"

"你可能是。我没有迷失。"

"那你在这下面做什么?"多里安问。埃莉诺思考了一下这个问题,望向那一层层地图。

"我曾经在寻找一个人,但我一直没找到他,后来我开始寻找我自己。现在我已经找到我自己了,于是我又继续进行探索,那是我一开始就在做的事情,在我做所有其他事情之前,我想我生来就一直在探索。听起来是不是很傻?"

"听起来像一场伟大的历险。"

埃莉诺暗自笑了笑。她的笑容和米拉贝尔的一模一样。多里安想知道西蒙怎么样了,现在他明白,原来这下面有数不清的空间和流不尽的时间，让人迷失其中。他忍住不去想时间在上面已经过去了多久，这时埃莉诺把地图折叠起来，心之厅被折进了无星之海里。

"我们快到要分开的地方了，"她说，"如果你准备好了的话。"

多里安点了点头，两人一起回到甲板上。他们已经驶入了另一个洞窟，洞中凿出了很多高大的壁龛，每个壁龛里都有一尊耸立的人像。一共有六尊，每尊手里都拿着一样东西，不过它们之中有不少都被损坏了，它们全都裹在结晶的蜂蜜中。

"这是什么地方？"他们朝船头走去的时候，多里安问道。

"其中一个旧港口的一部分。"埃莉诺回答，"海平线比我上次经过时又升高了一些。我需要更新我的地图了。我想她会喜欢这里的。她曾经告诉过我，死在这里的人应该回归无星之海，因为这片海是所有故事的源头，而一切结局都是新的开始。后来我问她，那出生在这里的人会怎么样，她说她也不知道。如果一切结局都是新的开始，那么所有的开始是否也就是结局？"

"也许吧。"多里安说。他低头看了看阿勒格拉的尸体，它被裹在丝绸里，用绳子绑在一扇木门上。

"我这里只有它的大小合适。"埃莉诺解释道。

"这个正好。"多里安宽慰她道。

他们一起把门板抬起来，再越过船舷降下去，放在无星之海的水面上。门板的边缘浸在蜂蜜里，但门板还是稳稳地漂浮着。

等门板与船拉开一些距离的时候，埃莉诺站上船舷，将一盏纸灯笼扔到了门板上。它落在阿勒格拉的脚边就歪倒了，里面的蜡烛先是点燃了纸做的灯罩，然后又点燃了丝绸，一路烧到了绳子上。

门板和上面的遗体都在燃烧，它们漂得离船越来越远。

多里安和埃莉诺并肩站在船舷边目送它们。

"你有什么悼念的话要说吗?"埃莉诺问。

多里安盯着那个女人燃烧的尸体,她夺走了他的名字和他的生命,对他许下了很多承诺,却从来没有兑现过。当年轻的他迷失方向、独自一人的时候,这个女人找到了他,赐予他生活的意义,带他走上了这样一条路,而经过证实,这条路比他料想中的更加令人意外,也更加古怪离奇。一年之前,这个女人曾经是他最信任的人。而就在刚才,她却朝他的心口开了一枪,如果时间和命运没有插手,他就被打中了。

"不,我没什么想说的。"他告诉埃莉诺。她转过身,若有所思地看着他,然后点了点头,把注意力转向右舷,注视着那团已经漂远的火光。过了很久,她才开口说话。

"谢谢你能看见我,其他人的目光都会穿透我的身体,仿佛我是一个鬼魂。"埃莉诺说。多里安的喉咙里意外地响起一声呜咽。

埃莉诺伸出一只手,按在多里安扶住船舷的手上。他们就这样沉默地待着,火光已经消失在视野中,而他们还在眺望,船兀自继续朝目的地驶去。

燃烧的门板经过那些古老的雕像时,照亮了它们的脸庞。

它们只是石头做的肖像,代表着那些很久以前在此居住的人,但它们认出了自己的同类,并且在阿勒格拉·卡瓦略回归无星之海时,向她默哀致敬。

扎卡里·埃兹拉·罗林斯抬头盯着那一处闪烁的微光（不太亮），从它下方很远很远的位置看过去，他已经觉得这段距离可以用深邃来形容。

恐高的反义词是什么？恐深？

这里有一处悬崖，像影子一般伸向来自城市的微光。那座桥隐约可见。他落下的地方只有极少的光线，如同暖色调的月光。

他不记得怎么落地的，只记得他跌倒了，然后继续下跌，之后就已经落在地上了。

他落在了一堆石头上。他的腿很疼，但似乎没有任何部位摔坏了，就连他那副坚不可摧的眼镜也没有碎。

扎卡里伸出手，想把自己支起来，这时他的手指抓到了一只手。

他猛地抽回胳膊。

他再次试探着伸过去，那只手还在那里，冷冰冰地从那堆石块里伸出来——它们根本就不是石头。手的旁边是一条腿，还有一个圆形的东西，像是半个脑袋。扎卡里爬起来时，他的手撑在了一个脱落的屁股上。

他站在成堆的雕像碎块上。

附近的一只胳膊举着一个熄灭的火炬，它看上去像是真的，而不是用石头刻出来的。扎卡里缓缓朝它走过去，将它从那个雕像的手中取出来。

他把剑放在脚边，笨拙地在包里摸索着打火机，幸亏之前他把它列入了随行物品。

他试了好几次，终于点亮了火炬。它带来了足够的光亮为他引路，可他不知道该往哪里走。于是在重力的指引下，他沿着倾斜的坡面，挑最容易走的方向前行。脚下的雕像在移动。他用剑来保持身体的平衡。

一手握着剑，一手拿着火炬，还要在凹凸不平的坡面上行走，这是一件很吃力的事情，但他不敢把任何一样东西留在身后。他既需要火炬来照明，又觉得这把剑……很重要。破碎的雕像在滚动，引起那些堆积的肢体开始崩塌，就像小型的雪崩现场。他扔下剑，张开手让自己站稳，这时他碰到了某个比石头更柔软的东西。

他手指之下的那个骷髅并不是用象牙或者大理石雕刻出来的。它是真的头骨，曾经包裹着它的血肉还残留在上面。扎卡里的手指被它所剩无几的毛发缠住了。他连忙抽回手，那几缕孤零零的毛发还在纠缠他的手指。

扎卡里把火炬放在附近一个雕像伸出的手中，这样他就能看得更仔细了，不过他拿不准自己是不是想这样做。

这具尸体几乎只剩下一堆白骨，隐藏在破碎的雕像中。如果扎卡里往边上多走几步的话，他压根儿就不会注意到它，不过现在他能闻到一股腐烂的气味。

这副躯体没有被包裹在写满回忆的纸条中，而是穿了一身破碎的衣服残片。它曾经所容纳的那个灵魂已经离去，带走了自己的故事，留下了白骨和靴子，还有一个皮套绕在这副躯体周围，适合一把剑的大小，但里面什么也没装。

扎卡里停下脚步，那个剑鞘显然能派上用场，但把它拿到手却需要触碰这具尸体，这让他犹豫不决。经过一番内心斗争，他屏住呼吸，笨手笨脚地把皮带从它原来主人的身上解下，在这个过程中他压碎了几根骨头和一些腐肉，还有某种不明液体流了出来。

他忽然想到自己在这里也会是这样的下场。他强迫自己把这个想法从脑海里赶走，专心摆弄那几件皮革和金属。

他终于把剑鞘和皮带都解了下来，它果然能装下那把剑，虽然不是完全合适，但也足够好了，这样他就不用提着它了。他花了一分钟时间研究怎么将它套在毛衣外面，最终那把剑被他背在了身后。

"谢谢。"扎卡里对尸体说。

尸体没说话，沉默地表示乐意效劳。

扎卡里继续在一堆雕像中跌跌撞撞地向前走。现在没那么吃力了。他把火炬从一只手换到另一只手，让他的胳膊轮流休息。

被破坏的雕像留下的碎块越来越小，最后他的脚下只剩一层砂砾。这些大理石颗粒向前铺开，渐渐地形成了一条路。

这条路又变成了一个隧道。

扎卡里觉得火炬可能越来越暗了。

他不知道自己已经走了多久。他想知道现在是否还是1月，地面上某个遥远的地方是否还在下雪。

他只能听见自己的脚步声、呼吸声和心跳声。火炬上噼啪燃烧的火苗确实变得黯淡了，这让他感到失望，因为他原本希望它是一支有魔法的火炬，能发出无尽的光芒，而不是一支会熄灭的普通火炬。

附近传来一个声响，不是他发出的。地上有动静。

那声音还在继续，变得越来越大。某个大块头的东西正在附近移动。先是在他身后,此时已经到了他旁边。

扎卡里转过头,抬眼看去,火炬的光亮映照出一只又大又黑的眼睛,它周围是浅色的绒毛。那只眼睛安静地注视着他,然后眨了眨。

扎卡里伸出手,摸到了一身极其柔软的皮毛。他能感觉到手掌下传来的每一次呼吸,还有巨大的心跳产生的轰鸣,这时这只生灵又眨了眨眼睛,转身走开了。在它消失之前,火炬照到了它长长的耳朵和毛茸茸的尾巴。

扎卡里凝视着那只巨大的白兔身后的黑暗。

这一切都是源自一本书吗?

还是说它比书更加古老?把他带到这里的一切是不是都很老很老了?

他试图去回忆那些瞬间,想找出它们的意义。

没有意义。不会再有了。

这个声音仿佛是风发出的低语。

"什么?"扎卡里大声问道。

"什么?"他的回音回答了他,一遍又一遍。

你来晚了。傻瓜才会继续。

扎卡里将手伸向背后,从剑鞘里拔出那把剑,举起它抵挡黑暗。

你已经死了,你心里清楚。

扎卡里停下来倾听,虽然他不太情愿。

你一大早去散步,因为疲惫和压力而昏倒,然后你的体温骤降,而你的身体则被大雪掩埋。没人发现你,直到春天来临,冰雪融化。积雪很厚。你的朋友们以为你失踪了,而实际上你就在他们脚底。

"这不是真的。"扎卡里说。他的语气没有他想要的那么肯定。

你说得很对,这不是真的。你根本没有朋友。这一切都是虚构出来的。你的大脑想保护自己,却力不从心。它给自己讲了一个故事,充满了爱、历险和谜题。这些都是你希望能出现在生活中的东西,可你忙于玩游戏和读书,没时间出去寻找。你虚度的一生已经结束,这就是你在这里的原因。

"闭嘴。"扎卡里对那片黑暗说。他想大声喊出来,但他说话的声音太微弱,甚至连回音都没有。

你知道这是真的。你相信这些话,因为它们比这荒谬的一切更可信。你在说谎。你想象出了这些人和这些地方。你给自己讲了一个童话故事,因为你太害怕这个真相了。

火炬的光逐渐消失了。冰雪一般的寒冷爬上了他的皮肤。

放弃吧。你永远找不到出去的路。根本就无路可走。此时此刻你已经到了终点。游戏结束了。

扎卡里强迫自己继续往前走。他看不见这条路通往何处。他专心地迈出一步又一步。他在发抖。

放弃吧。放弃是更容易的选择。放弃就会感觉更暖和。

火炬熄灭了。

你不用害怕死亡,因为你已经死了。

扎卡里还想往前走,但他看不见了。

你死了。你消失了。没有来世。你有过机会,也参与了游戏。你输了。

扎卡里跪了下来。他以为自己拥有一把剑,他怎么会有一把剑呢?太愚蠢了。

这是愚蠢的。毫无意义。你该停止幻想了,剑、时空旅行、不会对你撒谎的人们、猫头鹰之王和无星之海,这些东西全都不存在,它们全是你编造出来的。这一切都只发生在你的脑海里。你该停下脚步了。你无处可去。你走不动了。

他走不动了,也厌倦了尝试。他甚至不知道自己想要什么,也不知道他在寻找什么。

你不知道你想要什么。你过去不知道,以后也不会知道。都结束了。你已经到了终点。

一只手搭在了扎卡里的手臂上。他觉得有一只手放在了自己的手臂上。可能吧。

"别听。"另一个声音在他耳畔说。他没有认出这个声音,也无法分辨它的口音来自何处。或许是英格兰,或许是爱尔兰,也可能是苏格兰或别的地方。他不擅长辨认口音,他对其他所有的事情都不擅长。"它在撒谎,"这个声音继续说,"别听它的。"

扎卡里不知道该相信哪个声音,虽然这个拥有英格兰-爱尔兰-苏格兰口音的声音听起来正式而威严,可另一个声音却不掺一丝口音。但也可能压根儿就没有任何声音,或许他该休息一下了。他想躺下来,但有人拉住了他的胳膊。

"我们不能待在这里。"其中一个声音坚持道。是那个有英格兰口音的声音。

有人帮你是你自己的想象,你却不顾一切地去相信。真是可悲。

那只手放开了他的胳膊。根本就没有这样的一只手,什么都没有。

一道亮光闪过,忽如其来的光明席卷了这个地方。在那一瞬间,他看见了一个隧道和一条路,还有远处巨大的木门,接着黑暗再次笼罩下来。

你渺小而悲哀,无足轻重。这一切都无关紧要。你所做的一切都不会对任何事产生任何影响。你已经被遗忘了。待在这里吧。安息吧。

"起来。"另一个声音说。那只手又出现了,拉着扎卡里向前走。扎卡里笨拙地爬了起来。手中的剑敲打在腿上。

他没有剑。

不。

黑暗中的声音发生了变化。之前它是心平气和的。现在它生气了。

不,那片黑暗重复道,当扎卡里试图移动时,有人——有东西——抓住他的脚踝,箍住他的双腿,想把他再次拽倒在地。

"走这边。"另一个声音说,这时它变得更加急切,领着他一路向前。扎卡里跟上去,每迈一步都遭遇了来自地面不断增强的阻挠。他想跑起来,却寸步难行。

他握紧了那把剑的剑柄,把注意力集中在握住他胳膊的那只手上,不去想那些往他双腿上攀爬、在他脖子上缠绕的其他东西,哪怕它们的触感同样真实。

他并非孤身一人。这一切都是真的。

他手中有剑,身处一个洞窟里,在这座遗失的城市之下,在那片无星之海的附近,他失去了与命运的联系,什么都看不见,却依然坚信不疑,真是见鬼。

他的双脚现在加快了移动的速度,一步又一步地行走着,但黑暗中那个东西一直紧跟其后,追着他的脚步。这时他们正沿着一条小路继续走,路的尽头感觉像是一道墙。

"等一下。"那个不属于黑暗的声音说。那只手离开了扎卡里的胳膊,被别的东西所代替——这东西不是手,它沉甸甸、冷冰冰地蜷曲在他的肩上。

他面前有一道银色的光,来自一扇打开的门。

那片黑暗发出了一个可怕的声音,虽然不是尖叫,但当他的大脑内外充满尖锐的恐惧时，扎卡里觉得尖叫是对它最贴切的形容。

那声音很大，扎卡里吓得脚下一绊，于是黑暗抓住了他，它撕扯着他的鞋子，缠绕着他的双腿，将他向后拉扯。他失去了平衡，摔倒在地上，向后滑去，仍试图抓住那把剑。

有人伸出一只手臂，揽住他的胸膛，把他拉向那道光和那扇门。扎卡里不知道这个人和那片黑暗相比谁更强大，但他还是用一只手紧紧抓住拯救他的人，用另一只手提起他的剑刺向黑暗。

那片黑暗对他发出了嘶嘶的恐吓声。

你连自己为什么在这里都不知道，它叫喊着。这时扎卡里已经被拉进了那道光，那些声音回荡在他的耳朵中和脑海里。他们在利用你——

门关上了，声音也变小了，但它们还在晃动和摇摆，门那边有东西想闯进来。

"帮我一下。"那个人说，他抵在门上，努力地阻止它们被撞开。扎卡里眨了眨眼，他的眼睛还在适应，不过他能看见那个人正在奋力移动一根巨大的木条。他爬起来，抓住这个沉重木条的另一端，将它推进门边的金属支架里。

木条滑落到了恰当的位置，将那些门严严实实地关上了。

扎卡里将前额靠在门上，想让自己的呼吸平静下来。这些门高大而厚重，还雕刻着图案。每过一秒，它们在他皮肤之下的触感就多了一分真切和坚实。他还活着。他在这里。这一切都是真的。

扎卡里叹了口气，打量了一圈自己闯进来的地方，又看向站在他身边的那个人。

这是一座神殿。连在一起的四扇大门通往一个露天的中庭。它一层一层地向上延伸，被木质楼梯和阳台所包围。一团团火在吊碗[1]中燃烧，摇曳的火光被烛光衬托得更加明亮。那些蜡烛代替贡品被放置于各处，烛泪滴在精雕细琢的祭坛上，也落在雕像的肩膀上和摊开的手心里。书页用线串在一起，变成长条竖幅，像旗帜一般垂挂在阳台边。它们摆脱了封皮的束缚，在空中飘动。

在这个光明的圣殿中，扎卡里·埃兹拉·罗林斯和西蒙·乔纳森·基廷互相注视着对方，一起陷入迷茫的沉默中。

---

[1] 英国古代的一种典型手工艺品，出现在古罗马统治末期至盎格鲁-萨克逊统治前期之间。

这一切都比他预料中的更顺利。从派对上一群带着面具的客人中认出她,上前搭讪,与她攀谈,然后邀请她去自己用化名预订的酒店房间。

他以为她会更警惕一点。

他以为这一晚会遇到很多麻烦,但它们都没有发生。

如此顺利地进行到了这一步,让他有点不安,此时他们远离了派对上的说话声和音乐声,这种感觉更加强烈。太过顺利了。那个蜜蜂、钥匙和剑的项链惹眼而艳俗地挂在她的脖子上,让他轻而易举地认出了她。和她交谈毫不费力。带她上楼,来到一个没有人会看到的地方,就连窗外的城市也有自己要操心的事,无暇注意他们,做到这些也格外容易。

一切都进行得太过顺利了,这种轻松让他感到不安。

然而此时也已经晚了。

现在她站在窗户边,不过这里的视野不好,只能看到街对面那个旅店的一部分,还有夜空的一角,看不见星星。

"你有没有想过世上有多少故事?"她问,把一根手指放在窗玻璃上,"此时此刻有多少好戏就在我们身边上演?我不知道需要多厚的书才能把它们记录下来。大概需要整个图书馆才能装下曼哈顿的一个晚上。或者只有一小时,或者一分钟。"

这时他以为她知道自己到这里来的原因了,所以一切才会如此顺利,而他也不能再犹豫了。

他有点想继续装下去,继续扮演他的角色,戴着这副面具。

他发现自己很想一直和她聊下去。她的问题让他分了心,他想到了这座城市里其他所有人,想到了充满这条街、这个路口和这个酒店的所有故事。还有这个房间里的故事。

可他有任务要完成。

他从口袋中拿出武器,向她逼近。

她转过身,望着他,脸上露出了一种令他捉摸不透的表情。她抬起手,把手掌放在他的侧脸上。

他出手前就能找到她心脏的位置。他甚至不用移开与她交汇的目光,这个动作已经相当熟练,几乎成了一种下意识的反应。他的技术久经磨砺,根本不需要他思考,然而此时此地,这种不用思考的状态让他感到不安。

任务完成了。他的一只手按在她长袍的领口上,另一只手托住了她的后背,不让她倒下或者逃开。从远处透过窗户看,这场面似乎很浪漫。一根又长又细的针刺穿了她的心脏,一个拥抱掩盖了刺杀的细节。

他等待着她的呼吸变得吃力,等待着她的心脏停止跳动。

可它没有停。

她的心脏还在跳动。他能感觉到手指下那顽强而坚定的心跳。

她还在抬头望着他,不过她眼里的神情有了变化,这下他恍然大悟。之前她一直在考察他,此时他已经被考察完毕,而结果并不令人满意。当血顺着她的后背从他的指缝中流出,而她的心脏依然在他手下跳动时,她的失望是显而易见的。

她叹了口气。

她向前靠过去,倒在他怀里,怦怦跳动的心脏贴在他的手指上,她的呼吸、她的皮肤和整个身体在他怀里焕发出不可思议的生机,让他感到害怕。

她抬起手,动作随意而平静,然后摘下了他的面具。她让它落到了地上,而她则注视着他的眼睛。

"一个死去的姑娘的浪漫故事,我已经腻了。"她说,"你呢?"

多里安惊醒了。

他坐在船长房间里的扶手椅中,这艘海盗船正行驶在蜂蜜之海上。他试着说服自己,发生在曼哈顿酒店房间里的一幕不过是一场梦。

"你做噩梦了吗?"埃莉诺在船舱的另一头问道,她正在调整她的地图,"我以前做噩梦的时候,会把它们记下来,然后折成星星,再扔掉,这样就能摆脱它们了。有时候很管用。"

"我永远都摆脱不了这个梦。"多里安告诉她。

"有时它们会留下来。"埃莉诺点了点头说。她对金色丝线进行了改动,把地图又折叠了起来。"我们快到了。"她说着就往甲板上去了。

多里安让自己的思绪在那个记忆中的酒店房间里又停留了片刻,然后就跟了过去。他拿起她递给自己的背包,里面装了一些可能会用到的物品,包括一个装满水的瓶子,不过埃莉诺说他在蜂蜜里泡了这么久,暂时应该不会感到饥饿或者口渴。包里还有一把折叠小刀、一段绳子和一盒火柴。

她不知道用什么办法找到了一双适合他穿的靴子。那是一双翻边的高筒靴,相当有海盗的派头,穿起来还算舒服,再加上他那件星形纽扣大衣,他看上去就像是从童话里走出来的。也许他真的是。

他来到甲板上,一看到眼前的景象,整个人都随着靴子里的脚定住了。

洞窟里有一片茂盛的樱花树林,开满灼灼的花朵,一路延伸到河边。盘绕的树根消失在蜂蜜里,零散的花瓣落下来,顺流向下漂去。

"很好看,是不是?"埃莉诺说。

"太美了。"多里安表示赞同,虽然这一个词并不能形容他见到这个热爱已久的地方时心中那种撕裂的感受。

"我在这股湍流中不能停留太久,"埃莉诺解释道,"你准备好了吗?"

"我想是的。"多里安说。

"等你找到那个旅店时,请代我向旅店主人问好。"埃莉诺说。

"我会的。"多里安答应了她。他知道自己或许不会再有这样的机会了,于是又补充说:"我认识你女儿。"

"你认识米拉贝尔?"埃莉诺问。

"是的。"

"她不是我女儿。"

"她不是?"

"因为她不是人类,"埃莉诺解释说,"她是另一种存在,打扮成了人类的样子,馆长也是一样。你知道这一点,是吧?"

"是的。"多里安承认道,但他不会用这么简单的言语就把它说清楚。那个充满回忆的梦再次出现在他的脑海里,他想起他们在酒店的酒吧一起度过了那个晚上剩下的时光。他的世界破裂了,碎成了一片一片,而米拉贝尔把那些碎片盛在一杯马提尼酒的杯底。有时他会想,如果那时她没有留在他身边,会发生什么事,而他又会做出什么举动。

"我想,当你被困在人的躯体中时,大概很难不按照人的方式生活。"埃莉诺若有所思地说,"她似乎总是对一切都很着迷,现在她怎么样了?"

多里安不知道该如何回答这个问题。他的手指上还能感受到并不存在于这里的那阵心跳。这一刻,当他回想起来时,当那个人并非人类的念头从心中冒出来时,他又一次体会到了那天晚上的心情,种种恐惧、困惑和好奇之下是十足的平静。

"我觉得她不再着迷了。"他告诉埃莉诺。尽管他这么说,但心里却觉得那种平静也许更像是风暴中心的平静。

埃莉诺偏着脑袋思索了一下,然后点了点头,似乎感到很欣慰。

多里安希望自己能送给埃莉诺一份礼物来感谢她的好意,也算是对这次航行的报答。还要感谢她救了自己的性命,这似乎是她的家族传统。

可他只有一样东西能送给她。现在他想通了,让他烦恼的是没有读这本书,而不是没有得到它。而且,他其实一直都将它带在身边,用油墨把它文在背上,也时常让它在他的脑海里展开。

多里安把《命运和寓言》从外套口袋里拿出来。

"我想请你把这本书收下。"说着,他把它递给埃莉诺。

"它对你很重要吧。"她说,用的是陈述句,不是疑问句。

"是的。"

埃莉诺在手中翻看着这本书,对它皱了皱眉。

"很久以前,我把一本很重要的书送给了别人,"她说,"我再也没有拿回它。有一天我会把这本书还给你的,可以吗?"

"只要你先把它读完。"多里安说。

"我会读的,我保证。"埃莉诺说,"希望你能找到你的人。"

"谢谢你,船长。"多里安说,"愿你今后有更多奇遇。"他朝她鞠躬致意,她露出了笑容。他们就此别过,继续各自的故事。

多里安上岸的时候发挥了使用绳索的高难技艺,小心翼翼地完成了纵身一跃。然后他站在岸边,目送那艘船沿海岸继续行驶,变得越来越小。

从现在的位置,他能看到刻在船侧的文字:

为了寻找及为了找到

远处的船成了一道亮光,然后就消失了,只剩多里安独自一人。他转过身,面朝那片树林。

它们比他见过的樱花树更高大,赫然耸立,盘根错节。缠绕的树枝伸向四面八方,有的向上长,能挨到洞窟高处的石墙;还有的往低处长,伸手就能碰到;每个枝头都沉甸甸地挂着成百上千朵粉色的花。树根和树干从它们周围坚硬石地的裂缝中钻出来。

树枝上还挂着纸灯笼,有的遥不可及,像星星一样点缀在树冠间。虽然没有风,但它们却在摇晃摆动。

多里安走进林中,树木之间偶尔会有一两个树桩。有的树桩上布满燃烧的蜡烛,烛泪滴落在树桩边沿,流到了地上。还有的树桩上堆着书,多里安走过去捡了一本,却发现这些书本身是用结实的木头做的,它们是原来那棵树的一部分,被雕刻和涂画成了书的样子。

樱花在他周围飘落。树上的记号为他指示了一条轮廓清晰、畅通无阻的小路,这些树的根部嵌着一些平整的石块,每块上面都点着一根蜡烛。多里安沿着这条小路往前走,无星之海很快就消失在他眼前。他已经听不见海浪拍岸的声音了。

一片花瓣飘过来,落在他的掌心,像雪花一样融化在他的皮肤里。

多里安往前走的时候,樱花还在飘落,先是只有一些花瓣,后来就越聚越多,从小路上飞过。

他说不清它们是从何时由樱花变成了雪花。

他的靴子留下了脚印,而人已走远。指路的烛光变少了。雪花越下越大,扑灭了蜡烛的火苗。这时空气变得更加寒冷,雪花拍打在多里安裸露的皮肤上,每一朵都感觉像冰一样。

黑暗迅速降临,铺天盖地,多里安看不见了。

他一步一步地向前走,靴子深深地陷在雪里。

一个声音传来。一开始他以为是风声,但它更安稳,像呼吸。他身边有什么东西在移动,然后来到了他跟前。他还是什么也看不见,这黑暗来得很彻底。

他停下来,小心地摸索到他的背包里,用双手握住了那盒火柴。

多里安摸着黑去划火柴。第一根火柴从他颤抖的手指间掉下去了。他深吸了一口气,定了定神,又划了一根。

火柴点着了,一簇火苗颤抖着发出微弱的光。

多里安的面前有一个人站在雪地上。那人的个头比他高,身材更瘦,但肩膀更宽。那副宽厚的肩膀上是一颗猫头鹰的头颅,又大又圆的眼睛朝下盯着他。

那颗猫头鹰脑袋歪向一边,正在打量他。

又大又圆的眼睛眨了眨。

火苗烧到了火柴的底部。火光闪动了一下,慢慢熄灭。

黑暗再次笼罩在多里安身上。

扎卡里·埃兹拉·罗林斯想象过很多书中的人物,但从来没想过自己会与其中一个面对面。虽然他知道西蒙·基廷是真实存在的人,而不是书中角色,但他曾在脑海中勾勒过他的形象,与他眼前的这个人完全不一样。

这个男人比扎卡里想象中十八岁的样子更年长,不过对于迷失在时间里的人来说,年龄又算什么呢?他看上去三十岁左右,有着一双黑色的眼睛,金棕色的长发向后梳成了马尾辫,上面还绑着几根羽毛。他穿着一件皱巴巴的衬衫,曾经的白色已经成了灰色,不过他的背心看起来要好一些,几颗弄丢的扣子被绳结代替了。他系着一条皮带,在他的腰上绕了两圈,成了双层腰带,上面挂了一些物品,包括一把刀和一卷绳子。他的膝盖、肘部以及右手周围也裹着皮带和布条。

他的左手不见了,从手腕处被砍断。这只手臂的末端也被包扎了起来,受到了保护。手臂上方露出的皮肤和脖子的一部分显然都在过去的某个时刻被严重地烧伤了。

"你还能听见它们吗?"西蒙问。

扎卡里摇了摇头,似乎是在赶走关于那些声音的记忆,又似乎是在回答这个问题。他刚才在某个时候把火炬扔掉了,可现在他不记得自己是不是真的有过一支火炬。他试着去回忆,然后想起了那些雕像、那片黑暗和那只巨大的兔子。

他抬头望着这里的雕像。几个世纪以来,它们见证过热闹的节日和往来的信徒,然后只剩空虚。空虚过后,它们的视野被一片蜂蜜之海所占据。当潮水退去,光明回归,它们的眼前先是只有一个人,而现在变成了两个。

"它们在骗你。"西蒙向扎卡里肯定地说,并朝那扇门点了点头,"幸亏我听见了。"

"谢谢。"扎卡里说。

"振作起来,"西蒙向他建议道,"让它从你身上离开,然后随它去吧。"

西蒙走开了,让扎卡里一个人静一静。他还在发抖,但已经开始恢复镇定,正在打量自己面前和四周的景象。

几十个巨大的雕像矗立在这里。一些雕像有着动物的头,而另一些则失去了整个脑袋。它们以一种看起来充满生气的姿势遍布整个空间,如果它们会移动,扎卡里也不会感到奇怪。也可能它们本来就在动,只不过非常非常缓慢。

在这些伸展的四肢、王冠和鹿角之间,悬挂着绳索、丝带和细线,它们将雕像与阳台和门连在一起,上面还系着书页、钥匙、羽毛和骨头。一串黄铜做的月亮挂在庭院中央。有一些绳索拴在齿轮和滑轮上。

其中有两个雕像非常高大,那些阳台就建在它们周围,每侧各有一个。它们面朝对方,居高临下,其他故事在它们下方展开,有的刻在石头里,有的写在纸上,还有的是亲身经历的。

近一点的那个雕像在外形和长相上都被刻画得十分细致,即使他的脸被飘动的书页和一弯新月的弧线挡住了一部分,扎卡里也能认出他就是馆长。他伸出手的姿势有点眼熟,双手抬起,仿佛在等待一本巨大的书被放在他摊开的手掌上,而实际上他的手中只有红色丝带。那是一些血红色的长条丝绸,它们挂在他的指间,绕过他的手腕,然后向外延伸,将他拴在阳台上和门上,与他对面的那个雕像绑在一起。

对面的雕像看起来不像米拉贝尔,但显然就是她,或者是她曾经的某一世。红色的丝带系在她的手腕上,绕在她的脖子周围,又伸向地面,聚在她的脚边,像一摊血。你好,麦克斯,扎卡里在心里说。那个雕像极其轻微地转过头,用一双空洞的石头眼睛盯着他。

"你受伤了吗?"西蒙问道。刚才扎卡里向后绊了一下,扶住身后的一个祭坛才让自己站稳了。祭坛的表面摸起来十分柔软,石头上包裹了一层又一层蜡。扎卡里摇了摇头,作为对这个问题的回答,不过他自己也不太确定。他的肺里和鞋子里还能感觉到那片黑暗带来的重压。也许他应该坐下来。他试着去回想怎么做。附近飘动的丝带上写着字,但扎卡里看不清。它们或是祈祷,或是乞求,又或是传闻。也许是愿望,也许是警告。

"我是……"扎卡里开了口,却不知该如何把话说完。他不清楚自己的身份是什么。暂时还不知道。

"你是哪一个?"西蒙一边问一边审视他,"心还是羽毛?你拿着那把剑,衣服上却没有星星。这很奇怪。你不该在这里。你应该在别的地方。"

扎卡里张了张口,想问西蒙所说的究竟是什么,但他没有问,而是说出了自己心中一直惦记的那件事:"我看见了一只兔子。"

"你看见了……"西蒙疑惑地看着他。扎卡里不确定这么说对不对，他有一种思维脱离了身体的感觉。

"一只兔子，"他重复道，因为说得太慢，这个词听起来还是不对，"很大的一只。像大象一样的……兔子。"

"那只仙兔不是普通的兔子。"西蒙纠正道，然后把注意力转移到他们头顶的绳索和齿轮上。"如果你看见了一只仙兔，那就意味着月亮在这里，"他说，"比我预料的更晚。猫头鹰之王来了。"

"等一下……"扎卡里说。他一边摇摇晃晃地让自己坐在地上，一边提出了一个他以前就问过的问题："猫头鹰之王是谁？"

"王冠由一个传给另一个，"西蒙回答，他正在全神贯注地调整绳索，那只独臂活动起来非常自如，"王冠从一个故事传到另一个故事。猫头鹰之王有很多，它们都戴着王冠，张着利爪。"

"那现在的猫头鹰之王是谁？"扎卡里问。

"猫头鹰之王不是一个人。不一定是。在这个故事里不是。你混淆了过去的事和现在的事。"西蒙叹了口气，停下了手上的修补工作，又把注意力放回到扎卡里身上。他解释得有些迟疑，他在寻找合适的词。"猫头鹰之王是一种……现象。是如同海浪一般涌进现实的未来。它在选择之间和抉择之前扑动翅膀，预示着变化……一种等待已久的变化，很多预言昭示它的出现，种种征兆警告了它的降临，星星里写着它的到来。"

"谁是星星？"扎卡里以前就思考过这个问题，但从来没有大声问出来，尽管现在他还很困惑，不知道猫头鹰之王究竟是一个人、一只鸟还是一种天气。

西蒙盯着他，然后眨了眨眼。

"我们是星星。"他回答，仿佛这是在众多隐喻和误导中最明显的事实，"我们全都是星尘和故事。"

西蒙转过身，从墙边的钩子上解开一根绳子。他扯了扯绳子，高处的齿轮和滑轮就摇摆着转动了起来。一个新月的形状自动折起，然后消失了。"这个不对。"他说着拉下了另一根绳子，让上下翻飞的书页移动了起来，"门关上了，一切可能性也随之结束。这个故事在她还不能确定故事走向的时候就被记录了下来，而现在有别的人在跟随她，在读这个故事，在寻找结局。"

"什么？"扎卡里问，不过也许他指的是"谁"，他不记得两者的区别了。

"这个故事，"西蒙重复道，就好像这么说是在回答这个问题，而不是在提出新的问题，"我曾经在这个故事里，后来又游荡于故事之外。我找到了这个地方，在这里我可以去倾听，而不会再被阅读。这里的一切都在低声细语地讲故事，那片海和那些蜜蜂在悄声诉说，而我一边听，一边努力找出它的形状。它去过哪里，又要到哪里去。新的故事围绕着旧的故事。古老的故事由火苗轻轻讲给飞蛾听。这个故事在一遍又一遍的重复中被消磨殆尽。有很多洞，会掉进去。我试图把它记录下来，但没能做到。"

西蒙指了指那些雕像，又指了指这些丝带、绳索、纸张和钥匙。

"这就是……"扎卡里刚开了个头。

"这就是那个故事。"西蒙替他说出了心里的想法，"如果你在这里待的时间足够长，你就会听见它在嗡嗡叫。我尽量多记录一点。这能让那声音变小一点。"

扎卡里靠近仔细一看。在这些丝带、绳索、齿轮和钥匙之中还有别的东西，它们在移动，在微微发光，并且随着火光不断变化：

一把剑和一顶王冠被一群纸做的蜜蜂围绕着。

一艘离开大海的船。一个图书馆。一座城市。一团火。一个堆满白骨和梦境的深渊。一个穿着皮毛大衣的身影站在一片海滩上。一个形状,像一朵云又像一辆蓝色的小汽车。一棵樱花树上开满了书页化成的花朵。

随着钥匙和丝带的移动,里面的形象变得越来越清晰,清晰得不像是用纸和线编织出来的。

从窗口爬进来的藤蔓盘绕在一只姜黄色的猫身上,它正在馆长的办公室里打瞌睡。星星之下有两个女人坐在野餐桌前,一边喝酒一边聊天。她们身后有一个男孩,站在一扇画出来的门前,而那扇门永远不会开启。

扎卡里从另一个角度看过去,这个瞬息万变的造型似乎是一只巨大的猫头鹰,笼罩着整个房间,然后在一阵书页的翻动中,它又变回了故事的碎片。变化的视角让它生出丰富的内涵,又让它归于简单。原来交织在一起的人像现在分开了。某个地方下起了雪。十字路口坐落着一个旅店,有人正在朝它走去。

月亮上有一扇门。

"这个故事正在变化。"西蒙的声音出乎意料地在他身边响起,而扎卡里正沉浸在变幻的形象中。可当他再次看过去时,那里只有缠绕在一起的纸、金属和布料而已。"它移动得太快了。很多事件重叠在了一起。"

"我以为时间是不……"扎卡里刚开口,却再次停了下来,他不太确定时间过去是什么样的,未来会是什么样的,而现在又是什么样的。"我以为时间在这里是不一样的。"

"虽然前进的速度不一样,但我们都在朝未来迈进,"西蒙告诉他,"她曾经把它暂停了,就像屏住了呼吸,可现在她不在了。我还以为不会发生这种事。"

"她是谁？"扎卡里问，但西蒙没有回答，他用自己的独臂又调换了一些绳子。

"鸡蛋正在被打碎。"他说，"它被打碎过，以后也还会被打碎。"

钥匙从他们头顶接二连三地落下来，它们相互撞击，发出了铃铛般的响声。

"恶龙很快就会吞噬世界。"西蒙回头面对扎卡里说，"你不该来这里。这个故事是跟着你来的。这里就是他们想要你来的地方。"

"他们是谁？"扎卡里又问，这一次西蒙似乎听见了他的问题。他靠过来低声耳语，好像担心会被别人听见。

"他们是诸神，他们在失落的神话里，又给自己写了新的神话。你听见嗡嗡声了吗？"

他的话音未落，空气就有了变化。一阵微风穿堂而过，吹动了书页和丝带，也吹灭了一些蜡烛。就在四周沉入阴影中时，西蒙飞快地跑过去，把它们重新点亮。

扎卡里挪开几步给西蒙让路，他后退时撞到了一尊雕像，一位戴着头盔的战士骑着一只狮鹫，正朝看不见的敌人扑过去，剑已出鞘，野兽也张开了翅膀。

一只小猫头鹰停在雕像的肩上，俯视着他。

扎卡里吓得向后一跳，伸手去拔自己的剑，可他把剑留在了远处的地上。猫头鹰继续盯着他。它个头很小，浑身长满绒毛，眼睛很大。它的爪子里握着一个东西。

"它给你指了路，你为什么会怕它？"西蒙平静地问道，并没有回头看他，而是专心地点蜡烛。房间变亮了。"猫头鹰不过是在推动故事的进展。这就是它们的使命。这只一直在等待有人到来。我早该知道的。"他喃喃自语着离开了。

小猫头鹰把它抓着的那件东西扔在扎卡里的脚下。

扎卡里低头一看。

鞋子边的石头上是一颗纸折的星星。

猫头鹰向上飞去,落在一个阳台的栏杆上,继续俯视着扎卡里。看到扎卡里什么都没做,猫头鹰发出了不耐烦的叫声来催促他。

扎卡里捡起了那枚纸星星。上面印着一些文字。它看上去很眼熟。他很好奇,那些猫把它拍得有多远,才让它穿过条条走廊,一路滚落到这个地方,被猫头鹰带走。才让它此时此刻出现在了这里。

扎卡里把纸星星拆开,读了起来。

月亮上的门

预言家的儿子站在六扇大门前。

扎卡里·埃兹拉·罗林斯看着这几个字,这是他一直想读到的内容。他终于找到另一个类似的句子了,同样是以预言家的儿子为开头,有着相似的衬线字体,写在一张从书上撕下的纸上,折成了一颗星星,又由一只小猫头鹰送给了他,这让他欣喜若狂。然后他顿住了。

那只猫头鹰在阳台上朝他鸣叫。

他还没准备好。他不想知道上面写了什么。

还不到时候。

他把这张纸重新折成星星,将它放进口袋里,没去读开头那几个字之后的内容。

有三样东西迷失在时间里。它们全都在这里。《甜蜜的忧伤》在他的包里,那把剑在他的脚下,而西蒙在房间的另一头。

扎卡里觉得该发生点什么了,既然这三样东西已经集齐,但什么都没有发生。至少在这里没有。也许它们依然在迷失中,而他只是和它们一起迷失了。

找人。

人找到了。现在怎么办?

扎卡里把注意力转回到西蒙身上,他还在把祭坛和楼梯上的蜡烛点燃。蜂蜡覆盖着地面，片片相连，看起来像蜂窝，不过那些完美的六边形已经被足迹和时间破坏了。

随着光线逐渐变亮，扎卡里看到了建在神殿之上的其他层。一个放祭品的壁龛里现在放着一叠毯子。地上堆着很多瓶瓶罐罐，是从另一个地方移过来的，那里覆盖的蜂蜡不如这边多。这就是迷失在时间里的人所待的地方，他被藏了起来，一藏就是几个星期，几个月，几百年。

扎卡里朝西蒙走过去，在他点蜡烛的时候跟上他的脚步。

"你是写在纸上的字。"西蒙轻声说，不知是在自言自语，还是在对扎卡里说话，或者是在说给他们头顶的文字听，它们依附在各自的书页上。"当心你给自己讲的是什么故事。"

"这话是什么意思？"扎卡里问，他回想起黑暗中的声音，不知它们以前是不是这样的故事。西蒙听到他的声音时吓了一跳，惊讶地回头看着他。

"你好，"西蒙重新向他打招呼，"你是来这里看书的吗？我曾以为自己是来这里看书的，而不是被当作书看，可故事有了变化。"

"变成了什么样？"扎卡里说。西蒙茫然地看着他。"这个故事是如何变化的？"他解释了一下，朝上指了指那些书页和雕像。西蒙的行为让他有些担心，而更让他担忧的是，这一切都在不断重复，本来应该逐渐清晰的事情现在变得越来越混乱了。

"它碎了。"西蒙回答。他没有解释如何能打碎一个故事。大概和毁掉一个约定是一样的吧。"它的边缘很锋利。"

"我该怎么把它修好？"扎卡里问。

"修不了。只能在破碎的故事里往前走。看这边。"西蒙指着故事里的某样东西，但扎卡里看不见。"你和你的爱人，还有你的剑。

要涨潮了。有一只猫在寻找你。"

"一只猫？"扎卡里抬头看了看那只猫头鹰。如果猫头鹰会耸肩的话，这只猫头鹰一定会这样做的，可它们不会，它们做不了明显的耸肩动作，于是这只猫头鹰只是竖起了羽毛。

"这么多标志都出现在故事的结局，而在故事的开头，只有蜜蜂。"西蒙说。

扎卡里叹了口气，拾起那把剑。那么多标志。标志只用于解读，并不能用来定义，他提醒自己。他感觉那把剑现在变轻了，也可能是他逐渐适应了它的重量。他把剑收入鞘中。

"我必须找到米拉贝尔。"他对西蒙说。

西蒙面无表情地看着他。

"她。"扎卡里指着那尊雕像说。"你的……"他打断了自己的话，担心如果西蒙还不知道米拉贝尔是他的女儿，那么说出真相可能不太合适，于是又改口道，"米拉贝尔……是命运，别管她是什么。她在这一世有粉红色的头发，经常出现在上面的港口。我不知道你能不能在故事里见到她，但她是我的朋友，她在这下面的某个地方，我必须找到她。"

扎卡里心想，现在他要找的人不止一个了，但他不愿多说，也不愿想起这件事。想起他。虽然那个名字很可能不是他的真名，但它却在他的脑海里像咒语一般不断出现。多里安，多里安，多里安。

"她不是你的朋友。"西蒙说，打断了扎卡里的思绪，把他整个人都扰乱了，"她是书屋的女主人。如果她离开了你，她一定是故意这么做的。"

"什么？"扎卡里问，但西蒙继续往前走，在雕像之间踱步，扯动了更多的绳子和丝带，挂在上面的书页和各种物品打着转，好像卷入风暴中一般。那只猫头鹰尖叫着从阳台上飞下来，落在扎卡里的肩膀上。

"你不该把这个故事带到这里来。"西蒙告诫扎卡里说，"我会远离这个故事的所处之处，我不该再出现在故事里了。以前我试着回去过，但它带来的只有痛苦。"

西蒙看了看那个空荡荡的地方，本该是他左手所在的位置。

"有一次我回到了故事里，结果它在大火中毁于一旦。"他说，"我最后一次接近这个故事时，一个女人夺走了我的手，她的一只眼睛是天蓝色的，她警告我永远不要回去。"

"阿勒格拉。"扎卡里想起了罐子里的那只手，也许这是为了确保西蒙的一部分身体永远消失，或者这只是她在恐吓之外常用的威胁方式。

"她已经不在了。"

"等一下，她是离开了还是失踪了？"扎卡里问，但西蒙没有解释。

"你得跟我走，"他说，"我们必须在那片海吞噬我们之前离开。"

"那里面有没有提到我跟你走了？"扎卡里指着那堆丝带、齿轮和钥匙问道，他用的是右臂，这样就不会挤到左肩上的猫头鹰。听从一个会动的大型故事雕塑发号施令，与从书页中获得指令的行为相比，似乎并没有高明多少。

他不打算回到那片黑暗中去，但从这里出发也不止一条路。

西蒙盯着那个故事，他凝望着它，就好像在一片广阔的天空中寻找某一颗特别的星星。

"我还不知道你是哪一位。"他对扎卡里说。

"我是扎卡里。我是预言家的儿子。我想知道接下来该怎么做，西蒙，拜托了。"扎卡里说。西蒙转过头，迷惑地看着他。不，不是迷惑，而是茫然。

"谁是西蒙？"他问，他的注意力又回到了齿轮和雕像上，仿佛这个问题的答案在那片没有星星的浩瀚中，而不在他自己身上。

"噢，"扎卡里说，"噢。"

一个人迷失在时间里就会变成这个样子。他会在岁月的更替中失去自己。他会见证一切，看到却不记得，连自己的名字也忘记了。

不被提醒就想不起来。

"给你，"扎卡里说，在他的包里翻找了一会儿，"你该拿上这个。"他把《西蒙与埃莉诺之歌》递了过去。

西蒙看着那本书犹豫不决，就好像这样装订完好的故事是非常罕见的东西，然后他接过了这个礼物。

"我们是纸上的文字，"他轻轻地说，在手里翻动这本书，"我们已经走到了结局。"

"读一读它你也许就能想起来了。"扎卡里提议道。

西蒙打开书，但很快又合上了。

"我们没有时间聊这个。我要往上走，一旦开始涨潮，高处会安全一些。"西蒙朝另外几扇赫然耸立的大门走去，将其中一扇门拉开。门后的路已经被照亮，但他还是回来，从一个雕像的手中拿过了一支火炬。"你要和我一起走吗？"他回头看着扎卡里问道。

那只猫头鹰在扎卡里的肩上挠了挠它的小爪子，扎卡里不知道这个动作表示鼓励还是阻止。

扎卡里抬头看了看那个故事，他已经知道自己就在故事里，而位于它中心的月亮消失了。他看着米拉贝尔和馆长的雕像，还有其他那些他叫不上名字的雕像，它们一定也在故事中的这一刻或者那一刻扮演了各自的角色。他不知道以前有多少人经过这个地方,有多少人呼吸过这里交织着烟与蜂蜜气味的空气,他们之中有没有人和他此时此刻的感受一样:既犹豫不决,又惶恐不安,不知道哪个决定才是正确的,也不知道究竟有没有所谓正确的决定。

扎卡里回头看着西蒙。

他唯一的答案就是他所提的问题:

"哪条路通往无星之海?"

多里安站在雪地里，置身于黑暗中。他在发抖，不是因为冷，而是因为别的东西。

他扔掉了火柴。

他什么也看不见，却依然能看到那双猫头鹰的眼睛在注视着他。他不明白当自己穿戴整齐地站在黑暗里时，怎么会有这种赤身裸体的感觉。

多里安吸了一口气，闭上眼睛，颤抖着伸出那只空出来的手，掌心朝上。这是一个邀请的姿势，也是一个引见的姿势。

他在等待，倾听着那个安稳的呼吸声。他的手还伸在那里。

黑暗中有一只手抓住了他的手。修长的手指拢在他的手指上，温柔而坚定地握着他。

这只手领着他往前走。

他们行走了一会儿，大雪让多里安放慢了脚步，一步接一步地跟在那个长着猫头鹰脑袋的人身后，他相信这个人所带的路就是前行的方向。黑暗似乎无边无际。

接着有了一点亮光。

它非常微弱，多里安以为这是自己想象出来的，可他越往前走，它就变得越明亮。

他身边那个安稳的呼吸声停了下来,被风带走了。

握着他的手指消失了。前一刻还有一只手抓着他的手,然后就没了。

多里安想说几句道谢的话,可他的嘴唇冻得一个字也说不出。他在心里尽可能大声地说了谢谢,希望有人能听见。

他朝那亮光走过去。当他靠近的时候,他发现那是两道光。

一扇门的两侧亮着一对灯笼。

他看不清这个建筑剩下的部分,但能看见一个新月形的门环,位于深蓝色大门的中央。多里安用快要冻僵的手把它提起来叩了一下。

门开了,风把他推了进去。

多里安所到的地方与他离开的地方截然不同,温暖和光明赶走了寒冷和黑暗。宽敞的大厅被炉火照亮,堆满了书籍,他头顶是黑色的木头横梁,窗户上则覆盖着冰霜。屋里弥漫着香料酒和烤面包的味道。这种令人安心的感觉无法用语言形容。它像一个拥抱,如果能用拥抱来形容一个地方的话。

"欢迎光临,过路人。"一个深沉的声音说。

在他身后站着一个身材魁梧的男人,留着非常扎眼的胡子,他正在把门插上,将大风拦在外面。如果要用一个人来形容这个地方,那就非他莫属,他浑身上下都透着舒适的感觉,让多里安忍不住想扑到他怀里长舒一口气。

他想回应对方的问候,却发现自己冻得开不了口。

"天气太糟糕了,不适合外出。"旅店主人评论道。他迅速将多里安领到一个巨大的石头壁炉前,那壁炉几乎占据了大厅另一头的整个墙面。旅店主人让多里安在一张椅子里坐下,又接过他的行李,把它搁在地板上他能看到的位置。他看上去似乎要去帮多里安脱下外套，但转念一想，又决定脱下他沾满冰雪的靴子，把它们放在火边烤干。旅店主人离开了一会儿，拿了一条毛毯回来，把它盖在多里安的膝盖上，又将一个装满热炭的奇怪装置放在了椅子下面。他把一条温热的毛巾像围巾一样裹在多里安脖子上，还递给他一个热气腾腾的杯子。

"谢谢你。"多里安费力地说，用颤抖的双手接过杯子。他喝了一小口，尝不出这水是什么味道，但口感很温暖，这就足够了。

"我们很快就能让你暖和起来，别担心。"旅店主人说。确实如此，热饮、炉火和这个地方所带来的暖意渗透进多里安的身体里。寒冷开始散去。

多里安聆听着风的呼号，很好奇它为什么吼叫，不知道是在发出警告还是在许下愿望。火焰在壁炉里欢快地舞蹈。

真奇怪啊，多里安想，坐在这个你幻想过很多次的地方。它完全就是你想象中的样子，甚至更好。细节增多了。感觉也变丰富了。更奇怪的是，这里还充满了他从没想象过的东西，仿佛有另一个看不见的讲故事的人，把这个旅店从他的脑袋里取出来装饰了一番。

他渐渐地适应了这种生疏感。

旅店主人又给他倒了一杯水，用另一条热毛巾换下了之前的那条。

多里安解开外套上的星形纽扣，让温暖贴近皮肤。

旅店主人朝下看了一眼，注意到了多里安胸膛上的剑，他惊讶地后退了一步。

"噢，"他说，"是你啊。"他的目光扫过多里安的眼睛，然后又落回那把剑上。"我有东西要给你。"

"什么？"多里安问。

"我妻子给我留下了一样东西,让我交给你。"旅店主人说,"她交代了我一些事情,怕你来的时候她正好不在。"

"你怎么知道这是给我的?"多里安问,被冻住的舌头还没恢复,每个字都重重地落在上面。

"她告诉我有一天会有一个男人来到这里,他佩戴着一把剑,衣服上有星星。她交给我一件东西,让我把它锁起来,直到你来到这里。现在你终于来了。她还说你可能不知道自己正在寻找它。"

"我没听懂。"多里安说。旅店主人笑了起来。

"我有时也听不懂,"他说,"不过我相信她的话。我承认,我之前还以为你会带着一把真正的剑,而不是画出来的剑。"

旅店主人从他的衬衫下面掏出一条项链。上面挂着一把钥匙。

他把壁炉面前的一块石头地砖移开,露出一个十分隐蔽的暗格,上面有一把精致的锁。他用钥匙打开锁,把手伸了进去。

旅店主人拿出一个方形的盒子。他吹掉上面的一层尘土和灰,从口袋里拿出一块抹布把它擦了擦,然后将它交给多里安。

多里安困惑地接过盒子。

这个盒子很漂亮,由骨头雕刻而成,还有精美的镶金图案。盒面上有一对交叉的钥匙,被星星围在中间。四周装饰着蜜蜂、剑、羽毛和一顶金色王冠。

"它在你这里放了多久?"多里安问旅店主人。

旅店主人微微一笑。

"很长时间,别让我去算有多长。我已经不再用钟表了。"

多里安低头看着盒子。它在他手中沉甸甸的,显得十分结实。

"你说是你妻子把这个给你的,让你交给我。"多里安说。旅店主人点了点头。多里安用手指拂过盒子边缘的一排金色月亮。先是满月，再是由圆变缺，然后消失，接着又变了回来，逐渐丰满，最后又成为一轮圆月。他不知道在这里故事和现实之间有没有区别。

"你的妻子是月亮吗？"

"月亮是天上的一块石头，"旅店主人轻声笑着说，"而我的妻子就是我的妻子。很抱歉她这会儿不在家，她应该很想见你。"

"我也想见见她。"多里安说。他又看向自己手中的盒子。

它似乎没有盒盖。这些金色的图案重复出现在盒子周围的每一侧，他没找到盒口处的折页或缝隙。月亮绕着盒边，时圆时缺，周而复始。多里安用冰凉的指尖划过每一个形态，心里盘算着还有多久月亮才会变成新月，再变暗消失，然后旅店主人的妻子再次回到这里。这时他停住了。

在他认为是盒顶的那一边，有一个缺口出现在其中一个满月图案上，一个六边形的印记隐藏在圆形中，他不仅看到了，也感觉到了。

它不是钥匙孔，但有东西能嵌进去。

他希望扎卡里在自己身边，因为扎卡里也许更擅长解开这种谜题，此外还有许多别的原因。

缺什么呢？他一边思索，一边仔细查看盒子。金色图案之间凹进去的地方隐藏着猫头鹰和猫。上面有星星，还有的形状可能是门。多里安回顾了一下自己读过的所有故事。有什么东西应该在这里却没有出现呢？

他想起来了，答案很意外也很简单。

"你这里有老鼠吗？"他问旅店主人。

旅店主人困惑地盯了他一会儿，然后笑了起来。

"你能跟我一起去吗？"他问。

多里安感觉比刚到的时候暖和多了，于是他点点头，站起身，把盒子放在椅子旁的桌上。

旅店主人带着他穿过大厅。

"这个旅店曾经另有用途,"旅店老板解释道,"一直以来旅店里都没发生过太大的变化,只是我曾经对我妻子提到过,有时我还挺怀念那些老鼠的。以前它们总是吃掉一袋袋面粉,还会啃坏我茶杯里的秘密种子,真是令人恼火。不过我已经习惯了,等它们不见了,我反倒想念起它们来。于是她把它们带给了我。"

他在一对书架之间的储物柜前停了下来,打开了柜门。

里面的架子上全都是银制的老鼠,有的在跳舞,有的在睡觉,还有的在啃一块金色奶酪的碎渣。有一只老鼠挥舞着一把小小的金剑,是一位小骑士。

多里安把手伸进柜子,选中了那只拿剑的老鼠,它站在一个六边形的底座上。

"我可以拿吗?"他问旅店主人。

"当然可以。"旅店主人回答。

多里安把这只骑士老鼠带回炉火边的椅子旁,将它的底座嵌入盒子上那个月亮的缺口中。刚好吻合。

他转动那只老鼠,隐藏的盒盖咔嗒一声松开了。

"哇!"旅店主人欣喜地叫了一声。

多里安把佩剑的银老鼠放在盒子旁边。

他打开盒盖。

里面有一个跳动的人类心脏。

扎卡里·埃兹拉·罗林斯年幼时,他妈妈有一大堆收藏品,他喜欢摆弄其中那几块水晶:注视着它们,把它们举到亮光下,打量它们身上的杂质、裂纹和伤痕。它们被时间破坏,又被时间修复。他想象着这些石头里的世界,将所有王国和宇宙都捧在自己手掌中。

那时他想象出来的地方和此刻他走过的地方简直无法相比。他把火炬高高举起,照亮自己的路。他的肩头站着一只猫头鹰,爪子抠在他的毛衣里。

每当他在交叉路口犹豫不决的时候,猫头鹰就飞到前面去探查,再飞回来向他报告,通过眨眨眼睛、抖抖羽毛或者高声鸣叫,传递一些难以辨别的信号,扎卡里假装自己明白了,其实他完全看不懂。他们就这样一起继续向前走。西蒙警告过他那片海很遥远,却没提到这条路如此黑暗曲折。

现在,这个还没完全迷失在时间里的人和他满身羽毛的伙伴来到了一堆篝火前,火苗在搭好的柴堆上熊熊燃烧,等待他们的到来。篝火旁有一顶很大的布帐篷,看起来似乎曾经在一些天气多变的地方庇护过很多旅人。帐篷里亮堂堂的,很诱人。

这顶帐篷相当高大,扎卡里可以站直身子,在里面走来走去。这里的枕头和毛毯就像是从别的空间和时间里偷来的,它们被收拾妥当,供疲倦的旅人路过歇脚时使用。对于这个色彩单调的空间来说,它们的颜色太丰富了。帐篷外面甚至还有一根柱子,等着他把火炬放在上面。柱子下方挂了一样东西。

是一件外套。一件非常陈旧的外套,上面有很多纽扣。

扎卡里把自己那件饱经旅途摧残的毛衣扔到一边,小心地穿上了西蒙这件遗失已久的外套。纽扣上纹着家族饰章,在这种光线下他只能看清楚上面有几颗星星。

这件外套比他那件毛衣更暖和。肩膀处有些宽松,但扎卡里并不介意。他把自己的毛衣挂在柱子上。

扎卡里给刚到手的旧外套系好扣子,猫头鹰又落到他的肩头,他们一起去查看帐篷。

帐篷里的餐桌上摆着一小顿丰盛的饭菜。

碗里堆满了水果,有苹果、葡萄、无花果和石榴,还有一个圆形的脆皮面包和一份康沃尔烤鸡[1]。

有一些瓶子里装着酒,还有一些装着神秘的液体。生锈的银杯等着有人来将它斟满。罐子里存放着果酱和蜂蜜。还有一个小东西被小心地包裹在纸里:居然是一只死老鼠。

"我猜这是给你准备的。"扎卡里说,而猫头鹰早已扑上去享受它的那份美食了。它抬头看了看他,一根老鼠尾巴在它的嘴边晃荡着。

帐篷的另一头也有一张桌子,摆满了不能吃的东西。它们被整齐地放在一块金丝桌布上。

一把折叠刀。一个打火机。一个抓钩。一团麻绳。一对匕首。一条紧紧卷起的羊毛毯。一只空瓶子。一盏小巧的金属灯,上面的

---

[1] 一个月以下的母鸡,体重只有一磅左右,口感很好。

镂空图案是星星的形状。一双皮手套。一卷绳子。一卷羊皮纸，看上去像是一张地图。一副木制弓箭和一个箭袋。一个放大镜。

其中有一些很适合放进他的包里，但并非所有的都可以。

"装备清点。"扎卡里小声对自己说。

堆放这些物资的桌子中间还有一张折起来的字条。扎卡里把它拿起来，打开一看：

当你准备就绪时
选择一扇门

扎卡里看了看帐篷四周。没有门，只有他进来时穿过的门帘，它们敞开着，被绳子系了起来。

他从放火炬的地方把它取下来，沿着帐篷外的小路，走进洞窟中。

那条路突然被一面水晶墙挡住了。

墙上本应该继续有路的地方变成了几扇门。

有一扇门上标着一只蜜蜂。另一扇门上是一把钥匙。然后是一柄剑、一顶王冠、一颗心和一片羽毛，不过这些门并没有按他熟悉的顺序排列。王冠之门排在最后。蜜蜂之门在中间，位于心之门的旁边。

预言家的儿子站在六扇门前，不知道该选哪一扇。

扎卡里叹了口气，回到帐篷里。他放下火炬，幸好有一个酒瓶已经被打开，他拿起酒瓶，给自己倒了一杯酒。在他继续赶路之前出现了一个可以暂时停留的地方，他打算使用它。尽管这里与他以前用到过的那一类虚拟休息处很像，但从来没有任何游戏会把这么多生命药水放在一扇门面前来预示即将到来的危险。

他打量了一下这张堆满物品的桌子,看看要带上哪些东西,然后停下来整理自己已经拥有的装备。

一把剑和剑鞘。

一只猫头鹰伙伴,此时正在用爪子撕扯一只丝绸靠垫。

他的脖子上用项链拴着一个指南针,它的指针正在快速旋转。两把钥匙:一把是他房间的钥匙,另一把细长的钥匙是从《命运和寓言》里掉出来的,他还没来得及向多里安问起它。还有一把小小的银剑饰物。扎卡里继续盘点包里的东西,这能让他想起一些人和一些事,任何别的事情都可以。

那本《甜蜜的忧伤》也在,熟悉的感觉让他心安。一个香烟打火机。一支钢笔,他完全不记得自己是什么时候把它放进包里的了。还有一只被压坏了的无麸质柠檬罂粟籽松饼蛋糕,包在一条餐巾布里。

扎卡里把松饼蛋糕拿出来,和餐桌上的其他食物放在一起。他撕开康沃尔烤鸡,它竟然还是热乎乎的。如果米拉贝尔最近刚来过,她为什么没有在这里停留呢?也许他发现自己来到了时间之外的某个地方,食物在这里永远不会变凉。他往一个银盘上多盛了一些鸡肉,把一个坐垫拉到火堆近旁,然后坐了下来。猫头鹰一蹦一跳地落在他旁边。

扎卡里望着他面前的这些选择,若有所思地啃着烤鸡翅。他懒洋洋地思考着在一只鸟的面前吃掉另一只鸟会不会不太礼貌,然后又想起凯特给他讲过她曾亲眼看到一只海鸥杀死了一只鸽子,于是他得出的结论是大概不会。

他一边喝酒,一边考虑他的选择、他的未来和过去以及他的故事。他已经走了这么远,而剩下的路程依然未知。

扎卡里从口袋里拿出那颗纸折的星星,在手中摆弄它,让它在指间跳舞。

他还没有读上面的字。

暂时没有。

猫头鹰朝他叫了起来。

预言家的儿子把纸星星和写在上面的他的未来一起扔进了篝火中。

火苗吞没了它，烧焦的纸卷曲了起来，它不再是一颗星星了，曾经写在上面的文字也永远消失了。

扎卡里站起来，从放装备的桌上拿起了那卷羊皮纸。它是一张地图，粗略地画着一个代表树林的圆圈和两个可能是房子的方块。在房子和周围森林中的一个点之间标出了一条小路。它似乎没什么用处。

扎卡里把它放回去，又将折叠刀、备用打火机、绳子和手套挑了出来，把它们放进自己包里。他在剩下的物品中考虑了一下，把麻绳也带上了。

"你准备好了吗？"他问他的猫头鹰。

猫头鹰用行动回答了他：它飞过那堆篝火，一头扎进了阴影中。

扎卡里拿上火炬，跟着它朝有很多门的那道墙走了过去。

那些巨大的门是用石头雕刻而成的，比它们周围的水晶颜色更深。门上的标志涂成了金色。

门真多呀。

扎卡里对门已经感到厌倦了。

他举起火炬，离开门和帐篷，在阴影中探索，周围都是参差不齐的水晶和被遗忘的建筑。他给这些久不见光的角落带来了亮光，它们接受了光明，就像迎来一个依稀记得的梦。

片刻之后，他找到了自己一直在寻找的东西。

墙上有一条线留下了极淡的痕迹。在相隔一臂远的地方还有一条线。

有人在洞窟的表面刻出了一扇门。

扎卡里把火炬凑近一点。水晶吸收了充足的光，让他看清楚了门把手的形状，它是被蚀刻在上面的。

预言家的儿子又站在了一扇门面前，这扇门画在了另一面墙上。

深入故事中的人有自己的路要走。曾经能走的路很多，但那段时光已经一去不返，被遗落在数英里之外，丢失在很多页之前。现在扎卡里·埃兹拉·罗林斯只有一条路可以选。

这条路将通往结局。

另一个时间,另一个地方:
插曲五

两年前,纽约哈德逊河谷

这辆车看上去比它的实际车龄更老:它被反复喷过漆,手法不太专业,目前它是天蓝色的,保险杠上有很多贴纸(一面彩虹旗,一个平权标志,一只长了脚的鱼,还有一个词——"抵制")。它正在尝试靠近一条蜿蜒的车道,不太确定自己找到的地址是不是正确,因为它的卫星导航系统一直在给开车的人捣乱,既无法定位卫星,也没有收到信号,还成了驾驶员各种花式漫骂的攻击对象。

车开到一座房子前停了下来。它一边等待,一边观察这座白色的农舍和它后面的谷仓。这个谷仓被刷成了浓郁的靛蓝色,而不是更为传统的红色。

驾驶座的门打开了,一个年轻女人下了车。她穿着一件明亮的橘色军大衣,它对于入夏的天气来说太厚了。她的头发剪得很短,染成了一种苍白的颜色,不算是纯粹的金发。她摘下圆形的墨镜,朝四处看了看,不确定自己是否已经到了目的地。

湛蓝的天空与车的颜色很相配,点缀了几朵蓬松的白云。车道和门前的过道两边开满了花,小路上缀着星星点点的黄色和粉色,从车下一直延伸到门廊。门廊下挂着铃铛和棱镜,它们串在绳子上摇来晃去,将彩虹色的光投在单色的房子上。

前门敞开着，但纱门是关上的，并且上了锁。门边挂着一个招牌，上面的手绘图案快要褪色了，画着星星和一个小小的咖啡杯，缭绕的水汽从杯中升腾起来，形成了几个字：心灵顾问。没有门把手。年轻女人在门框上敲了敲。

"有人吗？"她喊道，"有人吗？罗林斯太太？我是凯特·霍金斯，您说过我今天可以过来的。"

凯特后退一步，看了看周围。应该就是这栋房子。没有几个心灵顾问会住在农场里。她朝谷仓望了一眼，看见了一只兔子在跳过花丛时露出的尾巴。她正在犹豫是不是应该绕到屋后去的时候，门开了。

"你好，凯蒂猫[1]小姐。"门口的女人说。凯特在心中多次勾勒过扎卡里妈妈的模样，但是门口这个人一点都不符合她的想象：这位穿着工装裤的女人个头小巧，身材曼妙；她有一头浓密的鬈发，用一块佩斯利花纹[2]的围巾扎了起来；她的脸上起了皱纹，但依然年轻而圆润，一双大眼睛周围描着闪闪发光的绿色眼线；她的一只前臂上有一个若隐若现的太阳文身，而另一只则纹上了三月符号[3]。

她给了凯特一个大大的拥抱，凯特没想到一个小个子能有这么大的力量。

"很高兴终于见到你了，罗林斯太太。"凯特说，可是洛芙·罗林斯夫人摇了摇头。

"应该称女士，但你不用，亲爱的宝贝儿，"她纠正道，"你可以叫我洛芙或者夫人或者妈妈，随便你怎么叫。"

"我带了一些饼干。"凯特说着举起了一个盒子，洛芙·罗林

---

1 原文为 Kitty Kat，谐音 Kitty Cat，是罗林斯夫人对凯特（Kat）的昵称。
2 由圆点和曲线组成的纹样，形状像水滴，名字源自苏格兰西部的一个纺织小镇。
3 由两个月牙和一个圆月组成，相连的三个月亮分别代表月相变化中的三个阶段：上弦月、满月和下弦月。

斯夫人笑了起来，领着她进了屋。前厅里挂着一排艺术作品和照片。凯特在一张照片前停了一下，照片上的小男孩有一头黑色的鬈发，表情严肃，还戴着一副超大的眼镜。其他房间都刷上了鲜艳的色彩，堆满了不配套的家具。各种颜色的水晶在桌上和墙上拼出了各种图案。她们从一个标牌下经过，上面写着"在上如此，在下亦然"[1]，又穿过一道珠帘，来到了厨房。这里有一个古老的炉灶和一只正在睡觉的俄罗斯狼犬，名叫霍雷肖[2]。

洛芙·罗林斯夫人请凯特坐在厨房的餐桌前，给她端了一杯咖啡，又把蜜蜂形状的柠檬饼干从盒子里倒入一个花卉图案的瓷盘中。

"您不……"凯特停下来，不确定这个问题是否合适，不过既然已经开口了，就该问下去，"您不担心吗？"

洛芙·罗林斯夫人喝了一口咖啡，越过杯子的边缘看向凯特。她的眼神很锐利，其中的含义比她之后所说的话更耐人寻味。凯特能读懂它。这是一个警告。显然这还是一个不太安全的话题，的确如此。凯特想知道是不是有人告诉过洛芙·罗林斯夫人一切都结束了，而她是不是也觉得这话听起来像是在撒谎。

"我担心也好，不担心也罢，该发生的还是会发生。"洛芙·罗林斯夫人把杯子再次放下来时说，"同样，无论你是不是担心，它也会发生。"

不过凯特确实很担心。她当然会担心。她的担心压在心头，就像一件永远脱不掉的外套。她担心扎卡里，还担心其他的事情。显然这些事就连在这里也无法讨论，哪怕这个地方藏在山林间，受到一大堆咒语和水晶的保护，还有一只心不在焉的看门犬。凯特从盘

---

[1] 出自《翠玉录》，一共十三句话，传说是西方炼金术的源头。

[2] 与《哈姆雷特》中男主人公哈姆雷特的好友同名。

子里拿起一块蜜蜂饼干看了看，她一边嚼着蜂蜜柠檬味的翅膀，一边猜测洛芙·罗林斯夫人会不会知道一些关于蜜蜂的事情。然后她把自己没跟任何人说过的事告诉了她。

"我为他写了一个游戏，"凯特说，"为了我的论文。您知道有时作家们会说自己是专门为一个读者写了一本书吗？而我则为一个玩家专门写了一部游戏。虽然很多人都玩过，但我觉得没有人能理解它，都不如他看得透。"她喝了一口咖啡。"我先在笔记本里写了一个可以由自己来选故事线的游戏剧情，全都是短篇神话和故事中的故事，它们有多种结局。然后我把这个剧情做成了文本游戏，这样它变得更复杂，选择也更多，目前的进展就是这样。但是雇我的那个公司想让我继续开发，做出一个成熟的版本。"

凯特停了下来，盯着自己的咖啡杯底，思考着选择、变动和命运。

"你觉得他可能永远也玩不了这个游戏了。"洛芙·罗林斯夫人说。

凯特耸了耸肩。

"他回来以后会很想玩这个游戏的。"

"我本来想问您怎么知道他会回来，不过我想起来您是做什么的了。"凯特说。洛芙·罗林斯夫人笑了起来。

"我并不知道，"她说，"我是感觉到的。这不太一样。也许我感觉错了，而对此我们只能等待。我最后一次和扎卡里交谈时，能感觉到他打算去某个地方散散心。但他去的时间已经超出了我的预估。"她若有所思地望向窗外，过了很长时间，就在凯特怀疑她已经忘记身边还有人在的时候，她继续说道："很久以前，有一位很厉害的算命人算过我的牌。一开始我没太在意，那时我年纪轻轻，只想知道即将发生的事情，而不是遥远的未来。但随着时间的推移，我意识到她算得很准。那天她告诉我的事情全都应验了,除了一件事,而我没有理由认为她把这一件事算错了,因为她说对了其他所有事情。"

"这件事是什么?"凯特问。

"她说我会生两个儿子。我生了扎卡里。多年以来我一直以为她大概数学不太好,也可能他出生前的那一刻还有一个双胞胎兄弟,出生后就不在了。但后来我明白了,我应该早点明白的。我知道他会回来,是因为我还没有见过那个未进门的儿子呢。"

凯特笑了。她为这样的态度感到高兴,如此淡定而简单,如此开明而包容,她自己的父母却一直在抗拒接受这种事情。然而她还是不确定自己是否相信这个预言。她倒很愿意相信这是真的。

洛芙·罗林斯夫人问起她将来的打算,凯特告诉她自己接受了在加拿大的一份工作,她要开车去多伦多拜访朋友,在那边待几天再继续往前走。拜访朋友往往只是借口,为了不想让人知道自己实际上要独自去探索一个陌生的城市,不过洛芙·罗林斯夫人没有对此发表看法。凯特还提到了虚拟现实。等她说到气味这个话题时,洛芙·罗林斯夫人拿出了她那一堆手工调配的香料精油,她们一边闻着那些瓶瓶罐罐,一边讨论着记忆和芳香疗法。

她们一起把扎卡里的物品从那辆天蓝色的汽车上搬下来,运到其中一间闲置的卧室里,来回运了好几趟。

运完最后一趟后,房间里只有凯特一个人时,她从包里取出了一条折好的条纹围巾。自从她开始织这条围巾起,她就对这种按性格分配学院[1]的方式产生了不一样的感觉,而且以颜色为标志的学院分类也过于简单了,但她依然很喜欢条纹图案。她在围巾旁边放了

---

[1] "哈利·波特"系列小说中,霍格沃茨魔法学校的四个学院通过分院帽对不同性格的学生进行筛选,四个学院的代表色各不相同,学生所使用的条纹围巾也有不同颜色。

一个钥匙扣式的闪存盘，上面用银灰色的记号笔写上了"么么哒"[1]。

凯特从包里拿出一个亮青色的笔记本，把它放在桌上，然后又收了回来。她回头看了看楼梯，听见洛芙·罗林斯夫人从一个房间走到另一个房间，还听见珠帘哗啦作响，像雨声一样。

凯特把笔记本放回包里。她还没准备好把它留下。暂时没有。

在楼下的门廊里，洛芙·罗林斯夫人送给凯特一瓶柑橘味精油（有提神醒脑的作用），并再一次拥抱了她。

凯特转身准备离开时，洛芙·罗林斯夫人用手捧住了她的脸，看着她的眼睛。

"勇敢一点，"她说，"大胆做，大声说。除了自己，不要为任何人改变。每一个值得于星尘[2]中诞生的灵魂都会接受自己的全部，无论它长成了什么模样。要是你对别人表达自己的感受时，他们不相信你，就别把时间浪费在他们身上。9月的某个星期二，当你觉得自己无人倾诉时，给我打电话，好吗？我会在电话机旁等着。还有，路过水牛城附近时开车不要超速。"

凯特点了点头，洛芙·罗林斯夫人踮起脚吻了吻她的额头。凯特强忍着没有哭，但最后还是没忍住，因为罗林斯夫人说欢迎她来做客，可以在美国感恩节那天，也可以在加拿大感恩节[3]那天，无论她选择在冬季过哪个节，这里永远都会有一场冬至派对在等她来参加。

"你以为自己无家可归，但你现在有家了，明白了吗？"

凯特来不及阻止几滴眼泪夺眶而出，不过她用咳嗽掩饰了一下。她呼吸着明媚春光的气息，一言不发地点了点头。她的感觉和来的

---

1 参见前文凯特发的短信。
2 典出美国天文学家和科幻作家卡尔·萨根（Carl Sagan, 1934—1996）的名言"我们皆是星尘"。
3 美国的感恩节是11月第四个星期四，而加拿大感恩节则是10月第二个星期一。

时候已经不太一样了。当朝自己的车走过去的那一刻,凯特相信了,她真心地相信这个女人能看到很多东西,她看得遥远而深刻,如果她相信扎卡里还活着,那么凯特对此也深信不疑。

凯特戴上墨镜,发动了汽车。

洛芙·罗林斯夫人站在门廊前,朝开走的汽车挥手告别。她回到屋里,吻了吻自己的指尖,把它们按在那张鬈发男孩的照片上,然后回到厨房,给自己又倒了一杯咖啡。那只俄罗斯狼犬打了个哈欠。

天蓝色的汽车驶出蜿蜒的车道,驶向它的未来。

第六部

卡特里娜·霍金斯的秘密日记

卡特里娜·霍金斯的秘密日记节选

好吧,我们将用手写的方式进行记录,因为我不再相信互联网了。

我从来都没相信过互联网。

不过最近事情越来越奇怪了。

倒不是说以前就不奇怪。

管他呢。

我准备把自己目前所知道的一切都写在这里,这样我就不会再把它们弄丢了。我把手提电脑里的笔记都整理出来了,删掉了那些文件夹,但我会先将它们抄录在这里,然后再把复印件都粉碎。

他们不知道用什么方式清空了我的手机,所以那些记录都没了,而且很可能也被忘得差不多了。我将试着把我还记得的内容写下来,尽可能按时间顺序排列。

我买了一个一次性手机在紧急情况下使用。

我想在一个我可以时刻随身携带的物品里尽量多保存一些东西。

只有你知我知,日记本。

我希望以后我还能认出自己的笔迹。

我希望无论今后发生什么,这一切都是值得的。

无论它何时发生。

一件有趣的事：当成年人失踪时，只要没有明显的证据表明是谋杀，就不会有人去做全面调查和行踪追溯之类的事情。

于是我去做了。

部分是因为我对"每时每刻都有人消失"这种说法很生气，部分是因为我觉得自己和小扎最近那段时间的见面次数比任何人都多。

警察想知道为什么小扎要去纽约，我知道他是去参加那个化装派对（我告诉了警察，他们说要调查一下，但我不知道他们是不是去查了，因为当我说到小扎借走了我的面具时，他们看我的眼神就仿佛这些都是我编出来的），不过他似乎是最后一刻才决定要去的，并非计划之中，于是我试着对他离开前几天的行踪进行了追查。

他看起来……怎么说呢，看起来是正常的，但情绪有点极端，时而兴奋时而丧气。我一直在想我们站在雪地里的那次对话，当时我邀请他一起教课，然后感觉到了……某种情况。他有点心不在焉，我本来想问他怎么了，但之后我们一起出去玩时，莱克西一直都在场，我知道他和小莱不太熟，不适合聊这个，后来他就离开了。

警方并不喜欢"他似乎心不在焉"这样的表述，当你说不出来是什么让他分心的时候。

这话听起来太空泛。大家不是经常会有心不在焉的时候吗？

他们问我"你和他发短信聊了什么"，我回答"聊了聊我给他织的哈利·波特围巾"，他们也不太满意这个答案。

"你这么大年纪的人怎么还喜欢这个？"其中一个警察这样问我，他语气里的意思就是"你这么大年纪的人不该喜欢这种东西，你这个零零后的超龄儿童"。

我耸了耸肩。

我痛恨自己做了这个动作。

"你对他有多了解?"他们问我时,我正在喝警局专供的温茶,其实就是在非常不环保的一次性纸杯里泡了一个茶包,它想显得比茶叶味的白开水更高级一些,但失败了。

一个人能对另一个人有多了解呢?我们有好几门课是一起上的,而且游戏专业的人或多或少都互相认识。有时我们会一起去酒吧,或者在媒体大楼休息室里那台不太好使的咖啡机旁聊天。我们会聊游戏、鸡尾酒和书籍,会谈到身为独生子女的感受,我们并不介意自己是家里唯一的孩子,但别人似乎认为我们会为此而烦恼。

我想告诉他们,我和小扎的关系好到可以互帮互助。我知道他在酒吧的菜单上会点哪一款鸡尾酒,如果都不感兴趣就会点边车鸡尾酒。我知道我们都认为游戏有丰富的内涵,不只是开枪击中目标这么简单,游戏可以有任何形式,而目标射击只是其中一种。有时他会在周二晚上和我去跳舞,因为我们都喜欢人比较少的俱乐部活动时间,而且我知道他是个很棒的舞伴,不过如果你想让他上场,就得让他至少喝两杯酒。我知道他读过很多小说,他支持女性主义。如果早上 8 点之前就看到他出现在校园里,那可能是因为他一夜都没睡觉。我还知道,我觉得我们的关系正在从普通朋友过渡到那种能帮你收拾烂摊子的朋友,但还没达到这个程度,我们需要再共同完成一项支线任务,再多积攒一些相互认可方面的积分,这样相处起来才会更舒适一点。可我们完全不知道该如何推动这段友谊更进一步。

"我们是朋友。"我告诉他们。这话听起来既有问题,又没毛病。

他们问我他是不是在谈恋爱,我说我认为没有,于是他们似乎对我所谓的朋友关系也不再相信了,因为这是朋友该知道的事情。

我差点就告诉他们，我知道他和那位麻省理工的前男友（他的名字本身就是一个名词，是"钟"还是"湾"[1]来着）很不愉快地分手了，但我没说，因为那是很久以前的事了，而且我非常确定那多半是因为异地恋的问题，似乎和现在的情况没有太大关系。

他们又问我是否认为他可能会做点什么——比如从一座大桥上跳下去——我说我觉得不会，但我认为在大部分时间里，我们之中的大多数人距离从某个建筑上跳下去只有两步之遥，而你永远不知道明天会把你推往这个方向还是那个方向。

他们还问我要了我的电话号码，但他们一直没有打来。

我打过去了好几次，并且留了言，想知道他们有没有查出点什么。

但没人给我回电话。

---

[1] 原文为 Bell（意为"钟"）和 Bay（意为"湾"）。

预言家的儿子站在被雪覆盖的田野里。又一阵雪花在他周围轻轻落下，沾在他的眼镜上和头发上。田野四周有树林，树枝上也披着一层薄雪。夜空中布满乌云，却散发着柔光，星星和月亮都被遮住了。

扎卡里转过身，他身后有一扇门，那是一个随意立在田野中间的矩形，朝一个水晶洞窟敞开。门后有火光在远处闪烁，亮光照进了雪地，而扎卡里刚才还拿在手中的火炬，此时已经和他的猫头鹰一起消失了。

肺里的空气干燥而清凉，令人难以呼吸。

一切感觉都被放大了，周围太过宽敞和空旷，天气太冷，太奇怪了。

远处有一道光，当扎卡里穿过轻轻飘落的雪花朝它走去时，它变成了很多小灯，垂挂在一座房子的正面，这房子看起来十分眼熟。一缕炊烟从烟囱里袅袅升起，弯弯曲曲地穿过漫天大雪，朝星星飘去。

他前不久还在这里。是不是就在几周之前？也许是，也许不是。它看上去没有变化，年复一年。

扎卡里·埃兹拉·罗林斯走过那个靛蓝色的谷仓，它在灯光下看起来黑乎乎的。然后他来到他妈妈的农舍门前，登上了积雪覆盖的台阶。他站在屋后的门廊上,感到寒冷而困惑。他身后背着一把剑,装在一个古老的皮革剑鞘里。他穿着一件旧外套,它曾经遗失在时间里,又被找到了。

他无法相信米拉贝尔居然把他送回了家。

可他的确是到家了。他能感觉到皮肤上的雪和脚下磨破的木板。闪烁的灯串绕在栏杆上,挂在屋檐下。门口摆满了裹着银色丝带的冬青树枝和为小精灵准备的碗。

雪的气味中夹杂着火苗在壁炉里燃烧的味道,还有饼干里溢出的肉桂香味,大概是刚从炉子里烤出来的。

屋里亮着灯。房子里坐满了人,洋溢着欢笑声和碰杯声。响起的音乐毫无疑问就是文斯·瓜拉尔迪[1]的作品。

窗户上结了霜。整个派对成了一片朦胧的亮光和色彩,被窗框分割成一个个长方形。

扎卡里的目光越过谷仓和花园。车道旁停满了汽车,有些他认得,有些他却不认识。

在谷仓后面的树林边缘有一只牡鹿,正透过大雪望着他。

"你在这里啊,"一个声音在他身后响起,一股暖意和一阵寒意同时涌进扎卡里的身体,"我一直在找你。"

牡鹿消失在树林中。扎卡里转向那个声音。

多里安站在他身后的门廊上。他的头发剪得更短了,看上去不怎么疲惫。他穿着一件有驯鹿和雪花图案的毛衣,居然在与节日气氛毫不违和的情况下,还能把人衬托得非常好看。他的脚上是一双条纹羊毛袜,没有穿鞋。

---

1 文斯·瓜拉尔迪(Vince Guaraldi, 1928—1976),美国爵士乐钢琴家和作曲家,曾为史努比系列卡通片作曲。

他手里拿着一杯苏格兰威士忌,里面有星星形状的冰块。

"你的毛衣呢?"多里安问他,"我还以为这里的规矩之一就是在最丑毛衣比赛的第一名选出来之后,我们还得继续穿着它们呢。"

扎卡里望着他说不出话来。他的大脑无法理解这个熟悉的人怎么会出现在另一个同样熟悉却毫不相干的场景里。

"你还好吗?"多里安问。

"你怎么会在这里?"扎卡里在自己又能开口说话时问道。

"我接到了邀请。"多里安回答,"送来的邀请函是写给我们两个人的,已经有好几年了,你知道的。"

扎卡里回头朝田野里的那扇门望去,他透过大雪看不见它,仿佛它根本不在那里,就好像这一切都是一场梦,是他自己想象出来的一场历险。

他怀疑自己正在做梦,可他不记得自己睡着了。

"我们是在哪里相遇的?"扎卡里问站在他身边的男人。多里安对这个问题露出了怀疑的表情,不过他稍微停顿了一会儿就回答了他。

"在曼哈顿。在阿尔冈昆酒店举办的一个派对上。后来我们一起在雪地里散步,又去了某个灯光昏暗的地下酒吧,我们在那里一直聊到天亮,然后我非常绅士地送你回到你住的酒店。你是在考我吗?"

"那是什么时候的事情?"

"大约四年前。你想回到过去?我们可以过一个周年纪念之类的,如果你想要的话。"

"你的工作是……是什么?"

多里安的表情很快从怀疑变成了担忧,不过他回答道:"上次我确认过自己是一个图书编辑,可现在我有点后悔这么说了,因为如果你忘记了,我也许就能骗你,让你给我看看你最近在开发的那个项目了,你不确定它是一本书还是一个游戏,是与海盗相关的。我通过你的考验了吗?外面可真冷啊。"

"这不可能是真的。"扎卡里伸手抓住了门廊的栏杆,他不敢去碰自己身边的人。栏杆在手指之下是实体的存在,雪碰到他的皮肤就融化了,带来了轻微的麻木感。

这里的一切都带有这种轻微的麻木感。

"你是不是喝多了凯特做的潘趣酒?她在酒瓶上贴了一个警告标签,所以我只喝这个。"多里安举起了自己手中的酒杯。

"米拉贝尔怎么样了?"扎卡里问。

"米拉贝尔是谁?"多里安喝了一口自己的苏格兰威士忌。

"我不知道。"扎卡里说。这是实话。他不知道。不完全知道。她可能是他编出来的,是从神话和染发剂中凭空创造的。如果她真的存在,那她也会在这里,他妈妈会喜欢她的。

担忧的表情回到了多里安脸上,主要集中在眉毛上。

"你的病又发作了吗?"

"我什么?"

多里安低头看着酒杯,停顿了很长时间才开口。他冷静地说出了每一个字,说得平稳而流畅。

"过去你有点分不清幻想和现实,"他说,"有时发作起来你会忘记很多事,或者你会记起从没发生过的事。你已经有一段时间没发作了。我还以为你的新药起作用了,但可能——"

"我没有犯病。"扎卡里抗议道,但他几乎无法把这句话说出来。他的呼吸越来越困难了,每一口呼吸都是一片混乱和冰凉。他的手在颤抖。

"病情经常会在冬天加重,"多里安说,"但我们会挺过去的。"

"我——"扎卡里张开口,却没能把话说完。他无法站稳,脚下的地面不再坚实。他确实无法分清现实和幻想。"我没有——"

"回屋里去吧,亲爱的。"多里安靠过来要吻他。这个举动自然而令人舒服,仿佛他以前已经做过很多次了。

"这是一个故事。"扎卡里在多里安的吻落下来之前,贴着他的嘴唇轻声说,"这是我给自己讲的一个故事。"

他抬起一只还在颤抖的手,放在多里安的嘴唇上,轻轻将他推开。他感觉这是真的。真切而实在,舒服而熟悉。如果他的感觉没有如此真实,这么做会更容易。

房子里传来的说话声和音乐声逐渐淡去,仿佛有什么人或者什么东西把背景音乐的音量关小了。

"你穿的是睡衣吗?"多里安的幻象问。

扎卡里又抬头望向天空。乌云散开了。雪停了。

月亮俯视着他。

"现在你不该在这里。"扎卡里对月亮喊道。"现在我也不该在这里。"他对自己说。

扎卡里转过身,面前这位多里安穿戴整齐,作为他的伴侣来参加他妈妈每年举办的冬至派对,这幻象令他既开心又害怕。他说:"恐怕我得走了。"

"你说什么?"多里安问。

"我很想留在这里,"扎卡里说,这是他的真心话,"或者留在这个地方的另一种存在形式中。我想我可能爱上你了,可这一切此时此刻并没有真正发生,所以我必须离开。"

扎卡里转过身,沿着来时的路往回走。

"可能?"多里安在他身后喊道。

扎卡里忍住了回头看的冲动。那不是真正的多里安,他提醒自己。

他一直在走,虽然他很想留下来。他穿过月光照耀下的雪地继续前行,离那座房子越来越远,但他有一种正在倒退的感觉。也许这是一个考验。倒退是为了前进。

他朝田野里的那扇门走去,可当他靠近时却发现那里根本没有门。门不见了。

只有茫茫大雪。纷纷扬扬的雪花继续飘落在树林里。

扎卡里想起了那张地图,他没有把它纳入自己的装备。被树林环绕的两个房子。可他已经看不见那座农舍了,只知道它应该位于哪个方向,如果它确实存在的话。他试着回想地图上箭头所指的是哪个方向,它表示的是树林的哪个部分,甚至还有刚才那只牡鹿的位置,但他想不起来了,于是他决定不管这些。

如果这是在他给自己讲的故事里,那他就能让自己继续走下去。

离开这个地方。

他抬头看了看繁星点点的天空。月亮低头望着他。

扎卡里回望过去。

"我们不该在这里。"扎卡里又对月亮喊道。

月亮沉默不语。

她只是静静观望。

等待接下来会发生的事情。

卡特里娜·霍金斯的秘密日记节选

我给网管部讲了一个悲惨的故事：我的朋友失踪了，而我"不小心"删掉了一封并不存在的电邮。我抹着眼泪请他们帮我查看了小扎的校内邮箱，因为警察懒得去查。在他失踪那天之后没有任何邮件，可在此之前竟然也没有。整个1月什么都没有，这就很奇怪了。我确定自己在第一周和他用电子邮件留言的方式交流过一些事情，我还给他转发过我1月小学期的课表，所以他应该收到了。

我查看了自己的电子邮箱，没有小扎发给我的邮件，几个月以来都没有，而我知道应该会有的。

我检查了他的房间。我等到他住的那层楼没人时才去的。他的锁很容易撬开，学校里所有的室内门锁都很烂。

他的手提电脑就在那里，我把它启动了，却发现有人已经将它重置成了出厂默认设置。它连密码保护都没有了。他的文件不见了，游戏删除了，桌面上那张酷炫的《银翼杀手》壁纸也消失了，只剩下标准配置的高清风景图。

这似乎不太正常。

我找了找图书馆的书，但一本都没找到，可能被他带到纽约去了。他身边总是有一堆从图书馆借来的书。

我发现了一样奇怪的东西，床底下有一张小纸片。它被压在一只袜子下面，很容易被忽略（小扎肯定是隔天就洗一次衣服，连地板上的衣服都是干净的），但它和桌上的记事本是同一种纸。

纸上布满了胡乱涂写的潦草字迹，他似乎一边记录一边还在做其他事情。大部分笔迹都很难辨认，但正中间有一幅画。或者说是三个图案。

一只蜜蜂、一把钥匙和一柄剑。

沿中线自上而下排成一行。

它们落在一个矩形之中，这个形状可能是一扇门，也可能只是一个矩形。小扎的画功不怎么样，那只蜜蜂看上去更像是一只苍蝇，不过它身上有条纹，所以我猜它应该是蜜蜂。

看来它可能很重要，于是我把它装进了口袋。

然后我拿走了他的 PS4 游戏机。

他们没那么聪明，肯定不会把它也清空的。

小扎显然也不够聪明，他没有在 PS4 的游戏存档中留下任何线索。也许他时间不够或者根本没料到，或者还有别的原因。此处有一个表情失望的侦探脸。

PSN[1] 之类的也什么都没有。

可能他在某个地方也有一本自己的秘密日记。如果是这样的话，他很可能会把它带在身边。

我觉得就连推理小说的线索也比这件事多。或者说，那些故事里的线索都会指向更多的线索。我需要一点线索，可我找到的东西却杂乱无章、古怪离奇，完全没有一丝线索的样子。

我不知道自己在期待什么，也许是他派来的某个传递消息的人，

---

1 索尼 PS 的网络游戏。

把他的计划告诉我,如果他有计划的话。但也许他并没有。

我找到了那个基金会,扎卡里参加的派对就是由它举办的——我假设他确实参加了派对,我知道他入住了酒店,因为警方对此进行了调查,所以说他们也不是完全没用——不过这个基金会很奇怪。

他们为文学事业筹集了大量资金,其中不少项目听起来很棒,可是当我想顺着这些项目找到一个源头或者一位领头人时——首席执行官之类的——却在原地打起了转,其中一家慈善机构是另一家慈善机构的一部分,而它又被列为某一家其他慈善机构的下属公司,它们就像莫比乌斯环[1],永远无法追溯到一个人身上。听起来像一个洗钱组织,但我给一些地方打了电话,他们都证实收到过捐款,却无法给我提供更多的信息。

于是我继续挖掘线索。我找到了一堆地址,试了好几个电话号码。其中一个号码让我饱受录音留言的折磨,还有一个号码被停用了。

最接近的一个地址隐藏在其中某个网站(顺便说一句,它们都是连搜索引擎也查不到的网站,所以它藏得很深,似乎不想让人找到)子页面的下一级页面里,位于曼哈顿。

我查了一下。

它被烧毁了,就在派对结束的两天之后。

这不可能是巧合。

我到曼哈顿了。

---

1 将一根纸条扭转 180° 后再把两头粘结起来形成的纸带环,这时它只存在一个面,即单侧曲面,象征循环往复、永恒和无限。由德国数学家奥古斯特·费迪南德·莫比乌斯(August Ferdinand Möbius,1790—1868)和约翰·本尼迪克特·李斯廷(Johann Benedict Listing,1808—1882)分别独立发现。

我拍下了那座房子的照片，它已被封了。房子的外观看起来还行，只是窗户全都烤焦了，有多处烟熏造成的损坏。有点可惜，本来是一座挺漂亮的房子。

房子上有一个标牌，写着"收藏家俱乐部"。一位女士从街对面的一栋楼里出来遛狗，我向她打听了一下，她说那是一场由电引发的大火，然后就开始抱怨老旧建筑物的电力系统，而她的哈巴狗（名叫鲍尔萨泽[1]）则一直在研究我的靴子。我问她那是什么俱乐部，她说她觉得那是一家私人会所之类的，但不清楚是哪一种。她说她见过有人进出，但并不常见，还说他们接收过不少送上门的东西。不过这时她似乎觉得自己不该说这么多，这么想有道理，因为这是一种隔着窗户监视邻居的行为。出于这个原因，或者是因为她觉得我对一座烧毁的大楼问了这么多（才两个！）问题太奇怪，她和她的哈巴狗离开了。她大概以为我是一个前来学习的纵火犯。

我抬头看了看"收藏家俱乐部"的标牌，它实在太常见了，无法提供任何帮助。有一家集邮者的俱乐部也叫这个名字，与这里只隔了几个街区。网上也没什么信息能把这个名字和这个地址联系到一起，据我所知是没有的。

我检查了房子后面的那条小巷，把所有入口都摸了一遍，然后从中穿过，没有让人看出自己不认路。我戴上兜帽，脚步不停地往前走，因为这后面装了监控摄像头，但我还是有充足的时间仔细打量房子的后部。它不像街上别的建筑那么纵深，而是建了围栏，还有一个积雪的花园。尽管大楼的背面有同样被烧坏的窗户和被木板封住的后门，但那花园看上去却一尘不染。

铁做的大门非常精致，在两扇门合起来的位置上，在所有旋涡

---

[1] 与《罗密欧与朱丽叶》中男主人公罗密欧的仆人同名。

形饰纹的中间，都有一柄剑的图案。

我认为这也不是巧合。

我觉得我可能再也不相信巧合了。

后来我走了很长一段路。我从市中心一直逛到了斯特兰德书店。我心里不断冒出一个古怪的想法，我觉得自己会在那里遇到小扎。也许他徜徉在书海中忘记了时间，不知道已经过去了多少天。

我在这个散发着霉味的地下一层待了很长时间，总感觉有人在看我，或者我忽略掉的某个东西就在附近。虽然这样想有点傻，但我觉得适合我的那本书就在这里，在某个地方，如果我闭上眼睛，朝一个书架伸出手，它就会出现在那里，在我的手指下。

我试了好几次都没有用。

所有的书都只是书而已。

我来到灯笼塔楼酒吧[1]，在酒保眼里我是一位鸡尾酒达人（他问我是不是调酒师，于是我表示自己只是喝过的酒比较多而已），然后我用别人家酒店的无线网潜入了黑暗网络的深处，发现这个暗藏阴谋的网站上其实有一些头脑清醒的家伙（他们在二十分钟之内就可以证明人们在留言板上发的大部分内容都不靠谱）。

我用一个假的电子邮箱地址注册了账号，登录后我发了这样一个帖子：

寻求信息：

蜜蜂

钥匙

---

[1] 纽约著名酒吧，位于易洛魁酒店大堂，提供各种鸡尾酒。门口没有招牌，只有一盏灯笼。

剑

我忘记截屏了,真糟糕。不过我在十分钟之内就收到了三条回复,其中一条说我在恶意发帖,另一条发了七个问号,第三条是一个耸肩的表情符号。

五分钟后,这个帖子被删掉了,而我的留言板收件箱则收到了两条消息。

第一条是来自管理员的消息,只写了"别发"的字样。

我回复说这不是垃圾帖,只是一个问题。

管理员又回复说:"我知道。别发。你不会愿意卷入其中的。"

第二条信息来自一个没有发过帖的账户,用户名是无意义的一堆数字和字母,它写着如下内容:

王冠

心

羽毛

猫头鹰之王来了。

预言家的儿子穿过雪地，边走边和月亮说话。

他请求她告诉自己该走哪一条路，或者给他一点提示，或者用某种方式让他知道一切都会好起来，哪怕只是撒个谎，但月亮沉默不语，扎卡里只好继续艰难地往前走，雪花沾在他睡衣的裤腿上，还落进了他的鞋子里。

他抱怨说她应该做点什么，而不是只会在天上发光，然后又向她道歉，他凭什么去过问月亮要做什么又不做什么呢？

无论他走了多远，那片树林似乎并没有变得更近。本来他现在应该已经到了。

扎卡里知道，虽然能看见星星和月亮，但他还在地表之下很深的地方。他能感觉到从头顶压下来的沉重力量。

时间好像过去了很久，他却毫无进展，只好停下来整理背包，想找到能派上用场的东西。当他的手指抓到了一本书时，他不再找了。

他取出那本《甜蜜的忧伤》。他没有把它翻开，只是用手拿了一会儿，就将它放进了大衣口袋，让它离自己更近一点。

包里的书都被拿出去了，他感觉包忽然变重了。剩下的物品似乎都成了多余的。

这些物品都帮不了他。在这里不行。

扎卡里把包扔到地上,它被抛弃在雪地里。

他的手指沿着自己脖子上的项链划过,项链上挂着钥匙、剑和一个目前无法为他指引方向的指南针。

他握着它们继续上路。他背负的东西变轻了,只有他的书和他的剑。

他希望多里安真的在这里。他希望自己知道接下来该怎么办,更希望有他在。

"如果多里安也在这下面的某个地方,我想见他,"扎卡里对月亮说,"现在就想。"

月亮没有回答。

(她没有回答他提出的任何要求。)

扎卡里一边走,一边不断地想起留在身后的那个地方和屋里那场想象出来的派对,以及看到自己置身其中的故事已经渗入了他的正常生活,还填补了他的人生空白时,他所怀有的心情。

一阵脚步声逐渐靠近。有人在奔跑,那声音在雪中变得很轻。扎卡里僵住了。一只手抓住了他的胳膊。

扎卡里绕过身后的人,从剑鞘中拔出剑,阻止这个新的幻象朝他靠近。

"扎卡里,是我。"多里安说着,举起双手,做出防御的姿势。他看上去还是扎卡里记忆中的样子,留着稍长一些的头发,穿着星形纽扣的大衣,只是此时他站在月光下,满身落雪。

"当月亮不在天上时,她在哪里?"扎卡里问,没有把剑放下。对方用微笑回答了他,于是他知道这不再是幻象,这个人是真的。他既在这里,又不在这里。他和自己一起站在月光下的雪地里,同时也在别的地方,但这是真正的多里安。他很清楚这一点,就连他快要冻僵的脚趾也知道。

"一个旅店曾经坐落在一个十字路口,现在它和其余的一切都在这下面。"多里安把手朝雪地和星星挥了一下,说道,"我就在旅店里。我想我可能睡着了。我望向窗外的那片雪地,心里正在想你,然后我就看见你了,再然后我就到了这里。可我并不记得自己离开过那座房子。"

扎卡里放下了剑。

"我以为我已经失去你了。"他说。

多里安又抓住了他的胳膊,将他拉得更近,还把头抵在他的额头上。在这一瞬间,他既觉得温暖又觉得冷,一切都是真的,却又并不真实。

扎卡里愿意让自己迷失在这个人身上,永远不要被找到。

又开始下雪了。

"现在你也下来了,对吗?"多里安问,"来到了地下世界之下的世界。"

"你掉下去以后,我和麦克斯——我指的是米拉贝尔——一起坐上了电梯。我现在到了比那里更深的地方,中途经过了一座迷失的蜂蜜和白骨之城。我穿过了一扇门。我不该再这样做了。我还弄丢了我的猫头鹰。"

"你觉得你能从自己的位置找到这个酒店吗?"

"我不知道,"扎卡里说,"我应该快到无星之海了。你和我甚至可能不再处于同一个时间里了。如果……如果发生了任何事——"

"不要这么说,"多里安打断了他的话,"不要这样和我道别。我会去找你的。我们会相见的,我们要一起想办法。你可能得靠自己了，但你不是孤身一人。"

"孤身前往很危险。"扎卡里说，这句话几乎是脱口而出，这么说至少有一部分原因是为了阻止泪水和雪花一起刺痛他的眼睛。他把剑插回剑鞘，又把它从背上取下来。"带上它。"他说着，把剑递给了多里安。他感觉这是自己该做的。多里安肯定知道怎么用它。

多里安接过了剑，他开口说了些什么，但就在这时他消失了，比一眨眼的时间还快。刚才他还在那里，然后就不见了。雪地里连脚印都没有留下。没有任何迹象表明他曾经来过。

但那把剑不在了。月亮也消失在云后。

这时雪小了一些，雪片几乎是在缓缓飘动，就像雪景球里的雪。

扎卡里伸出手，只是想确认自己什么都摸不到。雪花裹住了他张开的手，又从袖口悄悄钻进了那件别人留给他的外套里。

多里安在这里，他给自己鼓劲。他就在这下面的某个地方，他还活着，我不是孤身一人。

扎卡里深吸了一口气。空气不再冰冷。

附近传来一声轻响。扎卡里转过身，发现一只牡鹿正盯着他。它挨得很近，他能看见它的呼吸在空气中化成白雾。

牡鹿的角是金色的，上面插满了形状扭曲的蜡烛，它们燃烧着，宛如一顶火焰与蜡做的王冠。

扎卡里盯着那只牡鹿，牡鹿也回望了过来，它的眼睛像黑色的玻璃一样。

这一刻他们谁都没动。

然后那只牡鹿转过身，走进了树林里。

扎卡里跟了上去。

他们走到了树林边缘，比扎卡里预料的时间更快。有一些亮光透过树缝落下来,可能是月光,可能是星光,也可能是想象出来的人造光,不过大部分地方都笼罩在阴影里。雪地看上去是蓝色的,而不是白色,树本身则是金色的。扎卡里停下来,凑近去查看其中一个树干,发现它的树皮上长满了精致的金叶子。

扎卡里追着那只牡鹿从树林中穿过,他尽量紧紧跟着它,但有时它更像是一团亮光在指引他前行。很快他就看不到田野了,这片镀了金的森林幽深而昏暗,将他吞没。

这些树木变得高大起来。地面上感觉不太平坦,扎卡里用鞋把雪拨开,发现下面不是泥土,而是钥匙。成堆的钥匙在他脚下移动。

牡鹿将扎卡里引到一块空地上。树在这里分开,露出头顶的一片星空。月亮不见踪影,而当扎卡里的注意力回到地面时,他发现牡鹿也离开了他。

空地周围的树上都披挂着丝带,有黑色的,有白色的,还有金色的,它们盘绕在树枝上和树干上,在雪地里缠绕在一起。

丝带上都串着钥匙。

有小小的钥匙,有长长的钥匙,还有又大又重的钥匙。有华丽的钥匙,有普通的钥匙,也有折断的钥匙。它们堆在树杈上,在树枝间随意摇摆,它们的丝带交叠纠缠,让它们彼此相连。

在这块空地的中央,有一个身影坐在椅子上,背对着他,望向树林里。在这样的光线中很难看清,但扎卡里捕捉到了一抹粉红色。

"麦克斯。"扎卡里喊了一声,但她没有回头。他朝她走去,前行的速度在雪地上变得缓慢,一次只能迈一步。他似乎用了一辈子的时间才走到她身边。

"麦克斯。"他又叫了一声,但椅子上的人影依然没有回头。当他靠近时,她连动都没动。他伸手去碰了碰她,她的肩膀碎了,他的希望也随之破碎了，原来他一直都紧握着这份希望，只是自己没有意识到。

椅子上的人其实是用冰雪雕刻出来的。

她的长裙像瀑布一样垂落在椅子周围，裙面泛起的涟漪变成了波浪，而波浪里有船、水手和海怪，接着她衣裙中的这片海便随着飞雪消失了。

她的脸上没有表情，结了一层冰，但它不仅是一张相似的面孔——就像他之前见到的那些雕像一样——而且是从结冰的水中生出了完全相同的模样，仿佛是用真正的血肉塑造出来的。这就是米拉贝尔，连那些沾着雪花的眼睫毛都是她的，极其完美，除了一只被碰坏的肩膀。

她的胸膛里有一团亮光，它闪烁着红色，被冰雪覆盖，产生了一种柔和的错觉，这就是他刚才从远处所看到的粉色。

她的双手放在膝盖上。他以为她伸出手是为了捧起一本书，像那尊蜜蜂女王的雕像一样，但那双手却握着一条被扯坏的丝带，就是树上挂的那种丝带，只是如果这条丝带上曾经也拴着一把钥匙的话，那么这把钥匙已经被拿走了。

现在扎卡里可以看出她并没有望向树林里。她在注视着她面前的另一把椅子。

这把椅子是空的。

仿佛她一直在这里，等着他。

挂在树上的钥匙晃来晃去，相互碰撞，发出叮叮当当的声音，好像铃铛在响。

扎卡里坐在这把椅子上。

他看着面朝自己的雕像。

他听着钥匙们在丝带上跳舞的声音,它们与周围的其他钥匙碰撞在一起。

他闭上眼睛。

他深吸一口气。空气冰凉而干爽,如星星般明亮。

扎卡里再次睁开眼睛,看着他面前米拉贝尔的雕像。她被冰封住了,却在等待着,她的长裙上缀满了古老的故事和往世的轮回。

他几乎能听见她的声音。

给我讲个故事吧,她说。

这就是她一直在等待的事情。

扎卡里答应了她的请求。

多里安在一个陌生的房间里醒来。他依然能感觉到皮肤上的落雪,他的手里拿着剑,但这里很温暖,雪都融化了,而他的手指则紧握着床上的一堆毯子,仅此而已。

风在旅店外怒吼,事情的转变让它感到混乱。

(风不喜欢混乱。混乱会破坏它的方向感,而对于风来说,方向感就是一切。)

多里安穿上靴子和外套,离开了舒适的房间。当他把星形纽扣系起来时,他的指尖触到了那上面经过雕琢的骨头,和他之前把剑握在手里的感觉一样真实,也和记忆中扎卡里冰凉的皮肤碰到他时的感觉一样真实。

大厅里的灯笼已经变暗了,但在那个宽敞的石头壁炉中,火还在燃烧。蜡烛让亮光一直延伸到了那些桌子和椅子上。

"风把你吵醒了吗?"旅店主问。他从壁炉旁的一把椅子里站起来,手中还拿着一本翻开的书。"我可以给你拿点有助睡眠的东西,如果你需要的话。"

"不用,谢谢你。"多里安说。他望着这个人,他已经修剪好了头上的须发,正站在自己曾经多次渴望来拜访的大厅里。如果多里安能想象出一个地方,让他忘记自己从哪里来,要到哪里去,那就是这里。

"我要走了。"他对旅店主人说。

多里安走到旅店门口，打开门。他以为面前会是雪地和森林，但他看见的却是一个阴暗无光也没有雪的洞窟。远处有一道影子，像一座山，可能是一个城堡。太遥远了。

"把门关上，"旅店主人在他身后说，"拜托。"

多里安犹豫了一下，然后关上了门。

"这个旅店只能把你送到你要去的地方。"旅店主人告诉他，"但是那里，"他指着那扇门，"在那深处，只有猫头鹰才敢飞过去等候它们的国王。你在毫无准备的情况下是不能去的。"

他穿过大厅回到壁炉前，多里安跟着他。

"我需要准备什么？"多里安问。

旅店主人还没回答他，门就开了，连门的折页也敞开了。一阵大风夹带着雪花先闯了进来，风雪之后进来了一个穿着兜帽斗篷的旅人。那件长袍是夜空的颜色，上面用银线绣着满天星辰。即使在旅人放下兜帽后，她黑色的头发上依然沾着雪，她的皮肤上也有雪花在闪闪发光。

在她身后，门自己砰地关上了。

月亮径直走向多里安，她走过去的时候从斗篷里拿出一个长条形的包裹，卷在深蓝色的丝绸中。

"这是给你的。"她说着，把它递给他，没有做多余的介绍，"你准备好了吗？时间不多了。"

多里安还没打开这层绸布就已经猜到包裹里装的是什么了。他的手感觉到了它熟悉的重量，虽然他之前只是在梦里拿过它一次。

（当剑从剑鞘中被拔出来时，如果可以的话，它会松一口气，因为它之前一次又一次地被遗失再被找到，而它知道这会是最后一次。）

"我们不能把他送到那里去，"旅店主人对他的妻子说，"那是……"他无法让自己说出那里是什么地方，而无法说出的危险比多里安能想象的任何情况都更糟糕。

"那是他想要去的地方。"月亮坚持道。

"我在那里会找到扎卡里的，对吗？"多里安问。

月亮点了点头。

"我要去那里。"

（一时间没人说话，只有风在呼号，炉火在噼啪燃烧，故事在不耐烦地继续嗡嗡作响，像一只猫在打呼噜。）

"我去拿他的包。"旅店主人说，留下多里安一个人和月亮待在一起。

"这个旅店是一个被拴住的空间，"她告诉他，"无论潮水如何变化，它都会保持原来的样子。一旦你离开这里，你就会回到脱离束缚的状态，你将无法相信自己遇到的任何事物。那些藏在暗处的东西，无论它们曾经是神是人还是故事，现在都已经变成别的东西了。它们会改变自己来适应你，这样它们就能在你要走的路上拖住你。"

"适应我？"

"就是吓唬你，迷惑你，或者引诱你。它们会利用你的思想，让你自投罗网。我们存在于所谓故事或者神话的边缘。可能会寸步难行。你要紧紧抓住你所相信的东西。"

"要是我不知道自己相信什么该怎么办呢？"多里安问。

月亮用夜晚般漆黑的眼睛望着他，有那么一瞬间似乎她会对他说什么，比如发出警告或者许下愿望，但她只是握住了多里安的手，抬起它放在她的嘴唇上，然后就松开了他。这个动作简单而深刻，他在其中找到了自己那个问题的答案。

旅店主人拿着多里安的包回来了。它现在更沉了，多里安能感觉到那个装着心脏的盒子已经被放进了包里。也许他应该把心脏还给命运，但他决定还是专心一点，一次只完结一个故事。

多里安打开旅店的门，眼前还是那片阴暗的景色，和刚才一样。远处的影子看起来更像是城堡而不是山。甚至有一扇窗户似乎亮起了灯，但距离实在太远，无法确定。

"愿诸神保佑你。"旅店主人说。他在多里安的嘴唇上留下了一个极轻的吻。

多里安带着一柄剑和一颗心脏迈进未知之地，把那个旅店留在了身后。

离开时，大风在他背后呼啸，而他在为即将发生的事情担心。可凡人听不懂风的愿望，无论它的喊声有多么响亮。于是这些最后的警告被忽视了。

卡特里娜·霍金斯的秘密日记节选

我觉得自己好像以前听说过猫头鹰之王,但我不记得是在哪里听到的。

我问过艾琳娜,那天晚上下课后她要跟小扎说什么,她说他一直在图书馆查询一本古怪的书,可它不在借阅系统里,后来他又回去寻找过同一个机构捐赠的其他书籍,简直就是在图书馆里做侦探(她的原话),但她并不知道原因,而他也没有说过。她提到了其中一些书(包括最开始的一本)还处于缺失状态,所以有可能在他手上。

她给了我一个名字,就是她从被捐赠的图书里找到并交给他的名字。J. S. 基廷,于是我做了一些调查。我调查了不少情况。

乔斯琳·西蒙娜·基廷,生于1812年。关于她的信息不多,没有婚姻记录,也没有子女情况,什么都没有。听起来她似乎已经与家族断绝了关系。基廷家的其他人:一位兄弟,已婚,无子女,只有一个"被监护人",没有姓名,十几岁时就去世了。兄弟的妻子去世后,他又结婚了,然后第二任妻子也去世了,后来这位兄弟活了很久,我猜他死的时候是独自一人。还有两个基廷家的表亲,他们都在二十几岁时就去世了。这就是基廷一家的结局，或者说这只是他们家族中的一支血脉，因为这是一个挺常见的姓氏。

乔斯琳没有死亡记录。至少我没有找到。

可这些书却是以她的名义捐赠的，而且距今大概不到三十年吧。艾琳娜允许我在她的主管去吃午饭时来查阅图书馆的文件，我找到了完整的记录，但当时这份记录没有电子版，因为他们还在移交中。这是一份分辨率很低的扫描件，内容是一张手写的纸，上面的字有一半都难以辨认。

但这里提到了某个基金会和捐赠说明。一位女士将自己收藏的书籍留给了一大堆分布在不同国家的大学，有的学校甚至在她去世时都还不存在呢，这是怎么做到的？我的意思是，说真的，即使她能活到一百岁，那个学校也是在……笔算一下，哇哦……她去世后四五十年才建成的。

艾琳娜帮我找到了其他赠书，其中有一些书太现代了，不像是一位生活在19世纪的女士所拥有的书。书中有些爵士时代才有的东西。也许这并不是"她"的藏书？也许只是以她的名字命名而已？或者只有基金会，而名字则是早年某个机构遗留下来的。我在任何地方都找不到基廷基金会的信息，就好像它根本不存在。

其中一本书里又出现了那个蜜蜂的图案。在封底的条形码标签之下，用褪色的墨迹画着蜜蜂-钥匙-剑。

这一切都太奇怪了。而且这种奇怪似乎不是好事。我喜欢奇怪的好事。

我关闭了自己的Twitch[1]账号，因为有人一直在我的聊天中刷蜜

---

[1] 一个面向视频游戏的实时流媒体平台，主要用于观看游戏直播。

蜂的表情符号。

我的手机收到了一条匿名信息,写着:

不要再打听了,霍金斯小姐。

我没有回复。

我与小扎之间所有的往来短信都不见了。

预言家的儿子坐在树林中央的一把椅子上,周围挂满了钥匙,星光洒落林间。他在对一个冰雪做成的女人说话。

一开始他不知道该讲什么。

他觉得自己不是一个会讲故事的人。他从来都不是。

他想到了他小时候听过的所有故事,有神话传说,还有童话和卡通。

他想起《甜蜜的忧伤》和里面那个馆长要通过的测试,他们讲故事的时候被钥匙包围着,他们可以讲任何故事,除了自己的故事。可是他没有故事可讲。

他没有练习过,也没有准备好。但这个请求是不受任何限制的。

给我讲个故事吧。

这个请求没定规范,也不设条件。

于是扎卡里开始讲了,起初他犹豫不决,但慢慢就放松了下来,仿佛是和一位老朋友在灯光昏暗的酒吧里,一边喝着精心调制的鸡尾酒一边聊天,而不是坐在冰雪覆盖下童话般的树林里,对着一个沉默的雕像说话。

他先从一个十一岁的男孩讲起,讲他在一条小巷里发现了一扇画出来的门。他详细地描述了那扇门的样子,包括那个画出来的钥匙孔。他告诉她那个男孩没有把门打开，后来他希望自己要是打开门就好了。接下来的很多年，他偶尔会想起它，那扇门萦绕在他心头，至今还在。

他和她讲起自己搬到一个又一个地方，对任何地方都从未有过归属感，无论他走到哪里，都常常会希望自己身在别处，最好是某个虚构的地方。

他对她说自己担心这一切都没有任何意义。什么都不重要。他是什么样的人，或者说他自认为是什么样的人，都只不过是在谈论别人的艺术作品。他执着于故事、意义和结构，他希望在自己的世界里一切都井井有条地展开，却从来没有如愿，恐怕以后也不会。

他把自己从未告诉过任何人的事情都讲给她听。

他讲到了那个人，让他经历了漫长而持久的心碎，从此无法区分爱情和伤痛。如今这段感情已经结束很久，每当他试图整理自己的心情时，他感受到的只有一片空虚。

他告诉她，后来大学的图书馆成了他的试金石。每当他觉得自己情绪低落时就会到那里去，找一本没读过的书，然后沉湎其中，暂时成为另一个时空中的某个人。他仔细地讲述了图书馆里发生的事，从经常坏掉的电灯泡讲到发现那本《甜蜜的忧伤》，而那一瞬间竟然出乎意料地改变了后来的所有瞬间。

他把《甜蜜的忧伤》念给她听，当星光太暗，无法照亮那些字时，就依靠记忆来讲。他向她说起了多里安的童话，关于城堡、剑和猫头鹰，关于迷失的心、丢失的钥匙和月亮。

他告诉她，他总觉得自己在寻找什么，总会想起那一扇没被开启的门。当他从画出来的另一扇门中穿过时，他感到很失望，而这种感觉一直没有消失。但就在那个保存于时间中的金色舞场里，有那么一瞬间，它消失了。他找到了自己一直在寻找的东西，是一个人而不是一个地方，他在这个特别的地方找到了这个特别的人，然后这个瞬间、这个地方和这个人都消失了。

他讲述了之后发生的所有事情。坠毁的电梯和黑暗中的说话声。他找到了西蒙，他正在自己的神殿中记录着故事。他出来后穿过了一片雪地，路过了那场如梦似幻的节日派对。最后他跟着牡鹿走进树林，带着自己的故事来到这片空地上。此时此刻他们就在这里，描述它的每一个细节，就连她长裙上雕刻出来的船也包括在内。

接下来，他带来的故事里再没有什么可讲了，于是他开始编故事。

他一边猜想她长裙上的一只冰船要开往何方，一边把他的想象说出来。在他说话的时候，那只船开动了起来，它穿过冰刻的波浪，离开米拉贝尔，驶向茫茫雪地。

树林在船的周围不断变化，它从林中穿过，树从它两边消失，而扎卡里还坐在他的椅子上，冰雪做的米拉贝尔在他身边倾听。他在努力往前走，想不出词的时候就会慢下来，走得磕磕绊绊，但他会等待，不会追着它跑，他跟着这艘船和这个故事，前往它们想去的地方。

船还在行走，雪在它周围融化，浪花翻滚，拍打在船身上。

他想象自己正在这艘船上，随着它越过大海。多里安在那里，和他走丢的那只猫头鹰伙伴也在。他还加上了他的波斯猫。

扎卡里为这艘船构想了一个去处，它不会把船上的人送回家，而是要带他们去一个尚未被发现的地方。他要让这艘船带着这个故事前往它不曾去过的地方。

穿过时间和命运，经过月亮、太阳和星辰。

在某个地方有一扇门，门上标记着一顶王冠、一颗心和一根羽毛，它从来没有被打开过。

他能看见它就在自己面前，在阴影里闪闪发光。有人拿着一把能打开它的钥匙。门后是无星之海上的另一个港口，到处是书和船，海浪拍打在一个个故事上，有些是过去的故事，有些是未来的故事。

扎卡里跟着那些故事和那条船走到了远得不能再远的地方，然后又把它们带了回来。回到此时此地，回到大雪覆盖的这一刻，再一次被挂满钥匙的树林围在中间。

他在这里停了下来。

船自己驶回了冰封的长裙上，海怪在那里出没。

扎卡里和米拉贝尔坐在一起，都沉浸在故事结束后的静默中。

他不知道时间过去了多久，如果时间没有停滞的话。

沉默过后他站起来，走到他的听众面前。他微微鞠了一躬，然后向她靠过去。

"它会在哪里结束，麦克斯？"他在她耳边轻声说。

她的头立刻朝他转过来，那双结冰的眼睛空洞地盯着他。

扎卡里愣住了，他惊讶得无法动弹，因为她抬起了手，不是伸向他，而是伸向他脖子上挂的那把钥匙。

她拿起了这把又细又长的钥匙，它曾经被藏在《命运和寓言》里。她把它与指南针和剑分开，将它捧在手心。钥匙上凝结了一层霜。

她从椅子上站了起来，扎卡里也随着这个动作直起身。她的长裙碎了一地，裙子里的船、水手和海怪如潮水般涌进它们冰雪做成的坟墓里。

然后她把手掌连同手中的钥匙一起按在扎卡里的胸膛上，落在他那件大衣敞开的纽扣之间。

她的手很凉，却在燃烧，将那个炽热的金属压进了他的皮肤里。

她伸出另一只手把他拉近了一些,用她冰做的手指抚摸他的头发,把嘴唇贴上了他的嘴唇。

一切都变得滚烫而冰冷,扎卡里的整个世界只剩下一个想象出来的吻,它发生在最明亮的黑暗里,味道像蜂蜜,像冰雪,又像火焰。

他感到胸口一阵紧张,这感觉不断生长,变得灼热。他无法在那具冰雪之躯和他的身体之间分清界限。就在他觉得再也无法忍受的时候,它破碎了,一切停止了。

扎卡里睁开眼睛,想喘口气。

米拉贝尔的冰雪雕像已不知去向。

钥匙也不见了,项链上只剩下剑和指南针。钥匙灼烧的印迹烙在了扎卡里的胸膛上,它将永远留在那里。

其他钥匙也消失了,还有挂钥匙的树。

扎卡里所在的地方不再是树林。

他现在站在一条被雪覆盖的小巷中,如果它是一条真正存在的小巷,绝对不会装得下这么多雪。

他身边出现了一个新的冰雕人像。个头小一些,戴着眼镜,一头鬈发,身穿一件带兜帽的运动衫,提着一个背包,面对一堵砖墙。那堵墙不是用冰雕刻出来的,而是用真正的砖头砌成,大部分墙面都被粉刷过了,披着一层灰白色,与雪融合在一起。

墙上有一扇画出来的门,样式很复杂。

门的颜色相当丰富,有些是金属色。门的正中间原本可能有一个窥视孔,但在与之齐平的位置上却画着一只蜜蜂,非写实风格的线条与其他被画出来的刻纹十分相称。

蜜蜂的下面画着一把钥匙。钥匙的下面是一柄剑。

扎卡里伸手去碰了碰门,他的指尖落在门上的蜜蜂和钥匙之间,它们触到了光滑的颜料覆盖下的冰冷砖块，从略有一点凹凸不平的表面就能感觉出下面的质地。

这是一堵墙。墙上有一幅漂亮的画。

这幅画非常完美，能骗过人们的眼睛。

扎卡里回过身去面对自己小时候的幻影，可那个身影不见了。积雪也不见了。他独自站在一条小巷里，面前是一扇画出来的门。

光线变了。黎明前的微光驱散了满天繁星。

扎卡里把手伸向画中的门把手，他的手握到了一块冰凉的金属，它是圆形的，还是立体的。

他打开门，迈了进去。

于是预言家的儿子终于找到了通往无星之海的路。

多里安行走在地下深处。命运的心脏在它的盒子里,被小心地包裹了起来,装进了背包,绑在他身后。他还带着一把剑,一把比他的年龄还大的剑,而在暗处盯着他的那些东西更加古老,但它们都锋利依旧。

当一把剑被握在一只会使剑的手里时,它就不会忘记如何击中目标。

它的剑锋和多里安那件星形纽扣大衣的袖子上都沾满了血。

自从他离开旅店,就一直有……什么东西在跟着他,一路上还有更多的东西加入了进来。

这些东西想夺走他的生命、他的躯体以及他的梦。

这些东西会钻进他的皮肤之下,披上他的皮囊,就像穿上一件外衣。

在数不清的岁月里,还从来没有任何凡人离它们如此之近,令它们垂涎欲滴。

它们在他身边变幻着形态。它们用他自己的故事来对付他。

多里安没有料到这种情况,即使月亮已经警告在先。

这一切都感觉太真实了。

上一刻他还待在一个洞窟里,注视远方的一点光亮,下一刻他就行走在城市的街头。他能感觉到阳光照在皮肤上，还能闻到经过的车辆排出的尾气。

他不相信自己看到的任何东西。

多里安继续沿着一条拥挤的城市人行道往前走。如果不仔细看的话，会把这个地方当作曼哈顿的市中心。他熟练地躲开了过往行人。

在他经过时，这里的商人、游客和小孩子都转过头盯着他。

多里安避开了与任何人或者任何东西的目光接触。接着他来到了一个熟悉的地标面前，它的两侧各站着一只大型猫科动物。

他以前从来没有注意到"耐心"和"勇气"居然这么大。这两只比真狮子个头更大的狮子用两双有光泽的黑眼睛追着他，那些眼睛并不属于它们。

多里安在图书馆的台阶前停了下来，握紧了他手中的剑，不知道这两只石狮会不会流血，就像他在这里一路上遇见的其他东西一样。

他做好准备，等着那些狮子扑过来，然而却有东西从身后抓住了他，勾着他的脖子，将他拉到了大街上。

它把多里安甩到一辆出租车的侧面，喇叭的尖叫声让他失去了平衡，但他的手始终握着他的剑。他站稳后就挥剑出击，那把剑迅速而准确地命中了目标。

他砍倒的东西一开始看上去像是一个提着公文包的商人，然后变成了一团形状不定的影子，从中冒出了很多手和脚，接着又变成了一个大哭的小孩，最后消失不见了。

街道、出租车、图书馆和石狮也随之消散，只留下多里安一个人站在一个巨大的洞窟里。

他头顶上是一片没有星光的黑暗，如此辽阔，让他几乎快要相信它就是天空了，虽然他知道它不是。

远处有一座城堡。最高塔楼的窗户里有一道亮光。多里安能看见它，还有它下方微微发光的海岸。他让自己的目光盯住它，因为城堡不会移动，也不会变化，而这个地下世界里的其他东西都会，所以他把它当作一个灯塔，为他指路。

血流进了他的靴子，那些都不是他自己的血，它们从他迈出的每一步里渗出来。

他脚下的地面变了，从石头变成了木头。然后它开始倾斜，随着并不存在的波浪摇来晃去。

他在一条船上，行驶在一片开阔的海域，头顶是晴朗的夜空。

他面前的甲板上站着一个身穿皮毛大衣的身影，看上去像是阿勒格拉，但他知道那不是真正的阿勒格拉。

它们想夺走他的武器。

多里安抓紧了那把剑。

卡特里娜·霍金斯的秘密日记节选

他们在监视我。就是现在,在我写字的时候。

我在面馆排队准备点一份拉面时,站在我身后的一个陌生人开始和我搭讪,问起我 T 恤上的那句"读书的女人是一种危险生物",又问我有没有去过附近其他的拉面馆。后来在我点餐的时候,他往我包里放了什么东西,不知道是不是窃听器之类的。等他离开之后,我会把包里所有东西都倒出来检查一遍。现在这个人就坐在餐馆的另一头,似乎是一个很"得体"的距离。他正在埋头看书,我认得这个封面,但看不见书名。就是那种新上市的、摆在前台专柜上卖的书。但他没有看进去。他已经把书翻到了接近结尾的某一页,而对于一本快要读完的书来说,它的封皮太新了,因为这是一种很容易沾上手印的封面,特别是当你喜欢一边看书一边进食的时候。

在这方面我大概是越来越擅长了。

反正这个人既没有好好看书,也不怎么吃面。他在细节处理方面糟糕透了。他注视着我写字,还上下打量我的日记本,就好像他正在盘算如何趁我不注意时把它抢走。

我可一直盯着呢。

除非我死了,否则你休想得到我的《探险时光》日记本。你完蛋了。

---

1 美国动画剧,于 2010—2018 年分 10 季播出,共 283 集。

这让我想起了那天晚上在狮鹫酒吧监视小扎的那个男人，不过眼前这个家伙更年轻一些，也没有那么迷人，就像一只训练有素的银狐。

（不久前，我也试着去找过那个男人的行踪。我问了酒吧里很多女侍者和调酒师，但只有一个女侍者记得他——她说自己想跟他调调情，他拒绝了她，不过态度非常好——可她之前从未见过他，后来也没有。）

这个人现在明白了，我是不会比他先离开的。绝对不会。如果他想跟我坐在这里耗下去，那我就学那种间谍电影里逃跑的经典桥段，穿过厨房从后门溜走。

这会儿，我在这场拉面馆的较量中大获全胜，那家伙终于走了，一副拖拖拉拉、极不情愿的样子，就好像他很舍不得面碗里剩下的那点东西一样。

在过去的半个小时里，他的那本书只翻动了两页。

我离开时往另一个方向绕了一大圈，现在我停在公园里，把包里的东西全都倒了出来。

我找到了一个微型纽扣式发射器，大约是手表电池的大小，有粘性，所以即使我把包倒空了，它也可以一直留在里面。要是我没看见他把它扔进来的话，就永远也不会发现它。我不知道这是一个定位装置还是一个传声器，或是别的什么东西。

这一切真是太奇怪了。

现在到家了。

在回家的路上，我给我的房门又买了一条锁链，还买了一个移动探测器。

然后我烤了一些肉桂酸奶油小饼干，因为已经把鸡蛋拿出来了，于是我又给自己调了一杯三叶草俱乐部鸡尾酒[1]。当我开始舒舒服服地把《黑暗之魂》[2]再玩一遍时，我对人生、自我和存在的感觉才好转了起来。

屏幕中每次显示"你死掉了"的时候，我都感觉更好了一些。

你死掉了。

你死掉了，而世界依旧在运转。

你死掉了，感觉并不赖，对吗？来块小饼干吧。

我坐在那里，哭了半个小时，但我感觉好多了。

我觉得小扎已经死了。瞧，我说出来了。而且我还把它写下来了。

我想，在某一时刻，我已经停止寻找他了，转而开始寻找原因，现在正是这个原因让我很烦恼。

我把那个疑似是跟踪装置的东西放在了公园里一只猫的身上。

1　制作这款鸡尾酒需要使用蛋清。
2　一款角色扮演的电子游戏。

预言家的儿子走进一扇门，来到一个宽敞开阔的洞窟里，它在地表以下很深很深的地方。它在港口之下，在城市之下，也在那些书的下面。

　　（他随身所带的那本书是被带下来的第一本书，竟然来到了这么深的地方。这里的故事从来没有被这样装订起来过，它们都是散漫而天然的。）

　　扎卡里怀疑自己也许从头到尾都待在这个洞窟里，他在洞中行走时看到的东西只是在视觉上和感觉上像雪，像树，像星光。也许他现在穿过了自己的故事，从故事的另一头走了出来。

　　有东西在拍打他的脚踝，动作很轻，却一直没停。他低头一看，发现了他那只波斯猫熟悉的扁脸。

　　"嘿，"他说，"你怎么到这下面来了？"

　　猫没有回答。

　　"我听说你在找我。"

　　猫对这个说法既未肯定，也未否定。

　　扎卡里回头看了看身后，毫不惊讶地发现他刚刚跨过来的那扇门已经消失了。它原来所在的地方是一道悬崖，高耸的峭壁顶上或许有一座房子，不过从这个角度很难看到。

猫又一次把脑袋抵在扎卡里的腿上,朝相反的方向推他。

这个方向上有一大片石滩,尽头是一座山脊。山的另一边传来一片微光。

他听见了海浪声。

"你要一起来吗?"扎卡里问那只猫。

猫没有回答,也没有走动。它坐在那里,安静地舔着一只爪子。

扎卡里往前走了几步,离那座山更近了一些。猫没有跟上来。

"你不来吗?"

猫盯着他。

"好吧。"扎卡里说,不过他并不是这个意思。"你会说话,对吗?"他问。

"不对。"猫说。它垂下脑袋,转身离开,走进了阴影里,留下扎卡里哑口无言地看着它的背影。

他注视着那只猫,没过多久就看不见了,然后他继续朝那座山的山脊走去。当他爬到足够高的地方,能看清楚山那边是什么的时候,他明白自己现在所处的位置了。

扎卡里·埃兹拉·罗林斯站在无星之海的岸边。

这片海在发光,像透过琥珀照过来的烛光。海面上笼罩着永不落下的夕阳。

扎卡里深吸了一口气,以为会闻到海水刺鼻的咸味,但这里的空气中充满丰润和甜美的味道。

他走到岸边,望着海浪裹住岩石,一会儿靠近,一会儿后退。他聆听着海浪发出的声音,那温柔而宁静的低吟。

扎卡里脱下鞋子,把它们放在海浪够不到的地方,然后一脚踩进轻轻翻滚的波浪里,在海水紧紧握住他的脚趾时,他笑了起来。

他弯下腰，用一只手拂过蜂蜜的海水。他抬起一根手指，放进嘴里，试着舔了舔。他以为那会是咸的，但他尝到的却是甜味。他不确定自己是不是想在这样的海水里游泳，虽然它的味道很美。

要不是自己早就开始相信那些不可能的事情了，他会怀疑这不是真的。

现在是怎么回事？他想，但这个问题几乎立刻就从他的脑海中消失了。这并不重要。它在此时此刻是不重要的。在这个让时间变得脆弱的地下深处也是不重要的。

因为现在这就是他的整个世界。没有星星，无比神圣。

无星之海在他面前延伸向远方。海的那一边有一座幽灵城市，空荡荡，黑漆漆。

在他的脚边，在海水触碰到海岸的地方，有一样东西。扎卡里把它捡了起来。

那是一个破裂的香槟酒瓶。看上去似乎已经在这里有些年头了。它的商标已经磨损，断裂的边缘上有参差不齐的缺口，非常锋利，蜂蜜从上面滴落下来。

扎卡里抬头望向这片幽深的黑暗。头顶上那座赫然耸立的建筑看起来像是一座城堡。

在它后面，扎卡里能看见盘旋向上的层层叠叠，能看见比别处更深的阴影，还能看见呈曲线向外移动的空间，那上面缀着点点亮光，却不是星星。

他为自己居然走了这么远而惊讶了好一会儿，一边在手里翻转那个破酒瓶，一边回忆着楼梯和舞场的样子，它们都在他头顶上那么高的地方。

他听见身后有脚步声在靠近。他想，既然已经到了无星之海，既然曾经尚未到达的地方就在眼前,那么也是时候该再次找到命运了。

"你好,麦克斯,"扎卡里向她问好,"我找到了你的——"

他转身时看到身后的人做了一个奇怪而迅速的动作。他的视线在一瞬间便被阴影笼罩,变得一片模糊,当他看清楚时,他发现站在面前的人并不是米拉贝尔。

是多里安。

扎卡里想叫出多里安的名字,却没能开口。多里安盯着他,震惊地扬起了眉毛。扎卡里感到窒息,他以前从来没有遇到能真正让自己无法呼吸的人,也许他确实坠入了爱河,但是等一下,他现在真的要窒息了。他头晕目眩。那片海散发出的亮光消失了。破裂的香槟酒瓶从他的指间落下,摔得粉碎。

扎卡里·埃兹拉·罗林斯低头看着自己的胸口,多里安的手出现在那里,握着剑柄。正当他意识到发生了什么的时候,一切都暗了下去。

卡特里娜·霍金斯的秘密日记节选

我坐在狮鹫酒吧后部的卡座里喝酒看书,没有挡住任何人的视线。然而这位身穿白色毛皮大衣的大婶就这样坐到了我对面的座位上,好像我一直在等她似的。她的一只眼睛是蓝色的,另一只则是棕色的。她手里拿着一杯清澈透明的马提尼酒,杯子里放了两个(配对的)橄榄。玻璃杯上还结着水汽,她应该是刚从吧台把它取过来的。

"找到你可真不容易啊,霍金斯小姐。"她说着露出一个讨好的假笑,看上去很像是真心的。

"不难找。"我说,"这个城市没那么大。我常去的酒吧就那么两家。你大概把我的课程表也搞到手了,是吗?根本不需要那些跟踪装置。"

她不笑了。绝对是他们中的一个,不过现在我遇上了大人物,这位女士是专业的。这一回不是坐在屋子的另一头显眼地盯梢了。

她一言不发,于是我问道:"它原先是什么动物?"我朝那件巨大的毛皮大衣点了点头。她丝毫没有低调一些的意思,这让我有点佩服。

"它是仿的。"她说,这个回答令人失望。"这本书怎么样?"她拿着那杯马提尼酒朝我这本《了不起的作家》[1]示意了一下。

---

[1] 原名为 *The Kick-Ass Writer*,出版于2013年,作者查克·温迪格(Chuck Wendig, 1976—),是一本介绍如何写故事、出版小说和吸引读者的书。

"这是上课用的。"我说的是实话。我不想多说。我从没想过这些人真的会跑来找我聊天。

"你很想他,是不是?"她这句话所指的是我喝的酒。边车鸡尾酒。我点了这一款是因为我想不出别的酒了。我只想离开公寓,找个地方坐一坐。我忘记告诉他们少放点糖了,搞得杯柄上黏糊糊的。

"你知道他在哪里吗?"我问。

她没说话,但她的眼神很古怪——是那只棕色眼睛里的眼神,我觉得那只蓝色眼睛像是得了白内障,一片浑浊。我形容不出那眼神,我知道这听上去就好像下一刻该说"啊哈你果然知道他在哪里"了,但我没有说。她看着我,喝了一口她的马提尼,又把酒杯放下,这时她说:"分手的事肯定让你很伤心吧。"

我没有告诉任何人我和莱克西分手了。当我开始调查小扎出什么事了的时候,小莱对我很生气,她说他多半是自己离开了,还说我这么愤怒是因为他没有告诉我。于是我指责她在自己的一个戏剧寻宝游戏里搬用了蜜蜂-钥匙-剑的元素。然后她说我"浪费了她的时间",这么说似乎太过分了,我不确定自己是不是很伤心。我感觉还行。我觉得自己可能暂时不想谈恋爱了。事物都在变化,现在就变得特别快,一切都和一周之前不一样了。不过雪依然在下,这一点倒是没有改变。

"不算太伤心吧。"我说。

"可你身边不再有人了呢,"那位女士说,"不算有吧。"

我很恼火,因为她差不多说对了,但我是不会告诉她的。我拿着笔记本和我的功课,独自坐在这里喝酒,就是因为我不想和其他任何人一起喝。没有人陪我。她说这话的语气似乎在暗示,她已经知道我的家人也不怎么喜欢我。

我什么都没说。

"你只有一个人。你不想找个归宿吗？"

"我就待在这里。"我说。我不明白她是什么意思。

"能待多久呢？"这位女士问道，"你会在这里读两年的研究生，因为你不知道除此之外能干什么，而之后你就要离开了。有一个比你自己更伟大的存在，你不想成为其中的一员吗？"

"我不信教。"我告诉她。

"它不是宗教组织。"她说。

"那它是什么？"

"恐怕我无可奉告。除非你答应加入我们。"

"是那种邪教还是别的？"

"别的。"

"我需要知道更多的信息。"我告诉她。我喝了一口自己的边车鸡尾酒，因为这似乎是一个合适的举动，但它把我的手指弄得黏糊糊的。在鸡尾酒的杯口撒糖真是愚蠢的行为。"还是说，现在的情况是'我已经知道得太多了'？"

"你确实知道得太多，但我不太担心这个。就算你想把你知道的事情告诉别人，或者说把你自以为知道的事情说出去，也不会有人相信你的。"

"因为这一切都太不可思议了？"

"因为你是女人，"她说，"这让你更容易被当作疯子。歇斯底里的那种。如果你是男人，它就会被当作一件大事了。"

我什么都没说。我在等她给我更多的信息。她盯着我看了很长时间。她眼睛里的蓝色绝对不是天生的。

"我很喜欢你，霍金斯小姐，"她说，"你很执着，我欣赏执着的品质，但它要被用在正确的事情上。目前你的执着就用错了地方，不过我觉得我可以让它得到很好的利用。你聪明、坚决、热情，这些都是我在寻找的品质。而且你是一个会讲故事的人。"

"那又怎么样？"

"这就意味着你会喜欢我们所感兴趣的领域。"

"文学慈善事业，对吗？可我认为文学慈善组织不会玩神秘团体的这一套。"

"慈善组织只是一个掩护，这你是知道的。"那位女士说，"你相信魔法吗，霍金斯小姐？"

"是阿瑟·克拉克[1]笔下那种'科技足够发达，与魔法难以区分'类型的魔法，还是真正有魔力的魔法？"

"你相信那些神秘的、奇异的、不太可能发生或者不可能发生的事情吗？你相信那些别人以为是梦境或者是想象的东西真的存在吗？你相信童话吗？"

我感觉自己的肚子一沉，落到了脚上，因为我真的一直是那个永远相信童话的小孩。但我不知道该怎么办，因为我已经不小了。我二十多岁了，坐在一个鸡尾酒吧里，从来不觉得年纪大了会喝不动酒。于是我说："我不知道。"

"你知道，"这位女士说，又喝了一口马提尼，"你只是不知道怎么承认它。"

我可能对她做了一个鬼脸，但我不记得了。

我问她想要我做什么。

"我想要你和我一起离开这个地方，再也不回来。你将抛下你的人生和你的名字。你将帮助我保护一个地方，大多数人都不相信

---

[1] 阿瑟·查尔斯·克拉克（Arthur Charles Clarke，1917—2008），英国科幻小说家。

它的存在。你将背负一个使命。而总有一天,我会带你到那个地方去。"

"我不太相信'总有一天'这种话,抱歉。"

"是吗?你一直躲在学术的象牙塔里逃避真实的世界。"

这句话,我觉得,是一个非常卑鄙的人身攻击,就算它说中了,在当时也激怒了我,所以我说:"大姐,如果你有一个童话仙境可以去,那你干吗还待在酒吧的角落和我说话?"

她用古怪的神情看了我一眼,我不知道是因为我喊她"大姐"还是别的什么原因。她停了下来,想了想这句话,而对于我说的大部分话,她都没有这么在意。不过接下来,她只是从口袋里拿出了一张名片,从桌上推到我面前。

上面写着"收藏家俱乐部"。

还有一个电话号码。

在最下方还有一把小小的剑。

实话实说:我确实有点心动。我的意思是说,一位年长的女士给你提供一份童话世界里的执法工作,比如她就是仙境里的警察,这种机会多久才能碰到一次?但总感觉有些不太对劲,我喜欢自己的名字,而她对小扎的事情总是避而不谈,这让我很生气。

"扎卡里接受你的工作邀请了吗?还是说他就是那个把你们俱乐部烧掉的人?"我问,估计这两者中有一个是肯定的。从她脸上的表情来看是后者。那个假笑又回来了。

"我能告诉你很多你想知道的事情,但首先你要答应我的条件。在这里你什么都得不到。你不好奇吗?"

当然啦。我超级无比好奇。我好奇得不得了。我想告诉她,如果她能让我和小扎说上话,或者能证明他还活着,那么我会考虑一下那个邀请,但我能感觉到她不是那种愿意讨价还价的人。如果我现在不跟着她走，我就永远也别想再见到这位女士了。

"我不好奇。"我回答她。她看上去有些失望，然后又恢复了镇定。

"我说什么才能让你改变主意？"她问。

"你的眼睛怎么了？"我问，虽然我知道无论她说什么都不会改变任何事情了。

听了这个问题，她对我露出了真正的笑容。

"很久以前，我献出一只眼睛，换来了一种看的能力。"她说，"我相信你是知道的，魔法需要献祭。于是多年来我都能一眼就看透整个故事。但现在它失灵了，在这里不管用了，因为我做了一个决定，它就离我而去了，只留下现在这种模糊的视力。有时我会怀念那片清晰的视野，不过话说回来，这就是献祭。"

我几乎相信了她的话。我望着她，那只浑浊的蓝眼睛也望着我，我们头顶上的一只老式灯泡将光线投在它上面；那只眼睛并没有患上白内障，反倒有如一片有暴风雨盘旋的天空，非常清晰。一道闪电从眼中划过。

我一口气喝完了那杯边车鸡尾酒，双手都傻乎乎地沾着黏黏的糖。我伸手抓起了自己的书、书包和外套，站起身，把书举到前额上，向她示意告辞。

我把那张名片留在了桌上。

我就这样匆匆离开了。

"我很失望，霍金斯小姐。"她在我走的时候说。我没有回头，也没太听清她后来说的话，但我却知道她说了什么。

"我们会一直盯着你的。"

预言家的儿子死了。

他的世界变成了一片无法想象的黑暗，空寂而无形。

在那片无形的黑暗中，出现了一个声音。

你好，罗林斯先生。

那声音听起来非常遥远。

你好，你好，你好。

扎卡里感觉不到任何东西，就连他脚下的地面也感觉不到。这么说来，他甚至对自己的双脚都失去了知觉。这里只有一片虚无和一个遥远的声音，除此以外什么都没有。

后来就有了变化。

就好像睡醒时不记得怎么睡着的一样，但他并不是逐渐醒来的。他的意识忽然令人震惊地恢复了，而他的存在却出乎意料地暂停了。

他回到了身体中。或者说回到了身体的某种形式里。他躺在地上，穿着睡裤，没穿鞋，还披着一件外套，他依然觉得它是西蒙的，但无论是这件衣服，还是它在经历死亡后的另一种存在，它们都明白自己属于这个把它们穿在身上的人。

他的胸膛上有一个刚刚烫印上去的钥匙标志，却没有伤口，也没有血迹。

而且他没有心跳。

不过有一件事让他毫不怀疑地认定自己真的死了,那就是他的眼镜不见了,而他眼前的一切都非常清晰。

对于人死后可能会是什么样,扎卡里的认知经常在变,从虚无一片到轮回重生再到自我创造的无限宇宙,但最终都会回到同一个观点上,那就是当他死后,他会发现所有的猜测和假设都毫无意义。

而现在他已经死了,躺在海边,这里与他刚死时所在的海边很像,但并非同一个地方,只是他太生气了,还没注意到它们之间的区别。

他试着去回忆发生了什么,他的记忆痛苦而清晰。

多里安回来了,就站在他面前。那一瞬间他找到了自己一直在寻找的东西,但接下来的故事却没有按预料中的样子展开。

他以为自己最终(终于)会得到那个吻,以及更多的东西。他在脑海中反复回放那些最后的瞬间,他要是早点知道它们就是生命的最后时刻该多好。不过即使他早就知道,他现在也不知道自己会做些什么,如果他那时来得及做出反应的话。

那个出现在无星之海岸边的人确实是多里安。可能多里安没有认出他。他当初在那片雪地里也没有认出多里安。那时他也举起了同一把剑,可这一次,多里安的确知道如何用剑。

这感觉就像是所有的碎片都被放到了正确的位置上,才有了眼前这一刻,而其中一半碎片都是他亲手拼上去的。

他在生自己的气,为自己所做的很多事情,也为自己没完成的很多事情。他浪费了很多时间去等待他的人生被开启,而现在它结束了。这时他转念一想,忽然将怒气全都撒到了另一个人的身上。

扎卡里站起身,对着命运大叫起来,但命运没有回答。

命运不在这里。

这里什么都没有。

你来这里是因为我需要你做一件我无法完成的事情。

这是米拉贝尔说过的话,在电梯坠毁后,在一切开始之前。

她需要他去赴死。

她早就知道了。

她一直以来都知道这件事会发生。

扎卡里又一次想要大叫起来,但他没忍心这么做。

他只是叹了口气。

这不公平。他的人生才刚刚开始。在他的故事里,他才走了一半的路程,还没有走到结局,也不会出现在这种像死后收场白似的情节里。

他什么都没做到,一事无成,是不是?他不知道。他找到了一个迷失在时间里的人,或许是他自己迷失在了时间里。他一路来到了无星之海。他找到了一直在寻找的东西,又失去了它,全部都发生在刹那之间。

他想确认一下自己是不是在这一切发生之后有所变化,因为故事的本质不就是变化嘛。他感觉自己和之前是不太一样了,但他无法将这种不一样的感觉和身体内部发生的变化进行比较,因为他现在没有心跳,还光着脚站在海边上。

海边。

扎卡里向那片海望去。这不是他片刻(是片刻吗?)之前所在的那个海岸了。它和那里很像,连他身后的悬崖也是相似的,但它们之间有不一样的地方。

这里的海边有一条船。

那是一条小船,船桨整齐地放在座位旁,船有一半在海里,一半在岸上。

船在等他。

它周围的海水是蓝色的。一种很鲜艳却不太自然的蓝色。

扎卡里把一个脚趾伸进那片蓝色中，它飘动了起来。

海水是彩色纸屑。纸屑中有深浅不一的蓝色、绿色和紫色，边缘还有白色，代表海浪。它在向外延伸，远离海岸的地方还掺杂着一些彩色纸带，卷曲的长条纸装扮成了一排排波浪。

扎卡里抬头看了看身后悬崖上那座赫然耸立的房子，毫无疑问那是一座城堡，但它是由涂色的纸板搭起来的。从他所站的地方望去，能看出它只有一个正面，只有两面墙和一些窗户，没有结构和维度。一座城堡的形象被画了出来，跃然于眼前，从更远的距离看过来时就会被它欺骗。

城堡后面是星星：巨大的纸折星星挂在细线上，那些线消失在黑暗里。流星停在半空，行星的位置有高有低，一些有行星环，一些没有。整个宇宙都在。

扎卡里转过身，眺望着纸做的海面。

海那边有一座城市。

城市散发着闪烁的光芒。

刚才一直在他心中翻滚的各种情绪都平息了下来，被一种意想不到的平静所替代。

扎卡里低头看着小船。他捡起一只桨。它拿在手中很轻，但是真实存在的。

他把小船推进纸做的海中，它浮在水面上，把纸屑做的海水搅动了起来，打着圈儿。

扎卡里又望了望海那边的城市。

显然他还没有完成任务。

尚未完成。

命运还没有放过他,即使死亡也不能摆脱。

扎卡里·埃兹拉·罗林斯踏进小船,划了起来。

卡特里娜·霍金斯的秘密日记节选

你好日记本，好久不见。

最近一切都还算平静。在酒吧遇到那位女士之后，我不知道该怎么办。很长一段时间里我都疑神疑鬼，不敢写任何东西，也不敢谈论任何事情，于是只有埋头工作。时间渐渐过去，什么都没有发生，现在已经是夏天了。

好吧，确实发生了一件事，当时我没把它记下来。

有人给了我一把钥匙。在我学校的信箱里。那是一把沉甸甸的黄铜钥匙，但它的顶部是一片羽毛的形状，所以它看上去像一支羽毛笔，底端不是笔尖而是钥匙上的锯齿。它上面用细线拴着一个标签，就是那种旧式的包裹挂牌，上面写着：致凯特，在那一刻到来时。我以为这是邀请我去参加某个人的论文项目，但在那之后什么都没有发生。它还在我这里。我把它挂在了我的钥匙串上（那片羽毛环绕在顶部）。我没有取下那个标签。也许我还在等待那一刻的到来吧。

我以为在酒吧里遇到的那位女士还会回来。我猜，这就好比是"拒绝召唤"，而我并没有踏上所谓"英雄的征途"。我觉得在当时这是一个正确的决定，但是要知道，人是会好奇的。如果我没有拒绝的话，那接下来又会发生什么呢？

这就是我要开始研究的事情，虽然这是计划之外的行动。我暂时什么都没做，我不知道自己想做什么，也完全不知道自己想要的是什么，所以我一直在思考自己想要什么，我的思绪也不断回到这种以游戏形式来讲故事的方式上。我开始意识到，如果这是一场游戏的话，那么这一切就是一个正在进行而且相当不错的游戏。这里有一部分间谍电影的情节，有一部分童话故事的情节，还能选择你自己的冒险路线。这是一个拥有宏大叙事线的故事，不拘泥于一种类型或者一条路，它会变成各种各样的故事，却又都是同一个故事。我试着设想了一下那些在游戏里能做到而在书里做不到的事情，试着去写出更多的故事情节。书是用纸做的，而故事是树。

你在酒吧里遇到某个人。你去跟踪他们，或者不跟踪。

你打开一扇门。或者不打开。

任何一种选择的关键都是：接下来会发生什么？

这样做占用了不少笔记本，数量多到离谱，里面写满了各种可能性，但情况有了一些进展。

接下来发生在这款《真实人生》游戏中的是，我找到了乔斯琳·基廷。算是找到了吧。

我找到了西蒙娜·基廷。

几个月前我请我在伦敦的朋友普里蒂去图书馆帮我调查一下关于基廷基金会的事情，但后来我没有收到任何消息，所以我以为她什么都没找到。然而就在昨天，她给我发来短信说她发现了一些资料，问我是否还需要。

她大概会觉得我疯了，因为我给了她一个全新的邮箱地址，还让她把所有资料发送后立刻给我发短信，这样我就能马上把它们打印出来，然后删除邮件。我还让她发完邮件后也把它删掉。但愿这么做就够了。我说过：最近总是疑神疑鬼的。

显然，以前这个英国图书馆团体并非是"正规"的图书馆团体。它的成员大多数都是不被普通社会团体所接受的人。其中有很多女性，但不全是。

他们似乎是一群很厉害的家伙，但有点书呆子气。

这看起来像是一个地下组织，所以没有太多记录。

不过伦敦的某个私人图书馆里存有一些文件，有人找到了它们，还试图查出更多信息，看看是不是够写一篇文章或者出一本书之类的，但从中没有得到任何有价值的东西。

所以说，除了几本笔记里的只言片语和几张照片，并没有恰当的记录表明这是一个正规组织。在褪色泛黄的照片中，人们佩戴着奇异的帽子和宽领带等，身后有一些漂亮的书架，这种书架是由格子组成的，一切看上去都贵重而精致，并且很可能有一些秘密通道暗藏其中。

笔记的碎片不太好辨认，而且我读到的都是扫描件，但我还是看出了如下内容：

……分类的门在新增的三个城市里。A 尚未从江户传回报告。等待回复。失去联系的是……

……怀疑我们正处于轮回之间。我们像前辈们一样忍耐着，恐怕我们的继承者中也会有很多人继续这样做。我们尽自己所能来推动正在进行的事情。

……在下面花了更多的时间。房间已经完成，相信它会发挥作用的。现在一切都建立在信念之上。我们已经讨论过把档案分散存放，为安全着想。J 已经将很多文件转移到了那个小屋……

就这些。剩下的内容有的字迹很淡，看不清楚，有的只是不完整的数字。我不知道其中的含义。要是神秘组织不那么神秘，事情就简单了。还有一些别的内容，都是关于六扇门和某个地方的片断，这个地方位于某个别的地方，存在于"时间之外"；还提到了"最终的轮回"。我也不太明白，感觉有点毁灭之神[1]崇拜者的样子。

然后就是照片。

其中一张照片上有一位金发女士坐在桌前，她没有看镜头，而是低着头，头发高高梳起，正在读一本书。她戴了一条项链，可能是心形的，我无法辨认，也看不出她的年纪。

照片的背面写着"西蒙娜·K"。还有一个日期，不过颜色太淡，我几乎只能看出"1"和"8"两个数字，后面可能跟着一个"6"和一个"5"，我说不准。普里蒂说它们没有别的标签，但她猜测这些可能是19世纪60年代的照片。那些日志片段的时间也不会比这个年代晚太多，否则他们就会把那座城市称为东京而不是江户。

还有一张集体照。书架前有十三个人，或站或坐，看上去都是一副宁愿去读书的样子。照片非常模糊。我知道拍摄老式照片时，人们必须一动不动地站很久，久到离谱。但这群人似乎格外焦躁不安。其中一位女士还在吸着烟斗。所有人都被拍得不太清楚。而且照片的顶部和一侧都浸了水渍。

但在照片后面手写的名字里，有一个是"J. S. 基廷"。好吧，能看清楚的只有"J"和"S"，以及一个"K"或"H"[2]，还有"ing"。

如果这些名字是按顺序排列的，那么她就是站在从右数第二个

---

1 原文为 Gozer，来自游戏《捉鬼敢死队》。来源可能是苏美尔神话中的神，号称"毁灭者"。
2 基廷的英文为 Keating，而"K"与"H"形近。

位置上的金发女士,她正转过身对最边上的男士说些什么,或者是在听他说话,而那位男士几乎已经消失在水渍里了。在照片反面也看不清他的全名,只能看见开头的字母"A"。这位女士和西蒙娜那张照片里的女士是同一个人。

名单下面写着:猫头鹰会议。

预言家的儿子划着船穿过一片纸做的海。

他身后矗立在岸边的房子现在看起来像一座真正的城堡。上边的窗户里闪烁着灯光。最高的塔楼上盘绕着一条龙的阴影。

船桨伸进纸屑和纸带里，搅动出蓝色和绿色的水光，可是这里没有天空，无法映照出这些色彩。

扎卡里望着本应该是天空的那块位置，猜测在上面的某个地方会不会有某个人正在改变这里的世界。

把一条小船移动到大海的另一边。从那么点距离来看，这一定算不了什么。可这一个微小的动作却发生在一个比它大很多的场景里。

在这里，身处大海的中央，感觉一切都变大了。

抵达海那边的城市所用的时间比他预料中长很多。

海平线上有很多灯，扎卡里朝最亮的那团亮光划过去。

靠近时他看见那是一座灯塔。

靠得更近时，他发现灯塔是想象出来的，它只是一个酒瓶，瓶颈处有一支蜡烛在燃烧。

这里正对城堡和龙，能看见城市的形状先是变成了楼房和高塔，周围是画出来的山，然后逐渐解体，变成了构造它们的物体。

船四周的纸屑将他带到了岸上。

扎卡里把船拖上海滩，这样海水就不会又一次将它带走。

这个海滩铺满了沙子，每一粒沙都很大，但只有薄薄一层。沙子之下是一片坚硬的平面。扎卡里把船附近的一小块沙子拂开，露出了书桌表面磨光的红木，而这个世界就在这张书桌上，沙子和时间破坏了它的光泽。

他离开海滩，来到纸做的绿色草地上。现在他知道自己在哪里了，虽然他不明白为什么会到这里。他向这个玩偶世界的深处走去，这是他一直想见的地方，不过他从没想过会从这样的视角见到它。

顺着海滩走，还有很多悬崖、洞穴和藏宝箱，可以探索的地方远不止这些，但扎卡里知道自己要去哪里。他向内陆走去，赤裸的双脚踩在纸做的草地上嘎吱作响。

他走过一座倒塌的神殿留下的废墟，又经过了一个覆盖着白雪的旅馆，纸做的雪花散落在绿草地上。

他跨过了一座钥匙做的桥，还越过了一片草地，上面开满了花朵，都是用书页纸做成的。他没有驻足阅读。

这个世界的某些部分露出了它们原本的样子：纸张、纽扣和酒瓶。而其他部分依然在完美地仿造真实世界，成为它的微型缩影。

从远处看，它们和它们所要代表的东西很相像，但每当扎卡里走近看时，就会发现它们的材质不对。人造的痕迹掺杂其中。

一座农舍的周围摆满了棉花球，假装那是绵羊。

串着线的纸折小鸟在他头顶上飘来飘去。它们只是被悬挂了起来，而不是在飞翔。

扎卡里继续往前走时，建筑物逐渐多了起来。他依次走过每一条街道，此时这个地方变成了一座城市，到处是硬纸板搭成的高楼大厦，一扇扇窗户间隔不均地排列在这些大楼上。他经过了一个旅馆，穿过了一条小巷，巷子两边挂着灯笼和横幅，为并不存在的节日装饰了一番。

这座城市又变成了一个小镇。扎卡里从主街走过，两旁都是房子。有商店、餐厅和鸡尾酒吧。还有一个邮局、一家酒馆和一个图书馆。

有的房子塌了，有的被胶带和胶水重新修好了。它们被装饰得很漂亮，面积也扩大了，却显得空空荡荡，哪怕房子里摆放了玩偶，它们也只是茫然地望向窗外，或者盯着酒杯。

这是一个没有注入生命的世界。

这些东西都没有故事。

这不是真实的。

扎卡里内心的空虚在渴望某种真实的存在。

他路过了一个孤零零的玩偶，它穿着量身缝制的衣服，但针脚太粗了。它的脸朝下，躺在路中央。

扎卡里想把它捡起来，但瓷做的身体裂开了，玩偶的胳膊断了，于是他只好把它留在原处，继续往前走。

在山顶，有一座房子，俯瞰着整个小镇。

它有一个非常大的前廊和很多窗户，上面蒙着一层琥珀色。它的屋顶上有一个天台，能将大海的景色尽收眼底。站在那里的人可以看见他的到来，不过此时此刻这个阳台是空的。

它看上去比这个世界里的其他东西更真实。

它周围的世界全是由纸、胶水和捡来的物品构成的。

他能看见玩具屋一侧的合页，门锁将房子的正面固定在合适的位置。

门两边的灯笼都被点亮了。

扎卡里沿着玩具屋的台阶往上走，来到前廊。

一阵嗡嗡的哼唱声传来。嗡嗡嗡。

门是开着的。

有人在等他。

门的上方挂了一块牌子,上面写着:

　　了解自己,学会忍受

嗡嗡声越来越响。它在成倍地增加,不断变化,喋喋不休,然后它逐渐变成了文字:

　　你好你好你好你好你好你好。

　　你好罗林斯先生你终于来了你好你好。

　　你好。

卡特里娜·霍金斯的秘密日记节选

这一次间隔的时间有点久,日记本。我从头读了一遍,因为我不记得自己写到哪里了。

这太奇怪了,连自己的想法都记不住,哪怕已经将它们写下来了。以前的凯特有时候就像是我在街上遇到的陌生人。

我再也没找到和乔斯琳·基廷有关的其他信息了。我还是没想起来自己以前从哪里听说过猫头鹰之王,也不知道那把钥匙有什么用。我偶尔会看到有人在图书馆监视我,就露出一副担惊受怕的样子,太好玩了。

我失眠了。

而小扎依然不见踪影。

已经过去一年多了。

我和小扎的妈妈互相有过好几次电话留言。现在我拿到了他所有的物品,我把它们从学校的保管处取了出来,用盒子装好,放在我的公寓里。我一直对他妈妈说我可以把它们送到她那里去,但她坚持让我等到明年5月毕业之后再说。我怎么能和一位预言家争论这种事呢?而且小扎在选书方面很有眼光,于是现在我囤积了一堆阅读材料。

我不怎么再和别人交谈了,我知道自己该找人聊聊,但很难做到。

我曾经和"形容词名词"酒吧的酒保小哥交往过一段时间,他人很好,但我却草草结束了这段关系。有一次我没有回复他的短信,从此就再也没有收到他的消息。现在我去酒吧的时候,他还是那个普普通通的酒保,对我很友好,但这感觉很奇怪,就好像这段经历全部是我想象出来的,并没有真正发生过。

就像那张照片。我没有在这里写过这件事,但几个月前,我在网上发现了一张照片,是在那个慈善化装派对上拍的。那是一个图片库,其中一张图片上有一位穿着白色长袍的女人,戴着一顶王冠,还有一位穿西装的男士。他们看起来像是刚刚跳完舞,又像是正准备去跳舞。他们似乎相互认识。两个人都没有看镜头。她的手放在他的胸口上。

我不认识那个女人,但这位男士是小扎。镜头里有光晕,而且女人被拍得更清楚一些,但那绝对就是他。他戴着我的面具。

这张照片没有说明文字。

当我想加载放大后的照片并把它保存下来时,就出现了"找不到该页面"的错误提示。我又到图片库里反复找了好几遍,它却不见了。

我能看见它,就在我的脑海里。但我最近也不太确定这是不是我想象出来的。我只是看到了自己想看到的东西之类的。

自那之后不久,我删掉了所有的社交媒体账号。我关闭了博客。除了做过几次失败的无麸质千层酥饼之外,我也不再烤面包了。

不过我还在努力地让自己有事可做。

我把用笔记本记录下来的无限可能性写进了我的毕业论文,而且很可能还会在更多地方运用到它。就这样,我来到曼哈顿参加一个会议(还在这里,明天回佛特蒙),我抵达的第二天就收到了一个未知号码发来的短信：

> 你好，凯特。联合广场东北角，下午1点。

下面有一个蜜蜂的表情符号、一个钥匙的表情符号和一个剑的表情符号。

我去了，因为我肯定要去。

联合广场里有一个农贸市场，所以这里简直像个动物园，我花了好半天才找到了一个落脚的地方，我不知道自己该找什么，于是只好假设有人正在找我。当然，听从匿名信息的指示是有点考虑不周，但这个拥挤的街道一角看上去还挺安全的。好吧，不管怎样，我就是很好奇。

我在那里站了大约三分钟，这时我的手机响了起来，又来了一条信息：

> 抬头。

我抬起头。我花了一分钟时间才看见在巴恩斯和诺布尔书店[1]的巨大招牌上方，有一扇窗户里站着一个女孩，她朝下看着我，举起了一只手，似乎正要挥动，但她并没有挥手。她的另一只手里握着一个手机，当她发现我看见她时，就开始在上面打字。

我认出了她。她来参加过几次我的讨论课，就在小扎消失的那段时间里，但1月之后我就没有见过她。她会织毛衣，还帮我改进

---

[1] 巴恩斯和诺布尔书店成立于1873年，原本是一家出版社，如今已发展成美国著名实体书店品牌。旗舰店位于纽约曼哈顿联合广场，书店的绿色招牌非常引人注目。

了我的金色飞贼[1]图案。我们曾经畅聊过重叠叙事手法，以及为什么单独的故事都不是完整的故事。她好像名叫莎拉。

那个时候她一直都在，我却没有想到过她。一次都没有。

我身边的公用电话响了起来。说真的，我从来没想过这种电话还能用，它们在我心目中已经被归类为怀旧用的街头艺术品了。

我的手机又收到一条短信：

接电话。

我再次抬头看去。她有两个手机，一个放在耳边，而另一个正在被她用来发短信。果然。手机永远都不够用。

我周围的人都开始用奇怪的表情看我了，我站得离电话太近，其他人都够不到它。

于是我接起了电话。

"我猜你的名字不叫莎拉。"我刚把听筒放到耳边就说。

"是啊。"她说。她在上面的窗户里动了动嘴唇，她的声音延迟了一秒才从电话里传来。我们就站在那里互相望着。她露出了一个古怪而又近乎忧伤的笑容。

"你有什么要对我说的？"我问，无法再忍受这样的沉默。

"她邀请你加入我们，而你拒绝了，是吗？"

我不用问就知道她说的是哪个人和哪件事。

"我决定保留自己的选择权。"我说。

"你很聪明。"

她听起来不太高兴。我在等她说点别的。有人在农贸市场的一

---

[1] "哈利·波特"系列小说中球类项目"魁地奇"比赛里的一种球。

间帐篷里卖曼哈顿屋顶蜂蜜，我分心去对比了一下城市蜜蜂和乡村蜜蜂，为曼哈顿蜜蜂是否能找到足够的花朵而感到担忧。

"我想在某些事情上找到归属感，你明白吗？"那个名字不叫莎拉的人说，但她没有等我回答，"某些重要的事。我想做有意义的事情，那种……那种不同寻常的事情。但上级管理层废除了整个组织。我们全都被解散了。没有人知道发生了什么事。我现在不知道该怎么办了。"

我说："听起来你可真够倒霉的。"这么说有点刻薄，但她的情况听起来确实挺惨的。她倒是坦然接受了我的话。

"我知道这对你来说很不好过，"她说，"我不想让你天天都提心吊胆。我想让你知道，不会再有人监视你了。"

"原来是你啊。"

她耸了耸肩。

"你们想保护的那个地方出什么事了？"我问。

"不知道。我从来没有去过那里。也许它不见了吧。我甚至不知道它是不是存在过。"

"你为什么不去找一找？"我问她。

"因为我签的那份协约上说，如果我这样做了，他们就会把我干掉，真的。当他们给我发钱还让我换了一个新身份的时候，我就确定这项条款从没被破坏过。如果他们现在知道我在跟你说话，就会杀了我。"

"你没开玩笑吧？"我问，心想这怎么可能。

"所有这些都不是玩笑。"她说，"他们讨论过要把你干掉，但又觉得风险太大，要是引来更多人去调查罗林斯事件就不好了。"

"扎卡里在哪里？"我问，然后我又后悔自己问了这句话，万一她要证实他已经死了呢。因为无论我是怎么想的，我都已经习惯在一切还是未知的时候怀揣一点小小的希望。

"不知道。"她飞快地说，显得更加惊慌了。她越过肩膀往后看了看。"我……我不知道。我只知道现在这一切都结束了。我觉得应该告诉你。"

我猜她还想让我说谢谢。但我没说。

我问："谁是猫头鹰之王？"

她挂了我的电话。

她转身离开窗户，走进了书店。

我知道自己没办法找到她。消失在曼哈顿市中心一个五层楼的书店里是再容易不过的事情了。

我给这个号码又发了一条短信，但显示发送失败。

我不知道如何去寻找一个可能并不存在的地方。

预言家的儿子站在真人大小的玩具屋门前，屋里全是蜂巢，个头比人还大，像猫一样大的蜜蜂占据了这里。蜜蜂们爬下楼梯，爬过窗户和天花板，爬到扶手椅上、沙发上和吊灯上。

扎卡里周围全是嗡嗡叫的蜜蜂，它们为他的到来而兴奋不已。

你好你好罗林斯先生感谢你的拜访很久都没有人来看过我们了我们一直在等待。

"你好？"扎卡里回答，他没有故意让它听起来像一个问题，但这的确是一个问句。进入玩具屋以后，他心里就充满了疑问。他走进门廊，他的脚陷进了地板上的一层蜂蜜里。

你好罗林斯先生你好你好你好。

巨大的蜜蜂在蜂巢包裹的房间里转来转去，沿着楼梯爬上爬下，从一个房间飞到另一个房间，忙忙碌碌地做着它们的工作。

"你们怎么……怎么知道我的名字？"扎卡里问。

我们已经听说过您很多次了扎卡里·埃兹拉·罗林斯先生。

"这是什么地方？"他问，继续朝房子里面走去，每一步都走得缓慢而黏腻。

这是一个玩具屋给玩偶们住的房子用来存放故事不是所有的故事都适合放在房子里多数故事都放不下多数故事都会更大一些这个

故事就非常大。

"我为什么会到这里来？"

你来这里是因为你死了所以现在你就到了这里这是中间地带还因为你就是钥匙她说在结局来临时她会给我们送来一把钥匙等故事结束就用这把钥匙把它锁起来于是你就到了这里。

扎卡里低头看了看自己胸口上那道钥匙形状的伤疤。

"谁告诉你们的？"他问，虽然他已经知道答案了。

雕刻故事的人，嗡嗡声回答道，这个答案和扎卡里期待的不一样。这个人会雕刻故事有时她在故事里有时她不在有时她是东西有时她是人她很久以前就告诉我们你会来我们已经等你很久很久了罗林斯先生。

"等我？"

是的罗林斯先生你把故事带到了这里谢谢你谢谢你这个故事很久以前就不在这里了我们无法把它锁起来一个来自港口的故事流落到了离我们那么远的地方我们通常会向上向上向上飞但这一次我们向下向下向下飞我们来到这里等啊等现在我们和这个故事在一起了你想喝杯茶吗？

"不了，谢谢。"扎卡里说。他注视着前厅里一座滴着蜂蜜的落地摆钟，钟面上的装饰描绘了一只猫头鹰、一只猫和一条小船，指针裹在蜂蜡里，停留在午夜 12 点的前一分钟。"我该怎么从这里离开？"他问。

没有出只有进。

"好吧，那接下来怎么办？"

没有接下来在这里没有这就是结局难道你不明白结局的意思吗？

"我知道结局的意思。"扎卡里说。他原先那种平静的感觉消失了,取而代之的是嗡嗡声所带来的烦躁不安,他分不清它是来自这群蜜蜂还是别的地方。

你还好吗罗林斯先生你怎么了你应该感到高兴你喜欢这个故事你喜欢我们你是我们的钥匙你是我们的朋友你爱我们你以前说过的。

"我没说过。"

你说过我们给你纸杯蛋糕的时候你说过。

扎卡里想起他曾用钢笔在纸上写下了自己永恒的热爱,然后放进自动升降机送了下去,感觉那是很久以前的事情了,太遥远了。

"你们就是厨房。"他说。他意识到自己之前已经和蜜蜂们有过好几次对话了,不过它们的书面表达似乎更加流利。

在那里我们是厨房但在这里我们就是我们自己。

"你们是蜜蜂。"

我们喜欢蜜蜂。你想要来一块点心吗我们能用蜂蜜变出任何东西任何东西任何你能想象到的东西我们很擅长我们训练有素我们可以给你制造出一个蛋糕的幻象它的味道非常逼真就像真的蛋糕一样只是尺寸小一点。你想来一个纸杯蛋糕吗?

"不用。"

你想来两个纸杯蛋糕吗?

"不用。"扎卡里重复道,声音大了一点。

我们知道我们知道你喜欢鸡尾酒和纸杯蛋糕是啊是啊这样就更好了。

扎卡里还没来得及回答,一只蜜蜂就把他推到了一张小桌子前,桌上摆着一只撒了糖霜的鸡尾酒杯,里面盛着明亮的淡黄色液体,还有一小块纸杯蛋糕,上面装饰着一只很小的蜜蜂。

扎卡里好奇地端起杯子，尝了一小口，他以为它会是蜂蜜味的——的确如此，而且还有一股熟悉的杜松子酒和柠檬的味道。蜂之膝[1]。就是它。

扎卡里将杯子放回桌上。

他叹了口气，走向房子深处。有几只蜜蜂跟着他，嗡嗡地说着和蛋糕有关的事。大多数家具上都覆盖了一层蜂蜜，但有的一滴都没沾上。他走过去时，裸露的双脚踩在浸透了蜂蜜的地毯上。

前厅后面有一个客厅、一个书房和一间藏书室。

藏书室的桌上放着一个玩具屋。它和扎卡里现在所处的这座维多利亚风格的房子不一样，这个微型建筑是由小小的砖块和很多窗户组成的。它看上去像一个学校，也可能是一座公共图书馆。扎卡里透过其中一扇窗户看过去，里面没有玩偶也没有家具，但墙上画了很多图画。

房子周围有一摊蜂蜜，像一条护城河。

"这应该是无星之海吧？"扎卡里问蜜蜂们。

这是下一个故事这个故事已经结束现在钥匙要把它锁上折起来再收好它会被阅读被讲述或者留在它的藏身之处我们不知道它结束之后会发生什么但我们很高兴有人来做伴在结局到来时并不总是有人能陪伴我们。

"我不明白。"

你是钥匙你带来了结局现在该把它锁起来然后道别说晚安说再见我们等你很久了罗林斯先生我们不知道你会成为这把钥匙我们见到钥匙时常常无法看出它们原本的样子有时它们是惊喜你好惊喜。

扎卡里继续在房子里穿行。他来到了一间正式的餐厅，可供举

---

[1] 一款由蜂蜜和杜松子酒调制的鸡尾酒。

办一场并不存在的晚宴。餐柜上放着一个蛋糕，上面少了一小块，不过这个蛋糕缺口已经被蜂蜡填满了。

他从管家的配膳室穿过，它通往厨房。这里原本是一个为生活起居而存在的地方，现在却只有蜜蜂和一个孤独的死人。

房子的后部有一间阳光房，延伸出来的窗户都被蜂蜜盖住了。他在这里发现了一个玩偶。一个玩偶女孩，涂了颜色，是瓷做的，身上有裂纹，但没有破损。她坐在一把椅子上，腿部的弯曲不太自然。她盯着窗外，仿佛在等人，等待有人悄悄从后花园溜进来。

她手里有一本书。扎卡里从她那里把书拿了过来，但这并不是一本真正的书，而是一块木头，被做成了书的样子。它是打不开的。

扎卡里从被蜂蜜覆盖的窗户向外看去。他用手掌把它尽量擦干净，然后透过它俯视着这个花园，还有这座城市和那片纸做的海。这个故事中包含了很多故事，而他所在的地方就是所有故事的结局。

"这个故事还没结束。"扎卡里对蜜蜂们说。

为什么呢罗林斯先生为什么没结束呢现在该结束了故事已经讲完钥匙就在这里是时候了。

"命运还欠我一支舞。"

话音刚落，模糊不清的嗡嗡声还没来得及变成文字就响了起来。

哦哦哦嗯我们不知道为什么她要这么做我们经常不太明白她的做法你想跟她谈谈吗罗林斯先生我们能为你造出一个地方来和雕刻故事的人说话这个地方在故事里你能和她说话她也能和你说话不过我们自己不能和她说话因为她现在还没死但我们可以建造出用来说话或者跳舞的场所我们很擅长为故事搭建场景时间不多了它坚持不了多久但如果你想要的话我们可以做到你想要这样吗？

"是的，我想。"扎卡里说。他继续盯着窗户外面，一边眺望这个世界一边等待着，在他手里是一本书尚未成形的幻象。

蜜蜂们开始搭建这个故事，在这个空间之内创造一个空间，玩偶屋里又有了一个新房间。

它们一边工作一边嗡嗡叫。

卡特里娜·霍金斯的秘密日记节选

我想起来我在哪里听说过猫头鹰之王了。

我想不通自己为什么过了这么久才记起来。

几年前我参加了一个派对,好像就在小扎失踪的几个月之前,我记不清了。我想是在夏天。肯定是夏天,因为我记得有潮湿的天气,有出没的蚊子,还有夜晚的热浪。那是我朋友的朋友举办的一场室内派对。本来在那之后我是没法从一大堆派对中想起来是哪位朋友的朋友在哪座房子里开了这场派对的,因为所有的房子被灯光一照全都是蓝色-灰色-棕色,在某些大街上,这一座和那一座混在一起,看上去都一样。有时候朋友的朋友也是如此。

这座房子的后面挂着那种好看的灯串。坚硬的底壳和特有的灯泡组合在一起,看上去就像是从法式咖啡厅里借来的。

我不记得自己为什么要到外面来了,大概是想透透气吧。我记得自己站在院子里,抬头望着天空,努力地回想我的星座是什么样子,虽然我只能认出猎户座。

我独自一人待在外面。可能是天气太潮湿,也可能是蚊虫太多,或者天色太晚,几乎没什么人留下来,大家都在房子里。我坐在一张野餐桌前,这张桌子相对于院子来说太大了,我就这样凝望着这片宇宙。

这时有一个姑娘——不对，是一个女人。一位女士。随便吧。这位女士跑出来给我拿了一杯饮料。我觉得她是研究生或者助教，也可能是某个人的室友之类的，但我猜不出她的年龄。比我大一点，但也大不了多少。

人生就是这么有趣。在相当长一段时间里，相差一岁就意味着极大的不同，而越过某个时间点以后，一年的差距根本不算什么。

她递给我一个不透明的塑料杯，和我留在屋里的那个一模一样，但里面盛着味道更好的波旁威士忌，还加了冰块。

我接了过来，因为陌生女人在星空下递来一杯波旁威士忌的画面非常符合我的审美。

她坐在我身边对我说，我们这类人如果出现在电影里或者小说里，故事线就会跟着我们离开派对。故事在哪里，我们就会在哪里。这故事像一条线，你能跟着它走，而不像房子里那些相互交叠的派对故事，它们纠缠了太多的故事情节，有的浸透在廉价的酒精中，有的被塞进了为数不多的房间里。

我记得我们谈到了故事，它们何时发挥作用，何时毫无用处。当你把生活当作是一个故事的时候，它就会变得缓慢而怪诞，那些枯燥无聊的内容和日常琐事全都被删掉了。小扎和我以前就经常聊这些东西。

我们还聊到了童话，虽然我知道不少童话，但她给我讲了一个我以前从来没有听过的童话。

故事讲的是一个被藏起来的国度，就像是一块神圣之地，没有人知道它的确切位置，但你需要的时候就能找到它。它在梦中召唤，或者唱着动听的歌谣，然后你就能发现一扇魔法之门或者一个入口之类的。它不会经常出现，只是有时才能遇到。我猜，必须是相信它、需要它或者运气特别好的人才能见到。

这让我想到了瑞文戴尔[1]，宁静幽深，远离尘嚣，适合在那里写完一本书。不过这个隐秘的国度位于地下，还有一个海港，如果我没记错的话。那里确实很可能有海港，因为它坐落在某个名叫无星之海的地方。我知道自己没有把这部分记错，因为它一定是在地下，所以才没有星星。除非整个部分都只是一个比喻。不管它。

这个地方给我留下的记忆比那个随之展开的故事还要深，但我记得那个故事提到了这个隐秘的国度只能暂时存在，还讲到了它将会如何结束和消失，因为消失的童话王国是一种时髦的写法，而这个地方已经经历了最初的开端和中间的发展，正要走向最后的结局，却在这时候被卡住了。我觉得它可能重新开始过很多次，但我不记得了。

一部分故事被困在故事之外，而另一部分则迷了路。我想，有人在阻止这个故事结束。

但这个故事想要一个结局。

结局赋予故事意义。

我不知道自己是不是相信这种说法。我认为整个故事是有意义的，但我也认为让一个故事拥有完整的故事形态，就需要让它完结。甚至不用完结，只要把它留在一个合适的地方就行。要和它告别。

我想最好的故事总会让人觉得它们还在继续，在某个地方，存在于故事的世界里。

我记得自己怀疑过这个故事会不会是一个比喻，讲的是人们太久地沉溺于某个地方、某段关系或者任何一种状态里，因为他们害

---

1 《魔戒》中的地名，是中土大陆中精灵族的庇护所，像仙境一样美丽，书中主人公之一比尔博·巴金斯曾在这里度过晚年并写下自己的传记。

怕放手，害怕前行，或者害怕未知。或许它讲的是人们对事物太执着，因为他们怀念它过去的模样，即使它现在已经面目全非了。

也许这只是我从中得出的结论，换成别人来听同样的故事就会有不同的看法。

但无论如何，这个隐秘的国度就这样神奇地继续存在于童话故事中。就像它会向那些需要找到它获得庇护的人唱歌一样，它开始低声耳语，希望有人来摧毁它。这个地方找到了自己的弱点，又施展出自己的魔力，这样它才能得到一个结局。

"它得到了吗？"我记得自己这样问道，因为她让故事停在了这里。

"还没有，"她说，"但总有一天它会得到的。"

之后我们又聊了点别的，但这个故事还不止这些。它拥有一套完整的人物设定，感觉就像真正的童话一样。故事里有一个骑士，好像有吧？我记得他很伤心？或许是两个，其中一个有一颗破碎的心。还有一位像珀耳塞福涅一样的女子，不断地离开又回来。有一位国王，之前我记得它是鸟类的国王，但我忘记是哪一种鸟了，而现在我敢肯定它是一只猫头鹰。很可能。极有可能。

不过我忘记了它的意义，不记得它在故事里意味着什么。

真奇怪呀，现在我能想起关于那天的很多事情。我记得那些灯和满天繁星，记得我手中拿着不透明的塑料杯，波旁威士忌里掺了融化的冰块，也记得房间里飘来大麻和熏香混合在一起的味道，还记得我找到了猎户座，听见两辆不同的汽车开过去时都放了同一首歌，那个夏天到处都是这首歌。但我却记不住一个完整的故事，没能完全记住，因为当它被讲述的那个瞬间，这个故事好像不如讲故事的人重要，也不如星星重要。它似乎是另一种东西，不是你能握住的那一种，比如那个不透明的塑料杯子，又比如某个人的手。

如果我都没记错的话，我就只知道这么多了。至少，我非常确定自己还记得她。

我记得我们一直笑个不停，还记得在我们开始聊天之前，我正在为某件事发愁或者难过，但聊完以后就没事了。

我记得我有点想吻她，但又不想搞砸，我不想做那种在派对上喝多了酒逢人就亲的姑娘，虽然我以前就是这样的。

我记得我希望自己能拿到她的电话号码但并没有，或者拿到了手又弄丢了。

我知道自己再也没有见过她。否则我会记得的。她很性感。

她的头发是粉色的。

预言家的儿子跟着巨大的蜜蜂走下玩偶屋里的一段楼梯,来到了原本是地窖的地方,但这里已经不是地窖了,而是一个宽敞的舞场,由蜂巢做成,金光璀璨,非常漂亮。

准备好了罗林斯先生没剩多少时间了就交给你了这就是你想要的地方可以跳舞和说话雕刻故事的人在里面等你请代我们向她问好谢谢。

嗡嗡声安静了下来,扎卡里走下舞场时,它淹没在了音乐声里。他认出了一些经典的爵士乐曲,但叫不上名字。

舞场上挤满了跳舞的幽灵。透明的身影穿着永恒不变的礼服,戴着由发光的饰物和蜂蜜做成的面具,光彩照人地在光滑的蜡制地板上旋转着,地面上全是六边形图案。

这就是蜜蜂构建出来的派对幻象。它给人的感觉并不真实,却很熟悉。

扎卡里走过去,跳舞的人朝两边让开,然后他看见她就在房间的另一头,真切而真实,就在眼前。

米拉贝尔看上去和他第一次见到她时一模一样,打扮成了野兽国国王的样子,只不过王冠下面的头发是她特有的粉红色,她的长袍上还被装饰了一番:披挂下来的白色布料上用白线绣了一些依稀可见的纹样,森林、城市和洞穴与蜂巢和雪花交织在一起。

她看上去就像一个童话。

当他走到她面前时,米拉贝尔伸出了手,扎卡里握住了它。

此时此刻,在蜂蜡和黄金做的舞场里,扎卡里·埃兹拉·罗林斯与命运跳起了最后一支舞。

"这一切是不是只存在于我的脑海里?"扎卡里问,他们正在金色的人群里转着圈,"这全都是我想象出来的吧?"

"如果是这样的话,那我给你的任何答案也都是想象出来的,不是吗?"米拉贝尔回答。

对于这个独到的见解,扎卡里不知道该说什么好。

"你早就知道事情会变成这样,"他说,"是你让这一切发生的。"

"不是我。我把门交给了你。你可以选择打开它们或者不打开。这个故事不是我写的,我只是推动它朝不同的方向发展。"

"因为你就是那个雕刻故事的人。"

"我只是一个寻找钥匙的女孩,埃兹拉。"

音乐变了,她带着他转了一个圈。他们周围发光的幽灵也旋转了起来。

"我不记得自己的每一次死亡。"米拉贝尔继续说,"有一些我记得非常清楚,而另一些人生则逐渐消失,从一世转入下一世。但我记得自己被蜂蜜淹没,有那么一瞬间,我在故事里窒息,我看到了一切。我看见了一千个港口,看见了满天繁星,我看见你和我此时此刻就站在一切结束的地方,但我不知道我们该如何到达这里。是你要见我的,对吗?我并不能真正地出现在这里,因为我没有死。"

"但你是……你不是能到你想去的任何地方吗?"

"并非如此。我存在于容器中。这一次虽然是不死之躯,但依旧只是一个容器。也许我又一次成了以前的我。也许现在我是一个新的存在。也许我只是我自己而已。我不知道。无法置疑的真相一旦出现，神话就不复存在了。"

他们沉默地跳了一会儿舞，扎卡里思考着真相和神话，其他跳舞的人则把他们围了起来。

"谢谢你找到了西蒙，"米拉贝尔打破了沉默，"你让他回到了自己的那条路上。"

"我没有——"

"你做到了。要不是你把他带回故事中，他还会继续藏身在神殿里。现在他待在了自己应该待的地方，就像被找到了一样。这一切都是无法预见的，他们做了那么多计划，让我诞生于时间之外，却从来没有人停下来考虑过我父母在那之后会遭遇什么，于是一切都变得复杂了起来。你无法结束一个故事，因为它的一部分还迷失在时间里，四处游荡。"

"这就是阿勒格拉想让这本书一直不要被找到的原因，是不是？还有西蒙和他的手。"

扎卡里从眼角的余光中看到了另一对跳舞的人，在他们旁边跳舞的男人散发出微光，他的外套和自己的很像，有一瞬间他看上去似乎没有左手，但后来有光照过来，那只透明的手还在。

"阿勒格拉看到了结局，"米拉贝尔说，"她看到未来挥动着翅膀降临，她做了一切她能想到的事情来阻止它，甚至还有她不想做的事情。她希望自己能够留住现在，让她心爱的港口保持原来的样子，可一切都变得混乱不堪，处处受限。这个故事还在不断消逝，蜜蜂们回到了下面，那是它们出发的地方。它们跟随这个故事走了很久，经过了一个又一个港口，但是如果情况没有改变，蜜蜂就会停止对它的关注。为了再次找到那些蜜蜂,故事必须在离海更近的地方结束。我必须相信总有一天会有人追随这个故事一路来到这里,总会有一个故事能将所有其他故事连在一起。"

"对了,蜜蜂们向你问好。"扎卡里告诉她,"接下来会发生什么?"

"我也不知道接下来会发生什么。"米拉贝尔回答,"我真的不知道。"扎卡里看了她一眼,于是她补充道:"我花了很长时间设法走到这一步,它似乎是一个不可能完成的目标,所以我没有考虑在这之后还会遇到什么。这是一个很好的尝试,回到最开始的地方。我以为我们没法跳完这支舞了。有时候舞是跳不完的。"

扎卡里还有很多问题要问,但他只是把米拉贝尔拉近了一些,将头靠在了她的脖子上。他能听见她怦怦的心跳声,缓慢而平稳,合着音乐的节拍。

现在他的世界里除了这个房间、这个女人和这个故事之外什么都没有。他能感觉到故事从这里展开,穿越空间和时间,延伸到比他想象中更远的地方,但它那颗跳动而喧闹的心还在这里。在此时此地。

他又恢复了平静。麦克斯的回归让他感到宽慰,虽然他知道他们各自心有所属,但这个房间、这支舞和这一瞬间依然存在。这很重要,也许比其他任何事情都重要。

墙外响起了一阵嗡嗡声,包围着他们。跳舞的幽灵一个接一个地消失了,只剩下他们两个。

"我不知道你会不会明白我有多么感谢你,埃兹拉,"米拉贝尔说,"为你所做的一切。"

音乐声越来越小,舞场开始摇晃。其中一面墙裂开了,蜂蜜从地板上渗进来。

时间不多了罗林斯先生你跳了舞故事结束了我们要离开了。

嗡嗡的警告声从四面八方传来。

"我错过了它,"扎卡里说,"我错过了很多。"他指的并不是这个故事。

"可结束时你在。"米拉贝尔说。但这并没有让他感觉好一些。

"现在怎么办?"扎卡里问,与接下来相比,现在似乎一下子变得更有意义了。

"这不是我能决定的,埃兹拉。正如我所说,我没有让这一切发生,我只是提供了机会和门。由其他人把门打开。"

米拉贝尔伸出手,用手指在蜂巢的墙壁上画了一条线,又画了一条,接着再画了一条,它们差不多组成了一扇门的形状。

她为它画了一个门把手,然后把它打开。门外是一片星光照耀下的树林,树枝上长满了茂盛的树叶。在他们的脚边,蜂蜜卷起浪花拍打在草地上,但没有越过那扇门。

"再见了,埃兹拉,"米拉贝尔说,"谢谢你。"

她对他鞠了一躬。这支舞结束了。

"不用谢,麦克斯。"

他也朝她弯腰鞠躬,然后慢慢起身,他以为等自己抬头看时她就已经走了。但她回来了,就站在他面前,给了他一个吻。她的嘴唇匆忙而轻快地拂过他的脸颊,就像是临别的馈赠。这是结束之前偷来的一瞬,掺杂了蜂蜜的味道,也带有命中注定的意味。不全是甜味。然后米拉贝尔转过身,穿过了那扇门。

门在她身后关上了,消失在蜡做的墙壁中,只留下扎卡里一个人在空荡荡、正在崩塌的舞场里。

该走了罗林斯先生。

"去哪里?"扎卡里问,但嗡嗡声停止了。在扎卡里脚边打转的蜂蜜越升越高。他朝楼梯跑去,一路向上跑进了玩具屋。蜂蜜跟在他身后。

回到玩具屋里以后蜜蜂们就不见了。

太阳房里的那个瓷做的玩偶也消失了。

扎卡里想打开前门,但它已经被蜂蜡封住了。

他登上玩具屋里的楼梯,经过空空的玩偶卧室和衣柜,然后发现了另一段楼梯,台阶上全是黏糊糊的蜂蜜,它通往一个阁楼,里面装满了被忘却的记忆。阁楼里还有一个梯子,通向屋顶的一扇门。

扎卡里推开这扇门,登上了玩具屋的屋顶。他站在天台上,眺望着那片海。冒着泡的蜂蜜流过彩色的纸屑,将蓝色的海水变成了金灿灿的一片。

在他下面,蜜蜂们成群结队地拥上屋顶,它们一边朝他嗡嗡叫,一边纷纷起飞,然后飞走了。

再见了罗林斯先生感谢你成为钥匙你是一把很好的钥匙也是一个好人我们祝你在未来的遭遇中一切顺利。

"未来我还会遇到什么?"扎卡里朝蜜蜂喊道,但蜜蜂没有回答。它们穿过行星和恒星的模型,飞进了一片黑暗,只留下扎卡里独自聆听海的声音。嗡嗡声刚一消失,他就怀念了起来。

现在海面正在上升。

蜂蜜漫过纸做的草地,汇入海中。那座灯塔倒了,灯也熄灭了。蜂蜜淹没了海岸,还摧毁了那些房屋,毫不犹豫而且迫不及待。

现在只有唯一的一片海,在吞噬着整个世界。

海水已经涨到了房子面前。玩具屋的门锁断开了,海浪从敞开的门里涌进来，漫上楼梯。房子的正面被冲垮，蜂巢从内部裂开了。

那条小船还漂在海面上，但距离不够近，难以到达，然而扎卡里别无选择。这个世界正在下沉。

作为一个死人，不该有这种身临险境的感觉。

蜂蜜已经漫过他的膝盖了。

这里真的是故事的尽头，他心想。这个世界之下再没有别的世界了。

在这之后就什么都没有了。

这一切所带的真实感渗透进来，而玩具屋在他的脚底沉了下去。

结局到来了，而扎卡里要战胜它。

他扶着护栏站起来，冲向那条船。他滑倒了，摔进蜂蜜之海中，蜂蜜包裹着他，就像失去已久的爱情。

他伸手去抓那条船的一侧，但他的双手沾满了蜂蜜，滑得根本抓不住。

船翻了。

无星之海将扎卡里·埃兹拉·罗林斯据为己有。

它把他卷入水下，不让他浮出海面。

他喘不过气来，而他的肺不再需要呼吸。世界在他周围崩塌破碎。

四分五裂。

像一个鸡蛋。

莱姆站在一段楼梯最高处的台阶上，楼梯曾经通往舞场，现在它的下方是一片蜂蜜的海洋。

她知道这个故事。她把它记在心里。每一个字，每一个人物，每一处变化。这个故事在她耳边鸣响了很多年，但听见它是一回事，看见它沉下去又是另一回事。

她在脑海中无数次想象过这一幕，但它发生时却不太一样。那片海更黑暗，浪花更汹涌，拍打在石头上激起泡沫，在它所经之处将书本、蜡烛和家具全都卷了进来，散落的书页和酒瓶先是挣扎着回到海面上，随后只好屈从于命运的安排。

在莱姆的想象中，蜂蜜的流动总是更慢一些。

该离开了。是时候了，但莱姆还站在那里，望着潮水起落，直到蜂蜜来到她的脚下，她才转过身，从海边离开。她的长袍衣摆上黏糊糊的，变得很笨重。

无星之海跟在莱姆身后，随她穿过那些房间和走廊。当她走上最后几级台阶时，海水在她脚边缓缓流动，她是这个地方最后的见证。

莱姆一边走一边轻声哼唱，而海在聆听。她停在了一堵墙的面前，墙上雕刻着藤蔓、花朵和蜜蜂，似乎没有门，但莱姆从口袋里掏出了一枚硬币大小的圆形金属片，把上面的蜜蜂图案嵌进蜜蜂形状的刻痕里，通向档案室的大门就向她敞开了。

蜂蜜紧跟在她脚后，流进了房间里，在隐秘的书堆和书架间漫延。

莱姆经过之处的书架上有一个空出来的位置，原本放着那本《甜蜜的忧伤》，但很久之前它被一只兔子偷走了。还有一个地方也空着，那是她把《西蒙与埃莉诺之歌》从它的位置上抽走后留下来的，相比之下时间还不算太久。

莱姆想了想，不知道把人们自己的故事归还给他们是不是对命运的欺骗，然后她认定，无论是哪种情况，命运大概都不在乎。

这两本书丢失了这么久或许也没那么糟，莱姆一边抬头望着书架一边在心里想。这个地方的故事有千千万万。它们被每一位在她之前经过这些走廊的侍从翻译和抄录了下来，被装订成一卷卷独立的故事，或者被融合成相互重叠的篇章。

容纳下一个地方的所有故事并不容易。

如今她脑海的声音听起来奇怪而空洞。莱姆能听见过去的故事在发出嗡嗡的声响，虽然它们很低也很轻。无论是过去的故事、现在的故事，还是未来的故事，一旦被写下来，它们就变得很安静。

那些声音高亢、关于未来的故事不在了，这才是最奇怪的。即将发生在几分钟之后的故事在她耳朵里嗡嗡作响——和她曾经听过的那些层层堆积的故事相比，这声音太微弱了——然后就什么都没有了。接下来这个地方就再也没有故事可讲了。她曾经花了很长时间来破解它们，记录它们，就为了让那些故事能与它们在自己耳朵里和脑海中的模样有些许相似之处，而现在它们几乎都不在了。她希望记录下最后这些瞬间的那个人能好好对待它们，她没有亲手把它们写下来，但她能从它们在她耳朵里的嗡嗡声中判断出已经有人记录了它们。

莱姆在档案室里逛了最后一圈，她在沉默地告别，让故事的嗡鸣声包围着自己，然后她继续向上走去。

她没有关那扇通往档案室的门，让海水涌了进来。

无星之海跟随莱姆漫上了楼梯，流过走廊和花园，淹没了雕像和记忆，还有很多很多的书。

电灯闪烁了几下就熄灭了，整片空间都陷入了黑暗，但是还有足够多的蜡烛为莱姆照明。她提前照亮了这条路，知道她会需要这些火光为自己指引方向。

莱姆抵达心之厅时闻到了一股头发燃烧的味道。她没敲门就走进了馆长办公室，他的头发剪短了，一团乱糟糟的发辫在壁炉里燃烧，串在上面的珍珠都烧焦了，滚落在灰烬中，对此她也没说什么。

一颗珍珠代表他在这个地方度过了一年。

他从来没有把这件事告诉过她，而他也用不着这么做。莱姆知道他的故事。蜜蜂已经轻声讲给她听了。

馆长的长袍整齐地叠放在一张椅子上，他现在穿着一件过时的粗花呢外套，上一次穿这一身还是很久之前。他坐在书桌前，在烛光下写字。这一幕让莱姆感觉好了一点，她觉得自己耽误了太长时间，不过她一直知道他们都会等到最后一刻才离开。

"所有的猫都出去了吧？"馆长问，他没有从他的记事簿上把头抬起来。

莱姆指了指桌上那只姜黄色的猫。

"他一直很顽固，"馆长表示，"我们得带上他一起走。"

他继续写了起来，莱姆看着他。如果她想的话，她可以把他那些仓促的字迹解读出来，但她已经知道他写的是什么了。是祝福，是渴求，是愿望，也是警告。

他像往常一样在给米拉贝尔写信。她和扎卡里待在地下深处的这些年,他还在继续写着,仿佛是他在对她说话,就好像每一个字落在纸上时她都能听见,如同她耳边的一声低语。

莱姆很好奇他知不知道米拉贝尔能听到他的话,以前听得到,今后也听得到,在远方,在轮回的生命中,在千百张翻动的书页里。

我们的故事并未到此结束,他写道,它只不过是有了变化而已。

他抬头看向莱姆。

"你该换衣服了。"他望着她的长袍和她那双浸透蜂蜜的鞋子说道。

莱姆解开长袍,把它们脱了下来。她的长袍之下穿着自己第一次到这里时穿的衣服:她的旧校服,包括一条格子裙和一件白色系扣领衬衫。其他任何衣服似乎都不太适合这个告别的场合,尽管这感觉就像重拾了前世的人生,而且那件衬衣现在已经嫌小了。脚上穿这双被蜂蜜浸透的鞋子就行。

馆长似乎没有注意到逐渐侵入的海浪,他站起身,从桌上的瓶子里倒了一杯酒。他要给莱姆也倒一杯,但她拒绝了。

"不要慌。"馆长对莱姆说。他看着她,而她却望着那片海。"全都在这里,"他说,把指尖抵在莱姆的额头上,"记得把它写出来。"

馆长把自己的钢笔递给她。莱姆对着笔笑了笑,然后把它放进了裙子的口袋里。

"准备好了吗?"他问。莱姆点了点头。

馆长再次环顾了一下这间办公室,然后他们走进了里面的那个房间,除了那杯酒,他什么都没拿。那只姜黄色的猫也跟了上去。

"你能帮我抬一下吗?"馆长问。他把酒放在一个架子上,然后和莱姆一起把扎卡里和多里安的巨幅画像移到了一边,露出了它后面嵌在石墙中的一扇门。

"我们去哪里?"馆长问。

莱姆犹豫了起来。她看看那扇门,又越过肩膀看向身后。海水已经抵达了办公室,正在拍打着书桌和蜡烛,还撞翻了放在角落里的那把扫帚。

"我们已经超过誓约所定的时间了。"馆长补充道。莱姆回过头看着他。

"如果可以的话,我想去那里。"她说。她小心而缓慢地吐出每个字,它们落在舌头上,显得有些古怪——她已经很多年没用它说过话了。"你不想吗?"

馆长考虑了一下这个提议。他从上衣口袋里掏出一块表,看了一眼,踌躇了一会儿,然后点了点头。

"我想我们还有时间。"他说。

莱姆抱起了那只姜黄色的猫。

馆长把手放在门上,门聆听着它的指令。它知道自己应该在哪里打开,虽然它可以开向任何地方。

就在馆长把门打开的时候,蜂蜜的海浪涌进了房间。

"快走。"说完,他指引莱姆和那只猫穿过那扇门,走进被云朵挡住的日光之下。

馆长转过身,从架子上取过那杯酒。

"为寻找而干杯。"他说着,向渐渐逼近的海水举起了酒杯。

海没有回答。

馆长扔下那杯酒,任凭它洒落出来,摔碎在他脚边的地板上。然后他离开了这个正在下沉的港口,回到了上面的世界。

门关上了,无星之海撞在门上,淹没了那间办公室和后面的房间。

它熄灭了炉火和火中尚未燃尽的发辫，又从那幅画上流过，把岁月的度量和命运的描绘都拖入海面之下。

这个地方曾经是一个港口，如今它再次成为无星之海的一部分。

这里所有故事都回到了它们开始的地方。

在遥远的地上，馆长在一条灰色的城市人行道上停了下来，向一家书店的橱窗看了一眼。莱姆抬头望着那些高楼大厦，而那只姜黄色的猫生气地瞪着眼，像是什么都没在看，又像是在注视着一切。

他们继续往前走。走到街角时，莱姆看了看路牌，得知他们刚从海湾街离开，拐进了国王街。

街头的路牌上停着一只猫头鹰，正低头盯着她。

别人似乎都没有注意到它。

这么长时间以来，莱姆头一次不知道这意味着什么。

以及接下来要发生什么。

多里安坐在石岸上，身旁是扎卡里的尸体。他们在无星之海的边缘。

他已经哭到整个人都麻木了，而现在他就呆坐在那里，无心欣赏眼前亘古不变的风景，也无法将目光移开。

他不断想起自己在这个地方见到的第一个扎卡里的幻影。他不记得那是多久以前的事情了，只记得它让自己猝不及防，即使他已经见过好几个阿勒格拉，还经历了更可怕的噩梦，它们扮成了他姐姐的模样，而她在他十七岁的时候就去世了。

那时候下着雪。多里安只在一瞬间以为它真的是扎卡里，但这一瞬间就足够了，足够让那个家伙把他制服——它不是扎卡里，虽然它变成了他的面孔。它将多里安压倒在地，他不记得自己是如何在浸满鲜血的雪地上躲开朝他扑来的利爪，飞快地夺回那把剑，又重新站起来的。

月亮曾经警告过他，但多里安觉得，要在最深沉的黑暗中挥剑砍向你所珍视的一切，这种心情是任何人都无法真正做好准备的。

面对后来出现的所有扎卡里时，他都没有丝毫犹豫。

他以为等最后遇见真正的扎卡里时，他能分辨出其中的不同。

但他错了。

多里安在脑海里一遍又一遍地重现那个瞬间，扎卡里还在那里，而之前那些幻影之物披上的伪装一旦被击中就消失了，又变成了其他人、其他东西或者其他地方。然后他缓慢而难过地意识到，这一瞬间以及存在于其中的一切都是真的。

现在这个瞬间在不断延长，没有尽头，令人痛苦，而先前所有的事情都在不断变化，令人头晕目眩，快得让他喘不过气来。此时此刻，这里没有虚假的城市，没有萦绕不去的回忆，没有皑皑白雪。只有巨大的空虚感和一片海滩，上面散落着船只和故事的残骸。

（那些潜伏在黑暗中一路追捕他的东西都逃走了，它们害怕这种悲痛。）

（只有那只波斯猫留了下来，蜷缩在他身边，打着呼噜。）

多里安认为这份痛苦是自己应该承受的。他不知道它会在何时结束。也不知道它有没有尽头。

他觉得它没有。

这就是他的命运。

他的故事会结束在这永无休止的痛苦中，被破碎的玻璃和蜂蜜所包围。

他想把剑刺向自己，但那只猫的出现阻止了他。

（所有的猫天生就是守护者。）

多里安无法标记时间，它的流逝非常缓慢，而现在无星之海的边缘在向他靠拢，闪闪发光的海岸线也越来越近。一开始他以为这只是自己的想象，但很快就清楚地意识到潮水正在上涨。

多里安任凭自己慢慢地沉入蜂蜜中，沦陷在悲伤里，就在这时他看见了那艘船。

卡特里娜·霍金斯的秘密日记节选

我考虑过把这本日记交给小扎的妈妈,但我没这么做。我觉得我还没有把它写完,虽然它不过是一堆零散的片段,算不上完整的记录。

我希望出现一块缺失的碎片,也许只是一小块,就能把其他所有的碎片都拼到一起,但我不知道它是什么。

我对小扎的妈妈说了一些情况,但没把所有的事情都告诉她。我带了一些蜜蜂饼干去,因为我觉得如果这图案对她来说有任何意义的话,她一定会说点什么,还因为它们特别好吃,上面有蜂蜜柠檬味的糖霜。不过她什么都没说,于是我也没有提起。我不是很想谈论某个可能存在也可能不存在的秘密组织或者神秘地方,而这一次能有人和我聊个天,感觉真好。身在别处,坐下来喝着咖啡,吃点饼干,我觉得一切都更明朗了,比如光线,比如态度,所有事情都是如此。

刚好她还"知道"一些事情。我觉得她给了我一点点打击。或者说她在我以前并不存在的心灵防线上打开了一条缝。一道光就这样照了进来。

在某个时候,我问过她是否相信这个世界上有魔法,她告诉我:"整个世界都是魔法,亲爱的孩子。"

也许是这样吧。我不知道。

在我离开的时候,她把一张塔罗牌悄悄塞进了我的大衣口袋,直到后来我才发现。是月亮。

我必须查一查,我不太了解塔罗牌。它让我想起了小扎就有一副牌,他曾经给我读过一次牌,还一直说自己不太擅长这个,但他算出来的事情全都很准。

我查到的资料上说月亮牌代表幻象,代表你要穿越未知而神秘的异世界,还代表富有创造力的疯狂。

洛芙夫人知道发生了什么,我心想。

我把那张牌放在车里的仪表盘上,这样我开车时就能看见它。

我觉得有事情要发生了,但不知道会是什么。

我想摆脱这一切,可总有什么东西不肯放手。

不,是有什么东西在发展壮大,把我引向新的故事和下一个故事。

如果这一切都没有发生,那我就不会着手开发我的游戏,不会得到这份工作,这个时候也不会在前往加拿大的路上。

我似乎正跟着小扎留给我的一团线在一个迷宫里穿行,而他甚至有可能不在这个迷宫里。也许我的任务不是找到他。也许我的任务是找出这根线的去向。

把他的围巾留下来感觉有点怪。它在我手中已经有这么长的时间了。

我希望他有朝一日会拿到它。

我希望到他妈妈的家里与他一起吃饭的时候,他能给我讲一个非常、非常精彩的故事。我希望他和他的爱人一起来,而我的身边也有人相伴,或者我是一个人,那也没关系。我希望我们通宵不睡,从半夜聊到清晨。我希望故事永不完结,美酒一直续杯。

总有一天。

尾 声

新的故事和下一个故事

从前，就在不久之前……

无星之海上有一艘船，它在海潮上涨时起航。

甲板之下有一个人，他现在的名字是多里安。他在为扎卡里·埃兹拉·罗林斯的尸体守夜，而船长正驾船在狂风暴雨中的海上航行，她的名字不是埃莉诺，也永远不会用这个名字。

头顶传来一阵骚动，海风在呼啸，船在摇摆，一会儿歪向这一边，一会儿倒向另一边。蜡烛的火苗忽暗忽明。

"怎么了？"埃莉诺回到船舱里时，多里安问。

"来了一群猫头鹰，停在船帆上。"埃莉诺说。其中有一只小猫头鹰跟着她冲进了船舱，落在一根横梁上。"它们给船的行驶造成了困难。它们想继续浮在海面上，而海水涨得太快，不能怪它们。没关系，反正我现在也需要换新的地图了。"

她说这话时注视着桌上的地图，他们把扎卡里的尸体放在了地图上，血渗入纸里，也沾染在金色丝线上，模糊了已知的路线和尚未标出的领土，那是有龙出没的地方，而如今这一切都消失在海底。

多里安要开口道歉，却被埃莉诺拦住了。他们站在那里，一同陷入了沉默。

"海水会涨到多高？"多里安为了打破沉默而问道，虽然他认为自己对此并不在乎。随它继续涨吧，直到他们与地表相撞。

"船还要经过很多洞窟。"埃莉诺的担保令他沮丧,"无论它涨到多高,我都会有办法的。需要我给你拿点什么吗?"

"不用,谢谢你。"多里安说。

"这就是你要找的人,对吗?"她问,低头看着扎卡里。

多里安点了点头。

"我曾经认识一个人,他也有一件这样的大衣。你在读什么?"埃莉诺问,指了指他手中的书,然而多里安只是拿它当护身符,他其实并没有在读。

他把《甜蜜的忧伤》递给她。

埃莉诺对着书皱了皱眉,然后一种与失散老友相认的喜悦之情洋溢在她的脸上。

"你从哪里找到这本书的?"她问。

"是他找到的,"多里安解释说,"在地上世界的一个图书馆里。我想,它是你的书。"她脸上的表情让他差点笑了起来。

"这本书不是我的,"埃莉诺说,"只有里面的故事属于我。我从档案室里把书偷了出来。我以为自己再也见不到它了。"

"应该把它还给你。"

"不,我们应该留着它一起看。这里总能找到地方来放更多的书。"

多里安这才注意到船舱里放了那么多书,有的塞在横梁间,有的放在窗台上,有的堆在椅子里,还有的垫在桌腿下。

船歪向一侧,还没来得及恢复原位,一阵格外猛烈的海浪又将船舱倾斜成了一个角度。一支铅笔从桌上滚落下来,消失在一把扶手椅的下面。

在椅子里打盹的波斯猫一脸烦躁地蹿到地上,开始调查那只失踪铅笔的去向，仿佛这就是它一直以来的目的。

"我该返航了。"埃莉诺说，把《甜蜜的忧伤》还给了多里安，"我忘记告诉你了，那边的一座悬崖上有人。我用望远镜看见他了。他就坐在那里看书。等海水上升到那么高的时候，我会停船让他上来。否则我不知道他该怎么离开，他只有一只手。如果海浪越来越大，你就找个东西抓牢。"

多里安认为自己应该跳进滚滚波涛，让无星之海把他带走，但他觉得如果自己这么做的话，埃莉诺还会再救他一次。

埃莉诺略带笨拙地拍了拍多里安的肩膀，然后她回到了甲板上，留下他一个人待在扎卡里身旁。

多里安把一缕鬈发从扎卡里的前额上拨开。他看上去不像死人。多里安不知道自己这么做还有什么用，如果他已经死了的话。

多里安静静地坐着，聆听海浪拍打在船上的声音，海风呼啸，扑棱的翅膀盘旋在洞窟里。他的心跳传入耳中，听起来仿佛有了回响，因为那确实是回声，多里安这才意识到这一阵共鸣的心跳来自何处。

他从自己的行囊里取出那个盒子，把它捧在手中。

一颗是命运自己的心脏，一颗是属于命运的心脏，多里安问自己，这又有什么区别呢？

一颗心脏被命运保管，直到需要它的那一刻。

多里安低头看了看扎卡里的尸体，然后又回头看向那个盒子。

他考虑了一下自己认定的那件事。

当多里安打开盒子时，里面的心脏跳得更快了，属于它的那个瞬间终于来临了。

卡特里娜·霍金斯的秘密日记节选

有人在我的车上留了一张字条。

车停在多伦多附近一家购物中心的停车场里,有人在车上留了一张字条。这世上知道我此时在这个国家的人不会超过十个,而且我已经确认过没有跟踪装置了,绝对不该有人发现我,也没人能给我留字条。我本来没打算在这个购物中心停车,我甚至都不知道我在哪个城市里,好像是密西什么[1]市。

字条上写着"来看看吧",下面还附了一个地址。
它写在一张信纸上,纸的抬头印着几个凸起的字:"来自基廷基金会的问候"。
纸的背面画着一个小小的图案,是一只戴着王冠的猫头鹰。

我把地址输入我的导航系统。距离不算太远。
真见鬼。

那个地址上是一栋空置的房子。可能曾经是学校或者图书馆。

---

[1] 指密西沙加(Mississauga),加拿大安大略省的一座城市,位于多伦多市以西。

那么多破窗户足以突显它"被废弃"的模样。没有任何挂牌。前门被木板封住了,但上面没有写"待售""禁止闯入"或"小心恶犬"之类的字样。甚至也没有任何标志说明它是什么,只有门上的一个数字,于是我知道自己找对地方了。

我把车在那里停了二十分钟,试图弄明白自己该不该进去。地上长满了野草,似乎很多年都无人进出了。甚至连开车路过的都没有。

有几处涂鸦,但不是很多。大部分是缩写和抽象的旋涡图案。也许加拿大的涂鸦要斯文一些。

如果我打算进去的话,就必须在天黑之前动身。我大概还应该带上一只手电筒。

感觉它在看着我,那是一种来自古老建筑的注视,令人毛骨悚然。房子里曾经人来人往,如今却空无一人,因此感觉格外空旷。

现在我已经进来了。它以前肯定是一座图书馆。这里有空书架和卡片目录。没有书,只有随意摆放的收据和装箱单,还有几张散落的借阅卡,是那种写有借书人姓名的旧式卡片。

还有这些画,随处可见,无处不在。

它们就像是涂鸦艺术与文艺复兴时期的油画艺术相结合所诞生的壁画作品。这边到处都是抽象而模糊的画,然后在其他地方就成了超现实主义风格。

画里有成群的蜜蜂往楼梯下挤,还有飞舞的樱花化作一场暴风雪,天花板被画成了夜空的样子,布满繁星,月亮在空中移动,月相在交替变换。

有的壁画看起来像是一座城市,而另一些则像是图书馆中的图书馆。有一个房间里画了一座城堡,还画了人。真人大小的画像栩栩如生，一开始我以为真的有人在这里，差点就要问好了。

他们之中有小扎，还有一个人，是酒吧里遇到的那个男人（我早就料到这个人很重要了，就知道会这样）。

他们之中还有我。

我居然在一面该死的墙上。

墙上的我穿着最近常穿的那件橘色大衣，手里拿着这本日记本。

这到底是怎么回事？

在一面高大的墙上画着一只巨大的猫头鹰。它不是谷仓猫头鹰，或许是那种横斑猫头鹰吧？我不认识我的猫头鹰们。它庞大的身躯几乎占据了整面墙，它的翅膀张开，爪子里抓着一大堆钥匙，都挂在丝带上。它的头上戴着一顶王冠。

猫头鹰的下方是一扇门。

门上有一顶王冠、一颗心和一片羽毛，沿着门的中间，从上到下排成一列。

这扇门不在画中。

它是一扇真正的门。

它位于这面墙的中央，但墙的另一面却没有门，我确认过了。那一边只有坚实的墙壁。

这扇门被上了锁，但门上有一个钥匙孔。瞧，我有一把钥匙。

也许那一刻已经到来了。

我坐在门前。门里透过来一点光。

太阳开始下山,而门缝之下的光并没有变化。

我不知道该怎么办。

我不知道在这种情况下该做什么。你找到了一件东西,却并不知道自己在找它,甚至都不确定它真的存在,可忽然之间你就来到加拿大一座废弃的图书馆里,坐在地板上,与它面对面。

我一直在闻着小扎的妈妈送给我的柑橘油,但并没有觉得自己的头脑变清醒了。

我感受到了柠檬的味道和疯狂的滋味。

我走到外面,坐在我那辆车的引擎盖上,望着月亮冉冉升起。天上的星星真多。我找到了猎户座。

我把那张月亮塔罗牌放进了口袋,手里还有一把羽毛形状的钥匙。那个标签还系在钥匙上。和我车上那张字条的笔迹一模一样。

致凯特,在那一刻到来时

来看看吧

我把这本日记留在我车里,以防万一。我不知道这是怎么回事。所以得有人知道。所以如果发生了不测,这就是记录。如果我没有回来的话。

所以某人可能会在某时某地读到它,然后了解这一切。

你好,读到这本日记的人。

我是卡特里娜·霍金斯。

这些事情确实发生了。

虽然有时它听起来很离奇，但有时生活就是这样的。

有时候生活会变得不可思议。

你可以试着把它忽略，但你也可以看看这些奇怪的事件会把你带到哪里去。

你打开一扇门。

接下来会发生什么呢？

我要去寻找答案。

……命运爱上了时间

扎卡里醒了过来,大口喘着气,新的心脏在他的胸膛里咚咚地跳动。

他记忆中的最后一幕是蜂蜜,好多蜂蜜涌进了他的肺里,将他拉向无星之海的最深处。

可他并不在无星之海的海底。

他还活着。他在这里。

无论这里是哪里。

这里似乎在移动。他躺在一块坚硬的表面上,而周围的一切都在晃动。他的手指之下有碎纸片和丝线,还有某种不是蜂蜜却很黏稠的东西。

光线昏暗,也许点了蜡烛。他不知道自己在哪里。

他想站起来,却摔了下去,但有人扶住了他。

扎卡里和多里安互相望着对方,不知所措而又难以置信。

在故事的这一瞬间,他们两个人都说不出话来,任何语言都无法形容。

扎卡里笑了起来。多里安凑过去,把嘴唇贴在他的唇上,用吻带走了那个笑容。现在没有任何东西横亘在他们之间:没有距离的阻碍,没有言语的隔阂,甚至连命运或时间也不再另生事端。

就让他们留在这里吧,流连在无星之海上一个等待已久的亲吻里,纠缠在救赎和渴望中,身旁还有一叠作废的旧地图。

不过他们的故事并未到此结束。

他们的故事只不过刚刚开始而已。

只要还有人在讲故事,故事就不会真正结束。

不仅按她的要求讲了一个故事，还讲了很多故事

在一座图书馆的外面停着一辆蓝色的汽车，刚刚被人抛弃。

带着余温的引擎盖上有一只姜黄色的猫在睡觉。

一个穿着花呢外套的男人靠在车边，借着仅有的月光，翻阅着一本青色封皮的笔记本。

在这座用砖砌成的建筑旁，一个年轻女人穿着一套不太合身的校服，正踮着脚往一扇窗户里张望。

这两个人都没有注意到，有一个女人正穿过树丛朝他们走来，但星星看见了，它们的光芒闪耀在她的王冠上。

她早就知道这个夜晚会到来。

经过了几百年的岁月和几世的轮回，她一直都知道。

唯一的问题就是如何到达这里。

戴着王冠的女人在静谧的黑暗中停了下来，注视着那个正在阅读的男人。

然后她把目光投向天空。

她向上朝星星伸出一只手。她的掌心放着一张卡片。她对着夜空把它举起来，在月亮和群星面前亮出这张牌，动作中带有几分表演的意味。

牌的正面是虚无的空白。故事结束。

她把牌翻到另一面。灿烂的浩瀚。故事开始。

她又将它翻转了一次，它在她手中化作金色的尘埃。

她鞠了一躬。那顶王冠没有从她的脑袋上掉下来，只是滑向了一边。她把它扶正，又将目光移向地面，回到她自己的故事中。

当她走到那辆车旁边的时候，她在那件无袖的长袍中颤抖。

"我没有换衣服，"米拉贝尔对馆长说，"我没想到会这么冷。你们等了很长时间吗？"

馆长脱下自己的花呢外套，披在她的肩膀上。

"不算久。"他安慰她说，因为这几个小时和他们为这一刻所经历的漫长等待相比根本不算什么。

"她还没把它打开，是吗？"米拉贝尔问，她朝那座砖砌的房子望去。

"没有，但她很快就会的。她已经决定了。她把这个留了下来。"他举起那本亮青色的笔记本。他按了一下封面上的红色按钮，一个笑脸图案的周围亮起了一圈小灯。"我们那位罗林斯先生怎么样了？"

"现在已经好多了。他以为我不会让他得到一个幸福的结局。我有点生气。"

"也许他只是不相信自己会得到一个结局。"

"你就是这么想的吧？"米拉贝尔问，但馆长没有回答。"你不用去，你知道的，"她又说，"不再需要了。"

"你也是，可我们还是来了。"

米拉贝尔笑了。

馆长举起一只手，把一缕粉色的头发挽到她的耳后。

他将她揽到怀中取暖，他的嘴唇吻在她的唇上。

砖砌的房子里，一扇门打开了，通往无星之海上一个新的港口。

星星们在高高的天上望着这一切，心满意足。

致　谢

非常感谢与我一起遨游无星之海的诸位。

感谢理查德·派恩,我依然觉得他是一位魔法师。感谢因克维尔代理公司。

感谢珍妮·杰克逊、比尔·托马斯、托德·道蒂、苏珊·赫茨和劳伦·韦伯,还有我在道布尔迪出版社[1]遇到的优秀团队和其中的每一位成员（包括卡梅伦·阿克罗伊德,谢谢你的鸡尾酒）。

感谢伊丽莎白·福利和理查德·凯布尔,以及大洋彼岸的哈维尔·塞克出版社[2]。

感谢金·利格特,我们在写作上有过多次交流,有时通过网络联系,有时在艾斯酒店和纽约公共图书馆被遗忘的角落里相约见面,我们一起喝掉了很多气泡酒。

感谢亚当·斯科特,谢谢你始终如一的所有付出。

感谢全国小说写作月的创始人克里斯·贝蒂,他本来也应该出现在《夜晚马戏团》的致谢中。抱歉,克里斯。

感谢莱夫·格罗斯曼,谢谢你让我借用了布雷克比尔斯魔法学校里的蜜蜂和钥匙。

---

1 本书在美国的出版社。
2 本书在英国的出版社。

感谢 J. L. 施奈贝尔，这本书中描绘的好几件饰品，包括那条银剑项链，其灵感都来自于她精致优雅的"鲜血与牛奶"系列[1]珠宝设计。

感谢伊丽莎白·巴里亚尔和黑凤凰炼金屋[2]，他们真的在用香水讲故事。受他们的启发，我常常会在写作时去想，故事里的一切闻起来都是什么味道。

感谢百威尔公司[3]，正是因为我深深地迷上了《龙腾世纪：审判》游戏，这本书才有了它的雏形。

关于命名的说明：我借用了马萨诸塞州塞勒姆市[4]一个坟墓上的名字为洛芙·罗林斯夫人取名。任何与真人雷同的情节，纯属巧合。凯特和西蒙的命名来源于凯特·霍华德和西蒙·托因，因为当我在为角色想名字的时候，他们两人碰巧都给我发电子邮件了。（凯特的朋友普里蒂的名字是以同样的方式取自普里蒂·奇博。）正如在文中所提到的，埃莉诺的名字来源于《邪屋》中的一个角色。扎卡里和多里安一直都是扎卡里和多里安，不过我有好几次都差点把多里安的名字换掉。至于米拉贝尔的名字，那当然是蜜蜂们取的。

---

[1] 一个"哀悼式珠宝"品牌，设计者结合自身经历和文学背景，在设计中融入了维多利亚时代的唯心主义和哥特式浪漫主义风格。
[2] 加拿大的香水精油品牌，香水的灵感多来源于与魔法和邪教有关的神话故事以及哥特文化。
[3] 总部位于加拿大的一家游戏开发公司，主营游戏引擎开发，开发过的著名角色扮演游戏包括《无冬之夜》《博德之门》《质量效应》《龙腾世纪》等。
[4] 马萨诸塞州东北部城市，1692 年一系列女巫审判的发生地。